韩春燕 / 主编

青云出岫

——《当代作家评论》里的辽宁文学史

上

北方联合出版传媒（集团）股份有限公司
春风文艺出版社
·沈阳·

图书在版编目（CIP）数据

青云出岫：《当代作家评论》里的辽宁文学史：上、下/韩春燕主编. —沈阳：春风文艺出版社，2019.12（2021.1重印）

ISBN 978-7-5313-5772-8

Ⅰ.①青… Ⅱ.①韩… Ⅲ.①地方文学史—辽宁—当代—文集 Ⅳ.①I209.931-53

中国版本图书馆CIP数据核字（2019）第299787号

北方联合出版传媒（集团）股份有限公司
春风文艺出版社出版发行
http://www.chunfengwenyi.com
沈阳市和平区十一纬路25号　邮编：110003
永清县晔盛亚胶印有限公司印刷

责任编辑：姚宏越	责任校对：曾　璐
装帧设计：隋　治	幅面尺寸：170mm × 240mm
字　　数：600千字	印　　张：29.5
版　　次：2019年12月第1版	印　　次：2021年1月第2次
书　　号：ISBN 978-7-5313-5772-8	
定　　价：98.00元（全2册）	

版权专有　侵权必究　举报电话：024-23284391
如有质量问题，请拨打电话：024-23284384

目 录

上 卷

让创作与批评一同前进
——致读者　　　　　　　　　《当代作家评论》编辑部 / 001
邓刚小说的力度和光彩　　　　　　　　　　　　殷晋培 / 003
人民·时代
——关于崔德志同志　　　　　　　　　　　　　柯　夫 / 014
当代作家小传·白朗　　　　　　　杨澄宇　赵则训 / 017
评长篇小说《北国风云录》　　　　　　　　　　曾镇南 / 020
当代作家小传·萧军　　　　　　　　　　　　　张毓茂 / 027
从失落开始寻找
——论达理的创作　　　　　　　　　　　　　　谢　冕 / 031
为同代人作传
——读韶华的长篇小说《过渡年代》　　　　　　何镇邦 / 040
木青创作三题　　　　　　　　　　　　　　　　张啸虎 / 048
于德才：文化与时代　　　　　　　　　　　　　李敬泽 / 054
奔向自由
——谢友鄞短篇小说的形式美感　　　　　　　　雷　达 / 063

慨而有思，文心可鉴
　　——文畅其人与其文　　　　　　　　　　殷晋培 / 072

历史的大河
　　——《思基中短篇小说选》编后记　　　　思　基 / 078

情似胡马依北风
　　——论金河的小说创作　　　　　　　　　李炳银 / 082

天殇不止　悲剧不已
　　——读松涛长诗《无倦沧桑》　　　　　　王鸣久 / 093

王中才印象记　　　　　　　　　　　　　　　皮　皮 / 096

马　原　论　　　　　　　　　　　　　　　　胡河清 / 099

论　罗　丹
　　——读罗丹的两部关于鞍钢的长篇的感想　　李作祥 / 107

激情和理性　幻想和现实
　　——刘元举纪实作品论　　　　　　　　　吴　俊 / 114

荒原创作轨迹析　　　　　　　　　　　　　　姚一风 / 124

眺望彼岸的风景
　　——李犁诗歌创作述评　　　　　　　　　焦　桐 / 131

窥视者说
　　——刁斗小说印象　　　　　　　　　　　郜元宝 / 141

关于战争与爱情的故事
　　——庞天舒长篇小说《落日之战》评述　　周政保 / 145

人间屑语
　　——关于素素的散文　　　　　　　　　　孙　郁 / 151

吴梦起童话论　　　　　　　　　　　　　　　肖显志 / 156

马加研究综述　　　　　　　　　　白长青　林建法 / 164

拒绝或者表达
　　——柳沄诗歌的写作姿态　　　　　　　　吴义勤 / 177

在地域性屏障的背后
　　——读白天光的小说　　　　　　　　　　贺绍俊 / 185

巴音博罗诗歌解读　　　　　　　　　　　　　聂作平 / 192

倾听：断裂与动荡
　　——阎月君和她的《忧伤与造句》　　　　沈　奇 / 199

一个执着的艺术探索者
　　——薛涛儿童文学创作论　　　　　　　　　　周晓波 / 210
刘兆林论
　　——诠释他创作心理的特质与作品艺术的成就　　彭定安 / 218

下　卷

散文大家王充闾　　　　　　　　　　　　　　　　吴　俊 / 229
牟心海：诗性的超越个案　　　　　　　臧永清　刘恩波 / 238
诗性的记忆与文本化的命名
　　——刘志钊长篇小说《物质生活》读札　　　　刘永春 / 243
叙述和叙述之外
　　——辽宁省近年长篇小说创作管窥　　　　　　周立民 / 252
进入到恒温层的写作
　　——津子围作品印象点滴　　　　　　　　　　刘恩波 / 265
"贱民"的悲喜剧与小说之光
　　——评陈昌平的小说创作　　　　　　　　　　孟繁华 / 273
身体的浮沉与历史的映现
　　——解读李铁的"女工系列"小说　　　　　　胡玉伟 / 282
中国上古史阅读笔记
　　——我写《中国皇帝的五种命运》　　　　　　张宏杰 / 290
温暖站在高处
　　——关于于晓威小说　　　　　　　　　　　　周景雷 / 294
日臻至境的生命美学
　　——王充闾散文创作研究述评　　　　张学昕　李桂玲 / 301
琐事烦心事都是大事
　　——读女真的家庭小说　　　　　　　　　　　贺绍俊 / 311
致"赫图阿拉"："痛使我坐卧不安"
　　——论林雪的《大地葵花》　　　　　　　　　黄　平 / 318
写作：隐秘的皈依之途
　　——孙春平近年小说创作研究　　　　　　　　韩春燕 / 328

直抵生存本真的自由抒写
——宋晓杰诗歌论　　　　　　　　　　　　　　梁　海 / 342

出版史即思想史
——俞晓群《一面追风，一面追问》读记　　　　何　平 / 350

李丽萍："解放儿童的文学"　　　　　　　　　　晓　宁 / 356

李轻松："每一首诗都是一条命"　　　　　卢　桢　罗振亚 / 360

《康家村纪事》：对作家及其作品概念的一次重要订正

　　　　　　　　　　　　　　　　　　　　　　郭长虹 / 370

看不见的诗文
——忆陈言先生　　　　　　　　　　　　　　　孙　郁 / 375

"小日子"里的恬淡诗意
——读张鲁镭的小说　　　　　　　　　　　　　王　妍 / 381

悬于半空的虚构
——读鬼金的小说　　　　　　　　　　　　　　翟永明 / 387

"主旋律"报告文学的叙事优化
——读《朋友，我能给你什么》　　　　　　　　丁晓原 / 394

特殊群体命运的艺术再现
——评刘国强报告文学《日本遗孤》　　　　　　王　晖 / 400

诱饵与怪兽
——双雪涛小说中的历史表情　　　　　　　　　方　岩 / 406

孙惠芬的冒险出走，以及张展的两位援军　　　　聂　梦 / 415

重新想象人的生命世界
——我读《唇典》　　　　　　　　　　　　　　谢有顺 / 423

故事与现实的沉潜，幽默与戏剧化的抬升
——马秋芬小说论　　　　　　　　　　　　　　刘诗宇 / 429

万物之思：行在云端的心念
——鲍尔吉·原野散文创作论　　　　　　　　　韩文淑 / 439

"东北—历史—故事"：《刀兵过》阅读札记

　　　　　　　　　　　　　　　　　　王　尧　牛　煜 / 448

离散灵魂的造像
——班宇小说论　　　　　　　　　　　　　　　赵　坤 / 458

后　记　　　　　　　　　　　　　　　　　　　　　　466

让创作与批评一同前进
——致读者

《当代作家评论》编辑部

三中全会以来,是我国文学事业最繁荣兴旺的时期。文学创作开拓了新的领域,获得了丰硕的成果;文学评论也有了较大的发展;老一代作家、评论家老当益壮,一大批中青年作家、评论家相继涌现,社会主义文坛上百花齐放,风光无限。

但是,在前进中也会出现这样或那样的问题,目前正在清除的精神污染就是比较严重的方面。但我们坚信,在党的领导下,在马克思列宁主义、毛泽东思想的指引下,错误是能够得到纠正的。通过抵制和清除精神污染,我们的队伍会得到锻炼,我们的文学将会在建设社会主义精神文明的征途中更快地向前迈进。

创作与批评是文学的两翼。文学的繁荣,应该也必须包括批评(或者说评论)的繁荣。有创见的评论,有见识的批评家,是繁荣文艺创作不可或缺的。由于历史的和现实的种种原因,我们不能不承认,当前我们的文学评论落后于创作。经验和现实都告诉我们,大力开展当代文学的评论工作,做到像鲁迅所说的"使文艺与批评一同前进",这是时代的需要,是文学进一步发展繁荣的需要,是广大读者、文学工作者、文学爱好者的需要,是建设社会主义精神文明的需要。这也就是我们筹办《当代作家评论》的初衷。

我们这个刊物将:

——努力发扬革命现实主义的文学传统。现实主义,不论作为原则或方法，它在文学创作中都应该占有最主要的地位。现实主义有自己的发展轨道，当然这并不意味着某种一成不变的固定模式，它应该随着生活的变化而不断地丰富、发展，不断地创造自己的新的艺术表现手段。

——努力发扬文学的民族风格和特色。我们的文学不应拒绝借鉴一切外来的有用的东西，但必须坚持"洋为中用"。中国的文学必须是中国人民喜闻乐见的。只有保持和发扬自己的民族风格和特色，我们的文学才能以独有的风姿进入世界文学之林。

——努力发扬社会主义的时代精神。我们的文学应该永远与祖国、与人民、与社会主义现代化建设事业休戚相关，应该引导读者奋发向上，应该给人民以鼓舞、启示、智慧、信心和力量。

——促进革命的友谊和团结。我们的作家和批评家的奋斗目标一致，应该成为亲密的战友和知心的朋友，互相促进，共同提高。我们愿意成为作家和批评家之间友谊和团结的桥梁。

我们深知，办好这样一个刊物难度很大。让我们鼓舞和感动的是，筹备期间曾得到各方面诸多同志的热情关怀和支持。现在刊物出版了，我们期望继续得到大家的扶持和帮助，把这个刊物办好，使它能在文学创作和文学批评的新的繁荣中发挥作用。当然，一个评论性的刊物更需要大家的批评，我们殷切诚恳地期待着。

《当代作家评论》1984年第1期（创刊号）

邓刚小说的力度和光彩

殷晋培

近两年来，邓刚从辽宁文坛脱颖而出，崭露头角。

他迟至1979年才开始发表作品。初入文坛不久，便以其《热》以及和达理合写的《白帆》，显露出自己的一些特色。那时的作品，还似一些毛坯，虽不免粗糙而附有毛刺，却已透露着金属般的硬度和隐含的光泽。1982年，他的《八级工匠》和《刘关张》（中篇）这两个反映工业领域生活的作品，因其特有的锐敏和力度，获得辽宁省政府颁发的两个文学一等奖，引起辽宁文坛的侧目和关注。这时，他的作品再不是粗糙的毛坯，而是经过了打磨和适度的精加工，那种金属般的硬度，开始给人以有棱有角的立体感，而且光彩外溢，不时有逼人之处。这一年，他还发表过一个描写海边渔村生活的短篇《金色的海浪在跃动》，这篇小说在艺术上更其圆熟，透露着邓刚在描写大海这个生活领域时特有的潜力和魅力，只是这个作品当时并未引起人们更多的注意。进入1983年，邓刚的创作引人注目地飞跃而进，他在工厂和大海这两个自己同样熟悉和热爱的生活领域大展身手，《一日三题》《阵痛》《小厂琐事》和《迷人的海》（中篇）、《芦花虾》《黑皮儿花皮儿的大蚬子哟》，如清泉般奔涌而出。其中尤以《阵痛》和《迷人的海》在全国激起强烈反响。如今，他的小说已脱尽毛坯的残留痕迹，开始形成了自己独特的个性，有着自己独特的思想和艺术特色。邓刚为身心健康的普通劳动者，尤其是为其中的强者所精心创作的一幅幅画像，闪露着那么一种迷人的力度和光彩，一下子就吸引住人们关注和欣赏的目光。

邓刚的脱颖而出，并不是孤立的文学现象，而是新时期文学正在向纵深发展的一个标志。打倒"四人帮"后，拨乱反正，清除极左的影响，在党的三中全会掀起的解放思想洪流的感应下，爆发般地出现了文学复兴的局面，短时间内充满戏剧性地涌现出一个可观的文学高峰。高潮自然不能持久。当生活沿着新时期的历史轨道向纵深发展的时候，文学的潮流必须与之相适应地向纵深进行新的开掘，反映生活矛盾本身的丰富性和复杂性。近两年来的文学潮流，尽管有令人眼花缭乱之处，有着"左"的残留痕迹和不可轻视的资产阶级自由化倾向的干扰和侵袭，那种精神污染状态的实际存在使人不能毫无忧虑之心，但文学的主流，虽然不再呈现出爆发性和戏剧性的场面，虽然前进时存在某种艰难、缓慢的状态，却始终顺应着历史发展的轨道，在向纵深方向执着而努力地掘进着。这表现在不少作家正努力缩短与现实生活之间的距离，着意去表现当代社会生活中的重大矛盾冲突和其他有意义的题材，文学反映的生活面不断在扩大，思想在深化，艺术上亦日趋丰富和完美。一批拥有深厚生活基础和丰富艺术素养的中青年文学新人的涌现，为这股健康的文学潮流注入了新鲜的血液。这一批中青年文学新人，保持着和生活母体的密切联系，他们对新时期的历史性转折有着自己独特的感受和沉思，对文学又有着自己独特的美感和艺术追求。他们是当代健康文学潮流的主力，而邓刚就是其中富有个性和光彩的人物。

一

邓刚十三岁进厂学徒，如今工龄已长达二十多年，早就锻炼成了一名技艺高超的大工匠。他是典型的从工人丛中成长起来的工人作家。

邓刚爱工厂和自己的工人伙伴。他写工厂的作品确实渗透着一种他自己所执意追求的"铁味"。长时间里环境的感染和阶级的教育，早已把这种"铁味"融化在他的思想情感之中，如今他只是自觉地把这种"铁味"提炼成文字。一种潜移默化的气质，转变成自觉的美学追求。这突出表现在邓刚不仅爱写自己那些工人伙伴，而且专爱写那些有觉悟、有强烈自尊心和自豪感的工人伙伴。他也写到工厂的干部，但那亦是从工人角度，从工人眼光里所看到的干部形象。在邓刚的文字里，似乎天然般蕴含着一种阶级的荣誉感和责任感，他的伙伴自然都是生活中的主人，理所当然地要进入生活中强者的行列。他歌颂他们怎样努力掌握自己的命运，并驾驭着生活的命运。《八级工匠》里，老工匠赵宝元，一身正统工人的硬骨和豪气，这样的形象真是久违了。赵宝元这样的老工人，身怀绝技，爱厂如家，他视同生命般宝贵的，是一种对劳动和技艺的特殊的荣誉感。如今，在新时期的开放政策和国外引进的先进技术面前，他的技艺忽然间显得陈旧落后起来，他遇到前所未有的困窘和难堪。为传统所囿而形成的某种束缚，又加重着这种心理上的负担。但是，对劳动的责任感，一旦和民族的荣辱联系起来，从而显示出特别沉重而又神圣的分量时，老工匠就愤然挣脱一切束缚，用顽强的毅力去征服技术与心理上的阻拦，庄严地维护着阶级和民族的尊严。他不能容忍由外国人来主宰自己的命运，不甘于落后的民族精神作怪。小说写到的心理演变，有着特殊的时代背景和复杂的转化过程，所以给人以丰富和真切感。《一日三题》是一幅小品，乍看写的似是凡俗琐事：上班挤汽车，干活出废品以及喁喁情语中的挑剔和傻气。但这幅小品洋溢着诗情画意，因为在青年工人恋爱心理的描绘中，别有一种鄙弃庸俗陋劣、追求高尚情感的动人基调，它不同凡俗地把爱情和劳动和谐地联系起来，在那一对男女青工心目中，对劳动的荣誉感和对纯真爱情的追求，是融洽统一的，他们要同时取得掌握这两端的主动权。这是一种朴实到单纯、纯真到柔甜的劳动者的爱情心理。《小厂琐事》里来自农村的小罗锅，来到城市街道工厂，在那有些市侩气息的平庸环境里，却能保持其率真而不受污染，那身强健的筋肉和朴素稚拙的感情，专注于单调原始的体力劳动，知足而感到幸福。还不能说小罗锅有很高的阶级觉悟和思想水平，他只是具有劳动者朴素的阶级感情，但这种感情却是坚定的，他的尽力尽责和一种政治上要求进步的朦胧愿望结合起来时，越发显得稚拙中颇有可爱之处。所以，当别人用金钱和非议亵渎他这种将劳动视同神圣的感情时，小罗锅怒狮般的激愤尤其有一种感人的力量。要掌握自己命运，做生活主人的愿望是容不得轻薄的非议和轻浮的亵渎的。《刘关张》里工人出身的工程队队长张柏战，精于技术却像傻瓜般遭人算计，他舍身忘我地工作却不善于应付同行的倾轧，他只是靠自己拙于言辞的朴实行动和对于四化事业满腔火热的情感，终于赢得了爱情和伙伴的拥护。在他身上体现的正是工人阶级传统的美质。这几个工人形象的性格和心理都有相当程度的鲜明色彩。这是一些感情浓烈却又素朴单纯的人物。他们不是没有弱点和局限，但他们的灵魂是透明的，甚至连同他们的弱点和局限，都不无可爱之处，至少也是可以为人所理解和谅解的。这些人物是从现实生活里活生生的劳动者形象中撷取出来的，是真实可信的。值得注意的是他们的性格和心理中，没有人为的复杂和错杂，没有那种表现为两重性或多重性的裂变和扭曲，他们体现着一种表现为单纯的丰富状态。单纯而言丰富，就是因为种种表现形态多彩而不重复。邓刚写的工人，正是在表现这种单纯美的丰富状态时，显示出别有匠心的鉴赏和创造能力。当今写工业领域生活的作品日见增多，但此类作品中，真正从底层去观察、表现生活，真正写普通工人的作品似乎又不多见。应当提倡多写一些普普通通的体力劳动者，多写一些工人和农民，邓刚的努力显然值得格外予以标明。

邓刚抒写的这一组劳动者形象，他们的忧虑和关注，欣喜和期望，浸染着20世纪80年代的鲜明特色，分明有着当今社会生活的某种新鲜色彩，是特定时代的社会矛盾冲突、人与人间丰富复杂的关系对人物内心和行动激荡起波澜的深度的表现。这说明邓刚对生活的观察和筛选颇为敏锐，他善于捕捉生活中刚开始出现的某种变化的迹象和动向，并进而追踪它们对人的行动和心理所激起的反响，从而写出社会生活的某些本质来。这种努力保持与生活同步前进的态势，从近距离满腔热情地去表现工厂中刚才发生和正在进行的事变，以及工厂的主人又怎样克服自身的心理障碍和外界的客观困难，去推动生活的前进。要做到这一点，必须对生活中正在进行的矛盾冲突，以及在运动中各种代表力量的动作特点和趋向，具有相当准确和有深度的认识和把握。邓刚正是在这个方面显示出自己的功力和才华。

他的《刘关张》写得很有新意。通过对一个安装公司的剖析，以抓经济效益为中心的党的工业经济路线和政策，发轫之际，在工厂内部就怎样激起动荡和变化的生动面貌，在小说里得到颇有深度的表现。各种社会势力和代表人物一时间都异常地活跃起来。张柏战代表着工人阶级的公心和干劲，关自为却纯粹从小集体的私利和个人的政治野心出发，于浑水中摸鱼，异常精明强悍地算计着同行伙伴，不惜损害国家的利益。夹在这二者之间，原以得外行领导内行真经而怡然自乐的刘正祖，再也不能维持浑浑噩噩的原状。他想躲闪、回避，做一点违心事、耍一点机谋以谋求平衡，但时代的急流迫使他退无可退，历经痛苦的灵魂蜕变，终于觉悟到要彻底摆脱因循守旧的茧壳，而真正像一个党的领导工作者那样，站在时代潮流的前列。时代在改变着人的命运，在生活的激变中怎样把握自己的命运，刘正祖的途径虽然曲折，过程不乏痛楚，却不无典型价值。和刘正祖相对应，关自为的形象堪称强烈鲜明，使人触目惊心。逆新时期的历史潮流，在改革发端之际，竟会应运而生出这种包藏野心和私心的人物，甚至在一时间这种人物居然可以拉拢颇大一部分群众，嚣张跋扈到气焰逼人的地步，这实在值得人们深思和警惕。稍显不足的是关自为这个人物的社会背景尚不够清晰，在历史转折关头产生这种人物的或偶然性或必然性，以及这种人物在复杂的社会潮流中究竟代表着哪一种政治和社会力量，在这些方面小说还未能做更深入的剖析；与之同时，张柏战的形象亦相形见弱，他的动作也未能更好地编织进矛盾冲突的旋涡中心，这样，不觉使小说原本沉重的力度稍有所削弱。

和《刘关张》相比，《阵痛》的焦点找得更准。这篇小说的角度是完全崭新的，发掘着尚无人涉足的生活领域，尤其给人以新鲜感和敏锐感。小说描绘了新时期的改革洪流，在工人队伍内部怎样激扬起一朵动荡的浪花。一项承包决定，顷刻间打乱了人与人关系的传统格局，衡量人的价值标准顿时焕然一新。在十年动乱期间靠吃政治饭而红极一时的主人公，这时竟成了废物累赘，生活对他开了一个无情的玩笑。这种突如其来的冲击，对灵魂的压力过于严峻了。生活提出了新的课题：人与人之间的关系必须重新调整，在新的分化组合中，每个人必须重新寻找自己在生活中应占的位置。是落魄退伍，还是积极进取？小说中的郭大柱，这个被生活和工人伙伴无情地开出来的不懂技术的五级大铆工，在新时期的历史转折关头，一时竟徘徊在转折的十字路口，成了一个落伍者和迷惘者。他的痛苦是深刻的，带有某种历史遗留给他的悲剧色彩。因为他如今的落伍，并不是由主观的过错造成的，准确地说，主要不是由主观而是由客观造成的，是荒唐年代里形成的无数荒唐事件中的一个小插曲，是历史把他耽误和扭曲的。所以，他要抱怨，似乎也有理由去抱怨。但他没有停留在抱怨这个于事无补的低级阶段，而是痛苦地进行了反省。劳动者的素质帮助他从狭隘的个人私虑中解脱出来，对阶级的责任，对劳动那种"娴熟、热烈、欢乐而又优美的感觉"的热切向往，帮助他找到正确的方向，精神境界逐步获得升华。他经历了一个痛苦却又深刻的灵魂蜕变过程，终于惊心动魄地在现实面前醒悟过来。他要重新走自己的路，赶上伙伴们极其欢快的步伐。虽然落伍了一步，但他很快获得掌握自己命运的主动权，他会赶上去的，他的伙伴和整个时代也都欢迎他撵上来。阵痛意味着新生。这种阵痛和新生的价值，远远超出了郭大柱个人的范围，而在全社会相当大数量的落伍者和迷惘者中具有典型意义。从郭大柱灵魂世界的飞跃中，人们看到了阶级的力量和时代的动向。生活的健康潮流汹涌澎湃，正改善着劳动者的精神素质，改变着人生的面貌，赋予人生以新的意义。邓刚正是在工人阶级内部捕捉到这种变化的某些迹象和动向。他从内里看过去，看得尤为真切，他歌颂那些走在生活前列以及力图摆脱羁绊、努力站向前列，执意要掌握自己和生活命运的强者，这种富有时代感的锐敏中，时有发人深思之处，透露着颇有分量的力度和颇有亮度的光彩。

二

  和描写工厂生活的作品相比较，邓刚写海的文字更富色彩和情趣。如果说，邓刚写工厂的作品，执意在追求"铁味"，突出地表现着思想上的功力，那么，写海的小说，则着意在捕捉"鲜味"，更多以激情和艺术的韵味见长。在评《芦花虾》的文章里，我曾概括地谈过邓刚写海的一些特点，这里再补充和强调一些感受。

  邓刚写海，原为着赞美那些在海中求生涯的劳动者：驾舟织网的渔家女，捡拾蚬子和芦花虾的待业青年，潜水捞取海参和鲍鱼的老少海碰子。这些人物成天与海做伴，大海在他们面前呈现那么丰富变幻的色泽和情态。邓刚和他的人物一样，对海倾注着那么浓重深厚的激情。他在赞叹，他在惊喜，情不自禁地颂扬着海竟具有那么新鲜强劲的活泼泼的生命力！海的雄浑和壮阔，奇幻和柔丽，凶险和暴虐，那种种动荡变幻的景象无一不鲜明地映现在读者眼前。特别是邓刚把他自己对那些场景真切而又新奇的感觉和知觉，化入人物的心理和情感，异常细腻地传达给读者的时候，有一种富有新奇感的诱惑力量。这时，海是一种生命，再不是冷漠无情性的自然力。作为自然，海已人格化，是人活动的环境和背景，是人不可或缺的伙伴，是人的性格和心理的陪衬和延伸，是一种可感知的人格和灵性。这是海边劳动者心目中特有的海。当你不能跨越它的凶险，慑服于它的暴虐时，那么海就是严酷的不可逾越的对立物；但当你禁受住大海施加的严峻考验，海就那样富于情性，慷慨地赐予人以物质和精神的丰富财富。正是在与海的搏斗中，人的情感和性灵得以净化和美化，人的思想和理智得以充实和升华，人就成为生活的主人，掌握自己命运的强者！

　　邓刚尽情渲染和抒写的，就是这种成为强者的历程。《金色的海浪在跃动》里，大海赋予渔家女翠珠以那么泼辣热烈的生命力量，她不满足于夸耀财富的物质生活，厌恶以金钱为媒介的平庸的婚姻关系，虽然朦胧却坚决要追求一种堪称丰富的精神世界。她自己没有文化，于是把希望寄托在富有美术天才可因文弱而遭人轻视的金贵身上。她独具慧眼，惊喜地发现金贵笔端竟有大海那样丰富变幻的色彩。她用自己的坚忍，鼓励金贵克服软弱和灰心，跳出窄小的生活圈子去勇跳"龙门"。翠珠豁出命去爱恋，豁出命地在征服海的艰苦劳动中，赢得掌握自己生活命运的物质财富和精神力量。在她身上，这种强者的气息，有一种可歌可泣的韵味和魅力。《芦花虾》里待业青年书琴，原是个柔弱天真的小姑娘，她怯于生计，无奈当起钓虾、卖虾，羞于见人的挎筐小贩。严峻的生活激发起她禀赋中羞于不如人的要强素质，在远征鬼儿滩的艰难搏斗中，她历经凶险，禁受住迷雾和激流的严酷考验，大海的洗礼终于使她意识到自己的力量，获得克服自身心理障碍和社会传统偏见的精神支柱，焕然成为一个新人，身心健康地屹立在人丛海边。《黑皮儿花皮儿的大蚬子哟》里，那一对稚气未脱的青年男女，原来也自嗟命薄，不愿不甘地当起捡拾、贩卖蚬子的待业青年，甚至把对生活的怨气，无情地发泄到自己的伙伴身上。但是，淌在同一块海滩上的辛勤汗水，很快消融了他们之间不应存在的隔阂，艰苦劳动中的协作和帮助，更使他们开始品尝到生活的甜意和人情的温暖。与大海的艰难搏斗，使他们共同获得精神上的升华。这一组小说中的青年主人公，无疑都尝够了海水的苦涩、禁受住海浪的磨砺，才完成了性格和心理上由弱变强的完善过程，洗尽柔弱平庸的气质，而代之以强劲刚健。邓刚是赞美强者的，赞美那种不惜从事艰苦劳动以征服自然并在征服自然过程中克服自身弱点的强者。在这里，海倒是具有一种象征意味。征服海，就意味着征服生活，意味着终于踏上了生活的健康轨道。

这里，表现出一种凝重的力度。力度，是力量的显现。这种力量，自然离不开强健的体质，沐风浴浪、弄潮碰海原是由健壮筋骨所赋就的雄浑乐章，但更主要的力量来自健康坚忍的心灵，是一种意志力、毅力、勇气、经验和智慧的结晶。身心的力量和长风碧浪的搏击中，碰撞出耀眼的火花，自有一种特殊的光彩。这是一种显示精神和体质的美的心理和行为，是劳动者心目中美的朴素形态。用劳动去征服自然，用劳动去改造生活，而自身也得以在这个过程中逐步趋向完善甚或臻于完美的状态，这就是劳动者素朴的美学观念，臻于完美的，他们将奉以为美的典范。

《迷人的海》就是这种美的强烈显现。老海碰子刚一出场，满载海底的珍美，镇静地缓慢地爬向海滩……那一系列动作，那慑人的声势，粗犷有力的气质，一下子就刀削斧砍般刻印在人们心里。且看老海碰子在水中的骇人生涯：搏击，惊险而又雄奇；厮杀，紧张而又庄严；追逐，热烈而又沉默；向往，执着而又瑰丽。既是力的雕塑，又是美的传奇。老海碰子戏逐于中的大海，充满着色彩凝重的尊严感，具有异常丰富的性情；而作为驾驭自然的主人，人的尊严在如此庄重的陪衬映托下，更因渗透着极其强烈的豪迈气质和英雄气概，而放出熠熠光彩。老海碰子那壮丽的举止和顽强的生命力，使人想起古老传说中逐日的夸父、填海的精卫，但他没有夸父和精卫身上的悲剧阴影，而是充满着自信和从容。他精确地设计自己的动作，俭省地使用自己的精力，丰盛地猎取自己的收获，顽强地追逐自己的向往……这一切描写中，尤其通过小海碰子的目光，表现出劳动者在征服自然的斗争中，对完美技艺和经验的仰慕和崇拜。小海碰子虽然血气方刚，锐意正盛，但他横冲直闯过一阵之后，终于意识到这种完美技艺和经验中所蕴含的力量和尊严。他决意沿着老海碰子的脚印，走上充实和完善自己并进而发挥自己优势的新的坚实道路。在人和自然如此严酷凶险却又雄奇壮丽的斗争中，造就了老海碰子这样老一代的英雄人物和小海碰子这样正在成长中的英雄人物。那使人惊心动魄、叹为观止的"抢硬滩"的场面，无疑已具有英雄史诗般的力度和光彩。小说写到这里似可戛然而止，因为再难找出更有力的强音，可以把人物推上更醒目的高峰。这里写的已不是一般意义上的强者，而是钢铁般坚强的硬汉，是劳动者心目中充溢着阳刚之气的男性美。

老少两代海碰子这一对形象，在大的统一下又保持着局部的对立。这种对立表现为各自都固有其自身的弱点：老海碰子保守得有点固执，因而不易接受新鲜的事物；小海碰子因为年轻，拥有新的装备，却陷入盲目自信，无端轻视老一代的经验和智慧。这些弱点，恰恰为双方提供了相互补充和丰富自己的机会。艰难的劳动历程终究是一个威力巨大的熔炉，熔炼着他们各自身上的弱点。他们之间的共同之处终究吸引他们逐步接近，因为他们有着共同的目标，而且他们都相信只要不惜做出极大的努力和牺牲，就一定可以逐步接近梦寐以求的理想境界。劳动者的是非观念十分明确：敢于并善于付出劳动艰辛的，是值得敬重的人；敢于并善于冒着风险做出牺牲而创造非凡业绩的，便是值得仰慕的英雄。在是非观念的指引下，他们的道德观念更是异常朴素：斗争中需要友爱和温暖，提倡团结和互助。只有这样，技艺才能传授下去而不断有所改进，经验才能继承下来而不断有所发展。老少两代海碰子身上隔阂的迅速消除，情感的逐步融洽，心灵的相互慰藉，灵魂的共同升华，正体现着这种朴素的道德观念，体现着劳动者在斗争实践中长期形成的优良传统。只有这样，追逐一个理想目标的宏大事业，才能世世代代继承下去，而不断取得新的进展，英雄气概和英雄事业，才能不断由一个高峰跃向另一个高峰。在这种是非观念和道德观念指导下的斗争实践，所幻化出来的种种变幻形态，就为劳动者心目中的美注入坚实的内容，从而散发出绚丽的光彩。《迷人的海》正是体现这种美的一个新鲜而又别致的样品，它在美学上不同凡响的追求颇使人耳目一新。

邓刚笔下这一组大海儿女的形象，也许没有直接或深深地介入现实生活中错综复杂的重大社会矛盾冲突，老少两代海碰子乍看之下似乎更远离现实社会，但在心灵和气质上，这些人物无不和时代有着千丝万缕的联系。那三个写海短篇中的青年男女，他们敢于抗争生活中的艰辛与沉重，以搏击胜利者的姿态，跟随生活同步前进的态势，确实透露着当今时代某种生动活泼的气息。只要肯于付出辛劳，生活中自当不乏希望，时代的这种积极的进取精神，正是这一组青年男女心灵中闪亮的光源。至于《迷人的海》，虽然是用一种曲折的方式反映着现实生活，但在那惊心动魄的壮丽搏击中，确实相当有力，极其迷人地反映着我们这个时代敢于战斗、蔑视险阻、热切向往的乐观精神、豪迈风度和英雄气概，时代的脉息那么强劲有力地搏动，这正是新时期历史转折关头激荡强健的生活潮流，在人们心头引发出健康感应的形象表现。

三

邓刚虽然年轻，他的生活经历却不乏坎坷，颇多曲折。他走过一段艰难的历程，心头亦留下过沉重的烙印。但他有一种十分可贵的劳动者的素质，充溢着强者的气息,鄙视向坎坷和厄运低头,他顽强地驱逐心头的阴影,而总是对生活抱有希冀和热望。因此,当他拿起笔来的时候,他的审美选择中似乎像有一种天性,使他几近自发地倾向于生活中确确实实存在着的光明面,更多地瞩目于人物心灵中蕴含的美的亮点。他的主人公,不管是工厂的主人抑或是大海的儿女,灵魂世界几乎都是透明的,既无阴影又无裂变,在性格和心理上表现为一种单纯的美的丰富状态。长时间来,有人强调复杂是一种美,强调要描写复杂的性格和心理。生活本身所固有的复杂,经过艺术提炼,自然可构成艺术上的美,这是可以没有争议的。但复杂并不是一切,更未必是美的极致,不能因复杂而排斥单纯。复杂可以构成美,单纯同样可以构成美。因为单纯并不是简单,而是表现为一种纯度,这种纯度所具有的丰富色彩,完全可以组成艺术上种种诱人的美的状态。在表现劳动者纯朴的精神境界时,单纯,尤其是美学范畴内应予着力追求的富有诗意的目标。邓刚确实在这里发现了自己的天地。

  这样做的时候,邓刚并非无视矛盾,更不是闭上眼睛,回避生活中落后和阴暗的方面。正因为这样,他写海的时候并不掩饰海尚有凶险的一面,而他描写工厂生活的作品,还真有那么一点沉重感。《阵痛》里觉醒的异常痛楚,《刘关张》里非正常状态的惊人争斗,都写得真切而有深度。这一点沉重感是可取的,因为它是生活里的真实,没有它作品反而会变得轻飘和轻浮。但是,迷恋于这种沉重而苦于不得解脱,那就不是邓刚了。邓刚欣赏并着意描绘的正是敢于解脱沉重而做生活主人的强者。他从一个劳动者所具有的朴素的审美评价出发,赞美那种追求精湛技艺和崇高劳动态度的自尊心理,赞美在新的历史条件下人们为获得这种自尊而进行的顽强搏斗,以及在搏斗中思想情感获得升华的心路历程。在他描绘工厂生活的作品里,邓刚运用现实主义的笔触,去进行真实的描绘和精确的剖析。而在他写大海的时候,笔底更多出一种诗人的浪漫主义气质。他寻觅"鲜味",对生活进行更为严格、更为专注的筛选,更偏重于抒写那种净化过的灵魂,因而更为单纯,更多闪耀理想的光彩。这样,他的人物既是真实的,来自生活,具有一种逼真感;同时,又是理想的,经过再创造,加上了作者主观想象美化的浓重色彩。于是,呈现在读者面前的,是充满诗意的净化了的心灵。既是现实主义的,又是浪漫主义的,这就是邓刚写海的特点。自然,在《迷人的海》里,浪漫主义的光彩,不光表现为人物心灵的净化美,还得力于那新鲜的场面,传奇的色彩,以及汹涌澎湃的激情和气势。这样,这个作品看起来似乎写得虚一些,但把它说成用的是象征手法,可以归入象征主义的范畴,却又不免失之偏颇。因为在我看来,这个作品虽然充满了浪漫主义的精神、情调和色彩,但另一方面,它的具体描写对象——大海和人,又是很实的,可以触摸的,充满着活生生的具体感。这种"实"的鲜明感觉,所展示的性格和心理特征，恰恰显示的又是现实主义的功力。大海和工厂，这是两个完全不同的生活领域，为了适应描写对象的巨大差别，邓刚在创作方法上相应做出较大的变化，甚至出现两副笔墨，这正是邓刚富有才华的表露。但在情感基点上，专注于对人物灵魂中美的光点的揭示，这在他却是统一的，一贯的。这正是邓刚创作才能中最为可贵的素质。一个作家是微笑着去赞颂生活，还是对生活抱着悲观的情绪和厌恶的态度，是热情地专注于生活中健康光明的趋向，还是冷漠地沉溺在生活中消极阴暗的角落，这是关系甚大的立场和情感的根本差异。可以说，邓刚写的人物中，精神上都没有受过污染，不知精神污染为何物，这一点确是难能可贵的。

邓刚逐渐在形成自己的风格。他写海的文字似乎更显圆润和富有色彩。自然，必须客观地注意到描写工厂生活自有其特殊的难度。把这种难度估计在内，就不会低估邓刚在这个领域所取得的出色成绩。而且，进入1983年，他写工厂的作品，艺术上亦有长足的进步。《八级工匠》里，尚留有阐发意念的痕迹，个别情节有人为迹象；《刘关张》在深入开掘时，也仍有艰难和力不从心之处；而《阵痛》等作品，则明显地写得自然和从容了，已去尽凿痕斧印。他1983年的小说，在写法上也在做新的探索，对人物内心世界的探求似乎更吸引着邓刚的注意。于是，在有些作品中表现出某种淡化情节的倾向。邓刚并不是不再重视情节，他仍然注重通过情节和细节刻画人物的性格，即使在写得似虚的《迷人的海》里，那些精彩细致的动作和环境的描写，仍然占据着醒目的位置和重要的篇幅，使人对老少海碰子从外貌到性格都留下鲜明深刻的印象。这一点不应视而不见。但另一方面，邓刚确实又在加重对人物心理画面和情感世界的关切，有些作品心理线索已偏重或至少并重于情节线索。他着意去表现那些在时代潮流感应下激荡变化的心理演变历程，并在这个历程的描绘中注入自己充沛的激情。性格和心理并重，理性和情感并重，这正说明邓刚努力在深入表现人物的更深的层次。邓刚的情感十分丰富，当他从初学的拘谨中解放出来，放开手把自己的激情注入人物心田时，为了传达这种激情，他当然要探索新的表现方法，自觉或不自觉地和先前依靠情节和动作来刻画人物性格的传统方法保持和拉开距离，这样，才能偏向主观，更接近诗，更接近抒情散文，以刻意渲染人物的心理和情感领域，以如火般燃烧的激情去打动读者的心灵。这一特点在写海的文字中表现得尤为突出。自然，这种方法还在探索之中，未必已达完美境界。刻意渲染情感，先天或有不足，情感有时就会大于思想，使得他的人物还缺乏更其可观的思想深度，甚至有时亦夹杂若干直露之笔，残存阐发意念的些许蛛丝马迹。

邓刚目前正进入他创作的第一个旺季，处于一种高峰状态。他同时在两个生活领域开挖，不断地发现着自己的新鲜角度。只要继续打开思路，挖掘生活的库存，他还能写出一批保持稳定质量的好作品。这说明邓刚潜力尚足，后劲可观。但从长远来看，从更严格的标准来要求，尽管他锐敏地表现了生活中一些引人注目的矛盾冲突，新鲜地表现了历史转折关头一些特定的心理和情感变化的生动画面，并以激励战斗的乐观精神和英雄气概传达了时代精神某些高亢的强音，但就他现有的全部作品做一综合考察，似乎又可以看出他在把握和表现生活时，还缺乏一种整体感。没有这种整体感，就比较难于获得可观的历史深度和思想质量。邓刚目前尤其需要提高自己的思想水平，要善于高瞻远瞩，在与生活同步前进时，更为敏锐深刻地从高处对生活进行鸟瞰和俯视，从客观的角度，从整体上去把握和表现生活，以获得那种极其可贵的整体感。这样，下一次出现的高峰，就可能闪现更其迷人的光彩！

《当代作家评论》1984年第1期（创刊号）

人民·时代
——关于崔德志同志

柯 夫

不知为什么,近些年来在社会上兴起了把人与人之间的关系不再称同志,而一律叫起师傅来了。常常使人听了哭笑不得。而大家对崔德志同志叫崔师傅,却是那样的自然,而又是那样的亲切。

崔师傅最近送我新出版的《崔德志剧作选》,他选了四个独幕话剧和两个多幕话剧,其中四个不太为人所知,而《刘莲英》则早已是大家熟悉的优秀独幕话剧,《报春花》更是人人称赞的好戏了。去年他的新作多幕话剧《红玫瑰》也是一出好戏,还未及选入。

《刘莲英》中的刘莲英,是20世纪50年代的先进工人典型,她虽是个普通女工,可她把社会主义建设事业永远摆放在第一位。《报春花》中的白洁,则是70年代末的先进工人典型,虽然生活道路坎坷,但她却无怨而默默地为社会主义建设努力地劳动着。《红玫瑰》中的朱凌燕,则是个80年代改革者的形象,她敢打敢冲,敢于向旧传统旧势力挑战。这三个生动可爱、让人感动、给人力量的女性,在社会主义文艺舞台上展现,是崔德志同志多年来勤奋劳动的结果。除此之外,还有《生活的赞歌》里的刘大明,《春之歌》里的李玉洁等,也都是作者努力塑造的社会主义新人的形象。

因为三十多年的相处,不仅看过他写出的这些作品,还看到了他走过的道路。他除在艺术创作上努力地追求与不断地探索,并又善于吸取和接受各方面的意见外,更重要的是他深知艺术创作的源泉是生活,而且身体力行。

陈白尘同志为《崔德志剧作选》写了一篇很好的序言，题目叫《一个追寻春天的人》，把崔德志同志的作品和他本人概括得非常好。他指出有一根红线贯串在作者的作品里，就是作者在追寻社会主义的春天。与此相伴地还有一条红线，就是创造社会主义的新人的美好的灵魂。的确，崔德志同志一直是向往着社会主义的春天，追寻着社会主义的春天，唱着春天的歌，奔跑在春光明媚，有时也颇为崎岖的社会主义道路上。

　　崔德志同志到哪里去追寻社会主义春天呢？他是到生活里、他是到人民当中去追寻社会主义春天的，他知道春天永驻在人民之中。他曾深入哈尔滨亚麻厂、深入沈阳重型机器厂、深入沈阳纺织厂……为了追寻社会主义的春天，他不惜用最大的代价，竟去工厂当了学徒工。那时他除学做一些钳工的活计外，每天早来晚走，扫地、打水，给师傅们送取饭盒……凡是徒工做的事，他都去做，那时他的年龄远比他的师傅大得多。这样地深入生活，在全国恐怕也是少有的。当然，深入生活不一定去当学徒，但是这种精神是极为可贵的。后来他慢慢地由徒工正式转为师傅，因此工人们叫他崔师傅，现在文艺界以及熟悉他的人也都叫他崔师傅了，这就是叫他崔师傅的由来。这是最高的、最光荣的称号，既名副其实，又是个尊称，表明他是个劳动者，工人中的一员，也表现了他与工人群众的血肉相连的关系。当然在20世纪50年代他开始深入生活时，也曾有过彷徨，也有过苦恼，到生活里去，做什么呢？可是他很快地扑向生活中的主人——那些为社会主义建设而日夜操劳公而忘私的人，他们既普通平凡，又高尚可爱，他看到了光明，他看到了春天，他看到了社会主义新人，他很快地写出了《刘莲英》，从此他更自觉地去深入生活，也因此下了决心要去当一名徒工，以及后来较长期地做工会工作。从此他也更自觉地去歌颂光明，歌颂春天。

　　可是道路并不是平坦的，从1954年写出了《刘莲英》到1979年写出了《报春花》，中间整整是二十五年，是一个世纪的四分之一呀。在那一年不顶一年用的年代里，经常是批判、检讨、开会、斗争、停笔，最后干脆不让写了的日子里，二十五年算得个什么！就是在那些年代里，崔师傅也是与人民在一起的，经常可以听他讲些生活里发生的事情，群众的呼声，人民的愿望，等等。三中全会以后，文艺的春天到来了，他到纺织厂生活，很快地写出了《报春花》，歌颂了一个出身不好的先进生产者白洁。崔德志同志的出身很好，怎么会写一个出身不好的人呢？因为他是站在人民一边的，他和劳动人民的心是连着的，脉搏的跳动是一致的，歌颂白洁是人民的要求，人民的观点。长期与工人生活在一起的崔师傅，逐渐养成了一种率直的性格，他敢于发表自己对生活的看法。他对生活、对艺术是真诚的，真诚是艺术的生命，真诚是作家艺术家的可贵品质，因此他敢于做人民的代言人，呼喊出人民的要求、时代的声音。

在《报春花》受到好评时，记者们纷纷前来访问，让他讲经验，他讲了一些。但我认为最重要的是他紧紧和人民站在一起，并同人民一道踏着时代的步伐在前进。这些话当然他自己不太好讲，可事实却是如此。

崔德志同志不断地生活，不断地创作，社会主义春天的气息也总不断地从他的作品中散发开来。

一个作家能自觉地把自己属于人民、属于时代，大概总会成功的，或者总容易成功的。让我们都把自己属于人民，属于社会主义时代吧。

1984年1月26日于大连
《当代作家评论》1984年第2期

当代作家小传·白朗

杨澄宇　　赵则训

白朗，是我国新中国成立前后较有成就的一位女作家。生于1912年8月2日，辽宁省沈阳市人，原名刘东兰，后易名肇春。幼年丧父，小学毕业后，随母亲到黑龙江投奔祖父、著名中医刘紫阳。这时她考入黑龙江省立第一女子师范学校。1928年祖父病故，不久又同寡母幼弟迁返沈阳故居。1929年秋，同铁路职员、中共地下党员、表兄罗烽在哈尔滨结婚。1930年初春，曾当过代理小学教员。

九一八事变，沈阳和哈尔滨等北方城市相继沦陷，这极大地激发了白朗的爱国主义热忱，她和丈夫一起投入了抗日斗争行列。我地下党哈尔滨东区区委机关及印刷所就设在她家，著名抗日将领杨靖宇经常来这里开会或传达指示，她负责放哨，刻蜡版，印文件，书写传单，无所畏惧地完成党所分配的各项任务，被吸收为反日大同盟盟员。她早就受到苏联普罗文学和中国左翼文艺书刊的影响，1933年考入哈尔滨进步报纸《国际协报》，先后任记者和文艺副刊主编，并在地下党的协助、领导下参加创办了《文艺》周刊。她开始用刘莉、弋白等笔名给《文艺》《夜哨》撰稿，同时还是党领导的星星剧团的演员。1935年夏同罗烽一起逃亡上海，开始从事专业创作。1937年上海沦陷后撤退到武汉，1938年再次撤退到重庆，1939年参加由中华全国文艺界抗敌协会组织的作家外地访问团。

1941年皖南事变后，白朗蒙周恩来副主席遣送去延安。1942年参加了延安文艺座谈会，并任《解放日报》副刊部文艺编辑。1945年在中央党校加入中国共产党。同年秋随同干部大队离开延安,参加东北解放战争和土改工作。1946年被选为哈尔滨市临时参议会参议员,任党报《东北日报》副刊部部长,东北文艺协会出版部副部长和《东北文艺》副主编。

1949年,白朗参加了全国第一届文代会。1950年在东北作协从事专业创作。抗美援朝战争中,曾在接送、救护志愿军伤员的卫生列车上体验生活。1951年赴朝鲜战地访问。同年秋代表蔡畅、邓颖超两位领导到索菲亚参加国际妇联执委会。1952年,为东北作家协会轮执主席之一,参加了全国文联组织的赴朝创作组。同年夏,参加由国际妇联组织的"对美李匪军在朝鲜的罪行调查团",并参加"报告书"的编写;9月由周总理委派,陪同英国朋友、工党议员、作家费尔顿夫人再次赴朝访问,这两次任务完成后曾受到周总理的当面表扬。1952年12月出席维也纳世界和平大会。1953年调中国作家协会为专业作家,6月出席哥本哈根世界妇女大会,会后应邀去赫尔辛基参加芬兰的"妇女文化日"活动,7月参加板门店停战签字仪式,8月参加全国第二届文代会并当选为全国文联委员及中国作家协会理事。1954年被选为第一届全国人大代表和全国妇联委员。1956年出席在新德里召开的亚非作家代表大会。在"反右斗争"和"文化大革命"中,白朗承受了政治上的严重打击,身心健康有很大损害,但也使她更深入地接触和了解了工农群众。

白朗的写作态度严肃、认真、刻苦、勤奋。其主要作品有:散文集《西行散记》《月夜到黎明》,特写集《锻炼》,抗联女烈士传记《一面光荣的旗帜》;记述抗日战地作家访问团活动的日记体中篇《我们十四个》,短篇小说集《牺牲》《伊瓦鲁河畔》《牛四的故事》《北斗》,中篇小说《老夫妻》《为了幸福的明天》,长篇小说《在轨道上前进》等。

白朗的作品,是她亲身投入革命斗争,认真观察和体验生活的结晶,具有较强的时代真实感和浓郁的生活气息。《月夜到黎明》是作者选自1935年到1954年的散文总集,从中不难看出时代的急遽变化,也可以观见作者作为一个小知识分子怎样从无知趋向觉醒,由单纯的爱国主义者走进无产阶级阵营的人生历程,更可以看到她作为一个革命战士、和平使者所从事的涉足中外,波澜壮阔的伟大斗争,以及与她共同战斗过的许多朋友、同志的光荣业绩和感人品质,读来情意感人。《牛四的故事》虽是只有六个短篇的小集子,却广泛深入地展现了土改运动中丰富多彩的社会风貌和如火如荼的斗争画面,细致入微地刻画了不同阶层、不同人物的心理状态和行动特点,标志着作家那种朴实无华、真切生动的创作风格初步形成。新中国成立后出版的著名中篇小说《为了幸福的明天》和长篇小说《在轨道上前进》,通过众多的人物关系和复杂的斗争场面,分别塑造了一个兵工厂青年女工和志愿军卫生列车上一个女卫生队长的英雄形象，在反映生活的广度和深度上又向前迈进了一步。作者亲身感受到，新中国成立后是工农兵当家做主的时代，是英雄辈出的时代，因此比较自觉地着力塑造英雄人物形象，努力展现他们那种完全忘我、真正无私的精神境界；同时也大胆地反映人民内部矛盾，揭示落后人物的自私心理，满腔热情地促使他们转变。之所以这样做，是因为英雄的时代不容玷污，而英雄的集体也不应让一个战友掉队。白朗的作品口语化，特别是大量采用了东北地区群众口头上的生动语言，像叙家常一样，自然亲切。不足的是，往往偏重于事体的平铺直叙，缺乏贯穿始终的，能够紧紧抓住读者，使其关心主人公命运发展的主线。

《白朗文集》已由辽宁春风文艺出版社编辑出版。

《当代作家评论》1984年第2期

评长篇小说《北国风云录》

曾镇南

很久没有读革命历史题材的长篇小说了，这次读到老作家马加反映东北人民抗日斗争历史的长篇小说《北国风云录》，使我感到一种新鲜，一种激动，改变了我对革命历史题材的长篇小说的某种说不上什么时候形成的成见。记得在我还是初中学生的时候，20世纪50年代末期出现的一批优秀的革命历史题材的长篇小说如《红旗谱》《青春之歌》《林海雪原》，曾经怎样地使我年轻的心激动啊？这些作品和《钢铁是怎样炼成的》《母亲》等苏联小说一起，给了我最初的人生启蒙和文学启蒙。一直到现在，我感到自己的生活信念、感情素质以及对文学的看法，都可以寻找出这一批革命历史题材的小说留下的烙印。但是，经过十年动乱之后，革命历史题材的小说，似乎对新一代的青年人缺少吸引力了。这是为什么呢？这里的原因是很复杂的。一方面现实生活的急剧变化，强烈地吸引了社会上的文学兴趣，作家和读者都被卷入现实斗争的激流之中，对历史，即使是革命斗争历史的关注相对减弱了；另一方面，更为重要的是革命历史题材的长篇小说创作本身存在着停滞的问题。按说，在这一题材领域中辛勤耕耘的作家并不少，创作不能说是岑寂的。但能再度燃烧起青年们的热情，得到评论界一致赞扬的翘楚之作却不多见。有的评论者指出的题材陈旧，人物陈旧，艺术表现方法陈旧的现象确实存在。这种陈旧感，与其说是由于它们没有超过50年代末那一批史有定评的力作而产生的，不如说是由于它们在不同程度上未能摆脱十年动乱中附所谓"样板戏"之身而游荡起来的文学鬼魂的影响而产生的。这样说也许过于严峻了，但这确是革命历史题材的长篇小说向前发展必得挣脱的无形的桎梏。已经有不少作家意识到这种桎梏并力图在创作实践中冲破它。马加的《北国风云录》，正是在这方面，带来了一股清新的气息。

如果从长篇小说的艺术结构上来说，《北国风云录》远不是无懈可击的，除了展开主人公周云的家乡辽河下梢的黄花岗子一带的风土人情、阶级矛盾的前些章给人以浑然一体、接榫细密的感觉外，整个作品的总体结构稍显松散。但是，在这联结得不太紧密，也缺乏传奇色彩、情节悬念的一个个生活画面中，却贯穿着、激荡着一股浓烈的激情，扣动了读者的心弦。这种内在的激情，以一种朴实得近乎朴拙的笔调含蓄有致地抒写出来，渗入了读者的心田。它把读者引入了那风云突变、烽火连天的抗日战争年代，沉浸在一种苍凉悲壮的爱国主义的崇高思想感情之中。从"九一八"北大营的陷落，到七七卢沟桥的炮声，处在生死存亡关头的中华民族，忍受了多少苦难屈辱，终于发出了"最后的吼声"。而东北人民，尤其是感觉敏锐的东北流亡青年，更是首当其冲地承受了国难家仇的重量，在苦闷、压抑中，走上了一条艰难曲折的救国救民的道路。他们那种求生的挣扎，坚忍的战斗意志，沉郁激烈的情怀，追随党、追随革命的信念和热忱，汇成了一代青年跌宕起伏的感情波涛，在《北国风云录》的字里行间汹涌澎湃。我们可以说，这部小说是作家在他的青年时代亲身体验过的一段思想历程和感情历程的文学结晶。虽然作家已经迈入古稀之年，但难能可贵的是他的笔下仍然充满青春的活力。我们从周云、沈风、柳亚雄、叶雨芳等青年形象上，依然能感受到作家那一颗充满民族自尊心和民族自豪感的赤子之心在强劲地搏动！作家虽然展开了时代的广阔的画面，既创造了大德堂这个地主庄园里精致传神的地主阶级人物的群像，又勾勒了包括张学良将军在内上层人物的身影，还塑造了于国昌等农民阶级的典型，举凡旧社会各个阶级、阶层，三教九流，形形色色的人物，都有或浓或淡的描写，显示了作家创造社会群像，再现一个完整的社会形态的宏伟意图。但是，处于长篇描绘的历史画卷中心的，却是周云、沈风等爱国知识青年的形象，是一代被卷入抗战时代风云的中国热血青年的灵魂。作家着力描写的，是周云、沈风等青年在那个严峻的历史关头怎样选择了一条为祖国献身的光荣的人生道路。面对着日寇的侵略，民族的灾难，青年们也是在分化的。有郝如珍那样的以攀附国民党新贵为荣的青年学生，也有在沈阳卧云楼鸦片零卖所里用毒品和色情来麻痹自己的灵魂的"瘦猴似的青年"，但更多的却是周云、沈风、李韦、叶林秋、郭克力、柳亚雄、叶雨芳这样的燃烧着爱国热忱的可爱青年。他们原来是在一种对未来的美好憧憬中，过着相对平静的学生生活，享受着纯洁的友谊和爱情的文雅韶秀的青年，但抗日的风暴把他们推上了充满惊涛骇浪的崭新的人生，人民的血泪使他们从青春的梦想中惊醒了，他们呻吟了，怒吼了。他们走上了辗转于世俗冷眼中的流亡道路。他们的灵魂变得粗暴、犷悍起来了。风云际会，时势逼搡，他们在党的领导下成了人民的斗士！《北国风云录》就是这些祖国的优秀儿女、一代青年前锋的抗日进行曲！这部书是老作家马加奉献给今天的青年的。它是一部热血铸成的青年教科书。从20世纪30年代到80年代，整整半个世纪过去了。30年代青年肩起了挽救中华的民族使命，80年代青年面临的却是振兴中华的民族课题。时代发生了巨大的变化，但是，每一代中国青年共同的关注民族命运、国脉盛衰、人民忧乐的光荣传统没有变，那种在民族革故鼎新的伟大变革中锤炼、更新，发展自己年轻的生命的积极的人生方向没有变。因此，周云、沈风们的脉搏，是和80年代奋进的青年一代相连的；他们的心灵，也能够和今天的青年相通。正是在这个意义上，可以说《北国风云录》找到了和当前现实生活的沟通点，找到了和80年代青年共同的感情燃烧点和心弦的共振数。本来，革命历史题材的创作，说得绝对一点，就是为下一代写的，为青年们写的，写革命历史的画卷，并不仅仅是要吟味老一辈昔日的光荣，更是要激励后人开辟新的征路。前事不忘，后事之师；彩绘史事，启迪后人，这应该是革命历史题材创作的大旨。革命历史题材的长篇小说创作要兴旺，不能不努力探寻拨动当代青年读者心弦的途径。要把当代青年的情绪、心理、审美要求考虑在艺术构思之中，这样，才能打破革命历史题材的创作与当代青年之间一度出现的疏隔，激起青年们热烈的回响。寻求青年读者的支持对于振兴革命历史题材的创作是太重要了。这样寻求，绝不是用靡丽轻巧的小花头去取悦青年，而是要唤起青年庄严的历史感，使他们览畴昔之风云，明今日之使命；知前辈之奋斗，增开拓之勇气。《北国风云录》是能够起这样的现实战斗作用的！

抓住了《北国风云录》主题思想上这一与今天的青年相通的血脉，就可以进一步分析小说中贯穿始终的两个主要的青年形象周云和沈风了。周云的形象是根据作家自己的生活经历，经过艺术概括和集中创造出来的。这是一个普通的热爱祖国，眷恋乡土，在抗日风云中逐步走上革命道路，逐步树立无产阶级世界观的文学青年的形象。他的曲折的生活道路，丰富的思想感情，朴实而倔强的性格，对革命和革命文学不懈的追求，对待友谊和爱情的纯洁的情操，都得到了细致、真切、动人的表现。作家说，"虽有真人真事，我努力进行典型的概括"[1]。在周云这个人物的塑造上，可以看到作家这种创造典型的努力。这种努力表现在两个方面：第一，作家在描写周云的个人命运和心灵世界的时候，深入地开掘了那些能够表现20世纪30年代进步的知识青年的人生方向的具有普遍性的东西，从周云独特的生活道路和个性发展中，展示了30年代进步青年所

---

[1] 马加：《北国风云录·序》。

走的历史必由之路。九一八事变前,周云是东北大学一个普通的热爱文学的学生。他向往左翼文艺,憧憬着美好的未来,外表沉静,内心细腻。但他对未来的看法,对自己应该走的生活道路,是朦朦胧胧的。这一时期他的主要思想情绪是苦闷:家庭的贫困,舅舅的冤屈,王志兴的淫威,婚姻上受到的压力,使他觉得社会黑暗,理想破灭,个人没有前途和出路。当然,在周云的苦闷中也包含着他对旧势力的反抗。在七公牛录事件中帮助乡亲们争取社会舆论的同情,断然拒绝地主女儿金子的求婚,这两件事初步表现出周云的反抗性格。但这种反抗,是孤立无援的。九一八事变后到流亡北平,旅居西柳村的永安观,是周云性格发展的第二阶段。他给妈妈写的那封充满激情、感人肺腑的长信为这一阶段做了总结。经历了恐怖的"九一八"之夜,目睹了沈风在街头进行的英勇斗争,身受了从沈阳到北平的106次客车上的劫难,尝味了无家可归的流亡学生的悲愤和辛酸,看够了文丰公寓房东歧视的白眼,有了一次碰壁而回的天津之行,还打了一次使他对国民党的法律的本质有了清醒的认识的官司,这种种艰辛而丰富的经历锤炼了周云的思想感情,使他从个人前途无望的苦闷中逐渐走出,开始向往党领导的革命斗争。深入社会的底层,上了社会的大学,使周云认识到民众的苦难和力量,为他接受马克思主义打下了坚实的思想基础。和沈风等地下党员的接近,阅读进步书刊,使他"获得了一种信仰""看到了一种希望",找到了"为真理而生存下去"的生活意义。生活的逼迫,也使他开始了初步的文学创作活动,用诗歌为武器"向社会上提出控诉"。这个时期,周云在思想上已经克服了孤独感,但在行动上他还在孤军作战。第三阶段,周云在沈风的帮助下,开始在党的领导下投入了有组织的斗争。他经地下党李韦介绍加入了左联,创办了宣传抗日救亡的刊物《推展》,第一次接触到列宁的著作《国家与革命》,创作了充满无产阶级战斗激情的《火祭》。他从抗战的烽火中,预见到新旧中国的分野。他写道:

……群众的激浪里
埋藏着火流与闪电,那摇天的霹雳声中饥寒的呐喊!
向着无产的国度推展!

革命理论的滋养,使周云思想感情跃上了一个新的高度。和叶雨芳的初恋和分别,刻画了他纯洁的情愫和美好的情操;东北之行的见闻,丰富了他的革命实践经验,使他终于成长为一个时代的斗士。小说结束时,周云参加了一二·九运动,在卢沟桥畔,和二十九路军战士们一起,喊出了抗战的吼声,像涓涓山泉汇入了大海,周云投入了抗战的历史洪流中。这一独特的青年性格的发展，反映了历史风云的激荡和历史运动的归趋。我们从中看到了马克思主义和党的坚强有力的领导对于20世纪30年代进步青年的伟大凝聚力。那时候在苦闷中徘徊的追求光明的青年，怎样由于生活的教育，斗争的需要，如饥似渴地以生命的全力去拥抱马克思主义，以神圣的虔诚去服从党的指挥；而进步的文学青年，他们的创作活动怎样随着革命斗争的发展而发展。——这一切带普遍性而且富有现实的启示性的东西，都概括在周云的独特命运和独特个性中了。第二，作家在刻画周云的性格时，既注意了这一性格和大的时代环境的内在联系，也深入地开掘了这一性格与形成它的具体的生活环境的内在联系。也就是说，作家是把周云的个性连同培育这种个性的泥土一起挖掘出来的。周云虽然是一个富于文学幻想，感情非常丰富的知识青年，但他又是植根于辽西河套草原上的一株小树，他是一位乡村穷苦医生的后代，他的舅舅是朴实勤劳的农民，他秉有农民的纯朴和踏实，也赋有农民的倔强和血性。他与家乡人民有着千丝万缕的联系，熟悉家乡风土人情，热爱家乡的山河景物。小说中对黄花岗子美丽风光的描写，散发着浓郁的泥土气息，是最富于诗情画意的文字。我们仿佛看到像大海的波涛一样摇动的庄稼地，闻到草棵地里艾蒿的辣味，听到蝈蝈的叫唤和深林里黄鹂的啼叫……这些景致牵动着周云感情的丝缕，使我们窥见了周云丰富而细腻、深沉的感情世界。黄花岗子风俗画的彩绘，阶级关系的透视；沈阳和北平社会风貌的鸟瞰，人海波澜的剪影；流亡青年群的悲愤的歌哭和他们独特的生活情调、氛围……这一切都把环绕着周云的具体的社会生活环境显示出来了。在这样的社会形态、时代气氛中产生的周云这一个性格，一切是那样自然、可信、朴实。这是一种在典型环境中写出典型性格的现实主义手法。《北国风云录》以其成功的艺术实践又一次显示了这种古老的创作方法年轻的生命力。当然，周云的形象塑造并不是始终那样饱满、厚实、立体化的。大体上说，永安观写家书之前，这一人物写得比较细致、曲折、鲜明；在这之后，就写得比较粗放、直线、空泛了。综观周云的形象，感情世界的刻画显得深细而人物的动作性却比较平淡。在斗争旋涡中心的人物却缺乏有力的情节、场面供其行动，这就无法在强劲的行动（也即人物对社会斗争的具体反应）中把性格写得有声有色。这个弱点，我想也许是因为作家太拘牵于自己的生活经历，未能更雄恣地展开艺术想象，设计人物的命运、遭遇才造成的吧？

与周云的形象相辉映的，是带有传奇色彩的青年英雄沈风的形象。沈风是个年轻的共产党员，他是周云走上革命道路的引路人，他虽然年轻，但已有了丰富的革命经历。参加了五卅学生运动，组织过七公牛录人民与日本浪人的斗争，从讲武学堂毕业后又到北大营当下级军官，做争取士兵的工作。作家集中两个大段落展开了沈风的性格。第一个段落是从第十一章《沈风》到第十七章

《樱桃园》。通过他在北大营中抵制国民党的不抵抗政策，带领孙占江等奋起反抗的士兵冲出重围，表现他的胆识、血性和义勇；同时在他和柳亚雄的幸福的恋爱中展示他美好的感情和开阔的胸襟。第二个段落是从第二十五章《七公牛录》到第三十七章《牛翻译》；第四十三章《有朋自远方来》到第五十章《于小栓探家》。作家用了整整二十一章，约占全书三分之一的篇幅，描写沈风任司令的辽西义勇军的战斗生活，在这种战斗生活中塑造沈风作为一个成熟老练、智勇双全的军事指挥员的形象。这些章节写得有声有色，引人入胜。沈风在处理义勇军内部关系上，在对日本大团和王志兴、李惠君等汉奸地主的殊死战斗中，在联络、争取胡子"老北风"的复杂斗争中，比较充分地展开了性格。但是，总起来看，这个人物缺乏性格的发展，强烈的动作性使他形象鲜明，但内心世界、感情生活刻画得过于单纯与粗略，却使他显得有点简单，缺乏厚度和深度，这个人物塑造上的得与失，与周云形象塑造上的得与失恰恰相反。

一个周云，一个沈风，这两个主要的抗日的青年斗士的形象，一文一武，撑起了《北国风云录》艺术结构的大厦。但是令人遗憾的是，这两个主要人物的命运，虽然也有交叉的时候，但缺乏更强有力的互相扭结，有点花开两朵，各表一枝的味道，这就使小说的总体结构显得松散。不仅如此，周云与沈风和小说中其他形形色色的人物之间，也缺乏相互关系的碰撞、渗透、扭结，即使是沈风与柳亚雄、周云与叶雨芳这两对恋人之间，也缺乏灵魂的相互交织。这就使小说中的友谊、爱情的描写，只是像优美的、淡远的抒情曲，而不是震撼心灵的命运交响乐。人物关系的松散，是导致小说艺术结构松散的根本原因。

不过，也不是小说所有的部分，所有的人物关系都是松散的。描写大德堂内部各种人物关系和黄花岗子阶级矛盾与民族矛盾交织的那些篇章，就显得笔力强悍，结构紧凑。尤其是汉奸地主王志兴、李惠君和环绕着他们的生活环境的描写，展示了大地主腐朽没落的生活方式和凶毒残暴、色厉内荏的阶级心理，着墨不多，却历历如绘，具有很高的审美价值。作家对一些次要人物的刻画，也很见功力，常常寥寥几笔，就使人物须眉毕见。如"老北风"的悍恶和野蛮，吴管家的刁钻和油滑，小灵子的纯洁和灵巧，于小栓的机智和大胆，于国昌的倔强和耿直，周二先生的困窘糊涂，周二娘的慈爱贤惠，徐半仙的如簧之舌，牛翻译的口舌如刀……都给人留下了难忘的印象。作家努力刻画各阶级、阶层的人物群像，确实做到了把"他们各自的身份、衣着、外形、语言、感情、个性、信仰和各自不同的命运"和盘托出。看得出来，在这部写作时间长达二十年，三易其稿，历尽劫难的力作中，凝结着作家毕生的生活经验和进行艰苦的艺术创造的心血。他对于出现在笔下的人物，都是熟稔的；落笔之前，已经经过了长期的酝酿，所以一旦化为纸上生灵，就显得活气贯注，几乎可触可摸了。

《北国风云录》在文学语言上达到的成就，也是近年来革命历史题材的长篇小说中罕见的。它的文学语言，既有散文诗的浓郁的诗美，又有人民口语的泼辣的活气。这种语言上的魅力，也是这部小说能够吸引读者愉快地一气读完的原因之一吧。马加是以1950年发表的长篇小说《开不败的花朵》名世的，在那部作品中，形成了他用优美、含蓄、简练、淡远的散文笔调写小说的独特风格，给读者留下了难忘的印象。这一独特的艺术风格，在《北国风云录》中也得到了发展。这部长篇是缓缓地流动着一种诗的情绪的。除了整体的饱满、均匀、细腻稍见逊色之外，这部长篇，使人想起孙犁的《风云初记》。两部书都以美丽的散文笔调，描画抗战初起的年代里的时代风云。孙作专注于冀中平原的农村，而马作除描写辽西草原的人民生活之外，还旁及沈阳、北平的都市风貌。虽然有些章节伤于空疏，但整体显得堂庑阔大，画面雄丽。辽西草原的自然风光和社会风俗，织成了斑斓而又旖旎的画面，满贮着亲切、朴素的感情，酿成了浓醇的诗意。作家写沈阳、北平风物，也见神采；但一旦写到辽西草原，更觉元气弥漫，活力充沛，屡有神来之笔，令人叹服。特别是前八章，饱满而集中，是散文诗和工笔画的交织，写得实在精彩。在这些章节中，精洁、舒缓、朴厚的散文笔调里，不时地跳动着辽西草原人民生动、泼辣的口语，如张半仙的算卦和说亲，王志兴家跳神许愿的场面中二神的歌唱，都是叫人过目难忘的。这种文学语言，是经过千锤百炼，可以传世，可以成为文学青年的范本的。令人觉得不满足的，是全书的文学语言，并不是从头到尾都这样优美、传神。有不少地方，写得细致周到但略伤于冗长、啰唆，博采人民口语但稍显得堆砌、费解。这大概是精力有所不逮的缘故吧。不过这是大醇中的小疵，只要一想到这部三十万言的长篇是在两度丢失原稿、作家备受摧残、视力只有零点二的困难情况下写成的，那么，我们对这位朴实而辛勤地为人民而创作的老作家，就只有肃然起敬了。

1984年3月28日
《当代作家评论》1984年第3期

当代作家小传·萧军

张毓茂

萧军是现代著名作家。原名刘鸿林，后改名蔚天。笔名也署三郎、田军、田倪、刘军等。1907年3月生于辽宁锦县一个山村里。少年时期深受民间口头文学的熏陶，对于除暴安良、行侠仗义的江湖英雄们的斗争生活，非常向往。1917年萧军随父到长春读书。1925年加入当时的东北军，当了骑兵。此后，进过东北军的几处军官学校。1930年毕业前夕，因反抗军校殴打学员的野蛮制度而被开除。1931年九一八事变时，萧军正在东北军中任下级军官，为了反抗日本帝国主义侵占自己的乡土，他曾密谋组织抗日义勇军，事败逃亡哈尔滨。在这里，萧军正式开始了文学生涯。在共产党地下组织的领导下，以文艺为武器开展抗日救亡运动。

1932年与女作家萧红结合。翌年与萧红合集自费出版了短篇小说集《跋涉》，以其同情人民、爱国反日的进步倾向，引起文坛的强烈反响，被认为"是一颗袭入全'满'的霹雳"（邓立：《萧军与萧红》），不久，遭到日寇的禁毁。1934年春萧军开始撰写长篇小说《八月的乡村》。5月，萧军为摆脱敌人的追捕，被迫与萧红一起出走到青岛。在青岛，萧军一面编辑《青岛晨报》副刊，一面继续写《八月的乡村》，10月完稿。这时萧军开始与鲁迅先生通信。11月萧军、萧红到上海与鲁迅会面。从此，他们便在伟大的文化革命主将的直接指导下从事革命文艺活动。

1935年6月，在鲁迅的关怀和支持下，萧军自费出版了长篇小说《八月的乡村》。这部作品及时反映了东北沦陷后的社会现实，热烈歌颂东北人民在党的领导下反抗日寇侵略的英勇斗争。《八月的乡村》出版后，震动文坛，受到广大群众的欢迎。鲁迅先生为之作序，给以高度评价，说这部作品："严肃、紧张，作者的心血和失去天空、土地，受难的人民，以至失去的茂草高粱、蝈蝈、蚊子，搅成一团，鲜红地在读者面前展开，显示着中国的一份和全部，现在和未来，死路和活路。"鲁迅预言："这书当然不容于'满洲帝国'，但我看来也因此不容于中华民国。这事情很快就会得到实证。"果然，国民党反动派很快就"下令"禁毁。国民党特务张春桥化名狄克，写文章攻击鲁迅，抹杀《八月的乡村》。鲁迅立即写了《三月的租界》等文章，给以有力回击，保护和支持了萧军。1936年鲁迅先生逝世后，萧军化悲痛为力量，努力继承和发扬鲁迅的革命斗争精神。他不但是治丧办事处的工作人员，而且是出殡时游行队伍的总指挥，并且负责编辑《鲁迅先生纪念集》。

1937年抗战爆发后，萧军先后到武汉、临汾、延安、成都、重庆等地编辑刊物，从事文艺教学，积极投身抗日救亡运动，曾遭国民党特务的绑架，同国民党反动政权进行过尖锐的斗争。1940年夏天，萧军第二次奔赴延安，从此便一直在解放区生活和工作，直到抗战胜利。1946年秋，萧军重返阔别了十二年的哈尔滨。在这里他担任了东北大学文学院院长。次年他又组织了鲁迅文化出版社，并任社长，出版了《文化报》。1948年末，因所谓"文化报事件"受到"批判"。从此，他便被排除文艺界。十年浩劫期间，萧军遭到"四人帮"的残酷迫害，被关押八年之久。粉碎"四人帮"后，党为萧军彻底平反，恢复名誉，推倒一切诬陷之词，做出"萧军同志拥护中国共产党，拥护社会主义，是一位有民族气节的革命作家"的正确评语。

萧军全部著作达五百万字以上。其中除同萧红合集的《跋涉》和成名作《八月的乡村》外，还有长篇小说《过去的年代》（即《第三代》）、《五月的矿山》《吴越春秋史话》；短篇集《羊》《江上》《绿叶的故事》《十月十五日》；中篇小说《涓涓》；旅行记《侧面》和话剧《幸福的家庭》等。

萧军是20世纪30年代崛起于文坛的"东北作家群"的杰出代表。他的作品充满反帝反封建的民主主义革命精神。首先它真实揭露了旧中国的黑暗现实，有力鞭笞了帝国主义和封建势力的罪行。他的第一篇小说《懦……》就描绘了封建军阀像野兽一样残杀士兵。在第一部小说集《跋涉》中，展示了殖民地大都市人吃人的黑暗恐怖景象：少女被饥饿逼着卖淫，母亲因穷困舍弃婴儿，老人为糊口在死亡线上挣扎……小说勾勒出资本家、官老爷、警察、流氓等形形色色的吃人者丑恶形象，都淋漓尽致，令人憎恨。《八月的乡村》等小说愤怒地揭露日本帝国主义的侵略暴行，敌人的烧、杀、淫、掠，沦陷区人民的深重灾难，都得到真实的再现，激起人民对敌人的强烈仇恨。其后，在《羊》《江上》《十月十五日》和《绿叶的故事》等集子中的诗歌、小说和散文，其犀利的笔锋也是指向帝国主义和封建势力的。比如《大连丸上》，描写了敌伪统治下的荆天棘地中豺狼横行的恐怖情景；《樱花》通过小姑娘黛黛一家的悲惨遭遇，控诉了国民党反动派爱国有罪的反动政策；《初夜》辛辣地讽刺了反动政权的爪牙——宪兵，他们像狼一样追逐一个四等妓女，而在达官老爷面前却巴儿狗一样驯顺；而《鳏夫》则对封建地主阶级奸诈、残暴、贪婪的反动本质做了真实刻画，在30年代的文艺作品中是非常突出的……萧军这时期作品的抗争激情，虽似不如以前那么炽热、高昂，但却更深沉了，显示出作家对社会问题进行更深入的思索和顽强的探求。正是在这样基础上，萧军开始撰写长篇小说《过去的年代》。这部巨作他写了十年才完成。《过去的年代》以宏大的气魄，全面真实地再现了旧民主主义革命时期在帝国主义和封建军阀统治下的东北社会现实：从偏僻荒凉的乡村，到繁华喧嚣的都市；从聚众造反的绿林，到高大阴森的地主庄园；从贫困狭窄的平民里弄，到官府的法庭和监狱；从劳动者憩息的酒店，到洋人布道的教堂……几乎对当时社会构成的各个细胞，小说都做了深刻细致的剖析，从而揭示了这个社会的腐朽糜烂，雄辩地指出了它必然灭亡的命运。

其次，萧军作品饱含着对祖国人民的赤子之情。他同情人民，热爱人民，歌颂人民。他的作品大都以受侮辱被损害的下层人民为主人公，有失业青年，下层士兵，搬运夫，流浪汉，农民，妓女，等等。他们虽然生活贫困，地位卑贱，但心地善良，勤劳质朴，互相关怀，渴望着过人的生活。《孤雏》中的君绮，自己虽已失业，受着饥寒的煎熬，却千方百计帮助一个年轻的母亲养活她的婴儿；《江上》描写老搬运夫为着生活肩负着沉重的货包，顽强地同命运挣扎，搏斗；《这是常有的事》中那两个劈柈子为生的孤苦老人，受到也是下层贫民的雇主的感人关怀，而老人退还多得工钱的描绘，都真实动人地表现出劳动人民的高尚品质，使人感到在那狐鼠遍地的冷酷的茫茫人海中，只有下层人民之间才有互相关怀的诚挚感情，他们都有着一颗火热的心……正因为萧军同情人民，热爱人民，他就不单描写他们物质生活的贫困和不幸，而且十分关注他们所受的精神奴役。他毫不隐讳人民群众的精神病态，为了引起疗救的注意，他进行严肃的解剖。在《八月的乡村》中，对唐老疙瘩的无组织无纪律的流氓无产者的坏习气，对萧明、安娜等知识分子严重动摇的劣根性，对田老八那种因循守旧、狭隘自私的精神状态……萧军都做了中肯的分析和批判，特别是对《过去的年代》中的汪大辫子，萧军虽然同情他坎坷不幸的遭遇，赞赏他勤劳质朴，但是，汪大辫子对压迫者的怯懦，对革命斗争的疑惧，谋求个人苟活的卑微心理以及男尊女卑、欺弱怕强等封建意识，萧军都给以淋漓尽致的剖析和批判，这批判，自然是教育落后者，克服病态，奋起抗争。

还有，萧军作品始终昂扬着革命英雄主义的基调。它几乎塑造了近代中国各个历史时期的反抗者、革命者和建设者的英雄形象。其中既有参加义和团运动的老英雄井泉龙，民国初年造反农民刘元、海交，学生运动领袖高天青（《过去的年代》）等旧民主主义革命时期的革命者，更着力描绘了新民主主义时期的共产主义战士。《八月的乡村》中陈柱司令、铁鹰队长和抗日游击队员李三弟、崔长胜等就是新时期的英雄。他们的性格具有不同于上一时期反抗者的鲜明的时代特征。井泉龙、刘元、海交的斗争虽然非常英勇顽强，但他们看不到明确的目标，也找不到正确的途径，他们的反抗带有很大的盲目性。海交死后，刘元感到旧路走不通，开始在探索新的道路了。而陈柱、铁鹰等则是新型的革命者——共产党人。他们有马列主义的指引，有坚强的党组织的领导，有着解放全人类实现共产主义的远大目标。他们不但同强大的敌人进行英勇战斗，而且不断排除和克服各种非无产阶级意识的侵蚀。《五月的矿山》则描绘和歌颂鲁东山、杨平山、艾秀春等社会主义建设时期的英雄人物。像这样全面地塑造出不同时期英雄形象的作家，在中国现代文学史上是并不多见的。

在艺术上，萧军的作品也有着鲜明的特色。首先是浓郁的乡土色彩。萧军是在东北沦陷后的抗日烽火中走上文坛的。他满怀悲愤描绘敌人铁蹄下的故乡山河。沃野、田畴、青山、溪水，一望无际的高粱地，蝈蝈吟鸣着的茂草丛；在这中间生活、劳动和战斗着的乡亲们，那田野上的笑声，那茅屋里升起的炊烟，那情人温柔的目光和母亲疲倦的催眠的歌吟……这一幅幅美丽的画面，情景交融，色彩绚丽，楚楚动人，同时，字里行间流露着作者深沉的乡愁，唤起人们对失去土地的忆念和热爱，激发人们抗日救亡的战斗激情，有着强烈的艺术感染力。其次，萧军善于用豪放的笔触，粗犷的线条，对生活场景和战斗画面做炭笔画式的勾勒。如都市的喧嚣，乡民的骚动，战场的硝烟烽火、人喊马嘶……往往寥寥几笔，就把大时代的风云变幻尽收眼底，显得那么刚劲、质朴、雄浑，可以说是一种"力"的艺术。其三，在人物塑造上，萧军既能准确地把握人物性格特征，做速写式的勾勒，又善于精雕细绘，做细腻的心理刻画，并且常常把两种手法错落有致巧妙地结合起来。《八月的乡村》描写萧明率领一行六人投奔革命队伍时的行军，就既有人物群像的鸟瞰，又对不同人物内心世界做深入的开掘，把他们参加革命时不同心理状态描摹得细腻入微，惟妙惟肖，宛如放大的特写镜头，给人留下深刻的印象。此外，萧军作品的语言泼辣生动，质朴有力，带有浓郁的乡土气息。

萧军虽然被压抑了三十余年，但他对中国现代文学发展所做的贡献，是不可磨灭的。他的作品已被译成俄、英、日、德等多种外文，是一位有着深远的世界影响的革命作家。

《当代作家评论》1984年第3期

从失落开始寻找

——论达理的创作

谢　冕

一

失去的不能再挽回了。但还可以重新开始。

——《让我们荡起双桨》

达理以描写一代人的失落感开始他们的文学追求。他们最初发表的《失去的爱情》便是一个带着心灵隐痛的失落的故事。这篇小说的最后一句话是："金惠萍永远不会忘记自己曾经经历过的那美好的爱情，但这一切，已经永远失去了。"尽管写这篇小说时，达理理智上倾向于对他们理想人物（方延丹、彭唤涛、尤浦芳）们褒扬（那时，从人物的身世经历乃至他们的名字，都留下了前一阶段文学模式的痕迹），但感情上，却更接近于金惠萍的爱情的挽歌。那个时候，不论是由于认识的错误或由于性格的弱点，善良的人都在一场严酷的政治游戏中丧失了许多无可补偿的东西，金惠萍则由于自己的天真、单纯、软弱和轻信，而失去了她最可宝贵的初恋，最后导致她的婚姻悲剧。小说结束的最后，一句话倾吐的是无可掩饰的沉哀。

失落的不仅是金惠萍。我们从《让我们荡起双桨》那个斑驳而不免有点芜杂的情节，以及繁复而失之均衡的情绪中，依然可以寻出对于失落的昨天的喟叹——也是在那场政治地震中,亚宁和阿莲,这一对少年时代的"王子"和"白雪公主"终于失去了他们幸福的双桨。"失去的一切都能补偿吗？我失去了年华,失去了……这也能补偿吗？"亚宁这番话闻之令人动容!

达理受到时代使命的驱使而走上了文学道路。他们并不偏爱苦难的哀歌,他们希望以理想之光点燃人们落寞乃至失望的心灵。"失去的不能再挽回了。但还可以重新开始。"阿莲的话也是达理的话。但这样的话在作品不经心地渗透出来的浓重的失落感面前,显得十分无力。不仅年轻一代,甚至他们的父辈,也有不可补偿的失落。《在初春的日子里》描写的青年时代就学英国的城市规划专业研究生梁赞冰,学成归国,宏图壮志,也毁于旦夕。他不仅失去了他那一张张精心制作的城市规划蓝图、他们"城市立法"理论,而且失去了当年在英国被同学尊为"我们的缪斯"的亲爱的妻子。"经过整整二十年的周折、坎坷,人们的认识总算又回到当初的出发点上来了。但梁赞冰已是两鬓霜雪,年过六旬的老人。"达理不想渲染苦难,但他们总是这样不经意地让感伤的思绪从文学中自然地流泻出来。一个忠实于生活和自己良知的作家,当他提起笔来,他总会在作品中保留下时代潮涌的水文记载。如同当代许多作家一样,他们不约而同地都从心灵伤痕的刻画开始了新时期的文学起步。

达理显然不以指示伤痕为他们的目的。他们从开始创作那天起,就自觉地以理想的信念驾驭自己涉及的题材。《海的召唤》中卢小鸥和作家的"我"有一段对话,可能说的就是达理自己:

"你真是个理想主义者,"小鸥似乎也挺感慨,"你戏里的人物也是这样的。"

"人总该在心里保存一点珍贵的东西,不然会被现实窒息的。"

生活中不应失落的却失落了,生活不应生长的却生长了。作家显然不愿被现实生活曾经存在的、或现在仍然残余地存在的丑恶所窒息。于是他们谋求以新的创造填补这种不可忍受的虚空。他们不把它叫作"理想主义",而只是确认为"珍贵的东西"。正是在这种对于"珍贵的东西"的保全和追寻的命题下,达理鞭挞生活中的丑恶。《海的召唤》显然比最初几篇小说如《失去的爱情》《生命之歌》《在初春的日子里》对于丑恶的鞭挞更有延伸感,具有新的历史深度。它的批判的笔锋所及的那一家人,从聂老太爷到聂院长,从聂院长到冬平,达理没有判断其为家族的遗传,但确认这仍是某种因袭。作家感到"线"的隐约的存在。"这条线究竟是什么？我还需要深入地思考和提炼,但我已经感到它们反映的本质东西是真实深刻、震撼人心的。"即使是在这样一篇在爱情的温情纱幕后演出的"震撼人心"的故事里,达理依然创造了一个从外貌到心灵都"秀丽、妩媚、楚楚动人"的小鸥。"她尽管受过伤,但并没有折断自己的翅膀,还在勇敢骄傲地飞翔",在无边的大海的映衬下,小鸥的双翅闪动着令人炫目的光,这是为作家的理想所点燃的。

《海的召唤》以崭新的思想深度向人们表示:达理对于社会生活的体察和认识已经有了超越。他们不再以外在的和近视的对于生活的解释为满足,他们的笔锋已经深入到对于社会问题的综合思考上。失落之后是寻找,这种寻找已经不再停留在对于伤痕的发现那个层次上了。

二

> 她发现自己处于一种戏剧性的地位上。
> ——《在初春的日子里》

当然,达理的作品并不因此臻于完善。它依然保留了文学探索期的思想矛盾乃至困惑。这现象特别表现在当他们试图以理想的火花去鼓舞自己,也鼓舞他人时,他们不自觉地陷入了浓厚的追恋往昔的怀旧情绪中。《让我们荡起双桨》中亚宁那番十分动情的表白,就传达了这种情绪:"我其实并不需要今天的你,因为你已经属于别人了。我需要的是在那遥远的过去的你,以及那和你、和我相联系的整个年代和全部生活,我心中最美好的记忆和这片土地联系在一起。我爱那阳光下的人,那阳光下的音乐,那阳光下的歌声。"的确,达理曾生活在中国最有文化的家庭环境中,他们又都就学于中国的最高学府,从少先队到大学生,他们的生活被20世纪50年代的绚烂阳光所沐浴。久经离乱的幻灭感结束以后,他们自然地把旧日经历的一切,视为至善至美的境界,这就产生了表述上述意念时的思想局限。

达理还是青年,他们却与当今一代中年作家在眷恋往昔上有共同的心境。这就使达理在生活的大转折面前不时地表现出窘迫。达理自己,就像《在初春的日子里》那位姐姐卓婷所拥有的状态:"在当前思想解放的潮流中,她发现自己处于一种戏剧性的地位上。在机关里,她和同龄的伙伴们不时同老一代的同行们发生冲突,并被称为'激进派''解放派'。可在家里,她又被郭力和珊珊们讥为马列大姐'蓝制服'。也许,这就是人们常说的'代沟',而自己夹在两代人之间,别有一番滋味。"

当达理只是向着20世纪50年代的美好时光寻找作品主人公的生活支点时,他们必然要陷入这种"夹在两代人之间"的地位。正是这样一种地位,使他们在某些新的生活现象面前采取了简单的揶揄态度,而缺乏对现象做出理智的而不是感情的剖析。达理属于这样的一类作家,他们时刻意识到并坚持文学对于促进社会健康进步的使命感。正是为了维护生活的纯洁和美好,他们不惜让沈怀清在妻子玉茹以剧中人的身份要求把枪口对着她(这是演戏!)时,他却掉转枪口认真地对准了自己的头部(《战士,请别开枪》)。根据达理的逻辑,热爱玉茹的沈怀清只能以这样的结局来维护他们之间的纯真之爱。然而,这又表现了达理在保护他们认为的"珍贵的东西"时,缺乏整体历史意识的"理想化"的偏颇。他们不知道,沈怀清也是悲剧性的人物,他显然无法对他们的历史过失负责。

达理对生活中的丑恶表现为异常激愤的无可容忍的决绝,《路障》是这种愤怒的极端表现。那一声"把这个土围子给我拿下来"的命令下达后,在摩托车护卫之下的三台履带式推土机发出了"震天撼地的轰鸣"。这自然是十分痛快之举。然而很多现实生活中的"土围子"并不都如《路障》这样易于拔除和摧毁的。特别是,当这种对于生活的思考涉及一个社会的意识形成及其改变,乃至道德伦理观念的坚持与变革时,作家的囿于已有经验的局限性就表现出来了。

达理跟随着生活前进。他们对生活的思考也有一个渐进的过程。他们由充分的社会性的文学观(那时他们注重文学对于社会提出的重大题目的配合和解释)到写作《在初春的日子里》那个阶段,他们几乎是以疑虑的心情对着由一个家庭扩展到全社会的一系列猝然的激变。达理借卓婷和父亲梁赞冰父女两代的眼光严厉地批判了更为年轻一代的幼稚无知。紧接着,作家的思考深入到了更为深层的道德观念上来。达理不仅看到了卓婷和她的弟妹之间所体现出来的意识上的"代沟",而且在《墙》和《让我们荡起双桨》中让他们的主人公直接经受新时代潮流的冲击。

《墙》写了一个不能履行职责的妻子与丈夫的感情淡化,写了第三者的"合理"的"加入"。当真正两心相倾的人得到了婚姻的权利时,第三者(她叫梁静瑶)却由于忏悔自咎而退了回去。达理到了此时,又一次把自己置于前述那种非常富有戏剧性的地位上。他们没有,也不想去触及真正的失去了爱情的婚姻可能带来的不幸,以及基于此种现实应当做出的判断。他们写了男主人公因为妻子的粗心、贪玩而带来的生活秩序的紊乱。为了否定这个家庭的破裂的必然,作者特别强调这个家庭女主人公有着一个惹人喜欢的性格,她年轻、美丽、善良。但作家不想触及女主人公要是真的不能给这个家庭带来幸福,而可能导向什么结论。

达理感到了"墙"的存在,他们确信它"厚实、坚固",并且是"不可逾越"的。《墙》的最后是静瑶对自己行为的否定,她有了一个彻悟:没有爱情的婚姻是不道德的，可建立在损害他人基础上的爱情是更不道德的。作者透过静瑶的"自我完成"之后的晶莹泪水再一次看到："在我的面前，矗立着一座坚实的高墙，它的一砖一石上，都凝聚着我们民族美好的道德传统，有些人想冲破它，到墙那边去寻找自己的爱情，结果采到的往往是酸果。当然，在人们中间，那些硬把人们彼此隔绝的樊篱是应该冲破的，但为了保证美好、健康的生活所必需的格局，是不该打破的。遗憾的是，道德的墙已经出现了许多漏洞，需要加紧修补了。"

我们看到达理不无困惑的思考。他们推出了一个一个的人物，试图让他们去碰那堵坚硬的墙，但又一个一个地让他们绕着走。梁静瑶为了追求自己的所爱，她几乎达到了目的，但她一下子发现了自己的"不道德"，又回到了原来的地方；阿莲听到了往日"王子"真诚召唤，她因无法挣脱，而准备承受命运的安排时，却轮到由"王子"充当"不是强者"的角色——他在墙前退缩了！达理在处于剧变的社会生活面前，遇到了一个又一个诸如此类的问题，他们都让自己的主人公绕着走过去了。现在的问题是：达理总是这样让他们的人物在内心自省中完成自己对于传统道德的维护，这究竟在多大程度上显示了前进着的生活的巨大力量？作家以这种"理想化"来完善自我，究竟是表现了对于生活的信心呢，还是相反？也许达理的坚持是合理的，也许表现了他们的困顿。但不论如何，达理在他们探寻作品对于社会生活的介入与干预的追求中，毕竟留下了一道道真实的，也是真诚的前进的轨迹。

三

在两种矛盾的拉力间挣扎着自省着。
——《让我们荡起双桨》

《路障》的获奖对于达理是可纪念的。但它更重要的价值乃是作为初期创作的总结而存在。从《路障》到《卖海蛎子的女人》，达理的创作产生了一个明显的转折。这种转折明显的迹象是，作品内容的生活实际性的减弱和抽象性命题的增强；作品显示了对于重大题目的忽略而把重点转向了生活更隐秘处的人们内省力的传达上。初读《卖海蛎子的女人》不觉其有新意，以为不过是重复鲁迅《一件小事》那类传统的知识阶层自我批判精神的发扬。但它对于达理，却意味着他们开始了新的主题的开拓。这是随着对于一个时代的失落的思考之后，对于生活的整体性追寻的一个深入。

达理是主观性很强、不善于隐藏自己的作家，他们总是不自觉地把作品写得更带有自传的成分。他们的喜好和厌恶,悲哀和欢愉总在作品中得到展现。他们也乐于再现他们生活环境所具备的条件,高雅的趣味和谈吐,广博的学识,甚至他们也不回避某种给人以"炫耀"的误解。从《卖海蛎子的女人》开始,作家的视点有了转换,他们把原先受到不同程度忽视的平凡的劳动者,放到了生活的明显位置上来。这篇小说所开启的这个新的文学阶段,对于达理来说,是重新认识自身以外的别一世界中的人情世态的全部意义的阶段。

达理原先熟悉的是他们的家庭和学校里的人群,这是现代中国享有最高文化的一部分人群,高雅、优越,处处都表现出很深的文化素养。一场"超级风暴"把这一切吹得烟消云散。达理从此落到了底层。在那里他们结识了中国生活得最艰难,同时又是最少乃至最没有文化的人群。他们和这些人交了朋友。在沉重的失落中,他们寻找到了这些土地泥里打滚的人。他们发现:失去的是黄金,此刻寻到的也是黄金。这位卖海蛎子的女人也就是在这种背景下,闯入他们的生活中的。过去高雅的,不乏渺小和委琐;过去以为粗俗的,却蕴有美好的心灵,这,造成了达理此时萌生的新的感伤情绪。他们想弥补这种由于文化层次的不同而带来的人与人间的隔膜。

《相逢在海边》(与邓刚合作)表现了有点天真的"强制性"的"消弭"在那里,那个名字起得"挺浪的"有个教授爸爸和市委书记舅舅的白帆,和海碰子们交上了朋友。白帆以自己的行为弥补着他们之间的巨大差异,并企图填平他们之间由于社会地位的不同造成的不平等,甚至企图以自己和涉龙的爱情来改变这种状况——这里,再一次表现出作家执拗的"理想化"的缺乏说服力。

深刻体会到了中国社会实际上存在的不同的经济地位和文化层次所造的两极相隔的作家,他们在两种矛盾的拉力间不无惶惑地"挣扎着"和"自省着",最鲜明地集中地体现了这一矛盾的是《无声的雨丝》。它把一个出身平常的机场女管道修理工柳茵与考上研究生的丈夫李潜,以及李潜有身份的家庭之间的感情隔膜和心理距离做了细微的表达。柳茵感到了潜在的不平等的重压,但她无法填平这种距离所造成的冷漠与隔阂。最动人的笔墨是柳茵的婆婆出国回来的场面,身份相等的人们之间的忘记年龄的亲热,而把令人窒息的冷淡留给了穿着工作服的柳茵。下面这一段文字,达理显然倾注了全部情感——客观上是现今中国社会多种文化、经济背景下产生的人们心理距离的入木三分的描写:

> 远远地,她的目光与婆婆的目光相遇了。她兴奋地跑了过去。触了电似的,几乎是百分之一秒瞬间,婆婆的目光飞快地躲闪了一下,旋即又坦然地转过眼睛,婆婆走过来,风度翩然地和每一个人握手,也轻轻地拉了拉她的手,眼睛却看着旁边的一个老太太。那是医院的

院长、婆婆和老太太又笑又拥抱，高兴得差点跳起来，就像年轻的女孩子们相逢那样亲热。她随机托运了八九件行李，加上来接的亲友，一辆面包车挤得满满的。丈夫和柳茵约好，今天一起乘坐接婆婆的车回家，可等她走近车门时，里边一个座位也没有了……

她被单独地留在那里。这是一个极度热烈和热闹与难忍的冷落的对比。它深刻揭示了那种潜在的不平等和不尊重。柳茵记得电影中清贫的简·爱怎样充满自尊地告诉出身名门的罗切斯特："在人格上，我们是平等的。"她至今尚记得简·爱说这话时的神情。但她在那个家庭却感到了窒息，只是当她处于他们那由一群普通人组成的集体——设备站热力点——里，她才感到了人与人的平等、体贴和温暖。达理再一次为我们展现了这种矛盾的拉力间的挣扎。到了柳茵被民航局评为先进工作者和三八红旗手，以及局方了解了她的家庭想调动她的工作时，她的地位无形中才得到了改变。全家为她举行了生日宴会，她消受不了这种热情，她涌出了辛酸的泪水——外面下着无声的雨丝，这雨丝牵动着那样充满伤感的、缠绵的思绪。达理通过这些情节，对社会的价值判断做了无声的剖析。这种剖析当然是建立在作家挣脱两个拉力的矛盾之后的自省力的胜利。

四

有这么高的速度，这么大的惯性，我可以跳过比这宽两倍的裂谷。
——《腾跃》

记得在《海的召唤》中，达理曾经借卢小鸥之口说过这样的话："这些年，在这片大地上，不把人当人的事情太多了，我们自己要首先懂得怎样做一个人。"达理曾因浓重的失落而向着昨日寻找"珍贵的东西"。这，看来并不能完全解除现实中的困惑感。他们在普通人的心灵世界中获得的，显然已超出了他们当初的目标。在人受到轻视与愚弄的地方重新发现了人，由此萌发出对于这些美好心灵的讴歌。达理在向人们做出提醒：必须关注另一种人，这种人的存在同样是高尚的。作家希望改变那种"不把人当人"的状况。

《卖海蛎子的女人》作为一个标志，它业已消失了如同《让我们荡起双桨》那种在旧日的歌中追怀往昔的心情，他们明显地把视点转向了普通人的生活和情感。接着，他们继续写出了一系列有分量的中篇。从《无声的雨丝》到《红宝石》《"亚细亚"的故事》，前后涉及了不同时代、不同年龄的三代女工。达理试图开掘埋藏在这些普通人中的人性的闪光。

达理是在知识分子的眼光和背景之下，展现这些"红宝石"的光彩的：柳茵的自尊自强，"亚细亚"的强忍执着，《红宝石》中那位可敬可爱的妻子的粗放和温情。达理已不特别注重外在的故事情节的渲染了，他们更注重写人的心灵，人的保留了全民族文化积淀的心理因素的组合与再现。最明显的是《"亚细亚"的故事》，既是"故事"，完全可以把它写成往日那样充满情节生动性的人生离合悲欢的咨嗟。而现在，作家却以十分冷静的叙述笔调写了一个憧憬幸福的女人，怎样在生活的变迁中失去了她的憧憬，怎样以坚忍与持恒与命运较量。她专注地倾向于机械般的劳动，她被人目为疯子蒙受屈辱，但她一如往常以善良之心对待周围的人。"亚细亚"放弃了其他一切可以另获欢愉的可能而矢志等待，而等待总是落空，以至于在无尽的等待中丧尽年华。"亚细亚"的心也是一块"红宝石"。柳茵虽是新一代的女工，但她身上同样地流淌着东方女性的血液。

达理这一组描写三代女工的中篇，具有系列中篇的特性。它们给达理的创作打开了一个崭新的境界。它们通过这三个普通女性的经历，的确涉及了一个富有历史感的命题：这些人物的命运，以及他们对抗命运的挑战的方式，在那里，凝聚了我们民族传统的心理文化的若干基本素质。这几个平凡人物的遭遇构成了几代女人的生活变迁史。失落与怅惘、追求与获得、勤劳、善良、惊人的坚忍，其中蕴蓄了惊心动魄的时代性内容。达理要寻找的正是这些充溢着民族的历史因素的人普通而美好的心灵。他们已经找到。

达理在取得上述突破之后，创作上又有新的"腾跃"。《腾跃》是这样的作品：它以意识流动来结构小说而完全不以复杂的情节取胜。小说通篇除了开始时有一个富有表演技巧的莉莉跟在身后，有着两人间的极简单的若干对话之外，到后来，几乎是完全的内心的自语。《腾跃》严格地说并没有故事，只是一辆智慧而勇决的"雅马哈"，写她的放弃技巧表演而在越野练习中濒于绝路的奋争。这是一种摒弃了许多"小说教程"的指导和周密细致的情节安排之类的艺术模式之后的、粗放的、充满了男性美的艺术追求。

《腾跃》从名称到内容都具有象征意味。这是达理摆脱了"技巧表演"，以勇猛顽健的粗犷方式进行的越野竞赛的练习。它表现了一次"腾跃"。当然，这种"腾跃"并不是以放弃了某一品类的艺术追求为目标，而是在新的速度和新的技巧之下实现的艺术探新。其实，像《除夕夜》那样的作品，在某种意义上，也是一次"腾跃"。除夕夜里，崔明、小翠、柴罗锅、简老师、刺猬头、红脸汉子、络腮胡子，这些有姓名的、没姓名的、成年奔波劳碌、心地好而不免各有缺陷的，有他们的欢乐但也许有更多的苦恼的人们，大家都在一个难得的气氛中忘掉了生活的艰辛而友善相处。通篇是"展览式"的没有情节,但和生活的距离感消失了。情节的淡化使艺术能以异常"近切"的方式让人们感受到生活喷发出的热气和香味。

"马达突突地响起来,震荡着整个山谷,激起巨大的回声。排气管喷出强大的气流,卷起了身后的枯枝败叶。他深深吸了一口气,渐渐加大油门,放开了离合器。摩托车犹如一匹忠实而无畏的骏马,载着他,头也不回地朝裂谷冲去。"失落之后是寻找,寻找之后是腾跃。这里引用的艺术描写的气氛,要是用来预期达理创作的明天,应当是令人高兴的。

《当代作家评论》1985年第1期

为同代人作传

——读韶华的长篇小说《过渡年代》[1]

何镇邦

韶华的长篇小说新作《过渡年代》同读者见面了，这在韶华的文学道路上无疑具有里程碑的意义。据作者说，他是在"给同代人作传"的创作契机激励之下，经过三十年的长期孕育而写出这部作品的；为了写好这部作品，他还写了《浪涛滚滚》等长篇小说作为"试产品"。由此可见，在这部卷帙浩繁的作品中，的确凝聚着作者三十年来"对时代、对生活的体验、观察、思索的心血"。功夫不负苦心人。初读这部作品，为其厚实的内容、鲜明的时代精神和相当浓郁的生活气息所吸引，也为作者所精心刻画的20世纪50年代社会主义建设者的群像而倾心。应该说，这是一部虽然以东北一座大型水库的建设为背景，却展示了50年代波澜壮阔的社会生活面的颇有分量的长篇新作。

色彩斑斓的时代的画卷

《过渡年代》所描绘的是以1954年夏季到1958年春天东北一座大型机械化施工的水库——高峡水库的建设场面；作者以这个水库为着重点，又从这个水库中跳出来，展示这个和平建设年代的波澜壮阔、色彩斑斓的画面。这是朝鲜战争刚刚结束，第一个五年计划刚刚开始的和平建设的年代，是人们希望向社

---

[1]《过渡年代》由中国青年出版社出版，文中所引用的作者的话，均见作者的《后记》，这篇《后记》曾以《非说不可的话》为题刊于《当代作家评论》1984年第5期。

会主义过渡的年代,也是大规模经济建设与不间断的阶级斗争的风暴相交错的不平常的年代。对于这个时代,作者是这样认识的:"所谓的'和平建设',实际上是很不和平的。从某种意义上说,它比革命战争、地下工作,尤为复杂。在革命战争、地下工作中,面对拿刀拿枪的敌人,敢于拼杀;面对监狱法庭,坚贞不屈,那就是英雄。而'和平建设'呢,面对的是上级、下级、同志和战友。党内是非,人民内部矛盾,真善美与假丑恶交织在一起。……正确中夹带着错误,错误中有正确的成分;美的东西一时被当作丑的批判,丑的东西往往冠上美的帽子。"作者正是按照这样的认识来表现那个已经逝去但至今令人难忘的过渡年代的。因此,他既写出了轰轰烈烈地进行社会主义建设的主旋律,写了人们昂扬的斗志和牺牲精神,也写出了大规模经济建设与急风暴雨式的阶级斗争相交错的复杂的社会现象,写出了真善美与假丑恶相交织的生活画面,构成一幅色彩斑斓的时代的画卷。

  作者首先要着重表现的还是千千万万社会主义事业建设者在那过渡年代里艰苦创业的昂扬斗志和不怕牺牲的献身精神。这是那个时代的时代精神最集中的表现。在经历了漫长的战争岁月之后,人们最大的愿望就是在战争的废墟上建设祖国,使祖国尽快地强大起来。《过渡年代》所展示的从1954年春天开始的高峡水库的壮丽的建设场面,正是反映了人们的这种愿望。因此,这个水库的建设受到了从中央水电部到省委的高度重视,也得到了几万名水库建设者的支持。作者用相当酣畅的笔墨描绘了水库的建设场面,从大坝建设、溢洪道两百吨炸药大爆破场面到大坝合龙、拦洪抢险的场面,都描写得颇为壮观。作者所表现的水库建设者们的昂扬斗志和牺牲精神,从大坝工区主任杨东明同工程局党委副书记李枫林为解决水库建设中的种种问题所进行的不屈不挠的斗争;到后来的水库工程局书记陶冶受命于危难之际,在这个大摊子上,在各种困难中依靠广大群众打开了水库良好的建设局面;再到陶冶的爱人、大坝工区总支书记郑宏光带病战斗终于在大坝合龙之前累死于工地上,这些描写都颇为感人。水库工地建设场面的描写和水库建设者们的创业精神和牺牲精神的表现,组成贯穿作品始终的社会主义建设的主旋律。我以为,这对于我们今天从事四化建设的宏伟事业仍然具有鼓舞作用和启迪意义。

  在这部作品中,作者还用相当多的笔墨描写水库建设中的两种思想、两种作风的斗争,并进而揭示经济建设中"左"的那套做法的来源,让我们从1958年酿成的那场"大跃进"的来龙去脉,看清"左"的路线在基本建设中的危害。这是《过渡年代》所蕴含的更深一层的思想内容。作品中的这一思想是通过水库工程局局长秦可道的所作所为揭示出来的。秦可道作为这全国第一个机械化施工的大型水库的党委书记兼局长来到建设工地,是有他的个人打算的:

他想把水库建设的成果作为向上爬"到部里去工作"的政治资本；他又缺乏艰苦奋斗和联系群众的工作作风，有的是个人英雄主义和喜欢吹吹捧捧的旧意识。于是，他在水库建设的初期犯了一连串的错误。他不顾质量，不尊重科学，一味追求进度，造成严重的大坝质量问题和工地管理的极端混乱；他不能正确对待自己和对待同志，把写信向上申诉对水库建设不同意见的杨东明以及支持杨的党委副书记李枫林借机整了一下，打成"反党小集团"，而重用善于阿谀奉承、道德败坏的局办公室主任陆希扬之流，造成了水库建设工地组织上的混乱。这种局面直到省委派了以陶冶为首的"调研组"到工地进行调查研究，以及水电部金普臣部长、省委赵哲书记亲自到工地解决问题才以整个建设"停工检查"而得到扭转。作者不仅写由于秦可道的所作所为而造成的水库建设中的挫折，写了秦可道同后来担任水库工程局党委书记陶冶的不合作，最后还写了秦可道在"反右斗争"高潮中自杀未遂送去疗养而埋下的伏笔。看来，作者正是通过陶冶与秦可道的斗争揭示了经济建设中的两种思想的激烈斗争。这种斗争在《过渡年代》里是初见端倪，在将来的续篇中将可能看到更清楚的脉络。

　　除了讴歌社会主义建设者的昂扬斗志、牺牲精神和表现经济建设中的曲折复杂的思想斗争外，作者还在作品中描写了经济建设与阶级斗争交错进行的复杂的社会现象，表现了那种不间断的急风暴雨式的阶级斗争对经济建设所造成的消极影响。这主要表现在对1957年春末夏初那场"反右斗争"的描写上。作者是这样认识这场斗争的："……正是在宣布大规模的急风暴雨式的阶级斗争已经结束的时候，掀起了这场大规模的急风暴雨式的'阶级斗争'；正是在提倡正确区分和处理两类矛盾的时候，混淆了两类矛盾。这不能不说是我们时代的不幸。"我以为，作者的这种认识是相当准确地把握住时代的脉搏并抓住这场斗争的本质的。从这种认识出发去正面地比较客观地表现这场斗争，从而揭示那个时代的不幸之处，是这部小说更深一层的思想内容。小说从第三十三章到第四十章，除了有一章描写抗洪斗争以外，用了七章的篇幅去正面地描述从鸣放到"反右斗争"的经历。描写这场斗争，既要不违背党的十一届三中全会决议的精神，又要小说中的人物的言行不违背历史的真实，按照当时特定情景下的思维方式和工作方式去说话，去行动，这不是一件容易做到的事。因此虽然写的是工地这一隅，却比较真实地反映了这场斗争的历程和所造成的消极的效果。从发动鸣放到一些人在鸣放中发表过激言论，从个别人的别有用心到反右扩大化，以及划定"右派"中的实事求是和按照指标完成任务两种截然不同的思想作风和做法，作者都比较细致而真实地描写出来了。在这部分描写中，我以为有两个方面是给人留下深刻印象的。一是运动的开展给水库建设尤其是拦洪任务的如期完成带来的消极影响，以致差一点酿成灾祸，由此可以看到大搞阶级斗争对经济建设的消极影响；另一是水库女技术员赵媛在这场斗争中奇特的悲剧性的遭遇，她在水库工地上是"反右斗争"的积极分子，可是当她的爱人李振莹在鞍山钢铁设计研究院由于顶撞苏联专家不正确的意见而被当作"右派分子"进行审查和批判时，她始则拒绝外调人员的调查，继则跑到鞍山看望李振莹，最后竟然违抗父母的意愿和社会舆论同李振莹结婚，并一起下放农村劳动。赵媛这个高干子女在"反右斗争"中戏剧性的遭遇，相当突出地表现了那个时代的不幸。当然，有些描写，例如关于吴升飞工程师在"反右斗争"中的遭遇的描写，就显得有些模糊，这不能不说是一处小小的败笔。

从上面的简略分析中可以看到，无论是对社会主义建设主旋律的讴歌，还是对经济建设极左苗头的昭示，抑或是造成时代不幸的"反右斗争"扩大化的描写，尤其是小说结尾处，让自杀未遂的秦可道去疗养，让静于观风而进行投机的陆希扬升迁为副局长，而让一贯正直积极在抗洪斗争中负伤的杨东明的升任副局长的报告未获批准，等等，都交织成一幅过渡年代的纷纭复杂色彩斑斓的图卷。正是从这样的画卷中，我们感受到作品思想内容的厚实和时代精神的强烈。

颇有艺术色彩的建设者群像

韶华以"给同代人作传"为创作契机，在《过渡年代》中以高峡水库的建设工地为舞台，雕塑了众多的建设者的群像。其中，既有水电部部长、省委工业书记、水库工程局党委书记、局长、各工区主任等各种类型干部的形象，又有像老工人关达公以及民工刘夏至这样一心扑在水库建设工地的普通劳动者的形象，还有像姜学政总工程师、吴升飞工程师、女技术员姜之萍、赵媛、《水库报》主编姜之彤这样的知识分子的形象，真是人物众多，且各有各的特色。作者在刻画这些人物形象时，既不是静态的介绍，也不是把他们局限于水库建设工地来表现，而是让他们在社会主义建设的激流之中，在变化多端、艰难困苦和斗争复杂的环境中亮相，并把他们从水库推向社会，作为"社会人"来写，写他们的恋爱婚姻、家庭生活和喜怒哀乐的各种遭际，展示他们的内心世界。这样写来，作品中的众多人物形象大都是比较鲜明的，而且有的还比较丰满，有立体感。当然，比较起来说，刻画得比较成功的还是各级干部的形象和一些女性的形象。

韶华善于写干部，因为他比较熟悉他们，也因为他自己曾经参加过两座大型水库的建设，并在那里当过干部。在《过渡年代》中，他着墨较多而刻画得比较成功的还是陶冶与秦可道、杨东明与陆希扬这么两对干部形象。陶冶是个年轻的老革命，他蹲过国民党的监狱，喝过延河水，曾经带领县大队在晋察冀边区打过鬼子，解放战争时随着部队从东北打到南方，后来又转到基本建设的战线上，在鞍钢干过几年。他同许多老干部一样有着不平凡的经历，也有着联系群众、实事求是的良好作风，有着比较强的党性原则。他来到高峡水库，先是作为"调研组"的负责人下来调查解决水库问题的，后来又被任命为水库工程局的党委书记，真是受命于危难之际，面临一个矛盾错综复杂的烂摊子。他靠联系群众的工作作风打开了水库建设的新局面，他从老工人关达公和老农民工刘夏至那里获得解决挖掘冻土和晒干黏土等难题的方案，又依靠姜学政、吴升飞、赵媛、姜之萍等一批工程技术人员解决了大爆破以及其他各种技术难题，大大加快了水库的工程进度，保证了1956年大坝合龙，1957年拦洪计划的如期实现。他又请回来受秦可道打击的副书记李枫林和大坝工区主任杨东明，同时又团结降职的秦可道以及受过处分的两位副局长一道工作。从以上简介中可以看出，像陶冶这样比较难写的政工干部的形象基本上站起来了。当然，作者不是把陶冶纯净化，更不是把他写得干干巴巴，而是把他作为一个有血有肉的普通人来写。作为一个丈夫和父亲，他爱他的妻子郑宏光和小儿子小宝塔；后来，他妻子累死在合龙工地上，他悲痛过，并拒绝过陆希扬多次介绍的"对象"，但是当昔日追求过他的朱倩儒向他伸开双臂时，他还是按照死去的妻子的遗嘱，同朱倩儒组织起新的家庭。在政治生活中，他也有过不少感情的波澜，听了苏共二十大情况的传达之后，作为一个老革命干部，他感到痛心、迷惘过；在"反右斗争"的高潮中，他对反右扩大化的做法也不理解，感到惶惑，并在他的职权范围内坚持实事求是地处理一些人的问题。但是，还应记得他的内心世界和个性特征展示得还是不够充分。比起陶冶来，秦可道的形象更有艺术色彩。秦可道出身于书香门第，他同他的父亲秦遗风在抗日战争时期拉起了抗日的队伍，后来被卷到革命队伍里来。他身上保留着较多的属于旧知识分子以至士大夫的一些旧的习气，例如他恪守孝道；同他的妻子温玉蓉生活并不和谐，但由于两家是世交，于是只好忍耐着，凑合着；再如他爱面子，颇有点清高，好大喜功，喜爱吟诗作赋，把他书房命名为"心宇斋"，等等，都有一点旧知识分子的气味。但是，他又是在革命队伍里混过多年的高级干部，由于不自觉地在革命熔炉中进行冶炼，因此他身上又沾染了不少官僚的习气，占住龙王庙招待所高级住宅，喜欢人奉承，听不得不同意见，甚至借机整人，在大坝修建上不尊重科学，弄虚作假，在陶冶历史问题上搞非组织调查等小动作，等等。作者把一个旧知识分子同一个新政客统一在秦可道的身上，可以说是一个颇有意思的艺术创造。因此，这个艺术形象具有较高的认识价值和审美价值。

水库中层干部中，杨东明与陆希扬是作者着墨较多而又塑造得比较成功的两个人物形象。这是两个成鲜明对比的人物。杨东明正直、富于牺牲精神,他从硝烟弥漫的解放战争战场下来,经过短暂的水利专业训练,来到水库建设工地,就如同上了一个新的战场。由于对秦可道的求功心切,弄虚作假,只赶速度,不顾质量的做法有意见,他给省委和水电部都写了信,告了状,因而被秦可道借机整了一下,撤了职,离开了水库。但他宁折不弯,再一次给省委和水电部写信申诉,直到最后水库问题得到解决。这种敢于坚持真理的精神最集中地体现了他正直的品格。在工作中,无论是担任大坝工区主任,还是后来担任整个工程的总调度长,他都是豁着命干的。有一个写他忙得连一口水都顾不上喝,在抗洪斗争中奔忙的细节,很能体现他这种工作中的牺牲精神。最后,他为抗洪而负了伤,落下了残疾。在同姜之萍的爱情关系处理上,他的态度是很严肃的,表现了很高的节操。作者在杨东明的身上倾注了崇高的美学理想,而在他所受到的不公平的待遇上又体现了"美的东西一时被当作丑的批判"这种对时代的理解。陆希扬不同于杨东明,他很"识时务",很善于审时度势,善于"捧领导",也很能"欺负老百姓"。他虽然道德败坏、势利油滑,像个政治掮客,屡犯错误,却顺利地渡过各种风浪,他的政治上和生活上的劣迹不仅没有败落,没有受到应有的惩处,反而步步高升,最后还被提升为水库工程局的副局长。在大坝施工质量问题暴露之后,尤其是暖棚火灾之后,他主动地承担了责任,保护了秦可道。由于保护了秦可道,就保住了他自己。这种政治手腕很能体现陆希扬的性格。在同"花蝴蝶"李慧星的乱搞不正当的男女关系中,尤其是他同李慧星南度"蜜月"之时,也正是他妻子姜之萍由于分娩在死亡线上挣扎的时候,这最能表现他灵魂中丑恶的一面。但是他却把这丑恶的行径遮掩得很严密,一直到李慧星住院"割盲肠"并嫁给资本家唐广智之后,仍然暗中来往。作者是把陆希扬这个形象作为假丑恶的东西加以暴露和鞭笞的,但并没有把他简单化和脸谱化,而是让这丑的东西"往往冠上美的帽子",这样既深刻地揭示了陆希扬之流,也更深刻地揭示了那个时代的矛盾。

高峡水库工程局党委副书记李枫林在挨了秦可道一顿狠整之后感慨道:"……我们掌握政权了,搞建设了,怎么人和人的关系变复杂了呢?怎么时刻得防着呢?"这几句话很能概括那个过渡年代人与人之间复杂的关系,而陶冶与秦可道、杨东明与陆希扬这两对人物形象的塑造,也很能体现这种复杂的关系,因此渗透着作者对时代的理解,体现着相当强烈的时代特点。在女性形象方面,女技术员赵媛和姜之萍的形象是比较鲜活的。她们的性格,一刚一柔,也是对比写出的。但她们不是像陶冶与秦可道、杨东明与陆希扬,常常处于对立状态。相反,她们是处于一种相互依赖的状态。在陆希扬眼中,"赵媛是一颗闪光的钻石,而姜之萍则是一株柔顺的花朵",这道出了这两位女性在性格上的分野。作者主要是通过她们爱情生活的描写来表现她们的性格上的这种分野的。赵媛的痛快拒绝陆希扬的追求，而执着地爱着她母亲不准她爱的李振莹，到"反右斗争"高潮中，她不顾父母的阻拦，舆论的嘲笑，毅然同被划成"右派分子"的李振莹结婚，并随着下放农村。这种对反动血统论和错误政治潮流的反抗行动，表现了她多么坚强的性格和多么超俗的崇高思想境界！姜之萍比起赵媛来，要软弱得多。她深深地爱着杨东明，但当杨东明遭受打击被迫离开水库时，她却不敢向他表示自己的爱；她并不爱陆希扬，但由于秦可道出面撮合和她父母的赞同，却从勉强答应"处一处"到勉强地登记结婚，以铸成大错；而当她发现陆希扬的不轨行为时，又碍于情面，不敢揭露他。这一切，都表现出姜之萍的柔弱。赵媛与姜之萍的形象虽然鲜活，但由于仅限于描写她们的爱情生活，而对她们的其他社会生活描写不够，因而形象也就显得比较单薄。在女性形象中，除了赵媛、姜之萍外，郑宏光的形象也是很闪光的。作者既把她写成一位贤妻良母，又把她写成一位富于献身精神的共产主义战士。至于作者着墨较多的"花蝴蝶"李慧星的形象，虽是鲜明的，但一味地写她妖艳淫荡，则略嫌浅薄。

在小说中，作者还写了李枫林、刘经纬、胡玉成等干部形象，由于缺乏鲜明个性而未能成功；至于写姜之彤的"呆"与吴升飞的"怪"，都显得有点斧凿。

结构上的得失及其他

小说的结构是创作难题，尤其篇幅长、时空跨度大的长篇小说的结构更是创作的难题。中外不少知名的作家都把结构视为创作的难题并在这上面下了很大的功夫。近年来，也有不少作家，尤其是中青年作家在长篇小说的结构艺术上有新的探索和创造，取得了值得注意的成绩。韶华在《过渡年代》的结构上，也是颇下功夫并有成绩的，但是也存在一些不足之处。因此，他的经验和教训也值得总结。

《过渡年代》大致上采用一种传统的叙事性的结构方法。它以高峡水库建设经过为主线，尤其以大坝建设的矛盾为中心，把水库内外，从建设工地到省城再到中央水电部，从建设中的两种思想、两种作风的矛盾到交错在一起的各种爱情纠葛、多种矛盾和多条线索交错并进，以反映出那个时代的错综复杂的矛盾和斑斓的色彩，并为众多的人物提供相当广阔的活动舞台。这种结构方法，时空跨度相当大，也有颇为恢宏的气势，同作品的思想容量是相适应的。总的说来，它有着这么两个特点：一是脉络清楚，跌宕起伏。作品的矛盾斗争的主线始终是很清晰的，而杨东明上告信事件、"调研组"到达水库工地揭开矛盾及暖棚火灾、两百吨炸药大爆破、大坝合龙、"反右斗争"与抗洪斗争等几个情节发展的高潮，也都跌宕起伏，形成了一定的节奏感，使结构上有疏有密，疏密相间。另一特色，是以水库建设工地为中心，向社会扩展，形成一种多种矛盾多条线索交错的结构形式，较之于单线条的结构，既有纵向剖示，又有横向的展开，纵横交错，气势比较恢宏。但是这种传统的叙事结构也有它的不足之处。首先，由于叙事中交代事件的笔墨较多，时空跨度较大，不少地方比较空疏，结构的密度不够，情节发展比较缓慢，缺乏较快较强的节奏感。这其实可以用适当的插叙和时空交错的办法加以解决。其次，开头用了五章近六万字的篇幅进行铺垫性的描写，迟迟未展开矛盾冲突，入题较慢，读来觉得比较沉闷。古人谈论结构时讲究凤头、猪肚、豹尾，还是很有道理的。开头要漂亮，要很快展开矛盾，以便引人入胜。再次，多条线索的展开固然有助于结构气势的恢宏，但是有些线索如未能同主线有机地联系起来，就要成为繁枝。作品中关于李振莹同赵媛的爱情线索对于展示赵媛的性格是必要的，也为将来的续篇埋下伏笔，但同水库建设与斗争的主线联系并不紧密；资本家唐广智同李慧星的结合以及忍痛拥护公私合营一条线索，一方面是为了安排李慧星的出路而设置，一方面也为了展示更广阔的社会面，但由于游离于主线之外，几乎成了冗笔。这些不足之处虽然是艺术上的小疵，但也是值得注意的。

除了结构之外，我以为这部作品在环境描写和语言上也存在一些不足之处。作者虽然也写了奔马河畔建设工地的壮丽景象，写了沈阳市公私合营的喜庆景象，写了沈阳东陵的景色，但是总的来看，作者对自然景色的描写，尤其是东北民风民俗的描写是重视不够的。因此，作品显得有点庄重严肃有余，生动活泼不足。语言上，朴素的流畅的叙述语言，颇见功力，但是作者长于叙述，对于描写，也使人读后感到不够满足。

尽管《过渡年代》在思想上和艺术上还存在着一些不足之处，但是正如本文开头时指出的，这些不足，并不影响它成为一部内容厚实、时代精神强烈，并有一定艺术吸引力的长篇新作。

据说韶华同志已经动笔写《过渡年代》的续篇，我们期待着它的问世。我们希望这位老作家以他熟悉的水利建设工地为背景，从《过渡年代》写到"荒谬年代"，一直写到我们这个充满希望的腾飞年代，对我们的人民共和国三十多年来的历史做一长卷式的描绘，那将是对当代文学的一个独特的贡献。

1985年1月26日，瑞雪纷飞中草成于北京
《当代作家评论》1985年第2期

木青创作三题

张啸虎

木青是我国当代文坛较为活跃的中年作家之一。他已有三十多年的写作史，近年来的成果尤为可观。我和他也有近三十年的友谊，是他的大量作品的经常读者。现在，正当他即将踏进半百年华的门槛之际，回顾过去的创作道路，规划未来的前进行程，是很有必要的。作为老朋友，写点想法，以资切磋。白居易《与元九书》末云："引笔铺纸，悄然灯前，有念则书，言无次第，勿以繁杂为倦，且以代一夕之话也。"我此文亦属剪烛夜话，得三题。

一

我初读木青作品的时候，他还是一个不满二十岁的小伙子。当时给我最深的印象是，他带着一派天真的孩子气，同时也开始表露出诗人的才情。那时他经常写些小诗，我总是第一个读者，有所赞扬，帮助发表。后来在"反右斗争"中，我就被扣上"用名利思想腐蚀青年"的罪名，他也曾为此受过批判。时隔二十多年，再读木青近年来的作品，无论是诗歌或散文，或各种题材的小说，仍然令我亲切地感到，才华丰茂，诗趣盎然，字里行间，仿如勃然跳跃着一颗新鲜活泼的童心。我很高兴，木青在青少年时代所表现的热情开朗的性格，坦白的胸怀，蓬勃的朝气，丰富的想象力，富有东北地方特色的语言，幽默和机智，都未因岁月的迁移而褪色，仍然构成他作品的独特风格。

在木青迄今出版的十余种作品中，儿童题材的作品占有较大的比重。其中童心洋溢，天真可掬，原是很当然的，是作为儿童文学作家所应具备的最重要的一种品质。这正是木青的一个长处。而即使在他其他并非儿童题材的一些作品中，也往往令人感受到一派天真的情趣，还仿佛可以触摸着有一颗童心的跳动。这就是说，在木青所描绘的多种多样的生活画图中，所塑造的形形色色的人物性格中，似乎都映照着一对孩子似的明亮晶莹的眸子；在他对周围世界对新鲜事物的敏锐观察中，还带着几分惊奇和惶惑的神色，然而是愈益深切和透彻的了。他很善于说故事，娓娓动听，绘声绘影，又总是蕴含着童话般的诗趣和理趣。总之，我一向觉得，在木青创作的精神个性中，是以他独具的童心和诗心作为其美学内核的。

我们所说的童心，就是文学艺术家所应长葆不败的赤子之心。近代著名学者王国维在其所著《人间词话》中有一句名言："词人者，不失其赤子之心者也。"故可以认为，词心是以童心为内涵的。作家的童心，应像一面皎洁明净的镜子，真实地反映社会生活的本来面目，并放射出我们这个伟大时代的精神光彩。在木青各类作品中，跃然纸上，呼之欲出，动人心弦，引起思想感情共鸣的，正是这颗赤子之心。

木青经常深情地谈到他和祖国人民共命运同甘苦的创作生涯。在长篇小说《不许收获的秋天》的《后记》中谈到："土改那年，我虽是孩子，却跟祖辈受穷的翻身农民一起共过欢乐，睁大惊奇的眼睛，看大人们扑在分得的土地上打滚，捧着湿润的泥土流泪。"可是，三十多年过去了，农民生活并没有多大改善，在"四人帮"淫威下，竟有过不许收获的秋天！木青说他含着激愤的眼泪，写下这部作品，"控诉那些害国害民的蟊贼给我们带来的大灾大难，勾勒了我们人民与之斗争的一些画面"。在这类画面的深处，我们分明看到映现着一颗忧国忧民的赤子心。

童心就是真心。明代文学批评家李贽《童心说》中谓："夫童心者，真心也。若以童心为不可，是以真心为不可也。夫童心者，绝假纯真，最初一念之本心也。若失却童心，便失却真心。失却真心，便失却真人。人而非真，全不复有初矣。"在我们的时代中，作家保真心做真人的根本点，就是使自己的创作和人民的命运联系在一起。我们希望，也相信，在木青今后的创作生涯中，仍继续保持着他真纯童心的本色，在反映人民生活的广度和深度上，在提高艺术的强度上，创造新的水平。

二

质朴之美，是构成木青创作最基本的审美特征。质朴，是一种很难得的真正的艺术美。美国19世纪诗人惠特曼在其《草叶集》的序言中说:"艺术的艺术,表达的光辉和文字的光彩,都在于质朴。没有什么比质朴更好的了——任何冗繁或含混都是无法补救的。"又说,"伟大的诗人的优点不在引人注目的文体,而在不增不减地表达思想与事物,自由地表达诗人自己。他对自己的艺术宣誓:我决不多费唇舌,我决不在我的写作中使典雅、效果或新奇成了隔开我和别人的帷幕,我决不容许任何障碍,哪怕是最华丽的帷幕。"这位大诗人高度评价质朴美的见解是很精辟的。对木青多年来自觉或不自觉地在各类作品中表现出的具有类似特征的艺术风格,也应当给予肯定的评价。

然而,从根本上形成木青创作这种审美特征的内在因素,则是其作品中所充溢着清新浓郁的乡土气息。在东北生活过的人,可能都有过这样的感受:春天,大地从严寒的冬眠中苏醒过来了,冰化雪消,风和日丽,农民们赶着大车往地里送粪,大路上熙熙攘攘的。清晨起来,你感到浑身充满着活力,奔跑在田野上,大口地呼吸着晨风吹送来的空气,带着一点刚解冻的泥土味,然而又是甜丝丝、香喷喷、沁人心脾的。是的,木青的作品,无论是诗或散文,短篇或长篇小说,都富于北方春天所特有的这种逗人喜爱的泥土味。

作家木青是在祖国的东北土生土长的。他的一颗赤子之心,扑在那块广阔而富饶的大地上,深深地植根于白山黑水所滋润的土壤中。爱得深,相处得久,感受也特别亲切,写来就很富于真实感。木青写一个屯落的场景,写偏远的小山村,或写某城市的一条小巷,写松花江畔的一座小县城,以及写生活在这些城乡间各个角落里各式各样的人物,写几十年来发生在这块土地上的大大小小的事件,总是着墨不多,而很能传神,外地人读来,如身临其境,到过东北的人,则如旧地重游。他的长篇小说《幼林里的墓碑》和《不许收获的秋天》,尤有这种感觉,其乡土气息表现得特别浓烈。

这当然也同时显示木青在创作上的不足之处。一般来说,他长于叙事和写景,对于人物的描写,间或失之粗疏,不能细腻深入,缺乏内心的挖掘,故在塑造鲜明的性格上,还有待进一步提高。尽管如此,木青很善于捕捉东北农村的本地风光,寥寥几笔,绘声绘影,以突出某些人物的性格特征,造成极深刻的印象。如在《不许收获的秋天》中,写屯里造反派头儿章石出场的时候,用了这样几句话:"说来这章石是屯里有名的嘎牙子,用打鱼人的话说,打上这玩意儿得马上剪掉腮帮子上的两根翅儿,要不扎了手会溃脓的。"又说,"人们说,这自来就是个臭货,摆不到桌面儿上来,一到桌面儿,立时露馅儿。"诸如此类,生动而形象地刻画人物的精神面貌,颇有一语破的、入木三分之感。木青运用和融会地方语言的技巧,也是促成其作品的乡土气息的重要因素,这同时是他的一个长处。

应该看到，灌注于木青创作的乡土气息之中的，是蓬勃的朝气，是青春的活力，是社会主义的时代精神。他在儿童诗集《晨风》的《后记》中说："我爱春天，我爱早晨。春天充满生机，催人向上；早晨清新爽快，叫人起步。"在木青从事创作的三十年间，我们的祖国也正是处于春天的早晨，虽然仍有凌晨的料峭春寒，也有过遮盖曙光的满天乌云，我们毕竟从他的作品中，呼吸到早春的清新气息，在明媚的晨光中迎接初升的太阳。当然，时代是不会停步的。木青在1979年夏天出版《不许收获的秋天》时写道："历史在前进，认识在提高，虽然完成这部书稿仅一年多的时间，但我们的国家已有了很大的变化，人们的思想认识也有了新的飞跃，今天回头再看这部书稿，自然就觉得不尽满足了。"六年又过去了，我们的历史已进入前所未有的新时期，原来所熟悉的那块乡土正处于新的飞跃中，人们正期待着作家真实地深刻地表现处于伟大变革中的乡土及其人物，这也是历史赋予木青的新的重要课题。

三

在木青的创作中，很注意吸取祖国文学遗产的丰富营养，也很善于借鉴和运用民族形式和传统的表现手法，这成为他的作品的重要特色，也是他的又一个长处。他在这方面有明确的认识和长期的实践。在他为近年来发表的短篇小说结集的时候，曾经写道："我认为，小说创作和其他艺术创作一样，民族化是第一要紧的，无论小说结构、人物塑造、语言运用，都如此。"这是很中肯的见解。我们看到，木青在其创作的民族化方面，一贯努力，并有可喜的成绩。这在他的各种作品中不乏范例。如在《不许收获的秋天》中，写屯里的共青团书记山花，"自小随爹，性情温厚，对人真诚，做事泼辣"；又写屯里"人们纷纷夸说山花这孩子稳当、胆大、有心计"，并通过一个生动有趣的小故事，突出她的这种性格特征：

……十四岁那年的一天，她到西山根儿打柴，见一只小熊瞎子正在山坡追赶一个十来岁的男孩儿。那男孩儿哭喊着围大树转圈子。山花不怠慢，拎镰刀跑上山坡，喊声"小弟别怕！"直取小熊瞎子。小熊瞎子见又来一个，便撇下男孩儿追山花。山花朝一棵离地不高开始劈杈的大树跑去，起先也是绕树转，这是因为熊瞎子眼毛长，怕顺风，加上身子笨，转动不便，必得侧着身子跑，用眼角看人。另外，熊瞎子好模仿，你怎么跑，它怎么跑。山花就利用这些特点，跑过几圈之后，便不急不慌地从大树杈爬过来。所以要不急不慌，是为让小熊看得真切。爬过后，悄悄蹲在树下，支起镰刀头，刀尖冲上，小熊见山花爬上树杈，自己也照着，先将两只前爪搭在树杈上，再呼哧呼哧爬上来，就在它探出脑袋，还没腾出两条前腿的时候，山花的镰刀已经捅进了熊脖子。……

之所以把这一大段全抄下来，是想借此窥见木青在塑造人物性格、结构和情节构思、细节描写、写景物和写环境，以及语言的锤炼和运用等等方面，确是广泛借鉴我国古典小说中的创作方法和表现手法的。这段山花姑娘斗小熊的故事，就很自然地使我们联想起《水浒传》中"武松打虎""李逵沂岭杀四虎"之类脍炙人口的章节来，可以看出，后者是从前者脱胎而来的。但木青在这些方面实行"拿来主义"时，仍有他自己的创造，有不少匠心独运之处。

不过，我也觉得，木青在民族化问题上，无论认识或实践，都不无偏颇之处。我想，我们对创作方法的借鉴，提倡"拿来主义"，应当是中西兼顾：一手伸向古代，一手伸向世界，两者是并行而不悖的。我总感到，这些年来，木青在对待国外文学的态度上，如果说不是失之保守，至少可说是有些保留的。他在谈到这个问题时，很不满地说："那种脱离国情地搞现代派，甚至通篇尽是雕琢、生涩、欧化的大长句子，连人物、环境描写，都用'巴尔扎克手法'，企图以此步入'世界行列'，我看是行不通的！"这样的指责多少带点意气。就木青的创作来说，放手实行"拿来"，包括"巴尔扎克手法"之类，看来是很有必要的。正如党中央给中国作协第四次代表大会的祝词中所指出，只有"在思想内容和艺术技巧方面从古今中外一切的艺术珍品中吸取养分"，才能"在广博的知识的土壤上，长出艺术的参天大树"。看来木青也需要进一步加宽加深这样的土壤。

我在前文引用美国诗人惠特曼的一段话，强调质朴美的高度美学价值，以论证木青创作中一个重要的审美特征。他多年来致力于此，认识明确，但也不免失之偏颇。他在短篇小说结集时，总结自己的看法说："我认为小说创作（也包括所有艺术创作），朴素是最美的，不朴素是不美的。"这样过分强调，势必走向另一个极端。认为朴素是唯一最美的，并不符合文艺美学的发展规律，在创作实践中也易招致单调干枯之弊。因此，广开视野，博采众长，以丰富作品的审美内涵，也是很有必要的。我们希望早日读到木青以革新精神写出的创新之作。

月怕十五，年怕中秋，人怕中年。这包含两层意思：时间格子的中段，是继往开来的关键时刻，也是指向终端的转折点。人生中年，风华正茂，前程似锦。而抓得不紧，稍纵即逝，则不知老之即至矣。对一个中年作家来说，砥柱中流，力争上游，不断攀登，就具有很重要的意义，不能不产生强烈的迫切感。

而木青是怀有这种迫切感的。三年前，他就说过："这种迫切感我已体察到，只是深感精力、体力都大不如以前了。不过，我要努力创造条件，使这有限的工作日充分利用起来。"其实，他正是年富力强，大有可为，来日方长的。同时，木青还有一种不满足感。五年前，他就曾表示：乐意接受这个"不满足"，并决心以后再努力弥补这个"不足"。我们相信，在强烈的迫切感和深切的不满足感的策励下，木青在今后的创作道路上，一定会加快步伐，开拓前进，不断攀登，取得新的收获。

1985年8月于武昌东湖
《当代作家评论》1986年第1期

于德才：文化与时代

李敬泽

一

闯关东，这曾是几代中国人的神话。百余年来，移民的洪流滚滚北去。这支大军的先导是清朝的流犯，他们遍及当时社会的各个阶层，几次著名的文字狱都有一些知识分子到那茫茫的荒原雪野。随后，在出关的道路上踯躅着无数一无所有、饥寒交迫的农民，眼里饱含着绝望的苦泪，心中执着地闪烁着希望的火光，正是这份希望使他们不被绝望压倒，使他们能够忍受关外的严寒，勇敢地走向一个陌生的世界。

直到今天，我们的历史编纂家们对这一现象还很少进行系统的研究。他们像他们的前辈们一样，过多地关注以日、月计量的政治和军事事件。千百万年的地质运动形成了大陆和海洋，在这里，社会底层的千百万人在漫长的岁月中默默无闻的选择和奋斗汇合成了我们民族最为悲壮慷慨的伟大史诗。它为经济史、社会史、文化史，更为文学创作提供了令人羡慕的沃土。

是什么使视故土为生命的农民背井离乡？又是什么引得他们决然北去？百余年来的中国，维系千年的旧秩序陷入了崩溃前最严重的社会危机。对一个农民来说，土地、家庭、宗族、村社，这套通常是坚如磐石的社会基础结构出现了巨大的裂隙，最基本的生存需要常常不能满足。于是，在南方，下南洋；在北方，闯关东。树挪死，人挪活，这句蕴含着古老东方智慧的谚语揭示了一个严峻的文化背景：非到生死关头，中国农民很难离开他的故土。普遍而持久的社会灾难激发起人们求生存的意志，广阔的未开垦的处女地和社会组织的松散薄弱吸引他们走向东北。当然，许多人是盲目的，但如果他们对前途并无把握的话，有一点他们倒是确信无疑：一无所有的人不怕再失去什么。这是一次凄凉而悲壮的进军。

新儒家对海外华人的成功津津乐道，以为这是古老中国文化现代生命力的明证。他们忽视了一点，一种文化在不同的生存条件、不同的历史传统、不同的社会组织结构中不可能不发生变异，变异的程度固然有深有浅，但当我们夸耀"国粹"的时候，拉出来的却是穿长袍马褂的精神上的大鼻子，这种危险确是存在的。东北的情况也差相仿佛。中华民族的文化是一个整体，但不是单调划一的整体，而是变化无穷的乐章，气象万千的巨画有着繁复的声部、丰富的色调，有大大小小的"亚文化圈"，东北就是一个。我之所以这么强调"闯关东"，首先是因为它本身就有非同寻常的文化意义，在这个过程中激发和生成的精神气质，持久地遗传下来；其次，它把黄河流域文化以空前的规模带往关外，并在新的生存条件中发生了深刻的变异；最后，也是最主要的，通过这一行动，黄河流域的农业文化，与以满族蒙古族为代表的游牧文化碰撞、融合，又受到俄苏、日本、朝鲜的影响，决定性地锻造了东北文化的灵魂和面貌。看不到这种内在的独特性，就捕捉不到东北生命的搏动。不管写多少冰天雪地、森林莽原，也不可能是真正的"东北文学"，而往往是用最省事的办法，把一般的、代表着民族生活公约数的生存模式文学模式放到东北大地的配景之前。这么说并非无的放矢，在本文所谈的于德才的作品中，我们就可以找到例证。于德才初期的作品，有一篇《杏花婆》，讲了这么一个故事，主人公杏花婆年轻守寡，其间也曾与人有过朦胧的爱情，但这点爱情被她压抑下去了，后来那人死了，杏花婆终生都在怀念他；现在，杏花婆老了，两个女儿请她进城享福，但她还是回到家乡，在勤劳俭朴的生活中安详地死去。读者大概已经看出，前后是两个我们非常熟悉的模式。的确，除了在于德才以后的作品中较少见到的圆整的结构和准确的节奏之外，我也没有看出什么独特的东西，这里表现的是中国天南地北普遍适用的人生。也许我们的论证方式有点武断，于德才并没有打出"东北文学"的旗号，但不管是否打出旗号，既然你把人物放到了与外部世界有着明确的对应关系的环境中，我们就有权利要求看到它们如何以这个世界特有的方式互相影响和规定。我们就可以用这个世界的一切文化特性与考察衡量这个作品。

这也正是我们的兴趣所在。因此，本文就是对于德才的创作和东北文化的双重探讨。1980年以来，于德才先后发表了四十多篇小说，其中以《焦大轮子》最为著名。但走向《焦大轮子》的转折点是1985年5月发表在《小说潮》上的中篇《山宝》。《山宝》之前，还有《山里世界》《山里园情》和《山里人家》等，多少都显得有些幼稚。它们或写"三种人"与不正之风的问题或写改革之后农村价值观念、生活方式、人际关系的变化；在环境描写中那种俯瞰式的广阔视野，行文中憋不住的要发议论发感慨的冲动，都流露出赋予人物和事件普遍的社会意义的愿望。这些有力地突出了于德才作为一个作家的抱负和雄心，他深切地关注着时代风云的变幻，并以热烈的道德激情肯定、礼赞、否定、批判。值得注意的是，在这个时候的于德才眼里，世界并不是一杯浑水，放在那里，沉淀一下，美与丑，善与恶就会泾渭分明，世界不是以美丑善恶的原则组织起来的。在这一时期他最重要的作品《山里风情》中，出现了这样一个局面：养了一大群鸡的葫芦婶要么遵从纯朴美好的旧俗，将鸡蛋送给乡亲们分享，要么按照无情的经济盈亏法则将鸡蛋卖掉。由此我们已经可以看出《焦大轮子》《丁大棍子》的萌芽，这是商品经济与古老传统的矛盾，是历史发展与道德判断的矛盾。最后鸡蛋还是卖出去了，《山里风情》的结尾不失温柔敦厚，因为即使把鸡蛋卖了，我们也还是不足以对主人公提出有分量的道德责难，那毕竟是她们辛辛苦苦的劳动所得，这些矛盾在《山里风情》中表现得缺乏力度，它不过是真正的暴风雨来临之前刚湿地皮的几点微雨。

有意思的是，于德才随后却写了《山宝》，其模糊的时代背景在于德才的作品中大概是独一无二的。同样，于德才此前此后，也再没有像这样潜心于远离尘嚣的野林荒山。既是特例就自有其特殊的意义。这意义在于，我们第一次在于德才笔下看到了真正的东北，真正的东北人，看到了一个独特的世界，一段独特的人生。

《山宝》的故事很简单，一个垂垂老矣的山把头寻找"山宝"——罕见的重达八两的大山参。他找到了，也死去了。

这个故事的模式并不新鲜。在新时期文学中，我们已看到不少人在历尽艰险地、有时是煞有介事地寻找一头神秘的老狼（或者狐狸、豹子乃至大鱼等等）。这个模式的起源和发展十分复杂，说起来离题太远。就《山宝》来说，于德才确实赋予了它比较丰厚的文化内容，这是他对东北人的文化心理结构的第一次认真的思考和探索。

"山宝"是自然力的象征，这篇小说则是关于人与自然的关系的一个神话。这种关系的性质决定着人类最基本的生存方式。在中国传统文化中，占主导地位的是强调人与自然之间的和谐，不仅儒道两家如是说，在日常生活中，人们也这样感受，这样行动，它已经深深地渗入人们的生命而化为血肉。农民对土地的感激和依恋就是一个明证。新时期以来，肇始于19世纪，到法兰克福学派等西方马克思主义者手中又加以现代的阐释和发挥的浪漫主义思潮影响了一些中国文学家，以至出现了大批表现天人合一的理想的作品，根本原因就在于它拨动了中国人久已有之的一根心弦。这是从相对适于生存的自然环境中生长出来的精耕细作的农业文明的产物。

然而，在《山宝》中，我们看到的却是对大自然执着的、毫不客气的索取，自然是外在于人的敌对力量，一个人的尊严、价值和英雄气概都现实地表现为对自然的征服；不知从哪一代祖宗开始，就把生存同征服大山老林紧紧联系在一起……他的祖辈并没有给他留下哪怕半枚银钱的财产，只给他留下了拼搏和征服的不屈的体魄和信念。除了神秘而富有的大自然，他一无所有；而他，又首先属于大自然。他必须不懈地同大山和老林子拼搏，不断地征服它们使之属于自己。

在一个艺术世界逐步展开的过程中，这个世界的主导力量（在这里，就是人——自然）之外，还会或多或少地出现相关的、附随的力量和动机，否则就难免干枯、单调，但如果它们过于膨胀，以致阻滞、削弱了主导力量，就会破坏作品的完整和谐，造成文本内质的分裂。在《山宝》中，主人公腹背受敌，既面对自然的挑战，又受到庸众的讥讽，这本无不可，但越到后来，主人公越把向众人证明自己言之不谬当作头等大事，念念在兹，这就未免离题。

当然，从生态学的角度来看，老山把头那股子斩尽杀绝的劲头实在不可取，我们只有把它放到哲学和地域文化的双重配景中，才能摆正它的位置。

我不知道于德才在创作中到底是怎么想的，但上面所引的那段话确实道出了人与自然关系的本质，人一方面"首先属于大自然"，另一方面，人又必须"不断地征服它们使之属于自己"。只有征服自然，也就是马克思所说的"自然的人化"，我们才能把自己从自然中突出出来，才能建立起文化和文明人的存在，才能成为真实的客观存在，在历史的远景中，人与自然的最终和谐才有现实的可能性。因此人类为征服自然所做的艰苦卓绝的努力是永远值得礼赞和歌颂的，不承认这一点，就会导致对历史不切实际的"乌托邦"式的理解。

更重要的是，《山宝》这种精神气质完全是从东北地区的生存环境和文化土层中自然地成长出来的。在相对宜人的环境中，人们也许较多地感受与周围世界的和谐，但在东北，严酷的自然条件，使自然对人的敌对性表现得极为突出。任何一个生活在莽林、荒原、冰雪、严寒中的人，恐怕都不会有那份追求和谐的兴致，在他的眼中，自然永远是狂暴的，凶险莫测，是一种可以随时置人于死地的神秘力量。人与自然之间进行着无穷无尽的对抗，或生存或毁灭，这是铁的律条。由此形成的老山把头那样强烈的征服欲和占有欲，精力与体力的旺盛与强韧，性格的刚毅、暴烈与执拗，以致毁灭阴影笼罩下的悲剧预感，都牢牢地揳入了一代代人心中。在于德才以后的作品中，焦大轮子、丁大棍子、富大蛮子，都可以明显地看出老山宝的遗传基因。这是东北的精魂。

无疑，在中华民族的文化中，东北地区有它自己的特色，这里不仅需要深入的感受，也需要自觉的比较意识。于德才在《山宝》中下的一番功夫并没有白费，这使他真正有了一对观察和表现生活的眼睛，既是他自己的，又是东北的，当这双眼睛重新转向现实生活的时候，这个世界就终于以它本来的、独特而丰富的光色显现出来，这就有了《焦大轮子》《丁大棍子》。

二

为了证明我一开始关于"闯关东"的那番议论不是废话，我们有必要考察一下《焦大轮子》《丁大棍子》的情节模式。

最初，是主人公的受难，焦大轮子是由于天灾导致的经济破产，丁大棍子则由于政治迫害。然后，是出走，两个人都在走投无路之际愤然离开故土。再后是创业，在一个新的环境中，他们艰难困苦地生存下来并且取得骄人的业绩。最后，是怀乡与自省，焦大轮子在痛苦地自省后决定还乡，"丁大棍子"则在回乡之后进行了痛苦的自省。在这里，家乡与道德的自省有着内在的联系。

把这个模式，与前述"闯关东"相比较，从受难到出走到创业，有着耐人寻味的一致，而那些背井离乡的游子，不管是否比以前活得更好，他们总是同样地怀念故土。今年《上海文学》第3期上，有吉林作者杨咏鸣的短篇小说《甜的铁腥的铁》，其中写到一位十分出色的女工，完成了承包一家小厂的定额后，兴奋而急切地坐上火车，驰向关内，回归她阔别多年的家乡。这是一个很有意思的旁证。

当然，为焦大轮子和丁大棍子排家谱是没有意义的，为了审慎起见，也不必对于德才做什么心理分析。至少，这种契合说明，千百万东北开拓者的集体经验年深月久，潜移默化地影响着他们后代们命运、思情乃至文学创作。

有一点可以肯定，我们这两位主人公和当年"闯关东"的人们一样，发现自己是孤身面对一个陌生的世界。脱离一直生活在其中、具有特定位置、承担特定义务的稳定的社会秩序，这对一个中国农民来说，无疑是根本性的转折。如许多人所指出的中国文化的主体是重群体，而轻个人。一个人离开了土地、家庭、宗族、村社，他就得重新估量自己的生存意义，他就会惊异而惶惑地发现，他的所作所为不再是向什么人履行义务，但这时也只有他对他自己负责。其结果，一方面是个人生存和个人价值被有力地突出出来，从而极大地激发起他的开拓意志和创造热情；另一方面，稳定的社会制约不复存在，这可以使他更容易、更干脆地抛弃某些思想方法、行为规范，乃至道德义务。而这是一柄双刃剑，它既可以实现文化心理结构积极的更新和调整，又可能使人陷入严重的道德危机。

当然，那些早期的开拓者与焦大轮子、丁大棍子是不同的，后者受到历史的厚爱。只有在我们这个时代，中国农民才真正有了摆脱代复一代的命运循环，从自然经济走向商品经济，从而为自己创造新的生活的现实可能性，这是一大幸事。但正是由于这个过程具有前无古人的根本意义，它带来的痛苦与困惑也就特别强烈，它的最初产儿必然是满身血污的。

因此，前边所做的比较并不意味着简单的重复，虽然我可以冒昧地断言，焦大轮子、丁大棍子的观念、心理、气质和行为都受到了历史的集体经验的影响，这种影响由于他们走上了与前人相似的命运历程而有了适宜的土壤，得以激发和显现出来。但真正使它获得具体的充实的历史内容并勃郁着强大能量的，还是商品经济，一个新的"关东"，一片新的天地。

在这片天地里，毫无疑问的，像山把头那样以个人面对整个自然的强烈的征服欲望和开拓意志是绝对必要的；抛弃某些旧有的思想方法、行为规范乃至道德义务的勇气也是必要的。这两者焦大轮子和丁大棍子都不缺乏，这是他们成功的保证。这种成功在一定程度上也是人格发展的成功，不管身上有多少瑕疵和污点，甚至经受了严酷的自我扭曲和人格分裂，他们毕竟使自己开始适应这个世界，从而成为中国农民中最接近现代人的一员，在这个意义上，我们可以毫不含糊地给予他们肯定的历史评价。

但是，像老山把头那样的对自然的征服欲和占有欲如果不加节制尚且会带来生态灾难，当这种欲望在新的历史条件下转化为焦大轮子和丁大棍子的社会姿态，而他们和社会都缺乏相应的文化准备的时候，它也是会产生副作用的。旧的规范抛弃了，新的规范尚未确定，物欲的恶性膨胀导致不择手段的胆大妄为、道德沦丧。对焦大轮子和丁大棍子，我们的确不能过于苛责，尽管历史为他们提供了可能性，但要把可能化为现实仍然需要他们自己极其艰难困苦的斗争，他们有时几乎是别无选择的，因为社会还没有为商品经济的发展建立起健全、完善的基础。但是，我们恐怕也很难为他们做什么道德辩护，即使从历史的而非道德的角度来看，商品经济也并不天然地是弱肉强食的丛林，即使在实行市场经济的西方国家，20世纪以来也逐步建立起了公平竞争等一系列原则和规范，更遑论社会主义商品经济。焦大轮子和丁大棍子个人的道德责任无可推卸，而造成这一状况的一切因素都必须也只能在历史发展和文明进步中得到改变，这就是道德评价和历史评价的辩证统一。

然而，焦大轮子和丁大棍子毕竟是农民，就像惊涛骇浪中的游子本能地想到家乡而不是彼岸那样,当他们意识到自己的道德危机的时候,他们本能地向后看,回归故土以抚慰自己的良心。在这里,故土就不仅仅是具体的土地、家庭、宗族和村社,而是象征着农民世世代代的生活方式和心理结构,他们的生活信念和道德理想,不管这其中有多纯朴美好的东西,但它毕竟属于古老、悠远的过去。当它与焦大轮子、丁大棍子的道德自省联结在一起的时候,它就蕴藏着一种历史的惰力。焦大轮子和丁大棍子远离故土,来到新世界,这既给了他们新的活力,又使他们孤独无依,他们总是感到自己既遭到故土的遗弃,又未被新世界接纳、融化,他们痛苦地徘徊在两者的边缘之上,一半属于过去,一半属于现在。对现在的信念的动摇,很容易使他们倒向过去。我猜想,焦大轮子死时的姿态一定像个婴儿,因为这个烦恼的成人正是渴望回到温暖安全的母腹,这当然是不可能的,但恐怕许多中国人,包括某些知识者都有这种悲剧性的心理。

于德才这两篇作品,无疑是他创作上的一个高潮。它们是指向现实的,也是指向历史的,这是漫长的历史洪流纳入新的河床时掀起的混涛浊浪,看不到现实层面下沉积的深厚的历史文化内容,我们也许不能达到对作品的真正理解。

把《焦大轮子》与《丁大棍子》相提并论,仅仅是因为它们在情节模式和思想内容上的一致性,并不是说,两者在价值上可以等量齐观。实际上,恰恰是这种一致,给读者似曾相识的重复感。而相比之下,《丁大棍子》显然较为逊色。在这里,作者过于关注情节的进展,而又缺乏《焦大轮子》那样比较错落的叙述技巧,平铺直叙,一泻无余。在丁大棍子旋风一样大赚其钱的过程中,我们也感受不到贯注在《焦大轮子》之中的沉郁的、自省意味浓重的悲怆气氛。

《焦大轮子》是山顶,《丁大棍子》是山坡,山坡缓缓下降,直到另一座山峰奋力崛起,那是《富大蛮子》。

三

《富大蛮子》这个题目会使人以为它和《焦大轮子》《丁大棍子》同属一个系列,但是我觉得,它与较早时候的《圣水》更相近,自成一格,是姊妹篇。然而,从标题、写作顺序来看,我猜想,于德才的本意最初还是要写成"大××系列"的,之所以改变初衷,写成目前这个样子,很可能是由于他不忍心让这个十分出色的美丽女人背上那么沉重的道德负担,承受那样难以解决的悲剧性的内心矛盾。《富大蛮子》发表时标明是"社会伦理爱情问题小说",不知出自谁手,多少有点广告的味道。实际上,其中伦理道德问题是非如此分明,以至基本上不成其为"问题"。对女主人公来说,她需要的是冲破陈腐道德束缚的勇气（而我也没有看出到底有什么东西真正有力地阻碍她这样做）。而对读者来说，这正是我们所期待的。所以《富大蛮子》与《焦大轮子》和《丁大棍子》处在不同层次上。后者触及了我们时代某些根本性的矛盾和困境，前者更多的是依照一般公认的无可争议的生活逻辑发展的，两者迥异其趣。

于德才的这种意图偏移，倒使我忍不住提出一个问题，他能不能既保持我们对富大蛮子的喜爱和赞叹，又把她写成一个丁大棍子式的人物，常常干出使我们在道德上不能忍受的事来呢？我想这本来是可能的，于德才大概也曾经想这样做，他写到富大蛮子竟然以自己这个人做抵押向别人借款，但即使这笔交易最后兑现，除了昏聩到不可救药的道学家，人们也不可能对富大蛮子提出什么责难，而只会发出悲伪的叹息。在这里有一个辉煌的先例，那就是曹雪芹笔下的凤姐，如果不是审美上的色盲，我们就不得不承认，那是一朵散发着无穷的美的魅力之花。曹雪芹从不掩饰对她的喜爱与赞叹，但也毫不容情地写出了她为非作歹的险刻和恶毒，这种在极大的审美跨度中保持平衡的能力令人叹为观止。拿曹雪芹来衡量于德才当然是不公平的，我只不过想提出一种更诱人的可能性。

和《焦大轮子》《丁大棍子》的情况相似的姊妹篇《圣水》和《富大蛮子》中，前者远较后者逊色。但这种差距在这里意味酝酿和摸索。《圣水》没有洗掉那种才子佳人的酸味（我指的是禚花与知青的关系），表现上也常常不免矫情，禚花最后"千里寻夫"（抑或是"寻梦"？）更是一往情深得莫名其妙。于德才曾经和我谈到过茨威格，他这样写爱情是否多少受了茨威格的影响？《一个陌生女人的来信》那样的作品本质上不是写爱情，而是写一种雄浑博大、奔腾恣肆的人类激情，用它去爱，可以山盟海誓；去恨，可以刻骨铭心；去创造，就会出贝多芬、爱因斯坦！它在任何一方面都是超越世俗的，借鉴到《圣水》这样十分世俗化的作品中效果不会理想。相反，到了《富大蛮子》那里，于德才就大胆地扯下了那层楚楚可怜、圣洁痴情的面纱，我惊异而兴奋地看到他居然可以这样写一个他十分同情的女人：

> 往往一疯闹起来就忘情使性，仗了自己壮壮实实一身的劲气，逮住个爷们儿就不撒手，一只手死死摁住了，另只手抓住泔水瓢，拎过酱油瓶子，不管身子还是嘴的咕嘟咕嘟往里倒泔水、灌酱油。性子大发了，干脆薅倒个爷们儿，大腿死死夹住他的脖子，三下两下挣下他的裤子；手指头抹了灶门脸上的黑灰，在那白白的屁股上画鼻子、画眼圈、画人脸。

粗鄙是够粗鄙的了，但通篇读下来，又觉得这似乎没有怎么"损害形象"，这份野性泼辣反倒构成了独特的魅力。富大蛮子之"蛮"始终使我们感受到一种充沛盈溢的生命元气。她敢想敢干，侠骨英风，大喜大悲，痛快淋漓！这不仅是个人的气质，而且也秉承了关东女子的传统；"她具有关东女子健美的体魄，豪爽的气质，也水性丰满，也野性泼辣"。在这里，富大蛮子的粗鄙，于德才的粗鄙，乃至关东的粗鄙，与在许多小说中出现过的诸如游迓于城市、街头的小伙子们的粗鄙是大不相同的，后者常常带有浓重的反文化色彩，前者则恰恰反映出一种文化形态生机勃勃的粗放和豪迈，对生活全身心的体验和欢欣，在关东，在小煤窑里，在一个女子为追求和创造美好生活所做的苦斗中，这一点特别突出。无论在生活中还是在创作中，过于精巧雅致往往是活力衰竭的表现，清代的文化在任何一方面都显得琐细典腻不是偶然的，同样，我们听着婉约绮丽至极的昆曲，也难免产生"落花流水春去也"的慨叹。

于德才，三十望七，当过兵，现在是记者。见过故宫博物院的清代帝王像，再看于德才，总觉得有点似曾相识，可见是标准的满族人；除了不能喝酒外，也是标准的东北人。质朴勤奋，绝无时下流行的飞扬浮躁的"名士气"。对他的创作的这番考察，于我实在是一次冒险，也许已经在什么地方人仰马翻，全军覆没，而我尚不自知。但有一点我想是应无异议的，于德才确实以他的作品对表现时代生活、对东北文学的建设做出了一定的实绩，并积累了一些经验。他今后又将如何？沿着现在这条路子再走一程，也许会更上层楼、再入佳境？抑或是及早改弦更张更为明智？这我都不敢妄言，所谓"文章千古事，甘苦寸心知"。但把已有的经验做一番梳理打点，建立一个新的基准，我想还是必要的，所以，这篇文字可算是作家建立基准的一块砖瓦，不合用，弃之可也。

《当代作家评论》1987年第3期

奔向自由
——谢友鄞短篇小说的形式美感

雷 达

一

《马嘶》已经读过两遍，它如诗如歌如画，令人爱不释手。奇怪的是，我想把它讲出来，却找不到语言；我终于沉默下来，内心便涌起一幅接一幅温馨的、鲜亮的、浩阔的画图。试看拂晓前一对新婚燕尔的青年夫妻的缠绵：

> 头一回，她刚要爬起来，他仰躺着，伸出两只壮实有力的胳膊，抱住她软嫩嫩的腰；雪白膨起的奶子，两滴熟透的樱桃，冲着他晃，他冲动地把她拽回了被窝里。第二回，她响着细鼾，他舔了舔她合着的细密纤长的眼睫毛，轻轻撑身，正要起来，她却把头一下子压在了他宽阔的胸脯上。

在这儿，充满了青春的芬芳和生命的动感，没有一丝理性剖析的成分；充溢着天然本真的情趣，没有些微轻佻与猥亵；散发着生活的诗香，没有一点矫饰造作之态。有人说，人处在下意识的纯真状态中的美最美，大概正是指此吧。
这对新婚夫妇要到山外去买马。看小说怎样写有形的山：

>　　峰托着峰，岭推着岭，没完没了山的浪。微白的山径像脐带似的
> 在墨黑的山峦间飘飘悠悠，忽隐忽现，使人想到生命的原始和神秘。
> 赶了一天路，夕阳压山，淡红色的晚霞涌现出来，堆着微笑，露出了
> 山峰上恬静的黄昏。

这是主观性很强的镜头，一天的路途和心境，全由这个场景暗度过去，省了笔墨。更重要的是，它是由我及物和由物及我的移情，有浓厚的宇宙人情化的意味。这个"我"，既是作者，又是那对夫妻。

快进入草原了，再看小说写无形的风：

>　　强劲的风从高处扫下来，压下来，没膝深的草海退潮似的唰唰倒
> 伏；风过去后，又喧喧哗哗地站起来。

这里不只给来无影去无踪的"风"塑了形状，而且这形式本身也和全篇的氛围连成一气，为即将展开的惊心动魄场面烘托了气势。

《马嘶》中最精彩、最给人磨不掉的印象的，还是买马、套马的场景，它太富于雕塑感和油画感了：

>　　……马和人箭也似的朝前射去，越去越小，倏地掉进红日里。人
> 和马墨黑墨黑，在巨大的静谧的红日里剪影般地昂首、撕拽、举蹄、
> 奔旋。一对新人被这人间罕见的景致惊呆了。

可以肯定，作者自己也已全身心地沉浸在这令人目眩神惊的画面中了，他已不是在写小说、叙述故事，完全是在用语言的线条、色彩、光影绘画，在停下来观赏。他陶醉于刹那的美，便要将这刹那的美感永远留驻笔端。

我忽然觉得，由此找到了我的"评论语言"：谢友鄞的小说，虽非全部，至少是一批近作，其结构的秘密在于，不是从感情到形式，而是首先敏感于形式之美，然后以此为媒介跃入感情界，展开构思。它让人想到"美感起于形象的直觉"（克罗齐）这句名言。他好像不是因为一个故事、一段情节、一种思想意念激起创作冲动，仿佛只是因为一片夕阳、一簇群山、一缕稍纵即逝的情思、一个美的造型激起创作欲望的。可能正是这个特点所致吧，他的小说常给人连续的画屏之感，如一个个小意境缀合的视觉艺术品。

不过，若是一味地为美而美，掇拾些零碎的画面拼接，那是不会有多大价值的。谢友鄞的个别篇什（如《折光》《大山藏不住》），就曾给人画面光鲜、思

想浮露，局部华彩、通体涣漫的感觉。《马嘶》却不是这样，它是一个生气丰沛的整体。究竟是什么把《马嘶》提升到了生机勃勃的境界？仅凭上面引述的片段是不可能达到的，关键还在《马嘶》中奔腾着一股人的生命力勃发的湍流。那一对新人如春水泛溢般的向美向善的气质固然给小说氛围带来一片活气，但真正使《马嘶》进入深邃的，不能不说是那个几乎无言的马倌。

这马倌其貌不扬，"窄窄的刀条脸，脸像风干的核桃皮，宽肩蜂腰，再往下瞅，可就不能轻视了，他的双腿呈罗圈形，一看就知道，是常年骑马所致"。当新妇点名要买那匹雪青马时，"牧主和马倌跟着她的手指望去，身子同时一颤"。按规矩马倌该去套那匹马了，他却"抱住双臂，纹丝不动"。那"女的"亲自去套，得而复失，"扑落在草滩上，急遽不停地翻滚""眼睛噙满屈辱的泪水"。此时才听得"一声呼哨，马倌翻身跃上一匹马，直朝雪青马追去"。等马套回来，生意成交，把"套马"的十元钱塞给马倌时，他却"又抱起双臂，理也不理他"，竟至"把钱甩了回来"，只恶狠狠地说："记住，侍候好它！"原来，这匹雪青马曾搭救马倌的性命，马倌视为命根子，碍于牧主的诺言，不得不忍痛割爱。其痛苦可想而知。

《马嘶》结束于这样的画面：一对新人骑上雪青马离去，"他们扭回头，女的眼睛里闪烁着黄昏的泪花，巨大的夕阳已经投入地平线下，那个马倌仍抱着膀子，一动不动地站在那里，像一尊遗恨万年的雕像。柔和的薄暮垂落到他的双肩上，轻烟罩满了大草滩"。

面对这含藏无尽的画面，任何赞词都显得贫乏。如果只是感叹几句劳动者的人情美、人格美，固然未必错，却距离谢友鄞小说的形式美太远。这永远"抱着膀子，一动不动的马倌"是一个造型，一种形式，同时又是一种意味，一个世界。人是万物的尺度，人是一个宇宙，瘦小枯干的马倌虽然影像渺小，此处却直有吞天吐地的气势；人是草原，草原即人，马倌此时与草原化为一气，他就是草原的象征，从草原即可直观自身。一尊雕像，亘古不灭，瞬刻永恒，情满草原。柔和的暮霭垂落下来，一个庄严的灵魂升起来了。

二

上面我较多地引述了《马嘶》的原文，又限定在该篇略做评析，是出于这样的想法：一方面，《马嘶》虽甚短小，却凝聚着谢友鄞小说的审美特点，是他迄今写得最空灵、洒脱、自由的一篇，推出它，往往可收举一反三之效；另一方面，评论作品切忌顾虑蹈空，尤其面对这种常以"无言之美"取胜的作品，不引征原作，不但难窥真容，而且容易隔靴搔痒。现在，以《马嘶》为先导，我们或可较顺遂地进入谢友鄞的小说天地了。

正像人们常慨叹的，在今天，一个写小说的新作者要想引起文坛的注意，要想脱颖而出，谈何容易。文学愈是独立，那些簇拥着它、浮载着它的"借用物"愈是减少，衬托着它的背景愈是落潮，它究竟能够站多高就愈是要依靠自身了。如果说，曾经有很多作者的闻名遐迩不无际会风云的原因，又有一些作者曾靠了题材的大胆，暴露的彻底，故事的曲折，地域风情的特异，问题的尖刻，手法的炫目的话，那么如今这些大都靠不上了，"机会"愈来愈少了。这是作者的"不幸"，恰好又是文学的幸运。现在，对一个新作者来说，只有别具一格，别开生面，才能赢得文坛和读者的注目。谢友鄞之所以能以不多的几个短篇引起注意，得到好评，原因也在他的独特性上。

在我读完谢友鄞前期的一些小说和近期的《大山藏不住》《一夜》《窑谷》《窑变》《马嘶》《秋诉》《串亲》之后，一面惊奇于他前后变化之大，一面又产生了理智的困惑。我看不出他更靠近目前文坛的哪股潮流，哪种审美时尚。除了谁都可指出的诗化倾向之外，他还有哪些真正属于自己的特点？的确，举凡文化寻根，"反传统"，哲理化，纪实化，魔幻，荒诞，象征，等等，都和他没有多少关系。由前期的某种简单甚至稚嫩进入今天的自如和潇洒，他走过一条浓缩的道路。但是，并没留下多少杂乱的足迹和东张西望、六神无主的印痕。即使是稚嫩，也稚嫩得执着，他是个注重自我独立个性的作者。

有人曾认为，他的小说在写法上接近于《厚土》。如果从近来短篇小说注重"简化"，向往"有意味的形式"等风气着眼，这看法或有一定道理；如果真正进入作品，这看法就有点不着边际了。甚至可以说，谢友鄞的小说与《厚土》的写法恰好是相互背离的。读《厚土》很容易使我们想起艾略特的话："不仅要意识到过去已成过去，而且要意识到过去依然存在……感觉到远古和现实是同时存在的。"《厚土》所写的，是我们文化土壤上周而复始、永恒轮回的东西；它的人物都是已经活了几千年的人，他们永远重复着同一种不变的情感模式，他们是些文化意义上的人。谢友鄞的小说则完全不同，他写的是现实感、瞬间感很强的人，与其说作品写的是情感，毋宁说写的是瞬息万变的情绪，他的人物是感性的、直觉的、人情化了的人。《厚土》与谢的小说，一个是表现文化形态、注重历史感的，一个是表现人性人情、注重现实感的；一个表现千万年不变的情感模式，一个则表现瞬刻、刹那的多变情绪；一个是哲理化的，一个是感觉化的；一个诉诸"积淀"，一个则是讴歌"活力"；一个主要是严刻的批判，一个则是深情的礼赞；一个是冷峻的沉思，一个是热烈的抒情……

经过这一番比较，对谢友鄞小说的特色也许变得可以触摸了。他的小说，在思想深度和哲理境界上，的确没有提供多少新的东西，他的作品不以思想的深刻性见长；在审美形态上，他的小说仍然是现实主义的写实作风，也没有显示出多少新的技巧和手法，但是，在这个基地上，他的小说是一种延伸、创新和变奏，是一束清新的花蕾，自有一股微妙的征服人心的力量。

那么，这魅力源自何处？

他的小说，基本上不表现切近的政治主题、社会主题、道德主题，割弃了实用性、功利性较强的主题选择；他的人物，也基本上不具备完整的性格和命运轨迹；然而，他的小说又有很强的运动感、生命感。这就不能不使人思考，他的笔究竟在哪个领域游弋，他究竟表现了一些什么东西？所谓"空白并非真空，乃灵气往来生命流动之处"（宗白华《美学与意境》）。我感到，尤其他近期的小说，是向一片未知的、真正的审美领域探索着，这个领域就是表现人的力与美、人的自由意志和本真风采、人的灵性和生命的活力。用了这么多"人"字，并不是在说抽象的人，只是想强调，谢的小说摆脱实用性，上升到美是自由的象征这个境界的意向。仍就前面举过的《马嘶》来看，它显然无意于表现所谓农村变革或变革中的农民之类的题旨，呈现在小说中的，是清晨新娘慵懒懒怠的模样如何好看，这一对新人清新的感官，他们对新生活的肯定和向往，急骤的马蹄，新娘子矫健的身手，大草原上无可言说的遗恨……这一切几乎是难以归纳成明晰的"主题"的，说它无主题也可以，但有一点是醒豁的，那就是力的弥漫、膨胀，人自身的美的散溢、升华。我们说它吟味了草原一般的生命和如生命一般的草原，或许还稍稍接近作品。在《秋诉》这篇小说里，除了感受到一种氤氲般的情绪，似乎什么实在的东西也抓不住。它究竟"诉"些什么？只能说，它一面诉说爽朗的生命，一面诉说被抑压的生命。在《一夜》这个精粹的短篇里，要寻找所谓哲理化的主题未免牵强。这是极紧张、极扣人心弦，有如"三岔口"般让人心惊的作品。全文通过一系列准确、勇狠的动作，刻画了一个默默无语的辽西汉子的形象（谢的小说经常是"无言"或"寡言"的）。这里，吸引我们、感动我们的，不是外在的题旨或深层的意蕴，而是人自身，人的潜能、勇毅、力量、气势，美就凝结在人的动作上。换句话说，美就是形式本身。我们还应该注意到，谢的小说常常沉醉在人的形体、动作、神情之中，陶醉于劳动的韵律之中，在《窑谷》《窑变》《串亲》等篇中，都不难摘引出大量这类片段。对此他是那样专注，那样倾心，似乎除了人本身，他不知道哪里还会有美的踪迹。试看《秋诉》中一段这样的描写：

女的嘴角含笑，叉起一个谷捆，两只眼睛晶亮，丰满的胸脯微微起伏。瀑布似的阳光倾泻下来，把她泼洗得透明；纤细的杈杆在流水般的光照里唑嗡嗡颤响，仰起的一张脸生动得明灿灿，大得不成比例的谷捆向上徐徐隆起，她的身影奇异地仰倒在大地上……

这是站在马车上居高临下的一个"俯视"镜头，真是美的再造，美的极致（从这镜头似可预感到小说借鉴"摄影美学"的广阔前途）。要知道，谢的小说中这类镜头随处可遇，而他小说的美，正是从这类镜头中一点一点发射出来的。

我想，到了这儿，我们也许才真正把握到谢友鄞小说独特性的秘奥了。"人类的特性恰恰就是自由自觉的活动""人本身是人的最高本质"（马克思语），有什么能比人的自由和自由的人更美呢？当然，这里的"自由"并不指政治和社会的意义，而是指人有创造、发展、完善自身的潜能，不必借助神和上帝；一旦这潜能闪现出来，美也就随之涌现。就谢友鄞的小说来看，他笔下的人，无论辽西汉子还是辽西妇女，其精神气质欲求，都很少黏滞现实利害得失，都有股冲出躯壳，向慕自由的质朴刚健之气，他们当然不可能摆脱物质或精神上的重压，但作者偏能在他们未必自觉的状态中，发现他们的力与美。从创作一面讲，谢友鄞从前期小说到《窑谷》《窑变》到《马嘶》《秋诉》，不断摆脱功利的、理性的拘束，进入形式和意味合一的文体境界，无疑也是对自由的一种向往，所以，我把他的这一双重追求概括为"奔向自由"的过程。虽然任何一个作者的探索都是"奔向自由"的，但我仍愿把这四个字首先移赠给谢友鄞，因为它有特定含义。

三

前人评论凡·高，说他用全部精力追求一件世界上最简单的东西，就是太阳。这评语异常深刻，道出了"简化"（贝尔）的理论，也道破了简与繁的辩证关系。观《日出》《向日葵》等名画，我们感受到的不是简疏，而是生命力的饱满四溢，用这道理去看谢友鄞，也会发现一种奇特的矛盾：他做小说的原料其实是很简单的，甚至很单调的，无非是骏马、秋风、山谷、煤窑、冰河，再就是人人可自由享受的水分、阳光、空气了；他的环境也是固置的、狭隘的，总是在辽西的煤窑和蒙汉杂居的山村转悠，仿佛永远走不出这个封闭的小世界，但是，环境虽狭小，生命活力却旺盛，用料简单，色彩却丰富，情节淡化，情绪却在扩张。我读他的小说，每每记不住故事情节，却又总能记住一些强烈的情绪和鲜亮的画面，原因也许就在这种简与繁、实与虚的矛盾吧。

在前面，我们较多地强调了他的小说摆脱功利性、实用性，向着空灵、自由、审美发展的一面，但这绝不应造成一种误解，以为那些表现重大社会主题和道德主题的作品就是非审美的，同时，也不可误解谢的小说，以为它们是鄙薄生存的严峻，不食人间烟火的空玄之作。事实恰好相反，谢友鄞的小说正是生长在艰辛的生存、沉重的劳动、不自由的境遇的基地之上的。问题在于他进行了一种转化：既植根于存在的沉重艰辛，却又不拘泥于这沉重的艰辛，更不去回答许多具体的利害得失问题，而是竭力转化，转化为浓烈的情绪，转化为朦胧的遐想，甚至能转化为一系列舞蹈化的动作。总之，升腾和转化为一种精神性的追求，这才是它的"空灵"的真义。

把《窑谷》中的表嫂、《窑变》中的翎姐、《串亲》中的玉环等女主人公联系起来看，看她们灵魂的闪光和支撑力，有助于理解谢的小说的这一"转化"特色。《窑谷》是写那封闭窒息的角隅里，生命怎样存在怎样奉献，讴歌宽厚无边、泼辣无比的辽西性格、大山精神的。故事再简单不过："我"在表嫂家的小煤窑干活，劳动极沉重、极原始，表嫂希望"我"外出学些先进技术改进煤窑，"我"并不情愿；在经过一次塌方和辽西土炕上的一个夜晚后，"我"终于出山学技术了。出现在小说里的，无非是绵延不尽的山谷、土炕、贴饼子、红茶、小山般的煤筐。这样单调的环境和褐色的单调颜料，原是不可能写出什么有声有色的东西的，但是，表嫂的性格使黯淡的生存发光了。作为窑主，表嫂的处世态度是人情周到、落落大方的，她最初给人的印象是温厚。然而，一旦塌方的大难临头，表兄现出屠头相时，"眼角冒火"的表嫂不但以"大锹抡得像风车转"和独自背煤的举动令人惊讶，而且以她的镇静和泼辣威压了企图散伙的雇工，使气氛为之一变。到了夜里，"辽西大炕"上的表嫂似又回复到憨厚的本相。在这里，独自背煤的动作是个闪光点，显示了表嫂对命运和生存的反抗，是力的升腾。《窑变》中一向逆来顺受的翎姐，突然拒绝侍奉横行乡里的坏干部，投身河水以宣泄积郁，同样是一种反抗，是力的爆发。而《串亲》中玉玲的拒绝"卖猪"，则在更深刻的精神层面上，表达了她对自由的向往。在这里，生存的严酷并未被削弱、被掩饰，但它上升了，上升到一种精神和情感追求的境界。如果说，表嫂深夜"过炕"的举动还不难理解，那么，翎姐的投水、玉玲的歇斯底里式的爆发，就只有理解了她们深埋心中向往自由的欲求，才可以真正理解的。

由于把生存转换为情绪这个"由实入虚"的特点，谢友鄞的小说在表现人物感情时，有种婉曲、深沉、浮动、瞬间化的特色。其中，《秋诉》最值得称赏。这是一支明静和幽怨夹缠的歌，哀愁是淡淡的，但极深刻，它让人思索整个人生，思索人究竟应该怎样活着。在这里，明静的秋野与压抑在深层的黯然心绪奇妙地对比，人的自由、人的狂放、人的美姿与人的异化、人的枯槁、人的丑陋交织在同一幅画面中。那个"爷们儿的叫骂声"十分刺耳，他把一双儿女当牲口使，也把自己当牲口使。他"骂得冒烟咕咚，好像把这大好秋光也给污染了"。关于他，小说也许只写了几十个字，但他的声音足以弄坏所有人的心绪，可明显感到，小说中的其他人，不论是那一对新婚夫妻，还是他的两个女儿，都在潜意识里抗拒、躲闪着他的恶声。事实上是在抗拒一种人生的不自由状态。于是，当这个"恶声"不在场的空隙，一对姐妹帮一对新人装车时，她们"突然复活了似的"，欢快地劳动，发泄似的打闹、嬉戏，放开喉咙高唱，特别是把谷捆连续抛向那个年轻的男人时，她尝到了一种解除压抑的欢乐。这一对早该出嫁、早该"钻谷地"的女孩子，享受到了刹那的人生。

然而，她们何曾尝受到真实的人生？"姐妹俩唱着唱着，哽咽住了，再也唱不下去了……姐妹俩忽然紧紧地搂抱在一起，像交颈儿的鸳鸯，像难分难舍的夫妻。头挨着头，脸蹭着脸，跺着脚，肩头耸动，身子剧烈地颤抖……"一对怨女，暗恨平生，包藏着怎样复杂的人性深度哇！

同样，谢友鄞的新作《串亲》在表现情感上也达到了比较出色的境界。说它出色，是因为表现了语言很难赋形的东西：朦胧的追求，心灵的波动，情绪、氛围、梦幻、潜欲。《串亲》与《秋诉》不同，它有个实在的故事框架，不宜写成纯诗，要从再现推向表现，难度较大。作者敏锐地捕捉住了玉玲不安分的灵魂。作为丰足的庄稼院里具有说一不二地位的主妇，玉玲似乎沉醉在小康生活的殷实中，周围全是一片火爆爆的旺气，她好像也能蹋下心来平静度日。其实，这个模样俊、心性高的小媳妇，这个经常咬着舌尖微笑的女人，当年在冰河上"攥鱼"的一个动作，就显示了她的不羁的心灵。她与城里来的年轻收猪贩子刹那的目光相撞，就使她割舍不下，以至痴心等待，似乎失之轻薄，不好理解；但这其实是微妙地、曲折地展现了她对山外世界的朦胧向往，是埋藏很深的对自由的渴望。这当然是一种很复杂的情绪，作者能写到现在的成色，已属不易。

在谢友鄞的作品里，我一方面看到温情中含严峻，欢容里有愁绪，另一方面，更多地看到的，是严酷中的温情，重压下的轻松，也就是说，他不是一味的雄浑，一味的悲苦，而是把粗犷与委婉结合在一起的。既有"骏马秋风冀北"的一面，又有"杏花春雨江南"的另一面。如果说得再准确些，我以为柔性的一面，"女性化"的一面，在他更占主要成分。他多写"下煤窑"一类严酷的劳动生活，在用笔上他也企图尽量浓重有力，但不知为什么，我总感到严酷的东西经他一写往往化为牧歌式的叹息。他不像许多东北作家那样，粗犷是源自灵魂的，他的粗犷也是柔性的。这无所谓好或不好，这是一个作家的气质禀赋决定的，非人力可能使之改变的。

我的思路却在另外的方面展开。谢友鄞小说的诗化和抒情性目前是备受称赞的，若从走向阔大的境界着眼，不如把现有的这种"诗化"看作一种局限。

如果仅在现有格局下不断重复这种抒情性，就未必没有走向小景化、小器化、小品化的危险。因为，前面说过，他在思想的深刻性上没有提供多少新东西，他的取材、背景、人物也还比较狭窄。往后的路在何方，只有自己去踏勘，但有一点是肯定的，那就是进一步跃入存在、植根存在。

1988年3月31日于京郊
《当代作家评论》1988年第3期

慨而有思，文心可鉴
——文畅其人与其文

殷晋培

从20世纪60年代初起笔，断断续续写了三十个年头。文畅的散文，在辽宁亦自成一家。文畅是业余为文。他只能在文牍公务之余，挤出有限的休息时间，酝酿自己的思绪和文采。如此这般消耗心血和生命的认真劳作，自然和有闲之士的文字游戏少涉无缘。对他来说，文学虽是一种爱好，却又是可以有益于社会的另一种奉献。这样的文学观念，决定他只能有感而发，有为而发，做一些实实在在而绝非虚无缥缈的文字。

文畅是从写杂文起家的，这可能有点偶然性。念中学的时候，他得到一本鲁迅的《花边文学》，一直读到爱不释手的地步，从此就迷上了这种在报刊上被圈上花边的千字文章。鲁迅对文学的严肃思虑，把杂文当作投枪和匕首的战斗激情，亦从那时沁入他的心田。当他学着提笔为文的时候，青年人的单纯和热情，就化作缕缕纯净炽热的文思，尤其浸透着20世纪60年代初期特有的那种革命理想主义的憧憬。他歌颂"像灯塔一样的革命者"，渴慕坦荡无涯、纯洁无秽的"革命胸怀"，甚至天真得有点绝端地非议昙花、焰火那些稍纵即逝的华彩，而痴恋着"始终与日月同光"的纯美坚贞的革命品质。虽然由于时代的局限，不免掺杂上那个时期覆盖全社会的幼稚和过热的痕迹，但追索理想的赤诚和真率，现在品味起来仍不无令人怀念的韵味。

难能可贵的是历经噩梦和劫难之后，文畅未失其真诚。他不是那种精神脆弱者，绝不会变得颓唐和虚无起来。跟随时代的飞进，他找到了新的精神支点，依然闪耀的理想主义的希冀，这时变得分外坚实厚重起来。写于1979年的《火炬颂》便是明证。这篇悼念张志新的檄文，怒潮汹涌，思绪澎湃，爱与恨的火焰凝集于笔端，倾泻着对烈士的眷慕和对丑类的义愤。这篇文章的焦点最后落在颂扬"真理的火炬"那革命理想和信念不可战胜的力量上，具有情感的撼动力量。这种希冀和憧憬，如今已不再是纯理性的空想，而是和整个时代的走向契合起来，便有一种脚踏实地之感。正因为更切入生活的真实层面，排除了虚幻和迷影，理想信念的重新建构，必然导致批判锋芒的锐敏和犀利，爱和恨的对称在新的水平线上交融起来。投枪和匕首的杂文品格的重新回归，使文畅的文章平添一种批判的深度和力度。值得注意的是这种锋芒大都直指我们政治生活领域的一系列非正常现象，指向的锐敏更易牵动广大读者的心弦和神经，起到一种为群众发胸中块垒的作用。像《"老太婆会议"种种》《"一刀切"例析》等等，批判官僚主义者的固弊积习，不时蹦出快言快语，诸如"只要搞一刀切，就无一不切得一塌糊涂"之类的痛斥，酣畅淋漓又充满机智和巧思。《唐僧的法术新解》和《阿Q的少见多怪》这类文章，鞭挞思想僵化者逆思想解放、社会改革的潮流而蠢动，直言正告道："唐僧的法术，是'愚氓'之术，'愚氓犹可训'，法术不可学"，切望人们"莫做新阿Q而不自知"。类似的批驳大都痛快辛辣，饶有余味。至于斥责特权的《在其位，谋其政》《从海瑞巧办胡公子说起》等篇，对"谋邪""谋私"的"特权膨胀法"，更是轻蔑地嗤之以鼻。"道其可鄙，并不为过"，批驳之词，出语端庄，正气凛然。这些文章不仅义愤激烈，而且见地深刻，批判的矛头直指封建专制传统的老根。在20世纪70年代末期就这样旗帜鲜明，可谓确有先于人的识见。对于我们队伍内部的种种弊端陋习，文畅笔锋锐敏，但又注意分寸和尺度，心中时存治病劝善之念，所以绝不做情感失控的厚发泄，点到为止，以含蓄为度。倒是这种含蓄，随着阅历和识见的不断增长，已近乎深邃，不时闪出隐含幽默的睿智。如其近作《"难得糊涂"析》，颇能见此种老到和成熟。这篇文章知人论世，在透彻辨析了各种该糊涂和不该糊涂的现象之后，慨然做结论道：

  糊涂与不糊涂，真糊涂还是装糊涂，何事该糊涂何事不该糊涂，看来就中也有许多学问。要弄通这门学问，总的说，是不该糊涂的。其实，世间真正的糊涂人，也并不多。

这结尾煞口可称大佳，含蓄的嘲讽和幽默中包含着多少人生经验。不全说透，回味更浓。

杂文因其短，在学识和思想的基础上，尤需技巧和功力。惜乎，人们往往把它看作小摆设，壮夫似不惜为。这种误会，颇耽误辽宁的杂文多出名家和力作。唯文畅于此业孜孜不倦，实可称道。早在1981年，他就率先在辽宁出了第一本杂文集《杜鹃的性格》，销售一空后，又增补出了第二版。两版累计发行万余册，数目亦不算小。可见杂文原有读者和市场，文坛对它是轻视不得的。

进入20世纪80年代以来，文畅的创作兴趣，更多转向抒发情感的散文领域。生活的快节奏变化，时常使他慨然有思。这样，写杂文已不能尽兴，他必须寻找更自由方便的表达途径和方法。

写于1980年的《广场遐思》，或可标示他努力的新方向。这篇文章以钢都如今正遍植芳草的偌大一块广场为题旨，概括着几十年来历史走过的脚印。当年，在日寇铁蹄踩躏下，这片蒿草丛生、荒坟杂陈的旷野中，掩埋着中国人民的血泪和仇恨；共和国成立后，劳动群众怀着新生的热情，把它改造成庆祝盛典，飞溅焰火的集会广场；可曾几何时，史无前例的腥风黑雨，竟又把这里变成"中世纪的古战场"。历史走尽曲折，直到今天人们才清醒和惊觉起来，意识到种种可怕的失误，决意结束那种政治运动场的非正常局面，把广场装扮成一片更符合人性的萋萋芳草地，以寻觅绿色的春意。这篇文章由近及远，联想今昔，凝结着沉重的思虑和感慨，又迸发着解脱了噩梦之后的宽慰和欣喜，在跌宕起伏的情感激流中，辉映着历史风帆驶过的片片投影。文畅善用这种以小见大，见微知著的写法，在一些平凡琐细的现象中，思人之未思，见人之未见，从而生发出悠远深长的意味。他那篇《庭院春秋》，亦深得此中三昧。《庭院春秋》更貌似平淡，只是随意絮语，唠家常似的叙述一个机关后院庭落里环境和习性的某些变迁。但正是这些称不上历史性事件的细节变化，却深刻地昭示着改革开放年代中，生活方式和思想观念的巨大进步与更新。平凡的庭院中，驶过的正是历史车轮的赫然轨迹。文畅的这类文章篇幅都不大，容量却颇有可观处，透露着作者对时代生活巨大变迁所做的认真思索。

在另一类缘事触景灌注浓烈乡情和亲情的作品里，作者更注意情绪、情感的波动与转折，情和景的交融，诗情和画意的谐和，抒情文学的传统美学准则已运用到颇为自如的地步。那篇曾被多家电台配乐播出的《红叶诗情》，便浸透着这种传统的美致。红叶题诗，原是中国文人学士惯于寄托风情逸兴的韵事雅举，如今出新而变之为乡情亲情的诗意抒发，寄寓着海峡两岸睽离思聚的骨肉情愫。另一篇《青山情》，由儿时对青山的依恋，转入对青山蓬勃新绿的无限欣喜。那色彩斑斓的画面中，辉映着山村生活勃发的生意和转机，从心田汩汩流出的乡情和亲情，真如醇酒般浓烈芳郁。文畅的文兴笔意，大都萌发于这块生他育他的故乡土地，他敏细地关切着身边的乡村和城市，捕捉着它们中间出现的蕴含新意的变化、进步的迹象。一个水村的脱贫致富，引得他雀跃般狂喜

(《桑树的风姿》);钢城上空烟尘红云的逐渐淡抹,使他在欣慰中转向对审美真谛的哲理思索(《当红云淡抹的时候》);甚至正在拓宽延伸的街道路面,也激起他有关人间沧桑的绵绵思绪(《路条条兮苦与乐》)……他用自己的笔,记录着由这点点滴滴的变迁积累而成的历史性步伐,倾诉着自己对生活的眷恋慕切之情。

文畅的散文中不乏鲜艳的亮色。这里透露着一种具有自己特色的人生态度和文学信念,放在时下的文学潮流中亦颇有引人注目处。

文畅对生活持一种乐观进化的辩证观念。以他的阅历和见识,并非不谙世事,更非不辨黑白清浊,社会生活在动荡中呈现的复杂状态他也知之甚多,但他确又坚信新的生活潮流正在奔涌突行,其势锐不可当。从这层意义上说,青年时代使他激奋不已的理想主义气质其实并未断流,只是已经淘尽浮浅的空幻而日渐深沉起来。虽然潜突隐腾,但激情总要寻找喷发的火山口。只有这样理解,才能懂得何以1986年在鞍山召开全国中学生运动会,竟会使他激动得写下热血沸腾般的《拼搏之歌》。

> 人世间的拼搏呀,也像长河奔流一样,后浪推前浪,不断展现新的风姿,新的力量,新的希望。今天,我们无论走到哪里,都会高兴地看到,新秀在吐芳,新星在闪光。尽管他们还满脸稚气,还没到成熟的年龄,然而,他们那纯洁的心灵里却蕴藏着对健与美的无限追求,他们那鲜红的血管里却涌动着为理想和荣誉拼搏的阳刚之气,尽管他们还是初试锋芒,"小荷才露尖尖角",但是,他们生机无量,智慧无量,前途无量。中国在世界上具有更高的声望,这个重任自然要落在他们肩上。

亢然高歌,格调昂扬,浪漫主义的精神和气质充溢于字里行间。这时的文畅,真如恢复了青春一般。对生活,他充满了希冀和祝愿,他的文章便是不能自控的审美传达。

但整体说来,文畅散文更多烙着现实主义文学的深刻印迹,辉映着中国传统文化的鲜明胎记。严肃的中国文人,从来不做游戏文章和无用之文,从来都强调文章载道言志的重要功能。文畅严格遵循这一传统,贴近现实,关注人生,努力在五光十色的生活潮流中,筛选他认为是有意思的和美的对象,以给人有益健康的情感感染和思想启迪。即使在他写游记的时候,也很少纯粹徜徉在山川风物之间遣兴自娱,以炫耀那种士大夫式的闲适飘逸,他总是寄物寓情,由物及理,努力把山川风物和历史的宝贵传统与世貌人心的变化联系起来,以展示生活开放进步的迹象,而洋溢一种时代的健康气息。他的人生态度和文学信念，决定他推崇的是一种着重于发现和表现美的文学，在别人更多强调文学批判功能的时候，他愿意更多重视美的教化和陶冶准则，并努力在自己的创作实践中，把审美和教化统一起来。在这一点上，他显得执拗甚至固执，绝不为周围频频纷繁变化的各种各样文学潮流所感动。他坚持文学应有益于社会，有益于人生。在这层意义上，他不认为文学应有自己特殊的利益。为文学而文学，为艺术而艺术，在他是不可想象的事情。执拗地坚守这样一条阵线，他甚至宁可忍受嘲讽和讥笑。其实，同虚得发飘、空得苍白的某些"新潮"相比，文畅脚踏实地，绝无失重之虞。他的真诚和执拗确有感人之处。

正是出于严肃的使命感和责任感，近几年来，文畅更是对报告文学表现出新的兴趣来，甚至很少写长文章的习惯也因之改变，不惜耗费时日，积累材料，用万余字、两三万字的篇幅，为他所倾心的人物立传。

最早一篇《铁笔丹青》，写一位潜心于烙铁画的普通工人，以非凡的毅力献身于艺术，终于烙制成长达十三米的铁笔烫画《清明上河图》，成为扬名海外的工艺美术家。一位普通工人身上蕴含的艺术才气令他欣喜，在困难的环境里献身于艺术的执着和勤奋更令他赞赏不已。作者用热情的笔墨向社会介绍推荐这样的奇才，刻意为人才的涌现和人尽其才创造一点健康的社会舆论环境。他不仅写文章，还到处奔走呼号，尽可能地为这位工人出身的工艺美术家改善了工作和生活环境。

《铁笔丹青》的写作，使作者体会到一种新的乐趣。他发现这种体裁更具务实性和针对性，更易贴近时代生活的脉搏和切入社会土壤的深层。心有所悟，于是便续有《远见卓识》问世。这篇两万余字的报告文学，描写了一家小小的乡镇企业艰苦创业乃至在全国市场站稳脚跟的腾飞历程，介绍了一位从农村贫瘠土地上成长起来的乡村企业家的气魄和胸怀。在描绘人物时，文章很注意滤析这位企业家得以崛起的内在基因，以及这种内因和渐渐变得开放起来的社会环境和时代背景之间契合协调的态势，从而得以从主体和客体，尽可能多角度、多侧面地展示着人物成长的清晰轨迹。文章令人信服地告诉读者：从农村土地上崛起的一代新人，虽犹未脱尽泥土气息，却以飞快的速度变为纵横驰骋的乡镇工业的巨子，在他们身上开始难于找出联系于旧式农民的血缘因袭，溢满于他们胸间的智慧与气魄、胆识与豪气，挣脱着落后的自然经济带来的承袭重负，焕发出从所未有的力与美的华彩。作者因发现这种富有典型价值的历史性变故而惊喜感奋，他越发坚定着自己的信念：文学应及时采撷生活深处不时萌发的新的诗意。

这种采撷更在《走出仕途》一文中显出分量。这篇文章，动人地叙述一位大学毕业生，放弃国家干部的铁饭碗，告别灿烂的仕途，闯出一条自创民办科研所的成才立业道路。这篇文章题材新颖，信息量丰富，以大量新鲜确凿的材料，讴歌了科技体制的改革开放，如何为科技生产力的解放和人才的脱颖而出开辟着无限的际遇和广阔的前景。作品中的主人公感应着时代的脉动，毅然和传统机制与规范的惰性决裂，忍受经济压力和心理重负，甘愿走一条虽则充满风险却体现自由意志和选择的新路。新的抉择契合着时代大潮的流向，所以风云际会，焕发出迷人的生机和活力。文章给读者提供了多有启迪性的重要信息：一代新型知识分子的人格心理构造正在得到再造与重塑，源于传统而又超越传统的飞跃，正是我们生命和事业的希望。

文畅涉足报告文学领域，只是发硎初试，却已显露出自己的特色。他是主张文学应为中国的改革大业做出应有贡献的，所以在题材上，他注意选择能充分体现时代主潮跃动的信息和材料，透过他的文笔不时给读者传来改革开放年代富有魅力的新鲜气息，鲜明强烈的时代特色正是他所追求的目标。而且，他所着重表现的，又是前进中孕育的希望和在地平线上已开始闪亮的曙色，所以格调明朗健康，多给人以鼓舞激励的信念和力量。当然，他这样做的时候，明白自己的责任和良心，所以他绝不拿虚伪的假象和苍白的幻影去欺骗读者，而是提供真实的材料、确凿的信息，以艰难中的崛起、曲折中的奋进、坎坷中的追求、迷惘中的憧憬给人以应有的慰藉和激奋。再者，他所描绘的人物，都是普普通通的劳动者，既非拔高了的英雄伟人，又非域外的异人怪客，这就给人以亲切感和亲近感。这些劳动者的搏击是可望而又可即的，他们虽是人群中的佼佼者，但他们的际遇和命运却和普通人息息相关相通，他们崛起于人群之中却仍生活在普通劳动者中间，他们不是新贵，而是群众自己的骄傲。这就强化了人物的真实性和可信性，更进而具有某种典型的价值。中国的希望，正在于我们这个历史悠久的民族，有着自己坚实的脊梁。我们不能无视社会生活中广泛存在的阴影和磨难，不敢轻视前进途程中定会遇到的曲折艰难和坎坷风险，但文学绝不能偏向一端，而忘记表现生活中正在孕育成长的美的希望和力量。审美与审丑，应该对应与协调。像文畅这样致力于发现和表现美的作家，他们的努力绝不应无视和轻忽的。

文畅致力于散文创作已三十年，日积月累发表了四五十万字的文稿，亦不可谓小数。他不时有所侧重，兼顾杂文、抒情散文和报告文学，还有散文化的政论。他对于辽宁散文文学的发展做出了自己特有的奉献。他一贯坚持自己的人生态度和文学信念，为人沉稳凝重，为文素朴自然。他不肯游戏于人生，更不会游戏于文章。严肃于人生，严肃于文学，慨而当有思，文心自可鉴。

1988年6月

《当代作家评论》1988年第5期

历史的大河
——《思基中短篇小说选》编后记

思 基

这个集子时间跨度可算很大，前后经历了四十多年。四十年对于历史，只是一个短暂的瞬间。对于人，却是一个漫长的岁月。我开始写《我的师傅》时，还是一个二十几岁的青年，现在却已变成白发苍苍的老头儿了。光阴抹去了我脸上的光泽，可没抹掉我心头的信念。文学是要反映生活的。生活是创作的唯一源泉。脱离生活写出的作品，尽管也有人叫好，但我不愿意做，也不屑去做。卖狗皮膏药，什么时候都会有的。它治不了大病，也是事实。既然干上了这一行，还是愿它能对人有点用处。

四十多年来，随着历史的翻腾，文学也增添了各自时代的颜色。狂呼大叫者，有之；是非颠倒者，有之；胡言乱语者，有之。可我认为，现实主义是一条历史的大河。它既不能枯竭，也不会变成暗流。它不会像有些想腾云驾雾、闯入世界文坛的文豪想的那样，它已经是时代的弃儿，不会的，它是人民的朋友。人民需要它。历史需要它。人们读书是为了寻找知音，为了欣赏，为了娱乐；而不是去自寻苦恼，去皱着眉头猜谜，以百思不解而自豪。

有些人常常以现代派自居。其实现代派的鼻祖，许多人都是文学的巨匠，表现生活表现历史都是极其深刻的，并不像以现代派"自居"的人，以制造"天书"为职业。

卡夫卡是现代主义最推崇的人物之一，《变形记》是他的成名之作。读起它来，竟是意想不到的顺畅。除了事件荒诞以外，作品的结构安排，语言的表达，都显示出他是一个艺术大师。我们只要把旅行推销员格里高尔忽然变成了一只大甲虫，当作他是遭灾遇难，使他行动不便，从而给他带来了终身不幸，一切就都会显得非常合情合理。在资本主义社会里，人只是金钱的奴隶。能为老板挣钱，老板就赏给你一碗饭吃。失去了挣钱的能力，就只得被人一脚踢开，再也无人理睬。格里高尔是一个非常忠于职守的推销员。因为怕误时机，睡觉时枕边总是放着闹钟，不敢有丝毫疏忽。但他忽然变成了一只大甲虫，不能按时出发，秘书主任就跑来大兴问罪之师了。他为了维持饭碗，向秘书主任的祈求，几乎是带着哭声喊出来的："先生，我并不是顽固不化之人，我很乐意工作，出差是很辛苦的，但我不出差就活不下去……我一心想忠实地为老板做事，这你也很清楚，我现在情况十分困难，请你千万不要火上加油，在公司请一定为我说几句好话。"表示人性，是当前作者和读者都很注目的问题。而卡夫卡在他的小说里却严酷地揭示了人性在资本主义制度下，是如何在遭受着残酷的摧残。他的另一篇小说《绝食艺人》，写得比这更为残酷。在那里，人为了生活，把绝食作为一种卖艺的职业，让人像动物一样关在笼子里，同动物笼子放在一起展览，给人们消遣作乐。作者寓无限辛酸于奇特的情节之中，使人们从感性上认识了资本主义对人性的残酷摧残。人的尊严在哪里？人的"自我"在哪里？这也和《变形记》一样，是篇写得十分动人的作品，丝毫没有让人猜度不透的晦涩之感。

法国的存在主义大师加缪，也是很讲究文笔清晰与朴质的人。他的《不贞的妻子》写了一个法国女人跟随丈夫到阿拉伯地区做生意，路上对平庸枯燥的生活感到厌倦，感到有一种什么不足。一天夜里她离开了丈夫，登上了城堡极目四望，在大自然中，她在宇宙、星辰中忽然感到"她和星辰一起旋转，她和它们遵循同一条永恒的道路，她觉得自己和灵魂深处最隐秘的存在正在逐渐达成默契"。于是，她觉得自己像一棵树找到了失去的根源，那种令人销魂的柔情又注满她的全身。显然，这是一种叫人无法理解的内心的个人哀叹，是无法从生活中找到它的必然因果的。但他所描写的阿拉伯的自然风光，人民生活的情景，却使人有一种身临其境之感。公共汽车上的苍蝇，风沙弥漫的天空，旅店的简陋和肮脏，人与人的交往方式，都带有独特的阿拉伯地区的风味。而且行文如流水，正叙倒叙，也都线索清晰，交接自然，读完它，有如热天喝一杯清凉剂，感到浑身舒适。

存在主义创始人萨特的作品也是如此。他获得诺贝尔文学奖的《墙》，文字、结构都是十分清晰明朗的。它是萨特的代表作品之一。它描写三个法国人被德军所俘，关在一个菜窖里，等着第二天被处决的一个夜间，对生和死的心理状态，表达死亡和生命之间所存在的这道墙，并不是不可逾越的。作者所大力描绘的是在一个血腥世界里的生存者。他通过人物对比、对话、心理刻画等许多细节，从各个方面表现作为革命者巴勃洛·伊比埃塔一心要让自己"死得端庄得体"的心情。读完以后，巴勃洛·伊比埃塔的形象自然跃然纸上。

为什么我们今天的有些作品就如读"天书"那么艰深莫测呢？

语言是交际的工具。它的存在价值，在于它能传达人与人之间的思维信息。文学是语言的艺术。作家应该具有一种精确运用语言的能力，来传达自己的思想感情。不管你想要表达什么，总得让人明白。文学总是对别人诉说自己的爱憎喜怒，对生活发言。托尔斯泰说得好："艺术家的目的，不在于无可争辩地解决问题，而在于通过无数的、永不穷竭的一切生活现象使人热爱生活。"萨特也说作家对生活的"发言就是行动""揭露就是变革"。让人费尽心机也猜不透作品内容的作品，人们能从中吸取多少智慧？受到多少感染？商店有句口号叫作"顾客就是上帝"。没有了顾客，商店就不存在。我以为这也适用于文学。作家应该尊重自己的读者。这既是一种社会责任感，也是文学本身存在的价值。

鲁迅曾写过一篇文章叫《拿来主义》，主张对外来的东西先要"拿来"。"没有拿来的，人不能自成为新人；没有拿来的，文艺不能自成为文艺。"但他的"拿来"，有个条件，就是要将有用或无用，做分别处理，"或是使用，或是存放，或是毁灭"，切不要一律视作珍品，焚香礼拜。所以，我认为在吸收外来东西时，也要同我们民族的实际情况结合，即结合我们的文化水平，我们的民族心理，我们的文艺传统。"拿来"只是为了冲击我们的积习，改造我们那些陈腐观念，而不是一切从今天开始，抹掉民族色彩，赤身走向世界。

世界文学是以民族色彩丰富起来的。它的根本内容是以真实生动地反映民族生活为基础并以各民族的形式去表现它，就像我们的文学又是以各种地方的风格充实起来的一样。没有了丰富的独特的民族色彩，也就没有了世界文学。这里既包括了真实反映民族生活的现实主义，也包括各个民族的独特的表现生活的手段。我们的民族传统，历来都很强调可读性，强调情节结构的自然合理，强调口头语言的运用。李白那世代流传的"床前明月光，疑是地上霜。举头望明月，低头思故乡"连三岁小孩都可以背诵。罗贯中的《三国演义》，施耐庵的《水浒传》，多少年来一直在民间广泛流传，这些都是带有我们民族特性的东西。生活急剧变化，表现生活的手段，当然也要不断创新，但这是丰富、充实，而不是忘却和摈弃。

我这种理解，也许不适求新者口味，有些拘泥于现实主义的樊篱。但我觉得现实主义并不是什么坏东西。它在文学的历史长河中，是一条大河，长期奔腾不息，哗哗有声。它和人民有着血肉的联系。它曾经不断从其他流派吸取营养，使自己显得越来越壮观。各个国家，各个民族，都以它自己最优秀作家的创作充实了这条大河。今后的历史，也还会这样写的。它将在自己的历史进程中取精去粕，奔腾向前。在百花丛中它将永远是鲜艳的。因为现在和将来的人，要想从文学中看到自己的历史风貌，看到自己的历史流向，都得求助于这个严肃的历史记录员。

当然，这集子里编选的作品，并不是我全都满意的，《初春时节》我就并不满意，它比我筛掉的作品还差。我是把它作为学习用东北语言写作的开篇保存的。我是贵州人，在北方写东西，用南方语言是表现不出北方生活气氛的。为了认真表现北方生活，常常得现学现卖。《我的师傅》和其他一些创作初期写的东西，多半掺杂了许多陕北方言。《解放时候》是在豫北的炕头上写的，那里面自然掺杂了许多豫北口语。1947年我到东北来了，而且在双城县的一个村里当了一年村长，自然东北的口语也就渗进了我的作品。《初春时节》是我到东北以后写的第一篇作品，所以我作为学习使用东北语言开端把它保留了下来。以它作为起步，现在看来在东北口语的运用上，还是稍有长进的。可惜时不我待，有作为的时间不多了。

1987年10月5日于沈阳
《当代作家评论》1988年第6期

情似胡马依北风

——论金河的小说创作

李炳银

一

小说创作，自1985年以今，新派迭起，锐变频繁。眼观其势，真有新桃旧符、你方唱罢我登场之状。这是小说创作充满生气的时期，又是小说创作存在焦困、存在很多争论的时期。小说创作中出现的这种空前的现象，曾激发起不少人的创造热情，使其标奇立异，自筑营垒；同时，也使不少人头晕目眩，不知如何措手足。这是小说创作调整和寻求新境的时期，又是一个积存着欣喜与痛苦的时期。

面对这样的现实，每一位从事小说创作的作家都不可能无动于衷，然而，简单地迎合或排拒都绝非良策善途。清醒而达观的作家，也许不视新、奇、怪而惊慌，也不为陋习陈规的被丢弃而怜惜，他将会在吸收与丢弃中选择，在坚持自己特长的实践中走向前去。在我看来，金河就属于这样的作家。这些年间，金河既没在小说创作中出现的多种新潮面前乱了方寸，动摇阵脚；也没有自我封闭，抱残守缺，停顿不前。他收文坛风云于眼底，握小说创作之笔于手中，表现了充分的严肃精神与稳健的创作活力。自然，在这样一个纷攘的文坛上，像金河这样达观处世的人，当然不会像一些新起的青年作家那样曾醒目而短时地充当主角；可也不像另外一些作家那样提笔迟重，疏淡写作，以致使读者淡漠了他的存在有无。金河的小说创作，正同他的处世态度和性格相近，在一种从容不迫的气质下表现着分明的稳定和智慧。

现在，曾急迫、炫目的各种新潮都似乎在一种颓势中表现乏力的时候，在曾经"各领风骚几十天"的热闹情形过去之后，人们在刚刚不断爆响过的小说领域，看到除去炸裂的纸屑和因灭火而未爆炸的残鞭死炮外，还会看见像金河这样虽未炸响但却完善存在着的作家及其作品。这不是一种水落石出的突现，也不是水涨船高的飞升，而是一种依仗着实力和沉稳娴熟的驾驭手段取得的创作成果。金河及他的小说到底在多大的程度上体现了对传统的继承和对新方法的吸收，恐怕既是一个无法准确判定又比较难于认真对待的课题，尽管他自己说自己属于"传统的现实主义的"。但金河及他的小说作品的存在与发展，仍然是个值得研究的现象。为什么金河的小说能在一种稳定与变化中呈现出进取上升之势？为什么金河的小说在看似平易中具有新奇的特点呢？又为什么金河的小说能被更多的读者，乃至文学主张、审美情趣不尽相同的人的共同认可等，都是引发人探寻兴趣的。金河和他的小说创作是否可以构成某一种"现象"，我不做判定，但作为一个小说家来说，金河无疑给如今仍然从事着小说创作的人提供着某些启示。

二

金河是在一个社会生活与文学创作环境都极不正常的时候接触并开始文学创作的。那时候，尽管他希望用自己的笔如实地反映社会生活，但强大的政治力量却时常使他稚幼的小说创作改变了原状，流于简单地配合现实斗争之列，即使如《交鞭记》《山菊》等这些以写好人好事为主旨的作品，虽说反映了作者的真实发现与感受，但也不可避免地打有那个特定的时代烙印。金河并没有封闭自己小说创作之初的这种扭曲以及存在着的不足，这是他真诚坦率的体现。但是，创作之初时发生的这一切，对于金河此后的小说创作显然是有影响的。而表现在文学创作与社会生活的相互关系方面最为突出。

金河的小说作品，不管是表现人物的社会行为还是社会心理，几乎都不是抽象的、怪异的说教与描写，而是结合着切实的生活，在十分平易真实的生活环境中来展示这一切。因之，金河的作品既具有分明的现实性，又有对社会人生的透彻剖析，适应着社会现实需求与人生需求的两面。金河不是那种单是凭借才情、依仗机智来从事小说创作的作家，尽管他并不缺乏智慧和机敏。社会生活对金河来说，往往首先不表现为一种小说创作的素材，不是提供一次创作的契机，而是表现为一种情感的触动或引发理智活动的始点。也就是说，金河在面对某种社会人生现象时,首先想到的不是小说创作,而是关心这种现象将会对社会人生发生什么样的作用,它在社会生活中的位置如何等这样一些问题。正是因为如此,金河的小说,从其选择题材,从其表现情形等方面来看,都有着鲜明突出的社会意识和人生意识。在我看来,正是金河自觉地负载着这种社会人生意识的重担,才使他的小说对读者有着不同程度的吸引和震动力量。可以说,金河那些在全国范围内产生了重大影响的作品,如《重逢》《带血丝的眼睛》《不仅仅是留恋》《打鱼的和钓鱼的》等,都首先不是因为其艺术上的奇妙引起人们的关注,而是因为其在对社会生活现象的独特发现认识以及公正的态度和真诚的情感有力地触动了读者。所以,自觉地负载社会和人生的任务,对于金河的小说创作,既是一种自觉,也是一种特点。

在谈及自己的创作主张及思考时,起先,金河说:"我很想按生活的本来面貌去反映生活,希望用文学形象来表达自己的真实感受和思想,使作品有益于人民,有益于祖国的四化建设。我觉得这个想法是不错的。"[1] 此后,有一段时间,金河曾对法国哲学家丹纳有关艺术品的本质在于明显地表现对象的特征的观点产生了浓厚的兴趣,并在实践中具体地运用这种方法。但很快,他又发现,这种写特征的理论是需要补充的,以为"文学光有圆熟的技巧和有特征的人物还不够,还应该有思想,即表现时代前进的愿望"。又返回到熟悉然而仍以为是正确的"真实地再现典型环境中的典型人物"[2] 上来了。在新近出版的小说集《白色的诱惑》"后记"中,金河写道:"从对文学的基本理解上说,从哲学观念,审美观念,表现手法以及整体的创作个性上看,我是属于传统的现实主义的。一位专门研究文艺创作的学者说:'文学的本质是现实的。'我相信这个命题。现实主义不但是当今我国文坛的主潮,而且我相信它的生命力是同人类共存的。"金河何以摆脱不了现实主义对他的吸引,且有如此的坚定性,这也许不纯粹是个创作主张的问题,而是与他的人生经历和处世哲学有密切关系的问题。

出生于内蒙古敖汉旗一个山区农民家庭的金河,与一个小说作家的金河,绝不会是完全没有联系的两个人。既然他从偏僻的山区走向社会,走向都市,走向文学创作,所以,当他成为一个社会人,一个都市居民,一个小说作家的时候,就必然会带着那些由山区带来,然而又是抖不掉的基因与影响。在金河的童年、少年,以至青年时代,社会生活环境展示给他的绝不光是欢乐和甜蜜,不会光是铺满鲜花的草原,还有贫穷、焦困及枯槁的四野和人生。社会生活过早地使他领会到了严峻的面孔及沉重的负载,同时也就在无形间强化着他对富裕、对进步文明的渴望。这一切,对于今天的金河来说,自然已是较为久

---

[1] 金河:《金河短篇小说选·后记》,春风文艺出版社,1982。
[2] 金河:《不仅仅是留恋·后记》,春风文艺出版社,1985。

远的事了，但是，这人生的最初课程，不可能从他的记忆和感觉中消失。当金河有机会拿起笔来对社会人生发表某些认识与见解，发挥某些作用的时候，他的人生经历就会不知不觉间渗透到他的思维中来，影响到他的创作。在我沿着金河的小说创作一步步跟踪过来之后，就格外突出地感到，金河的小说创作，同社会现实生活有着非常紧密的联系，他对于社会生活进行的文学参与意识是如此强烈和艺术。他的创作思维，他的选材及表现视角，以及他的认识与理解，都辐辏于社会人生这个中心。金河对生活似乎时常表现着一种冷静的观察态度，但这种冷静绝不是封闭和自我的静穆。他厌弃创作中那种机械的迎合，但也轻视那种自视超脱，实则庸俗的创作态度。他身无贵族气，文无贵族味，只是把自己及自己的小说创作与丢弃不掉的社会人生捆绑到一起，以似刀的笔，似火样的眼光，不断地烛照和解剖社会人生相。我是十分喜爱读金河小说的读者之一，也经常地被他的作品所震动。然而，我还是要说，较之他的小说来，我更喜欢作为一个社会人，作为一个具备社会良知及向善精神的作家金河。

三

因为有过去那种机械、单一的，甚至是拙劣的联系社会生活，表现社会生活的历史，从而就判定文学创作联系和表现社会生活是一种不幸，是一种人为的失误进而否定和割断这种联系，这无疑是更深的不幸。当我们看多了那种人为地、强行地躲避社会生活，而极力把自我心胸中那一点点微细的欣喜与不幸夸而大之，以哪怕是经过精心编织过的形式表现出来的作品时，除却对作品的苍白轻飘感到失望外，自然地也为作家感到悲哀。马克思讲：人是社会关系的总和。这是一条真理，生在社会之中，却企图超拔，居身世外，只感到自我的存在，这能是现实态度吗？学创作，本来就是一种经过个体劳动而实现的社会性精神活动，因之，要把创作从社会生活中脱离出来，变成一种自我玩赏的消遣，这实在是对文学的亵渎。另外，也许是带有过激和偏颇的看法，那种在社会不幸和人民的痛苦面前闭上眼睛，对生活采取一种麻木不仁的态度本身，就是十分虚弱和无能的表现。若是故意张扬这种态度，那就更难以令人认同了。

金河的小说同社会生活之间的联系相当密切。在一些人视此为失误的一点上，金河却坦率而真诚地认定并坚持这一点。但是，只看到金河的这种主张而不研究他如何具体而灵活地实施这种主张，那就可能对金河产生误解，把他可能看成一个认死理的机械论者。在金河的理解中，社会生活是一个非常宽泛的概念，它绝不专指社会政治的变革事件及各项重大生活现象，它是容括着现实生活中一切有形无形的行为心理、思想情感、物质精神等在内的一个大概念。

只是他在认识和表现任何生活的局部时,都自觉地把这个局部同生活的整体结合起来进行考察,从而界定它的位置及其作用,以至指示出它之所以发生发展的根源。这正是同金河十分看重丹纳有关写特征的观点,并坚持"真实地再现典型环境中的典型性格"的意见相统一的。在《重逢》发表并受到肯定之后的一段时间内,金河小说与生活的联系及对社会现实的参与比较多地表现在一些大的社会现象上,如像《带血丝的眼睛》表现的某些革命者在革命胜利或摆脱困难之后对人民利益疾苦的淡漠情形;《抹去名字的人》表现的作为"右派"被迫害打击多少年之后,却又因为申冤无门还需永远遭受不幸的人的现象;像《不仅仅是留恋》中巩大明这种在社会的急速行进中突然被遗落的人的复杂、困惑心理等,都是从大的社会视角切入而又通过较小具体的对象予以表现的。在这些作品中,金河常以反思发现问题,又以言及被人们忽视的空白点而引起大家的兴趣。不管是在审判叶辉的时候实际上金河也对朱春信进行着灵魂审判的情景,还是吴一民在任大娘和二妮面前庄严中不时露出悔愧和不安的神情,乃至何颖不散的冤魂和巩大明内心的波涛汹涌情形,初看时,无不让人对作家探精识微、入木三分的发现与理解深表叹服。金河的一个重要的天才本领和特点在于,他能从生活的潜流中勘探出那些看似常态,其实却极不正常的生活现象,并把这些现象充分地揭示出来,甚至显示到罪恶的程度。除却上面提到的这几篇作品外,像《张堡两姑娘》中反映恶劣的政治行为扼杀了王珍的爱情与生命的情形;在《小气候》中写的吴教授不体谅佟子明情感要求的情形,都很能体现金河的这种本领。应当指出的是,我们在肯定金河这种从大的社会视角着眼实现自己的小说创作的时候,似乎还不能忽视这样一个问题,即,作家在着力寻找他人的盲点和生活的空白面时,更多用力的还是一种搜寻,是种采访,还未能真正走到解剖分析,乃至鉴定的阶段。所以,尽管金河有效地提出了问题,但对问题的认识和解决还表现得不十分自觉。当金河把某些社会现象不再看成像朱春信、吴一民、何颖这样单个人的孤立现象,而认识到它出现和发生的社会必然性时,金河小说对于社会生活的参与,同社会生活的联系就更深一层了。

在金河的小说被认为是转入研究并表现社会心理的情形之后,似乎那种直接地从社会政治、经济变革活动中发现和表现问题的现象减少了,代之而来的是大量在日常生活中习见的人和事以及他们的各种心理。若是只从外观上看,金河晚近一些小说,似乎已不像过去的作品那样贴近现实了,不再像那样不断触动社会的神经了。但是,这不过是一种正常的转移或自然的调整,它同那种有意识地疏离社会生活的情形根本不同。当社会生活经过一段剥离、调整而转向相对的稳定(或可称之为相持)之后,社会上的许多现象已不再完全表现为某种特殊性或偶然性,而是一种有着相对普遍意义的必然,那么,为什么会产生这样的现象,如何才能准确地认识它,就不能仅仅停留在现象本身了。人的一切社会外在行为,都是一种社会心理、社会情绪、社会欲望等的外化。因之认真地探讨各种复杂的社会心理,正是进一步研究社会现实的做法,金河并没有离开他小说创作密切结合现实这样一个运行的轨道。另外,不能把生活等同于社会政治、经济等方面的变革活动,而把那些直接表现这些活动的作品视为表现了社会生活,把那些及时、准确捕捉表现人们日常生活行为、心理,而这些行为心理又是同整个社会联结在一起的作品看作是对现实的忽视。如果说,金河那些直接反映与表现社会政治、经济运动生活的某些作品,还带有些围绕着中心走,还未能建立起自己对社会生活整体观照位置的话,那么,他后来这些充分生活化了的小说,就分明地表现了作家的独立意识和个性特点。虽然同样是表现社会生活,但在直观现实和主动研究之间还是有不少区别的。

四

确实,在金河的小说中,许多隐秘的、容易被人们误会和忽视的心理现象,一经描绘,立即就使人醒悟、震惊、费咀嚼。例如《等候李平》中对传达室老头儿和机关干部大魏二人都因不愿吃亏的一波三折的心理变化的描写;《猫眼儿》中老太太囿于习惯而在换了装的修理工面前难以做出抉择的心理波动;鹦鹉嘴天下乐饭店经理前后各异的反复心理等,都被金河描绘得相当传神。但是,对一种心理的捕捉和描绘,并不是目的,不能在这里停止,如果停止了,作品除了为读者提供一种心理现象之外,余下的就十分有限了。我正是在这样的基点上,对上面提到的几篇小说既给予肯定,义感到其不足的。这几篇小说,不能说除过现象之外绝对没有一点社会内容,但显然作家是以揭示一种怪异的心理为目标的。所以,当读者意识到了这种怪异的心理之后,欣赏的活动也即结束。由此看来,光是肯定金河长于描绘人们的社会心理,似乎还未能尽入肌里,还不能更深入地认识金河小说的价值和现实意义。

在我看来,在不少的时候,金河竭力捕捉人物的社会心理,并以细密的手法把它加以描绘和表现,只不过是把这种心理也作为一种更内在的社会现象进行剖析,从而达到对社会进行判断的目的罢了。这种以剖析人物心理入手剖析社会的做法,在《重逢》中对朱春信心理的描写,在《带血丝的眼睛》中对吴一民心理活动的揭示等都有过表露。但到了晚近的一些小说中,金河变得更自觉,更有意识了。当一伙晨练的各色人等面对着饮马河上真相不明的漂浮物体做出种种猜测时,人们的不同心理活动是多么活跃。在稍做努力即可真相大白的时候，他们却不去探明，竟更乐意胡猜乱想，竟一定认准那个漂浮物就是个死婴，并由此做出多种推测。这看似一种极不正常的社会心理，但在这些人物及心理的背后，我们看到了传统思想、道德的积淀影响和现实生活对他们的冲击。他们对传统生活不做分析地保有那种依恋和对现实生活不甚理解的抱怨，正是产生他们这些心理的条件。《神童》所表现的生活情形，更是令人欲哭无泪。一个智力出众的孩子，最后竟被难以打破的愚昧的阴云所笼罩，悲惨地结束了年幼的生命。围绕着这位"神童"所表现的种种心理，是偏僻农村的好奇心与种种愚昧、麻木的评判行为，他们以落后衡量进步，以愚昧对抗文明，结果使天才的萌芽在刚刚生长的时候就被冷酷地掐断了。

使人感到特别的还在于，金河还不断地从某些本应是明智、文明的人物和场所中，选择描写对象，通过不同的心理流程让读者看到社会的变异、丑陋和人生的沉重情形。《小气候》里研究生佟子明的导师吴教授，本来是文明的化身，是应通达社会人生的。然而，还是这位吴教授，竟偏执地毫不体谅学生作为一个青年，作为一个丈夫，作为一个父亲在生活上的情感要求，不允许他在春节期间探亲，结果导致佟子明精神失常，成为残疾。像吴教授这样也许是从善良的愿望出发来要求学生的心理及行为，看似在理，其实却是对人的忽视，对他人的一种不尊。因为，吴教授自己也知道离开孩子之后的孤独和冷清滋味不好受。然而，生活中又有多少人是在一种貌似亲善的行为下被迫就范，甚至走向不幸啊！《两套车》中写到受雇于他人的汽车驾驶员到姐姐家时同身为知识分子、正在做教师工作的姐夫的一次冲突。过去，满仓因为贫穷常得到姐姐、姐夫的帮助。现在，他为人开车，生活好起来了，渴望对生活紧巴的姐姐一家有所帮助。然而，当姐夫知他受雇于人时却并不因为他富起来感到高兴，反而有某种失落和悲哀的心理情绪流露出来，进而对满仓的富有和帮助感到不快。

姐夫自然在理论上是正确的，但现实中的满仓也是正确的。这确实是"两套车"。但问题在于，姐夫却不承认或不接受这个现实，他宁愿接受贫穷的满仓，却不愿接受富有但受雇于人的满仓。这种宁愿拜倒在某一种也许正确的观念脚下，却不愿向实际低头的心理行为，难道是一种现实的正确选择吗？难道不也反映了社会生活中的纷纭复杂现象和人们的某种困惑、为难心理吗？《典型形象》中，我们的作家卢鸿卿因不满恶劣的社会风气和丑恶的工作作风而秉笔直书，结果却因周围人们的不断冲击而陷入痛苦的心理波动之中，后来竟也鼓不起勇气承担责任，却使他人蒙受冤屈。卢鸿卿的心理痛苦，是社会病灶的内化。他这种被社会扭曲伤害的心理历程，正是一种"典型"，是一种颓废世风的典型。

人的心理，一些是社会的传统积淀渗透到人们内心的一种反映，这多是一种无意识或不自觉的行为。另外，在现实生活中，还有一些心理，是因为环境、地位的改变，人被一种力量冲击或主动地接受某种惯力而发生的。对前一种社会心理，金河已在我们上面提到的不少小说中有过生动的表现，对这后一种心理，金河也是分明地看到并有精彩的描写。早在《张堡两姑娘》中就有这种发现的流露。在"文化大革命"那个畸形的岁月中，因为丑恶的政治势力的束缚与扭曲，小赵（后来的赵教导员）与玉珍的爱情被人为地割断了，为此，玉珍心神两伤，以致疯癫，付出沉重的代价。这里记叙的或许还不是当事人的痛苦心理，但在知道这个悲剧故事时读者自然会有许多的思索和诘问。到了《打鱼的和钓鱼的》时，金河已是在自觉地通过对新任副县长覃涤清的心理描绘批判一种社会的邪恶风气了。作为覃涤清本人来讲，趁着节日到水库走走，一则散心，放松一下，二则回到故地，重温一下历史的旧梦。就是说，他纯粹是一次出游了。然而，在水库负责人郭斌等人看，这却是一次讨好、献媚的难得机会。这样一来，覃涤清就被这一伙人团团围住，结果在软硬兼施的手段下带走了本不应归己的鱼。一方面是对他主动献上，另一方面又强行地以施罚款十元钱处理对待曾在水库工地做过不少贡献的常洪全。两相对照，多么分明。作品充分地描写了覃涤清矛盾复杂的心理过程，但是，透过他这些心理，我们看到的却是邪恶的社会风气对覃涤清的制服。当覃涤清坐到县长这个位置上之后，虽然他想清明，可这个位置所引起的他人的欲望却足以吞噬掉一颗期望清白的心。同覃涤清不一样，《市委大院的门柱》里的这位姚达书记，他却坐在市委书记这个位置上自觉地意识到了不同于他人的地方。有关大院门柱是否倾斜，是否需要重修等问题发生了一系列看似荒唐的活动，实际上却非常真实地、具体地表现了姚达书记及他周围一些不同职务的官员的心理。当姚达书记固执地以为自己总是正确的时候，正是一种恶劣的总是领导高明的社会生活常习对他侵之入骨的时候。问题是，姚达是完全主动地接受了这种浸润，因之，他的被扭曲既是一种自然的结果，亦是一种人生的不幸。当我们从金河的小说中看到社会生活对各类人心理的这许多影响情形之后，我们确有顿开茅塞之感。金河如同从一个个细小的窗口，把眼光投向外面的大世界，从而，他看到了外面的阳光和风雨，看到了迷雾和清明。在浓缩了的人生中透视着社会的情状；在人们心的造影中，折射着生活潜流。

五

金河的小说基本上是以写实的风格见长的，即使是他自己认为吸收了一点现代的东西的实验品，除去《市委大院的门柱》显示了一点荒诞的成分外，别的并无多少"现代"味。其实，正如金河所以为的，"现代主义文学也是现实的，只是它对现实的评判不同，表现手法不同罢了"①。金河的这篇《市委大院的门柱》采用有点荒诞的假设和手法所表现的还是一种现实。因之，我以为，与其把它看成什么新实验，还不如看成对过去手法的一种发展、丰富更妥当。在不少人忽视了现代主义的现实性内涵，只把它视为一种文字游戏，一种结构圈套，一种形式的不断变换并以此看轻乃至取消了它的思想、社会内容的情况下，过多地从手段上看作品容易陷入无多少意义的纷争，不知不觉地放松了对主要部分的研究和发展。

朴素、平易的写实风格，使金河的小说附着浓郁的现实生活色彩，使它显出一种平和温煦之气。然而，金河的小说并不是对现实生活的刻板摹写，也不是居身生活之外，超然处之。它自有精警的艺术和更内在情感波流的。金河的小说几乎看不出作家编织、结构故事情节的痕迹，他总是显得似乎是无意地说开来，但是，只要你稍有耐心，很快他就会让你进入一种环境或气氛之中，在不自觉间参加到作品中去的。《阀门》所讲的事情太平常不过了。住上了楼房的人，都会对此习以为常。厕所的阀门坏了，请房修公司的师傅来修，就如此个小事。可金河却从这个小事中，发现了社会上实际存在的不平等以及人们对这种不平等的抗拒。卢果成是个修理工人，在他无力改变社会中的这种不平等的时候，他却能在自己职权范围内以或说是恶作剧式的狡黠手段无情地冲击着它。他把领导特意为组织部部长备下的阀门装到无权无势的教师家里，这看似不合理的行为中实际上正表示着一种公平和良知。整个小说，开得平易，但结尾却相当有力。《堵塞》也是这样，市委副书记陪着老同学去游览，结果走到半路交通堵塞，前不能行，后不能退，打出书记的牌子，也无能为力。而这位书记下午还必须在省委书记到来时赶回去汇报工作。结果，尽管归去晚点了，可没想到省委书记也因火车晚点未能如期到来。一个普通的交通堵塞，让金河一写，颇具余味和联想。它既指出了交通的落后现状，又十分巧妙地嘲笑了权力，在这个普遍落后的交通状态面前，无论你是市委书记，还是省委书记，不管你权力有多大，同样也无能为力。所以，要改变一种落后的、困难的局面，光有权力，光靠几个哪怕是智慧的人而没有整体运动同样是乏力的。能够把普通的生活现象十分自然地转化成一种艺术现象，并使这种现象包含着比它的本体丰富得多的社会人生内容，这是作家成熟的表现。我们自然不必去贬低那种凭借圈套变化而赢得读者的作家作品，但若有人把像金河这样的表现方法视为是笨拙，是缺乏灵智的迟暮情形的话，那是如何也让人接受不了的。金河接近

---

① 金河：《白色的诱惑·后记》，文化艺术出版社，1988。

那种大巧若拙的作家。他的小说作品中有着艺术的意蕴，就像相声大师侯宝林的相声段子中有着哲理的智慧幽默，而不是如今许多相声段子那样只有无聊的滑稽一样。

面对任何一位作家的作品，我们不光要看他通过作品倡导一种什么精神，传达什么样的主张，还要看他选择和描绘了什么，描绘的程度如何。在不少的时候，作家们对社会生活的真诚描绘，有可能远胜于他的倡导，更有价值。

因为多方面的原因，使金河同下层人民群众在思想感情乃至生活接触上都有不少联系。所以，金河在现实主义创作原则的指导下，总是把自己与下层人们的喜怒哀乐结合起来，以此生出他小说中的许多社会人生波澜。他对普通人遭受的不公平如《带血丝的眼睛》中任大娘、二妮，《抹去名字的人》中的何颖，《阀门》中的吴全这些人物，寄予深切的同情，且以愤激之情为他们呼吁。而对普通人身上那些存在着的美质，金河更是满怀赞赏的心情给予肯定，像《大车店一夜》中的大辕马，《杏花山下的孩子》中的二发，《白色的诱惑》中的方子贤及妻子郭玉荣等都倾注着金河的真情。金河常把平凡的生活摄入自己取材框内，让众多凡人凡事在自己的小说中活动展现，因之，他的表现手段也不能跳出这所有的约束，去搞一些时髦的着装。他注目并乐于描绘普通人的生活，才使他的作品相当充分直接地传递着现实生活的面貌，反映着下层人们生活变化及复杂的心音。《典型形象》中那些居民对煤气的渴望与战战兢兢的行为；《白色的诱惑》中方子贤进退为难的选择；《气与色》中一个县办疗养院中包容的社会矛盾及人生疾苦等的被认真对待，不都体现着金河对社会、对人生的焦虑及思考吗？在一定程度上也许可以说，金河所关照的对象甚至比他关照的成功与否更为重要，因为前者反映作家的意识，后者反映作家的能力。但是，切不要以为金河是一个土作家。在自己的作品中反映普通人的生活和作品没有贵族气，并不说明作家的笨拙。只要细心地体会过金河小说中那许多足以揭示社会人生肌里的描写和剔抉灵魂的笔墨，体会一下金河对于社会人生了解的深透和适当的把握，你也许就会知道，皮相地理解社会人生是如何也产生不了金河及他的大量小说的。金河的小说从内容到表现，都不是一种浮华艳鲜的惹眼，却如同一幅中国山水画一样，疏朗、蕴蓄、深沉，透着一股神韵。

六

金河和他的小说创作，或许成不了一种"金河现象"。但是，金河这样的创作状态是有一定代表性的。因之，通过认识金河同他的小说作品，或许能让人明白点什么。金河是以写社会问题走上小说创作园地的，尽管写问题曾使他成功也曾使他受制，但金河对社会问题的关注，并由此出发对文学创作与社会生活关系认识的透彻及坚定性却是一贯的。正是这种坚定性，使金河对自己的小说始终充满信心，相信它能得到读者的接受，并始终不渝地往前行走。而在金河行走的这条路上，许多作家却因为在眼花缭乱的文坛失去了镇静，产生了疑惑，没有了准绳，结果在徘徊中停歇了。现在，当一切都转入常态，更多的人意识到文学同社会生活相联系，彼此互存仍然是一条正确的道路时，再看看自己因徘徊给创作留下的空白不免遗憾。看到金河的迈步，或许会有一种赞叹。金河以他稳而不乱、不变中求变的创作实践提供给文坛的是一种例证，证明现实主义创作并不是前途暗淡，将成为一种历史的陈迹使人回顾，而是仍具有宽广的道路和勃勃的生命力。

在我看来，任何文学形式，都不应也不可能因为一种空洞的形式被人欣赏。即使那种被认为似乎是一种纯粹形式的作品，读者也会根据自己的认识理解填充进内容而使它变成一种有内容的作品。所以，认识或评价一种文学现象或文学创作，是不能只从形式一途去分析的，还应注意到它存在的环境等条件。现实主义创作，在我国并未能得到很好的发展，我们不能就过去那种变态的现实主义为据评价现实主义，而应该认识到现实主义在理解文学与生活的关系，文学在反映社会生活的方式方法方面都是充分科学性的真正的现实主义，并不妨碍作家的认识与思考以及表现手段的多样性，而是为作家提供了最自由的活动场地。现实主义在反映我国的社会生活时具有相当的优势，也是最容易被读者所接受的方法。金河的成功，就在于他明白地意识并切实地实践着现实主义创作。这并不是一个神秘的现象，指出来未免滑稽。然而，不幸的是，近几年，面对这种现象，文坛上竟有那么多的理解、争议，乃至相互的攻讦。即使我今天这样认识金河的时候，也难免会遭到某些人的戏笑，那就各随其便吧！

1989年元月于京

《当代作家评论》1989年第3期

天殇不止　悲剧不已

——读松涛长诗《无倦沧桑》

王鸣久

　　松涛送他的《无倦沧桑》给我读。沿着"天空中雁阵以'人'的形象"，"凄声惊过"的历史栈道，我随着他，"以诗人和军人的双重身份"一起造访八百里水泊梁山，看那"一群劫富豪被污为强盗的人""除恶霸被污为命犯的人""歃血为盟异姓同家的人"上演的一幕幕血泪的悲剧；听那"从产房归来的迎生者""墓地归来的送葬者"的橐橐足音；读那"诸多疤痕累累的脊梁，一个挨一个地拼成的华夏版图"……我不由得击案而叹：这是一首大诗。

　　说这是一首大诗，并不单单在于它摆脱了我们以往诗作那种对于一景一物、一境一情的精巧描摹和廉价歌吟，也不单在于它那高屋建瓴、开合自如的"时空构架"，亦不单在于它那古今交错的魔幻色彩和嬉笑怒骂的反讽技艺。我所推重的是那贯穿全篇的，一腔如血沸滚、如声呼号、如抚痕舔伤般反思着的大悲剧意识，那种对人的生存状态、人的价值观念、人的社会环境、人的生命意义的探究和寻觅。

　　松涛成功地完成了一次艺术上的超越，一次精神上的涅槃。他用他沉重的历史感和现实主义批判精神铸造了一块带血性的、闪哲理的、动真情的艺术碑石。在这部大诗中，情绪和理性的展示是多层面的。

烈火般的社会批判精神

在他的笔下,中国几千年的苦难又一次高度浓缩地呈现在我们面前。世界充满了饥饿、暴虐、黑暗和不公。松涛以他强烈的平民意识和良知人格对封建皇权、封建礼教、封建人格的劣根性进行了全方位的揭露和抨击。在批判的雷光电火中,封建统治的罪恶和黎民百姓的悲惨生活被赤裸裸地雕现出来,产生了撼人心魂的冲击力量,将逼上梁山的一个"逼"字活画了出来。真正的诗,是感情能量的喷放。而正义、善良的品格,无疑又给这种能量喷放带来巨大的爆发力。对邪恶的一腔愤懑,对苦难的一片悲哀,就这样搅动着诗人的心也撞击着别人的心,仿佛闻一声疾呼,便会呼啸而起……

滴血般的历史悲剧意识

松涛是个劳动者的儿子。如果说,在第一个层面上,松涛以强烈的平民意识展示浓郁的忧患情结的话,那么,他绝没有停留在这种情感的大倾泻上。他以高度的洞察力和犀利的笔触迅速进入了第二个层面:对中国农民起义的悲剧的思考。其实质,也是对中国文化的苦反痛思。

中国农民起义,历来逃不开三种结局:一种是被指作"流寇"而遭镇压剿灭,领袖们作为农民英雄载入某些史册;一种是被招安归顺,充当统治工具;最后一种是"革命成功",啸居山林的草莽英雄穿蟒戴冠,坐了又一朝皇宫宝座。这三种结局似乎以最后一种为最好。然而,正面是喜剧,反面便是悲剧。三种结局,又以第三种最具悲剧性。"推翻皇帝的人不推翻宫墙,仇恨皇帝的人不仇恨王位",松涛以他睿智深邃的目光,清楚地看到了这一点。文化的巨大惯性,使我们揭竿而起的父兄们别无选择,做农民和做皇帝无非是一条绳子的两端……松涛痛心切肤般感到了这种悲剧,并为它肝胆俱焚。尽管他没有做大面积的、深层次的开掘和拓展。

哲人般的生命理性思考

关于人的本质,人的自由,人类和自然的"历史之谜",哲学始终是人类不断进行自我反思的思想精华。所以,大艺术品总是在它的情感深处表现出深刻的哲学底蕴。哲学精神构筑着艺术的灵魂。从这个意义上说,每个真正的诗人,都应是一个哲人。松涛在通篇涌荡着忧患意识和批判精神之后,终于进入艺术上的最高层次：对"人"自身的哲理反思——一种自省式的痛苦的思考。

"世间所有的文章都是关于路的，关于方向和走的技巧""努力学前人的招式""爬着走滚着走连滚带爬地走""待终于走得可以乱真时，自己也就消失成了一条影子"——这是独立人格的丧失。"我刮胡子，人说我正自杀，我睡大觉，人说我已死亡""有人趁机踹我一脚，愤愤地直起身来，视野里尽是笑脸"——这是生存环境的险恶。"全身心地写了多年诗却不知一直在诗之外；无意识地做了半辈子人，不知是否也在人之外？想超脱，却落了一头凡尘；想遁世，却寻不见一条退路"——这是人生的困窘和惶惑。"地平线富于吸引，力却总也追不到，死亡线不具魅力，却出其不意地横在脚下"——这是面对自然法则的叹息……

松涛抚古察今，游弋天地，在这里展示了他深厚的哲思底蕴和对生命本体的关注。灵魂的大痛苦中深藏着对人生的真情至爱，思绪的迷茫中渗透着"人生如燧石"的顽强和执着。其思路的深邃，情绪的透迤，自忏的坦率，风度的从容，无不透露着一种大家风范。

更引人注目的是，在诗的后半部，一个但丁、屈子式的抒情主人公出现了，我感到这在松涛的诗中是前所未有的。你看这个充满痛苦的诗魂，一方面俯瞰生命世界，深刻地道出了"能清高的未必能清醒，能清醒的未必能清贫，能清贫的未必能清白"的玄机妙语，人生真相；一方面他又回眸自视，清楚地看到"我更了名改了姓，也改变不了血脉"，啄木鸟"在我的肉穴中狠狠一啄，时间上游传来一串凄厉"，这种悲剧基因和现实的局促，苏世而行，徘徊不已。

愤懑的诗魂携一卷诗化哲学，寻找、呼唤着未被异化的美的生命。他身上带着明显的传统人格的"胎印"，额下却投射出一双现代意识的"眼睛"，渴望挣出假恶丑的泥潭，回归于真善美。传统的人格经受着现代人格的分裂，生存环境和生命张力又是这样不可调和，尽管诗人力图用调侃的笔墨冲淡这种沉重的哲思氛围，但如笋剥壳，层层递进的、深入灵魂最底处的思考，仍给我们抛出了这样一个悲剧的斯芬克斯式的命题：我们该是什么样子的人！而传统文化的命题是：我们该做什么样子的人。

松涛完成了这一宏观浩大而又带有强烈个性色彩的诗歌建筑，它不完美，但它不可替代。

1989年7月30日夜
《当代作家评论》1990年第1期

王中才印象记

皮 皮

如果说谁当作家是命中注定的，王中才当属此列。在这方面，他受老天恩赐不浅。在他走过来的近五十年的人生道路上所充满的各种可能性似乎都指向了同一终极，成为王中才无法躲避的必然。然而他挤进作家的"窄门"之后，幸运或不幸在需要判定时，已经没有了可供遵循的准则。作家王中才自己也说不清，他是因为幸运才成了作家，还是因为成了作家才不幸！

王中才1940年生人，现在是沈阳军区政治部创作室主任。其实这么介绍也不可能给人留下什么深刻印象，那么换个话题，说说王中才幸运的一面。

我说王中才是幸运的，是因为他经历并且记住的好多事情在发生的当时就是鲜活的故事情节。能说每个人都有这份幸运吗？

他八岁的时候。

他和母亲坐船由大连回山东老家，途中遇到了飓风。他在的那只船不知费了多少气力才在一个叫巴角的地方搁浅。当那个只有八岁的小孩惊恐地站在岸边的时候，海面上漂过来的是散碎的船板，还有行李和尸体。母亲告诉他其余的船都沉了。我说他幸运是因为他只有八岁就在生与死的浪头上荡了一把。

他在初中毕业的时候。

那是1957年，政府号召广大学生就业，而升学却是他最高的理想。他在宣传的鼓舞之下，一咬牙放弃了升学的机会。于是，他成了学校的典型，到处演讲、做报告。当这一切轰轰烈烈地过去之后，他该做的是与学校告别，与同窗好友告别，跟自己过去的理想志愿告别。就这样，他流着眼泪回到了家乡。然而在升学考试老师即将发卷的时候，他走进了教室。同学们一片哗然。他在大家的注目之下，走向了自己的座位。结果，他考中了。

他刚入伍的时候。

"再见了，亲爱的故乡，胜利的星会照耀我们……"热血沸腾的歌声慢慢消失之后，这些从大学直接入伍的秀才兵所面临的是他们怎么也想不到的艰苦生活。王中才被分配到北方某部连队挖山洞。他努力寻找办法使自己适应新的生活，可是不行。这时候他的一位上司对他说："当你坚持不下去的时候，你要想到这是考验。"他带着这句话坚持下来，一步一步地成长起来。我想那位上司说了一句非常了不起的话。对于一个对生活还没有深透理解，还充满着不切实际的浪漫想法的年轻人，它值得让人永远记住。

这些不同寻常的生活经历，为王中才后来正式开始的文学创作做了充分的心理准备。1962年，他在《解放军文艺》上发表第一篇作品：报告文学《小老虎和小画家》，受到一致好评。从此一发而不可收，写了大量的散文诗及散文。已经结集出版的有《晓星集》《光斑集》《何处觅天涯》。

也许是由于大量的散文诗创作的影响，他后来转入的小说创作有着极为明显的唯美倾向，如果你不看写作日期，你会以为你在读的是20世纪30年代创作的作品，细腻婉转。"他长长地舒口气，仰脸望着繁茂的桃花，眼里映出一片花影，微笑了。他蓦然想起叠印着自己潇洒脚印的弯曲小巷，想起自家院里探出墙头的合欢树……"他的代表作品《三角梅》便是这种创作风格的绝好体现。读罢《三角梅》，掩卷静思，你会发现那一阵阵撞击你的不是拍击崖头轰鸣奏响的海浪，而是又细微又轻缓的涟漪。它悄然地浸润你的心田，却能持久地摇撼你的情感，使你身不由己，被牵入小说怅惘的情境。作者把两种极端对立的事物放入同一载体：花一样宁静和美的生活与骤然间消失的生命。这种对比形成的强反差，又为作品增添了相当的现代意识。

《三角梅》获1982年全国优秀短篇小说奖。小说获奖之后，引起普遍关注。有人说作者是"婉约派"。对这种说法，作者本人自认不讳。也有人说《三角梅》婉约有余，力度不足。对比，作者引了一句现成的话，英雄难过美人关！哪个力度哪个婉约？这妙语的妙用无须我再画蛇添足。

除了《三角梅》外，体现作者婉约风格的作品还有《雨巷》《远岸》《暖雪》等。

法国作家纪德曾说：幸福不是自由，而是自愿地承担某种责任。

我想，作家总是有超常的地方，纪德不是在说幸福不是自由吗？这过于独特的看法在已经到来的20世纪90年代，有谁还会买账呢？我在这儿把它写出来并想进一步生发开去，是因为纪德接着又说——而是自愿承担某种责任。在我和王中才的交往中，有关他的个人生活，让我感触最多的就是这两个字：责任。

和通常的丈夫父亲比，他的责任似乎更重，看得见的还有看不见的。他跟朋友谈笑风生，他爱去军人俱乐部跳舞，也经常外出旅游，熟悉他的人都知道这一切，然而他们也看到了另外一些东西。我说不好这另外的一些东西到底是什么，它们被埋藏得很深，在偶尔流露的瞬间，它们有着浓浓的忧郁色彩。有时候，朋友劝他活得潇洒一点，何必那么沉重。但对这一切他却有自己的理解。他说，如果我放弃应该我承担的责任，我得到的绝不会是轻松。

如果说王中才是个幸运儿，那只能局限在事业这方面，不然，他在生活其他方面所遇到的不幸和痛苦，又该怎么解释呢？

写到这儿，我想也许该集中笔墨为读者勾勒一个轮廓，除了幸运与不幸，王中才这三个字所代表的该是一个活生生的人。

与王中才接触多一些，你不难发现他是个有些方面相当感情用事的人，我想这是写散文落下的职业病吧。有一次他出差去长春，天下着小雨，他和同伴撑伞在一条小巷中徜徉。他被那细雨融化了，他说他忘了自己的存在。当他和同伴走出小巷时，他惊呆了：空无行人的大街，一个男人坐在街边的长椅上，任凭小雨飘洒⋯⋯

如果画一幅素描，作家王中才差不多是这样：个头偏高，偏胖，头发偏少。口音里有谁也搞不清是哪儿的乡音。笑声有点金属音。

有人写过一篇文章，称王中才是"山东大汉"。可是他有两个特征妨碍他看上去像个真正的山东大汉，那就是过于平易，过于和蔼。

王中才说他五十岁开始写长篇，写自己的一辈子。如果你想更全面地了解部队作家王中才，千万等着读读他的自传性质的第一部长篇。

《当代作家评论》1990年第2期

马 原 论

胡河清

当我在1985年左右读到马原的成名作《冈底斯的诱惑》之时，我曾如此深深地为之入迷！但随着时间的推移，我逐渐感到马原和作为马原的读者的我自己精神上都已经发生了而且正在发生深刻而微妙的变化。正为此故，用罗曼谛克的文字为马原喝彩，已不再是我的主要兴趣所在；我现在所特别注意的，是尽可能准确地勾勒出马原的精神之旅的大致轮廓。我认为这样做是有一定意义的。因为在当代中国青年作家之中，马原是具有比较敏锐的"文化意识"的一人；研究他的人生探索的轨迹，也就为我提供了一种机会：我有可能对一个青年艺术家与他所置身的深厚的文化传统之间的精神联系做一次具有典型范例意义的观察。

直至今日，我仍然偏爱马原早期的小说。那是马原的"旭日方升"的时代，他当时的小说有一股诱人的生气。像《西海的无帆船》里，据说不同程度地含有马原自身的影子的陆高，姚亮等一大伙子年轻人，无忧无虑，周身活力，刚刚开始他们的西行探险。特别是在追踪了马原自此之后的精神长旅之后的今日，回过头来看这艘美丽的"无帆船"，确实令人唏嘘不已！这篇小说经常使我忆及法国画家华多的名作《发舟西苔岛》。西苔岛为爱神维纳斯所居之仙岛。华多的这幅画描绘一群年轻情侣，出于对爱与真诚的追求，发舟赴彼理想之邦。由于作者对于生命的强烈信仰，画面所用之油彩至为瑰丽，适与绚烂之极的青春诗意相契合。在画的远景上西苔岛的峰影绰约可见，但却迥异于中国传统艺术中常有的"山在虚无缥缈间"之类的道家式的清冷诗意；反之，暗红的天际与峰峦的银灰色泛光构成了一种充满着感性生命的"如梦的行板"似的情调,暗示爱之岛的温柔风流。此画在西方画史上被评为青年人的理想主义之旅的永恒象征。据说马原酷爱油画,藏有为数不小的西方古典绘画。因此想来他不至于没有看过这幅声名极为显赫的《发舟西苔岛》吧?他的小说《西海的无帆船》,写出一种青年探险家的乌托邦之恋,以及他们人生舟船待发时的好奇、紧张、冲动、期待,正与《发舟西苔岛》的神韵相通。他的文字也如华多的油彩,以火热炽烈的意味,呈现生命之绚丽本相,还找不到任何东方式的精神修炼所造成的神秘主义色彩。

《冈底斯的诱惑》则意味着马原的"龙帆船"正式驶进他的朝圣地。在这篇小说里,马原依然继续着他早期的理想主义和英雄主义主题。无论从哪个角度看,《冈底斯的诱惑》都带有借鉴海明威的小说《乞力马扎罗的雪》的痕迹。在马原笔下,冈底斯山是一座潜藏着生死之真谛的神山——"那块在阳光下白得耀眼的所在远着呢,而且其间充满凶险和神秘,特异的气候和雪崩,还有深不可测的冰川裂缝。你知道这些,这是座神山,这是冈底斯主脉的一座。在这块地球上最高也是最大的高地上,虽然没有葱茏繁茂的森林草地,却同样生息着更有活力的生物。"在传统文学中,凡诸名山大川,大抵为远离人间烟火的清凉世界之象征,而罕有将其写成生物在此生死相竞的大格斗场的。马原的这种象征性描写,却适与海明威的赤道雪山——乞力马扎罗峰的寄寓相当。海明威的乞力马扎罗,为两种极端对立的力量之间的惊心动魄的争斗所构成,赤道之火炽为生之象征,冰峰之冷漠为死之象征。

《乞力马扎罗的雪》的开端有句曰:"在西峰之巅附近,有一具风干冻硬的豹尸。这只豹到这样高的峰岭来寻找什么,谁也无法解释。"这"豹尸"正是小说主人公"他"——一个海明威式的英雄男子汉的暗喻。"他"躺在岭雪之上,奄奄一息,却面对死亡风雅自如,企图依靠对生命的往昔的美丽的回忆来战胜死亡。他当然无可挽回地失败了。他的死亡却也因此带上了英雄气息。故豹尸被用作定音锤预示他的命运。而在《冈底斯的诱惑》中,马原也写了一头"刚刚咽气的黑花白底大尾巴雪豹":"它在空中毙命,在死时也仍然是斗势扑下,死豹的前爪击伤了你的额头,使你脸上留下大块标志勇气的伤疤。"这头至死仍做斗势的豹子的尸身更证明了马原与海明威之"豹尸"想象的深层联系。

然而也就是在这篇小说里,马原开始表现出一种与海明威不同的精神倾向。海明威的《乞力马扎罗的雪》虽然写了死亡不可避免的悲剧事实,但又通过人与死亡的抗争而实现了对于生命的特殊形式的肯定。特别是其中以意识流方法写的大段生之回忆,在死亡愈益逼近之日而愈呈美丽。其中对于女性和爱情的回忆犹如嫣然含笑怒放于"死亡峰巅"之上的一朵雪莲。这正是海明威之建立在悲观主义基础上的乐观主义的诗意外化。溯流及源，则是希腊悲剧对于生命苦乐兼具的辩证评价的哲学传统的体现。而马原却不然。在《冈底斯的诱惑》中，他固然也写生命与爱情，但另一方面已流露出一种东方遁世主义的精神特征。他的这篇小说中写了一些因命运的凄苦而变得孤僻抑郁，离群索居的人物。如"阿爸是个虔信佛教的老人，从来到这个世界那天就开始膜拜释迦牟尼。他中年得女丧妻，性情格外孤僻乖戾，酒喝得很凶，一天很少有清醒的时候，而且他心地狭窄，习惯斤斤计较"；又如写尼姆："没有人知道孩子是顿月的，尼姆没讲过。她似乎有几年没说话了，没有人听见她说过什么话。也许她说过，对儿子，对她那群羊和那只卷毛蓬松的牧羊犬。还有可能在一个人独处时自言自语，只是没有人听她说过什么。她过分地离群索居，以致使多数乡亲甚至忘记了她的存在。"这一类人物之心态当属于一种典型的东方式的孤独。他们眼中的人生带有佛教四圣谛之"苦谛"的惨淡色彩：生苦，老苦，病苦，死苦，怨憎会苦，爱别离苦，求不得苦，五取蕴苦，大千世界，红尘滚滚，"三界不安，犹如火宅"。所以他们宁可孤独。

  在《叠纸鹞的三种方法》中，这种东方式的孤独表现得更趋深沉成熟。这特别体现在马原写的一个"住在布达拉宫下的老太太"之形象身上："她是个虔诚的佛教徒，一辈子独身一人。她从年轻时候就开始，每天围着布达拉宫外墙转经三圈。你们知道，绕布达拉宫外墙一周有将近两千米。她每天转经三圈。"不久前我看到一篇文章，述及马原的近况。说马原现在平时不出门，只有夜间偶尔极其抑郁地在大街上骑自行车兜圈。[①] 这便使我联想到了那个"住在布达拉宫下的老太太"。当然"转经三圈"与夜间骑自行车散心方式有别，然所表现的一种愿做云游世间的孤僧的神韵则颇相近。同样代表着东方式的独与天地精神往来的人生境界。从这个意义上说，这个执着修行的孤老婆子身上正潜藏着马原本人的灵魂。

  与《冈底斯的诱惑》相似，马原的《叠纸鹞的三种方法》之开端似乎也有海明威的《乞力马扎罗的雪》的影子：如海明威笔下之"他"生了个恶疮并且开始腐烂，马原这篇小说中的"我"也生了个"疖"，"半个星期后这个疖无限膨胀，并且流出叫人恶心的脓血"。此处之"疖"正如海明威小说中的疮，是死亡阴影悄悄袭来的暗喻。但马原的小说并没有演变成海明威的表现与死抗争的西索弗斯式的悲剧故事；反之，这个疖倒给了"我一个人冷清地趴在宿舍床上看小说"的机会。（请注意笔者用着重号圈出的文字，此处马原再一次流露出他的东方式的孤独态！）接着他以恰如"放纸鹞的自由叙述方法打断了故事自由的

---

① 赵玫：《特洛伊的木马——马原印象》，《文学自由谈》1989年第5期，第128页。

进程。以后用不断变换视点的方式分别写了拉萨的街景、波希米亚式的青年艺术家、做泥佛像的孤老婆子等并无人为逻辑联系的场景和人物。这种写法也许就是马原称之为"叠纸鹞的三种方式"。"三"在中国语言传统中通常意味着多之义，因此也意味着解脱和自由。

所以我认为《叠纸鹞的三种方法》的真正主题乃是解脱。如果深入一步看，马原这篇非情节化的小说在精神寓意上还是一直存在着一种微妙的内在联系。佛教历来喻情欲为"疮疖"。这与马原小说中的"我"所生之"疖"有着相类似的寓意。马原笔下的这位第一人称主人公在患了恶疖之后，想到"绕到药王山南面，看看朝佛的人们在这块圣地留下了什么，小泥佛？有释迦牟尼像的经幡？镂刻着经文的石版？"。这里提到"药王山"并且将之与佛祖并提，可能是意味深长的。这也许透露了患"恶疖"的"我"企望在佛教圣山中寻找灵药的想法。对于视尘世情欲为恶疖者来说，"药王"当然就是那位永远挂着冰雪般寒冷的笑意的佛祖释迦牟尼了。更加耐人寻味的是，自此以后作者就不再提及那个恶疖了。随着一股深藏的灵气如"轻经"般地缓缓转动，"我"的精神法相也似乎越来越趋于庄严脱俗。最后"我"终于把目光投向"地球上最蓝最蓝的天空"，看到"正有三只漂亮的纸鹞在飞，和另外三只飞隼遥相呼应"。这显然是一种灵魂升华的暗喻。这也是马原小说中最为绚烂的一段笔墨。他以崇高的仪式感再现了藏传佛教特有的精神境界。这篇小说以脓血恶疖始，以象征大自然在大解脱的天际飘飞之纸鹞终，足以证明作者的意图乃在于写出主人公"我"出离七情缠绕之苦转入清净微妙的密宗之精神经历。

这又有作者的插叙作为旁证："可以推测，刘雨更多着眼于佛教及其内在的影响，浮掠地讲一下这个故事不是他的兴致所在。我这时发现了自己是很希望看到刘雨这篇小说的，我想知道这个故事在另一个作家的心里触发了什么。触发是我们兴致所在。"所谓"刘雨的小说"当然纯系马原的故弄玄虚——他的戏中戏而已。所以换一个直截了当的说法，这里也就是在说明马原写这篇小说的"兴致"即为佛法所触发起来的。

《虚构》的意蕴有同《叠纸鹞的三种方式》一脉相承之处。"麻风村"与"恶疖"一样，也都可以看作具有浓厚的佛学色彩的对于现世的评价。但小说中的"我"进入麻风村后即感到这地方并不如想象的那般可怕；反之，却有芳草如茵的山野峡谷，有妖冶诱人的年轻女子。这唤起了"我"的激情与爱欲。"我"甚至不顾一切地与一漂亮的女麻风病人做爱："在梦里我们仍然紧抱在一起，羊毛被使我们浑身汗津津的。我们睡得真沉。我真心希望就这样一直睡到来世。"

就在这地狱的烈火般炽烈的情爱中，马原突然用颇近于《红楼梦》的"假作真时真亦假"的似梦幻的笔法打断了事件的进程,点破这麻风村中的冒险经历竟完全是一种虚构!最后他把叙述的视点转向万古苍茫如斯的雅鲁藏布江,那奔腾咆哮却又毕竟东去的逝水似乎象征着佛学"一切有为法,如梦幻泡影。如露亦如电,应作如是观"[1]的教谛。

这篇小说表现了马原在灵与肉的冲突面前的困惑、矛盾心态,这也是人类文化中的一个具有悠久历史的命题,但马原对这个命题的解答却是典型东方式的。这可以将《虚构》的主题与歌德的《浮士德》的一段著名独白做一比较而看出来。浮士德也经历过类似的矛盾:"有两种精神居住在我的心胸,一个要想同另一个分离,一个沉溺在迷离的爱欲之中,别一个是猛烈地要离尘凡向崇高的灵的境地飞驰。"[2]浮士德最后也确实进入灵境——云端间有一温柔纯洁的女性上帝俯视着她的终于归来的羔羊,小天使在四周婉转歌唱,象征一种精神之爱的境界。这种精神之爱尽管也有超凡脱俗的意味,但却是以浮士德所经历的一切带有生命感性色彩的情爱作为基础的。这体现了柏拉图哲学的传统,将爱情视作一种由爱个别美的形体始至爱涵盖一切美的理念终的升华过程。正因为是"升华",所以在终极境界上虽然发生了由肉到灵的质变,但却没有将感性之爱视作"空"或"寂灭"的否定性价值评判。也由此之故,《浮士德》中的上帝仍然保持着女性的性别,而以否定生命感性形式为天路指归的佛陀的性别却是非常暧昧的。我认为,佛陀实质上是无性的,虽然表面上似乎兼具男相的庄严和女相的微妙。

《虚构》在精神实质上则颇近似于佛教的《妙法莲华经》中的一则寓言。[3]言昔有一长者,拥有一古宅,因年久失修,墙壁败落,一日大火陡起,诸子因年幼无知,仍在宅中嬉戏玩耍如故。其父戒以危言,他们却全然不听,"不惊,不畏,了无出心亦复不知何者是火,何者为舍,云何为失"。这长者只好哄他们说,门外有种种珍玩奇异之物,如"羊车,鹿车,牛车"之类,可以游戏。在此诱惑之下,诸子终于走出火宅,转危为安。其后的佛偈点明,此长者,佛陀也;诸子者,众生也。"火宅"之"火"为尘世之贪着情欲逸乐之喻:"汝等莫得乐住三界火宅,勿贪粗弊色声香味触也,若贪着,生爱,则为所烧。"[4]诸七宝大车则喻佛乘之指点迷津救度众生。《虚构》中的"麻风村"在某种意义上实颇近于"火宅"之喻,"我"不是也沉溺在与麻风病人的极其危险的情欲之中而反陶然自乐吗?至结尾处马原点出凡诸种种不过南柯一梦也,则亦同《莲华经》

---

[1]《金刚经集注》,上海古籍出版社,1984,第287页。
[2] 歌德:《浮士德》,郭沫若译,人民文学出版社,1957,第10页。
[3]《妙法莲华经》卷二譬喻品。
[4]《妙法莲华经》卷二譬喻品。

以妙喻诱导"迷人"脱离情欲之苦进入空寂灵境的良苦用心相类。由此可见，马原的精神深处已经产生了一种相当程度的对生命感性经验的否定性评价。

马原的另一篇小说《错误》也流露出相同价值判断。他把一段生命历程写成一系列难以挽回的阴错阳差。此中的"我"痴情于江梅，江梅却暗自以为"我"无爱自己之可能，因而不得已怀了田会计的孩子。这又使得"我"伤心至极，直到江梅死了，"我"才知道这已成历史的真相。这篇小说之始终处处伏着禅机。按照佛学义谛，贪欲情痴深者，当修"不净观"，即在禅定中观想自身和他身，以内到外、以生到死都是污秽不净的。高僧慧思曾在《诸法无净三昧法门》中对此总结说："烦恼者，六欲心也。初死想，能断威仪语言欲。膨胀想、坏想、散想，能断形容欲。青淤血涂想、脓烂想，能断色欲。骨想、烧想，能断油滑欲。散想、灭尽想，能断人欲。"[1]此与马原《错误》中的不少艺术想象甚有冥契之处。如写江梅之投井，"死得很惨，身子泡得像水缸一样粗"，写"我"看到自己"黑紫色的肿胀到惊人程度的脚踝已经比小腿还粗"，正合"膨胀想""坏想"之义。又如写黑枣"左腿后脚跟上面给剁开了，血汩汩地流了一地"，则近乎"青淤血涂想"。再如写二狗之死，"癌症真是不得了，他本来个子矮小，现在只剩下一把干枯的骨头了"，又与"骨想""灭尽想"之义相类。

在马原的全部小说中，《错误》确是一段最为幽暗的隧道；而当走出这段隧道之后，一种高远深邃的净界似的蓝天便又一次展现了——这便是马原的长篇小说《上下都很平坦》。

"你只要稍稍离开江岸，就会发现大路笔直，上下都很平坦"，扉页上的题词便呈示了一种在马原以后小说中少见的坦荡恬静通脱随便之感。马原小说里的佛学义谛固然由来已久，但在此以前似乎特别接近于小乘与密宗——他的对于人生惨淡真相的深彻的体验近似于小乘，而他以往小说的那种崇高的仪式感则颇传密宗佛教之神。唯这一部《上下都很平坦》的精神气质特近于大乘佛教。在佛教哲学发展史上，小乘有部认为，世界上一切事物和现象在过去未来和现在的时间里，都有实体。大乘空宗反对此种看法，认为一切事物和现象都没有实体，没有自性，本质是虚无的。不仅如此，甚至佛教的最高精神境界"涅槃"，也是空的。小乘因其信"有"，所以虽然也讲解脱，却尚存较为认真执着的宗教热忱，这种热忱在教谛近似的密宗中反映出来，便是华美的想象与庄严的仪式。而到了大乘，一切归之于虚无，因此想象力和仪式感也被取消了。大乘是世界上最缺乏色彩的宗教，也是最无教规随随便便马马虎虎的宗教。马原的《上下都很平坦》也写了些人生与爱情的坎坷，但同他以前的小说相比，

---

[1]《中国佛教思想资料选编》（第1卷），中华书局，1981，第376页。

那种悲抑不伸的真切体验已经荡然无存了。他每说完一段悲剧故事，都似乎马上急急地加以解释，这是命该如此的，这本质上是空的，说得读者也跟着轻松欢喜起来。这篇小说的主题说得通俗一点，大概也就是"坎坷即平坦"吧。能够修炼成这样一副看破红尘的慧眼，自然也不需要什么碍手碍脚的仪式了。因此这部小说中再也没有如《冈底斯的诱惑》中之写天葬，《叠纸鹞的三种方法》中之写纸鹞那种庄严肃穆的仪式感了。

这部长篇小说还显示了马原引进的另一种他以前小说中很少出现的哲学观念，即《周易》的命相学说。《周易》与佛学同属东方宇宙循环论的文化体系。佛学认为，世界消长一周期中经历成、住、坏、空四期，也称成、住、坏、空四劫，如此循环往复，以至无穷。这种气度恢宏的想象一旦同《周易》中精微知几的宿命论计算结合起来，确实可以说接近了东方命运学说的极致。而事实上，佛、易交融也正是中国哲学史上佛教中国化最后完成的标志。马原的《上下都很平坦》似乎也在重复这种精神历程。在这部小说中，马原具有泛神论倾向的对于宇宙、人生的宏观观照颇近于佛教四劫无始无终论的伟大气势，而对于人类命运的微观事件的估算则取《周易》"命数"之说。典型例子如这样一段插笔："我知道这是命数。他们六个人本来该有另外的命运，他们的将来绝对不应该这么惨。我认定这与那次没玩一把的扑克牌局有关，我相信如果那个除夕平安无事过渡到天亮的话，每个人的命运都将会重新写过，会是另一种结局，也许会皆大欢喜。我深信那局没开始就结束了的扑克牌已经在预示那几个未来才发生的故事。"

我很愿意现在学术界众多的"周易迷"们也能够研究一下命相之学的心理学意义。以我的浅见看来，《周易》在给命运多舛的人一种自我安慰的心理功效方面一点也不比佛教逊色。命数的神话不仅提供了逆来顺受的依据，而且它的智力游戏似的复杂结构还可以使不幸诗化，坎坷也显得美。朱熹曾惊异于八卦六十四爻变化的神妙，叹曰：远在六合之外，近在一身之中，暂于瞬间息，微于动静，莫不有卦之象焉，莫不有爻之义焉。[①] 面对这样一个令人心醉神迷的智慧宝库，还有什么个人的忧愁烦恼不足以忘却呢？（何况这一切一切都是先验命定的）虽然说话有文白之别，但马原前面的那段高论骨子里的意思却与朱熹老先生一模一样！再看"命数"观念对马原这部小说的审美特征之构成的影响，也由于许多类似这样的描述或议论而使小说增添了天命玄秘之美，使人生中实在的苦恼在安排命运的无上智慧面前黯然失色，显得渺小无比了。

[①] 朱熹：《周易本义·序》，天津市古籍书店，1986。

姚亮率先抓走了梅花。
　　先验的许多种展示和谐的
　　方法是早被证明了的
　　争也没用，劫数
　　羊是姚亮的生肖
　　姚亮在读周易

　　姚亮者，马原自我化身之一部分也。故"姚亮在读周易"亦即"马原在读周易"。

　　遥想当年，《西海的无帆船》时代的马原还是何等的风流俊逸，雄姿英发；曾几何时，"多情应笑我，早生华发"，他却变了属羊的姚亮玄玄乎乎读起周易了。他的称赞周易命相的文字确乎写得比朱熹潇洒一些，但要表达的意思与朱熹老先生"异代暗合"。马原的道行是大大地深了。但他的道行的终极境界却似乎要通到非艺术的境地——佛与易学高深者通常意味着激情的冻结，那么艺术也就逻辑地中止了。有人形象地描述过东方精神修炼的过程，就如朝圣的香客历尽九九之劫，最后来到的不过是高山之巅的一座极简陋的小庙，而最终在小庙中所见的不过是寥寥数笔写成的佛像额头上的一点灵光而已。一切都在默默无言之中。马原自《上下都很平坦》之后，作品似乎日见其稀少了，我实在担心他是否也要走到那种"高处不胜寒"的地方去了。

　　日本大作家川端康成曾谓："入佛界易，进魔界难。"[1]鉴于他也是在东方精神的灵境中飘然游历过的人，所以这话头说得特别耐人寻味。佛家有雪中芭蕉之喻，喻"金刚不坏之身"；我倒愿意马原修成如雪海中不凋生命之绿的大芭蕉树那般的金身，虽然进入神秘冷峻的世外仙境，却又能有朝一日回归到象征感情生命之美丽的凡界之火焰山。这是比佛法的涅槃更大的道行。马原能成此果否？

《当代作家评论》1990年第5期

---

[1] ［日］川端康成：《古都·雪国》，山东人民出版社，1981，第34页。

论 罗 丹

——读罗丹的两部关于鞍钢的长篇的感想

李作祥

我这里要论述的罗丹不是那位法国的雕塑大师,而是我们辽宁的一位老作家。他已经七十多了。现在年轻一点的作家和读者可能不知道他,但是,熟悉我们辽宁当代文学史的人们都了解他的工业题材的小说创作,而且也都知道他在我省乃至我国当代文学史中的分量和位置。

大约是前年,他酝酿了多年并且也写了多年的长篇小说《严峻的岁月》出版了。这是他20世纪60年代出版的长篇小说《风雨的黎明》的续集。我读了一遍,并回头对《风雨的黎明》也重读了一下,就想为我们省的这位文学创作界的老作家写点什么。

我记得我最早接触罗丹的小说,是在大学时期,我看过一本叫《飞狐口》的短篇集。那时,罗丹的代表作,就是说使罗丹真正成为罗丹的作品还未问世。但那本短篇集中的战争故事和一手冷静而干净的文字却已经显示着作家的才能。但是,应该承认,那本短篇集还不能使人们记住这位作家。

1959年,沉默了很久的罗丹,带着他那本厚厚的《风雨的黎明》,走到了我国文坛上,并以自己独有的风貌给我国当代文坛留下了深深的印象。从此,我们辽宁省乃至我们当代文学史就不会忘记罗丹这个名字了。

那正是三年困难的时节,同时,又是我国当代文学创作中的一个丰收季节,《创业史》《三家巷》《乘风破浪》《浪涛滚滚》等等,我国当代文学史上几部有名的作品几乎都在那个时候先后问世。罗丹的《风雨的黎明》也就是和它们比肩而面世的。我记得我们省理论界的老前辈思基同志当时正主持着辽宁省文学研究所的工作，他领着我们几个青年人搞创作研究。其中，一个课题，就是关于《风雨的黎明》的。论题就是鞍钢是创作的一个丰富的源泉。就是要从罗丹的创作中论证，鞍钢的生活斗争如何促成了罗丹创作的成功，进而论述生活对创作的极端重要性。尽管，我们当时的研究并没有形成能公开发表的有理论价值的成果，但是，罗丹的这本小说所产生的影响以及当时它所显示的价值，也于此可见一斑了。

在我们省的老作家中，罗丹并不是一个著作很宏富的作家，恰恰相反，我认为他主要是一位写了两部关于鞍钢的长篇小说的作家。罗丹之所以成为罗丹，罗丹作为一位作家的价值，就在于，也仅仅在于他是一位鞍钢的歌者，是一位用文字再现了鞍钢恢复时期的历史画面的少数仅有的画师，是一位将自己的创作热情献给了我国工人阶级——确切点说是钢铁工人——的作家。

在我国的当代作家中，以产业工人为自己的描写对象，以当代现代化的工业为自己的处理题材，以钢铁工人在新旧社会中的不同命运为自己关注的焦点的作家并不是很多的。草明是这个领域中的拓荒者，她是这方面的一位大家，她的《原动力》《火车头》《乘风破浪》是工业题材创作中公认的丰碑。罗丹写的并不多，只有两部长短不一的长篇，但我以为也是够得上工业题材创作中的有历史价值的有分量的作品的。罗丹也是这个创作领域中的一位气度恢宏的佼佼者。

作为一位作家，罗丹是由毛泽东的《在延安文艺座谈会上的讲话》这部革命文艺的经典理论思想培育出来的，在他的审美血液中流动着延河的水系，有着延安小米营养的基因，他像我国许多其他诞生和成长于战火中的作家一样，一开始，就将自己的创作纳入革命需要的轨道，而且从开始创作，就将人民、工人作为自己描述摹写的对象。在他看来，一位作家是不是有所成就，或者成就大小，就在于能不能描写出特定历史时期的人民的生活面貌，能不能写出他们在特定历史时期中的命运和发展趋势。因此，他在创作这两部关于鞍钢工人阶级在我国革命进入大决战时刻的命运的小说之前，就已经作为一名参与历史创造的实践者与鞍钢的钢铁工人同呼吸共命运了。鞍钢恢复时期，他做过好几年炼铁厂的领导工作，那不是作为一名作家挂职去体验生活。不是的，那是实实在在地把责任担在肩上，去进行繁难而艰辛的历史创造。在这种创造中，冗琐的日常生活，艰险的悲剧事故，生僻的技术工艺，常常使人忘却或者体察不到生活中的美学的诗意。但是，当那生活的洪流，反复地、不断地从他的心灵中流过，那就会在他的心灵的深处，播下创作的种子，并且，历史的重锤终于锻造出一位深深印着这时代印记的作家。罗丹就是这样从这历史的风雨中，呼吸着时代的空气，孕育着他的长篇。

经过十年新时期文学的洗礼，人们的审美心理和接受习惯发生了深刻的变化。如果要借用一个术语来描述这个变化，那就是说，经历了从古典主义向现代主义的变化。因此，从当前比较现代的角度来看，罗丹显然是属于革命的古典主义的作家行列中的一位。他的长篇创作和我们的许多其他老作家一样，有着他们那一代作家共同具备的革命古典美学的特征，这就是，注重重大题材的选取，注重刻画人民中的英雄，注重现实主义的写作风格。这些特征不但在罗丹的创作实践中完全具备，而且要更为浓重和突出。在这些共同的特征之上，由于他所描写的对象是工业，又是在战争和战后恢复时期的背景上，又加上他独特的审美意趣，渗透了他自己特殊的美学风格。他的题材，他的人物，他的叙述，他的笔墨共同形成了他特有的那种如大地般厚重、如钢锭般坚硬的宏阔而冷凝的风致。罗丹是广东人，他的个头是瘦小的，眼睛小而有神，这几年年纪大了就更显得干瘦。但是，奇怪，他的文字世界和他的形体形成了强烈的反差，从这位生于南国的个头瘦小的作家心中，倾泻出来的却是一派浑厚沉重的北国风光，而在这北国风光中站立着的，就是一批结结实实的工人形象。

处理工业题材有特殊的难度。因此，虽然无产阶级文学的大师高尔基在革拉特珂夫的《水泥》出版之后，曾经说过，劳动应该成永恒的主题，但是，几十年来，以工厂、工业、工人作为自己描写对象的作家仍然不是很多，在我国也不很多。而罗丹却在这个有特殊难度的题材领域中，开辟出了自己的艺术世界，贡献出了几个带着他的色彩的钢铁工人的形象。我以为这是罗丹对我们辽宁乃至我国当代文学的主要贡献。诚然，罗丹的《风雨的黎明》和《严峻的岁月》以宏阔的笔触和宽广的视野扫描了鞍钢恢复时期以及我党与国民党拉锯时期的全景，写了领导干部、写了技术人员、写了敌特，但是，写得最好，而且给人印象最深的仍然是那些工人，特别是像解年魁和闻长山这样的老工人。在我国当代文学中，罗丹笔下的解年魁和闻长山和其他作家写出的工人形象相比，有着独具的风采。第一，适应着自己的描写对象和时代氛围，罗丹找到了自己的叙述语调，这就是那种亲切沉着而凝重的语调，他写解年魁和闻长山这些工人形象时，如同讲述自己的亲朋故旧，语气是徐缓的，调子是沉重的，用语是质朴的，有时甚至有些笨重，但这正好像是他的这些主人公气质的一种自然的外化。第二，罗丹特别注重对中国钢铁老一代工人的特有的民族心理气质的横断面描述和历史纵深的开掘，因此，他笔下的解年魁和闻长山这样一些老工人形象，具有一种历史的深度。在他们身上，我们往往会体会到一种超出阶级之外的某种我们民族心理气质的特征，在他们言语之外，我们会体验到一种非言语所能表述的素质。从社会学的角度看，他们的这些心理特征和情感素质，会使我们探视到中国产业工人由农民衍化为工人，但又和农村与土地没有割断联系的轨迹。在罗丹的沉稳的叙述中，解年魁呈现出一种东北特有的黑土地的颜色，宽厚、坚忍。在《风雨的黎明》中，解年魁在我党领导的对国民党反动统治的大决战中，在历史的暴风雨中如同满目疮痍的土地一样承受着人间的苦难，但是，由于他的老家山东是老解放区，他亲眼看见过共产党带给历史的新天地，他又在鞍钢看见了共产党带给这座钢城的一抹阳光，所以在人心浮动的历史转折时刻，他总是在大是大非问题上比任何人都明白事理，而且用他朴素的语言和无私的行动影响他所在的阶级，成为我党坚定的支柱。如果说，在《风雨的黎明》中，他是工人阶级苦难而又坚忍的象征，那么，在《严峻的岁月》中，他在血与火的阶级大搏斗中，成了我党坚强可靠的臂膀。罗丹写出了这位老工人心灵世界的深沉和变化。在我国的当代文学作品中，解年魁堪称我国老工人的一个最富于代表性而在艺术上最为丰满的形象。草明的《原动力》中的老工人形象是一幅速写，周立波的《铁水奔流》和艾芜的《百炼成钢》中的工人形象，侧重于他们在生产和技术革新中的表现，虽生动但却单薄。罗丹在塑造解年魁这样的老工人典型时吸收了他们的经验，但在艺术上却进行了新的开拓，他更加重视对他们的命运从历史的转折关系上做纵深的性格和心理素质的描绘和揭示，这样解年魁的形象就给人深厚的历史感。在他的善良、宽阔的心灵中我们看到的不仅是他作为一个老工人的阶级品格，而且看到的是我们民族的某种优良品格。如果说罗丹是用大地的颜色涂抹解年魁，并赋予他一种大地的气质，那么他对自己笔下另一位心爱的人物闻长山则是用一种钢的颜色进行描绘，并赋予他一种钢的气质。在描述他的时候，罗丹的叙述语调也发生了相应的变化，他往往用一种冷峻的、简短的，有时甚至是讥刺的语调来描述他，以适应他的气质和情绪。《风雨的黎明》一开头，写国民党行政院院长张群来鞍钢，为新轧厂"开工"剪彩，在这场煞有介事的滑稽戏中，罗丹写闻长山，就只写他说了两句话："瞅了一场戏，散场啦！""钢渣！败事有余。"然后又写他到了晚上打开收音机听国民党电台女播音员的播音，又说了一句："什么女人，在电台上跳大神。"这些句子，或嘲笑，或蔑视，或愤激，都给人一种斩钉截铁，不容分说的感觉，话语中显示着一种冰冷，这是对敌对势力。对自己的家人呢，他也是轻易不露感情，也是沉默而冰冷。他的三个小孩在掏煤时，因煤堆潮湿稀松而塌落被闷死了。妻子痛哭，他只是阴沉地说了一句"瞅瞅去"，然后就是一句话也没有。罗丹似乎用这冰冻的语句将他人物的感情冰起来了。但是这是一种感情的浓缩。在《严峻的岁月》中，我们看到：闻长山在战斗的烈火中，这种钢一般的性格中不仅凝结着对旧世界的仇恨，更凝结着对党的坚定信仰，他的阴沉的色调有所减弱，但刚硬的气质却有增无已，而且有了一种历史的乐观的色彩,这是历史前进的脚步在他的心灵上留下的印迹。第三,罗丹特别注重在塑造人物时贯彻现实主义的美学原则。他在运用现实主义的美学原则时,一方面善于用一种宏阔的视野和恢宏的语气对人物赖以生存和发展的历史气氛和时代发展趋势,做出凝重而大气的叙述;另一方面又善于对人物的细部做出动人而曲折幽微的揭示。白居易诗云:大弦嘈嘈如急雨,小弦切切如私语。在罗丹的现实主义中,我们既可以听到时代急雨的大弦嘈嘈,又可以听到人物心灵感叹中的小弦切切。请看《风雨的黎明》中,这段先声夺人的开头:"1946年初,国民党匪帮从沈阳伸出了血手,扼杀了鞍山。像扫地滚来一阵旋风,卷走了人们春天的希望,黑暗像铅色的阴云,越来越浓密,越来越沉重地,笼罩住这座受难的城市。""又过了一年。1947年初,这正是国民党气焰万丈的年代。疯狂的胡宗南,占领了中国革命的心脏——延安。在广阔的东北,我们只有佳木斯、牡丹江、齐齐哈尔、北安和临江。而这几个'可怜偏僻的城市',在他们看来,就像散场了的筵席上剩下来的残汤剩菜,至于哈尔滨,那时正在得势和十分傲慢的杜聿明,认为是如'探囊取物耳'!……"在这种似乎是不假修饰的概括的语言陈述中,我们感到作家胸怀全局的一种气势,而那句"如'探囊取物耳'"则把一种举重若轻的历史讽刺注在成语中,增强了这种大叙述的幽默意味,我们似乎能隐隐地看到作家眼睛中的一丝瞬间逝去的笑影。在《严峻的岁月》中,我们仍能看到作家这种史笔的风格:"1947年冬,蒋介石来沈阳,召开了高级将领军事会议不久,我野战军在辽河流域云集,发动了强大的辽鞍战役冬季攻势。东北行辕主任陈诚1948年元旦《告东北民众书》说:'危险时期已过。'墨迹未干,我军就解放了蒋介石吹嘘的'铜打的辽阳',歼敌暂编五十四师。陈诚这个'草包将军'吓得躺在床上发抖,装病十二指肠溃疡发作,逃回南京去了……"我们在这种不假修琢的叙述中看到作家的那种历史自信感和对现实主义大叙述的执着。

但是,当罗丹为自己的人物安置好一个大的历史背景和环境的时代氛围,也就是当他把自己的人物引入一个具体的富于特点的时间和空间之后,当人物开始自己行动,他的笔却是再细致不过了。下面是罗丹在《风雨的黎明》中刻画解年魁死了老伴的一段:"解年魁虽然经过很多灾难,并且早就明白老伴这回是不能好过来的。但他却手足无措,完全混乱了,不知怎么办才好。一会儿走前去定睛瞅瞅死者,一会儿把三岁的小孩拉到眼前,一会儿站到没有门的破衣橱跟前,大概要看看还有什么衣裳该给她穿上的吧。破衣橱是空的,只有一堆揉皱的破烂,什么虫子在悄悄爬行。他呆呆地站定在那里……闻大嫂低声喊道:'大哥,你来帮抬一抬,我给她穿上这件衫……'可是闻大嫂这样叫了好几声,老人什么也没有听见,只是僵直地站在那儿。好像橱里什么东西把他惊吓住了。明珠悄悄走近，低声道：'爸，叫你。'爸爸莫名其妙地说道：'哦……没有棺材呀，给她穿什么呢……'解年魁缓缓地走到桌子跟前，瞅那挂在墙上的许多照片，那是这个破产的家庭里仅有的财产了！他跨上桌子，取下了一张全家合照的六寸相片，走到炕跟前，把照片放在老伴的身上，低声喃喃说道：'叫她带着吧。'"解年魁的老伴死了。这个老工人的痛苦可想而知。但罗丹却不去写他的心理，而是用很细的笔触一丝不苟地写他的动作。在整个行文中没有痛苦的字眼。他先是写他陷入了一片混乱而手足无措，这是很真切的写法。痛苦往往出现在事后沉静下来的时候。继而写了三个"一会儿"，这是他心情茫然的本能式的反应。继而再写他"呆呆地站在那里"，闻大嫂叫了几声而老人竟未听见。这是一种很能显示罗丹特色的写法，他对老人此时的心境体察很深，不写解年魁的痛苦，而是写解年魁的这种走神式的发呆的神态，反而写出了人们感觉不到的痛苦，在痛苦的打击下无所感觉的麻木，这都是真正显示人间痛苦的笔墨。罗丹在这些细部描写上显示出了这位作家在艺术上的深厚修养，同时也显示了他对老工人灵魂有着相当敏锐而深刻的感性体验。在《严峻的岁月》中有一段描写房今非工程师修复白旗堡变电所的笔墨，不但显示出罗丹用笔之细，而且显示出了这位作家的生产工艺方面的知识。写工厂，写工人，写工程技术人员没有相应生产知识是难以写出他们的生活特点和心理特点的，但是由于罗丹在这方面有丰富的生活和知识积累。在处理这种特殊的生活场景时，显得从容不迫，彻底地贯彻了他所遵循和信奉的现实主义的美学原则。罗丹写道："房今非整天埋头在一塌糊涂的操作盘中，细心鉴别，把残存的零件从瓦砾中挑拣出来"，拼拼凑凑。再把破坏了的蓄电池配电盘，"拉上二楼'生活间'，加上从外地电料行收购来的仪表，拼凑成配电盘"。罗丹一丝不苟地写了房今非在送电试验过程中如何心细如发："老房却置若罔闻，仍全神贯注地观察。过了几小时之后，他分析道：'三相中有二相升到二十二万伏，正常。但中间一相只有十一万伏，就是说三相不平衡，有问题。是相序错误。变压器正处于严重的事故状态。'"罗丹不是不知道，这些技术术语对一般读者是生僻的，但是只有用这些术语才能写出房今非这个工程技术人员的个性特点和科学良心，于是罗丹就不避艰深。在以后，罗丹更是引进电学的术语和工艺流程来写房今非的科学勇气："房今非在巍峨的主变压器顶上徘徊很久，电缆接下来的六根引出线，引起了他的注意。一般地说，三座变压器引出线的接合程序是AB、BC、AC。但他看见相序不正常的中间变压器两根套管顶端的引出线却接在电缆的C线和B线上，成了相反的CB，也许这是故障之所在？！"之后，罗丹又写了他将CB改成BC，写了他改正之后，在他指挥送电、合闸的那千钧一发的瞬间，他怎样由沉重的精神压力下解脱出来，继而"万念皆空"。罗丹让我们在这些陌生的词语中间，领略了这位房工程师的心灵世界的细微变化。罗丹的这种描写，不但体现出他敢于通过技术的障碍，并且善于利用这技术的障碍去细致刻画人物的勇气，而且还体现出他作为一个作家的生活功底和科学素养。假如我们注意到《严峻的岁月》是写于新时期，那么我们还可以看出罗丹如此突出房今非还有一层深意，就是我们党只有将科学和知识分子放在应有的位置上才能取得事业的胜利。在这里，我们看到新时期的思潮和党的路线是怎样融进了这位老作家创作的构思，并在新作中以生动的艺术画面和精心锤炼的艺术语言中体现出来。

　　罗丹是一位不讨巧的作家。在他的作品中没有奇巧的谋篇，没有引人的情节，只有扑面而来的生活，只有那种进展缓慢的生活流程。因此，读他的小说，从接受的角度看，特别是从现代读者的接受趋势看，显然是相当艰深的。这一点，我们在上面分析的房今非修变电所的情节就已经领略到了。厚重有余，而引力不足。他过于拘泥于生活的原貌，而对于艺术的吸引力考虑不足。这是我们许多老一代作家的共同特点。罗丹也不例外。如果我们不苛求于他们，我们倒可以看到，并且也应该珍视他们对生活的那种严肃而郑重的态度，他们把生活看作一位作家艺术生命之源，罗丹的创作在这个问题上对我们今天的许多青年作家应该说是有启示意义的。

　　罗丹是一位矢忠于自己的目标而从不旁骛的作家。他一直把工人当作自己的描写对象，他对他那一代的老工人充满了深情。他坚信现实主义的生命力，即使在现实主义有时不那么行时的时候，他也仍然遵循它的原则。我觉得这一点很可贵，表现了一位作家的主见。特别是对于我们辽宁的作家来说，如何用现实主义笔触写出工人阶级在当代的命运仍然是当前创作中的大课题。罗丹写他那一代老工人的命运，创造出一种凝重而深厚的现实主义风格，这对于我们当代的东北作家都有着一种借鉴意义。我们东北的作家应该写出我们东北的厚重的文化风貌。

　　比较来说，罗丹的《风雨的黎明》是比《严峻的岁月》要写得更好一些的，已故大师茅盾誉它"文气浩荡、气宇轩昂"是当之无愧的，《严峻的岁月》则事多而情淡，行文也不如《风雨的黎明》宽舒而有奇气，显得有点板滞而生涩。但是无论如何这是罗丹为我们的工人阶级的文学大厦砌上的两块坚实的砖。当我们看到这座大厦将在我们当代作家的手中建立起来，并辉煌于天地之间时，我们是不会忘记罗丹的贡献的。

《当代作家评论》1992年第2期

激情和理性 幻想和现实
——刘元举纪实作品论

吴 俊

一

人们还能记得至少在十年前,纪实文学在中国文坛引起的震动吗?那时,凡是电波和印刷品所能到达的地方,有谁会没有听到或看到过诸如《哥德巴赫猜想》之类的作品呢?

但是,纪实文学对于中国文学的真正冲击,并构成一种时代的文学特征的面貌,却是在20世纪80年代中期及其以后了。在经历了几乎是毁灭性的考验之后,中国的新时期文学是带着满身的伤痕和精神的创痛而复苏的。但它同时却又显得多么孤傲和清高,衣不蔽体却总想表现出绅士和贵族的风度仪态。因此,纪实文学的一度风骚,并没有真正地加强它在文学总体格局中的分量。在大部分的作家和批评家眼中,纪实文学仍然一如既往地受到轻视和怠慢,它是无法与其他的所谓"纯文学"和虚构作品一争短长的,虽然它的读者同时又是最多的。时过境迁,现在的人们回顾旧事时,一个非常简单的判断就会油然而生,这样一种文学格局,势必会在某个时刻遭到土崩瓦解。自然,当时还很少有人能够预见到这一点。

终于,文学格局和文学观念的总体调整势所必然、理所必至地开始出现了。在中国文学的主潮经历了从伤痕文学、反思文学、改革文学、寻根文学、新潮文学等直到前不久的新写实主义,费尽心机、轰轰烈烈却又是不断挣扎和突围的全部过程之后，终于有人发现，在所有的创作中，只有一种作品从未陷入过窘境，这就是纪实文学。

不过，正统的批评家们都并不这样认为，他们的思路正循着另一条路线发展，因此他们说，中国文学"滑坡"了！中国文学正处在一种"疲软"的状态中！"滑坡""疲软"，多么危言耸听的语言。抑或他们根本看不见或不愿意看见当然更不愿意承认，纪实文学不仅一直在持续地发展和壮大，而且也越来越显示出它是文学领域中最富于生命活力和创造性的一种文体。当我们现在说中国文学在20世纪80年代中期以后才开始真正地调整和重组时，在很大程度上就是因为从这一时期开始，纪实文学终于冲破了某些正统的同时也是习俗的屏障，在观念方面也成为独领风骚的作品。

从另一种更为广泛的视角来看，纪实文学之所以会受到人们的青睐，特别是，它之所以会终于成为批评家们的话题，并使不愿接受它的人不能不接受，那是有更为深刻的现实动因的。

作为整体文化的一种表现方式和文化格局中的一个重要方面，文学的存在形态和发展走向不能不受到现实的文化发展态势的影响和制约。随着中国社会在政治、经济、社会等方面的改革，文化观念也产生了相应的变化。在某些方面，观念的变化甚至是巨大的，现实已经一次又一次地提醒人们，固守在传统的模式里是没有出路的。文化的发展是如此，文学的发展也未尝不是如此。当文学不再受到人们普遍欢迎的时候，那也就预示着，一个革命的时代已经到来了，此时此刻，批评家的阵营中依然有两种声音，一种属于较为务实的声音说，我们不再有理由继续轻视纪实文学对整个新时期文学发展的实际贡献了；另一种声音则更倾向于强调，中国文学正继续朝着低谷滑翔，商业文化取代了一切。可是，只要是一个抱着客观态度来看待中国文学发展的人，他将会很明确地发现，文学从来也没有像现在这样准确地站在自己的位置上，同样，纪实文学也从来没有像现在这样获得理论上的"定位"。对此，习惯把文学当作少数人专利的人会感到不自然；习惯于把文学视为附庸和工具的人会不自然；同样，习惯于把纪实文学狭隘化的人也会不自然。事实上，包括纪实作品在内的中国文学创作从来也没有像现在这样表现出一种各就各位的整体态势。就文学领域而言，促成这一切的最有力因素，正是所有的纪实文学作家，本文所要讨论的刘元举及其作品，也正是其中的一员。

二

纪实文学的特征在于它的"纪实"。所谓纪实，也就是对于现实的投入和切入,并由此进行对于现实的理性反思和批判。刘元举在进行他的一般叫作"纯文学"的创作的同时,之所以会成为一个纪实文学作家,也就在于现实的召唤和他投入现实的激情。

刘元举的作品是激情的产物。他的作品具有一种震撼人心的力量。你读他的作品,不可能不感到一种心灵和情感受到撞击的颤抖。但同时,他又时时在情感的宣泄中,让你体会到一种哲理的探索和现实的批判锋芒。他的纪实长篇《中国钢琴梦》和《手相梦》,他的"黄河"系列作品等,无一不是激情和理性融汇、交织而成的产物,只要你读了他的作品,你就不可能摆脱他对你的感染,你就不可能摆脱他提出的问题对你的缠绕。刘元举只是在写作吗?他仅仅是一个纪实文学作家吗?毋宁说,他是在以写作这种方式体验一种生命的过程,他是借纪实作品验证自己的情感和思想。刘元举曾对朋友说:"黄河"系列作品是自己"用生命换来的"。我完全相信这句话的真实性,并且,在读了这一系列的作品之后,我也不能不相信它们确实是与作者的生命密不可分的。

我们读到的刘元举的"黄河"系列作品,主要有《黄河悲歌》《古道悲歌》《生命之源》《求索黄河源》等,在其中一篇作品的一开始,刘元举说:"完全说成是寻求刺激,似乎并不过分。那时候我竟被一种莫名其妙的兴奋魔鬼般驱使着一直朝黄河源走去。"(《生命之源》)然而事实却证明,正如这篇作品的标题所显示的那样,一旦他走通了黄河,饮过了黄河之源的水,他所找到的乃是自己的生命之源。正是在求索黄河源的过程中,他参悟到了生命的奥义和真谛。于是,大漠荒原,落日孤烟,一切的一切,都受到了生命的烛照。黄河以其古老和博大的心灵,升华了一切。而这也只有到过黄河源,受到过黄河洗礼的人,才可能领悟到。请看作者对草原上的一只狼的描写:

……这是一只真正的狼。它的毛和这片荒原有着一样的光色,它简直就是这片荒原的杰作。它慢腾腾地走着,不急不躁。它好像并没有发现我,它的硕大的头颅稳实中透出一股深沉的威慑力。美丽的狼远去了,我这才意识到一个终身的遗憾,没有把它的风采拍下来。

——《生命之源》

黄河源头之行对于作者无疑是一次生命的受洗。它不是一次宗教仪式,但作者的虔诚,他由此而萌生的对于生命的理解,却具有宗教般的色彩和信念。许多人曾因很现实的理由诉说过生命的苦难,而一些哲人也在一种形而上的意义上说:"人总是要死的。"刘元举在求索黄河源的过程中,同样也求索着生命的种种可能性,其中,便包括死亡。有时,死亡并不是一件很遥远的事,它似乎就在你的身旁,就在你的眼前。当他在杳无人迹的荒漠上独自行走时,突然,一只狼出现了;或者,一只老鹰在头顶盘旋,并准备着随时扑向它的猎物。每当这种时刻,死亡的阴影便笼罩了全身。生命总有其极限,精疲力竭的独行者唯有靠残存的希望,才能不被死亡之手捕获。终于,就在被死亡的念头战胜的前夕,独行者的心灵再一次与黄河源相契合。他看到了沐浴在黄河源中的生命之光。刘元举在他的作品中这样写道:"我第一次在这片光的高原上领悟了生命的本源。那狼,那黄羊,那鹰,那兔鼠……各有各的伟大,各有各的存在方式,各有各的美好之处。"(《求索黄河源》)黄河源之所以能够使作者获得生命的动力,正因为它包孕了最广泛的生命形式。它是生命的摇篮。

刘元举的"黄河"系列专注于写黄河,但又不仅仅是写黄河。或者说,他是通过写黄河而写历史,写文化,写我们这个民族,写我们这个时代。现实和历史在古道中交汇,在浪涛中合流。黄河实在是太丰富、太深厚了,以至于有时竟也太沉重了。在浊浪排天的岁月中,黄河对我们的心灵也发出了它那压抑的吼声。《黄河悲歌》是作者为举世闻名的"黄漂"而写下的如泣如诉、似歌似怨的悲咏。

在这篇充满激情和悲壮的作品中,刘元举多次提出了这样一个问题:"黄漂"勇士郎保洛、雷建生们究竟是出于什么原因而试图征服黄河?同时,在他们和社会之间,为什么会形成如此巨大的精神反差?刘元举用烈士的座右铭回答了这个问题。雷建生说:"我最不能忍受的就是平庸。"而郎保洛则引用音乐大师舒伯特的一句名言:"可悲呀!人民,无限的痛苦在折磨着我。"作者之所以会如此强调这两句话的含义,在我看来,只能证明一点,那就是他与"黄漂"勇士有着相同的感受。由此,我们也才能深刻地理解作者为什么会对"黄漂"勇士产生如此热烈的感情,为什么会对他们的命运寄予无限的同情,并为什么会对包围我们甚至窒息我们生命的社会习俗和陈旧观念予以激切的抨击。在写到某些社会舆论对"黄漂"前后冷热对比其显著的反应时,刘元举说:"中国人对价值的理解有着狭窄的附加的社会性,缺少来自生命本源的超越性和恢宏性。生命辉煌不应仅仅从属于社会,更应属于广大的时空。"在"黄漂"勇士的精神映衬下,世俗观念显得多么卑微。我们平时常常会讴歌生命的永恒价值,然而,生命的意义和价值不正是在像"黄漂"勇士这样的生命表现中才熠熠闪亮的吗?!没有他们的闪亮,我们将生活在一种多么平庸的境地中啊。从某种意义上说,他们生来就是英雄,并且,他们就是为了弥补芸芸众生对生命的玷污而生的。我觉得在刘元举写作"黄河"系列的动机中,有一种明确的理解人、理解生命的强烈愿望。在对郎保洛们的生命探源中,作者说:"我觉得那一瞬间我对他有了深刻的理解。他是去寻找一种积极的生存方式或死亡方式。荣誉、赞美、爱情、金钱都替代不了他的寻找。他有着牢固的人生焦点,不会被世俗的风云所摇晃分毫。"正是这种对于理想的执着追求,并且不惜以自己的生命为代价,才最深刻地揭示并代表了我们这个民族的生命精神。相比之下,禹王台上的大禹塑像,"那是一尊粗糙的石塑头雕。高大无比,强悍有余,可是整个面部显得呆滞。尤其那双眼睛我无论如何看不出有智慧或者思想。看来,我们的民族自古以来崇尚勇力却不崇尚思想啊"!然而,历史却以某种方式凝固了。作者为追寻雷建生的塑像,找遍黄河岸边,杳无踪迹。这时,他却看到:"面前的确是一尊黄河子女雕塑,可是,画面是三个孩子,三个光着屁股只有天真烂漫而不懂得忧患的孩子。难道,黄河的子女永远长不大吗?难道黄河只需要幼稚没有思想的后代吗?"作者的视线远远超越了个人,超越了现实,他把历史与未来连接在一起,面对黄河,面对这条母亲之河,发出了这连续的深沉诘问。最后,作者说:"我在寻找生命的折光的同时也在思索着我们民族的命运。"他说:"黄河是民族的摇篮,大海却是人类的摇篮。"而黄河是必将要汇入大海的。就这样,刘元举也完成了从黄河源到大海的精神历险。他原本是要追求和体验一种生命激情的,终于,他在"黄漂"烈士的精神中找到了它。于是,作为龙的传人,黄河的子孙,他可以安宁地归入大海的怀抱了。

  与《黄河悲歌》一样,《古道悲歌》也以生命价值的追寻为其表现的主题。作者并不仅是在写一个人的个体命运,也并不仅在描写寻找"北山古道"的艰险。作品主人公为什么要如此执意地去搜寻历史上的遗迹呢?你说他是不甘于平庸而想过一种轰轰烈烈的生活吗?他却没有一句豪言壮语,没有一件被人视作惊天动地的创举。他只是一个人在荒漠中行走,最后,还带上了他的儿子。那么,他是在寻求一种独特的生活方式?寻求一种独特的自我满足方式?不管怎样来回答,这个被人称作"当代夸父"的探险家,迄今仍在扮演着他的角色,仍在梦想着写一本大书,仍在丈量着自己将要走的路。"夸父"不应该是一个被嘲笑的人。在我们民族的历史的现实中,太缺少"逐日"的勇气和理想了。而一个民族一旦失去了幻想和思想,它的生命之本就将要枯竭了。写到这里,我忽然想,刘元举的"黄河"系列,不是在写黄河,不是在写"黄漂"勇士,甚至也不是在写他自己;他是在写思想者的忧虑,是在写几代人的忧患意识,是在写始终被压抑着的民族的活力。他的作品不仅仅是纪实的,而且也是幻想的;他的作品有着太多的幻想色彩,却又是多么深刻真实。说到底,刘元举的所做所写,也无异于是一种"夸父"精神的体现。但是,现实中却又太缺少"夸父"精神了。唯一的安慰,可能也只能像刘元举一样,到黄河源去寻找吧。只有在那边,你才能真正懂得生命是从什么地方开始的,生命的价值又通过什么方式才能获得实现。

三

　　同虚构作品相比，纪实文学无疑更具有一种现实的针对性和感受性。或者说，它更富有现实的文化蕴意和生活容量。因此，一部成功的纪实文学作品，它所产生的社会影响往往是虚构作品所无法比拟的。就在《手相梦》出版以后，刘元举几乎收到了一千封读者来信，还有络绎不绝的访问求教者。如果说作家是最敏锐的生活观察者，那么纪实文学便是他的最直接的表现方式。在许多时候，纪实文学其实并不只限于发挥文学的作用，它还可能是一种社会学著作。它所提出的问题往往是带普遍性的，它所涉及的领域也往往是最为广泛的。从社会学的角度看，某种社会文化热点的形成，一般都是多种因素综合作用的结果。当纪实文学作家去表现、追踪并思考这些热点问题时，他其实是在对一种文化现象进行全方位的描述和反思。因此，这样的纪实文学作品就具有了某种文化的"经典"或"百科"品质。它是时代文化的缩影，同时也成为各种文化因素的交界点和契合处。

　　刘元举曾有这样的打算，即在创作"黄河"系列的同时，创作一个"大文化"纪实系列。在这个"大文化"系列中，他似乎要写许多"梦"。已出版的便有《中国钢琴梦》和《手相梦》。许多"梦"正在刘元举的脑海中浮现。音乐、相术和文学，构成了一个奇异的世界，奏出一部浑厚的乐曲。与"黄河"系列相比，刘元举的"文化"系列更显示出其中丰厚的社会内涵和文化批判意识。如果说"黄河"使人激奋，使人须发怒张，那么"梦"则使人深思，使人关注俗世，刘元举笔下的"梦"，正是广大中国人曾经做过、正在做的和将要做的一个个大梦。有的梦如泡沫般飘散、消失了，有的梦在现实的依托下成为事实，而有的梦则依然是梦或者说理想。在这一系列的"梦"中，刘元举最早弹出的是他的"钢琴梦"。

　　同他的"黄河"系列一样，刘元举的《中国钢琴梦》也是一部既充满激情和幻想，同时也体现着强烈的沉思和现实倾向的作品。它是一个由"乐器之王"造就的美丽梦幻，历史中的智慧以音乐的方式在其中凝聚。从中我们可以了解钢琴和钢琴艺术的魅力，可以充分领略到那些钢琴艺术家的精神境界与生命历程，特别是由此而昭示的音乐的真谛。在巴赫、李斯特、贝多芬、舒曼、肖邦等音乐大师的生活和创造中，音乐是与生命联系在一起的，甚至，音乐就是生命，音乐超越了生命，音乐升华了生命。在人类历史上，自从有了钢琴，有了钢琴艺术，它就成了一种不可阻挡的诱惑，一种最富感情的召唤。于是，在20世纪80年代的中国，终于也出现了一场前所未有、历时弥久并至今仍未完全消失的"钢琴热"——准确一点说,是一场关于钢琴的梦幻。刘元举的《中国钢琴梦》便是对这场梦幻的记录、分析、诠释和思索。

《中国钢琴梦》中的主角,既有数十年来为我国钢琴艺术呕心沥血做出杰出贡献的老一代艺术家,也有近年来在国内外各种比赛中崭露头角、取得优异成绩的中青年钢琴家和少年新秀,然而,相比之下,呈现在我们眼前最多的,则是那些自身对钢琴艺术并不懂得多少却又是如此全身心和痴迷般地投入钢琴热、做着钢琴梦的中国普通家庭中的父母及其孩子,一场钢琴梦,也就是他们的悲喜剧。

据说,百余年前,一位西方商人曾断言,只要十个中国家庭拥有一台钢琴,那么中国也将是世界上最大的一个钢琴市场。这一预言当然迄今也未兑现。但是,百余年后的中国确实出现了一度狂热的钢琴潮流,使钢琴市场空前绝后地繁荣。钢琴厂家以几家增至几十家,连农民和木匠也声称造出了钢琴,并成为报上的新闻。成千上万的中国家庭,即使不是每十户、百户、千户才拥有一台钢琴,但毋庸置疑,他们都曾超越其他任何愿望地渴求拥有一台钢琴。尽管他们生活并不优裕,也不管他们根本就不懂钢琴艺术,为了他们的独生子女,他们只知道两个字,那就是钢琴,钢琴。

这就构成了一种巨大的,并且是令人忧虑和深思的反差:理想状态和现实条件之间的反差,艺术及其崇高精神内涵和世俗追求心态及其极端方式之间的反差。刘元举在《中国钢琴梦》中所揭示和表现的正是这种巨大的反差现象。在许多人的眼里,钢琴仅仅只是一种商品,钢琴艺术上的某种成功,就像是一种购物活动和购物后的满足,其中几乎不存在任何理性和崇高感情的寄托。钢琴艺术,那黑白相间的琴键中弹奏出的美好旋律,对于某些人来说,竟成了一道符咒,一种判决,一个命运的岔路口,精神的愉悦和内心的美感早已荡然无存。这是钢琴的失落,也是艺术的失落,但刘元举说,这更是人性的失落,甚至是生命价值的一种严重失落。

诚然,恰如有的钢琴艺术家所说的,中国家庭中钢琴的数量越多越好,因为这是一种文化和文明水平的体现,但是,在实际生活中,一旦这种高尚的艺术只具有世俗的意义,只是生活中的一种工具,或者只是一种小市民心理的满足,而缺乏对其艺术的理解,忽视其对人生的情感陶冶和文化素质培养的认识,那么,钢琴热便只能是一种艺术的沦丧和社会文明的灾难。刘元举的《中国钢琴梦》是对中国钢琴艺术的历史、现状及其成就的全方位描述。使作者感动和沉思的,有那些满怀希望或痛心疾首的家长,有那些手指一触上琴键便会不寒而栗的天真儿童,也有那些给我们这个尘世带来圣洁音乐的艺术家。如果说世俗的嘈杂是钢琴热中的不谐和音,那么我们所面对的这些无私地献身于钢琴世界的艺术家的心声，便是最动听的乐曲。与对于钢琴艺术的世俗理解形成一种对比，我认为最具有现实意义的是作者提出并讨论了这样一个问题：怎样才能使中国的钢琴梦具有一种真正的理性内涵？艺术并不仅仅表现为某种形式，艺术家也不只是一种职业化的操作者，艺术首先是一种人的精神和心灵及其美好情感的凝聚，艺术家则首先应该是艺术的人格化身。失去了对这一目的的追求，那么所谓艺术的生命便会衰竭。

钢琴艺术在中国，实际上还处在一个方兴未艾的阶段，钢琴热和钢琴梦，在某种程度上也就是这一特殊时代的表现。但诚如刘元举所说的，被媚俗和浮躁情绪所左右的钢琴热已经过去，正在兴起的是人们的良知对于艺术本身的理性渴望。从这一点来看，刘元举虽然忧虑于钢琴艺术的一度失落，但更鲜明的是，他仍然是一个真正的理想主义者。这使他终于成为一个始终充满生命激情的创作者，一个在文学征途上不倦跋涉的探险家。对此，《手相梦》一书便是最有力的证明。

同刘元举迄今为止的其他作品相比，《手相梦》的写作可能是最具有挑战性的，困难主要并不在于具体的创作过程，而在于人们的思维定式和传统观念。历来我们对手相之类，总是把它们与封建迷信画上等号，还很少有人能从文化学、社会学、民俗学等方面，对手相进行深入、全面的反思。即使是迷信的产物，或具有某种迷信的可能成分，但手相之类依旧是不折不扣的社会文化现象，其中所蕴含的文化内涵是不容置疑的。如果缺少这一认识，那么，手相现象中所包含的真正意蕴就会变得无法理解。因此，不管是刘元举创作《手相梦》，还是我们作为读者来阅读《手相梦》，都更需要有耐心、更需要理智和科学的头脑。贯穿于《手相梦》之中的，固然是一个个表面扑朔迷离而实际简单无比的生活和命运故事，但实质上，全书处处表现着科学和迷信、理性和感情、文明和愚昧的种种交战与冲突。刘元举明确地提醒人们，虽然科学的发展已使许多原先所知甚少或简直就是无知的领域变得有序和能够理解，但是，人类历史之悠久，世界宇宙之无限，往往使我们至今仍然很难在科学和伪科学之间画出一道明确的界限，我们对世界了解多少呢？我们对自身又了解多少呢？《手相梦》最后写道：

> 为什么八卦中的阴阳鱼图在两条鱼的中间分界线是曲线，而不是直线呢？

诸如此类的问题真是太多了，而这不过是其中小而又小的一个问题而已。《手相梦》有一个副标题，叫作"手相热的参入与思考"。对此，我认为还是作者刘元举自己说得好。他说：

> 我把手相视作一种文化现象，它自有其存在的市场。你信不信这都不重要，重要的是你对自己负不负责任，怎样负责任。你对自己的人生命运没有把握的能力，或者说某些方面某些时候属于你自己把握你也能够把握但你却拱手送给了看相的人。凭着某一偶然的感性认识去夸张去主宰自己，这是一种不思进取慵懒消极的人生方式，皆出之一种消极的文化心态。在我接触的人中，这种消极的文化心态是很普遍的。由此，我不能不担忧：这种心态对于一个民族而言，会有什么样的作用？

答案是不言自明的。其实，刘元举的全部纪实作品也都在以不同的方式、从各个角度来探讨和回答这一重大的人生与文化问题。因此，我认为可以这样来理解刘元举的《手相梦》：它首先是以客观公正的态度来介绍和表现一种文化的独特形式，使人们对于"手相文化"有一个比较切近历史和事实的认识，不再被某些外在的雾障所迷惑；在此基础上，它又进一步批判性地分析了"手相文化"中的种种复杂因素和成分，揭示其中的核心内涵和结构方式以及它在社会生活中的活动特点；除此以外，更重要的是作者在"手相文化"中进行并完成了一种对于人性和人心的解剖与透视——只有这种对于人本身的了解和探求，才是刘元举创作《手相梦》一书的最高旨趣。所以，我从《手相梦》中看到的，不只是种种形态各异的手相世界，而是人与现实的关系，人与环境的关系，人与生活的关系，以及人与自身的关系。这些关系归结到底，都取决于人对自我的把握能力，或者也可以说是人性的觉悟程度。大凡《手相梦》中所揭示的人们的命运，其结果无不受制于人自身的力量。正如作者引用的一位古代哲人的话：人生的答案就在自己的手中。一旦人对自己的力量丧失信心，那么，所谓命运的阴影便会牢牢地笼罩在心灵的上空，最后使生命窒息而死。反之，如果像伟大的音乐家贝多芬那样，有一种用自己的双手握住命运的咽喉的毅力，生命就会爆发出最为灿烂夺目的光芒。没有这样一种基本认识，人就将被外在的力量所控制，人就会丧失自我的独立意识，一旦遭到挫折，只能俯就命运的安排，甚至以牺牲自己的生命为代价。《手相梦》是刘元举为那些被命运压垮的生灵所唱的挽歌，也是对那些热爱和珍惜生命而奋斗不息、百折不挠的生活强者的讴歌。当然，在指出这一切的同时，我仍然想强调，《手相梦》的文化研究价值丝毫也不在其文学价值之下，如果说其中的人物命运使我们对"手相学"有一些具体了解的话，那么"手相文化"的真正内涵则将引导我们对自身的历史遗产和现实文化背景进行更为深入的反思。从这一意义上说，刘元举所提出的问题，是每一种文化在历史的承传中都必须思考并合理解决的现实课题。

最后，我想简单提一下的是刘元举作品的独特结构方式。凡读过《中国钢琴梦》和《手相梦》的人，可能都会有这样的一种感觉，这两部作品的结构方式既与他的"黄河"系列作品不同，也与他的其他小说两样，我想把它称作是"散点网状"的结构方式。"散点"意味着无序，"网状"则代表着某种组织。"散点网状"也就是说呈无序状态的"散点"能够在某种组织中表现它的价值。因此，所谓"散点网状"的结构，也就是一种具有内在张力并呈开放状态的作品结构，在一种极端意义上，我可以说这种结构的作品，其发展的可能性是无限的。同样，它的内部结构方式也可能是多种多样的。这就对作家的艺术创作能力提出了更艰巨的要求，同时，也就对作家的理性判断能力提出了更具有挑战性的考验。但是，在这种种艰巨的挑战和考验面前，刘元举勇敢地把握了自己的命运。他不仅思考了其他作家很少思考的问题，而且还尝试了一种新的写作方式。他所关注的是我们生活的这个时代和这个社会，而他所创作的则是一种新颖而有价值的文学形式。并且，他是用自己的心灵和生命在创作。没有这一点，那么，我可以断言，他的全部作品就不可能产生，至少，不会以今天我们所看到的方式出现，并具有如此激动人心的力量。

《当代作家评论》1993年第3期

荒原创作轨迹析

姚一风

为荒原写评论抑或说评论荒原的作品绝非易事，我一直为用何种方法评论荒原的作品而费脑筋。一位伟人写道：不仅探讨的结果应当是合乎真理的，而且引向结果的途径也应当是合乎真理的；真理探讨本身应当是合乎真理的，合乎真理的探讨就是扩展了的真理。对此，我似乎茫然。

和荒原地位相当的作家中，没有一个像他那样在文体上如此变化频繁。他的散文集、小说集、报告文学集、杂文集相继问世。可见他是一个多才多艺、视野开阔、具有深层文化素养的青年作家。

荒原作品的影响在于亚文学类的报告文学。他的第一部著作单行本为作家出版社出版的《球迷现象》，出版于1989年5月。这是诸多写球迷专著中最优秀的一部。那个时候，全国的球迷还处在亢奋之中，到处是一片希望之光。虽说"5·19"事件刺伤了球迷的心，但是还没像今天这样让球迷失魂落魄。1985年5月19日，中国足球队一比二输给香港队，失掉小组出线权，冲出亚洲再落空。这一天，被称为中国足球史上的"蒙难日"。于是，一批以球迷为题材的文学作品应运而生。荒原的《球迷现象》将笔触探入中国文化的深层，以历史和文化的交融为视角，透视中国的球迷现象实乃一个文化现象。不仅有文明与野蛮的冲击与反悖，有历史传统给人们留下的烙印，而且剖析中国现存的国民性。他断言："由于种种原因，球迷在他们成长伊始便用自己的轻率粗野等弱点遮掩住了他们有可能是极为伟岸的性格。"球迷何以迷，就是因为他们都具有伟岸的性格，具有一颗爱国之心。这种伟岸性格，是当今时代的脊梁（当然不能鼓励过头的行为）。这种伟岸性格是民族精神当今世界所必需的。试想，如果中国民族，在商品大潮冲击的今天，都去"争名于朝，争利于市"，那种小市民的俗风臭气，那种别人比自己强点就设法将人整垮整倒，那种趋炎附势专事整人为业的伪君子们，居了中国的上风，那么，中国的前途就可想而知了。中国人要自强自立，中国要自立于世界民族之林，没有这种伟岸性格行吗？

荒原的高明之处在于他透过球迷"闹事"的现象，抓住了球迷的本质：

中国球迷心理的形成，与几千年的中国传统文化一脉相承。球迷之所以闹事，是中国脆弱的民族心理的一种具象。由于长时期的闭关锁国，由于长久的落后挨打，既自卑又自大。自卑时，仿佛世界末日来临；自大时，感到老子天下第一。因此，透视到足球上，是输不起。犹如一个老者与顽童下象棋老者连输三盘的心情一样叫人心酸，球迷闹事的心理环境为"匿名感"心理。由于"匿名感"，招致球迷胆大妄为，不必考虑群体行为的后果，也不必承担群体行为所招致的谴责和制裁。在"匿名"心理气氛中，互相感染、互相刺激，直达到整体狂热。球迷在自己支持的球队失利之后，情绪立即移情他处，凡不顺眼的人和物，都可能成为攻击发泄的目标。

中国球迷有着东方色彩，东西方文化存在着差异。中国人有中国人的习惯，文明的同化作用短期内还不可能战胜顽固的地域传统。中国球迷带着浓厚的东方文化色彩。中国人是世界上不大容易体现整体意志的民族，我们更顺乎的是主体意志。同时我们比较精于个人私下里"琢磨"。然而，球迷们却一反其道，单个活动也许是默默无闻，打不起精神，然而，一旦聚集在一起，特别是观看比赛时，表现出前所未见的整体意志，甚至走向过分。正是这种过分推动着中国足球事业的发展。

以上几点，是荒原在《球迷现象》中，通过可歌可泣、可气可恨、可爱可怜的球迷现象，总结概括了当今中国足球文化的深厚历史背景和现实存在，是深刻了解中国球迷的性格与精神特征的导向标。可以毫不夸张地说，这正是荒原对研究中国足球文化的一个贡献。

在《球迷现象》中，荒原的才华和文化素养得到了充分展示。他在叙说球迷们的种种活动轨迹时，紧紧把握历史传统、现实生活和理性分析，不拘泥于一般现象，而是通过感人肺腑的细节，引发人们做历史的和哲理上的思考。运用使人难以忘怀的生动人物及其活动，拓开人们的眼界，古今中外、天文地理、赛场风波与历史上的战争、人与人之间的感情纠葛等等，都融进一书，令人读后难忘。

如果说《球迷现象》是作者的成名作的话，那么继《球迷现象》之后，作者将敏锐的目光探入更加实际的现实。中国社会里一批被称为"社会脊梁"的企业家被害的事件使荒原震惊。他排除种种阻力，写下了另一个社会现象"王淑琴现象"，即《仇杀的启示》（1990年8月，中国文联出版公司）。

20世纪80年代，中国改革开放走过近十年的历程之后，企业负责人被残杀被伤害被污辱的现象接连不断地发生，引起中国社会上层下层普遍的注目与震惊。

荒原以自己的思索，决定透过"王淑琴被害"的现实去分析这一现象赖以产生的社会经济政治文化背景，分析产生这一现象的中国人中部分人的阴暗心理，为中国的改革开放提供一个理性的思考：中国的"劳资矛盾"以及"官民矛盾"何以激化？究竟是改革带来的"恶果"还是社会潜在因素的必然爆发？是孤立的经济现象还是综合的社会现象文化现象？

荒原认为首要的是改革开放之后，由于文化建设跟不上，人的素质下降，法制观念淡漠，而偏偏就在这个时候，进行城市经济改革。一方面，人们习惯的大锅饭被打破，混日子的时光已不能存在。另一方面，改革家按照经济规律对企业内部进行科学管理，严格纪律，奖勤罚懒。这是产生矛盾之一种。之二是，十一届三中全会之后，当代中国人人格的觉醒。从前那样逆来顺受信天由命随之退去，就出现了莫名的抵抗情绪和行为。"假如人格觉醒进一步升华，时代的生活赋予他们更充分的理智，他们也不会去做那种极不文明极愚蠢的违法事情了。人民的素质也是时代的素质。""这样时代，这样的社会形态，一切矛盾的出现都很显出了充分的必然性。"荒原说。

事实也是如此。在深入改革开放的今天，这样的事件少多了，几乎没有了。因为，经过阵痛之后，群众聪明起来了，政策活了，管理科学化，一句话，人的活路不止一条了，再也不会因为调动工作而将领导砍死了。领导者再也不抱着计划经济时期的一套管理方法，而对工人采取多种形式的鼓励奖励政策，更加体察民情，顺乎民意。前一段从政治上淡化或者取消"砸三铁"的宣传，就是政治开明的体现。社会进步了，人类更加文明了。但是，作为一个报告文学家，如实记录了当时改革的艰苦历程，绝非徒劳之举。正如荒原所说的："历史常常画出一些圈圈让人们去走。这种对后人来说将成为有趣的研究题材的现象，对现实中的人们都在开着近乎黑色幽默的玩笑。""回头看历史，认识便可以清醒些。"

《红绿灯下的报告》是新中国第一部以交通警察为题材的长篇报告文学。王巨禄在序言中这样写道："《红绿灯下的报告》的作者们堪称勇敢的拓荒者，他们涉足于别人望而退步的处女地，深入地了解交通警察的工作和生活，于常人所见的单调中挖掘了丰富的内涵，于平淡之奇处描绘出多彩的图景。书中披露了'马路战争'等许多鲜为人知的精彩情节，但更多的笔墨用于展示交通警察波澜起伏的内心世界，写出了常板面孔都怀着一副柔肠的交通警察们的种种心态。一个个活灵活现的人，一段段实实在在的故事，或令人深思或催人泪下，或惹人倾心一笑。""作者们没有回避矛盾，绕开难点……毫不留情地秉笔直书，诸如一些人滥罚款、乱设卡、吃拿要等等，书中均有披露。但看得出，作者们的笔端并未止于揭出疮疤的水准，而如鲁迅说，是为了达到引起疗效的目的。"

这部作品与《球迷现象》《仇杀的启示》一样，在叙说精彩纷呈、惊心动魄、激越人心的故事之后，将探索的笔触，深入到文化层面。他认为正如交通和交通管理是一种文化现象，交通警察本身也是一种社会文化现象。他们身上体现了社会综合效应。

基于这种认识，荒原的报告文学有着凝重的历史感和现实感，有着浓烈的文化素养。正如他赠书与我写的赠言"歌德遵命，不可不为"，他全身心地投入贴近时代、反映现实生活的报告文学创作。将一个个现实题材，赋予较深的思考，以浓烈的文学笔调，体现他重于历史分析、哲学透视的写作特点，使其作品具有思辨性和可读性。

我在分析他的写作方法上，很难有一个固定模式。因为读他的小说，反过头来读他的报告文学，就会使自己感到，虽然上述论了他的报告文学，然而，对他的写作风格不能有一个统一划一的固定说法。因此，还没有找到一个合乎真理的引向结果的途径，或者方法。

他的小说与报告文学浑然不同。他的报告文学是现代的、时代的，现实生活历历在目。他的小说是久远的、深沉的，过去的记忆活跃在纸上。

他的小说最大特点是"恋乡情结"或者叫作"乡情母题"。这与他的报告文学有着相通的历史凝重感。

他的"乡情母题"始终贯穿于他的小说之中。童年生活永不泯灭，影响着他的全部小说创作。

长期的农村生活，给予他丰厚的生活积淀。辽宁南部山区风土人情、历史遭遇，人们对穷山恶水的挣命，人生诸多不幸，等等，为他的感情世界涂上了浓郁的色彩。在早期（1983年—1987年）的创作中，无不带有"乡情"的印记。他在中短篇小说《故乡人风》（春风文艺出版社）题记中这样写道："献给生养我并给予我情感与记忆的这片土地。"可算是他心中的圣歌。他妻子程欣欣在序中说："我想，我十分了解荒原将他的第一本小说集名为《故乡人风》时的心情，就如他把名字改为'荒原'一样。最初，他的对于故土的依恋很令我大惑不解"，后来，"我理解了故乡情感在他生命中的意义""故乡那一片养育了他的土地，为他生命价值的实现充当了载体"。

那"被白昼的炎热烤灼得正在沸腾的灌木丛""使旅人难禁顾恋的平缓的土丘""挂满了毛毛虫的李子树""低矮的土房，爬满虱子的被褥，腰身细瘦的淑秋"，"拉帮套"的庄爹，苦命的"珍子"，蓬头垢面的"疯仙"，蒙受不白之冤的宝昌，有半尺长伤疤的村西赵大，苦难的陈三婶，"那帮捅猫蛋"的知青等等人物，带着荒原的眷恋，在小说中呈现出来。这是作家的第一生活，而后的生活即使再强烈，都抵不上这一时期的生活给作家带来的影响。以第一生活为素材写出的小说，一般来说，都代表着作家的最高水平。几乎每一位大作家都将自己童年、青年的生活经验作为自己的最大的财富而倍加珍惜。养育他的父母、故乡、乡亲，赋予作家独特的人生体验，独特的观察生活的角度，独特的审美心理，独特的喜怒哀乐。这第一生活，或者说是第一人生经验，随着年龄的增长、环境的变迁，依照自己在第一生活所形成的特点流动。就是到了老年，回顾起童年的青年的人生体验时，仍然带着一种固然。可以说，每个人一生的全部创作，都在吸收着第一生活的资料。

荒原开始写小说时，流入他笔端就是时刻融化在他血脉中的这份浓浓的乡情，比如《紫泥湖边》《鸡瘟》《并非风流韵事》《村西赵大》《夏天的幻觉》等，基本可以说是作家第一生活的产物。

当然，并不是说有了第一生活就可以将小说写得很棒很够味。因为创作毕竟不是对生活的复录和翻版，而是经过一番加工改造理顺升华，才能称其为小说。正像程欣欣说的那样："他总不肯把生活写得像原来那样凝重深沉。"比如《情怨》《墓碑》《请举手》等，就显得缺乏才气和匠心。到了《鸡瘟》《紫泥湖》《村西赵大》，就显现出作家对第一生活的运用才能。

当然，这些作品都是他毕业之后写出来的。他如一个眷恋乡情的游子，在远离故乡的某地，回忆起他的故乡。这个时候，在回忆中的故乡，带着美丽的色彩，他忘记了儿时的不幸和青年的苦恼，一切过去了之后，便成了最为美好的回忆。这个回忆，是经过改造的回忆。凭着"改造的回忆"生发出小说。

巴金这样写过《家》，马尔克斯这样写过《百年孤独》。巴金谈起《家》时说："我就常常目睹一些可爱的年轻的生命遭摧残，以至于到悲惨的结局。那个时候，我的心由于爱怜而痛苦，而同时又充满憎恨和诅咒。"马尔克斯由于童年对幸福生活想入非非，打了十五年腹稿之后，突然在海滨想起了小时候外祖父带他看冰山情景，立即开始创作《百年孤独》。荒原虽不能与两位文坛巨人相提并论，但是，可以说明的是"第一生活"对文学创作是何等重要。也可以说，荒原在创作路程上的道路选择是完全正确的。

他自己说过，对于小说技巧，是处在刚刚探索的阶段，又谦虚地说自己只有拼生活。他在遍地"新潮"的创作风气中，没有加入，而在新的艺术方法、艺术思想的影响之下，依照自己的创作思想，恪守写实原则，形成了自己的独特风格。人们通过读他的小说，可以了解到辽南山乡农民的生活形态和现代生活的流向，可以感知那里的人们不同历史阶段的心态，感悟到中国传统文化与现代文化的撞击的意韵。

《故乡人风》集结了1984年至1987年发表的小说。它逐渐完成了荒原最初创作思想，使他的"乡情母题"有了一个归宿。

但，他将自己对家乡的眷恋的能量释放出之后，难能可贵的是他没有就此驻足。在深入生活实际之中，或者说是在社会中，受到现实生活中政治、经济、文化、思想、伦理、道德的影响，使他的"乡情视角"骤然开阔，创作思路拓宽，表现手法愈加灵活多变。

结集于1992年的中短篇小说集《最后的赌注》，可以粗略地展示他的创作的变化。他不再拘泥于辽南山村和那里的人们的生活，而是高扬起想象的翅膀，将自己占有的生活升华，视野辽阔，变拘谨为潇洒。中篇小说《未到中年》写了地质勘探公司的现实生活，老猫山地勘队大队长鲁敢高尚的品质和人格；《裸体世界》中有透视眼睛的曾增；《一个熟透了的女人》中教师兼妻子兼母亲的"云"；《秋天的故事》地质学院学生的"我"；《火葬场轶事》中当过"国民党""解放军"的陈常启；《真诚的欺骗》中的"安徽姑娘"；《太阳之歌》中关于太阳的神秘；《宽容生活》科尔沁草原的知青们；《最后的赌注》中带有人性疯狂的赌徒；《雪沼》中以邻为壑的猎人；等等。这时候荒原塑造的人物形象是展现的生活，再不像《故乡人风》那样专注和单一，而是绚丽多彩的生活，形态各异的人物，多变的写作风格，甚至探索型或者叫新潮型的技法也进行了大胆的尝试，诸如《太阳之歌》《惶惶托卡塔》《无事空忙》等。

这种对"第一生活"经历的突破，对在《故乡人风》中所遵循的创作原则的剥离，表现出荒原孜孜不倦的追求，对自己领悟生活的检验，也可说流露了作家的富于艺术创造力的才华。这种追求、检验和才华全部集中在《最后的赌注》之中。这篇小说所揭示的善良和狡诈并存及交织，美和丑的并存，实现了生活的原本颜色和人性的复杂，又一次证明了荒原创作的向度。

事实也会是这样。从社会学的意义来说，"第一生活"，童年的经验，青年的经历，对作家来说固然重要。但，人毕竟要被社会化了的。在特定环境产生的思想形态，形成的审美情趣，在进入社会之后，都会受到规范，很难依照原有的思维方式一以贯之地走下去。一方面要避免打击和蒙难，一方面要履行作家的社会责任感。那么，他必然要对"第一生活"所产生的思维定式做出调整，一方面，他还要深入生活，不断地了解社会和人生。因此，也就必然不断改造自己的生活自己的思想自己的创作模式。但是，值得注意的是，越是深入生活，越是肩负使命感和责任感，越容易趋同，越容易被同化。能够在趋同中，保持自己的独特风格，保持自己的艺术特色，是好的作家区别于一般作家之所在。

在商品大潮的今天，文化的影响是不可思议的。商品化原则、消费原则，不可逆转地扩展到文学艺术领域。纯文学的庄严性正受到前所未有的冲击。我不希望中国的严肃作家"趋同"。令人高兴的是，荒原始终保持自己的风格和特点。他富于变化，永不满足，同中求异。他在写报告文学、小说的同时，撰写了大量的杂文和随笔。这是荒原创作中一个值得注意的现象。他的杂文、随笔大都有感而发、辨析犀利、思辨性强、文化积淀浑厚。比如《说虚道假》用几百字道出现存的时弊，令人有恍然大悟之感："原来虚假就是生活的一部分，虚假其实不可怕，因为虚假同真实一样具有相对性。"《圆的畅想》对自然、人生乃至社会的周而复始的现象做了精辟的论说，令人联想起许多，生发出诸多感慨来。

荒原写杂文、随笔的目的，大约还在于对自己文化素质的培养。我大概可以断言，他在想将自己磨炼修行为一个文化类型的作家，具备敏锐的社会洞察力，其目的还在于将自己的小说写出更加浓厚的文化底蕴。

"君子不器"，求无所不知也。

今后，荒原的创作道路会走出怎样的轨迹，直线型？曲线型？对角型？当然不可早下断言。

他有"歌德遵命，不可不为"的思想，有不甘寂寞勇于改造的勇气，有锲而不舍的追求，有"唯文学之路不能舍却"的痴迷精神，那么，他的创作前景是很可观的。

《当代作家评论》1993年第5期

眺望彼岸的风景

——李犁诗歌创作述评

焦 桐

> 如果你的生命注定无法停止追逐
> 我也只能为你祝福

平常的一个夜晚，我在灯下读着辽宁诗人李犁寄来的新近变成铅字的组诗《永远的羊》，心底忽然浮现出这样两句歌词。

因为相隔千里关山，我和李犁神交多，见面却少，但和李犁的友情使我相信友情可以超越时空。和他相识的契机是诗。那是好几年之前，我在另外一位朋友那里无意见到了李犁的诗集《黑罂粟》。邂逅，然后却使我庆幸地结识了他。

这么多年来，我一直注视着李犁诗歌创作的历程，注视着他的诗的成长。很长时间，我一直想静下心来为他的诗做一篇专论。《永远的羊》让我心情欣喜而激动。是时候了，推开案头其他的约稿和文章，铺开稿纸，希望用我的笔为李犁的诗做一番评说。希望李犁不停追逐超越的脚步，希望更多的人来读他的诗。

道德：天使与魔鬼的交战

第一次接触李犁的诗，也就是他的《黑罂粟》诗集，并不是"一见钟情"。在《黑罂粟》中似乎跳动着不肯驯服的野性的火焰，这样一股火焰很难合我这种习惯于顺向思维的人顺利地接受。这是一种反叛，但和北岛、舒婷那种对确定的现实压抑的反抗不一样。这种反叛令我联想到艾略特的《荒原》，它是对整体文化传统和生存价值尺度的深深怀疑，反叛往往源自强大的个体人格的自信和强有力，每一行为的选择都将来自纯粹"自我"的道德判断和价值判断，而几乎不存在与社会公共标准做调和和妥协的软弱行为。这一点我们可以从西方许多诗人身上找到强有力的证明。西方人以清醒的理性作为生存抉择的依据，他们把价值论和伦理学一直贯彻到日常行为细节；另一面当他们从自己的理性中获得了行为理由和指南，也就焕发出了热烈的情绪，为捍卫自己拥有的"真理"奋不顾身，九死不悔。

在李犁的诗里，我也看到了自信和强有力，以及由此带来的诗情的真诚和力度。真诚和力度几乎贯穿在他的诗的全部历程。但这只是一面；我所要提到的还有另一种特色——怀旧和忏悔，这种情绪也同样徘徊在他的诗里，挥之不去。这是令人惊奇的，否定传统和既有文化的存在可行性和生命力，意味着从传统的精神之家出走，去求得新的乌托邦家园。这是义无反顾的文化苦旅，天国在远方。怀旧和忏悔心态则是接受传统文化亲和力的导引，或是无法拒绝之，并因此再度回归故乡，怀旧情绪往往在不经意之间让很前卫的思想者们泪湿衣襟，想念从前。但区分真正的先锋的法宝就是看怀旧的情绪是否走向忏悔心态。真正先锋的艺术家也会在蓦然回首看到故乡时潸然泪下，但他们决不因此停下前行之旅，决不回头。可对于这样一群人——他们在传统中生活多年，而随着内省和外思在理智上确认了传统消亡的必然性，情况就有些特殊了。

李犁正是这群人中的一个。

了解他的人都知道他是个相当传统的人。光怪陆离的现代生活方式和行为准则几乎不曾在他的生活中造成一点改变的痕迹。书生意气和仗义豪侠是他身上最为吸引朋友的地方。急人所急，为朋友无所顾惜，使他成为一个强大的磁场，人人都愿意和他交朋友。

我只学会热爱，还没学会伤害——李犁在一本刊物的"作者寄语"中这么写道。这在他真是实话。

他的爱中包裹的是一副传统的热心肠。

但在另一方面，他又以思想者的清醒真切地看到了传统文化日益没落的气息。人对于现实的生存态度根本上可以区分为两类：一是在生活中跟随命运随波逐流，这样的生存态度是"非价值论"的，完全把行为交给生活的惯性，让世俗之光完全淹没了自己的个性，不去追问自己生存的价值意义；持这种态度生活的人也许是满足的，但感官的满足其代价是最终交出自己终极的精神自由。另一类人则正好相反，他们时时都在内省，在拷问灵魂，行为中贯彻了自己的价值观，其结果是因为"思"而在，现代哲学早就毋庸置疑地告诉了我们，确立生命的意义远比实际生命的延续更为重要。唯有在生存中确立自己的主体精神才能获得对必然的把握。而把握必然才是通向自由的通天大道。他们才能永远跃出生活之流的水面，观照着自己的位置并确立自己该走的路途。李犁无疑就是这样一种人。他从没有在庸常的生活中淹没自己的思想，思想之光穿透喧嚣的人群和缤纷的现实，见出其中诗意的闪亮和绝望的前途。李犁在现实的嬗变之中，看到了传统家园的日落西山。夕阳无限好，只是近黄昏。虽然传统的中国文化和民族性格温情脉脉，但李犁却从中嗅出了伤感的气息。

　　清醒的人并非是幸福的人。鲁迅早有过绝妙的论述。一个被焚烧的铁屋子里有一群即将死去的人，大部分人都在昏睡，少数的人已经醒来。感到痛苦的必是那些清醒者，可清醒的人同样被困在铁屋子里。想要生存和生存的不可能，这就构成了典型的悲剧姿态。

　　李犁正在这清醒者之中。他其实代表了他们那一拨中国文化人。冲不破传统，可又想冲破传统。他们在左冲右杀，可是注定将头破血流地站在原地。他们的姿态远没新生代的文人来得洒脱，因为他们无法洒脱地丢开过去，过去有他们的青春梦想，有他们的艰辛温馨。历史将他们定格在一个悲哀的位置上。

　　在李犁的诗里，对于传统的悖论态度构成强有力的张力场。

　　　　一场雪崩之后／满街流淌的该是破碎的歌声
　　　　不会再有人记起我／正如不会有人忘记你
　　　　远远地望那南山上／一童子从竹笛里洒出／满树梨花疏落肩头／非雪非梦／又骑鹤而去
　　　　而我却迷失在画里／忘记了来路
　　　　　　　　　　　　　　——《凝重的情感·惊梦》

　　这是李犁早期的一首诗，并非他最好的诗，但这首诗恰好鲜明地体现出他对传统的道德的两难态度。

　　早期诗歌作者的李犁尚未在意识上完成对传统文化的否定，他还流连在那些美好的晚歌之中，笔下流露出对传统田园牧歌的向往和赞美。童子、南山、竹笛、梨花、鹤这样一些积淀着中国古典浪漫和古典江南的明丽妩媚的意象构织出一幅湿漉漉的温情图画。但事实上，那时他已直觉地捕捉到了传统文化在新的时代面前遭遇的尴尬之境，在这诗里，他把传统的宁静温柔归结到一种迷蒙失真的氛围之中。"非雪非梦／又骑鹤而去"流露出的是暧昧模糊的态度——直觉的体悟和情感的留恋构成李犁对传统文化左右为难的矛盾心情，于是他拒绝判断，拒绝结论；但拒绝本身已成为一种态度——古典的理想尽管美好，但已失落了人间的生命活力,这里已显出了信仰破碎的痕迹。

> 一场雪崩之后
> 满街流淌的该是破碎的歌声

唱着破碎的歌,带着矛盾的心情,李犁的诗一直唱着伤感和忧郁。对传统文化的两难的道德态度,使他心底永不轻松。

> 我即使真的读懂了你
> 也弄不懂这世界
> 其实　我也是割脉者
> 迷惘在天空广大的背景下
> 进和退　生与死
> 都缘于血的快慢　心的快慢
>
> ——《割脉》

始终背负着道德十字架的李犁,作为一个歌者,经历着漫长的精神流浪。一只脚已跨出了古典,一只脚还不忍告别故土;眼光已投向彼岸,心情却还向着风中飘扬的家门前的旗帜忏悔。

也许这也是一种宿命?

体验与阐释:回到诗歌里去倾听

其实,也许是和接受的知识体系有关,我不倾向运用社会学的批评方法来分析一个作家。因为作家只有在创作状态中,他才可被视为是一个创作者,一旦离开这一状态,他关于作品所做的感想和讲述就不应该被视为对作品的权威的声音。所以,在这一节里,我希望通过对他的诗的诠释,读懂李犁。

诚如上一节所言,李犁的诗中是表现出矛盾和两难的态度的,但他决不隐瞒自己,决不故作洒脱。

所以,读李犁的诗可以感受到真诚,这份真诚将会引导你也交出自己的真诚。诗与人之间因此而产生了一种纯洁的关系:诗人真诚有了真诚的诗也造就了真诚的读者。读李犁的诗会进入一个纯粹的审美的阅读空间,获得审美的愉悦。

当今中国诗坛的诗并不都虔诚,并不都让人有审美愉悦。我始终坚信:诗越来越被人们甚至被诗人自己拒绝,并不是因为诗丧失了它存在的真理,而是因为许多艺术的犹大动摇了自己对诗的真诚和执着——他们被物欲、被商品、被名利所掳获,成为非诗人。其实,并非每个人都能成为诗人,也绝不是每个人都应当成为诗人,但诗却绝不应该被亵渎。

在很多次的来信中,李犁这样谈到他和诗的联系:"其实诗歌对于我来讲真正是我精神的孤独,诗歌是我寻找精神制高点和灵魂归宿的方式,我用诗歌拒绝世俗,并在诗歌中融进了孤独和行进中的万般滋味。"(1991年5月23日来信)诗是李犁孤独行走中照耀前方的星座。即使李犁超越人群并孤独,诗也使李犁有力量承受这份孤独。

真诚的李犁不回避自己对超越众生的高度的向往。"多少年了/我就想象能有一柄剑/兀立在山风中空旷的火/使四周永远空寂/独自在雪地上行走/远方一声滴血的尖叫/让我感到剑峰的深邃和绝对/通向远方的路啊/永不回头。"(《绝》)李犁也如实地写出他在忧乐现实中软弱和流泪的时候,他不回避平凡:"梦里有镰的声音传来/苇便大片大片仆倒/这清澈的季节没有诺言可以摆渡远方/而我仍愿坐在水塘边/⋯⋯今夜,听蝉的歌声如水一样涟漪/我的心也洗濯一片忧伤而明亮。"(《生命如歌·苇》)李犁如实地记叙着我们平凡的生活,在普通的人群之中发现着那些令人心碎的美好诗意:"虽然过了许多年代/我依然能回忆起那些朴素而诚实的日子/我的嘴里便回升起生命的感觉。"(《荞》)

李犁把诗作为确立存在的最终方式,而诗借以确立主体的精神存在性的唯一方式是诗的语言。在众多理论家的阐述那里,我们已经知道:诗的语言比其他任何文学样式如小说、戏剧或散文都更加远离日常规范语言系统。诗歌语言是超越常规的,它是人类语言系统更新的先锋。因为诗歌比其他的文学样式都更具有哲学意味,所以它必得以超越日常经验和习惯的"新"话语方能承载诗人以感性体验达到的哲学境界。亚里士多德就已指出:诗歌语言应具有异国的、令人惊异的性质。而形式主义学派的维·什克洛夫斯基在其著名论文《艺术作为程序》中直接定义"诗"为"受阻的、变形的言语"。这些论述已经启发我们:诗人直接依靠他的言语来实现他的幻想、感觉和哲学。所以诗的言语又是最感性、最生动、最情绪化的。

李犁的诗歌在其词语分布、意象营造、诗歌句与句、节与节的组合上都具有鲜明的个人"习惯性",形成了他自己的法则。一个诗人运用何种类型的言语及如何运用之是无关紧要的,关键看他是否能完满地实现对自己的和对现实感受的精确表达。李犁在他写诗的长长年代里,不断地选择、不断地琢磨、不断地锤炼着他的表达,使之趋向成熟完满。归纳一下,他的诗歌在语言表达上呈现出几个特征。

第一点,他善于营造出一种安静自然的境界。为此他让更多的虚词进入了诗。副词在他的诗中发挥了这样的功能：1. 使实词的意义得以间隔开来，不至于过于拥挤密集，从而使阅读具有节奏性。2. 使诗的言语在表达哲学性思考时，在外表形态上却更为贴近生活，使诗语在思想上超越常规，在意象组合上超越常规，反叛习惯的同时又披上了"平常的"外衣，这样他给予诗歌以生活化的口语的气息。3. 使感受表述得更为精确，更为细腻；同时也为读者留下了更多提示阅读情感指向的标记。

我们可以在舒缓的状态下更为轻松地读他的诗，我们不至于在每一句诗面前徘徊很久以透过反常规的语言去理解，然后再去体验。每句诗都是平缓素朴的，可以直接进入这情景中去；每句诗都是平静的，即使满含忧郁或热情，但不是浓得化不开。

宁静成为他语言的风格，这使得他的诗显得很奇特：意味很多，思想很深，可是又很易读。这种特点在他后期的诗作中表现得更为明显。

我[1]永远怀念[2]那摊血[3]那个开镰的秋日[4]风[5]在天空中[6]叫着[7]你的名字[8]而[9]苇[10]依然清凉如歌[11]池水[12]映出[13]旧时的岁月[14]有[15]无数鸟的声音[16]浮动[17]在水中[18]那么温柔平和[19]像[20]月光下[21]一闪一闪的发髻[22]而[23]闺楼里的小曲[24]亮过之后[25]皎洁的眼泪[26]流向何方[27]这[28]风平浪静时被人忽视的好时光啊[29]叫我[30]到哪儿去[31]寻找[32]那刻骨的回声[33]

——《苇》

以这一段诗为例，做一番"细读"。为避免太细致而带来琐碎，我只对这一节进行了大致的划分，我把这一段划分为相对独立完整的词或词组，一共三十三个片段。在这样三十三个片段中，切入了助词、连词、副词、介词三十个，这是个很重的比例了，已基本接近了正常的口语表达方式。当然在实词的运用上是比口语要书面化得多、"文雅"得多。在意象的组接、状态的描述上仍是纯粹的诗的方式，虽然这段诗描述的是一个实在的生活场景，诗人坐在池塘边回忆一个开镰收苇的秋日，但整段诗由于凸现的都是主体情绪化了的现实景物和诗人在现实和过去之间的无限感慨，所以，现实场景变得虚拟，得到强化的是一种浓郁的伤感气息。但是，我希望指出，如果换一种尽量减少副词的表达方法，则诗给予的情绪空间就会极为拥挤，诗所要表达的伤感就不会显得悠长灵动，而是变得滞重。事实上，当我们看电影、戏剧或是读小说、散文都有这样的体会：能在时间上以舒缓速度逐步发展的情感描述要比一段集中的强烈抒情更能打动我们，从《诗经》开始，诗人们就掌握了通过比兴来烘托、加强情感力度，通过反复、递进方式来全面立体抒情的路子。在这一段诗里，我们可以清楚地看到虚词在李犁的诗里不是可有可无的，最重要的是将情感抒发在时间轴上拉长，显得悠长，以时间的深邃消解了空间的拥挤。同时，虚词还使得指称物与修饰语关系更为确实，状态描述更为清晰，意象组接和转承更为自然，语气更为强烈，诗的节奏感更为明显等。总之，使诗更精确了，同时又使诗的精致不给人难以把握的感觉——安安静静、自自然然。

第二点，以叙事的方式来抒情，这构成他的诗歌的一个鲜明特点。希望直接表达某种思想或情感，往往会使诗变得晦涩玄奥，难以捉摸，如果不是囿于篇幅，我可以找出很多失败的例证。李犁从他的组诗《想念杜甫》开始就在尝试着用叙事的方式表达思想和情感的实验。这个实验不容易。叙事的介入往往必须带来大量实在的现实符号，如何对它们进行处理，使构成的符号序列中能容纳并凸现出作者的思想和情感，这是微妙的转换，需要很好的驾驭功夫才能掌握其中的度。一旦控制不好"度"，诗就会太"实"，而排挤或削弱了其情感力度。从李犁的创作看来，如果说《黑罂粟》中这种尝试还有生硬的地方，那么到《生命如歌》则标志着李犁已由实验转向了熟练的操作。前面举到的《生命如歌·苹》已很好地说明了这种转换。这种转换换句话说就是在诗中沟通了叙事与抒情的界限，把情绪空间转换为叙事空间，或者说以叙事作为形式，把抒情作为内容。《生命如歌》组诗里，每首诗都像在讲述故事，但事实上，每首诗最终给我们的都是思想、是情绪，但有个问题使我很感兴趣，李犁是如何达成叙事向抒情的转换的呢？我们再以一片段来做分析：

> 你优雅地走在天上
> 青春欲滴的汁水　让
> 我仰望且干渴
> 幸福的路啊该有多么艰难　苹
> 爱情使你对生活满足　并
> 醉入梦想　锐利的火焰
> 刺破我的手指　我
> 很自然地想起中午　充足的
> 阳光　浪花妖艳
> 激动无比的内心
> 这都是难以忘怀的青春时光

——《苹》

《苹》这首诗是以苹果作为情绪的生发契机，通过对"我"和"苹"的各种关系状态的描述，来表达诗人对于追求理想高度的种种感受。在上面引出的一节中，描写了"我"站在苹果树下这一状态，诗中可知我在仰望树上已经成熟的苹果。我们可以看到：李犁在描述现实状态的时候，运用了一些较为"抽象"的形容词，并将实在的地点位置和物、人加以虚化（诗化）的变形；最重要的是李犁在每一段状态叙述之后，都不引人注目地给予一个界定，（如引文加直线的两句）这个界定是对状态描述的定性，也是引申和提升——把现实状态描述提升至情感寓言，使之脱离了经验范畴，导向哲学，并因此实现由叙事向抒情的转化。这在李犁的诗中是常用的技法。此技法成功地使他的哲学主题屹立于现实土壤之中又超越现实之上。

第三点，我要指出的是李犁诗中的"古典美"。即使完全丢开诗的内容不谈，我也很容易为他的诗歌精美的意象和语词所吸引。在他的诗中的审美取向上，折射出的是中国古典美学的风韵。很难让人相信，在新时期诗坛上的这么一位年轻的诗人如此钟爱的是中国古典的审美理想。李犁和欧阳江河、杨炼他们不同，他们的诗中古典的审美理想虽然大规模地频频出现，但是古典理想丧失了功能，那只是他们以现代人思维和视角反省历史诠释人生的符号，而不是他们反省与诠释的实现途径，事实上，一切日常现实符号和古典的文化意象在他们那里已呈现全部变形，被赋予了全新的意味，早已面目全非。

可能和李犁时代传统的折中主义有关，李犁不可能无视那些在千年的诗的海洋里浸润的风姿绰约的意象，以及中国古典诗歌营造的风情万种的美。他在对古典审美理想的追求上一往情深。在他刚刚开始诗歌写作的时候，狂想还使他一度较大地远离了古典，但在他逐渐成熟的日子里，他逐步地回归古典，于是在他的诗中，我们总能感受到浓郁的古典气息。

这首先表现在：他的诗总有一条隐约的历史长河静静流动，历史成为他诗中永远的参照，无论回味过去、思索现实况味或是遥想未来，历史大河总是出没在他的思绪中，这造就了庄重厚实的历史感。历史与现实两度时空的叠合造就了情绪张力场，历史的介入往往更逼近真实。其次，在意象营造和语词组构上，李犁总是尽可能汲取古典手法，寻求深层的超越，不是在诗的外观上进行违背日常经验的实验。现代派诗歌那种千奇百怪追求新奇感觉和陌生化效果的蒙太奇手法在他的诗中并不多见，他注重感受的连续性和承受力。所以，绝不突兀地将不是一个范畴的动作和物组接；也不会过多将不是同一系统的描述词语和对象物组接，也就是说，在他那里，动词与名词、形容词与名词、形容词与动词的搭配，他遵循传统的和规范的用法，这是他和其他当代诗人不同的地方。再次，他的诗在效果上是很注重和谐的。乐而不淫，哀而不伤，柔情与力度的比例他控制得很好。他的诗也是一种含泪的笑。你总能从泪水中发现希望，而不是颓废。

我想结合他最新的组诗《永远的羊》对他的诗进行一个总体的评说。

这真是一首深情的诗。

读这首诗，感到一片灼热率真。一千条柔软的触角拥抱住我，使我的感觉在异样的深情与温柔中轻摇。

> 在夏天与你相遇该有多么幸福
> 羊
> 我的心为你打开
> 你歌谣的足音如奶水横溢
> 没有鞭子驱使你
> 放牧人
> 在你洁白的歌唱中洗濯鲜花
>
> ——《永远的羊·夏》

李犁选择了以春、夏、秋、冬作为主题展开的契机，四季所拥有的丰富的内涵为主题展开提供了宽阔的空间。羊在主体的也是深邃的观照中变得生动无比，而诗人的情感也在观照中得以尽情宣泄。

春夏秋冬是羊的一生。夏天羊走过了纯情而空灵的时光；而到了秋天，羊的坚强让人"幸福而又哀伤"，冬天的羊"瘦弱如一缕凉风"，但它却始终"用忍耐抵抗寒冷和饥饿"。而在春天，因为"经历了太多的激情"，羊"呈现平静而坚强的姿势"。

《永远的羊》仿佛是一首叙事诗，但却在每段具体状态的叙述描写中指向对失落许久的人类最纯洁美好的精神乌托邦的怀念与呼唤。

以叙事方式抒情，同时又以最真的情感强有力地支持叙事，并使叙事转化为抒情，文本具有强大的生命力。第一个层次上，这是叙写羊的四季生活；第二个层次上，上升为对羊作为一种生灵的吟诵；第三个层次上，羊作为诗人情感符号的种种寄托：羊是他的女儿，他的情人，他的朋友；第四个层次上，羊成为人类精神的总体象征。羊的四季生活是一首人类精神史诗。李犁在其中看到了人民，看到了正义的闪光，人类在漫长的跋涉中走过了童年，经历过曲折，忍受过苦难，然而这一切都不曾改变信仰、停止追求。

> 这就是我热爱的父兄
> 永远谦虚 永不自卑 我

不能不感动　风
　　把泪水吹成岩石　就像我的人民
　　外表冷漠　内心永远热忱
　　他们以怎样的耐心忍耐饥饿和寒冷
　　又以最大的节制对待欢乐　羊
　　就以这样的方式理解冬天　理解生活

《永远的羊》是李犁迄今为止写得最好最深刻的诗。在这首诗里，李犁全面地诉说了自己的人生观、历史观；他把眼光投入了历史，并裸露出内心深处那些对平凡人和平凡人生的虔诚，他相信，是人在组成历史，是人民创造了历史。在人民和历史面前，李犁不再顾及那些个人悲欢。"永远的羊"成为一面旗帜，扬起诗人的信念，并为曾经辉煌过的历史招魂。李犁终于洒脱了一些，生活中本来就交织着春夏秋冬，生活中本来就交织着笑容和泪水；生活中总是有些东西会永远地过去，因为总是有些东西即将来临。

　　这就是生活，生活既需要坚强也需要忍耐。

　　信念不死，就有意义。

　　李犁的诗可说的还很多，可篇幅有限，不能再说了。夜已经深了，千里之外的朋友李犁在我心中微笑而且沉默。想念有时候并不需要相见。我为了李犁写下这些文字，录下的是我的思念与祝福。

　　想起他的两句诗：

　　这样宁静的夜晚　我不能不流泪
　　在泪珠枯成的岩石上　晾晒那些潮湿的家
　　那么点燃最后的一颗渔火吧
　　让无家可归的灵魂都来烘烤
　　待明晨启航　我还要倒两杯酒
　　一杯祭奠渔火　一杯祝你平安

　　李犁，在你跋涉的时候，我祝你平安。

1993年2月一稿于辽宁抚顺
1993年5月二稿于石头城清凉山下
《当代作家评论》1993年第5期

窥视者说
——刁斗小说印象

郜元宝

> 《窥视者》是一部冷静的小说,机敏而含蓄;但不知为什么,它使我产生了骚动。
>
> ——引自刁斗《捕蝉》

我一直以为,写小说真是一种不甚光彩的职业,它的一切可能性,就在于对他人生活孜孜不倦的窥视。小说家是职业的窥秘者。他躲在阴暗的角落,目光如炬,盯着世间的男男女女。在小说家眼里,生活成了可供偷看的对象,作品便是偷看的成果。

令人气恼的是,很少有小说家坦白地承认自己职业的这种不光彩之处。他们总是变尽戏法掩饰这一点。于是我们看到的小说,多半是那种羞羞答答的窥视。

刁斗属于敢于承认职业特点的那种小说家。他不仅自觉其职业窥秘者的身份,而且在自己的小说中予以极力张扬。这正是刁斗作为小说家的老练之处。他的才华的发展也因此而很少滞碍。

他不像有些作者,念念难忘用小说参与现实人生。他满足于窥视者的位置,悠闲自得地站在人生的边缘,冷眼观瞧尘世的各种把戏,包括人们自以为窝藏很好的内心欲念。这就给他送来了别的作家无法争取的自由——你也许能够限制作者其他方面的自由,但你无论如何不能剥夺他窥探的权利。你自己不也是一个忠实的窥探者吗？你的生活少得了窥视与被窥视吗？

我把能够找到的刁斗作品通读了一遍，发现他的生花妙笔，总是落到对生活的窥视，特别是对窥视者的窥视。刁斗小说的力量是窥视者的力量。某种程度上，我们也可以说，这是上帝的力量。上帝是宇宙中最大的窥视者，他把人间万象尽收眼底，我们每个人或多或少都能感受到上帝灼热的目光，但谁也不曾看到他的真实面容。在这个意义上，小说家不过用自己有限的目力和条件，模仿着上帝的勾当。

《捕蝉》在刁斗所有的作品中，可能最具经典性。这篇小说写某城一个职业窥视者有一天在未婚妻的居室铺开稿纸，正准备记录一段时间的窥视所得，无意中发现一个窥视邻人的机会，于是轻而易举地进入了别人的世界。从此以后，他的创作变得异常艰难，因为与这种货真价实的窥视相比，通过写小说来窥视他人，已经落到第二义了。他乐此不疲，欲罢不能。但是，进一步的窥视使他这个职业窥视者也大惊失色，他发现未婚妻家所在的一个单元三户人家，原来存在着连环窃听的关系，真是螳螂捕蝉，黄雀在后！更妙的是，他得意扬扬，正要把偷看他人隐私的乐趣告诉自己的性伙伴，才知道她早就在丈夫的熏陶下，成了一个资深的窥视者。

这时候，我们已经很难弄清，到底是小说家在引诱我们窥视生活，还是生活本身在教会小说家炉火纯青的窥视艺术。

掌握了窥视这把钥匙，我们就可以很顺畅地进入刁斗精心布置的大部分文字迷宫。不过，刁斗迷宫中的景象，多半要令道德家们摇头。在窥视者眼里，生活的画皮被残酷地揭去了，剩下的只是让有洁癖者不敢直视的赤裸裸的真实。在刁斗的迷宫门前，应该竖块告示牌：有洁癖者禁止入内！

刁斗经常写到"偷情"。在通常想象中，这是多么富于浪漫气息的生活的补充！但是，到了刁斗笔下，偷情者个个显得卑琐不堪。他们有太多的私心杂念，太多的彼此猜忌和怨恨，太多的龌龊，太多的虚伪。刁斗把古典主义作品中美丽的偷情，令人气愤地还原为日常生活全无色泽的翻版。他不是用古典作家温柔宽厚的目光抚爱偷情者，而是用窥视者刻毒的双眼，剖视我们可怜的文化为偷情者假造的种种温馨而神秘的面纱。刁斗是从门缝中看这些偷情者，所以把他们都看扁了。

刁斗窥视的主要内容是偷情。窥视和偷情本来就难舍难分。偷情者总是害怕别人的窥视，这种心态恰恰使他不得不聚精会神地窥视他人。偷情者和他人之间，正是相互窥视的关系。

小说家刁斗酷爱描写偷情，其实他最看不上眼的，莫过于俗男俗女心向往之的这种苟且行为。他花了大量笔墨，叙述在偷情过程中暴露无遗的人性杂质和污点，不就是要告诉你别对或许还未曾一试的偷情体验期望过高吗？不能坦白地去爱，只好在苟且中获得一点可怜的满足，这绝不是生活的进步和提高，而是生活的退步与堕落，是用一种幻想的变态方式占有实际上已经失去的生活财富。

这就要说到刁斗对于窥视的态度了。刁斗的小说使我一再感到，窥视其实和偷情完全没有什么两样。小说中许多人物，之所以迷上了窥视，就是因为他们在实际生活中无法获得有益于生命的那种激动和亢奋，只好求助于幽暗猥亵的目光。

《新婚中的恐惧》貌似一篇劝诫小说，实际上表现的是人对生活的那种根深蒂固的畏怯和失望，这种状态顺理成章地把人培养成一个无可救药的窥探狂。《实际上是呼救》没有明言的情节，就是父亲窥视儿媳生活的欲望。步入老境的父亲，对婚姻始终视若畏途。他很想看看儿媳的婚姻究竟是什么样的，但碍于情面，又觉得羞于启齿，于是不得不诉诸极不光彩的窥探。《想象的可能》是一篇饶有趣味的小说，"我"完全从家庭生活中被排挤出去，于是母亲、弟弟、妻子乃至新生儿的生活，很自然地成为"我"窥视的对象。可以想象，在这样的窥视下，家庭生活会发生如何奇异的变形。《状态》通篇就是描写一个被窥视的危险弄得神经错乱的"异乡人"。

变质和败坏的生活产生了窥视，窥视则使生活进一步变质和败坏。我想读刁斗的小说，首先应该能够建立这样一种起码的认识。

就说爱情吧。爱情像蒿草一样在刁斗的小说中恣意蔓延，也像蒿草一样被无处不在的窥视所践踏。

《组合方式》和《证据》是刁斗的两部上乘之作，有助于我们理解爱情和窥视或者说生活和窥视的关系。这两部作品极精彩地展示了恋爱中男人和女人相互之间疯狂的跟踪和刺探。哪里有爱情，哪里就有伴随爱情的窥视。情人们为了更全面地了解对方，占有对方，身不由己地盯梢、打探甚至逼供，务求破获对方的隐私。然而，出乎窥视者的意料，在窥视过程中，爱情之火尚能熊熊燃烧，一旦窥视大获成功，爱情也就宣告终结。他们不知道，爱情的生命恰恰在于对恋人存在的晦暗面的容忍，不在于揭示这个晦暗面。他们更不知道，一旦被窥视的欲望攫住，便遗忘和丢失了自己的存在。不论哪种情况下面，爱情都是不可能的，美好的生活都是不可能的。

刁斗的许多小说，常常令会心的读者不禁拍案叫绝。他善于观察人物独处时内心欲念的萌动，特别善于绘声绘色地描摹出窥视愿望的发作过程，从而在根本上抓住支配生命并败坏生命的这种下作的激情。在这方面，《证据》《捕蝉》的成就最为突出。

由于文化、社会和政治等方面的原因，我们往往和自己的生活发生这样那样的疏离。我们发现自己已经无法亲历自己的生活，更谈不上主宰、提升自己的生活。所谓自己的生活，正残酷地离我们远去，变成全然陌生的风景。对于有意识的动物来说，这确实痛苦万分。但是我们并不甘心，我们总想通过别的什么方式来挽救这种悲剧。这时候，窥视往往就不可避免了。不能站出来存在，便只有站在一段距离以外，用目光的抚摸和拥抱，想象性地占有失去的东西，特别是爱情（所以窥淫成为一切窥视活动的最高表现形式，当然还有与之匹配的政治窥探癖）。

从社会学的立场看，爱情生活中的窥视，往往是"后革命时代"的必然现象。在革命时代，政治理想的憧憬与承诺，引发了有智无智者内在的激情。这种激情几乎天然地包含着两性之间的爱情，所以"革命加恋爱"的叙述模式，一直盛演不衰。在刁斗的小说中，《真纯岁月》最能说明这个问题。这是20世纪60年代出生的作家对自己在70年代那段少年人的爱情经验美好的回忆。在这里，我们看到的，是对于所爱者的痴迷和生死与共的情怀，窥视的欲念简直没有萌发的机会。不能爱，就去死，决不以卑琐的窥视来替代。《为之颤抖》在这个意义上，有异曲同工之妙。所不同的是，《为之颤抖》在革命时代的爱情熄灭过后，继续叙述了"后革命时代"的爱情生活，让我们看到无窥视的爱情和处处伴随着窥视的爱情之间强烈的对比。

这只是两个偶然的例外。刁斗大部分作品展示的，都是产生窥视、需要窥视最后完全转化为窥视的那种"后革命时代"的爱情生活。刁斗写到了父辈（老革命）、兄弟辈（红卫兵）和20世纪60年代出生的"我们"，他在隐隐布置了三个"后革命时代"："后三八""后文革""后八九"，从而依次描写了三代人"家族相似"的爱情/窥视生活。

可以说，刁斗从根本上打破了"革命加恋爱"的强大叙述模式，出色地揭露了"后革命时代"作为窥视的爱情的本质。

要么是自己的生活，要么是窥视者的生活。刁斗小说展示的是后者。他告诉我们，在"后革命时代"，所谓生存，所谓爱情，往往已经变成或正在变成可悲的窥视。刁斗对这一事实的陈述，冷静、机敏而且含蓄，这使我们深感不安。

"《窥视者》是本冷静的小说，机敏而含蓄；但不知为什么，它使我产生了骚动。"《捕蝉》开头这句话，恰好表达了我此时的心境。

1995年5月16日写于复旦
《当代作家评论》1995年第4期

关于战争与爱情的故事

——庞天舒长篇小说《落日之战》评述

周政保

读小说，可以有各种各样的读法。

于是，便有了怎样读《落日之战》的问题。

《落日之战》的"内容说明"告诉读者："作品以宋代北方政权的兴衰更迭为背景，以三组青年男女的悲欢离合为线索，生动具体地展现了那个时代的历史进程。"不言而喻，这是一种很巧妙、也很聪明的说法。

但在我的印象中，《落日之战》仅仅是小说，而绝非历史；或者说，作品虽涉足了历史，但它终究是虚构的故事。故事和历史毕竟是两回事。倘有一意孤行者，非要把小说的描写当作"历史"来读，甚至想雄心勃勃地钻研一番（即使是它的模糊轮廓），便可能陷入难以走出的沼泽地。

《落日之战》虽以历史为"背景"（或作为题材），但这"背景"不仅关联着纷繁复杂的中国北方少数民族史，而且还涉足了更为浩瀚的迷宫般的中亚史及所谓的"突厥史"……面对如此博大的深奥的历史领域，即使是以"历史"为职业对象的读者，也不能不望洋兴叹。可以说，在中国历史学界，真正专注于北方少数民族史或中亚史及所谓"突厥史"的学人并不多，而卓有建树者更是凤毛麟角了。

那对于一般读者来说，《落日之战》的"背景"将是"历史"的"背景"呢，还是依仗想象力才可能呈显的"背景"？至少对我来说，它只能是后者。

实际上，《落日之战》作为小说，其本身就是想象力的产物——而作品的轮廓性背景，也同样渗透着浓重的虚拟色彩，更不用说其中的"故事"了，尽管小说叙述中偶有"《金史》载……"之类的交代，但只能认为是一种造就"真实感"的艺术传达方式（或手法）。

但无论怎样说，《落日之战》讲述了一个异彩纷呈的故事，一个晃动着历史碎片、但又融合着大量神话般传说的故事，或者说，这是一个浪漫的富有意味的故事——所谓"历史"或"历史背景"，仅仅是小说作者从遥远而模糊的生活堆积中寻觅到的一种传达契机。

显然，契机仅仅是契机，因为小说最终要表现的，是对于战争与爱情的感悟及理解。可以说，作品的全部描写都是围绕战争与爱情展开的。其中虽不乏某些与历史相关的提醒，或某些关于爱情的卓著而纯真的想象，但更重要的或核心的艺术话题，还在于借助"故事"的意象及寓意，从宏观上（或辽阔悠远的背景上）展现了一种人类的生存图景。读者完全有理由说，作品——作为现代人的理解，所渗透的忧虑、同情、及至颂扬与批判，与今天或明天的人类生息状态存留着脐带般的相通性：是总结，也是预言；是灵魂的彻悟，也是人对自身生存史的一种认识。

无论是题材选择，还是小说修辞方式，即作品的思路及叙述文体等，都呈显着作者大胆而细腻的艺术性格，以及那种难得的创造品位。《落日之战》的主体叙述线是女真人灭辽灭宋的战争过程，以及战败的契丹人在西部重建西辽菊儿汗帝国，但终于没有逃脱灭亡命运的苦难故事。战争及经由战争而梦想建立民族业绩的描写，在小说中占有极其重要的位置，以至给人们这是一部很纯粹的战争小说的印象。特别是作品对于战争双方斗智斗勇的描写，对于刀光剑影、血流成河的战场描写，让人难以相信这是一位年轻女性的手笔。在一系列堪称精彩的战争生活描写中，作品以相当浓重的笔墨刻画了那些以战争为职业的"英雄人物"，如耶律大石、萧挞不野、子衿（墨尔根）、夷刺、朵鲁不、阿骨打、斜也、安班哈达老玛法等等。这都是一些个性相当鲜明的人物，一些常年沉浸在厮杀的亢奋之中的人物——他们拥有某些共同的特点，譬如无畏、顽强、坚忍……但又是一些可以互相区别开来的人物，尽管他们的名字是如此陌涩难记。小说还刻画了几位与战争生活密切相关的女性形象，如苌楚姐姐依尔哈、普速完（承天后）、塔米尔、倩如等，也同样栩栩如生，且在细腻而富有感情的描写中，显示出女性作家特有的功底及心理把握才能。

精彩的战争生活描写，给这部小说添增了剑拔弩张的紧张气氛，也涂上了一层之所以被称为"落日之战"的悲壮而又苍凉的凄苦之色——无论是女真人对于辽（契丹）、对于宋（汉）的战争，还是契丹人为了创建菊儿汗王朝所进行的战争；或换个审察角度说，无论是胜利还是失败，残酷的战争最终给战争的双方造就了什么？

这，便是《落日之战》的意义所在。

威严、善战、镇定自若、目光似寒剑的完颜阿骨打，在节节胜利的途中告别了为他驰骋流血的将士……坚韧不拔的耶律大石，在历尽千辛万苦创建了菊儿汗王朝之后，也不得不在衰老中辞别辽阔的疆土，而王朝的结局仍不可避免地分崩离析……女真大将斜也，虽在残酷的征战中立于不败之地，但胜利并没有赋予他终极的喜悦，而仅仅是一种落寞与凄凉，就如小说的尾声中所描写的："女真大将凝坐着，时间仿佛静止不动了，空荡荡的大厅没有一丝声息。""尽管烛火在燃烧，屋内仍像漆黑的幽谷。有一种阴森悲凉味道，而他就沉在谷底，夜雾缠绕着他，他被埋在整个世界的下面，被密封在墓穴里。"这虽是一种胜利者的心理感受，但在细致入微的描写之中，却传达着小说作者对于战争的独到理解。

这种理解还可以使人记起女真人攻克汴京之后，大金国皇上吴乞买与大将斜也的一段对话——吴乞买说："一匹健壮的马儿，不知道一生能够飞驰多少路程，假使它不躺倒，就会不停地驰骋下去……"斜也说："圣上，倘若女真人的马蹄果然飞驰到天边，也许整个民族将像那轮落日一样被大地埋葬。"

何谓"落日之战"？作为胜利者的代言人斜也大将，为小说作者吐露了心目中的战争结局：那是一种民族的自杀行为！

其实，诸如此类的"自杀行为"不仅体现于阿骨打、吴乞买、斜也们的疯狂征战之中，而且也可以在耶律大石们为创建菊儿汗王朝所进行的各式各样的战争中得到证实。

凡征战，绝不可能使一个民族获得兴旺；相反，那些开动战争机器的英雄（即那些被史诗反复歌颂的战争英雄），只会把自己的民族推向毁灭的深渊——征战者们杀戮、掠夺、破坏，胜利之后便荒淫无度、纵情享乐，乃至尔虞我诈、争权夺利，结局便是在毁灭其他民族的同时，也毁灭着自己的民族。

当然，这不是什么新鲜的观点——无论是哲学家悉尼·胡克（美），还是历史学家汤因比（英），他们的著作对此都有慎密确凿的论述。我想，即使是巧合，也意味着《落日之战》在审美感悟方面的某种分量。

千百年来，所谓"英雄时代"的征战英雄们，曾被诗人与民间艺人们反复歌颂着。但他们是不是真正的人类英雄，大约只有到了世界末日才可能解开这个谜。契丹人是靠征战起家的，而女真人也是在征战中建立了大金国。战争是残酷的，是反人性反人道的。战争应该被诅咒——这是《落日之战》的一种声音；但战争又是不可避免的——这是《落日之战》的另一种声音。人类社会就是在这样的悖论中行进，征途泥泞，步履艰辛，无奈而又亢奋，垂头丧气，但又满载热血沸腾的冲动。《落日之战》所描摹所展现的，就是这样一种被复杂尴尬的"表情"（叙述表情）掩盖着的人类生存图景。

在《落日之战》的"再生者"（上卷）中，最典型的"再生者"是子衿、芰楚、耶律大石。我们经常说，战争可以改变一个人的命运，可以重新塑造一个人的性格，无论这个人是男人还是女人，或者是属于哪个民族。当然，这里所说的改变和重塑，也包括因了战争的经历（战败或战胜）而对战争产生新的认知。作品以神话般的笔触描写了战败逃亡者子衿的"再生"——子衿被纯朴真诚的尼玛察部落相救，原始的蓝湖给了他新的生命；他与保持着人类天性的女穆昆达（女族长）结缘，并使他这个本是汉人的"女真人"成为尼玛察的墨尔根；墨尔根已经厌倦了战争，他不再想投入任何战争。但战争与意愿无关，它依然降临了，而且毁灭了整个尼玛察部落。于是，他只能再次逃亡，只能使自己重新成为子衿，并重新投入战争。子衿的"再生"与"逃亡"，至少说明了这样一个无奈的事实，即战争可以改变人的命运，可以重塑人的灵魂，但无法避免，战争可以使人不由自主地投入它的怀抱。

这是《落日之战》诅咒战争的一种方式。

其实，耶律大石也是一个"再生者"。他"再生"的意义在于：一是重新认识了自己，因而可能独撑辽旗成为震慑中亚的菊儿汗；二是避开战争，在逃亡中寻找新的大辽疆土。但最终仍然是一个梦，"再生者"耶律大石还得以战争保持菊儿汗王朝的统一与威严，只不过添加了"不战而屈人之兵"的精神战术而已。战争仍然不可避免。战争总是跟随着他的"事业"。

芰楚是萧挞不野的妻子、子衿的妹妹，由汉人而心甘情愿地成为契丹人，但在契丹人战败之后，她又不得不进行新的"再生"，就如小说中所描写的："……女真众神的声音，像春天般迎接第一片淡绿，太阳迎接初生的婴孩，众神迎接姐姐依尔哈再生而成女真人。"这是逃亡者的再生、幸存者的命运重塑。她终于成为女真都元帅斜也的福晋（夫人）。但梦一般的生活也很快结束了，其原因依然是战争——大金伐宋：残酷的战争如脱缰之马，把幸存者的片刻安逸击得粉碎；只要人的天性还在，那"再生"也只是一种梦幻。姐姐依尔哈也因战争而不得不还原芰楚。她无法牵引战争这匹野马，而战争又谁能控制呢？

战争不是个人行为，而是难以避免的人类行为——我们可以从《落日之战》中倾听到这样的声息。当然，这声息是从历史的悠悠长河中升腾起来的。不是呓语，而是千百年来的事实。

笼罩于《落日之战》全部描写之上的，是所谓"建功立业"的战争气氛：飞舞的旗帜、血腥的厮杀、鏖战的尘埃、驰骋的呐喊，以及刀剑晃动的寒光、负伤者无助的呻吟、焚尸时升起的烟火……但小说并没有忽略人的心理或感情的描写，特别是关于爱情这一永远被文学传达着的生活内容，同样在小说中获得了细微真切的展现，就如犷悍阴沉的原野上，仍有清澈明丽的涓涓溪泉在流淌着……

萧挞不野、子衿、夷剌、斜也，乃至耶律大石、朵鲁不，虽则都是英勇顽强的孔武者，或者说是"战争机器"上难以卸下的"零件"，但他们终究是有血有肉有情有欲的七尺之躯。因而，在一种反差强烈的人性光芒中，这些离不开战争的孔武者的感情生活，也就成为《落日之战》的重要描写内容。特别是，关于爱情的离奇曲折的描写，其意义还不仅仅在于爱情本身的魅力，而且在于或主要在于爱情与战争生活的扭结，或在于两者的交相辉映而使小说添增了几份耐读的诱惑。

我不想在这里重述小说中的爱情故事，而只想涉及这样一个问题，即到底是什么力量造就了他们的"爱情故事"的坎坷——那种备受摧残的际遇，那种难以回首的凄楚悲凉的归宿……问题很简单，那就是战争。萧挞不野是如此，斜也是如此，苌楚更是如此。战争如一台永无休止的碾盘，人性及爱情在其中被残酷地碾磨。至少在《落日之战》中，制造爱情悲剧的便是可以称之为"恶魔"的"战神"。

战争中的爱情，曾被数不清的小说重复过，而诅咒战争的描写，也在小说创作中屡见不鲜。但《落日之战》关于战争与爱情的描写，却有着自己的独到性。这种独到性归结到一点，就是战争与爱情的难分难舍的牵连扭结，导致了一种难于控制与预测的矛盾状态。

从作品的爱情描写中可以感受到，作者对于爱情持有纯真的理解，因而对爱情所可能产生的力量做了真实细微的渲染。特别是对于契丹人来说，逃亡中的求生或战斗的动力在很大程度上来源于爱情的鼓舞，因而从某种意义上说，或多或少暗示着爱情对于战争生活的支撑……这种经由爱情而诉诸的斑斓驳杂的战争生活的描写，既体现了对于战争的诅咒，也透露出一种不可捉摸的无奈。

在这部小说中，作为兄妹，又作为由汉人而女真人的子衿与苌楚，这两个人物的爱情生活的曲折变迁，在体现作品的题旨寓意方面有着特别的意义。子衿（墨尔根）与女穆昆达的结缘、苌楚（依尔哈）与斜也的成婚，应该认为是真实而富有人性意味的描写，而其间的感情过程（前者虽不乏浓厚的原始神话色彩）也流溢着一种令人信服的艺术力量。正因为如此，这里的描写越真实、越富有人性意味，也就越显现出战争的残酷、险恶、无情，或者说，越显现出战争这台可诅咒的碾盘所具有的从恶的方面改变世界的魔力。无论怎样说，子衿与苌楚对于爱情的忠贞纯净是无可怀疑的，而他们于感情旅程出现的插曲，则是从一个侧面揭示了战争的狰狞。同时可以看到，当他们经历了战争碾盘的折磨而终于相遇时，留下的也只是难以名状的悲凉了。夷剌与塔米尔死了，女穆昆达死了，朵鲁不死了，耶律大石与德妃也相继死了……而活着的爱情，也就剩下一个比死亡更残酷的结局——尽管是一个"团圆"的结局，但它是破损的，是滴着血、流着泪的。

在这里，《落日之战》以独特的爱情故事及爱情结局，揭开了战争的面纱。

所以我说，《落日之战》是一个关于战争与爱情的故事。而且是一个值得细细品味的既遥远又切近的故事，一个以过去诉说现在的神奇而真实的故事。

1995年9月下旬于北京六里桥
《当代作家评论》1995年第6期

人间屑语

——关于素素的散文

孙 郁

辽南这地方，直到近十几年，才在文坛上被人注意起来。旧时文人鄙视辽南，称之为蛮荒之所。历史上，鲜有写辽南风情者。蒲松龄作《聊斋志异》，曾讲过复州的故事，大约是有关辽南较早的文字。鲁迅在《中国地质略论》中，曾把目光投过此处，后梁启超作章回小说《新中国未来记》，把辽南的复兴看成未来中国的大事之一，不过，这些只是地理意义上的辽南，文化层面的思考，几成空文。我曾留意于民国以来有关辽南的文人史料，可驻足往返者亦寥寥无几。辽南是个美丽的地方，三面环海，气候宜人。我曾生于斯，长于斯，在远离故乡的多年之后，对那里的风物人情，有说不完的留恋。近几年来，辽南作家渐成气候，说物言情之趣，每每让我想起家乡的山水人物。我终于看到有关家乡文化心理的作品的出现。虽然这些作品在气魄与质量上均难与国内某些地域性的乡土文学相提并论，但这种自我意识的萌动，对我来说很有亲近的感觉。

几年前曾收到素素的一本散文集《北方女孩》。那是描写辽南女子心绪世界的作品，看后感慨很多。辽南人开始有了自己较为自觉的审美意识了。虽然那笔法仍较稚气，内中尚夹带着许多矛盾的东西，但毕竟还是写出了辽南人心灵的一隅。稍后又读到《素素心羽》等，对作者特有的心灵对话方式，有所领悟，也暗自长叹生活变化之快和人的变化之快。我以为辽南是可以大写特写的地方，那里既有别于中原，又不同于广义上的东北，素素在她的前辈和同代人的启迪下所做的工作，显然有着不小的意义。

在散文尚未"热"起来之前，素素对这一文体就已钟情多年了。她对散文的偏爱，大多出于一种对人与社会、对历史的理解。20世纪70年代初，她正劳动于辽南清苦的山乡，除了困苦、单一的自然环境，以及残酷的"文化大革命"，她几乎没有一点实在的精神温存。这时候她选择了散文，她完全凭着乡下人的兴趣，在搜寻外地异样的精神。在散文的世界里，寄寓着她对贫瘠的乡村之外的世界的渴望。但她很少乡土的气息，她对艺术的理解，大多出于一种对苦难的逃逸。在经历了"文化大革命"后期的种种苦难后，她对乡下的王国差不多完全绝望了。我读她早期写乡下人生活的作品，虽也体会到一种乡情的滋味，但隐隐地感到一种对乡下人心理的距离感。与同代的许多人比，她的青春充满了挣扎与泪水。在世俗与理想之间，她被困扰的时间过长，因而代价亦格外大，她早期很少写这种苦闷，她不会像某些作家那样直面这些。她在回避，在所谓的乡里旧闻中麻醉自己的痛感。如《面鱼儿》《家乡的花生》等，色调也许过于单纯，但也只有她才知道，那样的世界给她带来了怎样的失望。她似乎不愿意回顾那痛苦的东西，远古的遗风，贫苦的生活，通通被她省略了。与辽宁当时许多有个性的作家相比，素素的视界还太小，自怨自艾的东西太多。她的敏锐的神经被早期努力逃逸乡土的情结所羁绊着。这种缺少直面苦难的弱点，多少把她实实在在的生活感受简单化了。

素素对乡下的逃逸与拒绝，未能在作品中清晰地表现出来。相反却写了那么多年雅趣的东西，她写乡下人的生活，太具人情味了，尤其是写父母兄弟的那些作品，透出她对人性世界的纯情的、迷人的情感。一方面是对故土割不断的爱，另一方面又是对其生存方式的绝望。这构成了她心绪困惑的一面，她把这一困惑掩饰得很深，因而作品几乎未能产生社会的影响。我总觉得那时的创作有些价值的失重，这与她或有许多不协调的地方。当新时期许多有分量的作家大胆拷问人的灵魂的时候，素素还停留在一种茫然的自娱之中。显然，作者遇到了心理障碍，这限制了她的发展。但使我感兴趣的是，她毕竟提供了辽南乡间文化的图景。我还很少看到当时人们对辽南乡下生活有趣的审视。那些常人忽略的平凡的东西，在她那里却被有趣地勾勒出来了。她过于敏感，对已逝的岁月有着天然的恋情。她带着一种矛盾的心情，把辽南落后乡间的生活描摹了出来。那里纯属于一种乡间故情，少有沈从文的清晰，不及废名的冲淡，也未有孙犁那样的洗练，素素的世界不属于文人的传统，亦无浩然那样的泥土气。在早期的写作中，素素的散文传统，属于无根的那一类。她完全凭着一种直觉，走进了文坛。

那时，她充满了对故土之外的世界的好奇感。当考入高校，进入都市后，她迅速地把自我汇入了海滨之城的节奏里。外面的世界实在精彩，她竭力调整着自己的思路。她写大学的校园，写文化人，写都市的风景。许多简单的存在物，在她那里都被赋予了一种新奇的色彩。她以好奇的目光打量着新的世界，希望寻找一种属于自我的精神世界。世界在她的笔下是热情的，富有意味的。她试图汇入外在世界的某种价值认同之中。那些短小的散文，多处留有校正自我思路的痕迹，她写得很用力气，有时也见出其与众不同的敏锐和才气。但那时的散文多少带有先验理念的东西，真实的自我，往往被淹没在一种社会审美的规范之中。只是到了20世纪90年代后，其语境与心态，才真正开始从学院气中摆脱出来。不过她依然带有一种敏锐和好奇。她很入世，尚未见到那些逃世的悲观之作。素素的儒家式的生活观和审美观，常使她作品散出浓浓的现实的气息来。

但她缺少萧红那种野性的力量，缺少残雪式的冷酷，也缺少毕淑敏式的磅礴的气势。她较为拘谨，感觉总是被一种东西阻拦着，未能很好地释放出来。《女人书简》记录了作者这种心态。缺少自如自在的她，因某些自恋而捆住手脚，有些很好的感觉在作品中仅一滑而过，未能痛快地升华出来。我总觉得是一种外在的价值拽住了她。那些大量描述女人生活的随笔，读起来并未见痛快淋漓之感，反而增加一种涂饰的幻象。与早期描写乡间生活的作品相比，那些有关都市女人的内省的文字，有许多在质感上退化了。乡间的气息渐渐消失，素素开始在都市的边缘上寻找彼岸。她似乎很喜欢都市的生活，但有个时期总也融不进去，她分明知道自己属于那片山野的田间土地，对现代都市，有一种莫名其妙的隔膜。她干脆放弃了对生活具体现象的思考，而转向自身。应当说，在写女人的苦难与不幸方面，她是很有感慨的，那些感受应当比描写乡下生活还带有更深切的一面。但很长一段时间，素素并未能很好地调动自己的艺术觉态，许多作品在艺术上尚处于停顿的状态。我觉得是自恋情绪牵制了她，当一个人不敢大胆地放逐自我的时候，是难以跨出文学的困境的。素素后来大约也意识到了这一点，她近来的写作，好像开始找到了自我。《共同的悲哀》《无家可归》等作品，隐隐地可见出她的沉痛感。那是过于伤感而无奈的世界，几乎看不到多少亮色的地方。她终于敢去承受人的苦难的一面了。素素近来的散文多有无家可归的忧郁，这成了她一时绕不过去的苦境。当她直面人生的这一难题的时候，她才真正放松了自我。功利的与外在的价值之衣被卷走了，剩下了一个原本的自我。

1994年，她终于写出《佛眼》这样的令人刮目的作品，只是到了《佛眼》那里，一个新的素素出现了。作者对世俗的价值习俗有了扬弃的勇气，敢于大胆去写灵魂深层的体验了。那体验中的感觉是细腻而带光彩的，她的敏锐的个性，使她较好地把自我的沧桑感与现实感糅在一起。此岸与彼岸，爱欲与禁忌，自信与绝望，人生的诸种苦涩，在她有灵气的笔墨中升腾出来。这是真正的素素自己，我读到了她内心沉重的、不可理喻的一面。虽亦无大胆地放开手脚，有时还有意地节制，多少带有自饰的成分，但这是真真实实的自我，是领略了苦难之后的一缕亮光。在《佛眼》那里，人世的艰难与信仰的神圣，此岸的不幸与拯救者的神秘，被一种暗中带明的色调涂饰着。我快意于这种笔调，她在散文的写作中跨出了一个疆界，这儿没有残忍的拷问，而是无声的苦诉；没有昨日的自恋，而是内省后的解剖。素素把人在苦难中的那种恍惚、无奈、哀戚、漂泊心绪，很典雅地写了出来。从早期对乡间的逃逸，到后来对都市乃至人生的某些失望，素素所勾勒的，是辽南人的一种很有认识价值的东西。终于学会以平常之心看待世界的时候，也许就不会有太多的自饰，而是勇敢地去肩负人生的苦难，并且在苦难中去体味人生的意义。素素近来对生活的较为冷静、客观的打量，使我依稀感受到她认知方式的一种转变。不再去计较世俗的得失，把视界拓得更开阔些，这多少可以纠正以往的偏差。不知道素素是否真正在认知范式上出现了转机，倘是这样的话，她将会有一个更好的将来。

　　素素写作题材较广，有乡间故事、都市风情、异地风光、文坛趣话、读书札记等。但这些内容很难翻出新意，我并不喜欢。倒是《共同的悲哀》《佛眼》《无家可归》《死的经验》等，属于她独有的东西。她的许多写女人的通讯式散文，很难唤起人的想象与共鸣，读书体会的文章也流于空泛。那都不是她的长处，于此处分散精力，多有舍近求远之累。人一生可写出的好散文并不多，素素大约也深味此道，所以，倒是期望她能多写些属于自我真实体验的那种文体，而不是对京、津、沪文人传统的简单的认同。我很注意她写辽南人生活的那些作品，那是她笔下特有的世界。在素素许多作品中，流露出了多年封闭的辽南人，怎样由清贫而小康的过程，又怎样地在进入商品社会后，人面临的诸多挑战，她展示了一个女性视角下，一个时代在辽南乡村与都市的投影。这个投影虽并不清晰，但毕竟可从中体味到人的精神痛苦的变化过程。可惜她于此下力甚少，倘能驻足于此，当会是另一种样子。《佛眼》的诞生，表明她是有这样的潜力的。

　　素素的语言与思维方式，不带有书斋性，亦不像某些女性作家那么过于婉约。她带有辽南人矜持的一面，她对世界的领悟大多凭着生命的直觉，故意模仿学人的笔触便失去她，小里小气也失去她。素素的特点在于无雕饰时的那种直觉。她自由谈吐时，总比拿起学人腔时的言理要有意味。《佛眼》写自己面对佛像的诸种感受，不是知识层面的，亦不是故作矫情的。她的逼人的气质，隐含着一种直面苦难时的那种与生俱来的自尊与自卑，甚至夹有几许阴郁的绝望。这大约是她原有的觉态，在自由地释放这一觉态时，素素找到了自己的话语方式，找到了一种与现象界交流的入口。写作乃是为了一个难圆的梦，一个诉诸自尊自卑自省的精神过程。素素在这个过程中摸索到了自己的散文表达式。她的文体的清凉的特点，正是她思想由浑浊到清晰的一种反映。从早期的朴素到近来的温文尔雅的文人化过程中，可以看出她艰难选择的足迹。尽管其中多有稚气的地方，但较之过去，还是成熟得多了。

  读解素素的作品，常使我想起人生的矛盾，人们选择艺术，并非仅仅是唯美的原因。艺术自身的形态，与人的生命形态，也未必均是异质同构的。有的人的作品物我一体，如丰子恺；有的人心神游离，如周作人的某些随笔。当下的某些女作家，也性格迥异，风格多样，把作品与人的世界简单地等同起来，往往会产生一种误读。不知我对她是不是也是一种误读。我总觉得，素素是一个不倦的跋涉者。她很顾于人生之全，写作时，常无法掩饰对人生难以两全的悲哀。她写作少有悠闲轻松的一面，即使在报上写那些劝世的格言体的东西，也难以根本上铲除那种劳顿的苦涩。承受生活沉重的东西，是需要勇气的。但她不是清教徒式肩负苦难闸门的一类人，而是在实践理性中寻找和谐的人。她寻找到了这种和谐吗？当她唱着温馨的歌的时候，她其实是把泪水吞在肚中的。苦而含笑，这是人生怎样的悲哀！素素想必深味此状的。她的创作，勾起了我对人的精神与艺术选择的复杂性的思考。人是复杂的，艺术也是复杂的，要在复杂中寻找清淳，毕竟要付出巨大的代价。素素多年的苦苦寻觅，虽不能说进入佳境，但那种执着，那份痴情，艺术之神，是不会远离她而去的。

《当代作家评论》1995年第6期

吴梦起童话论

肖显志

从1981年吴梦起获得"陈伯吹儿童文学奖童话奖"的《老鼠看下棋》面世起,便打破了从五四新文化运动以来我国传统童话的单一表现形式,形成对中国传统童话的逾越,被儿童文学界称为"中国现代童话的里程碑"。1994年《吴梦起童话选》又获得"宋庆龄儿童文学二等奖",奠定了他在中国当代儿童文学界的地位,也展示着他的童话创作从创新走向成熟,形成了"吴梦起童话"的独特艺术风格。

一

如果说传统童话是一个世界,现代童话是一个世界的话,吴梦起的童话既不是传统的,也不是现代的,又不是二者的拼凑体。吴梦起的童话在传统童话与现代童话之间确立了基点,自由地展开自己创作个性的双翼,使传统童话和现代童话两个翅膀在童话空间寻得平衡,载起他的创作追求,自由地翱翔。这样,他就在传统的、现代的两个世界之间,构建了他这一个童话"第三世界"——"吴梦起童话"。

吴梦起的童话追求新,不仅仅表现手法新,而且把新的思维蕴于新的内容之中,从而散发出浓烈的现代气息。为此,既少中国传统童话派生的痕迹,也无照搬国外童话表现形式的面目,这种独有的创造无疑是作家成熟的艺术思考和成熟的创作能力的展示。

童话是文学中一个特殊的艺术形式。中国的童话源于中国神话和民间故事、传说，逐渐形成现代传统童话。这种童话大体可分为两类：一是由远古神话组成的，包括原本的神话和后来演变而来的神魔鬼怪故事，如《二郎神》《马兰花》《牛郎织女》等；二是由人和动物（动物、植物及非生物）组成的寄托寓意的"鸟言兽语"类故事，如《守株待兔》《叶公好龙》《井蛙海鳖》及《狐假虎威》《鹬蚌相争》等。前者依赖于神灵、魔法、宝物而展开故事情节进行创作，作品往往难以离开魔法、宝物，一旦离开了便失去其神奇的夸张色彩。后者为表达一种寓意而依托于飞禽走兽、花草虫鱼及非生物，只不过是把它们当作一种"道具"罢了，是寓意的载体。我国的古代"童话"深远地影响着现代童话的创作，并不断地派生出许多作品。

"五四"后我国的童话创作开始学习和吸收外国童话，对我国的童话创作的发展起到积极的推动作用，但留有明显的"派生"痕迹。如从叶圣陶的《皇帝的新衣》《古代英雄的石像》，贺宜的《酸葡萄》等作品中，不难看出安徒生、莱辛某些作品的痕迹。到了20世纪80年代，我国的童话作品仍然不难看到安徒生等童话大师的表现形式的再现。随着改革开放国外文化的涌入，国外卡通片占据了荧屏，一些童话作家便将其模式化的"卡通技法"拿过来使用，派生出很多与国外现代童话作品似曾相识的作品，称为"热闹派"。"热闹派的作品多了，抒情优美、诗意浓郁的作品少了；洋味较重的童话多了，我国传统的、富有民间色彩的童话少了；包括作品里的主人翁，也都满身洋气，连名字都贴上了外国商标，乍看之下，教人以为谈到的是翻译作品。"（郑马语）这种机械的模仿，禁锢着我国童话创作的发展，羁绊着富有我国民族特色童话的发展。

吴梦起就是在这个时候以他独特的崭新的童话出现在中国当代儿童文学文坛上。被迫搁笔十五年之久的吴梦起在粉碎"四人帮"后以他有力的童话精品《老鼠看下棋》，震动了中国童话界，确定了吴梦起在中国当代童话中的地位。

《老鼠看下棋》与作家1956年创作的第一篇童话《小雁归队》（获省和全国第二次儿童文学奖）相比较，便会看出无论是内容上，还是表现手法上，都迥然不同。两篇作品虽然都是"拟人体"的童话，但《小雁归队》的"人物"个性就远不如《老鼠看下棋》中的小老鼠个性鲜明。也许，作家那时出于单纯的"教育意义"目的而创作了《小雁归队》，所要告诉读者的道理很明显给人思索的回旋余地较小，表现手法也较传统，这与作家创作该作品的年代有一定的关系。而《老鼠看下棋》同样是"拟人体"，但除了具备童话的荒唐，大幅度的夸张、变形、滑稽和诙谐等艺术思维外，还体现出作家的冷静、机智、聪敏的艺术功力。说《老鼠看下棋》是中国当代童话的一篇讽刺幽默的楷模之作，并非

157

溢美之词。这篇作品的高妙之处还在把象征、喻义及寓意不动声色地蕴含于字里行间。陈伯吹评说道："这篇童话取材新颖，构思巧妙，虽然采用的也是一般的童话创作艺术'拟人法'，却能将幻想与现实大胆地结合——红领巾下棋和人格化了的小老鼠相互交谈、答问，这就比较新奇又有趣味，小读者读了会备感亲切的。"又说，"他实践了自己的创作理论的指导思想，创新了，内容和形式不一般化了，作品就不同凡响了。"

陈伯吹所说的"他实践了自己的创作理论的指导思想"，指吴梦起对童话创作的严肃态度，吴梦起说过："对我们童话创作来说，一定要脱出前人窠臼，避免因袭和雷同。"

一种文学形式的根本转变在于作家的艺术思维方式的改变。吴梦起的童话创作的创新不仅仅表现在《老鼠看下棋》上，《火狐阿三》《虎牛》《白狼》《独脚兵历险记》等作品中，也表现出新颖的手法，写得轻松活泼，形象可爱，想象独辟，不但发扬了民族化的童话传统创作技法，而且吸收了国外童话的表现长处，更重要的是突出了他自己对物性的独到认识和恰如其分的把握。如《独脚兵历险记》运用中国传统的"情节"技法，又使用了"快节奏"、加大"信息量"和科学知识性等现代作品表现技法，将用橡皮泥捏成的独脚小人塑造得血肉丰满，堪称幼儿童话之精品。

吴梦起的童话作品所创作的童话世界是中国的童话世界。动物及非动物是中国的，它们所活动的环境也是中国的，它们的语言、思维、思想等行为具有浓烈的民族色彩；而它们的行为又具有浓烈的时代感，大多是发生在现代人文环境或自然环境里的。作家总是把创造的幻想建立于民族化的基础上，加以崭新的表现，而不是陷于陈旧的童话框框里去追求新内容和机械地运用新手法，建筑他自己的童话"第三世界"。

二

童话如果失去幻想就像鸟儿失去了翅膀一样，不再能够在天空中自由飞翔；如果童话只有幻想而无现实的依托，它便会如五彩泡沫，转眼即逝。就连德国作家戈·毕尔格的《吹牛大王历险记》那样无限夸张的童话也离不开现实，离不开那个滑稽透顶的闵希豪森男爵和他所发生关系的时代、环境、人、物等。

中国传统童话比较注重对现实的表现，而容易忽略幻想的作用，在一篇童话故事里，往往借助魔法、宝物构筑幻想，而这种"幻想"又往往是在情节实在不好处理时才拿出来用一用。这种"幻想"缺乏作家自己的理想和主观愿望的依据，把"幻想"当作道具罢了。

幻想是童话的技巧，现实是童话的基石。吴梦起的童话具有他自己的幻想世界，是作家经历了磨难后进行的成熟思考所产生的。在"文化大革命"中，他被打成"反动学术权威"，关进破旧仓库改成的"牛棚"。但是，蒙冤的灾难并没有夺走他的一片童心。他在"牛棚"中孤独地望着墙上被雨水冲刷的一道道一条条水痕，望着拉着横七竖八蜘蛛网的角落，望着天棚奇形怪状的水渍，听着从破窗洞吹进的风声……展开了漫无边际的想象，一篇篇幻想的童话在脑海中如一叶叶三角帆漂游起来。那时，他所构造的幻想没有什么框框，也没有任何东西束缚他的思想，只有他内心情感的孕育。这为他的童话创作"东山再起"奠定了艺术思维基础，他的思维方式变得由纵向思维发展为有纵有横的多重思维，自由自在地在童话王国里驰骋，由作家人生经验所转化的幻想是他丰厚的财富，是他理想和愿望的结晶。为此，他的童话不需要传统的魔法、宝物来作为幻想的支柱。

吴梦起的童话可以说幻想得神乎其神，近于玄妙，但读起来入情入理，让你深信不疑。这是作家把幻想和现实有机地结合，且结合得富有很强的逻辑性。这种逻辑性是什么呢？无非是作家自身生活的体验，是他对社会生活的独特感受，从中分化出许许多多的哲理，这便是他的童话里的"现实"。幻想失去了这样的"现实"，也就失去了逻辑性。吴梦起的童话就是在冷静的理智下运用逻辑手段来调动幻想的。《老鼠看下棋》是作家运用逻辑手段调动幻想的典型之作。

这篇童话事件的发生——红领巾玩兽棋，老鼠和大象等"人物"出场，很自然很合理地入戏了。根据兽棋规则"鼠吃象"是现实本身，不存在夸张，但在游戏中老鼠自不量力地无限地膨胀自己的野心："我一步登天／爬到了大象前边／从此我成了兽中王／让百兽匍匐在我的脚前。"作家通过小老鼠的这段歌唱，活灵活现地描绘出了它的狂妄。老鼠的自不量力的狂妄心理自有它的推理——大象怕我，我管大象，而百兽又怕大象，我便是兽中之王了。这种非合理的合理，是作家在现实的基础上进行大胆的夸张，且不违背现实的逻辑。没有这种富有逻辑的夸张，也就不会有小老鼠这个"自不量力"的典型童话形象了。

澳大利亚儿童文学作家帕特里夏·赖特森说："文学无论如何也不能摈弃人类的经验，因为从这里它发现了力量，确立了目的。"吴梦起的童话借助幻想给读者丰富的"人类经验"，也就是人类活动的理性经验教训。作家的另一篇童话《虎牛》通过作家逻辑性的幻想来揭示人性和兽性之间的演化关系。兽类的人性，人类的兽性，人性与兽性搏斗的生存欲望和爱憎观，同样蕴含着复杂的人类经验的"恩仇逻辑"——小牛被虎妈妈哺养,后来又救了虎妈一命,但小牛的生母又死在虎爸之口,可小牛仍是那么挚爱着虎爸虎妈——虎牛同情奴隶马丁,同命相怜;虎牛成了贵族们观赏取乐的玩物,它在与斗牛士中间同样存在着生存的渴望——虎牛顶死了斗牛士和仇人西蒙。两者的死预示着什么?作家的用意仅仅是为我们讲述一个惊心动魄的故事吗?首先应该清楚:这是一篇童话,不是直接告诉你什么、为什么、是什么的小说。虽然是幻想之作,但蕴藏着深刻的人性哲理。作品中揭示出在不同环境里人性(兽性也称作"人性")的扭曲、变形和复归的哲理意识。与《老鼠看下棋》一样,切不可把《虎牛》中的形象比作现实中的某一实在人或实物。如果那样,就会否定童话的幻想,而陷入狭窄的现实主义批判的缝隙之中。

《虎牛》是一篇作家编织了复杂逻辑程序的幻想作品,它之所以读来真实,具有现实主义表现味道,那就是作家把幻想和现实结合得比较完美的结果。

幻想得真实,是童话创作成功与否的关键。吴梦起的童话把握住这一关键,使作品幻而不空,有坚实的现实基础。如《白狼》《火狐阿三》等作品,都会给人以"幻想得真实"的感觉。可以说,吴梦起把幻想和现实的和弦弹奏得和谐、顺畅,使他的童话飘荡着婉转的旋律。

三

童话,往往离不开动物和非生物来充当作品里的"人物"。如果没有它们,童话也就失去了趣味的色彩。一篇美丽的童话,应该是人性和物性完美结合的艺术品。一篇童话,把某种物拟人化了,必须赋予这物以人性。如果不赋予人性,物还是物,就不能说是拟人化。反过来,如果把物完全写成人,丢掉其原本的属性,那也不能说成是拟人化,而是人化,所写的动物就成了多余,倒不如直接写人。为此,童话里的人性与物性必须结合得准确自然,把物人格化,又不失其物性,才能真正成为童话中的"人物"。

吴梦起的童话大多是以拟人化的手法进行创作的。他笔下的典型形象——小雁、老鼠、小狮子狗、蛐蛐、牛、狐狸、狼等等,取之于大自然,却又不是大自然里的真实动物,而是经过加工,成了具有它们本身属性的,有人的思维语言及人的行为即"人格化"了的动物。

写好童话中的动物,首先是要熟悉了解动物,吴梦起向来写他所熟悉的动物,对尚不熟悉它们性能(习性、动作、叫声等)的动物从不去写,这样就运笔自如地把人性的特征融进动物身上。他所作的《老鼠看下棋》之所以被中国童话界称道,就是因为塑造了一个典型的人格化了的自不量力的老鼠形象。

《虎牛》是一篇把人和动物放在一起来写的童话。这样写是比较困难的，因为人和动物的思想、心理、动作、语言必须有明显的区别，必须有各自的特征，并且在写动物时又要分别把握动物的物性和人性两方面糅合。在这篇作品里，作者注意到了这一点，把牛、虎人格化的同时，没有放松对物性的描写。如写虎妈失去了孩子后乳房膨胀和牛犊吸吮奶汁使乳房畅通的舒服感觉；虎妈"习惯地抖动嘴巴上的钢针般的长须，脖颈上的硬毛也挓挲起来"的外形动作；虎牛"有时发起威来，脑袋一晃，尖角角就把树皮划开一道长长的裂缝"的力量；虎牛的双眼"瞪得圆圆的，像往外喷射着愤怒的火焰"的内心活动；等等。不但描写虎牛和虎的表象行为，也描写它们的内心活动，是虎与牛特有的象征着人性的心理活动。在描写虎牛开锁救虎妈一段时，先写它用牙咬，咬不动，发现那硬东西有个铁环，就把角伸进去摆动脑袋，锁头从中间分开了，然后又用角把笼门打开……这一连串的动作不是人的动作，只有牛（或长角的动物）才这样做的。为此，它的物性就鲜明了。

由于作家把人性和动物的属性把握得恰到好处，使这篇人、物相杂的童话浑然一体，难寻破绽。

吴梦起写动物追求"和别人写的不一样"，他选择的"不一样"的突破口就是刻画动物的个性。《亚历山大不愿吃煎饼》中的小猫的叫声"有点像吹蜡烛的声音"，才取名叫"弗弗"，十分贴切。写小狮子狗的内心情感时，"两只前掌拍得通红不说，就连眼泪也簌簌地顺着面颊上的狮子毛流下来，淌到地上，湿了一大片"。作家把这两只人们常见的动物的"思想感情"描写得逼真感人。《三禽图》中的三个家禽各有各的个性：大公鹅的霸道，母鸭的怯懦，小公鸡的中立立场，活脱脱勾勒出三个家禽的"压迫者、被压迫者和中间派"。《火狐阿三》中的人狐习性、行为是狐狸，而心理、语言是人格化了的，拉近了与读者的距离。

吴梦起的童话中所选用的动物是一般的为人们所熟悉的写乏了的动物，但到了他的笔下就活了起来，就有了"人情味"，有了艺术魅力。正如他所说："把它们当成'人物'，放进你的故事中，让它们像人一样地生活，它们具有思想感情，有矛盾斗争，有着我们人类所具有的一切，换句话说，它们就是人的化身。"又说，"生物、非生物，也包括人，大家生活在一起，既有善有恶，也有喜怒哀乐。它们构成了一个美妙的幻想中的童话世界。"从作家的阐述中可以看到，作家在创作中能把人性与物性在作品里完美地结合，是有坚实的理论基础的。把人性和兽性这两条脉管连通，让他们的血液流淌在一起，成为童话中的"人物"，这是吴梦起独到的艺术努力。

四

吴梦起以一片爱心来创作童话，篇篇童话也就充满了爱的阳光。爱心是一种责任。这种责任融入童话就加重了对作品社会价值的观照。

吴梦起的童话首先给人的是美感。文如其人。作品与作家的德行有直接的关联。吴梦起被关进"牛棚"，难免被"愤怒的群众"批斗毒打得腰部落伤。他应该埋有仇恨。但在他平反后职工调工资时向他调查那时都有谁打过他时，他虽记得十几个人，但轻轻地摇头说："记不得了。当时我被打昏了，记不得了……"因为他清楚，一旦说出谁的名字，谁就调不上工资。当打过他的人向他谢罪时，他说："事情过去就让它过去吧！在那个年代，对一个死不交代的专政对象，若我是革命群众也会压不住愤怒的……"一句话让人感动得流泪。

作家把这种宽宏谦和的爱的品德反映进了作品。在《老鼠看下棋》中他并不把狂妄、卑鄙、可恶的小老鼠置于死地，而是让大象一个喷嚏射进湖里，作为最后的惩罚。再看大象的品质，它在兽棋中居最高地位，但它说："他们把我抬得过高了，我怎么能居第一位呢！"大象不想跟小老鼠计较，就和解地说："你不是要三只香蕉吗，我给你就是了。""其实大象一点也不知道，他还以为老鼠是闹着玩呢，就笑一笑走开了。"一只脚趾就可以踏死小老鼠的大象在制服老鼠时也只不过是"想打个喷嚏"，才不经意地把老鼠从鼻孔喷出去的。这些对照的描写就愈显得老鼠的卑微渺小。那么作家对老鼠的讽刺及处理，都是以平和的态度来对待的，使老鼠这一卑劣形象同样给人以美感。

作家的爱心所铸就的社会责任感无时不在作品中体现。《独脚兵历险记》中的独脚兵是个见义勇为、乐于助人、惩强扶弱的形象；《大雁塔》中的康康则是为了世间的清白、和善而勇于献身的形象；《短尾巴和长尾巴》中以"小提琴协奏曲"般的笔调，弹奏出一曲谅解和友爱之歌；《蛐蛐坐飞机》则谱写了一曲爱国主义的赞歌……

吴梦起的童话还在形式美上苦心探求，力求内容和形式的完美统一，把中国的传统童话从简单的象征、寓意形式中解脱出来。他努力实现了他的追求：一是把诗、散文、小说的表现形式借鉴到童话中来，将几者融为一体，使童话具有诗的含蓄，散文的随意，小说的情节。二是用童话来塑造"人物"形象。童话讲一个道理容易，但塑造一个成功的形象很难。可他避易就难，塑造出小老鼠、虎牛等一批有鲜明个性的童话形象，使童话也具有小说那样的立体感。有人说吴梦起的童话是"童话小说"，我不敢苟同。所谓"童话小说"是运用幻想手段来做小说（类似马尔克斯的《百年孤独》），具有现实主义功能，是直接反映现实生活的；而吴梦起的童话不过是借用了小说的某些手段（还有诗、散文等手法），制造的是童话氛围，是充满幻想的童话世界。

衡量文学作品的审美价值除给人以情绪上、心理上、感觉上的愉悦满足外，重要的一点还在于引起读者对美好事物的热爱和追求，对丑恶事物的憎恨和厌弃。吴梦起的童话通过对自然和社会生活进行选择、概括，加工、创造出比自然和实际生活中存在的美更加理想的美，这是由作家的审美观所确定的。他说："对儿童进行美的教育是儿童文学本身具备的作用。要使儿童享受到美感和愉快，就要把作品写得美，用来打动读者，感染读者，尤其是童话。"又说，"美，不仅仅表现在对景物的描写上，就是在叙述故事的时候，也应该启迪着读者的想象，引起他们的美感。"从他的大量的童话作品中可以看到，作家无时不在遵循自己的创作审美原则，以充满对生活、对儿童的爱心来进行创作的。

吴梦起的童话从词句的美使人感到意境的美，激发读者对世间美的事物之爱，对丑恶事物之憎。他的大部分童话都并非随便之作，而是经过生活经验教训、生活哲理的思考的锤打锻造而成的。作品的童话境界或人生、或人道、或爱、或恨，都凝聚着哲理。这无疑是一位成熟作家的文学责任感的表现。

《当代作家评论》1996年第2期

马加研究综述

白长青　林建法

马加是中国现代和当代文学领域内的一位重要的作家，也是具有自己独特艺术风格的东北作家。他的创作，跨越了中国现代和当代文学的两大时期，比较真实而深刻地反映了北部中国特别是东北地区人民斗争的历史痕迹，他的一些代表作，产生着持久的影响，在中国现代文学史上占有重要的位置。马加同时又是20世纪30年代极有影响的"东北作家群"中的一员。新中国成立后，他长期担任辽宁文学界的领导工作。他是中国作协理事、中国文联委员，离休前担任着辽宁省作协主席、辽宁省文联主席。现在是辽宁省作协和辽宁省文联的名誉主席。

马加是从1928年开始从事文学创作的。是年，他从故乡辽宁新民县的文会中学考上了沈阳的东北大学教育学院预科，并于本年秋天在沈阳的《平民日报》上发表了一首诗歌《秋之歌》。这是马加的第一篇作品，也是他走上文学道路的开始。至今，已有近七十年的创作生涯。

马加已出版的作品计有：长篇小说《滹沱河流域》《江山村十日》《在祖国的东方》《红色的果实》《北国风云录》《血映关山》；中篇小说《开不败的花朵》《登基前后》（新中国成立后改名为《寒夜火种》）；短篇小说集《过甸子梁》《新生的光辉》《双龙河》；散文集《祖国的江河土地》《友谊散记》《幸福的时代》《马加散文选》；长篇回忆录《漂泊生涯》，以及《马加文集》等。此外，还有一些小说、诗歌、杂文和评论文章。

关于对马加作品的研究，最早的一篇是1933年出版的《文艺年鉴》。该书里的一篇文章认为马加的长诗《火祭》，是本年度最好的一首政治抒情诗。

1936年，吉旅在《黎明》第1卷第1期上发表的文章《评〈登基前后〉》，也是较早的评论马加作品的文章。

迄今为止，在各种报刊上发表的评论马加的作品和介绍马加的创作经历的文章在二百三十篇以上。研究的方面比较广泛，取得了较好的学术成果。但全面系统地研究马加创作成绩的研究专著还不多，只有《通向作家之路——马加的创作生涯》（白长青著，辽宁民族出版社1988年8月出版）。还有一部比较系统的资料研究专集即《中国当代文学研究资料·马加专集》（白长青、徐国伦编，辽宁民族出版社1996年5月出版）。

在已出版和发表的各种文章、专著中，涉及马加创作的各个方面，下面，我们拟分为几个专题，将马加创作的总体研究状况做一综述介绍。

一、关于马加在中国文学史上的地位的评论

关于马加的作品在中国文学史上的地位，可以分为现代和当代两部分。

关于马加的作品在中国现代文学史上的地位的研究，首推杨义的《中国现代小说史》[①]。在此书中，杨义专门以一节《江山的喜悦和草原的悲壮》，通过马加在新中国成立前的三部主要作品的时代价值，来反映他在文学史上的地位。杨义认为，马加和作家康濯一样，是"以农村题材作品著称的"，但"他的文学准备更丰富，也起步更早"，而且他"以主要的精力创作中长篇"。

杨义比较详细地分析了马加在这个时期的三个中长篇小说。他认为《滹沱河流域》"颇有融城与乡、军与民于一炉的艺术抱负"。但"作家尚未养成大开大阖、擒纵自如的文学魄力和手腕，使矛盾的展开难免局促拘谨，场面转换显得紊乱而缺乏章法。倒是一些描写的片段，还有几分清新细丽之处"。

对于《江山村十日》，杨义认为，这是一部"洋溢着政治激情，散发着几分北大荒的旷野气息"的小说。杨义特别注意了它的出色的东北语言风格和对人物的心情的表现。他指出："小说写得比较出色的地方，是展示人们分果实时的喜悦心情，作家确实是受这种喜悦的心情所感染了。"这是点出了作品的基调、色彩和作家创作时的心情相联系的本质。

关于《开不败的花朵》，杨义评价为"散发着浪漫主义的气息，开拓了一个相当开阔苍茫抒情的艺术境界"。杨义特别指出了作家对草原的描写所达到的精神气韵，并把它和契诃夫笔下的草原相比较。杨义评价说："它带有大草原的寥阔、清新，无论写晴空下的进发，暴雨中的强行，还是写黑夜里的迷途，都有

[①] 杨义：《中国现代小说史》，人民文学出版社，1991。

一种浩渺的逼真,似乎可以闻到草原的香味,令人联想到契诃夫的中篇《草原》。"杨义还认为,马加描写的草原,着力渲染着草原上那"数不清,开不败的花朵",通过春风吹又生的五月的鲜花,象征着王耀东、嘎达梅林这样的人民英雄,把历史和现实,神话和土地,都"交融在一个坦坦荡荡,千花百草繁茂的草原的怀抱之中"。这些,就是马加的笔下的"草原的灵魂"。而此节的标题"江山的喜悦和草原的悲壮",其意义也就蕴含其中了。

一些评论家还特别注意到马加作为20世纪30年代就享誉文坛的"东北作家群"中的一员的地位。如王瑶的《中国新文学史稿》[1]、沈卫威的《东北流亡文学史论》[2],都关注到"东北作家群"的创作的群体意识对作家创作个性的影响。

二、关于对马加的创作生涯的研究

许多研究者都比较关注马加的创作生涯的研究,这方面的文章也比较多。这一方面是由于马加的创作历程比较长,生活经历也比较丰富,可以研究和总结的东西比较多,同时也是由于马加创作的自身特点来决定的。作为一个几乎与20世纪同行的有特色的作家,马加的作品差不多都取材于他自己的生活经历。他的漂泊、坎坷、动荡、多彩的一生阅历,构成了他特有的生活积淀。他的大部分创作,就来源于他对这些生活的艺术的再升华之中。同时在这些生活中,又包含着他的丰富的感情因素,并与他的创作个性结合起来了。马加那些著名的作品,像《开不败的花朵》《江山村十日》《北国风云录》等,都直接源于他自己的亲身经历,都带着他内心的感情历程。因此,对于像马加这样的以自己的亲身经历为创作主体的作家来说,关注他的创作生涯的研究,就是很正常的而且是很有意义的了。这也是马加研究中的一个特色。

对马加的创作生涯的全面研究的成果,首先是白长青的研究专著《通向作家之路——马加的创作生涯》。这部书比较详细地介绍了马加的创作道路,资料比较丰富,写得比较翔实,颇有参考价值。此外,在《中国当代文学研究资料·马加专集》中,由白长青所撰写的《马加传略》,以及他的文章《一个真正的人民作家》[3],都是比较全面地研究和介绍马加创作生涯的。在这篇文章中,白长青提出了马加创作历程中所具有的革命方面,那就是:"他不仅是一个优秀的作家,更是一个坚定的战士,是一个真正的革命者。他有着作家与战士的双重身份。"白文认为,马加从"走上文学道路开始,他的创作就追逐着革命的激

---

[1] 王瑶:《中国新文学史稿》,上海文艺出版社,1982。
[2] 沈卫威:《东北流亡文学史论》,河南人民出版社,1992。
[3] 白长青:《走出沉思》,辽宁民族出版社,1997。

流,歌颂着人民斗争的历史画卷,从来没有疲倦停息",从而体现了"一个革命的作家与时代的关系"。他的另一篇文章《旌旗开处大纛舞》[1],也是较全面地研究马加创作道路的文章。

宝藏有多篇研究马加的创作生涯文章,其中比较有代表性的是《马加文学生涯60年》[2]和《论马加的创作道路》[3]两篇。在后一篇文章中,宝藏特别指出了马加的中篇小说《登基前后》(又名《寒夜火种》)在当时的积极的思想意义,以及今天对它的重新评价、重新认识的必要。他认为,这部小说的可贵之处,不仅在于它"充分地反映了沦陷区人民的反抗意识",而且还能够在作品里对20世纪30年代的东北农村的阶级状况和阶级关系给予艺术而准确的再现,十分难得。他说:"马加在30年代中期,就能够站在当时社会思想的制高点上,俯瞰沦陷区阶级意向和阶级关系的变化,这无疑是与作家接受共产党的领导,学习马列主义有直接的关系。"此外,宝藏还对马加的其他作品,以及马加的创作风格等,做了比较全面的介绍。

另一位研究马加的创作道路的作者张福高,在他的文章《论马加的创作》[4]里,也谈到了马加作为无产阶级文艺战士的特征。他认为,由于马加"和革命同呼吸,共脉搏,因而才能如此迅速地、全面地反映了时代的动向和革命的风貌"。应该说,类似张福高这样的评价,在其他的研究马加创作生涯的文章中是具有共性的。

一些文章还特别地注意到了马加的早期文学活动。在《东北现代文学史》[5]中,就提到在"五卅运动"以后,各种文艺团体在东北文坛上的日益活跃,其中就有"东北大学的马加"等人组织的北国社。在该书的第三编第三节"长篇小说《寒夜火种》及其他"中,比较全面地介绍了马加在北平流亡时期的创作情况。

沈卫威认为,在九一八事变以前,在沈阳的文坛上,特别是在东北大学的校园里活跃着一些文学青年当中,只有马加是最出色、最活跃的一个。[6]

关于马加的创作生涯的介绍,还有一篇文章是值得注意的,这就是马加的夫人,女作家申蔚的《〈开不败的花朵〉补记》[7]。由于申蔚和马加共同经历了那次难忘的草原行军,共同经历了战斗的考验,因此她在回忆和写出《开不败的花朵》的创作素材和当时的亲身经历时,无论是场、景、情、人物都异常真实

---

[1] 赵杰、王金屏主编《璀璨的星辰》,辽宁人民出版社,1995。
[2] 宝藏:《布鼓集》,大连出版社,1995。
[3] 宝藏:《布鼓集》,大连出版社,1995。
[4] 张福高:《文学创作论集》,大连出版社,1991。
[5] 《东北现代文学史》编写组编《东北现代文学史》,沈阳出版社,1989。
[6] 沈卫威:《东北流亡文学史论》,河南人民出版社,1992。
[7] 马加:《马加文集(二)》,春风文艺出版社,1991。

动人，因而也更有说服力。这对读者更好地了解《开不败的花朵》的创作过程，无疑是有帮助的。

三、关于对《江山村十日》的评论

马加的长篇小说《江山村十日》是他的代表作之一，正是在这部作品中，马加开始形成了他自己独特的东北地方的创作特色和东北语言的风格。《江山村十日》的发表，确立了马加在中国文坛上的地位，并以"出色的东北作家"的鲜明标志而令人瞩目。在新中国成立后出版的几乎所有的《中国现代文学史》中，都提到了《江山村十日》，这表明了它在中国现代文学史上所占有的地位。

王瑶的《中国新文学史稿》认为，《江山村十日》是反映土地改革内容的比较好的作品之一。"作者以干部下乡和离开为起讫，用了近于素描的概括的方法，比较完整地写出了土地改革的全部过程。"王瑶还特别地引述了作家杨朔对《江山村十日》的一段评价。杨朔的评价不仅很精辟，而且很准确，他的评价几乎被所有的研究者所普遍认同。所以，我们在这里把它摘录如下：

> 全书读起来似乎有些平，故事性不够强，可是只要你一拿起书，就会被一种强烈的生活气息所吸引。鲜明的色彩，浓厚的风土气味，人物也都赋有一定的性格，这就使本书的生活气息特别迷人。为什么能达到这一步呢？我研究了一下，觉得主要是语言运用得好。东北的语言相当丰富。比起先前所有用东北语言写东北题材的作品，这本书可以说是最突出，语言最好。正是因为语言的乡土气味十足，所以不管写人写事，色彩气味便显得格外浓。[①]

杨朔评价《江山村十日》里面由于东北语言运用得好，从而使作品的气味格外浓郁。而冯雪峰则从小说的时代意义和个性气质方面展开了自己的分析："《江山村十日》这部小说，在我们目前的需要和我们的文学的现在的水平上，也是一部好小说。作为一个速写式的中篇，作为一部炭画，我觉得作者在这上面是很成功的。"冯雪峰进一步解释说：

> 我说速写式、炭画式，是说这部小说的特色，我绝不是说它"不完整"或什么别的，这是它自己的一种表现法和风格。这部作品在个

[①] 转引自王瑶《中国新文学史稿》，上海文艺出版社，1982。

别处所,没有力或所谓"笔乏"的地方并不少的,尤其写周兰的母亲,是很失败的。但整个地说,这是一幅完整的炭画,轮廓是分明的,内容和人物和景色是生动的,自相连接着的。当我读它的时候,我能够找到它很多写得不好的地方,但我读完,把书搁开,闭眼一想,我就觉得它是描写江山村土改的一幅生动可爱的炭画,其中的缺点似乎都没有重大关系了。①

此外,由唐弢、严家炎主编的《中国现代文学史》②,和由田仲济、孙昌熙主编的《中国现代文学史》③,都提到了《江山村十日》。特别是在前一部书里,指出了这是反映东北土改生活的比较突出的一部中篇小说。它的"生活气息浓厚,人物形象也比较突出……显示了解放区农村的伟大变化,也给读者留下深长的意味"。

《东北现代文学史》对这部书给予重点的介绍。该书的第四编第三节,题目即为"马加的《江山村十日》"。作者首先肯定了这本书的鲜明的时代意义,认为它"是描写东北土地改革斗争的较为成功的作品"。作品"满腔热情地讴歌了翻身以后的贫苦农民表现出来的积极性和创造性。……作品中的金永生就是中国千千万万贫苦农民的代表"。

在刘绶松的《中国新文学史初稿》④中,也专门谈到了《江山村十日》,认为它的"比较浓厚的生活气息,相当鲜明的人物性格,使得这部作品具有一定程度的真实感人的艺术力量。较之作者以前写的《滹沱河流域》一书,它在思想和艺术上有了较为明显的进步"。刘绶松认为小说的不足是运用东北语言所带来的地方局限性,而且描写金成和周云的爱情故事与整个故事的发展过程结合得还不够紧凑。

在评介《江山村十日》的几种文学史著作中,当以晚近出版的《东北解放区文学史》⑤评论得最为全面和深入,对马加的创作实践和艺术手法给予了新的挖掘和阐释,使读者对这部书能有更深刻的历史的和艺术审美的认识。作者认为:"《江山村十日》是东北解放区小说创作中最为出色的中篇。"在这部书里,马加能够把自觉的创作意识和命题创作的时代要求很好地结合起来,特别是由于他追求着语言的群众化,才促成了作品的独特风格。

---

① 冯雪峰:《马加的〈江山村十日〉》,载王建中、白长青、董兴泉编《东北现代文学研究论文集》,辽宁大学出版社,1986。
② 唐弢、严家炎主编《中国现代文学史》,人民文学出版社,1980。
③ 田仲济、孙昌熙主编《中国现代文学史》,山东人民出版社,1979。
④ 刘绶松:《中国新文学史初稿》,人民文学出版社,1979。
⑤ 王建中、任惜时、李春林、薛勤:《东北解放区文学史》,辽宁大学出版社,1995。

比起其他的评论家，《东北解放区文学史》的作者更注重马加在这部作品里所表现出来的艺术成就和某些创新的艺术手法。

《东北现代文学史》的作者认为，《江山村十日》"不仅在某些语言的运用上有现代派的风格，在其他艺术表现上，也略带几许现代派风格。而这，为历来的研究者所忽视"。"它在坚持现实主义艺术创作方法的同时，能够将某些现代派的艺术表现手法，其他门类的艺术表现手法有机地融入创作之中，这也许是不经意的，但是这种'不经意'，正表明作家生活功底与艺术功底的丰厚。"所以，"它与大多数东北解放区文学作品不同：它不仅至今仍有认识价值与历史价值，而且迄今仍葆有审美价值"。这些观点，都是很重要的。

四、关于对《开不败的花朵》的评论

中篇小说《开不败的花朵》是马加的代表作，它自1950年出版以来，一再再版，曾被译成英、日、德、蒙等国文字，并收入《中国新文艺大系》中。在先后三次全国文代会上的周扬同志的报告中，都把该书列为新中国成立以来最优秀的作品之一。小说自出版以来，有关的评论就相当踊跃，数量也很多。

丁玲在她的《创作与生活》[①]一文中，曾结合《开不败的花朵》的创作过程和马加的成功的创作体验，详细地谈了作家应该怎样构思题材，怎样表现生活，升华主题的问题。一般的评论家都认为，《开不败的花朵》的艺术成就是高于《江山村十日》的。王瑶评论说："《开不败的花朵》所以超出了他以前的创作水平，主要是因为他相当成功地写出了新的英雄人物的新的品质。"王瑶并引用了柳青的评价说："我认为，《开不败的花朵》在各个方面都相当远地超出他过去的水平。语言比《江山村十日》也使人读起来舒畅，有些地方好像诗，很有感情地传达出了气氛，塑造了形象。"[②]

在杨义的《中国现代小说史》[③]中，作者着重分析了马加的创作欲望源于作家重回东北后的心灵感应的过程，作家这种新鲜的内心感情赋予草原一个觉醒了的灵魂。而朱寨则侧重于寻找小说的思想层面上的精神隐喻意义，特别是表现革命精神的象征性手法："以往对《开不败的花朵》的称赞，多着眼于草原风光景色的描绘。是的，作品描写的无垠草原，缤纷斑斓的花朵，瓦蓝的天空，确实令人心旷神怡。其实，作品还有更深沉的蕴含隐喻：草原上的花朵秋天谢了，春天重开，年复一年，生机不衰，因为花下'掩盖着志士的鲜血'；缭绕飘

[①] 丁玲：《创作·生活·修养》，人民文学出版社，1981。
[②] 王瑶：《中国新文学史稿》，上海文艺出版社，1982。
[③] 杨义：《中国现代小说史》，人民文学出版社，1991。

荡于草原上的歌声不是'风吹草低见牛羊'的牧歌,而是人民思念革命烈士的《五月的鲜花》和《嘎达梅林之歌》。作品的结尾正如飘逸的歌声,余音袅袅。"[1]这种"思想感情的蕴含",才是作品最打动人的地方。

在新中国成立后出版的几种《中国当代文学史》中,都提到了马加的《开不败的花朵》。如《当代文学概观》[2]中说:"《开不败的花朵》叙述了日寇投降后党的一支干部队伍,在进军东北的途中,发生在内蒙古草原上的一场惊心动魄的遭遇战。……作者几乎把自己的亲身经历做了事实的记录,作品具有强烈的感人力量,今天读来仍然激动人心。"此外,像《中国当代文学史》等,也都给予了较高的评价。

五、关于对《北国风云录》和《血映关山》的评论

长篇小说《北国风云录》和《血映关山》姊妹篇,是马加晚年的重要的代表性作品,出版于20世纪80年代。这两部作品以马加亲身经历的一段生活为基础,展现了从九一八事变到抗战胜利这段历史时期的以东北社会为中心的北部中国的风云变幻史。作品场面宏阔,结构浑整,时代感和生活气息浓厚,特别是它运用马加特有的语言风格,再现了那段历史生活中的东北农村的鲜明的地方色彩而广受好评。《北国风云录》获辽宁省政府优秀作品一等奖,中国首届满族文学奖,《血映关山》获东北文学奖。这两部小说出版以来,受到了评论界的广泛注意。

杨义的《中国现代小说史》中说,《北国风云录》"散发着浓郁的乡土气息",从中可以看到作家的"文章老成的风采"。李作祥认为,这部小说体现了作为一个成熟的作家的马加的创作风格,那就是"散"和"淡"的特点。他认为,"马加同志是一个温厚而含蓄的人,他是一个不善于用强烈的,浓度相当高的方式表达自己感情的人""马加同志的感情特点、气质特点决定了这种淡如水的表达方式。这种感情上的淡化,并不是没有感情,或者感情不深,而是一种感情的存在方式或表达方式"。这种淡淡的彩墨化,恰是马加的风格。他认为,小说的不足是由于结构上"过于均衡""而无异峰突起之妙"[3]。

李兴武认为,《北国风云录》在人物的塑造上是极有创意的。在马加过去的一些小说里面,重要的人物往往也就是英雄式的人物,而在《北国风云录》中却不是这样。马加把知识分子周云作为重要人物去塑造,但周云却绝不能算是

---

[1] 朱寨:《感悟与沉思》,人民文学出版社,1995。
[2] 张钟、洪子诚、佘树森、赵祖谟、汪景寿:《当代文学概观》,北京大学出版社,1980。
[3] 李作祥:《论辽宁作家群》,春风文艺出版社,1994。

英雄人物。正因为"他的优点和弱点都了了分明地显现在读者面前,才收到了如鲁迅所说'正因真实,转成新鲜'的艺术效果"。小说又塑造了一个坚定的共产党员沈风的形象,"作为周云形象的补充",这种"二合一"的手段,就能更充分地表现那个时代的人物精神[1]。周兴华认为,《北国风云录》中的地方色彩同小说中的爱国主义的主题是一致的,地方色彩是外在的形式,而爱国主义思想是其内在的精神[2],等等,都是很有代表性的分析。

曾镇南从对历史题材的表现的时代意义上分析了小说的价值。他认为,表现历史题材的作品,要能"唤起青年庄严的历史感,使他们览畴昔之风云,明今日之使命,知前辈之奋斗,增开拓之勇气。《北国风云录》是能够起这样的现实战斗作用的"。"在这部写作时间长达二十年,三易其稿,历尽劫难的力作中,凝结着作家毕生的生活经验和进行艰苦艺术创造的心血。"[3]

对于长篇小说《血映关山》,有两篇比较重要的评论文章,其一是何镇邦的文章。他认为,《血映关山》有如下几个特点:首先,小说是从某个侧面来写伟大的抗战斗争的,"因此,虽然作者并不追求一种史诗效应……却具有浓厚的生活气息和深厚的历史感"。其次,作品对抗战时期的延安生活的描写也是极有特色的,"作者正是以一种平实的笔调,白描的手法,从不易被人注意的平凡的日常生活画面中写出延安的生活面貌和革命精神"。更为可贵的是,"马加同志写延安,不只是写光明的积极的一面,也写到延安生活的阴暗面,他几乎是以实景的笔法,通过革命青年周云的遭际来写当年在延安由康生一手导演的'抢救运动'的。这些描写,具有历史记载性的文献价值,也表现出马加这位忠实于生活的现实主义作家坚持现实主义创作原则的艺术勇气"[4]。

林为进认为,《血映关山》的叙事结构是作家以流动的一个个画面去反映历史的,"正是在似乎零散的叙述中,打破了似乎完整的封闭与凝固,通过仿若不连贯的众多零碎的画面,努力表现出历史的风云变幻"。林为进以赞赏的态度评价了小说对延安的"抢救运动"的描写,他认为,在过去的文学作品中,"对延安生活进行具体的描述,的确还不多见"。因此,小说对延安生活的描写,"就文学创作的题材的开拓来说,无疑是一个有益的贡献"[5]。

---

[1] 李兴武:《略谈〈北国风云录〉的人物塑造》,《文学评论稿》(辽宁作家协会编)1983年第2期。

[2] 周兴华:《小谈〈北国风云录〉的地方色彩》,《文学评论稿》(辽宁作家协会编)1983年第2期。

[3] 曾镇南:《评长篇小说〈北国风云录〉》,《当代作家评论》1984年第3期。

[4] 何镇邦:《独特的视角与独具的风采——评马加的长篇新作〈血映关山〉》,《当代作家评论》1991年第6期。

[5] 林为进:《状历史之风云,叙青春之无愧——读马加新著〈血映关山〉》,同上。

六、关于对马加的其他作品的评论

马加的其他一些作品也引起了评论家的广泛的注意。他于1936年发表的中篇小说《登基前后》，在当时就有吉旅给予了介绍，1940年，于毅夫在《反攻》第2期上也给予了介绍。但由于当时的抗战开始后的动荡环境，这部作品的价值和意义没有受到应有的注意。新中国成立以后，这部小说改名为《寒夜火种》再版时，它的价值便受到了普遍的注意和再识。《东北现代文学史》说："当时的东北'到处是严冷的寒夜'……在这种情况下，《寒夜火种》的确起了火种的作用，向人们心里投下了希望和真理之光，给人们指出了一条正确的抗日救国的道路，这就是这部小说的积极的思想意义。"此外，在姚辛主编的《左联词典》中也指出："1932年夏至1934年4月，马加从北平潜回家乡务农，体验生活，这部小说就是他根据自己这段亲身经历而成。"关于小说的意义，他认为，这是"一部反映30年代伪满洲国现实生活的优秀之作，也是马加左联时期文学道路的一块里程碑"[①]。

李兴武认为，这部小说的成功，得益于其选材的新鲜。"《寒夜火种》的选材，很类似一幅好的图画。溥仪登基前后，正是东北最黑暗的时候，也是各种矛盾最集中的时候。小说紧紧抓住这个时刻，写出了恶霸汉奸的横征暴敛，胡作非为，写出了贫苦农民的屈辱与苦难，不平与反抗，写出了义勇军的集会宣传和武装斗争，显得真实自然，毫不牵强附会。"不仅如此，李兴武还首次把几乎发表于同一时期的，同是东北流亡作家的抗日题材作品的《八月的乡村》《生死场》和《寒夜火种》做了比较，他认为："马加在北京创作《寒夜火种》的时候，萧红和萧军也正在青岛创作和完成着《生死场》和《八月的乡村》……现在，《生死场》和《八月的乡村》都载入了史册，《寒夜火种》却被冷落着，这是不公平的。就这三部作品来说，虽然风格各不相同，但是每一种风格都有各自的长处，表现的主题是一致的。而从通篇的结构和布局上看，《寒夜火种》则更符合中、长篇小说的规范和要求。因此，《寒夜火种》应该和其他两部作品一样，在中国现代文学史上占一席光荣的位置。"[②]

对于马加写于延安时期的长篇小说《滹沱河流域》，也引起了评论家的注意。在王瑶的《中国新文学史稿》中，给予了介绍。李兴武也认为，这部小说的"思想意义在于展示了解放区阶级关系的变化……比起《寒夜火种》来，这部作品的生活场景更加广阔，生活气息更为浓厚，人物和事件的描写也更加细

[①] 姚辛编著《左联词典》，光明日报出版社，1994。
[②] 李兴武：《论马加的创作》。

致"[1]。沈卫威则从东北流亡作家在抗战后期的整体创作轨迹上看待这部小说的积极意义,认为这部作品"突出地代表了这一时期东北流亡作家群创作转变后的文学成就。可以这样说,流亡到延安的东北作家二十余人,在那相当长的一段时间里,能够发表长篇小说的仅马加一人"[2]。还有的评论者认为,小说反映了抗战时期解放区人民的新的觉醒的精神面貌。[3] 关于这部作品的不足,认识也比较一致。那就是因为这部小说毕竟只是一个半成品,艺术上还显得不够成熟。

对于马加的另一部反映抗美援朝战争题材的长篇小说《在祖国的东方》,李兴武评论说,小说的成功在于人物的塑造比较生动,富有东北人民的气息。而小说的不足则是"结构也稍嫌散漫"[4]。张福高也认为,这部作品在人物塑造上是成功的,"有些场面浮雕似的印在人们的脑中,给人们以深刻的印象"[5]。小说在表现高昂的爱国主义和国际主义基调方面,是有着积极的时代意义的。

20世纪50年代,马加在辽宁农村长期深入生活,他在辽南盖县深入生活的基础上,写出了反映辽南农村农业合作化运动内容的长篇小说《红色的果实》。这是马加反映社会主义建设时期的较重要的一部长篇小说。小说发表后引起了注意,也发表了一些评论文章。

马加是以写小说为主的作家,但同时他也很喜爱散文创作,出版了几部散文集。在他创作生涯的早期,他又写了大量的诗歌。马加在散文和诗歌方面的成就,也引起了一些评论者的注意。马风从作家的创作心态上提出,马加在写散文和写小说时,是否有着不同的创作心态。"马加并不拿出一副散文家的身份和架势来写散文,恰恰因为如此,他的散文才没有被'规范'所掣肘,而勃发出另一番鲜活的姿态。"而马加散文的一个重要的特点,就是"鲜明的时代色彩和厚重的思想力量"。他的情感,是始终不渝地和时代的"思想"联系在一起。[6]

马加在北平时期写作了大量的诗歌,而且基本上都是些长诗,像《火祭》《故都进行曲》《第三时期》等。这些来自苦难的时代的战歌,是"真正从血管里涌出来的诗"!"它以火的激情,鞭挞那个吃人的社会,呼唤着革命的到来。"[7] 诗人刘镇对马加在北平时期创作的诗歌的评论文章,是有关评论文章中较有分量的一篇。

---

[1] 李兴武:《论马加的创作》。
[2] 沈卫威:《东北流亡文学史论》,河南人民出版社,1992。
[3] 张福高:《文学创作论集》,大连出版社,1991。
[4] 李兴武:《论马加的创作》。
[5] 张福高:《文学创作论集》,大连出版社,1991。
[6] 马风:《陌生的阅读——〈马加散文选〉读后札记》,《当代作家评论》1991年第6期。
[7] 白长青、徐国伦编《中国当代文学研究资料·马加专集》,辽宁民族出版社,1996。

七、关于马加的创作风格和艺术观

马加是有自己独特风格的作家,他的创作风格是随着他的创作历程逐渐完善和成熟起来的,而且越到晚年,这种风格就越加鲜明。马加坚持走着一条革命现实主义的创作道路,并且经常和积极地进行着艺术上的新追求。在东北作家当中,马加的个性特色是非常鲜明的,他的"东北的"气质也非常突出,而他的艺术成就,也极大地得益于他的独特的创作个性。众多的评论家,都注意到了这一点。

关于马加的创作风格,白长青评论说:"他的作品,思想凝重,自然朴实,传递着塞北关外的源远流长的风情习俗和北方人民历史生活的搏击之声,表达着中华民族的民族精神和气节,表现了东北人民的坚韧性格和精神气魄。""作为一个成熟的,有影响的作家,马加的创作自然有他自己独特的风格。这种风格就是清新、淡雅、朴实、自然,具有浓郁的东北地方色彩和乡土气息。他喜欢采用简朴自然的手法,表现宁静的自然天成的美。他的作品,并不刻意追求情节的跌宕起伏,而注意营造一种意境,透析着作家独特的审美感受,渗透着历史的穿透力,以一种朴素自然的魅力而给读者留下难以忘怀的印象。"[1]这是对他的创作风格的总体把握。

张福高认为,马加不仅对生活有自己独特的感受,更重要的是他用自己独特的方式去表现生活——采用一种"自然的色调",这使他的作品具有某种"水彩画"的特点。

陈屿认为,马加的作品焕发着一种浓厚的抒情性,产生着一种意境化的美。即使他在表现大自然的风光时,也是采用大自然的原色调去写大自然。此外,众多研究者比较一致的看法是,他的作品中的浓郁的东北地方特色和乡土气息,构成了他的作品独特风格的基调。[2]

马加的作品有着强烈的时代感、浓郁的生活气息和醇厚的乡土色彩,这些都是比较公认的。《东北解放区文学史》的作者则认为,马加的作品所常见的对人物心理的潜意识和幻觉的表现,则具有西方现代派的新感觉派艺术风格。这些,我们在前面的文中已有介绍。

谈到马加的创作风格,自然离不开他的作品的语言。马加的语言艺术,是他的艺术风格的重要组成部分和最出色的地方,这也是研究者所公认的。

马加的文学语言,是在东北人民语言特色的基础上经过了艺术的提炼和再

---

[1] 白长青:《走出沉思》,辽宁民族出版社,1997。
[2] 周兴华:《小谈〈北国风云录〉的地方色彩》,《文学评论稿》(辽宁作家协会编)1983年第2期。

加工的结晶。正如陈屿所说："马加同志对东北乡土语言的运用，已经到了纯熟的境地。而最令我惊服的是，他善于把辽河套上最'土'的庄稼话，提炼成为最美的文学语言。使人不能不为之叫绝……把乡土气味浓厚的方言土语，巧妙地镶嵌到文学语言之中，使之成为浑然一体，做到你中有我，我中有你，读起来一气到底，读完后别有韵味，使人既得到文学的欣赏，又呼吸到乡土气息，这就是马加同志在语言上的独特风格。"[1]一些评论者还举了大量的马加作品中的语言的例子来说明，限于篇幅，我们就不能一一摘录了。

在马加的七十年的创作生涯中，他的作品的风格和艺术观是经历了一次较大的转变的。在他早期的创作中，带有一种明显的"忧郁情结"。他在东北大学读书时，接受着新的思想，开始反抗家庭给他的封建包办婚姻，这时候，他在个人的感情上，以及对社会的黑暗的不满，都使他的内心相当苦闷。接着就是在九一八事变以后，他被迫流亡到北平，过着颠簸坎坷的生活，加上失去家园的内心的痛苦，抗日的情绪无法发泄，只得以写作谋生，在忧郁中继而产生出一种政治上的激情，这从他的长诗《火祭》等都可以看出来。在他的早期创作中，这种作者自称的"陀思妥耶夫斯基那种忧郁情绪的影响"，是很明显的。

白长青认为，马加"作品的前后期呈现着截然不同的面貌。尤其在语言的运用和艺术风格上，都呈现着较大的转变。这种转变，在作家的审美观上，经历了由模仿西方到回归东方本民族文化传统的转变，在艺术表现形式上，则经历了由外在美到内在美，由形式美到内容美的转变"。"1928年，当马加在东北大学开始创作的时候，他颇受西方现代文学潮流的影响，更注意追求作品的西方现代意识和外在的形式美。他的早期的诗作，包括在北平时期创作的一些作品，就有着这样的痕迹。"白文认为，马加在参加革命队伍以后，他的创作观和作品的风格逐渐开始了转变，而这种转变的分水岭，则是他亲身参加了延安文艺座谈会以后。"在马加的创作思想的转变中起到重要的分水岭作用的，就是他亲身参加的延安文艺工作座谈会。这次会议使马加的思想受到了极大的触动。他认识到，要成为人民的作家，要写好人民的历史，首先就应该去熟悉人民，热爱人民，深入到人民的生活中去。在他的作品《江山村十日》里，马加的创作真正实现了这种转变。"[2]正由于马加的创作观念发生了这次重要的转变，才使他更走近人民，更加注意向人民学习，并最终取得了极大的创作成功。

《当代作家评论》1997年第1期

---

[1] 陈屿：《异彩生辉，自成一家——长篇小说〈北国风云录〉读后》，《鸭绿江》1983年第7期。

[2] 白长青：《走出沉思》，辽宁民族出版社，1997。

拒绝或者表达
——柳沄诗歌的写作姿态

吴义勤

中国当代诗歌无疑曾经拥有过令人羡慕的辉煌时光,从朦胧诗的崛起到现代主义诗群的蜂拥而出,当代诗歌创造了一个又一个文学神话。然而,进入20世纪90年代之后,诗歌园地却令人心酸地荒芜了。诗和诗人仿佛一夜之间就从我们的文学地平线上消失了,诗坛一片死寂,只是海子和顾城的死才又激起了一点"死水微澜"。不仅"诗歌"这个美丽的词语而今褪下了神圣、迷人的光环,而且读诗和写诗本身甚至也成了一种不合时宜、遭人嘲笑的行为。这种尴尬局面的形成当然与当下时代商业大潮对文学的冲击有关,但更主要的似乎还得从我们诗坛本身去找原因。在我看来,所谓的"先锋""新潮"诗人就对当今的诗歌衰落局面有着难以推卸的责任。他们总是以一个又一个花样百出的口号把诗坛搅得风生水起,并以故弄玄虚和游戏自娱的写作姿态把当代诗歌日益引向了晦涩难懂、佶屈聱牙的歧途,诗歌与现实、与生活、与时代、与人类甚至与诗本身的联系几乎全被割断了。某种意义上,这些自命不凡的"先锋"诗人其实正是以自杀的方式完成了对整个当代诗歌的集体谋杀。一方面,他们以故作高深的写作姿态吓跑了广大的诗歌爱好者,即使专业评论者也都对他们敬而远之;另一方面,他们巨大的喧嚣声浪又把一些优秀诗人及其作品给遮盖和淹没了。在我眼中,东北诗人柳沄就是这样一位诗歌光芒一度被"遮盖"住了的优秀诗人。当我在寂静的深夜沉浸到柳沄用他的诗行为我们编织、创造的艺术世界中去时,尘世的纷扰很快就被荡涤一空,而美和澄明则笼罩了我的灵魂。

很久没有因为文字或者语言而感动了，但柳沄的诗则让我重新经历了一次这种美丽的体验。我不敢评定柳沄在当今诗坛的地位（我个人的阅读范围限制了我），但我敢说他的诗是我个人近年来所读到的最优秀的诗之一，他的真诚、他的脚踏实地、他的历史感、他的现实情怀都使他的诗在当代诗坛具有一种独一无二的品格。我想，时间是最好的法官，随着时间的推移，柳沄之于中国当代诗歌的价值将会日益彰显出来。

读柳沄的诗，我们首先必须面对的就是柳沄在当代诗歌写作中的独特姿态。柳沄的诗所呈示的绝不是一种呐喊和倾诉的姿态，而是一种倾听与追寻的姿态，一种冷静和拒绝的姿态，一种融现代主义思维和现实主义情怀于一体的姿态，一种"举重若轻""大巧若拙"的姿态。"以一种轻松的心情／重读那沉重的落日／不说话，像黄昏一样冷静"（《重读一遍落日》）；"月光是一种注视／能够被它目睹或看透／我可有可无"（《深入月光》）；"我先是阅读／而后开始倾听／……／隔世的声音清澈而舒缓／却比急风骤雨，更容易／浸透我全身"（《红雀》）。这样的诗句可以说是对柳沄写作姿态的形象化阐释，它启发和提示了我们进入和阐释诗人艺术世界的路径和方向。

有人曾试图把当代诗歌的主题品类划分为由低到高的四个层面：生活——生命——生存——存在。"生活"是指那些较靠近"现实主义"的世俗性抒情主题；"生命"是指人本主义立场上的生命感怀与精神抗争；"生存"指那种体现文化与历史的追思和对人类命运忧患的主题；"存在"则是指具有形而上意义的本质叩问和宗教皈依，它是对普遍而具体存在着的人的本质及其意义的假定、寻找和描述，是信仰的颂词和当代哲学的艺术着装。尽管，从本质上说这种对诗歌主题层次的划分是相当牵强和不科学的，但作为一种特定的诗歌阐释视角，上述归类、概括又是有其合理性和存在价值的。从这样的视角来观照柳沄的诗，我们会发现"生活""生命""生存""存在"四个主题层面经由诗人独特写作姿态的浸润已经融化、整合成了一个统一、和谐的艺术整体。就柳沄诗歌的抒情方式和话语风格来看，他的诗无疑是属于现实主义的；而从诗歌的艺术形态和精神内涵来看，他的诗则又是属于现代主义的。柳沄较好地解决了诗的沉重哲学品格和外在审美形态之间的辩证关系，把诗歌追问存在与终极的凝重和清新、澄明的美学境界融汇为一了。

海德格尔认为，凡没有担当起在世界的黑夜中对终极价值追问的诗人，都称不上贫困时代的真正诗人。真正的诗人负有对人类的精神归宿、对人的灵魂道路抉择和确立的崇高责任，负有克服主观与客观、人与自然、意识与无意识、自我与世界分裂的责任，真正的诗人要用自己的诗去使遮蔽状态的存在物进入暴露，让人们能够接受它，并引导人们去寻找失去的精神家园。应该说，柳沄是一位有着这种"崇高责任感"的诗人，这种"责任感"也是他拒绝世俗的写作姿态的一个层面。柳沄对于世界的残缺和矛盾有着敏锐的把握和深刻的体验，他总是能在对于精神与存在、自我与世界、可能与无限等矛盾性世界图像的追问中凸现抒情主人公"思想者"的形象，并成功地把自己的诗歌触角伸入了世界的内部和核心，向读者出示了世界的本真面目。在《我想惨叫》这首诗中，柳沄直接向世界发出了怀疑主义的宣言："如果我是一匹拖车的马／或者是一头出汗的骡子／我会长出一双犄角／世界，更不可信。"在《接受阳光》中他也对上帝发出了公开的嘲笑："接受阳光，拒绝日子霉变／此刻阳光覆盖着你，就像黄土覆盖着祖先／在一次偶然的颤动里，你突然明白：人／一旦学会了蔑视／上帝不过是一位瘪三。"也许正是出于诗人对于世界的怀疑主义态度，我们发现柳沄的诗歌大厦完全是由二元对立的"矛盾"意象和结构符码构筑而成：时间／过程、苦海／彼岸、表达／拒绝、物质／语言、绝望／信心、大地／幻影、现实／梦境等矛盾话语的展开既把柳沄的诗推进到了一种形而上学的哲学高度，又把他的诗深入到了一个崭新的心理层次。

一方面，对于人的精神存在和世俗存在永恒矛盾的探究与剖示在柳沄的诗歌主题蕴含中有着举足轻重的地位。在《瓷器》中诗人由瓷器的命运而鄙视人的存在："因此就不难明白／为什么瓷器宁肯粉身碎骨／而拒绝腐烂／是的，瓷器太高贵了／反而不堪一击／在瓷器跌落的地方／遍地都是呻吟和牙齿。"在《上帝与麦子》中诗人更是直接袒露了灵魂深处的巨大矛盾："上帝通过神秘，赐我精神／麦子则以饱满的方式／赠予我物质／之后，它们同时把我推荐给世界／……／我就夹在它们中间生活／有时真想大哭一场。"在这里，柳沄把理性文明和世俗欲望对精神世界的扼杀，把现代人丧失家园的疼痛感、失落感、焦灼感和灵魂的漂泊状态淋漓尽致地展现在读者面前。他的笔下，既有人在自然面前的渺小和无奈："永远的海啊，深如五千年／而航行，最多是一种努力／夜深人静时，由浪涛／构成的颠簸久久不能终止／那阔无边际的水／对于归期和欲望／是千百次的浇灭。"（《隔世水手》）又有人在时间铁律和世界荒诞境遇中的失落与感伤："就这样一步步深入和抵达／道路则不动声色地／把我推荐给泥土／回首时，天塌下来／我所钟爱的女人／已是别人的舞伴。"（《走在路上》）既有对于堕落现实的批判："失去真诚的音乐／只能是一堆噪音、废铁和石头。"（《寻找歌手》）"一棵最粗壮的树倒下／一种被劈开的疼痛弥漫／失去支撑和搀扶的世界／拐杖将是你唯一的根／这时肯定有另一把斧子在另外的地点／斫击你的双腿。"（《眺望森林》）又有对于自我内心世界的敞开："此刻从他们的叹息里／我听到了世界的倦意／从世界的倦意里／河流伸出碧蓝的大腿／而我的内心，从来／都是一间漆黑的静室／适合他们缅怀、忧伤／翻找烛光和火柴。"（《三个担架手》）

另一方面，对于时间的思索和探究也是柳沄思考终极存在的一个特定视角，他的诗有着强烈的"历史感"和"时间意识"。他特别善于书写和言说"过去"，对于既往时光的回眸和怀念可以说是他诗作的一个贯穿精神线索。《骑士的头盔》《铜兽》《郑板桥》《剑·刺客》等诗都是这方面的代表作。而《大钟》更是诗人追问"时间"的一首精致短章：

　　此刻，它
　　恍惚的态度使岁月昏睡
　　在昏睡与恍惚之间
　　我深感到一种纷飞
　　譬如钟声形同月光
　　月光形同倦羽
　　倦羽形同初雪
　　而初雪形同上帝掸落的灰尘
　　当我比喻了这一切
　　大钟只能是声音的尸体
　　此刻，它
　　昏睡的样子使岁月恍惚
　　在恍惚与昏睡之间
　　我深感到一种轮回
　　譬如撞钟人对杵的操纵
　　杵对钟声的操纵
　　钟声对时间的操纵
　　以及时间对撞钟人的操纵
　　当我阐明了这一切
　　大钟只能是自己的知音

这首诗中柳沄以繁复的比喻和意象把"时间"的力量哲学化地呈现在我们面前，它让人不能不沉思宇宙和世界的沧桑变幻并由此获得某种深刻的心灵感悟。柳沄诗作的"时间情结"甚至还直接体现在他的诗题上：《隔世的水手》《隔世的声音》《一双旧鞋》《看一部旧电影》《那株老树》《读一张旧报纸》……诗人在这些诗中既借助于对时间流逝的思索来反映人在当下世界的临时感和短暂感："突然，我／觉得一切都短暂得可疑／站在桥上俯瞰湍急的流水／生命和存在／充满了临时感／似乎，我来不及知道／自己是谁。"(《桥的素描》) 又在对时间的哲学追问中对比性地凸现了时间的意义和人的渺小：

  一位美丽的少女匆匆走来
  弯腰去拾那枚桃子
  当她抬起头时
  已成老妇
      ——《一种过程》

  在天空和蔼的笼罩下
  花朵安宁地喧嚷
  风吹来，将花香弄了我一身
  我折过身去轻轻拍打几下
  再折过身来时
  它们已经枯萎
      ——《为谁叹息》

  ……在时间面前
  还有谁不是原形毕露。举目四望
  除了假的像真的什么都像假的
  而太阳只是在它想出来的时候
  才出来
      ——《对一场大雾的六种看法》

  残阳如血，一点一滴淌尽
  残阳陨落如一个朝代消失
  所以寂寞的历史总是缺着一角……
      ——《铜兽》

  时间就是如此无情和残酷，它把世界很快就改写成了一种纯粹的"历史存在"。在这里，我特别要提到柳沄的抒情长诗《剑·刺客》，这无疑是诗人最优秀的诗篇，也是当代诗坛最优秀的诗作之一。诗人选择一个特殊的历史人物和历史事件作为诗思飞翔的翅膀，在历史的回眸中对世界、人、希望、绝望等存在语汇都进行了新的阐释，历史的纵深感和现实的理性情怀水乳交融于长诗的意境之中。"历史，紧张得比你更累 / 面对搏杀和毁灭 / 你一步比一步轻盈 / 而一旦停下来／便是一堆白骨""世界不存在罪恶只存在界限／为了仁慈，有时／就必须残忍"，这样的诗句总是给我以巨大的精神震撼和灵魂感动。而在诗人眼中"剑"和"刺客"正是两种生命和生存方式的表征，它们在暴露与消失、希望与绝望、衰老与永恒、仇恨与梦泽之间的呈现和发问构成了对于世界腐朽根基的致命打击，因而也成了诱发出存在诗意之光的两个典型意象。

总的来说，柳沄诗歌所言说和呈现的世界图式可以说正是一种"残缺图式"。与此相联系，他的诗歌园地中也密集着一个"残缺"意象群，比如"旧报纸""落日""老树""枯蝶"等就都是贯穿他诗作的主要意象。且看下列诗句：

夕阳，一只贫血的瘦鸟
抖落纷纷的倦羽
————《走在路上》

老树的完美，总让我
想到老人的缺陷
————《那株老树》

这是一个生存险恶的世界
如果你太弱
就将被强者所吞食
如果你太强
又会被群起而攻之
————《桥的素描》

虽然，我们不能说柳沄笔下的世界就是黑暗的，但荒诞的残缺则是随处可见的。诗人对世界的体验是和对于自我的拷问紧紧连在一起的，在世界的荒诞背后诗人表达的是自我的荒诞："那并不存在的手，将／先知和畜生揉成一团／这一刻，说谎的人回过头来／雾碎裂时，他的脸／变成许多人的脸。"(《对一场大雾的六种看法》)

然而，对于"残缺"的思索并没有把柳沄引向悲观和绝望，相反诗人却更在他的诗作中发出了对存在诗意的理想主义呼唤。德国哲学家古茨塔夫·勒内·豪克曾在他那本著名的哲学人类学著作《绝望与信心》中说过："在今天的文学艺术中，如果我们只表现焦虑之梦和绝望的歇斯底里，而不去表现希望和信心，乃至确信的情绪，那么毫无疑问，这只是表现了自然生命的一半。"在柳沄的诗中，我们是能读到诗人向往光明和神圣的"信心"的："追随水，我深入远方／水让一只千年的石龟复活／水教育我清澈／逼我放弃泥土和花朵。"(《梦里的水》)"临睡之前／我要把它向往得更洁白一些／像情人的胸脯／洁白得比任何一种颜色都深。"(《无雪的冬天形容一场大雪》)而在对"桥"的素描中，诗人更是从"桥"的立场和独守孤独的境界中感受到了世界的意义和光亮："桥对我的启示就在于／——你只有站得稳了／才有可能仰卧得悠闲。""桥既是前程也是归途／它不动声色横跨其间／让此岸与彼岸放弃对峙／而选择妥协。"即使在《骑士的头盔》这样充满了"历史"血腥和灾难气息的诗章里，诗人也没有丧失对于人和世界的信心："我想，人生同这只头盔一样／只有顶撞过什么抗击过什么／或者征服过什么／才有可能在秋后感到自己的甘甜。""骑士的头盔，对任何一次粉身碎骨都了如指掌／月光沛然的晚上，世界不语／而头盔则通过一道细细的斫痕／蜿蜒地告诉我／——是男人／就应该像剑一样直来直去……"在这首诗中诗人不仅表达了关于世界的理想，而且还把对人格理想的建构隐喻性地凸现在诗歌的意象中。而在《无题》这首诗中诗人更是在表达与拒绝、灾难与信心的对峙中阐明了自我超越"苦海"进入"彼岸"的梦想："我感到优越。一种／无从表达的向往／类似于拒绝／雨啊，高妙的天籁／我胸中的自言自语／——对苦海说出了彼岸／对彼岸说出了心潮。"这首诗可以说是对柳沄诗歌写作姿态的绝好阐释。应该说文学对于恶俗的拒斥性就在于它永远闪耀着理想的灵光，这植根于人类的本质。人的天性使人不但不间断地与现实对人的异化相抗衡，而且要不断地超越自我，而文学艺术尤其是诗，恰恰就是人类自我超越，自我拯救的产物。萨特就认为艺术品是以超越现实为目的的，是"以未来的名义对现在的审判"。雅斯贝斯也认为，欣赏艺术作品时，欣赏者往往忘却时空真实而体验到一种"解放感"。好的艺术因其超前性永远都不会完全与现实的世俗人生相认同，它的优秀之处恰恰就是与一般世俗观念的疏离，在这个意义上，柳沄诗歌的对于彼岸的寻求、对光明的吁请召唤无疑是有着鲜明的超现实性和理想主义色彩的。

在《先人》中，诗人直接发出了对"精神家园"的呼唤与呵护："逝去的先人，你们依然活着／你们每天都以树的形象／围绕在我的房前屋后／狂风大作的时候／你们便死死地搂着泥土／即使被拦腰吹断／也绝不让家园飞走。""逝去的先人，你们依然活着／你们每天都先于黎明醒来／又先于落日瞑目／我对你们的感激和恐惧，就像我的头发／剪掉了，还会生长／并且漆黑如初。"而在《深入月光》中诗人更是对生存的诗性和神性境界倾注了巨大的热情："我感到轻和上升／像一支矛／以衰老的速度／投向自己的生命。"诗人深情地歌唱道：

我无限热爱今晚的月光
抽象的月光，使
纷飞变得多么具体
譬如花瓣；譬如倦羽
譬如上帝轻轻掸落的灰尘
置身于它们中间，
犹如漫步在岁月的外面
最后，月光像很旧很旧的雪
将我掩埋在
我自己怀里

  柳沄在这里所塑造的"月光"意象无疑是一个凝聚了诗人的生命理想和生存向往的诗意境界，是超越世俗、领悟神性、沐浴存在之光的澄明心态的表达，难怪诗人要情不自禁地高歌："啊，宗教的月光／毫无意义的月光／在这样的月光中行走／不存在灾难只存在疏忽。"我觉得，在柳沄的诗中，"我仍在期待／从这片梦飘向另一片梦里"（《错位》），飞越世俗的精神努力已经标示了其诗在当代诗坛的独特位格。他对死亡的抗拒、对生命底蕴的窥探、对超越困境的信念的执着、对宿命的冲刺和对神性的高扬、对永恒与世俗以及肉体与灵魂互搏的"生存之地"的刻画，都完成了对某种人类精神的检阅和重塑。这是柳沄诗歌主题的深刻性之所在，也是他诗歌的特殊魅力之所在。

  纪德曾说过，所有民族和时代的诗人都在自己特定的空间里写作。个人本身就是历史文化的有机组成部分，根本无力超越他的时代，无法突破这一总的环境。柳沄的诗在艺术上的探索可以说正是对纪德这段话的注解。柳沄的诗当然有大量的现代主义诗歌表意方式，《对一棵烛的几种比喻》《对一场大雾的六种看法》等诗可以说就是美国诗人斯蒂文斯《观察乌鸦的十三种方式》的典型变体。但柳沄对于现代主义艺术手法的运用又是经过创造性的转化的，它总是服务于他诗作明快的节奏、清晰的意象、清新的语言和哲理化的抒情。柳沄是一个想象力丰富的诗人，他善于把人生经验溶解在对历史的深层次剖析里，给读者留下广阔的有待开拓的思维空间和丰富的审美课题。从这样的角度来看，柳沄无疑是一个相当成熟的诗人，我们期待他的诗歌创作取得更大成绩。

1996年9月于济南
《当代作家评论》1997年第1期

在地域性屏障的背后
——读白天光的小说

贺绍俊

现代社会被称作信息社会，信息的发达也许从根本上说是破坏文学的，因为信息的功能之一就是用新的内容不断更替原有的信息，因为信息社会的特征之一就是让新的信息尽快地覆盖最大的空间。在这样一个社会背景下，文学赖以存在的重要因素之一——个性，以及个性的表现方式之一——地域性将会越来越被扼制；或者是最独特的个性会在极短的时间内被大量复制而变得非个性化。当代文学走马灯似的紧赶着更换包装、变换花样，也正是不断更换着的信息催发的结果。文学其实就像植物，它从种子发芽、破土成长，直至成熟，是一个长久孕育发展的过程，它需要四时节令的顺序延伸。而在铺天盖地的信息压得我们喘不过气来的现代社会里，我们总是只能收获到一些被瞬时催发起来的、已破坏了其生命自身程序的、永远不会成熟的文学"豆芽"。虽然我不愿以这种武断的理论去冒犯世界辉煌的文学成果，因为我并不真正了解包含着各种文字的世界文学的实际状况。但以我个人的阅读感受，这些年来甚至是十几年来的中国当代文学尽管显得五花八门、琳琅满目、流派纷呈，却从文学过程而言，几乎没有称得上是发育得十分健全，具备完整生命的文学过程。因此，我觉得应该重视那些尚未被现代信息完全蚕食和覆盖的空间里能循着四时节令缓慢生长的文学。

我把白天光的作品视为有较强地域性特点的文学。虽然曾零散谈到过他的几篇小说，并觉得不错，但直到今天，因为白天光所处地方的朋友推荐，送来一厚摞白天光的作品，使我较全面地了解到他的创作，才感到他的作品的分量。在我的印象中，白天光一直没有引起评论界的关注。其原因之一大概就是他的作品的地域性特点。地域对信息社会来说，有时就像一道屏障，也因此使得一些有意思的作品难以被裹挟进文学话语的中心，难以进入文学评论的视野。我想，白天光因为地域而失去了风光的可能，这对他就一定是值得懊丧的损失吗？"塞翁失马，焉知祸福。"

在我读到白天光的这批作品时，我对他的创作情况并不甚了解，我得到的还只是他作品的复印件，就连作品发表在何时发表在哪份刊物上也不得而知，但我不打算了解这些情况。在这些情况缺失的条件下，我所面对的是纯粹的文本，我要谈的就将完全是我纯粹阅读作品的感受。

一

谈到当代文学的地域性问题，应该追溯到20世纪80年代的寻根文学。寻根文学的缘起大概是韩少功1985年的一篇文章《文学的"根"》，这位当时已很有影响的年轻作家在这篇短文里谈论的一个理论问题很快引起了文学界的热烈争论。韩少功提出，文学应该寻找自己的"根"。以后，韩少功的一批小说《爸爸爸》《女女女》等可以说是他自己实践其理论主张的成果。这场争论也吸引了一批作家加入后来被称为"寻根文学"的创作之中。韩少功在解释他的"寻根"时说："只是寻找我们民族的思维优势和审美优势。企图一方面对传统文化中保守落后的意识给予现实的影响，进行揭露和批判，另一方面则汲取精华，注进现实生活，光大发扬，给当代人来个扶阳补气，益精固本。"作者在这里试图从理论上提高所谓寻根的意义，但我更注意他的另外一句话，他问道："绚丽的楚文化流到哪里去了？"寻根文学创作的直接后果是张扬了地域性。许多作家纷纷在地域性上做文章，出现了一大批以地理成分和地域特色为基本内容的小说。寻根文学无疑促进了新时期文学创作的发展和突破。很多评论者对寻根文学的产生原因及其特点做过多种分析。而我以为，叙事模式的贫乏和僵化，是导致寻根文学的最本体的冲动。寻根文学以前的背景是粉碎"四人帮"以后开创的一个正在繁荣兴盛的文学局面。在读者中产生着轰动的作品几乎可以说是层出不穷。但正是在这种所谓的"大好形势"下，有些清醒而又有追求的作家便感到下笔时的艰涩了，因为当时文学作品的成功主要不在于文学而在于生活，在于作家们经过十多年禁锢之后可以按照过去的写作方式去写作的放纵心态，作家只要在相对自由的状态下把"文化大革命"前后那种特殊而又复杂、坎坷的生活及其在这种生活中的心境表达出来，就几乎可以获得成功。但这些作品除了表达的生活内容新鲜丰富外，在叙事模式上却是相对贫乏的。寻根文学之所以很快在一些作家特别是青年作家中得到响应，就因为所谓"寻根"使作家找到了一个摆脱叙事模式桎梏的缺口。无论是《爸爸爸》，还是郑万隆的《异乡异闻》，还是李杭育的"葛川江系列"，显然对于每一位作者本人来说，都是在创作上不仅带来了新的题材内容，而且更重要的是在叙事方式上与过去迥然不同。但很快，这些作家刚刚寻找到的新的叙事方式还没有得到充分的演练，就被接踵而至的文化热所打乱，作家又有了新的视角，文学又有了新的热点。在我看来，当年寻根文学是具有革命意义的一次探索，但当年处在显在位置的代表着寻根文学的作家和作品并没有走到最成熟的一步。处在显在位置的作家们又被新的文学光环所笼罩，又被新的文学观念所包装。与此同时，我以为还应注意到，寻根文学波及当年的文坛，有一些未处在显在位置的作家因为有了地域的屏障，仍坚持着寻根文学带来的新的叙事方式的实验，于是便在若干年后，我们能在文学的大森林里，拾捡到散落在落叶丛中的迟熟的果实。我武断地把白天光的创作归入这一类。

二

从我所读到的十几篇白天光的中短篇小说来看，作者的构思起因多半是一个民间传说或史料的片段。如《狗年癔症》以"狗年要出疯子"这一可能仅仅流传在某个地域的民间说法为主线，穿起了一个乡村半个多世纪的历史，从1958年被打成"右派"的语文教师刘文库突然发疯地咒骂校长，到1970年一喷嚏将粥喷到主席像上的永盛疯狂地砸打，到1982年一个七十多岁的老人整日嘀咕丢了一万元钱，最后到见过了半个世纪风风雨雨的永旺在窥见配制假酒的一幕之后便开始说胡话。这之间变化着的是不同时代的事件和风尚，而不变的则是那看不见的心性是如何脆弱得经不起敲打。《牛蒡子露出水面》的构思起因我猜想是作者听到一个关于沉香堤的传说，便以此为线，穿起几味中草药，又赋予这中草药以人性，演一场带点传奇色彩的悲壮加凄婉的戏。《秽石》的构思也与中医药有关，某个地区因为风水的缘由使当地人极易患结石病，这很可能实有其事。这样的地区自然会对结石生出种种说法，像这种地域性的、因为缺乏科学知识不明事实真相而演绎出来的说法，具有某种神秘性，它同初民时期的自然崇拜、图腾崇拜从本质上说应该是同源的，因此它对于文学来说有不言而喻的价值。白天光很敏感地抓住了这一点，在《秽石》这篇小说里发展得很自如，也很顺畅。在白天光的作品里还有不少这类地域性的神秘说法。《猿酒》的构思得自明代文人笔记中的一节记载。作者在小说的开头就明白无误地把这段记载录下来，这是明代李日华《紫桃轩又缀》中关于黄山猿猴会自酿酒的传说，也就五六十字，作者在此基础上敷衍成一篇与当代经济大潮相呼应的小说。至于《儋耳之子》则是从《山海经》中的一句话"儋耳人生无骨子也"得来的。这里顺便对《山海经》多说几句。《山海经》是我国古代的一部奇书，被认为包含着先民对天文、地理、自然、社会等各方面认识的丰富内容，是体现着原始思维的最早的百科全书。我曾对《山海经》表现过极大的兴趣，感到这对于当代作家来说，将是一个极其独特的激发创作灵感的宝库，但这些丰富的内容因其岁月的久远和语言表达的简单已被压缩成最密集的分子结构形式，今天的作家要想破译出最原初的丰富内容是非得下一番苦功不可的。所以我读到白天光的这篇以《山海经》的材料做构思药引的小说，感到很兴奋，但又不满于他这么简单地剪取。我以为他还没有破译出隐藏在"儋耳人生无骨子也"这八个字背后的丰富的内容。这是几句对白天光创作苛求的文字。

　　白天光的这种构思和取材特点显然同20世纪80年代的寻根文学有一脉相承之处，我相信我所读到的十几部作品中就有相当一部分正是创作于那一段寻根文学最红火的时期。这些作品的分量以及独特性，并不逊色于当年曾作为寻根文学代表的一些作家的作品，但白天光当年未被推向前台，我想这既有机遇的原因，也由于他还缺少铺垫，当然最重要的原因可能还是他的创作在当年还没有完全成熟，还没有形成足够的阵势。而这也就使得他能够在后来不太受外界的干扰循序渐进地延伸着自己的这条"寻根"的创作思路。那么今天之所以有必要来分析讨论白天光的这一系列作品，当然绝不仅仅就因为他一直在坚持着所谓的"寻根"，而在于他通过这种坚持，逐渐形成了比较稳定的有其独特个性的新的叙事方式。

　　当年，寻根文学导致的一股创作趋势，是使得不少作家把目光投向非正式历史记载和边远地域的文化，在历史文化和边远文化中寻找素材或者灵感。作者借助这类远隔现代文化和城市文明的材料，表达了对人性和人情的思索。这些作品往往纠缠着文明与野蛮、现代与原始、科学与信仰之间的冲突。虽然每位作家以及每篇作品的侧重点不同，有的歌颂了人性美、歌颂了未被现代文明所污染的带有原始味的人情美；有的则在提示人性深处的蛮荒、愚昧的一面。这些作品最突出的成果是在视角上大大拓宽了当时的小说创作，给小说带来许多新鲜的内容。而这新的视角和新的内容无疑有助于作者摆脱旧的叙事模式的束缚。问题在于，作家们本来可以从这里出发，在叙事模式的突破上走得更远，但当时作家们尚未来得及走得太远就匆匆收场了。这主要表现为在叙事方式上基本还沿着旧的二元对立的思路而展开。虽然历史文化和边远文化大大打开了作家的视角，但当时的作品多是把寻找到的所谓文化的"根"作为现代文化的对立面来结构小说的，即使是那些单纯歌颂边远地域的人性美的作品，在那牧歌式的情调后面，仍有一个厌倦现代社会人性龌龊堕落的影子。

白天光的特点是不再拘谨于二元对立的思路，他在叙事方式上打通了过去和现在、历史和今天、蛮荒和文明之间的联系。他不再是肯定一端，否定一端；褒扬一端，贬斥一端。有时他故意混淆过去与现在在时间上的区别，模糊边远与中心在空间上的阻隔，因此他的许多作品往往都有过去与现在的两个时段交织在一起，重叠在一起。《黑浮冰》明显地表现出作者在叙事上的刻意追求。这篇小说的基本内容是在过去时段，而现在的时段只是作为一种渲染的背景。这在我读过的十几篇小说中稍有不同，其他的小说多以现在的时段为重点，《黑浮冰》的现在时段就是"我"在松花江畔听八十高龄说书人蒋先生唱即将失传的《黑浮冰》，由此引出黑浮冰这个悲壮的故事。这个现在时段的几次插入虽然起到了调整节奏的作用，也烘托出更神秘的气氛，但它并不从根本上影响"黑浮冰"的故事，它同过去时段并未融为一体，从叙述故事的方便来说，作品完全可以剪去现在时段的枝蔓，直接加强人物事件当时环境的渲染和烘托，其表现的力度不会亚于目前的写法，而且更有助于主题的深化。但看来作者已习惯了他的两个时段交织重叠的叙事方式，或者说他更偏爱这种叙事方式。这种两个时段交织重叠的叙事方式，在我看来运用得最为成功的是《紫神椒》。作品以一个从古墓出土的小玩物为鱼饵，通过两位大胆的考古工作者向历史深海的垂钓，让读者看到了一个不可捉摸的历史真相。作品虽然不断地在两个时段间转换，但这种转换十分融洽，把两个相距数百年时段的人和事自然地衔接在一起。当然在这里也得力于作品所涉及的考古这一特殊的职业，考古本身就是一个把过去拉回到现在的职业。不过，你在读这篇作品时，不能不感到作者在叙事上是毫无做作痕迹的。

从叙事方式看，白天光是在当年的寻根文学的基础上更向前了一步，但他似乎还不是把握得十分娴熟，特别是在处理过去时段与现在时段的转换上显得有些生硬，有些无可奈何。比如《奇蘑诠释》《菊蕴》《奸臣雕像》这三篇作品都是在开头讲述一个现在时段的事件，引出全篇的关键，然后笔锋马上一转，跳到过去时段的某个毫无外在关联的时空状态。这固然也可以算得上一种简略的、聪明的叙事方式，但集中在这三篇作品中都读到同一种叙事方式时，就会嫌作者的办法太少了。

三

作家的叙事方式不单纯是一个艺术形式的问题，事实上，作家在构成自己的叙事方式时，起根本作用的应该是他的基本的人生观，他对社会、历史和人生的整体性的把握和认识。白天光作品中表现出的基本思想主题恰好是与他的这种叙事方式相和谐的。他的叙事方式模糊过去与现在的时空对立，将二者交织和重叠在一起，而他的思想主题则是否定二元对立的思想方式。《九金嘴》可以说就是一篇以直接批驳和否定二元对立思想方式为主题的作品。有一副极好口才的屠万年靠着他那极端的二元对立思想方式舌战群雄，虽然一时给自己带来了显赫和荣耀，但最终仍是把命也丢了，临死才悟出文绣小姐赠送冰糖的寓意，他感叹道："人生不可太苦哇。"不过，白天光更多的时候不去做这直接的批驳，而是在作品中有意模糊真与假、善与恶、美与丑之间的尖锐对立，试图为两个极端寻找到一个兼容的中间地带。比如在《奸臣雕像》中，李重羽既是一个奸臣，又被推崇为李瓷鼻祖。在《菊蕴》中，那奇艳的菊花要靠吮吸人的精血才能成活，便有了奇菊传入楚相廷的感慨："天下美妙都深藏污秽隐处，奇艳美丽绝伦，都依附着龌龊！"在《牛蒡子露出水面》中，美丽的沉香被毒疮夺走生命，她的血泪钱被村里人视为耻辱，便有了"根下毒矣""枝上清香"的沉香碑文。白天光作品的思想主题包含着中国古老的辩证思想，所谓"福兮祸所至，祸兮福所倚"。白天光所要表达的大概就是"善兮恶所至，恶兮善所倚""美兮丑所至，丑兮美所倚"之类的思想。就像《猿酒》中，那位为猿酒厂立下汗马功劳的我剑灯决意揭穿那些虚假的神奇传说，恢复自己的真实身份，而一旦这样做了之后，他反而失去了真实地存在的余地。或者就像《秽石》中，一直受到吴老爷欺压的黄子黎既报复了吴老爷，又还是被吴老爷所报复，既成了水莲的救命恩人，又害死了水莲，他这个想堂堂正正做人的人认识到"无秽不成完人"。但作者在兼容两个极端的过程中，又很容易地滑向历史相对主义。当然，以某种理论某种思想观念来定位作家的作品，往往是一种武断的、危险的、有削足适履之嫌的批评方式，更何况白天光不属于那种理性色彩十分浓厚的作家，他的作品主要还是在表现形象，他的形象也具有多义性，遮掩了主题的明晰度。只是在《紫神椒》这篇作品中，作者显得对理论格外感兴趣，且不说他所起的几个小标题，分明属于理论的话语系统，尤其是他安排的一个带有理论阐释性的结尾，似乎显出作者已对形象的朦胧性和含混性不满。但我感到，这篇作品所直接阐发的理论倒的确与他在其他作品中的叙事态度相印证。老所长韩世积得意地肯定了两位年轻学者的相互对立的论证和臆断都是不错的，然后进一步阐发道，臆断所出现的破绽，都是完美的符号。作者写下的"无懈可击的臆断"这一精彩的词语组合，最能概括作者的相对主义倾向。

　　说到这里，我自然地想起了近些年来在学术文化界讨论得特别热烈的新历史观的问题，以及批判激进主义的问题。因为这些理论问题都首先涉及对历史的评价和认识的基本的思想方法。新历史观主要是建立在"历史是偶然的、神秘的"这一基础之上的。那么，白天光在叙事态度中所流露出的某种相对主义倾向是否与这种思想文化的思潮有联系呢？我宁愿认为二者之间是有联系的。白天光的思想方法应该会受到社会思潮的影响，无论这种影响是主动的，还是被动的；是有意的，还是无意的。这又回到了文章最开头提出的地域性问题，地域性可以成为作家创作的一种屏障，但它不应该成为一个封闭的铁桶。成功的作家大概就是要在这两种状态中不断地调整着：既要把自己隐藏到屏障的背后；又要去感应时代的动静，去捕捉信息的瞬息万变。

《当代作家评论》1997年第2期

巴音博罗诗歌解读

聂作平

沿着我们不曾走过的那一条通道
通向我们不曾打开的那扇门
进入玫瑰园中
　　　　　　——艾略特

像一首古歌横过万里苍穹
如果飞翔就叫作大雁
没有人知道
我长久仰望的头颅是如何加重的
　　　　　　——巴音博罗

在诗人越凑越多、面孔越来越相似的集约化写作年代，我们最大的惶惑便在于惊讶地发现：这所有的声音事实上都只是同一个声音；这表面听来歌声重叠的世界，事实上只是一部参差的大合唱。唯其如此，我们才如此急切地在诗人群中寻找那些不曾被湮没的属于诗人个体的歌唱。在这种大的诗歌背景下，对于巴音博罗诗歌来讲，它所有的意义都在于：它向我们——向这疲软得虚弱的诗坛表明了在程序化和模式化的诗意消解时代，坚守自己灵魂的家园和诞生那种逼近人心的、充满生命的盐分与铁质的诗歌并不是没有可能。巴音博罗自己也因了这种不妥协、不媚俗的写作，使自己在无数的真诗人和伪诗人中，终于坚挺地浮出了水面，成为一座令人仰慕的山峰。

巴音博罗虽有一汉名叫崔岩，骨子里流淌着的却是弯弓射雕的努尔哈赤部落的血液。他1963年生于辽宁，父亲是一个水文工程师，因此他从小就随父亲辗转于东北的河流之间，从小便与白山黑水结下了不解的缘分。近年来，巴音博罗先后在《人民文学》《诗刊》《中国作家》《大家》《星星》《诗歌报》《诗神》等国内外报刊发表了大量诗歌作品，并曾获《萌芽》文学奖等多种奖项，结集出版了诗集《悲怆四重奏》。

一

无论从哪一角度来看，20世纪都是一个文化重建的世纪，正如德国存在主义哲学家雅斯贝斯所说的那样，它乃人类的末日，是一个"任何民族和个人均不能逃脱一次重铸的时代"。因此，生活于本世纪——尤其是世纪之交的诗人没法不面临这样一种抉择：面对价值毁灭、物极不反、理想泯灭、人欲横流的时代，诗人要么提出与传统信念完全不同的新的信念，要么处在这种危机意识中，对历史的传统信念和精神进行再审查与再反思，以此来寻找新的支撑点和新的意义基础。从巴音博罗现有的创作来看，他当是属于后者的。这就从某种意义上标明了他是一个历史情结者和一个带有宿命意蕴的悲剧英雄式的诗人。反映在他的诗歌创作上，则往往表述为那种对死亡意识的深切关怀，对一个已走向夕阳和夜色之下的、被苦难辉煌过又屈辱过的先辈民族的无法释然的怆然情怀。

如前所述，巴音博罗是一个少数民族诗人，但并不是所有的少数民族诗人都有机会面对一部集辉煌与屈辱、尊严与腐朽于一体的民族历史。而满族，或者说它的更前源的女真，恰好便具有这样的已失岁月，这就从文化沉淀和精神的骨血遗传角度为巴音博罗的诗歌创作带来了比任何一个汉族诗人更宝贵更独特的遗产。

同时，不容忽视的是，作为一个除了血缘和脑子里那一部血与火的满族历史外，几乎被完全汉化了的少数民族诗人，巴音博罗肯定从骨子中有一种苍凉的不可归依感和灵魂的漂泊无栖感，并时时铭心噬骨地侵蚀着他、拷问着他。他自己也曾经这样写过："我是一个旗人，但我用汉语写作。我也把汉语作为我的母语。这是一种悲哀呢还是幸福？当那条名叫'女真'的河流从我们的血液中汩汩流往'华夏'的海洋，我时常被这种浩瀚的人文景观所震撼……我想，我们血液中已深深渗透了那种悲剧意识，我不能不看重苦难，它是我所有情结和感受的唯一来源。哀而不伤，怨而不怒，这是我所追求的崇高境界。"（《母语

的写作》)

正是这种生活方式和语言方式的大变革所留下的历史和往事所带来的生命不能承受之重,使巴音博罗诗歌从一开始就选择了苍凉、悲壮和博大。或者说,是这些沉重的、深深切入一个民族和它的后代子孙骨血的锋利,诗人无可选择地选择了目前这种诗风,才能与之相契合:

>我叫巴音博罗,是努尔哈赤的
>纯种后裔。更远枝蔓的女真
>是我剽悍的祖先,从白山黑水中
>挺出来,用金戈铁马
>踏倒过一个庞大的王朝……
>这是谁都知晓的虚荣,不值炫耀
>值得炫耀的是大烟、鸟笼或女人
>我时常从梦中惊醒,看见我
>衰败的帝国,蜷曲在奢侈上
>拥着女人,喷云吐雾
>熟视无睹地任凭血色黯淡下去
>仿佛昏热的战火,从里到外
>渐渐毁灭
>　　　　　　——《女真哀歌》

>就这样,亲人们心甘情愿走上祭祀的
>神台,像远古的蜡烛镀亮的英雄
>那些卑贱而高贵的幽灵袅袅升腾
>宛如茅草屋顶上若有若无的青烟
>尘土。粮食。血缘。智慧和一片废墟的
>帝都的哀伤,终于在落叶的叹息
>和死者的沉默中尸骨还乡
>　　　　　　——《吉祥女真》

在巴音博罗对民族已失历史的追问中,他不是要找回那个已然丧失了的世界,就像一个昔日的君王要复辟。其实他只是在怀念、在反思,在以语言的体温去感悟那些尘封的往事,并在随风飘逝的旧岁月中,寻找一缕缕生命可以依托的亮光。因此,巴音博罗要怀念的就不仅仅是一些民族的风俗习惯、婚丧嫁娶的传奇故事，他要回忆的是整整一个时代，一个民族记忆中那些永远无法释然的情怀。当巴音博罗的诗笔低缓地一一地抚过关隘、长城、锈蚀的剑柄、落日下无言的旧宫废墟，我们便听到了一种碰撞的声音、一种融合的声音、一种消逝的声音和一种生命被浸入历史的喟然之声。而一个时代和一个民族的深沉旧事就这样带着绝望而优美的弧线从诗人的指尖轻轻地滑落，像一滴水融入了整个大海，像一丝烛光融入了灿灿朝阳……

二

在巴音博罗的作品中行走，我常感到一种久违了的恒久的沉重，那就是他对于死亡的状写和思考。我一向认为，中国诗人——岂止诗人，应当是整个文化界和知识界，拙于或者说是很少以神性的目光来打量过我们生活于其中的这个偶在的世界，因而也就没有细细地思考过从神本的景观转向人本的景观时所带来的种种问题。一个显著的标志就是：中国诗人几乎从没认真考察过死亡这一沉重的母题。尽管这一问题在新诗以来——主要是新时期诗歌以来，虽有一定的改善，但个体生命的死亡问题，人生的苦难问题一直被旧有的思维模式挤压着，得不到真正的思考。功名的追求、人生的适性得意和社会的政治意识形态等湮没了对个体生命终极意义的叩问。从孔夫子起，一句"未知生，焉知死"，就把死亡的苦难和对死亡的追问一笔勾销。

时至今日，少数诗人已经看到，人生的死亡问题，人作为个体生命的价值问题肯定不是道德伦理学能够解决的，更不是社会政治形态能够解决的。每一个生存着的人都将面临一死，在这样亘古不变的宿命面前，在人生的苦难和无所适从面前，一个优秀的诗人难道能袖手旁观，一任良心成为"凉心"吗？尤其是在这样一个以经济建设为中心的集约化拜金主义时代，尤其在这样一个每一个生活着的人都感受到了某种命运荒诞的时代。

因而，巴音博罗所有关于死亡和宿命的作品都是一次对以上问题的坚挺反驳，是一次西绪福斯式的对既定命运的抗争，是他通过死亡意识来表达的他对人世、人生、人性这些高贵的东西的抚摸和关爱。他自己就曾经说过："只有在生与死的永恒交替中，才有不断超升的活的灵魂之永恒。这也许一直是一个真正的艺术家面临的母题。这是不可更改的，亦是全新的。而光明、黑暗、孤独、真理……更是当代人的思索与诘问的契合点。"（《我以亡灵的散步作为我的故乡》）

伟大的里尔克在《杜伊诺哀歌》中，曾深沉地写到了死亡，从而引起一些人的疑问。对此，里尔克回答说，他在哀歌中并不仅仅是把死表现出来而已，死固然是弃我们而去的生命的另一方面，但吟咏死，更多的却是为了指出爱的真正地位。为此他在一封信中写道："死处于每一终极的爱的本质之中，只有这种终极的爱才能使人达到无限中去爱一个人。"（里尔克：《杜伊诺哀歌·附录》）

对此，哲学家鲍勒诺夫也才会说出这样的话来："当生命已不能明晰地理解世界，当自我因沉溺于非理性的生活秩序之中而遗忘了自己，当生命的冥暗面显露出整个深渊时，'沉睡着的兄弟'——死亡，必然会负有新的使命。"（鲍勒诺夫：《生命哲学》）而一切关于死亡的经验，则一如艾略特所说，是被植入"更大的经验整体之中的"。

与此同理，在巴音博罗那里，那些纵情抒写死亡的诗章，同样是把对死亡的思考作为反思爱与苦难的一种手段，因此不管是对守灵之夜的回望，还是对安魂曲的聆听，均让我们感觉到了灵魂脱离肉体后的安详和平静，感觉到了在死亡之外的对于生的渴望和慰安。在对死亡的冥想中，我们依稀看到了比死亡更为博大的存在：那就是通过死亡来映衬的生存之爱！无论是死者对人间的追怀还是生者对亡灵的祈祷，都渗透出这种爱的深度与广度。

也许，当我们闭上双眼叩问茫茫宇宙：我是谁？我在哪里？我将归于何方？这事实上标明了现代人正从那与生俱来的生死大迷茫中逐渐走向成熟。

> 而夜鸟的歌啼更为清越，像耄耋者肩头的地平线！高龄，你长风轻扬的旧袍上年代重叠；你灰烬熏陶的内裤上精液斑驳。你在火炭之路的尽头说着梦话："我有幸在垂暮之年看到坟地……让荒漠的黄沙也细细抽打我的脊梁吧！"
>
> 昔日的故国之父啊，昔日的殿堂近在咫尺，连生死同群的阴影也步步紧随，跨过岁月的高大门槛，把锈蚀的大喇叭重新奏响。还愿人，你梦寐以求的时刻早已临近……救赎或完整，都将归属你。你就是你的故乡——而心灵，从来就浑然无知！
>
> ——《还乡》

> 事实就是如此，我们哀悼音乐实质也是
> 哀悼自己。如同在葬礼上献出活着的灵魂
> 当你躺在自家的热炕头，心安理得倾听娇妻的嗔笑和小儿的嬉戏，你永不可能想到
> 地下死者的尸骨正被蛆虫蠕动而荒芜……
> 古老的血液啊！高贵只是相对的，低贱才是永恒，才是那峡谷中僵卧的穴冢

> 你曾爱过，却不能把这爱带走。就像候鸟
> 不能把春天带回南方。熟谙的追逐啊
> 苍茫的迁徙。你们只能把怀念背负给家园
> 而故园永难到达！
>
> ——《悲怆四重奏》

在巴音博罗厚重人性的笔下，作为生的另一形式的极端，死，才是真正的永恒和终极。面对死亡浓烈的阴影，巴音博罗是坦然、平静和安详的。通常被众生视为畏途的死亡便具有平和的气度；死亡不再仅仅是肉体的消逝，而是精神在世俗之上的再生。

三

就目前情况来看，巴音博罗创作势头迅猛。在他的所有作品中，长诗占了相当大的比重，这种取向，既可能是为了与那些大题材、大视角相适应，更可能是诗人强烈的文本意识在起作用。因而，说起巴音博罗，就不能不说到他的长诗。

关于长诗，已故诗人海子曾深有感触地说："我写长诗总是迫不得已，出于某种巨大的元素对我的召唤，也是因为我有太多的话要说，这些元素和伟大材料的东西会涨破我的诗歌外壳。"（海子：《诗学：一份提纲》）

而按唐晓渡的说法则是："从典型的文体角度说，或许没有比长诗更适合作为一个时代诗歌标志的了；因为它存在的依据及其意义就在于，较之短诗，它更能完整地揭示诗自成一个世界的独立本性，更能充分地发挥诗歌语言的种种可能，更能综合地体现诗歌写作作为一种创造性精神劳动所具有的难度和价值。"（唐晓渡：《从死亡的方向看》）由此不难看出，作为一种精神的奢侈品——长诗——往往是一个诗人全部才华的集中体现，是一个诗人对这个偶在世界的所有看法和关注中最为强烈的表述。而在话语的占有和文本的建设这个意义上，长诗更有着短诗无可比拟的优势。几乎没有哪一位优秀的诗人没有相当比重的长诗创作，可以说，忽视长诗就是忽视个性的形成和文本的构筑。

然而，与此同步，长诗写作对诗人的要求也太为苛刻——显然，我指的是真正的长诗，而不是那种把诗写长的诗；长诗要求诗人在语言的熟练驾驭，在中心意识和语汇意识诸方面都必须有比较深层的把握。否则，长诗写作只能是尾大不掉的盲目冲动而已。

巴音博罗的长诗集中体现了他的艺术特色，诸如他对语言的尊重，对终极

价值的关怀，对文本的建设。在巴音博罗的长诗《交响音画：唐时光芒》《长城畅想曲》《苍黄九章》《龙》等作品中，他充分向我们展示了长诗那经久不息的魅力。巴音博罗多用长句，以行云流水般的语言，以大气磅礴的意韵，以敏锐尖利的思辨，显示出了不同凡俗的诗质之光。在这些作品里，异样的文化和血脉、生活与神性、结构和思维有序地广布其中，让人有如遇雷击之感。

  隐隐约约的远方，蒹葭苍苍长风浩浩。要想在大鹏鸟的阴影里点燃血液是困难的！来者迟疑片刻就幻化成了黄沙浊浪，古人长歌千载至今还在沉吟逍遥……而拉纤者的脚步愈加疲倦，如同一卷散佚的典籍的疲倦，它坐下来倚成青铜巨鼎吐着幽暗的磷火。"进来吧人类，死亡之轻和灵魂之重，我向你们诱惑，我就是大地！"

——《苍黄九章》

  哦……消失！我的可以随意磨灭的篇章，祖先墓地的朝向。听吧，光荣的号角在吹奏，古战场上的骷髅乐器呜呜呜响，阴暗沉重的老墙脱掉了苔衣，又一个伏羲族的小王子露出了微笑。他向我们宣告：时辰到了——苍生啊，时辰到了！报出你们的姓氏和种族，说出你们的英雄见解和聚义大厅……并把我们的祝福称作吉祥。吉祥。吉祥。

——《龙》

  在巴音博罗的长诗中，我常常感觉到一种力量的存在。这是一种人性的力量，也是一种人格的力量，同时也是一种语言的力量，它让我在这种力量的逼视之下，听到了遥远而亲切的对永恒的亲和。一个个早已熟知的词语在巴音博罗笔下，一下子变得陌生起来。历史和哲思使语言本身成为启示录，而语言又不断抗拒着，这就使巴音博罗的作品具有别人少见的神性的高贵之光的烛照。一种新鲜可塑的文本也就此而诞生了。

1997年10月13日至14日于心远居
《当代作家评论》1998年第1期

倾听：断裂与动荡
——阎月君和她的《忧伤与造句》[①]

沈 奇

　　不，她不仅仅是一片
　　月的中国，更是一堆
　　碎裂的陶片，在岁月的坍塌处
　　追忆世纪的忧伤与幻灭

　　是的，她是这样的月色
　　使躯体发冷、灵魂发热
　　有如冰原上的一片大火，使我们
　　为之战栗而死、而复活……

——题记

　　以《月的中国》一诗成名的阎月君，多年来，一直为这片定位性的"月色"所遮蔽，使人们越来越疏忘了对这位女诗人更深层面的、心路与诗路历程的全面而清晰的把握。即或在20世纪90年代里逐渐"热闹"起来的女性诗歌研究中，我们也很少见到对阎月君的重新审视，似乎那已是一个远逝的星座，不再辉耀于当下的诗坛——这显然是一个严重的缺失，尽管这种缺失在当代诗歌

[①] 阎月君：《忧伤与造句》，沈奇编选，春风文艺出版社，1997。

199

理论与批评中，已是屡见不鲜的现象；陷于运动情绪，缺乏科学态度，使我们在匆忙的赶路中，留下了多少不足和遗憾！总是注目于新的、更新的，而疏于对"战场"的清理和对成就的收摄。世纪黄昏，当我们终于疲于赶路，可以冷静地坐下来，对来路进行一番整合性的回视与梳理时，我们方发现，那些为我们疏远了的星座，依然闪亮如初，且放射着新的启悟之光。这使我想到奥·帕斯的那句名言："诗歌不追求不死而追求复活。"

由此重涉阎月君的诗歌世界，我惊异地看到，她有着毫不逊色于任何耀眼星座的独在的光芒。批评界对她的疏淡，其一源自进入20世纪90年代后，诗人在做创作调整中很少发表作品而不再活跃；其二是对其成名作《月的中国》之后的作品，缺乏足够的研究和到位的认知，粗率而人云亦云地将其归于所谓"比较传统"（即不够新潮和缺乏先锋性）的一路。这里暂不论我们常拿来做价值判断的"传统"一说有多么含糊和混乱，仅就阎月君总体的创作理路而言，也绝非"传统"一词所能定论的——她以现代意识为底背，杂糅东西方诗质，且经由实验而整合传统与现代的精神立场和艺术风格，都是所谓的"传统诗人"所无法企及的。世纪之交，尘埃落定，是否有整合意识，已成为判定一位优秀诗人的根本所在。今天，当我们看多了那些从"流"中取一瓢，随意"勾兑"出各种所谓"新潮、先锋"的芜杂之作后，再重新审视阎月君的存在，自会发现这是一位从源头出发、扎根甚深且不乏探索精神的诗人。尤其是她那种将个人与时代、女性与男性融合为一的宽阔视域和超越性气质，更是当代女性诗歌中极为难得的优秀品质，由此成就的作品，方经得起时空的磨洗和历史的汰选。

让我们重新认识这片迷离的"月色"……

走进月色
"寻找一只溺水的月亮"和"原始的飞翔之姿"

阎月君的诗歌创作，主要集中于1984年至1988年五年间，呈现出厚积薄发、横空出世的高峰状态。这其中，以《月的中国》《山的随想》《春日的午后》等作品为代表，形成前期阶段。其诗视主要是投向外部世界的，承接朦胧诗的余绪而着力于对传统的再造，随后两年（1987年和1988年）其诗视则转向内宇宙，以超现实主义的风格，把对时代的某种精神现象和思考融化到个在的生命体验中去，拓殖出新的精神和艺术空间，形成后期阶段。

对于《月的中国》等一批前期代表力作，谢冕先生曾给予很高的评价，指出："她以微带苦涩的清丽和不乏传统风情的现代意识造成了深邃的诗情。她在诗中糅进了复杂意绪的现实思考，但又与悠远的历史相交融。"并认为阎月君的这些作品"成功地写出了中国特有的充满忧患的传统心态",且"拓展了新诗潮的审美空间。对于抒情式史诗那一路诗风,做了另一走向的补充"①。

可以看出,作为新诗潮的权威发言人,谢冕先生对阎月君这一批诗作是极为推崇的,由此奠定了她在20世纪80年代的诗人地位。此时的阎月君,我称之为"蓝色月光"时期:现代意识的底背,现实主义的诗思,新古典的韵致,代一个民族倾诉千古不变的忧患与幽怨,诗风清丽而高远,有含蕴很深的流畅线条和韵律。其代表作《月的中国》,更是一曲横贯古今的长歌,一首具有经典意味的抒情史诗。

一般而言,女性为诗,多从个人情感和私人生活场景出发,即或有外视的目光,也是以小我的视角去扫描,时间长了,沉溺其中,便很难拓展开更阔大的精神堂庑。阎月君的出发,则落实于脚下的这块土地和背负的那段历史,先看清了外在的世界,再回视内在的自我,其精神堂庑的深邃超迈,在当代女性诗人群落中,是屈指可数而难能可贵的。不同的出发必然导致不同的建构,无论是对历史/现实的言说,还是对族类/个我的拷问,阎月君都是站在超越性的立场上,作为一个族类乃至整个人类的眸子,去审视存在的荒谬、历史的泥泞和时代的困惑,去倾听断裂与破碎的生命波动,而从没有自怨自艾、自我抚摸的女性化演出。正是这种对包括女性意识在内的角色意识的自觉清除,方保证了阎月君较一般女性更为纯正坚实的诗歌品质。这不仅表现在她比其他女诗人的创作在视域上更为舒放扩展、内外打通,即或在后期一些深潜于个我生命体验的诗作中,也总能触摸到一种精神的硬度而非一摊烂泥。

应该指出,阎月君在其前期创作中,对历史与现实的切入,绝非简单的"寻根"或"挽歌"之作,她给我们的,是更深入的思考和更孤绝的情怀。那是以"心上的秋",去写"月的中国",写"圆明园",写"昭君出塞",写"你已非你"的时代之"春日的午后"……在这里,"月"的意象别有深意:她既是传统的"月",与渴望、期待、追思、怀恋以及理想的守望同构;又是现代的"月",与失落、迷茫、孤寂、忧郁以及幻灭的伤痛同构。在这片诗的蓝色月光里,不乏对古典辉煌的追恋,"寻找一只溺水的月亮"而希求重新索回那"原始的飞翔之姿"(《老城》)。但更多的是对五千年文化遗传的深刻质疑与拷问,以"拒绝你亘古的野心从内部侵占我"(《爱仇》),历史的梦想与历史的异化和现代人的觉醒,交织为这片月光的基本题旨,而对伤痛的言说则成为最撼动人心的诗句:"囚过千年无论如何不囚亦满是血迹斑斑/每见蓝天翅膀战栗/一阵破碎的呼喊/一种风湿就在体内就在血流之间/怕见雨天怕见阴天最怕说从前。"

---

① 谢冕:《新诗潮的另一种景观——序阎月君的诗集〈月的中国〉》,载阎月君《月的中国》,春风文艺出版社,1989。

(《春日的午后》)应该说,直到世纪之交的今天,尤其是在历史情怀和现实关切被过分消解之后,重读这样的诗句,我们越发感到一种深入骨髓的震撼力,为其在当年所抵达的深度而叹服。作为在朦胧诗处于巅峰时期步入诗坛的阎月君,无疑受到这脉诗风的影响(我们知道,她是那部最早结集且影响也最大的《朦胧诗选》的编选者之一),但阎月君在此主要承传了朦胧诗的精神立场,避开了过于密集意象而致诗质黏滞的弊端,以自己的语言素质和审美感觉,"做了另一走向的补充"。

对于朦胧诗的精神立场,我一直认为,它是新诗潮以来最为重要的一脉传统(新的传统)。遗憾的是,第三代后的大多数诗人皆远离此道,或沉溺于个人私语,或陶醉于空心喧哗,似乎历史的断裂与生存的危机已不再存在。无论是现代还是后现代,作为当代诗歌的精神底蕴,终究还是要经由对有信仰的时代(包括古典的辉煌)与我们所处的混乱时代的对照,来显示世界的真实面目。不可否认,在阎月君的前期作品中,显然有一种外在于诗人本真生命体验的预设的主题、一种"类型"性的言说起着主导的作用。但一方面,诗人在这一主导下并未失去个在的风格,且写出了一批极有分量的作品;另一方面,诗人在这一主导中找到了精神的底背,并成为此后创作中坚实的支撑。我们进一步会看到,即便当诗人从外视转为内视,进入纯精神状态的言说中,那份批判的立场和质疑的目光也从未游移过——而这,也正是保证一位诗人的创作有方向感、有精神底蕴的根本所在。

同时还应该看到,处于这一时期的诗人阎月君,毕竟还有青春的激流提供富氧的诗情和宽展的视域,在幻灭和忧伤的"月色"里,去探求意义的指归。此时的诗风,也多游走于传统与独创、继承与自由之间,有古歌的韵味和现代的锋芒。意象奇美,构图如画,意象语与口语、清丽与浓郁的有机切换和杂糅,使之充满了张弛有度的审美张力,成为现实与梦想的凄美悼词。诗人还善于将心境化为风景,在所有的景物中闪亮着心的吟诵,在心的吟诵中展开自然的画卷,写来幻美亮丽而又不乏深沉。

显然,这是一片渴望飞翔的"月色",从历史的纵深和现实的根部出发,在哲思中承受诗人的痛苦,"在现实的帷幕和超现实之间/用龙卷风卷来铺天盖地整整五千年的中国问题",然后"像风中的旗帜/因找不到方向而疯狂地将自己摇晃"——抬头看月,"月亮是故乡的月亮/是照了唐照了宋照了你莫名的根系/使你的皮肤/不由分说地成了黄色的月亮",且"使你透过落日嗅出了血缘的腥味"(《忧伤季节》)——这是极为现代性的历史指认,也只有"打捞"过那"溺水的月亮"的人,才能经由传统而更深地抵达现代,使其"全部的飞翔的努力/都与陨落有着千丝万缕的联系"(《看夕阳的感觉》)。于是诗人沉下头来,收回幽怨绵长的目光，返回自身，探寻个在生命之内心，这片更为深沉繁复的海域——

> 仅仅用一个年代的苦闷
> 作为海水的背景
> 我在船只下沉的时候
> 注视你们
>
> ——《海水背景》

走出月色
"看我涉水而来谛听，蚕在茧里边血迹斑斑"

早在创作《月的中国》的同时，阎月君便已在对历史的回声和岁月的断裂之倾听中，开始注意由个在生命的体验，实现对外部世界（历史／社会／族类）的反射与审视："我们顽强坚守的记忆之门／如何经得起岁月的点射／更何况／此生已倦／我纤弱的足载不动许多东西。"（《你已非你》）找不到开启向未来的门，更失落了开门的钥匙，而"世界善于隐藏／世界不愿被发现"，诗人便"在一种离心的销蚀里""在上帝的废品堆里"（《背走灰烬》），燃起一片自焚式的大火——至1987年、1988年两年，诗人则完全为这片火光所燃烧，进入创作的巅峰状态，写出了一批完全个在的、重量级的作品。就我个人而言，我认为，这些作品更能代表诗人的本源质素，是真正独属于阎月君的诗歌世界——我将之命名为"红色月光"时期。

首先需要提及的，是那首写于1985年的《战争的声音》，在对岁月的倾听中，诗人随意的惊鸿一瞥，便发现内在之"陷落的渊源"更是"不可言传"（《真实的布景》），"我永远有和自己格格不入的东西／有对我自身的恐惧"，而"你张开的怀抱救不了我／救不了这纯粹的动荡／来自岩石的深处／我永不安宁的目光"。诗人进而惊悸地发现："在我里面永远有不可收拾的东西！"在这里，"纯粹的动荡"这一命题十分重大，是女性的，也是男性的，是一个人自我的争战，是人生而如影随形的灵魂的纠缠，一切清醒地活着的人的不可回避也无法解构的灵与肉、梦与真、岩石与海浪、现实与幻想的冲突与矛盾，是"永不熄灭的战火"——即使是爱情以及家园，"你张开的怀抱"也"救不了我"！而所谓现代诗人（以及一切现代文学与艺术家）的天赋使命，不正在于成为这种"战争"的体验者和指认者，让人类在这样的倾听中，认清其真实的存在？阎月君的这次"陷落"是超前的，直到十年之后，我们才在小说家林白的长篇《一个人的战争》中，得以另一种文本的复述，这也再次成为对中国当代诗潮的前倾态势和先锋意识的一个典型的证明。

那轮出发时期的蓝调的圆月，在这样的"陷落"中，碎裂为一堆无序而尖锐的、燃烧的瓷片，一堆使灵魂发热又使躯体发冷的物事，有如冰原上的大火，使我们为之战栗而死、而复活——"写作，便是以某种方式打碎世界和重组世界"（罗兰·巴特语），诗人由此开始执着于在一瞬间去"点燃"些什么，而不再有目的地去"生产"什么，只是指认而不再确认——这是一个内外打开的世界，历史与现实由主题退化为背景，突出的是物之下、欲望之中的人的灵魂之"动荡的血／忧伤的红"（《残局》）、"诞生的血和自渎的血"（《杏花三月》）。在此，诗人尖锐地指出："那有史以来曾经燃烧和炙烤过我们的天堂的圣火／如今是另外一种火／另有一种强迫在不经意的时候／将重重伤害我们。"（《白色火焰》）这样的提示是世纪性的，它直抵现代性的根本：人是自身的伤害者、异化者，人用自己的手将世界推向深渊！

在这片燃烧的"月光"中，出现了一系列带血带痛的关键词：创伤、忧伤、恐怖、血迹、挣扎、呻吟、疼痛以及灰烬……此时的写作，已是"旋风般地跨越一切，短暂而热狂地在他、她和他们之间逗留"，而语言也"不是囊括，而是运载；不是克制，而是实现。当本我模棱两可地表露出来时，她并不保护自己抵御那些她惊奇地发现变成了自己的陌生女人"①。诗人完全潜沉于自身，投入她个在的诗性记忆与言说之中，成为一种语言符号与隐秘的意绪不期而遇、轰然共鸣的产物，以突然降临且意想不到的深度来展现情感经验的特殊性，抵达一种对真实存在的突然洞察和揭示。由此生成的语境，也变得格外迷离和驳杂，充满空白、间隙和阴影，又充满突兀、弹性和光亮，闪耀着无限的自由之光，时时在丰满的意象语之中，突然插入散文化、口语化、叙事性的段落，以此将现实与超现实、上意识与下意识、灵视与物视以及事件与梦幻收摄杂糅为一，给人一种诡异奇崛、悬疑迷幻的现代美感。细读这样的诗句："有时候你的缄默是泛着蓝光的苹果／需要一把锋利的刀子／需要在淋漓的血中和伤中／接近深处的谜／敕勒川／阴山下／风吹不吹的问题／青草满地牛羊肯不肯吃的问题／一个上午钥匙在锁眼里的转动／李清照的门帘会不会卷起的问题／／问题的问题／埃及式的使你困惑的司芬克斯之谜／／你无须躲避风暴／在你之外无风暴／风暴只能是你自己／五腑的山林和波浪／震中和震级／自己的石头和自己的脚的问题。"（《我以我残存的水》）这里甚至出现了反讽的语境（这在整个新诗潮中，都是作为"稀有金属"而缺失着的），而在《月的中国》中作为意

---

① ［法］埃莱娜·西苏：《美杜莎的笑声》，载张京媛主编《当代女性主义文学批评》，北京大学出版社，1992，第205页。

欲唤回的那些闪着历史光芒和神性的东西，在此成了被彻底解构的对象，这样的深度，在整个当代女性诗歌中，都是少有人抵达的。也许，真正优秀的女性，天生就比其他人更能抵达幻灭与怀疑的深处，且最能坚持守望在那里，不愿在现实的进逼中，在老去的梦月里从那里撤出来。她们总是同时用两双眼睛注视着这世界：现实的、梦想中的，男性的、女性的，悬疑和悖谬便就比如藤蔓一样，缠裹了她们的一生，也便使她们比一切人都更深地触摸到存在的本质！

在这种"用全部的生命作为人质／强盗般地向自己勒索"（《残局》）的"纯粹的动荡"中，诗人早期持有的那份历史情怀与现实关切，有如被吸收的钙质，融化在新的血液中，使其审视的目光更加明澈和深沉："而你将是世界之外睁开的眼／是永远的日和月／是锐利的眸子／看穿一切。"由此诗人告诉人们："你们作为我的同类／将逃不出一种遗传／从树林到流水／我使你们完整和破碎／使你们头发潮湿猛然感悟到／冰冷的星际的心事。"——在这首题为《背走灰烬——纪念一位为艺术而死的女诗人》的长诗力作的结尾，诗人更这样写道："你们去生／我去死／一并在风中／我背走沉沉灰烬。"显然，此时的诗人对历史与现实已由《月的中国》时的正面负载转而为负面承载，不再背靠什么东西，而成为真正个在的深入绝境，在坍塌以破碎的异己之生存体验中，对遗传的毒素和生存现实后积的毒素，进行"清场"式的审视，以启明在沉沦中吟痛的心灵，进而叩问个体的有限生命如何寻得自身的生存价值和意义。与这首长诗相并重的，是写于同期的组诗长卷《兰花四月》。全诗以"城"（与"围困""迫抑""焦灼""梦魇""战地""败坏"等同构）为核心意象，以超现实的手法，对现代人的生存困境进行散点式的扫描，在几近绝望的心灵视野里，燃爆苦涩的、怀疑的、充满智性又充满至深的悸动的诗之思："让思想看见回声，让生活中／无端的病兆看见这座城／让南风沿着四月的边缘走／看浪漫主义的地壳起伏人生无家可归的梦。"——一句奇诗，却触及一个世纪的命题：在一个一切都走向不归路的时代里，人何以找回"家"、找回浪漫主义的"梦"？即或有"道路在远方呼啸着"而"何人不在／自我的泥泞之中"（《时与空的变奏》）？在这里，个人的真实性及其限度，世界的真实及其无常，再次成为诗思的焦点。当"城"以及"茧"欲以它"类"的力量，将个在的生命化为它的平均数时，诗人对个人精神的独立与自由的追索便越发尖锐了："笼子里攥紧双拳固守着／一种安全感／一种不用舒展不用生下根去的家畜的安全。"（《老城》）可以看出，在一种精神内质深度之光的探照下，诗人对存在的拷问，已上升为对现代人整体生存状态和集体深层心理的关注，诗行间充满着庄严、热烈的苦味，无论是在精神的内涵还是在艺术的表现上，都达到了相当的深度，具有史诗的底蕴和厚重感。

然而当诗人真的将这一切都看透了时，她无疑已将自己逼临一个精神的悬崖。"这份孤独在夕阳中是悬崖上母猿的孤独／妈妈／最深重的绝望莫过于此／你要我以怎样的无奈坚持这种族？"从这段写于1988年题为《爱仇》一诗的结尾句里，从那个凄绝的"？"中，我们似乎触摸到了那经由"自焚"式的燃烧而后"陷落"的月光背后，真正潜在的心声——其实一切的陷落都与重建有关，有如一切的恨都因爱而生；没有大爱就没有大痛，没有大关切就没有大悲悯，没有大渴望也就没有大失望。就此而言，一切的诗人，在骨子里原都是理想主义者；是光的存在、梦的存在，方使他们洞见到黑暗之黑和现实之荒谬。只是在不同的诗人那里其承载的方式不同而已：正面承载者，是呼唤、是吁请、是祈愿而建构；负面承载者，是呕吐、是质疑、是批判而解构。一切历史（包括人生）进程，都包含正价值和负价值的双重性，诗人有责任将正负两面都予以诗性的思考与言说。这里我想到学者、九叶派老诗人郑敏语重心长的一句话："我一直希望女性诗人的内心视野，要有一些历史的成分。"[①]在研读阎月君的作品中，我看到了这种希望的所在。我是说，在当代女性诗歌进程中，在女性角色意识由觉醒而张扬而成为女性诗歌之"主流话语"以致泛滥的语境下，是阎月君，以一种孤绝的态势，卓然独步于历史与现实的广原和作为人类共性的意识深处，上下求索，正负拓展，将对自身命运的审视与整体生存状态的审视、个人记忆与集体记忆收摄融汇于一，达到一种外部世界与内心世界的融合、现实和梦幻的融合、智性与感性的融合以及传统与现代的融合，在存在的昏暗中开启生命的亮眼——纵观比较之下，其拓殖的精神空间之宽广宏深，在整个当代中国女诗人群落中，都是不多见的。即使写爱情，也落于一种融合视域，置于生存的大背景中，譬如那首凝重凄美的《无标题》：

  爱你的身体在暮色中俯向我
  感觉背上很沉 无形的
  伤口很深
  像村间的屋顶 堆满秋天
  并渐渐有微冬的寒意
  这情调 自古就适合于我
  在你的土地上流连 且不时有
  被种植成什么的感觉
  …………

[①] 郑敏在1995年5月20日北京"中国当代女性诗歌研讨会"上的发言，沈奇记录。

而镌刻在你胸膛里面的那些

　　残星或者　残月的故事

　　将构成我们的雪　无论如何都是要

　　落下的吗

　　诗中透显的爱不仅是两性间的情爱，更有许多潜在于爱恋之后的什么，浸漫、弥散于诗行之中——人、土地、历史都在瞬间融合于这复杂的情感之中，反突现出爱的艰辛、深沉和厚重，有一种复合的光晕。对此，或许有人会质疑：一位女诗人完全放弃（实则并非）女性意识的言说是否也是一种矫情？而我只能说，在这个太多"自我抚摸"与"空心喧哗"的过渡时代里，阎月君所持有的诗歌立场，是一种超迈而高贵的选择！

化身月色
"而我是一个在刀锋上从事缝纫的女人"

　　从"蓝色月光"到"红色月光"，从"呼唤"到"呕吐"——在经由五年高峰状态的创作之后，那支"自焚的烛"，似乎真的"在风中／背走沉沉灰烬"而寂然了；季节"露出败坏的眼神／如同蓄谋"（《兰花四月》），沉默与间歇成为无奈的选择……只是从后来复出的作品中，我们才透视到，在诗人的心路历程中，那"一只失血的手"依然一直默默地"将苍茫执拗地敲着"（《时与空的变奏》），且最终敲出了"虚无"，发现"人并没有真知，人不过只是前行"[①]，而作为诗人，便只有这"执拗地敲着""苍茫"的"失血的手"，这"敲"的过程是真实存在的——诗人不再仅仅是那"溺水的月亮"的"打捞者"，更可以化身为月，悬置在此，在语言的清辉里，点燃自我救赎的诗性生命之光："生根有生根的烦恼／漂泊有漂泊的寂寞／你仅仅代表不肯连贯的一些句子。"（《我以我残存的水》）

　　于是写作成了唯一的"拯救之路"——"我的职业是面对一座辉煌的大厦／设法使语言开门。"（《忧伤与造句之一：写满字迹的纸》）在这一意识的开启下，一向惯于在燃烧的激情与想象中放任自我、驱使语言的阎月君，开始同语言共呼吸，以使纯粹的生命状态与纯粹的语言状态达到统一。情感意绪的静静积蓄和沉潜，使得一部分作品的语境也变得澄明起来，显得超逸空蒙，清隽

[①] [法]埃莱娜·西苏：《从潜意识场景到历史场景》，载张京媛主编《当代女性主义文学批评》，北京大学出版社，1992，第212页。

旷达——我将其称之为未展开的"银色月光"时期。

说"未展开",是因为对阎月君而言,步入这片"银色月光"是颇有些惶惑的:"要知道火焰一直是我的伴侣／穿在我身上是这件火红的风衣。"(《面容》)作为时代的良心、理想幻灭的指证者,阎月君一直是执着于直面人生的近距离燃烧的。我们看到,写于1988年以后的许多作品,大都仍保持了这种风格,有些甚至是前期作品的复制,显得困乏和破碎。诗在本原上是生命郁积的宣泄,但其生成的过程,却又是控制的艺术。其实在阎月君前期(包括早期)创作中,这种控制感曾得以很好地把握,后来却有些流失和缺乏再造。

因此,阎月君这一时期的创作中,我特别看重那些渐趋收摄力沉凝感的篇章,组诗长卷《忧伤与造句》便是其主要代表作。在这首分十节长达二百行的组诗中,语言被重新分配了——诗人显示出一种智慧的而非纯激情与想象的写作能力,在一贯持有的人与土地／生存与历史的融合视域中,又加入了语言的视点,自我诘问,自我清理,常由平实瘦硬的辨析而入,却从孤高奇诡的茫然而出,别生一派气象。在这里,诗人的诗思颇有点知识考古学的意味,质疑过历史与现实、肉体与灵魂,最后追索到对语言的质疑:"没有一个词是靠得住的／实词呆头呆脑／虚词近于无赖／介词小心翼翼／形容词奇奇怪怪。"语言是文化的载体,而我们又是语言的载体,作为生命与存在的本质联系,语言是"不知道家在何处"的漂泊者最后可依傍的一片基地,可如果连语言都出了问题,不再可靠,又该如何呢?诗人进而问道:"什么能充当这座大厦的依傍／支撑到天老地荒／有没有确信无疑／值得一锤子钉下去的东西?"可以看出,无论是何种质疑,诗人都从未放弃对断裂之后的弥合、陨落之后的复生,那一份痴心不改的追寻。然而诗人最终依然失望地醒悟到,这份追寻是遥遥无期的,是一个永远在途中、几近空落而又不能舍弃的期许,于是诗人浩叹:"人从万物的蒙昧中独自醒来／人朝前走没带上原因和理由／人行走／孤独而伤心／人是被理由和原因抛弃了的人",而最终"我的诗只剩下疑问"(《忧伤与造句之四:没有一个词是靠得住的》)。

《忧伤与造句》的出现,标志着阎月君对新的诗歌意识的开启,尽管还未形成大的局面,却有着潜在的前景。同时,它还标志着诗人在对世界(历史与现实)的真实和人的真实这两个向度的深入探寻之后,又步入对语言的真实这一向度的探寻——还是那片月色,那片对人／土地／历史的大关切、大悲悯,只是因了语言向度的加入,显得更为清越和沉着,一种深度弥漫的智性之我,照亮了新的诗性生命之旅。

三个阶段,三个向度,三重复合的光耀,我们最终听到的,是诗人四句断章式的告白:

我一生都在寻找美的痕迹
却只找到了被摧残的痕迹
在美的事物上我都看到了伴随的眼泪
我一生的坚信被不安代替
——《我一生都在寻找美的痕迹》

——这便是阎月君，一位为诗与真而痛苦燃烧的女诗人，在她的诗歌世界里，有清丽的浪漫主义的余韵，有浓烈的现代主义的情怀，有斑斓的新古典主义的色彩，有深沉的现实主义的质地，"有太多的属于这世纪的忧伤"（《低调》）。她以低调的、充满批判与怀疑的目光审视着这世界，却又从未放弃对理想的持有；支撑她的写作的，是一种坦诚、一种追寻、一种为追寻和坦诚所燃烧的痛苦，以及一些不安于沉沦的动荡的情绪……总之，是一种精神，一种圣徒般为诗与真而"自焚"的精神。而正如萧伯纳所说的"所有值得一读的书都是由精神写成的"！

作为阎月君诗歌的研究者，我更想到古典诗学的一种说法，借以概括这位诗人的艺术品质和精神品质，似乎颇为精当，也算是送给诗人的一句赠语，伴她步入未来的历程——

山壮水明
骨重神寒

1996年10月25日于西安
《当代作家评论》1998年第3期

一个执着的艺术探索者
——薛涛儿童文学创作论

周晓波

第一次注意到薛涛的作品是在1996年秋季,那时候我为《儿童文学选刊》的"近期所见佳作"专栏写稿,浏览了许多少儿报刊的作品。《儿童文学选刊》1996年第9期上打头的"文学佳作"薛涛的"精短小说三篇"立刻吸引了我的注意,这就是我最初读到的薛涛的三篇微型少年小说《黄纱巾》《天堂》与《条件》。直觉告诉我,作者在艺术上有相当独到的追求,对小说艺术的提炼要求很高,尽管它的精致导致了它不可避免地有些雕琢味,但它那浓郁的艺术风味还是吸引了我,且我发现作者是如此的年轻,发展前途一定无量,因此,我毫不犹豫地推荐了它。薛涛便从此进入了我的视线。后来,我又陆续读到了他的另一些短篇,包括《女孩的暖冬》《蓬镇故事碎片》《稻场笛声》等。我的推荐稿在《儿童文学选刊》(1997年第2期)上发表后,薛涛不知从哪儿打听来我的地址,给我寄来了他新近出版的少年短篇小说集《白鸟》(沈阳出版社1996年12月),这使我比较集中地阅读到了他儿童小说创作的主要部分。于是,我们便有了通信来往。他给我的印象是热情而又自信,对自己的艺术探索很有信心,艺术感觉也相当不错。以后,他又陆续给我寄来了一些新作以及他较早出版的两个微型小说集《墙壁上的眼睛》(国际文化出版公司1995年11月)、《1980年冬天的船坞》(春风文艺出版社1995年4月)。这样,我又了解到了他创作的另一面:成人微型小说的创作。在这方面他已取得了相当的成绩,且已在微型小说界有了一定的知名度,也可以说他是从微型小说的创作转入儿童文学创作的。

这或许是一种缘分。有许多人在儿童文学界成名之后，便立刻转入了成人文学的创作，因为，那儿似乎有更多的机会，有更接近于自身的表述天地。而薛涛却相反。除了缘分，当然也与他的生活背景、他所采用的这种微型小说的表述方式比较适合于儿童小说有关。薛涛很年轻，自然不可能有令人羡慕的辉煌的人生经历。从学校到学校的单纯的生活履历，使他很自然地走向了接近儿童文学的道路，并且很快发现那儿有更适合于自己表现的天地，他成功了。作为新生代的一颗耀眼的新星，薛涛小说独特的艺术风格很快便引起了人们的注意，赞叹与争议同时鹊起。对这样一位非常富有才华的青年作家，我想简单地否定或肯定显然都是不足取的，让我们还是具体来分析一下薛涛少年小说艺术的方方面面，以便更客观地评价这位颇有前途的年轻作家。

薛涛小说的形式技巧

薛涛小说最引人注目的显然是他的形式技巧，而且他公然标榜他的小说"百分之九十九"来自他大脑的"虚构"，他说："我的创作力往往在面对不熟悉的世界时能发挥到极致。相反则变得迟钝。"[1]在《蓬镇故事碎片》（江苏《少年文艺》1997年第6期）的后记《故事的写法》中他甚至不无调侃地戏称"我写《蓬镇故事碎片》时也是不老实的，我把故事拆碎"了，就如同把一个故事分别写在一张张扑克上，然后"洗"了一下，就成了你们现在看到的样子，其实它在本质上还是一个老实的故事。他的这一过于随意的比喻立刻遭到了一些作家的批评，把它看成是"一篇玩弄玄虚、故作精深的小说""虚构了一个子虚乌有的故事，对少年儿童读者极不负责"[2]。其实，抛开薛涛这一不恰当的比喻，单就这篇小说本身来说还是非常精彩的，可以看出作家在结构这篇小说时的精心构思，并不如他所说的那么潇洒与随意。主题也是相当严肃的，用比较时髦的说法，是一个"反腐败、反强权""反破坏生态平衡"的主题。小说在形式结构上运用了许多技巧，诸如片段穿插式的故事结构方式、时间概念的模糊、第一人称人物的变化，以及两个故事的平行交叉推进等。表面上看似乎是表现蓬镇男孩与流浪男孩蚂蚁的一段离奇的交友故事，但实际上却隐含着非常严肃的现实批判主题。这篇小说的写法与传统儿童小说的时间线性发展结构和有头有尾的完整故事结构方式完全不同，但并不等于它就不好读，是一种"故弄玄虚""故作精深"。我觉得它很新颖，也很好读，而且也并不难理解，对少年读者来说未必会带来阅读上的困惑，反会给他们很新鲜的感觉。小说可以有各种各样

---

[1] 吴其南、薛涛：《生活 风格 精品》，《儿童文学选刊》1997年第5期。
[2] 肖显志：《一篇玩弄玄虚、故作精深的小说》，《儿童文学研究》1998年第1期。

的写法,传统的模式未必不可以突破。这篇小说其实是薛涛很有代表性的一篇少年小说,从这篇小说中我们不难看出薛涛非常注重小说形式技巧上的探索与尝试。以下我不妨分几个方面来分析一下,看看薛涛的小说技巧会给我们带来些什么。

(一)虚构性

小说在本质上都是虚构的,尽管小说以反映现实生活为己任,但它绝不是生活的实写,所以它离不开虚构,只不过虚构性有强有弱。有的作家比较擅长于生活的描摹,丰富的人生阅历是他雄厚的取材资源,其虚构性相对来说弱一些。而有的作家则不太注重现实本身的摹写,注重的是理想化、幻想化的虚构现实的营造,其虚构性自然就强一些。前者可以称之为"现实主义",而后者则显然属于"浪漫现实主义"。薛涛无疑属于后者。薛涛说他的小说"百分之九十九"来自他大脑的虚构,这话既可以说是一种夸张,也可以说是一种真实。说它夸张,是因为薛涛的小说尽管重视虚构,但其现实性还是很强的,他所反映的现实尽管都不是他所亲身经历过的,但未必不是他生活中所视、所感、所触的。只不过他把它们重新加以组合罢了。所以从这个意义上看,其"百分之九十九"的虚构就未免有些夸张。而说它真实,是说它们基本上不是现实生活的摹写,而是作家按照自己的想象和理想,精心组合的虚拟现实。因此,也可以说它完全来自作者大脑的虚构。对于像薛涛这样缺少阅历的作家,如果没有很强的虚构能力,他就不可能成为一个成功的小说家。所以就这点来说,薛涛的确很明智,他能够扬长避短,发挥自己的优势,选择一条适合于自己创作的道路。他的虚构才华在他的创作中得到了充分的施展。

薛涛的小说很少直接取材于当代儿童现实生活,诚如吴其南所说的,"都极度地淡化故事的外部时空,淡化故事的时代背景,以虚化的意象世界表现人性中永恒的、彼此都能相通的东西。很空灵,感情上又觉得很切近"[1]。的确,薛涛小说很善于营造一种艺术氛围,短小而富有诗意,蕴含某种哲理境界,他几乎是用诗歌和散文化的笔调来构筑他的故事,这与他是从微型小说创作入门,走向小说创作的有关。微型创作简洁、凝练的笔法锻炼了他,使他很善于把握作品的凝聚点,在有限的篇幅中艺术地表现一些永恒的精神与情感的东西。比如《黄纱巾》《女孩的暖冬》《少年与镜子》等篇均是表现人际关系中的同情、善意、理解与关怀的美好真情的。作品在简洁的结构中所体现的浓郁的诗意与温暖的人道主义情怀,特别富有韵味。这些人类精神家园中永恒意义的东西似

---

[1] 吴其南、薛涛:《生活 风格 精品》,《儿童文学选刊》1997年第5期。

乎并不需要太明确的时空背景与人物背景,因此,作者在表现中便有意淡化了,省略了许多交代的笔墨,显得非常凝练。而这时候的人物也便无须确定性,他们只是某些人物类型的代表,所以,作者通常喜欢用"男孩""女孩""少年""老人""中年人"等称呼来作为他作品中的主人公。这样的写法在极短的微型小说中特别适用,它使微型更显空灵与凝练。当然,在比较长的短篇中就不能不考虑情节的丰富性与生动性了。因此,我们看到的薛涛的一些比较长的短篇小说中,尽管作者仍把握着语言的精练和诗意,但重心却转移到了对现实故事的精彩虚构,情节与细节占据了作品的主体,虽然,作者并不追求一种有头有尾的完整故事,但片段故事仍比较集中地体现了作品的主题。《死亡游戏》《蓬镇故事碎片》《白沙滩》等都属于相当精彩的短篇小说,情节浪漫而又现实,想象力非常丰富,具有较强的可读性。

(二)蒙太奇式的叙事方法

薛涛小说另一个显著的特点是比较擅长运用蒙太奇式的叙事方法,画面感很强,穿插、跳跃式的剪辑叙事十分自由,这使他的小说显得很活,富有动态感。所以,尽管他的小说不讲究有头有尾的故事性,但仍然比较吸引人。《死亡游戏》《蓬镇故事碎片》等都相当典型。例如,《死亡游戏》从故事的开端,作者就将镜头摇向了海湾中的一座神秘的小岛——火石岛。一个特写镜头,将刚刚登陆的主人公——渴望当一回自由的海盗的少年锥儿做了亮相。随着镜头的推移,我们又看到了作品的另一个主人公——自诩为火石岛头号船长的少年海碰子。叙事便围绕着这两个抱有不同目的登上小岛的少年人的故事展开:一个是闲得无聊,渴望制造点轰动新闻;而另一个则志向远大,渴望成为新一代"海底钻家族"。两线穿插推进,最后,锥儿在少年海碰子精神力量的感染下,终于有了醒悟。小说情节并不特别精彩,但蒙太奇式的叙事,却增强了小说动态的感染力,人物塑造的立体感很鲜明。同样,《蓬镇故事碎片》也是采用这种叙事方法,两线交错推进,画面是跳跃式的,很自由。

当然,薛涛的叙事也在不断地变化着,时时寻找着"另一种方式"(薛涛语)。比如从早期的《白鸟》《空空的红木匣》到后来的《黄纱巾》《稻场笛声》,其叙事显然是向着空灵与飘逸的风格发展着。而到了近期的《与蒲公英一起飞的女孩》则是将现实与梦幻相糅合,叙事的诗意与幻想色彩几乎完全改变了传统小说的叙事观。薛涛在小说艺术上的种种尝试,或许在目前来说还很难获得广泛的小读者的认同,因为,它毕竟完全不同于以往小读者所习惯的叙事方法。但它一定会受到那些具备一定文学欣赏能力的小读者的喜欢的,因为它们所传达的并不只是一个个单纯的故事,而是具有更丰富的内涵与艺术的探索,这是小说家渴望追求的,也是渴望丰富的小读者所喜欢的。尽管薛涛的小说还并不完美,完美的小说应当拥有广大的读者,但薛涛的追求却是非常可贵的。他还很年轻,有这份执着,相信一定会大有前途的。

薛涛小说的主题与哲理境界

谈了薛涛小说在形式上的探索,就不能不谈谈他的小说在主题与意蕴方面的追求,因为在这方面薛涛的小说同样很有些个性特点。李春林在谈薛涛的儿童文学创作主题时曾概括为主要是"对'死亡'和生命的阐释与歌吟"[①],我以为是比较准确的。薛涛的小说重虚构,疏离写实,意欲探求生活的哲思与意蕴,所以他必然要寻找人生中最值得探索的切入点,"生命"和"死亡"这两个人类必然要面临的哲学命题也就成了他作品中经常表现的主题,对这两个最富挑战意味的哲学命题的深入,实际上也就是对于人生价值观与意义的探讨。薛涛在上大学时,即对哲学很感兴趣,这使他的创作也常常有意无意地带有些哲思的色彩,喜欢探索那些具有永恒意义的哲学命题,因此他的创作往往表现出较丰厚的文化底蕴。

当然,要使少年儿童理解清楚这些深奥的哲学命题显然是相当不易的,因此作者所选择的角度通常是以对于美好生命的歌颂来映照死亡的永恒意义。在薛涛的笔下,死亡并不可怕,而总是显得光彩夺目无比美丽,成了人类生命的自然延续与永恒。当然这种延续的永恒对生者来说更多的是一种精神上的、意志上的延续与永恒。比如《白沙滩》中的耿叔因劳改过而处处受人歧视,为了换回做人的尊严,他宁愿以自己的生命为代价,为民除害,最终获得了人们的尊敬,以永远肉体的"死",换来了永恒精神的"生"。《海爸爸,蓝房子》更是具有一种诗意般的永恒生命的宗教色彩。"我"的祖父及"我"的伙伴们的爸爸,为着生(自己的、家人的、民族的、人类的生)而前赴后继葬身于大海;然而,在孩子们的心目中却幻化为美丽神奇的童话世界:爸爸们住在海上神秘的蓝房子里永不归来,成了那里的主人。这使孩子们萌生出去大海上把他们找回来的愿望与冒险的行动。孩子们的行动固然可笑,然而这里传达出的却是对美丽人生的咏叹,生者对死者的怀念与追寻,正是激励着一代又一代的海上弄潮儿能够面对死亡而义无反顾。《少年与镜子》同样是一个生死主题,但与前两篇所表现的永恒精神的角度又有所不同,其似乎蕴含更多层面,哲理意味也更为丰富:它一方面表现了老人对于光明的无限渴求、依恋,光明与老人的生命

[①] 李春林:《对"死亡"和"生命"的阐释与歌吟》,载薛涛《白鸟》,沈阳出版社,1996。

同在；而另一方面则表现了调皮的少年出于对生命垂危的老人的同情而由"坏"变好了，他千方百计给老人制造光明，让老人能够在最后微笑着离开人间；与此相反，却是老人不孝的儿子砸碎了给老人带来光明的所有的镜子，这实际上也就是砸碎了维系老人最后的一线生命。这里镜子的寓意显得相当丰富，它既是一个生命的象征，也是善与恶的鲜明映照，生死的温馨与沉重都通过这一原本无生命的镜子折射出来。

对善与恶的生死主题，薛涛有时候表现得相当激化。比如《白鸟》，写孩子们为了给美丽善良的白鸟复仇，甚至暗中策划置射杀白鸟的耿叔于死地。这种报复的确有些过于残酷与凶狠，以恶抗恶，但本意却是出于童稚善良的动机。所以作品所传达的寓意是相当复杂的。一方面它表现了人与自然的共生相依，人间善恶的水火不容；另一方面则暗示着一个十分严肃的善恶观的教育问题，作品尽管并没有责备这些无知的少年，然而它留给人们的思考却是十分沉重的。

同样沉重的生死主题，在《蓬镇故事碎片》中却以一种喜剧性的格调表现出来：身为一镇之首的镇长，居然喝得醉醺醺地倒在大街上睡觉出丑；为了给自己的父亲做棺木下葬，竟然不顾镇上人们的情感，以权谋私，砍伐了已有五百年树龄的、几乎代表着蓬镇历史象征的老槭树。这种对生态平衡的无情蔑视与破坏，必然遭到大自然无情的报复。小说暗示了蓬镇将会彻底消失在那茫茫无际的盐碱滩中，年轻的生命只得浪迹萍踪，无所归依，这将是民族空前的悲剧。小说通过这个虚构的具有象征意味的蓬镇缩影，将保护生态平衡的人与自然的主题摆到十分严峻的位置上来引发人们的思考。

如果说薛涛有关死亡的主题的小说终究还是摆脱不了那份沉重的话，那么他的那些个完全远离死亡阴影的现实小说就显得无比温馨与充满暖意，给人一种非常舒适与惬意的审美感受。从感觉上来说，我似乎更偏爱于他的这部分小说。《女孩的暖冬》《黄纱巾》《寻找春天》等篇都是比较有代表性的篇章。这些小说大都写得很短小，故事也很单纯，笔法如抒情散文般轻灵而富有诗意，重在传达人与人之间互相理解与关切的美好情感。比如《女孩的暖冬》写了性格内向、孤独的女孩对经历坎坷的传达室老人的强烈的好奇心，她猜测这位原美院的高才生所画的冬天一定很逼真，然而，展现在她面前的竟是幅水淋淋暖意融融的春天美景。女孩被深深地感染了，"她第一回感到这小镇的冬天还有些温暖呢"。结尾的寓意十分丰富，它既表现了女孩对老人的崇高精神境界的理解；也表现了孤独的女孩对人与人之间的关系有了深一步的了解，开始朦朦胧胧地体会到了"冬天的后面是春天"的人生哲理境界；当然，更深层的寓意或许还可涵盖着对转折时期的社会大背景的反映。《黄纱巾》的寓意单纯一些，但人与人之间的关切与理解同样表现得非常温暖且充满柔情。女孩中意于那条美丽的黄纱巾，却无钱买得起，又不愿无故接受卖主的馈赠；卖主为了装饰女孩的梦，宁愿永不出售他的黄纱巾。这里女孩既是不幸的，因为她始终无法拥有那条美丽的黄纱巾；但同时她又是很幸运的，她遇到了一位能够理解她的好卖主，使她能每天都看到那条在清风中飘舞的黄纱巾。作品在淡淡的忧郁之中所透露出的人情暖意的确具有很强的艺术感染力，是微型小说中比较成功的作品。也鲜明地体现了薛涛有关"小说是人类想象在生活与诗意之间的飞翔"的创作主张。

生命、死亡、人情、暖意，我们看到薛涛少年小说创作的灵感始终在人类永恒情感的家园上空飞翔，这表明了他积极的人生态度，也表现了他对于少年文学总格调的理解。薛涛终究是一位教育工作者，始终有着强烈的教育的责任心。尽管他以他出色的艺术技巧摆脱了功利说教的倾向，但过于集中的艺术主题的表现，便不知不觉显露出作家某些刻意追求的东西，这使得作品或多或少留有些雕琢的痕迹，这是薛涛作品美中不足之处。

的确，薛涛才华横溢，创作之始便表现出鲜明的风格特色，且很有自己的艺术追求，这既是他创作的优势，当然也可能潜藏着某些危机。正如他自己所说的："风格可以灿烂一个作家的艺术生命，也可能破坏一个作家的艺术生命。"[①]过早地形成某种固定的风格未必都是件好事，它极易使作家不知不觉陷入自己为自己设置的圈套中去。当然，薛涛非常清醒地意识到这一点，在创作中也在时时寻求着新的突破，但他的突破更多还是着眼于艺术方式的变化，而并没在意于艺术风格、艺术思想的变化。而且薛涛很自信于他的虚构能力，轻视"深入生活"和"贴近现实生活"。闭门造车在短时期内或许并不成问题，但长期下去未必不会才思枯竭，缺乏鲜活的生活气息。薛涛小说实际上已经潜伏着这一危机，他的小说的确写得很艺术，很精致，但总让人感到缺乏一种鲜活的现实灵动感，有些造作，也就是上面我所说的存有些雕琢味。此外，总体来说，薛涛的创作还不够丰厚，有些艺术大于思想内涵的味道。

薛涛很年轻，已取得如此丰硕的创作成果应该说已属难能可贵，我也的确非常欣赏他的艺术才华，为儿童文学"新生代"作家有如此良好的艺术感觉而深感欣慰，他们是儿童文学未来的希望。当然，我也希望薛涛能非常清醒地意识到自身的弱点，扩大创作的视野，在关注艺术形式探索的同时，也能更多一些关注现实少年儿童丰富多彩的生活：他们的生存状态、精神风貌、思想意识等，让自己的创作更丰富、更厚实起来，更受到小读者的喜爱。能在创作与接

[①] 吴其南、薛涛：《生活　风格　精品》，《儿童文学选刊》1997年第5期。

受之间寻找到一条既适合于自己创作风格、艺术追求又受小读者广泛欢迎的艺术道路。因为儿童文学创作最终目的永远是指向少年儿童读者的。相信薛涛的儿童文学创作会在不断的自我调整中取得长足的飞跃。

1998年4月于浙江师范大学儿童文学研究所
《当代作家评论》1998年第4期

刘兆林论
——诠释他创作心理的特质与作品艺术的成就

彭定安

从"不幸文学院"里走出来的作家：他的创作心理的形成与特质

读刘兆林的作品，每每想起泰纳对作家的论述，感到他的情况是比较贴切地符合泰纳之所论的。泰纳说："在贝壳底下有一个动物，在文件后面有一个人。"而他认为人的状况有三个来源：种族、环境和时代。我把"种族"扩展为种族、民族、家族和个人气质。刘兆林出生在北国边城小镇一个命运不济、父母不和的教师的家庭，他的故乡是一个蜷缩在苦寒、封闭、落后地区的，处于文化边缘的小镇。这一切就足以透露刘兆林之为作家的特征了，但最重要的、具有决定性意义的是：不幸。

海明威说过，作家最好的训练，是"不幸的童年"。刘兆林的童年，远不只是一般的不幸，而是非常的、特殊的不幸。而且，青少年时期以至长大成人以后，仍然遭受巨大不幸；而且，这不幸是笼罩整个家庭的。他的家庭的不幸，令人想起托尔斯泰《安娜·卡列尼娜》开篇第一句所说的："幸福的家庭都是一样的，不幸的家庭各有各的不幸。"刘兆林是共和国的同龄人。然而在祖国走向繁荣富强的途程中，他的家庭，却由于个人的（他父亲的职业，特别是性格）、家庭的、社会的种种原因，而迭遭不幸，并且是累发的、出奇的、少见的不幸。这一点，言之令人痛心。然而"祸兮福所倚""艰难困苦，玉汝以成"，在巨大不幸面前，当人没有被击倒，而是抗击奋战时，他就被成全了。事情在刘兆林身上，正是如此。不幸在使刘兆林成为作家、成为一位有特色的作家这一点上，起到了决定性的作用。这正是"蚌病成珠"。请听他本人的诉说："不幸是一所最好的文学院。"（《高窗听雪·我喜欢的几句格言》）"想想我的文学之初，最应该感谢的就是苦难和不幸了。"（《刘兆林小说精品集·短篇卷·自序》）

"我个人的经历不怎么幸运。十多岁埋葬过弟弟，二十几岁埋葬过妹妹，不到三十岁埋葬了母亲，三十多岁又埋葬了父亲，而父母双双患有最讨厌的精神分裂症。"（《高窗听雪·写早了的自传》）这里，叙述得很平静，但在这"平静"背后隐存着大量的令人揪心的悲惨事实；在这"平静"底下，蕴含着巨大的人生悲痛、深沉的精神创伤和永远不能抚平的心灵刻痕。比如，关于弟弟妹妹的死，他有过稍微细一点的叙述，那就足以令人哀痛慨叹："我亲眼见过活泼如一只小狗般可爱的小弟弟头天晚上还在炕上咿咿呀呀地爬，第二天早晨却死了，死得比二加三等于五都简单，因感冒发烧得了肺炎一口黏痰憋断了气；我还见过我二十二岁的大妹妹早晨还像头憨厚老实的牛一样担水做饭洗衣服，没等笨拙的乡亲们学会一段……忠字舞……她就死了，死得也不复杂，顶多相当于十一除以二等于五点五吧，爆发性中毒胃肠炎，胃肠绞痛在地上乱滚一通呼吸就停止了。"（《绿色青春期·写在前面》）这样突然的、不正常的、不幸的夭折，是不同于一般的死亡、一般的不幸的。而且，刘兆林家庭的所有不幸和不幸的死亡，都和贫穷相连。那些不幸的死亡和家庭的酸楚，都是贫穷造成的。还有，更不幸的是，雪上加霜似的，他的父母都患有可怕的精神分裂症：父亲犯病时的那种狂躁凶暴，给过他多少折磨；母亲发病时那样冷漠无知寡情，使他失去几许母爱！生活—不幸—死亡，就是这样与他伴行，和他的生命、成长、"心路历程"相连。他就是这样走进世界的，他就是这样"睁眼看世界的"。这会在他的心灵上留下什么样的刻痕，在他的面前展开什么样的世界呢？这在他所经历的作为作家都会有的"人生三觉醒"中，普泛地、深沉地留下了具有独特性的刻痕印记。促成他的"人生觉醒"的最早的因素，显然是贫穷与死亡。那是一只可爱的小狗被严酷的父亲烦它嗷叫而扔在门外，在严寒中活活冻死了；那是活泼泼的小弟弟患感冒没钱治，竟一夜之间夭折了。两个小生命的惨死，使幼小的刘兆林心头蒙上了一层迷茫的悲凉之雾，透过这雾，他朦胧地感受到世界—人生的苦难。而当他十八岁参军时，因为父亲被怀疑有所谓历史问题差点遭淘汰，直到他写血书、苦哀求、保证"划清界限"，才得入伍。这使他在心理上、思想上，一下子长大了，"我简直变了一个人，觉得天地翻了个过"（《父亲祭》），他觉醒了，对世界、人生有了深具他个人特色的，然而是初步的看法。总括起来，就是中国传统人生哲学所言："人生实难，大道多歧。"

刘兆林以自己混着血泪的生活经历，多次用朴实的话语来表述他对这个中华文化精义之一的体验："我总觉得人活着都很不易。"(《违约公布的日记·自序》)在不幸中浸泡的人，渴望理解、同情、温暖和爱。这就是他发自心灵深处的期盼。他的文学觉醒，就是在这种人生觉醒的过程中和基础上，形成和发展的。苦难用文学的汁液来冲淡，哀伤用文学的柔曲来抚慰，痛苦用文学的渠道来宣泄。他在"文学家园中得到被理解，被呼唤，被宣泄，被抚慰的关爱"(《违约公布的日记·自序》)。最初他是从偷看父亲不让看的闲书小说开始，以后，又从流落当地的落魄诗人那儿受到文学的诱惑，而生长在与他的故乡巴彦只一河之隔原来就是一个县的呼兰城的女作家萧红的英名，更是他文学上的心灵领路人。"故乡出生的女作家无意中就作为一颗文学种子悄然落入我心田。"(《违约公布的日记·自序》)对文学的爱好，不仅有一种情感寄托和心理宣泄的"消极性"的作用，而且具有一种启迪情思、冥想、想象、直觉能力与艺术感受力的积极效应。这里，人生觉醒与文学觉醒浑然一体，互为表里，显示出向文学的倾斜，并闪射文学的色彩和光泽。这成为他的创作心理形成的基础，也是他今后从事创作的心理基础。他的性觉醒，除了人的天性的普遍表现之外，更表现出时代—社会的特点。他在20世纪60年代末年方十八时参军，在封闭的时代、在部队这个封闭的环境里度过青春期，生理的现象，透过社会—环境的禁锢与压抑扭曲地折射出来，表现出诺思洛普·弗莱所说的"性的焦虑与时代的焦虑相伴而行"(《诺思洛普·弗莱文论选集》，第9页)。这一点，他在《绿色青春期》中有细致而有趣的描写，这使性的觉醒这种生理现象具有时代—社会内涵。至此，在具有文学向性和文学形态的人生三觉醒的基础上，刘兆林作为一个"预备作家"的创作心理就形成了，具有雏形了。

在这样的时代、这样的环境、这样的家庭和这样的教养与文化熏陶下，形成的一个"预备作家"的创作心理，具有怎样的特殊质地呢？这种创作心理对于他日后的创作成就具有什么样的优势和作用呢？

人的个性心理特征，是他的生活环境与经历、环绕他发生的生活—家族—家庭事件，经过内化以后的外在表现；他的由"社会关系的总和"所决定的人性本质，决定着他的气质、素质与性格。刘兆林的"环境—经历—事件—社会关系总和"系列，决定了他的个性心理特征是一个"内"字，即内在、内向、内化、内秀、内思、内视、内省。

对命运的多舛不满不平而内心抗争，意欲改变并付诸行动。他严格地内视以至反省自己内心深处的"那层封闭他人保护自己的小家子气硬壳"和"心灵深处的卑微小人之念"。这种"预备作家"的"生活学"和心理构造，决定了他对生活素材、人物形象、故事情节等的选取视点和处理方式，以及艺术形态的设计。其特点正是"内"——内化、内向、内视、内思、内秀。这成为他的已有作品的思想—艺术特征，也是他的作品吸引人的艺术素质之所在。他的小说作品中常常出现内省式的人物或人物的内省，他的散文常常直接写出自己的内省。他笔下的人物，"英雄"典型总是内省式的和具有内秀的美德。关于"卑微""胆小""牛性"，他都直率地做过自我解剖，他甚至坦诚地表白："卑微不光明不道德需忏悔的念头和行为都有……死前一定写篇忏悔录"（《高窗听雪·写早了的自传》）；他把自己比作牛，"常常把自己牛化一番""见牛思齐"。他说："牛实在值得我为之一化。它活着拉车犁地，肯出力气少怨言，吃的能将就，住的能对付，唯独干活时不含糊"，直到它死，肉、皮、骨头、牛黄，都有用处（《高窗听雪·牛化自己》）。这一段牛的颂歌，表现了他的人生标的、道德标准和价值观念。这一切都寄托幻化于他的小说人物的形象和精神上。这就是他的作品的特色和艺术素质，也是其魅力的源泉。

刘兆林具有明显的悲剧意识。他多次表述他对"美丽出自痛苦"这一命题的赞赏和认同。他说他的不幸的身世，使他喜爱悲剧。因此，他的作品的明显的艺术品性即悲剧性或具有悲剧氛围。他的代表作，无论是短篇、中篇，还是长篇，都是"悲剧式"。尤其中篇《父亲祭》，更是悲凉之雾遍被全篇；而其成功之因和动人之处，就在于此。钱锺书在《诗可以怨》中，详细论证了"悲为美"的美学命题，他指出："痛苦比快乐更能产生诗歌，好诗主要是不愉快、烦恼或'穷愁'的表现和发泄。"当然，作家并不是"想悲即悲"，而是必须有了悲剧性的身世经历，又经过自己的内化，特别是心理汁液的"酶化"，更形成具有悲剧意识的创作心理，才能获得悲剧美的文学成果。刘兆林"感谢"不幸培养了他，不是无因的。

我在拙著《创作心理学》中，曾详细论述了作家的记忆类型和功能，特别强调了情绪记忆和形象记忆的重要。刘兆林的创作心理中正是这两种记忆是强项，这帮助他取得创作上的成果。由于他的不幸和遭际中，有不少深深刺痛心灵、震撼灵魂的暴死夭亡，当时的情绪是难以忘怀的，其刻痕是永难抚平和消失的，它便成为创作心理的基础因素。而这些情绪都是和同样难忘的场景（形象—场面和人）分不开的。情绪记忆同时就是场景—形象记忆，两者混为一体。他的关于可爱小狗被冻惨死、亲爱弟弟和妹妹的暴死夭亡，以及和父亲一起在苦寒凄迷风雪中为弟弟送葬，更在风雪荒野雪埋小遗体……还有父亲一次次发病的狂暴凶狠和自己的艰难处境，母亲犯病时令人揪心的冷漠，这些场景—形象，其时、其景、其情，都留下了心理刻痕。这些场景—形象和情绪，都栩栩如生地出现在他的作品中，并成为感人的片段。

每一位作家的创作心理中都有他的特殊经历所凝结锻冶而成的特殊的情

结，这是他们创作的艺术原点和奥秘所在。刘兆林的特殊生活经历也形成了他的特殊的情结，它们也同样寄寓于他的作品中，发挥了艺术原点的作用；而且，给我们诠释他的作品以深层的依据。这一点，我们在下一节里将给予详细的探讨，这里且从略。不过要指出的是，刘兆林有一个与几乎所有作家都共同具有的基本情结，这就是"作家—创作情结"。即不仅阅读文学作品是他们的思想—情感—心理的寄托、依傍、舒泄的渠道，而且文学创作活动更是他们这一切的重要渠道。创作是他们的"心理症结"和"存在方式"。

　　刘兆林的这样一种创作心理的构造，决定了他的创作模式。它更倾向于心理、心灵的探索、描写和舒泄，愿意写人物心灵的历史，而让社会生活退居二线；他并不着力于社会事件的广泛铺陈和展开，而是注意他的主人公的心灵的遭遇、挫折和发展。他把事件作为他的情感、心意、感想、认知的"对应物"来处理。这就是他所说的"按照我的人生体验来表达我的思想情怀"（《违约公布的日记·自序》），也是他所说的写"人心的变化"，写"人生的心电图"（《高窗听雪·自序》）。这里，他是遵从出自自己的创作心理而做出的选择，他没有违拗自己的心，去追求新颖、新奇、时髦，去模仿别人。他的选择和决定是正确的，因此他取得了创作的成功。

艺术世界（1）：情结、原型与母题

　　在这里，我想做的，就是夏尔·博杜安所说的"探索作者和作品的沉思者心目中艺术与个人情结或原始情结的关系"。容格认为，情结构成心理生活中个人的和私人的一面，而原型的基质则是集体无意识。"原型"是一种与生俱来的心理形式，是心理结构的普遍模式，它是一切欢乐和悲哀、行为和憧憬、想象和情感的原始根底。而情结和原型又促成和决定一位作家的作品的母题。我们从刘兆林的作品，以及从他的创作自述、自传性散文中，可以比别的作家更明显地看出他的创作心理中的情结、原型和作品母题。

　　刘兆林的主要情结，除了我在前面指出的作家一般都具有的"作家—创作情结"之外，还有重要的情结，那就是："不幸""父亲""母亲""情侣"。这种抽象的表述，不能说明问题，必须钩稽诠释，加以具体化、个体化、私人化，赋以人生的、生活的、家庭的、社会的内涵，才能言之成理和说服人。

　　1. 所谓"不幸情结"，是不幸的童年、不幸的婚姻家庭、不幸的死亡和不幸人生的凝聚与抽象。关于这一点，我们在前面已经说明它的属于刘兆林的人生—家庭的内涵。刘兆林的主要特点是，这种不幸的遭际，出现得早，方面多，持续时间长，对他的折磨重。而且，这一切不幸，在家庭原因外，更有社会的重要因素，如教师工资低、父亲"文化大革命"时受莫须有"历史问题"和派性的迫害等；社会因素通过家庭因素来表现，两者结合在一起。这种"早期、多种、持续、综合"的不幸所造成的心灵摧折、情感迫压、思想影响在心灵上的刻痕，是极为深刻和难于抚平忘怀的。这就不能不成为他的创作的原动力、创作动机激活的引爆点和作品的艺术原点。这种不幸的"事件""场景"、记忆和感情、感受、感应，都会直接、原样、原汁原味地，或者间接地出现或折射于作品中，或者在虚构的故事中得到反射式的舒泄。

由于这种情结的作用，"不幸——不幸的婚恋、家庭与人生和死亡"，就成为刘兆林小说中重要的和首先的原型。他在这个荣格所说的空洞的、纯形式的、心理结构的普遍模式，也是"领悟的典型模式"中，注进了自己个人的、私人的、家庭的、环境的、社会的与时代的内涵，注进了自己对世界与人生的特殊体验。这种体验就是前面说到的他对人生的一种深沉慨叹和哲理领悟："人生实难——'人活着都很不易'。"他的小说很多是，特别那些成功的、优秀的作品更几乎篇篇都是写"不易地活着的人们的不幸的人生"。长篇小说《绿色青春期》的主角"我"，活得极为不易，它再现复述了刘兆林的"红卫兵—新兵—低级军官"的成长过程和心路历程。这里有参军的苦斗，与父亲"划清界限"的痛苦，与杨烨的曲折无望的恋情，父亲疯病发作后对自己身心的折磨；有指导员同农村妇女"花棉袄"的不合法的爱情以及指导员的突然被揭露和突然自杀；更有杨烨的一片忠心与深情的"参军情结"未能如愿几经波折终致自杀的悲剧。在这部作品中，刘兆林倾注了他的从幼年到壮年的全部不幸经历，以及由此产生的情感、思想、理念与意象，他的情怀、他的情结、他的人生体验，都在其中。它们是真实的、真切的、生动的，带着生活的原生态状貌，有一种直抒胸臆的奔腾恣肆之态，有一种从艺术原点中闪射而出的感人的艺术力量。其中许多场面，都是他的情感记忆和情绪记忆的直白的表露。

中篇《父亲祭》中，写了不幸的家庭、不幸的父亲和儿子、不幸的父子关系、众多的不幸的死亡（弟弟、妹妹、父亲和小狗），也还隐含着父母均受其害的不幸的婚姻。短篇《一江黑水向东流》中连长之子疆江的突然的、不幸的死亡；《黑土地》中的意外的然而是合情合理的爱情，却以"黑土地"的意外的死亡不幸地结束，如此等等。刘兆林说："所以我的作品里常常出现死、痛苦及不幸人的善良、友爱与奋斗。"（《高窗听雪·写早了的自传》）这种"常常出现的不幸及其他"，是他的心境使然、情感使然、情结使然；他胸中拥有这个"原型"，它在刘兆林创作时跳跃而出，直觉、灵感、形象、意象这些"文学粒子"都活跃起来了。这就是他的创作的运作模式与成功之途。

2. 我这里所说的刘兆林的"父亲情结"，并不是"俄狄浦斯情结"。对于刘兆林来说，在"父亲"这个"抽象模式"中，应该是装进一个夏尔·博杜安所说的"暴父素材"。他说过，父亲的脾气怪，说话总是命令式，严峻不可亲。在《父亲祭》中，那个不顾儿子心理的虐杀小狗的事件，突出地表现了父子冲突，特别是心理冲突。父亲发病时持刀砍杀的凶狠和詈语秽言的咒骂，更显出了病狂中的暴戾。然而，父亲对儿女又有深刻亲情的偶尔闪射。这是一位矛盾的父亲、一种矛盾的父子关系。这不能不在刘兆林的心中留下一个难解的情结。而这也就成为"蚌病"造成的"艺术之珠"！《父亲祭》《爸爸啊，爸爸》的成功和《绿色青春期》有关父亲的情节的动人，都有这"父亲情结—暴父素材"的一份功劳。

这样，"父亲—暴父"形象便在刘兆林的长、中、短篇小说中反复出现，足可构成一个原型。这个"父亲原型"在刘兆林的作品中具有独特的内涵与魅力，它充满了父子之间爱与恨交织的复杂的矛盾冲突。父亲的内心具有对人生、对生活、对事业、对领袖、对家庭和儿女的深沉的爱。但多面而一再地受挫，于是思想感情转向内心，如鲁迅所言"抉心自食……创痛酷烈"，心的热烈，竟表现为冷漠、严峻、残狠以致疯狂。但在特定条件下，偶一闪现的爱，真挚深沉，令人刻骨铭心。他在严冬荒野对小儿子的僵硬尸体对口输气以图救活的挚爱而绝望的行动，为生病的大儿子去荒野冻地挖甜秆、捡豆粒、炒甜豆，都是十分感人的。他在疯病中一时清醒时的一句"要考理工科"的叮嘱，又含着多少人生的苦辛。一个极为矛盾复杂的"父亲形象"，由刘兆林创造出来，被赋予了独特的个人性、私人性内涵，成为黑格尔所说的"这一个"。老作家马加称赞《父亲祭》写父亲"写绝了"，是有道理的。刘兆林自己说："这是不幸赐给的。"诚哉斯言！但同时也应该说，在创作上、在艺术上，是"情结"赐给的，是"原型"赐给的。

3. "情侣"情结。"情侣—情人"情结和原型，是普及世界的传统"情结"和"原型妇女"中的形象—意象之一。就像一则德国谚语说的："每一个男人身上都有他自己的夏娃。"不过，刘兆林的这一"情侣—情人"情结，不像前面两个情结那么明显突出浓烈，而是比较隐在、简化和单纯，不妨称为"次情结"或"准情结""次原型"或"准原型"。这可能与刘兆林未曾很好发掘与发挥有关。

在刘兆林的不少作品中，写到男女恋情，其中的女性，有一种共同品性气质，综合言之，就是比较通情达理、坚强而又温顺柔情、内向而又不乏开通的贤惠淑女。当然，在不同的作品中，又有不同的突出方面。《绿》中的杨烨、《枪声》中的小学教师、《船的陆地》中的李秀玉、《黑土地》中的"小洋伞"、《向北，向北》中的"女兵"、《我啊，我》中的宫丽莎等等，这一女性系列中的每一个，都是不仅以柔情，而且总是以性格的力量，给男性以帮助（当然也有例外，如《因为无雪》中的习久珍、《三角形太阳》中的夏日、《妻子请来的客人》中的钟秋娅等）。这大概总体上可以视为刘兆林心目中的"夏娃"形象，是他的"情侣—情人"原型的内涵。他不必在实际生活中求其所有，但在创作上却可以幻化出之。上述女性系列形象，都是比较真实而可爱的。

也许这不会是过分的武断：在刘兆林的"情侣原型"的品质内涵中，渗透了他母亲的优秀品质和形象的成分。这种成分就是一种内在的、不事声张的诚挚的爱心和善良、贤淑的心性。刘兆林曾说："我人生哲学中最牢固的部分多来自母亲。她才是我最重要也最长久的导师。"（《高窗听雪·寄给母亲的花》）母亲的品质与形象的成分，就成为他对女性的理想和形象的"模式内涵"。而且，在原型理论中，本来就包含"妇女原型"中的"母亲原型"。

4. 此外，在刘兆林的作品中，还有三个有意味的原型："故乡／军营（第二故乡）""新兵／老兵"和"雪"。

刘兆林对故乡的风雪、苦寒、荒凉和封闭的印象，是极为深刻的，这种自然环境的严峻同严峻的生活、不幸的家世混合融汇在一起，成为一种"自然—人文—社会"的混交文化丛，作为一种刻骨铭心的刻痕、创伤和意象，进入他的文化—心理结构之中。同时也就成为他的创作心理中的情结之一；"故乡"形象也就作为他的作品中的原型而存在。许多作家都有他的个人色彩和内涵的"故乡"原型。鲁迅有他的"鲁镇"，托尔斯泰有他的"雅斯纳雅·波良纳"，福克纳有他的"约克纳帕塔法县—杰弗生镇"，萧红有她的"呼兰城"。"北国荒寒边镇"则是刘兆林的"故乡"原型。他的不少小说都以这个北国边寨小镇为背景或者写到它。他的第一部长篇《绿色青春期》的开篇，关于这个小镇的出奇酷寒景象的描写、刻画和"倾诉"，读了令人触目惊心，审美效应亦佳。也特别使人联想起萧红在《呼兰河传》开篇写到的，呼兰城天冻地裂的情景。它们有异曲同工之妙。当然，刘兆林之所写，并非简捷的仿制；而是有他自己的环境实际、生活经历、情感体验，并且写到了他所特有的生活依据、社会状况，特别是政治背景与文化语境（如"长征"归来的红卫兵、解放军连队、游街的"牛鬼蛇神"，以及裸体的因失恋致疯的少女拥抱解放军团长等），这都是《呼兰河传》所没有而属刘兆林的特色的。

刘兆林还有第二个故乡，他写得更多，这就是"军营—连队"。刘兆林所写的"军营"，大都不是中、高级指挥机关，也不是野战军的大部队或军师旅团，而是"连队—班"。他实写的多是班排、班长、战士。他也写过团长（《绿色青春期》）和将军（《黑土地》），而且形象真实生动可爱，具有中国军队指挥员的气质与气概，可以说是成功之笔，但这都着笔不多，写意式，虽然成功，但不是主要的。他的主要篇章与成功是在写连队、写兵。这原因在于，不仅他说过"成为公民后的全部经历都是穿着军鞋走过的，我的每个脚印都带有军鞋底儿那特制的花纹哪"。因此"军营"是他的第二故乡，而且，他的最早的军旅生涯是从列兵开始、在连队度过的，所以这第二故乡就更落实在"连队"。因为他的整个青春期在连队度过，而且，身体上、生理上、心理上、思想情感上，都备受锻炼与煎熬，整个物质世界与精神世界，都"乾坤转变"，所以留下的印痕最深，记忆最丰富，这也就成为一个情结与原型了，也就以"故乡—心灵的家园"的形象和"基地"出现在作品中了。

在这个"故乡—连队"的原型中，活跃着"新兵／老兵"的一对身影。在实际生活中，老兵是新兵的指导者，而在艺术上他则是新兵的陪衬。新兵在连队里完成了自己的"心理史""思想史""精神发展史"。"新兵／老兵"构成了"连队"里互相渗透的文化载体。刘兆林小说中的人物，多数可以归入这种创造心目中的人物典型的形象载体。这种新兵的内向、内在、内思、内省、内秀性格，寄托着刘兆林的自我，他可以像福楼拜说"包法利夫人就是我"、郭沫若说"蔡文姬就是我"一样，说"'新兵'就是我"。

"雪"——北国的狂风暴雪，这是刘兆林心中的一个情结，它同刘兆林的生活经历，特别是"不幸"的记忆，紧紧相连。刘兆林在多篇成功的作品中，写到雪、雪景，"雪"成为情节的构成，成为一个"人物"，成为一种圣洁的象征。而且，大凡着笔之处，都写得精彩。

我们在论述了刘兆林创作心理中的"情结"和"原型"之后，就可以水到渠成地推定，也可以从他的作品总体中确定，他的作品中的几个基本"母题"了。它们是："不幸的婚恋、家庭""死亡—丧葬"和"'新兵'成长史—心史"。在这些基本母题下，他写军旅生涯、社会事件、人生故事，构筑他的故事框架、情节网络和叙事范型；也寄寓、涵盖、渗透了他的人生体验、思想感情、理想信念，以至他的艺术追求和审美理想。在这些母题下，他也歌颂英雄人物、描写英雄行为；也写美好的爱情、人的高尚品德。刘兆林曾经说过他对"不好的小说缺什么"的看法，他说："缺少诗意。缺少对人的生存和疾苦的真诚关怀。缺少哲学意义上的主题和力量。缺少作者自己灵魂的颤动。缺少理想。"（《高窗听雪·关于小说的随笔》）这些"缺少"的反面就是他的追求。而在他的小说的几个基本母题中，正寄托着他的这些艺术追求和审美理想。

艺术世界（2）：叙述范型与"意义"世界

刘兆林的"军旅文学"，不是一般地写部队生活、写战争，写战斗故事、战略战术；他更多的是写训练、垦荒、边防连队和"新兵成长"。他所说的"个人情怀""人的变化"和"人生心电图"，都被纳入这一叙事框架中。这是他表现"外部世界"的一个"小世界"。他以他所写的"人和人的命运变迁"之涟漪，具体而微地反映了"时代—社会—历史—政治"之波涛。如果按韦勒克的分法，我在前面探讨的是刘兆林作品的"内部规律"，那么，在这里探讨的就是"外部规律"了。而以接受美学的命题言之，我同时还求索刘兆林作品的文本"含义"，并进行罗兰·巴特所说的"读者的工作"，去创获一种意义。

决定作家创作成败的第一关键问题，是他的叙事范型的选择，是否符合自己的创作心理和所处理的素材，达到两者的契合状态。刘兆林在叙事范型上的首选策略是"全知作者视角"，甚至常常是取"自我叙述"的第一人称叙述者视角来讲故事。他的长、中、短篇小说不少是，尤其成功的、获奖的作品，则大都是取这一叙事范型。这与刘兆林的小说大都带有自传性或自传成分很有关，同他的创作立意常常在写自我人生体验、抒发自身情怀有关。不过，刘兆林的"我"只是一个人称——叙事视角，而不是他的"自我"化身。其中蕴含着一个"大我"——"社会的人"。而且，这个"我"的叙述，有两个层次。第一层次——第一叙述系统，是关于"我"的故事，而在第二层次——第二叙述系统，则可以解读到与这个故事相关联的社会—时代—政治的内涵。从《绿》中我们看到：疯狂的"军装崇拜"；狭隘的阶级论、唯成分论的肆虐；社会贫困、秩序混乱、人性遭戕害；父子情断、父"罪"女当、爱情陨灭；纯真青年的政治热情与崇高理想，遭受动乱现实与政治欺骗的摧残；社会、政治原因导致父亲的疯狂、儿子的"背叛"；指导员的自杀、杨烨的自杀；"新兵—战士"的一颗稚嫩纯正的心，在这种现实中受戕、受洗、改塑、净化与提升。社会—时代的风貌，通过这"第二叙述系统"显露出来，成为生动的历史画幅、社会档案和社会心态史。作品的社会、思想和艺术价值，也在此处呈现。

《父亲祭》这篇至情美文，叙述的是家庭父子之间的爱恨恩怨，但在"第二叙述系统"，则揭示了深刻的社会—时代—历史内涵。父亲的暴躁、怪僻、冷峻，是由于"怨偶式"婚姻和低收入多子女造成的贫困，更由于社会、政治的原因——莫须有的"历史问题"罪名、"文化大革命"期间的批斗和派性的迫压，如此等等，终于导致精神分裂。他有理想、信仰、抱负，有一颗信赖和忠于伟大领袖的心，但却被判为"黑心"。这是导致精神分裂的主要的、客观的、社会的原因。这样，一个个人的、家庭的悲剧，便反映了政治的、社会的、时代的、历史的内容。作品的意义也就由此显现。

短篇小说《我啊，我》《爸爸啊，爸爸》《我家属》，可以说构成了自述自传性"私小说"系列，虽然每篇中的"我"的身份、职务、地位不同，但"我"

的思想性格、内心独白是一致的。这里只说《我啊，我》。这也是一篇"心电图记录"，写出了一位内向的、相对保守封闭（或者说是具有在开放时期，正在转换的传统心态）的军人，在开放开通女性和新型社交生活面前的纯真而动荡、惶遽而变换的心态，从"私人性事件"中反映了社会风气、社会心态、人际关系的新变化、新面貌。

当然，刘兆林还有写得成功的非第一人称叙事视角的作品，如《啊，索伦河谷的枪声》《雪国热闹镇》《黑土地》等。《啊，索伦河谷的枪声》写一个从上级机关下派的新任连指导员，来到连队，面对从老连长到老兵和各种"病兵"（思想病）的各种调皮、抵制、考验，如何化解矛盾冲突，建设连队。在这个故事中，反映了新的连队、新的时代、新的人物的新风貌。这也反映了刘兆林随着时代—社会的前进变迁，也使自己作品的内涵风貌随之前进变迁，那种"'新兵'眼中的连队—社会的风情与变迁"，转换成《枪声》《雪国热闹镇》《向北，向北》中的新面貌、新风情；并从这里以"军人—连队"的视角反映了整个社会的前进变迁。如果我们将刘兆林的小说系列纳入"'故乡／边镇'—'第二故乡／连队'—人物心态变迁轨迹—自身情怀发展'心电图'"这样一个"军旅生涯—社会风情"的叙事框架中，就更可看出它们的社会档案—历史文献—心态史的文学的、文学社会学的和文化人类学的意义与价值了。

还必须指出的是，刘兆林在他的作品中，总是反映了人的心灵美。一种来自生活的、真实的质朴的美。《绿色青春期》中的团长、《啊，索伦河谷的枪声》中的老连长王自委和老兵刘明天、《黑土地》中的"黑土地"等，以及一系列"父亲"的形象，都具有这种心灵美。还有"女性系列"，众多的女性，不同的出身不同的教养，处于不同的时代、社会和自然环境下，面对不同的问题和人生选择，也带有各自的缺点，但她们都有一颗美丽的灵魂明亮的心。刘兆林用自己的笔和心，描写了她们的真实形象，同时寄寓了自己的审美理想和情怀。

刘兆林现在离开了"故乡—北国边镇"，也离开了"军营—连队"，但它们仍在他心中，仍是他的创作心理中的宝贵的积淀和创作之源。近十年中，他又有了"地方—社会"的生活积累，如何在这种"文化的混合和混合的文化"的基础上，利用原有的生活积淀和艺术原点，发挥新的积蓄之所长，写出新的生活、新的社会—时代、新的人物、新的作品呢？这是我们对刘兆林的新的期待和祝福。

1998年2月初稿
《当代作家评论》1999年第3期

韩春燕 / 主编

青云出岫
—— 《当代作家评论》里的辽宁文学史

下

北方联合出版传媒（集团）股份有限公司
春风文艺出版社
·沈阳·

散文大家王充闾

吴 俊

一

"文革"以后或曰新时期以来的中国散文创作,到了20世纪90年代起了个大变化,这就是所谓学者散文或文化散文的异军突起——甚至还一度独领风骚,余波迄今未歇。对此,我得引用一下自己在两年前写的一篇文章中的一段话:"考察90年代中国文学的发展态势和特征面貌,不能不注意到这样一种明显的事实,即一般所谓的'学者散文'的勃然而起及其方兴未艾、蔚为壮观之势。即使主要从现象层面而言,学者散文的创作也已成为90年代中国文学的总体表现特征之一。"[1]这段话现在来看也不能说失当。虽然类似学者散文(或文化散文)的作品和创作现象可以肯定地说并不始于90年代,但作为一种潮流性的文学现象和时代的文学表现形态特征,特别是"它为公众读者、作者和研究者所普遍接受与认可,并与其创作实绩相得益彰,则无疑是90年代中国文学中的现象"[2]。

那篇文章中还有我对学者散文的简单界定:

顾名思义,学者散文大致可做二解,一是学者所作的散文,二是

---

[1] 吴俊:《斯人尚在 文统未绝》,《当代作家评论》1998年第2期。
[2] 吴俊:《斯人尚在 文统未绝》,《当代作家评论》1998年第2期。

学者型的散文。前者重在提示散文的作者身份,即多为职业或准职业的学术研究者;后者主要关涉散文的表现形态,注重其内在的学理因素,并以此区别于通常的抒情言志、议论、纪实类的散文作品。……因此,对于学者散文的认识,基本上可就其两方面——作者及作品形态——统而观之,即主要由学者创作的且以才学、理趣等学术文化内涵的表现见长的散文作品。[1]

对于这个界定,现在需要做进一步的引申。这就是相比于作者的学者职业身份因素而言,学者散文最重要和最突出的品质特征应当表现在它的文化内涵方面。学者散文的作者,尽管大多是"职业或准职业的学术研究者",不过很显然地,职业的学术研究者还并不能完全包括学者散文作者的所有职业身份,否则,必将有相当一部分同类和同样的性质的散文作品会被排除在学者散文的视野之外,而学者散文的外延也就过于狭隘了。所以,除了"学者所作的散文"以外,学者散文只有在包容了"学者型的散文"以后,才方始显得圆满。判断一类作品的标准,其内涵特征(包括文体特征)毕竟是最主要的因素,如果它能与某些重要的外在或基本的条件(如作者的职业身份等)相辅相成、相得益彰,那便是最理想的了。

对于学者散文文化内涵特征的强调,还出于这样一种理论思考和叙述策略,即以此消除学者散文与文化散文这两个概念之间在使用中的歧义。事实上,这是两个目前已被普遍接受并共同使用的散文文体(类型)概念,只是在这过程中,前者(学者散文)易于使人望文生义,局限于作者的职业学者身份范围,使这个概念狭隘化;后者(文化散文)则有过于宽泛无当的流弊可能,使人难以严格界定其文体范围,产生阐释方面的困难。但是,不管是在理论上,还是在具体的使用中,这两个概念其实都可以说是能够基本相合的,可能的歧义应当不足以使它们分立而为两个各有独立所指的散文(文体)概念。因此,我倾向于把它们理解为是统一而且同构的概念。对于学者散文中职业学者、学者型散文的并重及其对作品的文化内涵特征的强调,也正是出于沟通、协调这一概念与文化散文概念之间关系的思考。

那么,由此所获得的结果就是,我们不仅拥有了叙述方式上的一些便利,而且也拓宽了一点理论阐释上的空间和自由度,至少是不必再为学者散文或文化在涉及一个具体作家及其作品时的如何使用问题而继续烦恼了。

---

[1] 吴俊:《斯人尚在 文统未绝》,《当代作家评论》1998年第2期。

二

　　强调学者散文（文化散文）的文化内涵特征，本是这一概念和这类作品中的应有之义。也就是说，所谓文化内涵特征应当或必须在作品中有具体的落实，而不能是徒然的一句空话或只具形式的表面文章。要不然的话，文化内涵特征的具体性和实在性就会有被架空而无迹可寻之虞，并且，一旦它沦为只是一块廉价的招牌，学者散文（文化散文）的基本的也是主要的品质实际上就消失了，它与其他类型的散文的区别也不存在了。如此说来，似乎有必要对学者散文（文化散文）中的文化内涵特征因素进行一些具体的规范和说明，以尽可能地达到对其文体的比较明确的认识。

　　这大致可以从几个层面上来谈。首先是在基本的知识层面上的问题。如果可以做一种简单的概括，那么我会认为通常的散文一般可视作文人的才情之作，而学者散文（文化散文）则主要属于才学之作。两者的显著区别在于，后者具备前者所基本没有——实际上是并不追求拥有——的知识蕴藏，而且，这种知识蕴藏绝非普通意义上的常识，它是经由长期充分的专业性培养和训练所获得的专门知识。这应该是学者散文（文化散文）能够成立的特定前提。

　　其次是在文化价值观层面上的问题，即学者散文（文化散文）具有对于某种文化价值观的明确信仰或认同的特点，而这又建立在其作者的特定知识系统或结构的基础之上。换言之，学者散文（文化散文）的价值观表现有其坚定牢固的理性支持，而非随着感情的流动不由自主地产生种种移位的感性意识。在此意义上，也可以说学者散文（文化散文）是思想的文学化表现。这是它的内在精神特点。

　　再次是在美学（审美）取向层面上的问题。学者散文（文化散文）在审美取向上的一个不可或缺的表现特征是它的理趣。所谓理趣是指以学识、学理性因素为内涵的诗情、诗意的旨趣，它是一种将学理性和文学性融为一体的美学追求和审美趣味，但文学性的表现必须依赖其学理内涵才能真正达到自身的目的。在某种程度上也可以说它绝不会是"为文学而文学"的文学。

　　还有是有关作者的自我意识和创作动机方面的问题。相对而言，学者散文（文化散文）作者的人文（知识分子）意识要比其他的文学作家强烈、鲜明特别是自觉得多，这也同他们的自我意识、自我评价的社会文化身份认同直接相关。他们的创作动机除开个人的特殊因素勿论，显然与他们对于社会的知识关怀、思想关怀、文化关怀的自觉思考和价值判断紧密相连。这也就是说，学者散文（文化散文）具有超越个人意识的富于社会关怀意识的自觉动机和价值指向（目的），它是人文知识分子意识及其文化精神的自觉表现。

以上姑且说是对于学者散文（文化散文）文化内涵特征因素的一些规定性认识。但这并不意味着学者散文（文化散文）不能同时兼容其他形式或类型的散文的一般或基本的文体因素与特点。毋宁说，学者散文（文化散文）往往还是能够同时表现出其他散文文体的基本特征的，倒是其他散文不可能也不必要充分具备学者散文（文化散文）的上述规范，后者则以此显示出自己在散文文体中的独特性和独立性。

三

学者散文（文化散文）既是20世纪90年代中国文学中的一道突出文学景观，那么，它的作者和作品数量自然不在少数，而且，它的创作也会对文学的总体结构和态势产生相当的影响，并由此成为文学创作、文学批评中的一种值得关注的话题或现象。事实也已经如此，例如，余秋雨的散文创作就是一个显证。而本文所要谈论的对象，即王充闾，无疑也是其中卓然自立的一位大家。

迄今为止王充闾的散文创作——先后结集出版的有《清风白水》《春宽梦窄》《面对历史的苍茫》，还有最新的《沧桑无语》——基本上都可以归为学者散文（文化散文）一路。甚至应当说，他的散文创作最为全面和典型地代表了学者散文（文化散文）的文体风格特征及其突出的典范性成就。如果不算太轻率唐突的话，那么我以为是可以将余秋雨和王充闾分别视为20世纪90年代中国学者散文（文化散文）的南北两大家的。这种在同一类文体上南北地域对应出现的大家并立现象，其他文体的创作中似乎还未能见到，说起来也真有点巧合的意味。

在《一位散文作家的历史情怀》（《沧桑无语》附录）中，作者自述道："我在散文创作中，追求诗、思、史的交融互汇。"这些话恰如其分地说出了王充闾散文创作的风格旨趣和文学特点所在。他是将"诗性、哲思、历史感的结合"，当作散文创作中的"一种内在追求"。其中，我注意到，王充闾还是把"诗性"作为散文的首要因素来谈的。他这样说：

> 我以为，散文本身应该体现一种诗性。传统的中国知识分子常常向往一种诗意人生境界，对他们来说，日常生活具有一种诗性象征，是人的精神自由舒卷、翕张之地。对此，我有同感。

诗性，不仅体现为一种文学的追求，而且也有着将文学与人生融合为一的意味。文学之境与人生之境在诗性的润泽中彼此映照，最终化为一体。由此，世俗的生活获得超越性的精神的无限渗透和关怀，而在精神的自由漫游中又能体会到具体可感的生活中点点滴滴的可爱和亲切。

在这里，王充闾呼应的是"传统的中国知识分子"的美学观和人生观。他在自己的散文创作中，把这种诗性的美学观和人生观由内而外地做了充分的对象化表现，既在自己的现实人生经验中具化了诗性的载体，又达到了在无限的精神空间中心灵的自由翱翔，领略到诗性的精神所赋予的空灵和舒畅之感。

他说："外出旅游，寻访古迹，我常常是跟着诗文走。郦道元一条百余字的水经注和李太白的一首七绝，使我对于长江三峡梦绕神驰达四十年之久，终于在一个'林寒涧肃'的晴初霜日，朝发白帝，暮宿江陵，偿了多年的夙愿。这次自富阳至桐庐，我花了几倍于陆路行车的时间，专门乘船溯富春江而上，也还是因为读了南朝吴均的《与宋元思书》——那篇用骈体信札形式写的绝妙的山水小品。"（《桐江波上一丝风》）显然，诗性的蕴藉和激发才驱动了作者漫游的步履。轻轻一句"跟着诗文走"，使"走"成为文化和精神的漫游。在这"走"的整个过程中，诗文自然时刻不失为如影随形般的永恒伴侣，但更重要的却是，足迹所到之处也因此无不纷纷化作了诗文之境的诗性载体，使真实的自然成为诗意和诗性的存在。而且，原本有限的时空限制因为诗性的无形灌注而不复存在，使得心灵的触角能够冲破阻障自由伸展。人由于诗性的觉悟而终能得到大自在、真自由。

有意思的是，这篇散文的主要内容写的是严子陵钓台和中国的古代隐士及隐士文化。作者特意拈出了"隐心"二字。

> 隐心，就要使灵魂有个安顿的处所，进而使心理能量得到转移。隐逸之士往往通过亲近大自然，获得一种与天地自然同在的精神超脱，与宇宙万物融为一体的陶醉感和脱掉人生责任的安宁感、轻松感。他们往往把山川景物作为遗落世事、忘怀人伦的契机，或者向田夫野老觅求人情温暖，向浩荡江河叩问人生至理，在文学艺术中颐养情志，在著述生涯中寄托理想，用来化解现实生活中的苦恼和功利考虑，使隐居中的寂寞、困顿和酸辛，从这些无利害冲突、超是非得失的审美愉悦中，得到心理上的慰藉和生命价值的补偿。

这样一说，隐心自然就是要将心融于山川天地之中从而抛却物累，但它同时证明的则是物我归一或物我两忘的诗性自觉境界。隐心使得人生获得自然的诗化滋润，又使自然受到生命的情感眷顾，这也正是融会审美与人生的诗性真谛。否则，对于生命个体来说，隐心也就无所谓是"生命价值的补偿"了。诗性，并非是纸上的东西，甚至，也不一定要借人为的有形之物来表现，它是一种生命的精神性觉悟，更多靠的是人格的力量而成为一种文化的价值存在。作者由此联系到《庄子》一书的巨大精神影响和历史作用，称其"在一定程度上，造就了中国文化博大宏富的万千气象"。因此，也可以说隐心并不是目的，诗性的觉悟才是根本所在，才具有文学和人生的真实价值内涵，并构成一种实质性的文化精神。

当王充闾在他的诸多散文篇什中努力追求这种诗性的意蕴和境界时，我相信诗性的精神其实是更多地洋溢在他的文字之外。文字不过是一种表象而已。那么，在此意义上，他的散文何妨不能够读作诗性文章呢？——这样说，最重要的仍在于从中体会作者对于诗性人生的追求。但这却又是很难用笔或用言辞来写尽、道明的了。倒还不如直接去读他的作品了。

四

如上所说，王充闾散文的诗性追求有他的文化价值观的依托和支持，这种文化价值观则建立在他对于中国传统文化的现代认知和情感体悟的基础之上。因此，他的散文无处不显示出深厚丰富的文化底蕴。广而言之，这其实也是现在学者散文（文化散文）应该具备的文化品质。只是在这其中，王充闾的创作更为鲜明和突出地表现出学者的气质素养和学术文化的精神氛围。他的散文不仅是才气纵横的作家之文，而且也是博学睿智的学者之文。

他有一段有关自己读书生涯的话，可以告诉我们他是如何获得对于中国传统文化的认知和体悟的。他说：

> 我从六岁开始接触书籍，先是"三、百、千"启蒙，而后读四书五经、诗古文辞，到了"志于学"的年龄，逐渐与书卷结下了不解之缘。以后，举凡左史庄骚、汉魏文章、唐宋诗词、明清杂俎，以及西方一些代表性作品，特别是马克思主义的经典著作，都综搜博览，沉潜涵泳。

征诸他的作品，可证此语绝非虚言。

这种读书生涯的结果显然是多方面的。它不仅构成了王充闾散文中那种左右逢源、游刃自如的叙述内容的知识源泉，字里行间弥漫着风雅之致的书卷气息，让人体会到一种本色生动的书生情怀，而且也充分展示出在当代的社会和文化情境中的王充闾的某种文化情感和价值取向。其中的核心就是对于中国传统文化的现代性承传及其自觉的理性意识。虽然如他所说的那样，随着社会的商业化、物质化发展，传统文化正在被不断地消解，特别是在文化价值取向上的世俗化倾向，使得人们更易于沉迷在官能表象的感性物质世界中，"从而阻窒了深度的精神阐扬和艺术开掘"，但是，传统的生命却在其内在的文化精神之中，"一种文化传统即是一种通过历史流程而不断延伸的文化精神，是人类赖以发展的基础和灵魂，也是现代化的前提和立足点"，在这种意义上，如果说传统是绵延不绝的，那就是指寓于传统之中的文化精神所具有的强大生命力，它使所有的文化创造有所依托，同时，一切文化创造也是对传统的回应和对其中的文化精神的当代表现。王充闾的散文不仅深刻体现了他对历史传统的亲切体认和理性把握，而且更是对其文化精神的一种具体实践和价值延伸。当他在历史的长廊中上下千年流连忘返之时，内心虽然为传统文化的精深和博大激动不已，但他所真正追寻的并非早已沧桑巨变了的历史景观，而是深蕴其中的文化精神内涵和它的价值意义。王充闾显然怀有一种强烈的历史情结，但他对于现代文化命运的思考却更为执着。他带着现代的精神走进历史，走进传统，同时又将历史和传统引向现代，引向现代的文化生活和现代的精神世界，从中获得超越性的生命体验。

  当我沿着历史的长河漫溯，极目望去，也常会感到生命之重，前思古人，后望来者，天地悠悠，心潮喷涌。作为地球上的暂住者，我习惯于饱蘸历史的浓墨，在现实风景线的长长的画布上去着意点染与挥洒，使自然景观烙上强烈的社会、人文色彩，尽力反映出历史、时代所固有的纵深感、凝重感、沧桑感。站在大自然的一座座时空立交桥上，任心中波涛滚滚翻腾，那种凿穿了生命隧道的欢愉，那种超拔的渴望，飞腾的觉悟，走向自由、自在的轻松，又使我渐渐地有了对于儒、释、道以不同方式界说的"天人合一"的深悟。

  在这些苍凉浩渺的感性世界深层，总是蕴积着思想家、艺术家的哲学思考，体现着他们对人类、对世界的终极关怀。从这些永恒课题的叩问中，我们总能深切地体验到一种超越性的感悟。

  历史真的不过是感情和思想的舞台背景，只有在精神生命的观照和灌注下，作为背景的历史才会生动起来，其中的感情和思想才会展现出丰富的终极关怀的价值内涵，一切也才会得到人格化的精神升华，从而具有统摄世俗生活的最高生命意义。

因此,归根到底,传统文化及其价值观作为文化精神在王充闾散文中的表现,最主要的还在于由此确证作者自己的生命存在基点,这种基点将由具体的文化价值内涵来作为它的精神支撑。王充闾将他的文化意识特别是他的生命意识,充分完全地投注在他的散文创作之中,他是在写他的精神体验和心灵体验,他是在进行自己的人生和人格写作——其实,他也是这样来理解他所看到的和写下的人物与历史的。

五

王充闾当之无愧为当代的一位散文大家,还在于他的文体。可以说,他是一位炉火纯青的文体作家。

我们能够从许多角度来界说王充闾散文的文体特征,而不必担心会缺乏充足的理由。他无疑是一位历史散文作家,这是非常明显的,因为他所写的题材几乎都是历史题材。他又是一位游记散文作家,这也是明显的,因为他的每一篇作品都是跟随足迹所到之处的记游写景的文字。他还是一位诗体散文作家,他本人堪称一个诗人,从他散文作品中偶尔显露出来的旧诗创作来看,他在中国古典诗歌方面的修养甚为深厚,能够得心应手地写出旧体诗歌,并与前后文脉连成一气,毫无滞碍。但是,这并不是称他为诗体散文作家的主要理由。在王充闾的散文中,诗歌是一种结构性的因素,体现了作品行文叙述的关节所在,甚至影响到全篇的布局和架构,从而成为作品中不可或缺的"有意味的形式"和充分内在化了的文体要素。这才是所谓诗体散文的文体根据。他当然也具备传统意义上的抒情散文、叙事散文和议论散文的文体特征,它们是贯穿融会在全部作品之中的基本文体特征,比较起来,由于他的散文大多集中于叙写具体的个人遭际及其命运,因此同样可以记人散文视之。不过,他对人物的关注着重在精神心理层面,他揭示的是人物的个体心理和文化心理,而且,他还将特定的地域文化因素或特征投射在人物的心理层面之中,使得人物的心理表现有了一种丰富的张力,而不是单向度的延伸或展开。

但是,所有的这一切,其实都只是王充闾散文文体特征的各个侧面,在他的实际文体形态中,它们都是合而为一、融会贯通的,并且,事实上也很难说哪一种文体特征是最主要的。这就是将王充闾称为文体作家的根本原因,或者说,这也是将他视作文化散文作家在文体方面的根源。王充闾的散文文体特征足以使他的散文成为文化散文的典型代表。

进一步地说,从王充闾散文文体特征的丰富性中,可以看出他在散文创作中对于美学意义上的文体性或文体精神的自觉追求。他是一位真正把散文——而且是包含了各种散文文体特征因素的文化散文——当作纯粹艺术性的美文来写的。这里有着巨大的困难，绝不是寻常高手能够驾轻就熟的。其中体现了王充闾所拥有的难以言传的文体技巧和写作功力，应验了古人所谓"雕凿之极而趋近自然"的文章境界。从文体美学的角度来看，文章大家必须首先是一位成熟、出色的文体作家。特别是在文学性的写作中，文体性或文体精神所达到的境界，构成了对于文学境界评价的必要性衡量标志。对此，中外古今的作家概莫能外。但这一点却常常为人所忽视。

所以，如果联系到学者散文（文化散文）的基本内涵，那么，可以把王充闾的散文创作当作是对20世纪90年代文学的一种贡献——并不局限于散文范围之内。

《当代作家评论》2000年第1期

牟心海：诗性的超越个案

臧永清　刘恩波

每一代诗人都有属于他们自己的人生宿命和艺术归途。跋涉在漫长而悠远的诗旅上的游子，都无法拒绝灵魂的探险和随之而来的各种意味和层面上的心理考验。也许，真正的诗者心中永远存在一个形而上的故乡，唯其如此，他们略显倦意的漂泊才有了走出迷茫雾海的晨光。是的，"有何胜利可言，挺住意味着一切"。里尔克的经典阐释指证了诗歌的本体含义，即真正的诗不是人的意念的主观占有，而是诗性自在的呈现，所以诗总是高于人。人在诗之前，哪有君临的颐指气使可言，我们所有的作诗者不过是在聆听诗本身的律动。一个"挺住"，不知会吓走多少心态浮躁的伪诗人，而也正是这个"挺住"，又让人们看到了真诗人的鲜明个性和忘我沉迷。

毋庸置疑，牟心海是一位把自己的精神家园交给了诗神去主宰的性情中人，繁杂的社会活动和忙碌的人生遭际，不仅没有遮掩住他的蓬勃诗心和滚滚诗情，反倒使其更加沉稳、内敛和灵动。尤其难能可贵的是，从他早期出版的《情海集》到他近年推出的《空旷也是宇宙》，仔细阅读和体味，我们能由衷发现一位中年诗人几度蹭蹬几经起伏的艺海苦吟，确乎完成了镌刻和透示着他自我升华与超越历程的精神碑铭。可以说这座碑铭正是由诗人几十载春风秋雨春华秋实的人生浓缩和心智结晶去奠基的。这里，我们觉得将牟心海的创作道路归结为一种由"青春期写作"过渡到"中年写作"的存在个案加以把握、透视和分析，大概更能够触及诗人由稚嫩单一格局转化为成熟多向审美气象的本质和真正原因。

牟心海最早发表诗歌作品是在20世纪60年代,据说多是创作反映农村生活的抒情诗,可惜现在难得读到。也许那个年代的诗歌主流还是"诗言志"和"文以载道",从形式上看以民歌体、自由体和格律体以及半格律体为主。他正式出版的第一部诗集《情海集》很能代表诗人早期创作的风格和特色。应该承认,这部诗集还保留着相当地道的政治抒情诗的韵味与情致,扑面而来的语言格调很明显延续了贺敬之、郭小川开辟的讲究铺排、对比和对偶句式的诗风。而这种诗风的缘起有三个路径,一是古代诗歌的"赋""比""兴";二是民歌小调里的生活口语化、叙事日常性的借鉴;三是受苏俄诗人的影响,最为显著的是马雅可夫斯基笔下的"楼梯式"诗体。

考察诗歌历史的内部生成和发展规律,我们不能不注意到如下的事实:每一个诗人的人生起步和艺术腾飞都会出现模仿和雷同的第一步,这是基本上按照社会主流意识和个人生活惯性运思的"青春期写作"。

牟心海自然也身在其中,他的青春意气、政治豪情、社会责任感、跳动的时代心音,无不催动着他走近现实火热的社会生活、大千世界,去讴歌赞美中朝友谊,捕捉发现和平信念的火花,编织采撷友情、亲情的彩锦……这些诗作大都写得形象、具体,也不乏优美、深刻。然而倘若深究一下,我们毕竟得承认:诗的界限终归不是无边无际的,什么样的内容都能写成诗,这肯定是历史局限性带来的误解。当年诗人、诗论家庞德就讲过诗歌不应该用平庸的诗句复述已经在优秀散文里讲过的东西。再往远点说,诗歌同样不适于表现报告文学一类纪实体所负载的社会信息。

今天重新审视《情海集》,我们会由衷感慨一位优秀诗人艰难的艺术之旅总是离不开对平凡起点的超越。你不能说"水青青/柳翠翠/水波粼粼/柳影碎碎"(《普通江畔》)这样的句子不是诗,我们甚至不排斥它是好的诗歌隽语,然而倘若一个人一辈子只写此等朗朗上口的"四六句"(当然三言、五言、七言等等也在其中),他想成为一个气象万千的优秀诗家,那就太难了!

好在牟心海不久便开拓了诗的新路。他知道艺无止境、诗无终极的创作个中甘苦。在先后出版的《风采集》和《梦的露珠》两部诗集里,他开始试图把诗歌的脚印铺向民族传奇和童心世界,在那里撷珍采幽,寻踪览胜。

有人曾说:过往的历史是现代诗的河床。是的,诗、史本来同源。尽管它们一侧重事实,一注重想象。然而两者之间的交融互补,却堪称人类的别开生面的心灵之舞。牟心海的《风采集》即是抒写满族民间历史与故事传说的一部微型袖珍"诗史"。本来山野里流传的"天鹅仙女""珍珠姑娘""姑嫂石"等民间掌故,一经诗人生花妙笔的点染和勾勒,俱成绘声绘色的诗篇佳作。至于《梦的露珠》则是传达儿童心音天籁的别一种尝试。人过中年的牟心海在此全然告别了"青春期写作"的茫然与盲目，他不再是看到什么就写什么，而是"想到什么才写什么"。童年无疑是人生的摇篮，诗的一座宝山。作为诗人的牟心海善于挖掘心灵的"色""香""味"，以之构造儿童诗的天然奇观。他写道："真的不明白／蛹很安全／为什么变蛾／解放自己／去迎接春天／刚刚展翅的小蛾／悄悄对我说。"(《蚕与蛾》)这样的哲理诗显得很个性，很别致，像是20世纪30年代同样以童心打量人生世界的丰子恺先生笔下的漫画小品，意境幽隐，层次分明。如果说《情海集》(自然也包括其续篇《绿水集》)表明牟心海重在展现广阔社会生活的全景画面，有时过于意念化的政治抒情语调勾销了诗的丰富内涵，那么看到了《风采集》和《梦的露珠》，诗的本体语义、个性魅力都有所强化。诗人已经不仅关心写什么，更着意怎么写了。

20世纪90年代以来，牟心海先后推出了三部较有影响的诗集《丝路梦幻的寻觅》《太阳雨》和《空旷也是宇宙》。可以说，正是从这个时期肇始，作者的创作之路走过了山重水复的迷津，得以一睹柳暗花明的真容。

首先，诗人的想象天地和感觉时空以其特有的强度和亮度打通了与历史文化深层意蕴相联结相默契的内在思路。《丝路梦幻的寻觅》正如诗评家张同吾指出的那样，是作者"两度沿着河西走廊西行，远离喧嚣的市声和现代工业文明的车轮所掀动的滚滚红尘，走向历史的腹地去谛听一个民族昔日惊喜的胎动，去寻觅埋藏在大漠风烟苍山冷月中的青春之梦"。读着那一行行浑厚通畅质朴苍凉的诗，你仿佛又回到了人与天地万物、历史陈迹、岁月脚步和谐共振异质同构的"盛唐之音"，只不过牟心海笔下，不见了陈子昂、岑参、高适们的凄楚孤旷，而代之以宽容豁达的理解与顿悟。诗人以清醒读史者的文化阅历这样诉说着自己心内的感知："原始被埋藏了／终究又被发现了／原始本身并不是奇迹／发现了才是稀奇。"(《发现原始才是稀奇》)他还有一首《圆形的孤魂》，其中有如下的诗意："大西北的集结／戈壁情的定型／天山的泪水／冲洗了绿色生命／短促也是一生／这是秋的凝固／傲火被它冷却。"很显然，诗人的艺术心结在经过青春盛夏灼热阳光的照射之后，已经维系在人生中年的深秋季节里了。只当此一时刻，他也才有源源不断的感悟和发掘，从莫高窟的潮汐写到"胡麻是蓝色思维"，从月牙泉的诗性净化再反顾唱"花儿"的莲花山的幽眇传奇，总之，一颗诗心在一条漫漫古道上展开了洞察历史阴晴打磨岁月斑痕的既痛快却也艰难的丰富思索。而从作者写作观念和体验的实现和完成来说，他在相当程度上告别了自己早年的"抒情体"的泛滥，逐步趋向"哲理体"的探寻与构建。当我们读到像《阳关古道》中此类诗句"弯弯无水的河道／是前人的思盼晾干／没有泊船的港驿／不再是无故人的阳关"，就不能不为之击节叹赏。因为它在短短的数行文字中，却浓缩了生命历史的许多含而不露的真相。古人讲

"赋到沧桑句便工"，大概也就是这个意思。

其次，牟心海晚近的诗歌嬗变轨迹还体现出一种回归自然本体、从中透显社会人生的不俗气象。禅宗的直觉顿悟式的思维日益渗透到诗人的内在情怀里，变成了血浓于水的智性沉思。海德格尔曾经说过：运思的人越稀少，写诗的人越寂寞。言外之意，真正意义的诗人是在自心的澄明里与宇宙对话的。所以他一体周转，而与外界阻断隔绝。朱先树在给牟心海诗集《太阳雨》写的序中说他"忠实于自己的生命感悟"，此言甚是。只不过这种感悟业已走出"以我观物"的浅表层，而蹈入"物我浑融一体"的深度把握。在主题诗《太阳雨》里，作者说："我一身潮湿／那是雨水／我一身灿烂／那是阳光。"可见无论阳光、雨还是人，都不再是主客对立、心物两分的二元世界，而是圆融浑朴的一个整体。这样的写法也许就是"揭露生命不可思议的一面"（亨利·米肖语）。

应该看到，牟心海的许多微观意象诗，读起来满含哲理之光，其实又何尝不是一幅奇诡多姿的自然山水画。只是这山水的构图切近抽象派的繁复朦胧，即使看似简约之中也有立体的丰富。

再次，当作者一味沉浸在心灵自我的内宇宙时，他的类似武侠小说中描写的"闭关"修炼，绝非走火入魔地滞留于混沌和虚妄，而是"一切从头开始／感觉了空旷也是宇宙／身在空旷里独舞／心在宇宙中飞升"。正由于头脑里不断升腾的大宇宙意识和情结，牟心海收录于《空旷也是宇宙》集子里的诗，每每给人梦境般的出神入化之美。像"偶尔飘落树的枝头／我不自觉地笑了／笑醒了世界／因为笑是绿色／所以这树／也被笑绿了／泛起生命的绿涛"，写得类若魔幻现实主义或者蒲留仙笔下的超尘世界。不知道牟心海读没读过拉美三大诗人之一的奥克塔维奥·帕斯的作品，其诗瑰奇空幻，实相与心相错杂交织，将宇宙生生不息的生命律动表现得淋漓剔透。但有一点可以推断，牟心海越到后期的诗歌越有一点玄学的超现实之风。这无疑应当视为作者潜移默化西方现当代诗歌意象和观念的"活学活用"。

也许，诗的功力到某种"行到水穷处，坐看云起时"的当口，诗人也不得不"中年变法"，仿佛由严谨板正的楷书过渡到了龙飞凤舞的行草。看着，看着，我们也不觉跟着会心微笑：这还是那个牟心海吗？既是，又不是。传统的根他留在了血液里，而用一支新鲜的笔去写明天的梦。

纵观诗人牟心海近三十余年的诗歌写作生涯和心路历程，我们深知他爬过太多的坡，涉过太多的河，于是满眼的草木风霜、岁月年华，俱化为他苦苦歌吟的生命征兆。如果说当初他是如同一个传递精神回声的信使去在大千世界里踏浪拾珠，如今他则目睹了路上的一切奇观之后又"带着被文字感动的神秘返回"（狄兰·托马斯语）。太初有言，诗歌有道。生命重在发现。就像他写的：

"我听到了大地的腹鸣／高山的独白／绷起的神经在感知／水中的碎石的吵闹／扰乱泉声／送来草木的呼吸。"(《听泉　流动永恒的欲望》)是的,人世有限,诗意无穷。每个人终其一生的采撷,其实摘到的也只是微不足道的几粒果实。然而,诗人的生命不正是由此而丰富充盈、成长成熟起来的吗?

还是那首《听泉　流动永恒的欲望》里说:"山的深处／寒意袭人／偶尔跳出几声鸟啼／惹出微微的蝉鸣／满坡的草木已不多语／正在挥霍最后的生命。"是否过于悲观了些呢?"已不多语"倒成了一切成熟诗人秋天收获后的自省。

大概大彻大悟的牟心海将青春的欢畅改写为中年的苦思行吟,也就把人生的况味由一杯浓酒稀释成淡淡的茶了。"这里自由而轻松／使人开阔超越脱俗／我伸手抚摸着月亮／将这圆圆的清凉摆在天空。"亘古的月,激荡过无数哲人诗人的梦,牟心海更是童心不泯,渴望以儿戏般的玩法了悟宇宙,读解苍生。

他有他的一门心思。正因为如此,他才是一位伫立在人类思想桥头观望风景的人。而人生最怕的是重走旧路。牟心海深谙个中道理。所以他一步步超越着自己。望着远行的足迹,留下诗的缕缕脚印,那么新鲜,又那么生动。一言以蔽之,对于牟心海而言,创作的欢乐就是背叛。他向无限敞开他自己,因而他的诗歌也敞开了无限。

《当代作家评论》2001年第3期

诗性的记忆与文本化的命名
——刘志钊长篇小说《物质生活》读札

刘永春

  一个世纪在不经意间悄悄过去了。回顾那段岁月时，我们感叹于光阴的流逝，也为我们还无法冷静地审视这段历史而惭愧。常常，长篇小说是对一个时代的有力诠注。通过这种文学式样，我们可重新打量过去的一切给我们的当下生存留下的印记。当新千年的阳光粼粼洒落的时候，中国文学也同样面临着以文本的形式回顾历史、展望未来的巨大任务，尤其是长篇小说。在这里，我们不妨以刘志钊的长篇小说《物质生活》（《收获》2001年第1期）为例来看看我们的各种文学样式是如何自觉地充当历史的一面镜子，完成自己反映历史与社会的使命的。

一、理想主义：对一个时代的命名

  时间的单向性决定了它是不可重复的，因而每一个历史时刻都是重要的；每一个历史时期给人们留下的心灵底色也会不同。二十世纪八九十年代在记忆中是个什么样子，长篇小说《物质生活》给我们提供了一个可能的答案。
  20世纪80年代是以"理想主义盛世"的形态出现在很多人的意识中的。但是，这种命名方式是以取消个体的感知力为代价的，它以集体的、共性的体认遮蔽了每个个体的精神历程。其实，每一个精神个体感受时代氛围的方式都是迥异的，无法被其他人的选择替代。在同一种"大环境"之中，他们以不同的气质领受时代的赐予，走出属于自己的超越之路，即所谓的"一花一世界，一树一菩提"。《物质生活》关注的就是经过放大了的、个体的生存状态和隐秘的心灵蜕变史。文本中安排的韩若东、沙岗、张民、乔其、乔万里、蒋运满等人物形象，生活在不同的命运轨道中，操持着不同的生命理念，从而也以不同的方式体味理想主义的强大声势和兀然颓毁。因此，可以认为，小说是在精神个体的层面上对80年代的理想主义特征进行了重估和清点，以此达到了为80年代立此存照的写作目的。

小说中的韩若东可以说被作者处理成了理想主义的化身和20世纪80年代精神的具化物。对诗歌的痴迷，来自他对完美精神生活的渴求；无法抑止的对超越现实生活的向往，引导他逃开现世的种种困扰，也剥夺了他清醒地审视自我的基本能力。这是他后来走向自我封闭、自我毁灭的可怕先兆，更是作家预设的对80年代精神特质的定性。毫无疑问，理想主义与英雄主义是水乳交融的，作为其代表的韩若东将不可避免地走上孤军作战的道路。小说中设置的乔其这一人物是颇耐人寻味的，在韩若东为自己的理想、爱情、诗歌而拼搏的时候，她总也无法使自己成为他的同路人，总有什么东西阻隔在他们中间。韩若东的理想主义激情总是不能被她所真正理解，尽管她自以为理解了。乔其更像是一个"生活在别处"的韩若东，两个人近在咫尺，却总是无法展开心灵深处的对话。这种局面的造成，主要原因在于韩若东偏执的英雄情结和启蒙主义式的俯视姿态，作家对80年代的反思自然而然地将这种历史的悖谬流露了出来。因而，在文本的实际运行过程中，乔其充当了一个静滞的参照物，而没有被作家处理为"卡里斯玛"型人物（韩若东）的"帮手"角色。由她与叙述者沙岗及周围的许多人一起构成了作家对韩若东进行审视的坐标系，韩若东则彻底暴露在这些多维的目光之下，任由评说。可以看出，理想主义／英雄主义这种二位一体的独特精神气质是被作家放置在四面楚歌的困境中细细勘察的。这种方法流露了作家的主观倾向，即对笔下"卡里斯玛"式人物的偏爱和倚重。作家显然希图借助韩若东的精神脉络来刻画理想主义在当代的命运。这无疑是韩若东这位人物的幸运，因为他承载了时代精神的实体化过程，接收了作家特殊的情感。但是，同时他又是不幸的，过量的外来压力和结构性期望值导致了其性格的扁平化和人生转变的不合常理。所以，最终的结果是，80年代的韩若东到了90年代就脱胎换骨，判若两人了。之所以会产生这种变化，在作家主观方面是为了阐释理想主义的先天缺失和不可逆转的沦亡之路；但在其客观效果方面，韩若东这一人物形象的全部塑造过程显得不够连贯和圆润，自我反差出奇地强烈，从而导致文本运行不够顺畅、自然。

在小说中，韩若东始终生活在作家所设计的悖论里：对精神生活的热烈追求造成了他的精神偏执，无法找到一条通往全部生活的道路；对诗化生活的苦苦追求却衍变成了自己在商场上的违心搏杀；对乔其的钟爱恰恰导致了他的杀妻行为。悲剧就在这种荒谬的进程中一个接一个地到来，让人应接不暇。韩若东身上的悖论很大程度上是作家意志的文本化赋衍，具有极其强烈的宿命色彩。同时，时代氛围也给韩若东制造了巨大的精神压力，使他始终处在某种紧张情绪之中。作家正是以这种处理方式来展开自己对20世纪80年代的整体透视和反思。90年代的韩若东则充当了来源于自体的另一个参照物，奋力地对理想主义/英雄主义进行鞭挞和惩罚，最终自我流放到了一条不归之途。作家意在以此揭示现实生活强大的势力与其残酷性，进而提出自己对80年代理想主义的某种形而上的审察。但是，不要因此就认为作家秉持的是一种全面批判的态度。事实上，从叙述者的情感趋向和文本的字里行间透露出来的仍是作家温暖的回忆和感伤的情怀。因而，文本对80年代的态度是极端矛盾的：站在理性立场上的、回顾式的反思却仍然是温情脉脉的，并不时被充溢于叙述中的对80年代的美好回忆所遮盖。其实，相对于作家为自己提出的这个巨大的课题而言，对历史、对某种信念进行评判本身就是一种勇敢而冒险的事情，很容易出力不讨好。既然80年代的韩若东倾注了作家的很多情感，也让我们十分感动，这就已经足够了。

　　韩若东与乔其在南方的短暂生活是极富寓言性的。这是韩若东在整个20世纪80年代所秉持的理想主义的最后辉煌，也孕育了他与乔其在精神上的分道扬镳。小说交代说："这个时代，正是以理想主义为时代标志的80年代走完它最后一年。这年春天，诗人海子卧轨自杀了。"（这里，作为韩若东精神先驱的海子，其自杀被用来充当某种背景性的事件，这是别有意味的）商业化、市场化的大潮冲击着他们所生活于其中的城市，改变着他们的生存境遇和方式。蒋运满作为时代的骄子和代言人，就曾掷地有声地告诉韩若东："现在根本不需要诗歌，这不是一个需要诗歌的时代。"如果时代业已进行了自我放逐、自我叛离，那么个体的诗意生存就不得不退居于社会舞台的极度边缘位置，成为多数人选择自己生活方式时极力躲避的对象。这种奇妙的态势可以通过小说安排的张民（一个韩若东的"影子人物"）表达出来。作家用他的生命样态隐喻轰轰烈烈的理想主义运动在后来者身上留存的一些踪迹。但是，就是这个活脱脱一个小韩若东的张民，偏偏具有韩若东所不具备的对时代氛围转换的敏感，也更早、更敏捷地走出了自我的精神图圄，更快地开始调适自己的生活轨道。所以，时代悄悄地剥夺了韩若东最后的避难所，此时的韩若东对烟雨满楼的形势虽然有一些懵懂的认知却浑浑噩噩、不知所措。当他的理想主义从精神到肉体都已经陷入赤贫时，他与那个即将落伍的时代一样，不得不选择了走出自我、放逐理性、投入商潮的社会性、群体性的道路。个体的价值理念、行为准则、精神旨归已经被压抑得极其干枯、酸涩，无以存活了。多元的价值观与非稳定的主体立场一起构成了作家着力刻画的时代氛围的基本特征。因此，小说中的几对夫妻的离散，也都是在他们主体性的自由被剥夺后产生的。他们别无选择，只能像玻璃板下压着的水泡一样，任由他人决定自己的形状。作为画面中心的韩若东与乔其，则在不断积聚的压力之下最终走进了作家早已设计好的悲剧构架，完成了小说的高潮部分，也成全了作家的初衷。

如前面所言，作家对20世纪80年代和那个时代的精神特征始终是十分怀念的，尽管为了达到对其进行反思的目的而刻意设置了像沙岗、乔万里、张民这样许多背景性的人物和像韩若东与蒋运满的辩论这样的象征性情境，在作家看来，韩若东最后的结局并不都是理想主义惹的祸，还有许多其他值得考虑的因素，如韩若东褊狭的性格。这种性格一方面被认定为理想主义应有的品性，不如此不能与社会的主流意识相抗衡，具有先天的合理性和工具性；另一方面又被认定为是韩若东这个特殊个体的自我特征，与他人无涉，以此来减弱理想主义对韩若东所应负的责任，为作家心中温馨的理想主义开脱和辩解。例如，作家多次不惜笔墨详细地描写韩若东的父亲对他造成的心灵戕害，似乎说明韩若东独特的心理结构和生理缺失是他杀妻的主要原因。在小说结尾处简略地补叙韩若东杀死妻子的过程时，作家让韩若东在半疯癫状态中完成这一行动，并在小说的开头就预先交代了韩若东的病态。这种处理试图在读者的阅读情感中引起共鸣，也从道德上减轻了韩若东的罪责，同时也是作家为理想主义留有余地的明证。

"生活是大于诗的，无限大于诗。它比诗更丰盛，也更悲惨。"这种沉痛的结论也许略显悲观，但它代表了作家对生活的还原方式和对20世纪80年代理想主义的重新认识。可以看出来，文本所体现的主体态度是十分复杂和微妙的。海子的那首《面朝大海，春暖花开》在文本中被不断提及，是理想主义和世俗的生活理念在人们心中斗争的结果。90年代纷纭的心理环境容纳不下单纯、热烈的情感追求。因此，在文本中，仿佛是为了印证这个结论，作家着意描绘了更多的生活场景，如叙述者沙岗和艾可加这对夫妻的生活也渐渐被引入文本的行进过程；蒋运满在韩、乔婚姻中的影响力也愈来愈大。更加复杂的人物关系、愈加纠绕的感情缠错，是作家为了展示人物心理从80年代转折到90年代的巨大落差而设计的网络，并以此将其对社会共同心理的探索继续深入到时代的纵深处。总之，相比80年代，90年代被作家处理得更加面目难辨，人物的心理内涵显得异常丰富和曲折、流转。

其实，在世纪转折时期，回溯已经流逝的风云与心理流转，总不免会带有时光荏苒之感。尤其是，与多数反映前四分之三世纪的小说不同，《物质生活》展现的是恍如昨天的事件，一切都还在人们的生活之中，没有消散。种种的激荡在人们心里留下的澎湃心潮，还有力地冲击着人们的视界。因此，小说所试图进行的命名活动，实在是在一种特殊的主体状态下展开的，在这种心理背景之下，作家显得有些不能自持，往往让"命名"的欲望抢占了文本的话语权利，而作家自己的某些美学使命却不得不退缩到文本的一隅。因而尽管文本所具有的情感力量是空前巨大的，却破坏了文本应有的整体美感。可以说，丰沛的情感和主体投入给小说带来的文本效果是双面的。略显粗糙的文本纹理，充沛的主体投入，让我们在文本中穿行时既被小说的情感力量所折服，又时时觉得有些遗憾。

二、自我迷失：世纪末的爱情

世纪之末还会有爱情吗？如果有，那又会是什么样子？其实，在二十世纪八九十年代的精神"时局图"里面，爱情似乎一直处在一个尴尬的位置。从《爱是不能忘记的》到《不谈爱情》，从"理想主义的盛世"到人性在物欲中的全面沦丧，从韩若东与乔其刻骨铭心的爱情到韩若东的杀妻行为，这中间的距离到底有多远，可能没有人能够说清楚。在世纪末的写作中，爱情是被文学涉猎最多的，却也是最能使文本的质感直接通达人们内心深处的渠道。因此，以爱情为切入面来分析世纪末普遍的社会情感形态就具有一定的合理成分，具有技术上的可操作性，同时也是这篇小说能够引起人们共鸣的原因之一。

"回忆爱情，是饥饿的感觉。"海明威的这句话似乎可以用来概括小说中所涉及的几对夫妻的情感历程。20世纪80年代的理想主义氛围给爱情留出了足够的精神空间，他们的情愫因而四处伸展，洋溢充盈，回肠荡气。物质的贫困反而导致了精神上的水乳交融，奇妙地消除了心灵之间的罅隙（或者，至少看上去如此）。随着时代潮流的突变，爱情也像是一叶飘摇不定的扁舟，失却了自己的方向与动力，只好在大潮的边缘停泊下来，或者在急浪凶波中倾覆。也许，其中的动因非常复杂，不光有时代变迁的原因，还在很大程度上源始于他们作为个体所具有的种种精神症状。小说的用力之处恰恰在于通过宏阔的社会背景和心理空间，着力探究社会的共同情感方式对个体世界的力学作用，揭示个体与社会在情感中的共振与脱节，以此实现给记忆中的时代命名的目标。

韩若东与乔其的情感历程是小说的情节主线，担负着推动文本前进的重大任务，同时也是作家完成其探索情感的各式形态的主要场所，承担的伦理意义是最多的。他们在爱情中的游走可以看作是那个特殊年代的缩影，是一个经过缩微的精神景观。合与分之间的不断变动,爱与恨的缠绕纠葛,真善与恶丑的连通一体,都使得文本的情节、结构、情绪等要素呈现出交错上升的特殊形态。即是说,两人的感情不是由爱到恨这样简单地、线性地发展的,而是充满了变数。小说开头,韩若东是处在作家所投射出的目光明处的,而乔其则是通过韩若东的行为举止来加以表现的。两人一明一暗,相互映衬,使得韩若东成为某种透明的人物形象,乔其则显得若隐若现。此时双方的爱情是在纯净的环境中自由发展的,等到乔其的父亲乔万里发现时,乔其已经深入爱情的内里不可自拔了。她在自己考大学这件事情上的强硬态度就是例证。但是,值得深思的是,两个人走入爱情时的心态是截然不同的——韩若东出于自己的诗化理想,将乔其视为纯真、洁白的天使,"她是天使,她是长翅膀的天使"。这种对爱情的期待使得他无法接受乔其渐渐长大后的变化,即使这种种的变化都是在他的熏染之下产生的。另一方面,乔其为之倾倒的却是韩若东的才华,并终生为之骄傲。当他们被时代抛入物欲大潮时,乔其对爱情的初衷是没有变化的,只是韩若东的心境已经完全不同。他被证明自己、超越他人的自我加压击垮了,迷失了价值方向,与乔其的心理距离也越拉越大。但是,两人对真实爱情的渴望由于精神的分开反而愈演愈烈,最终极度的爱欲和占有欲导致的性格畸变使韩若东丧失了最后的理智。因此,他们悲剧的种子是在爱情肇始时就埋下了的;由于对情感的追求出自不同的主观需求,两个人于是在各取所需的过程中不断地产生摩擦,裂痕逐渐加剧,直至无法弥补。

文本中对韩、乔爱情的直接描写主要是在20世纪90年代展开的。在这个时间段中,作家对韩、乔爱情的审视,更多地整合了对90年代迷惘的精神情态的描述。此时的乔其性格已经发生了很大的变化,对爱情的理解和要求也已经不同了。而韩若东身上的蜕变就更为明显。"多么新鲜的早晨和往事呀,我把它留给你。希望你能喜欢,因为我很穷,并且很爱你。"这样清纯的文字,是不可能出自90年代的韩若东之口的,那只能是他在物质上贫穷而精神上富有时的乐观表述。作家在小说中也把90年代描述为"以实用主义为标志的90年代"。然而,韩若东的精神蜕变则有着更为复杂的原因:有父亲在他的童年记忆中留下的恶劣后果,有证明自我、实现自我的强烈愿望,有周遭环境无形中施加的巨大压力,更有由对乔其的爱而派生出来的苦闷与猜忌。这最后一个因素正是导致他走入迷途的直接原因。也许乔其对他的评价是切中肯綮的:"他不再是那个无利也无害的诗人了,再也不是了。他变得有利也有害,商业将他身上潜藏的一切原始、粗鄙的东西,全都显露出来,诗意越来越看不见了。"韩若东的巨大变化,使得两人之间的感情已经只剩下了记忆中的温馨甜蜜而没有了当下的、真实的可能性。"一个浑身是伤,又到处伤人的疯子。"其实,已经陷入疯狂的韩若东伤害得最厉害的还是他自己和自己所深爱的乔其。就在这样一个爱越深就越加以伤害的恶性循环当中，韩若东一步步地走向了爱情的边缘和死亡的深渊。对于韩若东这种转变的过程和爱情的逐步死亡，我们应该从多个侧面去探究其深层诱因，不但要从社会群体方面，更要将其作为精神个体加以考虑。作家也正是从这些层面上展开对韩若东内心世界的探勘的，没有陷于简单化的类型化。韩、乔的爱情历程起到了引导文本走向丰富、灵动的桥梁作用，也使得小说的主题探索得以稳健地、深入地发展下去。

　　小说中还穿插了其他几种感情样态。相比韩若东与乔其，沙岗与艾可加的爱情则始终是平淡如水的，没有什么大风大浪，也没有什么轰轰烈烈。因为失业和贫困而离婚，这样的故事好像是这个时代最平凡的故事了。在很大程度上，他们的感情经历只是起到了某种映衬的作用，借以体现当下社会环境中比较正常的一种情感模式。不同的是，在这个爱情结构中，是作为女性的艾可加最先感知到社会气氛的变化，而沙岗这个人物形象则模糊得多。艾可加把那些往日的恩爱都视作一场噩梦，说明了他们感情基础的淡薄，似乎没有经过激情点染的生活也是不值得过的。过量的激情会导致爱情的畸变（如韩、乔），而激情的缺乏也会导致感情的淡漠（如沙、艾），如何在两者之间找到一个平衡点，这是小说提出的问题，也是作家建构起两种感情模式后又让他们走向崩溃的良苦用心。其实，小说中还隐藏着另一个婚姻结构，那就是乔万里夫妇的生活。他们的生活方法和情感方式代表了作家理想中的样式——乔万里始终处于主导地位，而妻子周元朗则柔弱、温顺，以至于当乔万里病入膏肓时，她"表现出的无助多于悲伤"。虽然这个家庭最终也走向了倾覆，但是他们默默无声的感情方式却被作家有意无意地当作了旧日爱情的传奇和典范，在小说中被悄悄推崇着。

　　在文本对爱情的几种描述方式中，韩、乔间的纠葛着墨最多，也倾注了作家最多的主观意志。粗粝的感情波折，突兀的人物命运，激荡的情绪力度，使得文本在营造这条情节和情感主线时取得了极大的成功，它所负载的主题探索也流畅、自然，进行得十分顺利。在这条主线及几条副线的共同作用下，文本达到了自己归结那个特定年代的情感面貌的初衷，也从这个角度对当时中国社会的普遍的心理状态做了反映。爱情的存在与否，此时已经不再是至关重要的问题了。因此，文本对情感经验的探索，实际上也是遵从于它的对时代进行命名的意愿的，两者只是一枚硬币的两面，是紧紧联系在一起的。

三、结语：我们的时代与记忆

　　时代与记忆，是小说常见的主题和生发方式。过去的时代以记忆的方式为我们所留存，而记忆则常常以时代为内容。《物质生活》就是以两者的纠错为纹理，以人性深处的种种嬗替为剖析角度，艺术地刻绘了世纪末中国社会的精神图谱。作家以命名的方式将时代与记忆整合到文本中来，力图给出一个圆整、自足的画面。但是，通过记忆再现时代特征并将其文本化，这个过程就其本质来说应该是一个艺术操作，而不应该蜕变为一个机械过程。为时代命名、将记忆文本化不同于磁盘的格式化，后者是以牺牲全部活生生的真实为代价，是将原生态强硬地纳入某种预设的规范。《物质生活》在此显露出了某种值得我们深思的倾向。显然，作家对二十世纪八九十年代的命名是超越于文本之上的，理想主义的80年代和实用主义的90年代规限了作家的思考理路，遮蔽了问题的复杂性和多面性，使小说中的人物、情境、情感都在一定程度上呈现出单面、横向发展的态势。因而，在文本中，90年代与80年代发生了不可思议的断裂，分别成为作家情感倾向的两极，人物命运也在迅速转变。这两个阶段也就自然而然地演化成作家建构和解析理想主义激情的场所，形成了事实上的对峙。这种状况无疑是由作家为时代命名的强烈愿望导致的。可以说，以文本的形式为时代命名使得作家可以超脱地体察记忆中的种种细节，却又使作家陷入了过于强大的价值理性之中，减弱了文本的自在力量。相反，作家以诗性作为记忆存在的场所，却取得了极好的效果。小说具有的巨大的情感力量和情节张力就是由此派生出来的。

小说虽然名为《物质生活》，作家在文本中着力探究的却是对现实生活进行精神超越的可能性和途径问题。从文本自身得出的结论或许是过于悲观和沉痛的，但是这一命题的提出和展开则无疑是极有意义的，因为人总是要找到自己的精神家园的，无论是在物质中，还是在情感中。这部小说所体现的追索精神，在20世纪中国文学中是经常能够见到的，也是世纪末长篇小说创作的典型形态。2000年出版的重要长篇小说，如《中国一九五七》（尤凤伟）、《外省书》（张炜）、《怀念狼》（贾平凹）以及《欲望之路》（王大进）等都是这种文学精神的代表者和执行者。也许可以认为，这种可贵的品质是新世纪文学创作向前发展的基本动力之一，也是20世纪中国文学留存下来的宝贵遗产。

长篇小说《物质生活》的意义则不仅局限在其问题意识上，更重要的价值还体现在其完整的叙事形态、充盈的情感空间、合理的叙述节奏等艺术本体因素之上。特别是巨大的情感力量流溢在文本表面，常常让我们无法自已地被其波澜所裹挟。其实，20世纪才刚刚过去，它在我们的心灵上留下的刻痕还清晰如昨。我们似乎还不敢确认自己已经跨越了那段时空，也无法证实八九十年代是否已经离我们而去。再来读《物质生活》这样的文本时，一切还恍如昨日，总是惴惴不安地将其与我们所经历的历史去进行比较。其实,真实性本身并不是最重要的问题。如何在现实生活里面发现真实的生命价值与存在方式,这才是最值得我们深入思考的,也正是《物质生活》为我们提出来却又没有给出最终答案的一个命题。

《当代作家评论》2001年第6期

叙述和叙述之外

——辽宁省近年长篇小说创作管窥

周立民

一

像信徒对待他们的信仰一样,我想写作者对写作也需要有一份敬畏之心,至少不能把它看作像填填方格和敲敲键盘那样轻松,也不是把语句通畅的文字集中到一起那么简单,写作是精神的跋涉,自然也需要精神的高度。但不幸的是当今时代正在不断消解这种高度,书写工具的革命,复制印刷的便捷,出版机制的灵活,高度商业化的发行策略,极大地缩短了从写作到出版的周期,名利双收的好事烙着作家的屁股,也不断加快创作的节奏和创作者的内心速度。像曹雪芹那样披阅十载增删五次又捞不着一分钱稿费的"十年辛苦不寻常",在今天一定被认为是只有傻帽儿才干的事。以往几尺高的手稿变成薄薄一张软盘,技术上的简易降低了长篇小说创作的精神高度,轻率地鼓励了创作队伍的扩大,但当我们欢呼科学扩大了民主时,也见识了铺天盖地的粗鄙。据说契诃夫曾指着手中的烟斗说:如果需要,我立即就可以写出几篇小说来。如果说是短篇小说,我毫不怀疑,但如果长篇小说这么随意就写出来了,我真要大吃一惊了,并不是我不相信作家的才华,是因为有些写作并不是才华所能支撑得了的。比如即兴状态中可以写出流传千古的名诗,但长篇小说则不行,当然这还不仅仅是创作时间是否允许的问题。对于长篇小说,我非常赞同陈思和先生的一个提法："长篇小说里最重要的是有一种能量的聚散。"①为此，我特别尊敬鲁迅先生，据说他曾收集了不少关于杨贵妃的材料要写长篇小说，却迟迟没有动笔，以先生的功力和在文坛的声望，完成一部长篇小说当不成问题，他的谨慎不但让我们见识了他对待创作的严谨，而且也感受到他对长篇小说艺术规律的尊重，长篇小说需要心血和气力等生命能量的凝聚，而这些不是提笔就来的，也不是有了一些甚至是很多素材就能解决的。

我不知道艺术质量与充足的时间、平静的心态和从容的磨炼究竟有多少必然联系，也不清楚对于长篇小说"丰碑"呀"巨作"呀等看法是不是早已成为"不合时宜的思想"，只能明显感觉到近年长篇小说的虚肿，仿佛兑了水的白酒，怎么喝都不够度数，好多玲珑剔透的"小长篇"还不如称"大中篇"更准确些。我不明白个人体验拼凑在一起怎么就能叫"都市新体验"，也不明白将网上神聊填充到浪漫的童话中怎么就是文学发展的新方向。善良的朋友不时对我保守的阅读观念提出忠告：现在不是19世纪了，什么深刻呀厚重啊早都死两百多年了，现在是轻松"好看"的时代！甚至还有人正告我：精雕细刻就是最大的犯罪，网络时代人们需要的是检索而不是阅读！我绝对理解轻松、休闲和消遣这些词对于人类内心的意义，但我也绝不能把松松垮垮的叙述，不痛不痒的议论，凌乱不堪的场景当作艺术追求或可以认同的方向。对此，王元化先生的看法值得我们深思，"希望艺术作品能够一看便知，一览便晓""嚼烂了的喂"的办法，是对懒汉读者的纵容；而那种非大死大活不可，"非刺激就不能接受的口味"是对艺术含蓄功能的破坏，他说："须知艺术作品倘使不再具有含蓄的功能，不再蕴藉更多的情愫和内容，不再通过这些手段去唤起读者的想象活动，那么，它就会造成读者的想象惰性，使他们的艺术鉴赏力逐渐丧失。艺术并不是为了让观众省力，使他们的想象萎缩、退化，相反，是要使他们的想象活跃起来。"②更为可怕的是这种粗鄙化的审美趣味造成的长篇小说内在精神的涣散，它们像一个严重肾虚的人，灰头土脸垂头丧气，经常瘫痪在阅读中途，似乎作者在写它们的时候就三心二意心神不宁。在二十世纪五六十年代，长篇小说中燃烧着让一代人心潮澎湃的革命激情；在新时期，长篇小说中回荡着突破"禁区"的勇气和兴奋，情爱、性、反"左"都曾是一些作品的动力之源。但不久，大家又发现这些动力都来自小说的外部而不是自身，"怎么写"应当比"写什么"更重要，于是又忙着将那些藩篱拆除，束缚似乎不在了，可兴奋过后，

---

① 陈思和、王安忆、郜元宝、张新颖、严锋：《当前文学创作中的"轻"与"重"》，《当代作家评论》1993年第5期。

② 见王元化1995年5月19日日记，收《九十年代日记》，浙江人民出版社，2001，第323页。

人们又突然发现在空旷的原野上我们失去了方向。

这就是长篇小说创作不容乐观的大环境,尽管总有一些作家,在风雨中令人尊敬地护卫着精神的旗帜,但他们单薄的身躯似乎难以抵挡要决堤的滔滔洪水。虽然我不能准确地说出辽宁的创作在多大程度上感染了病毒,但都在河边走,哪有不湿鞋的?因此,总结近一时期创作,我认为我们更需要自省。起码,我不能用数量来证明创作的繁荣。谁都知道,很多作品在它们出生的时候就已经死亡了,在文学上,遍地的蚂蚁永远也抵不过一头狮子,只有那些杰作才真正翻动了文学史。所以,面对近年辽宁的长篇小说,我们首先就得问一句:赶走那些喧嚣的泡沫,我们还剩下多少有分量的作品?

二

20世纪90年代以来,几乎所有活跃的中国作家的作品目录中都增加了一部或几部长篇小说,辽宁作家自然也不甘落后,甚至其中还不乏轰动一时的作品。可人们在评述长篇小说艺术发展的时候,对辽宁作家似乎总是视而不见,是故意的遗漏还是缺乏必要的关注?有人对文坛世故了如指掌,就此展开了丰富的联想,我不否认某些不正常的因素存在,但也不是所有的人和所有的时候都没有公正,至少有一些现实我们必须认真面对:当《九月寓言》《马桥词典》《长恨歌》《活着》《中国一九五七》这些作品问世时,辽宁究竟有几部长篇可以理直气壮地和它们排在一起呢?这个问号的确让我心虚。

还有一幅画面在我心中总也抹不掉:辽宁文学好像总是坐在替补席上。场上进攻,我们也跟着呐喊,场上进球,我们也跟着欢呼,但实际上所有的比赛跟我们关系并不大,可我们又不是观众,而是球员,总也打不上主力的球员,就这么尴尬地待在场边多少年了。在渴望承认和期盼承认中生长的是自卑,而自卑的兄弟是封闭,它们联手谋杀了自主和创造。就小说而言,近二十年来一批作家在不断完善着语言和叙述的探索,然而,辽宁作家对此表现出出奇的冷漠,他们宁愿执拗地嚼着自己烙出的又干又硬的馍,也不想抬头看一看人家烤出的面包是不是已经又香又软了。这无疑给人这样一个印象:辽宁小说总是笨重有余而灵秀不足。谈到小说叙述,人们的第一反应总是格非、孙甘露、苏童这些南方作家,而很少提到哪一个辽宁作家,这也的确点中了辽宁文学创作的穴位。尤其是长篇小说创作,固有陈旧的叙述方式,缺乏自觉的文体意识,曾使很多辽宁作家和作品本应有更高的艺术水准却始终无法向上攀升。

没有一个在写作上有野心的人敢于对叙述问题掉以轻心。据说托尔斯泰的《战争与和平》的手稿中,开头部分就有十一种方式;据说他在写《安娜·卡列尼娜》时，一直苦于无从下笔，直到有一天受到了普希金的启发，写出了"奥勃朗斯基家一片混乱"，作品才真正开始启动。大师在寻找的不是人物、事件和其他什么材料，可能这些早已烂熟于胸了，他在寻找适于这部作品的叙述方式。长篇小说是对作家叙述能力的全面考验，过去我们常说某某人能否驾驭哪个题材的创作，我想这个"驾驭"很大程度是对他的叙述能力而言的。如果在叙述上走岔道，整个作品人仰马翻就在所难免了。许多辽宁作家的创作也常常因此被人抓住了小辫而显得英雄气短。如孙惠芬的《歇马山庄》[①]，是辽宁省近年长篇小说创作中的难得收获，作家对乡村世界的质感把握，对人物内心的深刻揭示和流淌在作品中痛切的生命体验，都曾给人留下难忘的印象。但是，语言繁重，缺少节制，叙述声调的单一，使作品一览无余，也少了许多韵味和开阔的想象空间，极大地损伤了这部作品的艺术气质。张涛的《窑地》以历代窑主的命运起伏，展现了窑地文化的独特构成，不失坚实和厚重。可是作者似乎只擅工笔，而不懂写意的妙处，结果出力不讨好，过多的景物、环境和细节描写，密不透风的层层铺垫，让作品气滞不畅，缺少动感，笨重无比。而当这些与人物的行动和内心各自为政并没有恰如其分地融合到一起的时候，它们又成了作品中的赘肉。比如第六章写到黄鼠狼，只是常识性的介绍，一笔带过即可，可作者居然玩起了考证，引了一大段《辞海》的词条，用那种词典语言生硬地解释"黄鼠狼"，这种插入在叙述中显得十分突兀，可能连作者自己都感觉到了，自我解嘲说："当然，在大柞树，没有一本《辞海》，不过，即使有，也没人会相信《辞海》对黄鼠狼的解释。"这就怪了，那么你插入了这么一段不合小说逻辑的话干什么？局部的失控也会导致整体的问题，《窑地》的节奏非常缓慢，沉重得让人气闷。像第十一章，对程六爷早晨起床穿鞋各种细节的描写，如同横在路面上的石头，使整个作品疙疙瘩瘩。长篇小说创作要有整体结构能力，什么时候马不停蹄一日千里，什么地方一唱三叹一步三挪，都需要有清醒的把握，这也好似一个导游，不能所有的地方都让游客看半天，结果累得半死，游客对景点还是一塌糊涂。就《窑地》而言，现实和历史两条线交错进行，可给人的感觉是明显的不平衡，在历史这条线上作者叙述自由，色彩斑斓，而在现实这条线上，叙述平板，枯涩无味。同时，语言方式还要有所变换，一个音儿唱下来，不把自己累死，也能把听众烦死。如《窑地》中多次出

[①] 孙惠芬：《歇马山庄》，人民文学出版社，2000。本文涉及其他辽宁作家的作品版本如下——张涛：《窑地》，作家出版社，1996；洪峰：《中年底线》，春风文艺出版社，2002，《生死约会》，《收获》2001年增刊；谢友鄞：《嘶天》，人民文学出版社，2000；刘志钊：《物质生活》，《收获》2001年第1期；皮皮：《所谓先生》，《收获》2001年第5期；刁斗：《证词》，上海文艺出版社，1999，《回家》，《作家》2000年第6期。

现听戏的场面，还出现了大量的戏文，让戏文连通外在的氛围和人物的内心变化，本是经典之笔，我也赞赏作者的意图，但是不能每一次出现都是大致相同的场景，承担同样的语言功能，如果是这样，那就成了不必要的重复，给作品增添了呆板和贫乏。枪打出头鸟，平心而论，孙惠芬和张涛算是辽宁作家中笔墨功夫上乘之人，孙惠芬语言与情感的浑然一体，张涛细致绵密的写实功夫，都有很强的冲击力，但长篇小说叙述需要整体的和谐，需要几种声音几副笔墨，这样才可能写什么是什么，也最大限度地发挥了文字的张力。

很久以来，人们好像已经习惯了辽宁作家的笨重叙述方式，仿佛辽宁这片土地只能产生这样的小说。我倒觉得没有什么是天生的，其实在上面的论述中，我就故意省略了一个名字，那就是马原。我要提醒大家注意：马原，1953年出生于辽宁锦州。他的存在至少可以让我们先不必自怨自艾地发出居于边缘的慨叹，起码在20世纪80年代后期的小说探索中，辽宁人也有着一个并不低的起点。需要我们仔细检讨的倒是马原的这种叙述探索在中国文学界点起了一把火，但他为什么没有感染他的同乡们进而何以至今也没有在辽宁形成一种风气呢？已为文学界普遍认同的东西为什么在辽宁还是异类呢？现代派小说已有百年以上历史，可许多人还是执着于老巴尔扎克式的叙述方式，我们究竟该向他表达敬意呢，还是痛斥他的保守和狭隘呢？我看对于目前辽宁文学多泼一点冷水未必就是坏事。狭隘的地域观念，狭小的文化视野，保守的审美意识，不高的文化素养使作家无法占领精神的制高点，扛不起探索和创新的大旗，辽宁文学最多只能以地方文学的身份参与文学活动。如果再有自欺欺人的自负掺和进来就更可怕了，关起门来论老大，往往走不出画地为牢的怪圈。一部作品和一个作家的好坏需要放在他所使用的这种语言的传统中进行评价，地域的屏障保护不了你的虚荣，鲁迅就是鲁迅，我们还用说浙江作家鲁迅吗？他属于整个汉语世界或者全人类，而不是一个文化区域，尽管他的作品可能比谁都更具区域特征。辽宁作家起码在文化心态上应当走出我们脚下这片土地，然后他的作品才有可能走得更远。

三

马原还给我们提出了另外的问题：当他在中国文坛撒满种子之后，大家却吃惊地发现他自己倒种不出庄稼了。退出了小说创作多年的马原，近年挥动着他的"虚构之刀"游走于大师和名著之间，对小说创作指指点点，仿佛洞悉了小说技术的一切秘密。聪明反被聪明误，拿到叙述配方的作家，和那些不知叙述为何物的人一样摔得头破血流，这是不是在提醒我们：叙述之外，小说是不是还需要更多东西？

洪峰的名字曾和马原排在一起，他的《瀚海》和《奔丧》带给我的阅读感动还记忆犹新，长篇《东八时区》让我觉得终于有人凿开了黑土地的沉重，呈现出灵秀之气。可是接近中年底线的洪峰却失去了少年的英俊潇洒，从《苦界》开始，到今年的《中年底线》，小说家洪峰已经是一个可以让我们一笑而过的名字了。我并不是把他参与商业写作看得像失身变节那么严重，从血管里流出来的都是血，没有什么能缚住一个优秀作家自由的心灵和不羁的创造力，不论参与什么创作，他都会执着地表达他自己，而洪峰的问题恰恰在于失去了自我。也就是在几年前，洪峰曾经雄心勃勃地说："当一个作家的生活历险和公众相同的时候，他的创作便和想象告别。他已经不是一个特别的人。虽然这种写作者能讲述更生动和容易引起公众共鸣的故事，但他的讲述往往只能是生活的现实的现象记录和组合，充其量是公众生活情绪的有序性发泄，对人类理性却是一种不负责任的戏弄。"[①]这话好像就是为他自己准备的，没过几年，他就和这种"公众生活情绪"打得一片火热。《中年底线》中那个"典范男人的形象"刘左，不就是集中了这个时代所有公众想象的一个大众情人吗？有地位有好的形象，有女人护着爱着，有人请着有人求着，还有责任感事业感，又不满嘴官腔，而是开明的标准的现代化干部，太完美了，难怪冷酷的女杀手都对他动了感情。不过，这种"完美"只是使拙劣的都市童话更上一层楼罢了，再加上一点绑架、杀人、黑社会这样的小报新闻，这部三十万字的长篇真像有人评价的那样"畅销元素大荟萃"，但精心设计的故事掩盖不住精神的有气无力，虚幻的理想形象扶不起内心的软弱，五光十色的热闹都市场景改变不了精神的贫乏。而且，关于成功人士的神话是不是太多了？一个作家放弃了对生命苦难和精神痛苦的承担，给生活涂了太多的脂粉，作品是会失重的。相比之下《生死约会》还要好一点，起码在叙述"小洪"的恋爱中，让我多少看到了昔日洪峰的影子。可是当写到"我"毕业去教书以后，就方寸大乱，对生活的认识要远远大于体验，作品中布满了哲学式的叹息，而缺少感性的穿透力和震撼力，到结尾回到以前居住的小屋，看到小南写给"我"的那些情真意切的信，洪峰不由自主又回到了一个通俗故事的老路子上了。洪峰的作品，是一个不敢面对现实的人的精神自慰，他用这些美好的梦去填塞内心的虚弱和不安，而不是去勇敢地正视它们，结果落进了一个深不见底的无底洞中。

高明的叙述无法挽救小说垂死的灵魂，像马原和洪峰这样的对叙述那么自信的人，照样会折戟沉沙，这无疑在启示我们：在叙述之外，长篇小说还需要

---

① 洪峰：《两个或者三四个话题》，《当代作家评论》1997年第3期。

一股更强大的力量。我把这股力量称作"精神的支持",它是在长篇中超越故事、情节、情感之上的精神探求和社会承担。用中国古代哲学的"道器"作比,语言和叙述等外在的形式可以比作"器",但光有这些远远不够的,我们还需要"道",一种更高的无形的存在。是"道"以强大的凝聚力聚拢了外在的形式,使它们内外一体,浑然天成,若缺了这种力量,则如失去了水分的树木,再繁密的叶子一夜之间都会零散四落化作腐土。马原和洪峰在创作中的精神探索停止了,他们的作品注定无法再前行。一个作家如果没有丰厚的精神资源和不懈的精神追求,就像一棵根基不牢的树,难以根深叶茂的,也永远无法做到头顶一片天的"大气"。创作的更高阶段需要气度和境界,它们绝不是靠技巧所能完成的。强大的精神资源铸就了作家与外部世界相抗衡的武器,不懈的精神探索使他的内心始终处在临界状态,能够生机勃勃地敏锐地对外部刺激做出反应。历代大作家,除了有着良好的艺术天分之外,哪一个没有广阔的精神空间?强大的精神支持并非只是给作品涂上一点哲学味道,而是由"实"入"虚",将从世俗生活中获取的信息投入精神的熔炉中,推动着写作不断向上攀升,推动着人类精神的车轮不断前行。而当信仰成为专制的武器或者是被嘲弄的对象时,中国作家的精神资源也就枯竭了。更为可悲的是作为"灵魂工程师"的作家,常常拾流行文化的残羹冷炙,而个人的精神丝毫没有吐纳力,这就难怪我们的文学时常面色苍白失魂落魄了。

"实"有余而"虚"不足,也是辽宁的长篇创作的心头大患。在生活经验和社会阅历上,辽宁作家并不逊于外人,可是作品总是给人弱不禁风的感觉,这种"单薄",我想很大程度是精神厚度不够。好的长篇小说,应当写出精神探求的历程,就像胡风评价路翎小说所说的那样:"路翎所要的并不是历史事变的记录,而是历史事变下面的精神世界的汹涌的波澜和它们的来根去向,是那些火辣辣的心灵在历史运命这个无情的审判者前面的搏斗的经验。"[①] 感受作品的精神意蕴,要破除那种曲解的"思想深刻"——在许多人的眼里"深刻"就是认识和见解——小说不是法官的判词,也不是僵硬的观念,而是涌动的岩浆,是作者的灵魂和作品中人物的灵魂共同探险的过程。对此米兰·昆德拉有过精彩的论述:"如果说我信奉在一部小说中应有思想的强有力存在,这并不是说我喜欢人们所称为的'哲学小说',喜欢小说对一种哲学的这种屈从,和将一些道德的或政治的思想'进行讲述'。真正小说式的思想(比如自拉伯雷以来小说所经历的)从来是非系统化的;无纪律的;它与尼采的思想相接近;它是实验性的;它将所有包围我们的思想体系冲出缺口;它研究(尤其通过人物)反思的

---

① 胡风:《青春的诗——路翎著〈财主底儿女们〉序》,《胡风全集》(第三卷),湖北人民出版社,第263页。

所有道路，努力走到它们每一条的尽头。""实验性的思想不想去说服而是启发：启发另一个思想，将思想开动起来；所以一个小说家应当有系统地将他的思想非系统化，朝他在自己思想周围筑起的街垒踢上几脚。"①

这种"非系统化"要求作家的精神探索与创作同步，像巴金所说的在创作中生活，与笔下的人物一同歌哭。然而，在《嘶天》中，谢友鄞却踏进了他自己精心设计的凝固体系，作者无条件地接受了一个固定的历史框架，在这个框架中，什么时代的人该做什么和不该做什么早已安排好了，作品的精神独立被取消了，人物也不可能有独立的灵魂，最多他们只是一些通行历史观念的道具。这样，人物反倒成了历史的背景，呆呆地站在舞台上，所有行动仿佛都是为了等待背后布景的变换。除了剩下一堆故事之外，在作品中，看不到小说家对历史的独特理解。而缺了这些，单靠故事去演绎历史风云、几代人的命运，那真是铤而走险。这样的作者也许永远不可想象肖洛霍夫怎么会让葛利高里走上了与《联共（布）党史》所认定的"历史潮流"相反的道路，并且作者还对他寄予了那么多的"同情"，他们也无法想象《静静的顿河》怎么会那样写十月革命。是的，这一切都与历史课本不同，但恰恰是小说更生动更丰富的地方。尽管肖洛霍夫也知道组织纪律是怎么回事，但文学的王国也有它的律令，这是一个忠实它的作者所无法改变的。比如人物不能成为观念的玩偶，甚至是作者本人的观念。在一部长篇小说中，作者要尽可能地展示人物独特而复杂的精神世界，这个世界也是不断变化的，只有写出了这个变化的过程，人物才能活现在我们面前。在孙惠芬的《歇马山庄》中，伴随着月月的情感历程，作者也写出她精神成长和独立的过程。然而至为遗憾的是，在《嘶天》中，主人公张抱丁在开篇还是一个活灵活现神采奕奕的形象，如他对马的呵护就显示了他丰富的内心，然而随着情节的推进，他只是多走了些地方，多经历了些事情，多了一些白发，而内心的成长我们却看不到，作者甚至干脆关闭了他内心的大门，锁住了他的灵魂，让人物成了一堆传奇故事的附体者。

精神的观照还需要作家跟他表现的对象建立精神和情感上的血肉联系，而不是玩弄观念的外壳，任何不是从生命中喷涌出来的东西，都像油一样只能漂浮在水的表面。寻根文学的思潮曾让作家们在开掘地域文化上不遗余力，神奇的传说，独特的历史，奇异的风情，甚至方言源源不断地进入作品，但我认为这些最多只是一些文化符号，而对文化的真正理解和把握，则必须要把握住文化精神，对于小说而言，还必须要将这些精神外化为人物的具体行动，否则只是抓了一把文化的皮毛而已。《嘶天》中，谢友鄞的那篇《后记》要比整个作品

---

① [法]米兰·昆德拉：《被背叛的遗嘱》，牛津大学出版社、上海人民出版社，1995，第162页。

写得都漂亮，在这里他谈到了辽西的民族文化、宗教文化和边地文化，可是在作品中，这种文化的独特魅力又在哪里呢？书中写到带着匪性和质朴的麻家驹，如果作者不是一味迷恋他的传奇故事，认真开掘人物的内心世界，倒能看出边地人的某种性格。还有张抱丁与马的精神联系，为什么在作品的后面部分没有继续探索？至于吴府的历史，喇嘛庙的风情，无论怎么渲染，它所增加的只是文化氛围，而不是真正的文化成分。文化不是披在身上的衣服，它是奔涌在体内的血液。对比一下端木蕻良写于六十多年前的《科尔沁旗草原》，我们会更清楚地感受到什么是边地文化。

强大的精神支持还会让作家摆脱束缚，获得精神自由和创造力。对想象力的强调成了大家的口头禅，可是作家倘若没有精神独立和自由，想象力又从何来？中国古代文论中所推崇的"思接千载""视通万里"的"神思"，不正是主客观统一、精神高度自由的境界吗？如果自由精神被囚禁了，那就会沦为他人意志的奴隶，亦步亦趋地跟在别人的后面。辽宁的一些创作，常常让人有似曾相识的感觉，比如《窑地》与《古船》，当然不能轻易地说张涛模仿了张炜，但二者的结构方式却有太多的相似之处，都是历史与现实两条线的交错，都是通过一些象征物探究其中的文化因子（一个是窑场，一个是粉房），甚至对土改等革命事件的历史反思都是那么相同。人物上也有着极其相似的对应关系，如孟天开和隋见素，陈世田和四爷爷，甚至那个守着自己小窑的大哥孟云开和守着磨坊读《共产党宣言》的隋抱朴都能找到性格的对应点。创作方式当然不是谁的专利，但在张炜创作《古船》后十年再创作这样的作品，从独创性来讲，《窑地》的价值是要大打折扣的。为什么辽宁的创作要看着别人的脸色？为什么我们总是有意无意在重复别人，而不是显现一个独特的自己呢？根子还在文化精神上，我们的作家还是缺少一个强大的个人精神空间，我们还是跪着的，还没有站起来，自然也谈不上独立行走。

我觉得一部作品真正炙烤着你的是文字背后的精神火焰，在辽宁，值得一提的是刘志钊和他的《物质生活》。你可以有很多理由来指责这部作品，但在它强大的理想激情面前，我们不得不保持沉默。这是一部关于"诗人"和"80年代"的长篇（这两个名词在20世纪90年代以后如果不是一种美好的怀念就是一个莫大的嘲讽），诗人韩若东一直与现实处在对峙的状态中，在他的内心中，一直不曾泯灭的是80年代的理想激情，那种与老师人文精神的传承关系，那与乔其纯真的古典之爱，那对文学的精神之恋，都笼罩着理想的光辉。然而正是这种圣洁的理想在与现实交锋中，让诗人一筹莫展甚至一败涂地。强大的物质力量击溃了诗人脆弱的自尊，现实的诡诈扭曲了诗人的心灵。从诗人的诞生到诗人之死，诗人一直处在沉重而强大的现实压抑和打击中，时代的转变，理想主义成为一种压在心底的怀念和生命中摆脱不掉的胎记，矛盾因此接连不休，《物质生活》让你不安、焦灼和感叹。作品中带着西方古典文学气质的大段独白不断地展示着人物的内心变化，文本背后的激情和强烈的现实批判精神让并不复杂的故事始终处在剧变中，韩若东置性命于不顾驾车吟诗狂奔的场景，动人心魄。这是一部闪耀着古典光辉的作品，在结构上并非无懈可击，比如诗人投身商海前后的转变写得就有些突然，可是这种精神的火焰让那些雕虫小技顿失颜色，这恰恰是辽宁作家所缺少却又不该缺少的，我们的作家太在意身边那一点琐事和小报新闻了，我们的作品太缺少更博大的爱和更广阔的关怀了。然而，一部作品中如果没有一股超越世俗的力量，没有一个"彼岸世界"，那它只能是永远躺在橱柜中的小摆设。

四

迄今为止，我所谈论的事情好像与写作关系并不大，但文学有时就像一出出恶作剧，当你埋头钻研小说技术的时候，可能反而离真正的小说越来越远了。巨大的社会容量，强大的生命能量，都不是文学技术本身所能解决的，因此，关于长篇小说，在叙述之外，还有必要强调写作的道德。它与杀人放火男盗女娼无关，它是作家在写作中的内心律令，它需要的是作家对文字的虔诚、对写作的真诚和对内心的忠诚。倘不是这样，作家可能将才华浪费在油腔滑调之中，也可能将写作当作生命之外的功利手段，而在写作上耍手腕，是逃不过时间惩罚的。"大跃进"饿殍遍地的时候，一批作家却在书写莺歌燕舞，这些文字即使不速朽，也是文学史上最耻辱的一章，歪曲、粉饰、逃避都是写作的大敌，真正的作家就应当像纪德写作《从苏联归来》那样，忠实于自己的眼睛和内心感受，而不是为风气和舆论左右，哪怕是错了，至少还能留下一份真诚。美国作家和批评家苏珊·桑塔格曾在一篇演讲中强调"文字的良心"，在她那里，文字是有重量的，她说："文字有所表。文字有所指。文字是箭。插在现实厚皮上的箭。"那作家和写作究竟又是什么呢？"作家的首要职责不是发表意见，而是讲出真相……以及拒绝成为谎言和假话的同谋。""每一部有意义的文学作品，配得上文学这个名字的文学作品，都体现一种独一无二的理想，独一无二的声音。"在这里难道没有一种文学道德？我想到了那个写《创业史》的柳青，他对农村生活是多么了解，可他倾注心力要塑造的"社会主义新人"梁生宝，并没有被大家认可，而作为衬托出现的梁三老汉却栩栩如生，这不是什么无心插柳柳成荫，而是文学的道德不容侵犯。苏珊·桑塔格另外一句话则启发我们思考什么是长篇小说："长篇小说是由作家对文学是什么或可以是什么的认识构成的。"① 我不知道这句话可不可以表述为：一个作家倘使对文学道德缺乏真正的信守，他是无法真正理解长篇小说的。这又让我想起了"那个叫马原的汉人"，读一读他的《小说百窘》等文章，你就明白他何以无法再写小说了，他对小说已经失去了虔敬之心，自认为可以玩弄小说于股掌之间了。自负和轻佻害了他，当他自以为像上帝俯瞰人世一样俯瞰小说的时候，小说还有魅力吗？还能诱惑他吗？失去了这样一份虔敬，创作自然就没有了驱动力。

在此，我还要说到皮皮，一位风头正劲的女作家，对她的才华我从不怀疑。不能说《所谓先生》（这是她最好的一部长篇）中没有精彩的地方，但矫情的叙述在作品中也"光芒四射"，我甚至怀疑皮皮是不是把小说当作给某个时尚杂志写的专栏了。到处是酸酸的"思考"和议论，只要读一读"我爱你家"一节就够了，先是引艾略特的诗，接着是对"家"的看法："家，是各式各样的。假如我一不留神说，我爱你家，请原谅，请别当真。我知道家家都有难唱的曲儿。"再是回家的情景和跟老婆吵完架后，男人躲在自己的房中听《安魂曲》看热带鱼（多么高雅呀），伴着滴答滴答滴答的水声做关于死亡的各种思考（思想者尤其迷人），作品中不厌其烦地让男人"意识流"，选一个就能酸倒你的牙："如果有一天，死亡说不跟我们玩儿了，于是，人能总活着，活一千年一万年，那么世界就会真正乱套。坏人不能再说，给我钱，不然我就杀了你；好人也不能再说，别再做坏事，不然雷会劈死你。"这是什么？一个男人的精神独白？作家对这种梦呓式的语言好像情有独钟，连绵不断，什么"偶然是命运中最起作用的一个因素，那些经常发生的事情并没有改变你的生活，不是吗？你天天上班只意味着退休，你天天吃饭只意味着延续生命"，有人称这为幽默，还把钱锺书扯上了，但我觉得这是油滑，是不真诚。更不能忍受的是作者在前半部分对胡东的妻子那种漫画式的叙写，一言一行透露出的是嫌恶而不是同情，对比后面女神似的刘托云，我越发能够感觉到作者文字间的尖刻和不善良。我不知道一个作家连悲天悯人的情怀都可以丢掉，他（她）的作品中还有什么值得我们保留的。可能我太不懂幽默了，也实在无法拿这些当幽默。

五

王安忆曾说过："我敢肯定一部长篇必须是一部哲学。"② 但我更想说一部好的长篇小说需要一套完整的美学，对于轻率地从事长篇创作的人，我一直持保

---

① 均引自［美］苏珊·桑塔格：《文字的良心》，黄灿然译，《书城》2002年第1期。
② 陈思和、王安忆、郜元宝、张新颖、严锋：《当前文学创作中的"轻"与"重"》，《当代作家评论》1993年第5期。

留意见并且总在问：你是否拥有了自己的美学原则？个性化的叙述方式，强大的精神支持，真诚的文学道德，这是这个美学世界所必不可少的部件，然而，真正打造它们又岂是一日之功？在我们身边，匆匆上阵又以更快的速度死亡的作品已经太多了！

我想必须单独谈一谈刁斗，他也是辽宁小说家中孤独的"异类"。在辽宁能够将叙述的自觉与精神观照融为一体的小说家不多，刁斗就是其中之一。

刁斗的创作中始终有一股不倦的叙述探索热情，在20世纪90年代后的中国文坛上像他这样保持着这种热情并驾轻就熟地找到自己道路的人似乎并不多。他的小说中充满了叙述的阴谋，他把日常生活置于特殊的情境中，在一个个细节和变故中推动着叙述的前进。比如《证词》，发生在书屋中的事情再贫乏不过了，可是这个书屋背后的秘密却深不可测，刁斗在每一个平静的叙述中都不动声色地埋下了地雷，而当它们炸响的时候，不但炸开了一个巨大的秘密，还将人推到了一个新的陷阱中，文本因这样的叙述充满了紧张感。刁斗没有为了让故事"好读"而迷恋传奇，相反他不断取消传奇，一步步将人物推进了精神的绝境之中。《回家》则是一个更需要耐心对待也是在叙述上颇有难度的作品，稍有不慎作者就会陷入自设的牢笼，变成了日常生活的贫乏记录。但刁斗处理得很自如，将一个男人在城市中的游走写得一波三折。如果只有这令人羡慕的叙述功力，那刁斗顶多只是个二流作家，但我注意到他越来越看重大于技巧的东西，叙述方式在作品中也不是孤立存在的，它构成了作者对世界认知的一部分，成为理解生活的一种方式（《私人档案》关于作品结构的设计就充分体现了这一点）。我们还必须看到在这叙述背后渗透着他对当代人精神困境、情感和欲望、生存状态的极大关注。刁斗一段真诚的自述可能有助于我们了解他和小说的精神联系："写小说的过程，是我提升自己生命质量的过程，它能让我的感官丰富我的思想，又让我的思想照亮我的感官，最终确立起我的小说精神。"[①]他作品的主人公都是当代的"精神漂泊者"，他们找不到自己的精神栖居地，又不肯随波逐流轻易地在某处歇脚，他们在困惑的同时一直没有放弃寻找。刁斗准确把握了当代人的精神走向，写出了他们的这种内心状态，使作品在打开了我们身处的现实的同时，也打开了人类自身的许多困窘之处。《证词》的主人公铁军想从社会、社交和自己的过去中挣脱出来，没想到又不由自主地进入了另一个纠缠之中，他有意识地拒绝各种诱惑，这种拒绝甚至到了厌世的地步，可是外部世界对他的侵入和支配更为强大，强大得他不知不觉，强大得让个人的独立尤其是内心的独立只能成为一种奢望。在《回家》中，刁斗对精神世界的

---

① 刁斗：《消失的小说》，《当代作家评论》2000年第6期。

观照更加细致入微。一句问候的话，一次不期而至的邂逅，都可以轻易地改变"我"的方向，"我"懒得交际也不关心任何事情，可是就能遇到偷情的男女同学，看到"我"不愿意看到的场面，对人造成不想造成的伤害，而这种伤害布满了我们的周围。公园中，打狗队与那个狗的主人，是行政的力量在强暴人的精神；与"娃娃脸"的性交易和进入的陷阱，是对欲望的绝望；回家，妻子偷情，是对情感的强暴；偶然事件对强大决心的轻易瓦解，内心愿望与实际行动的背道而驰……"我"无家可归，如同这个城市中的梦游者，一切都与我无关，却一切无不改变着"我"的生命进程，这个"我"酷似《尤利西斯》中的布卢姆，在他们身上映照出当代人的种种精神焦虑，他们渴望回家，却永远走在回家的路上。摆脱不掉的情和欲的纠缠，当代人的精神困惑，一次次受到刁斗的审视、拷问，作品中的人物那玩世不恭遮掩不了背后的沉重和认真，还有他们内心中不曾泯灭的良知火花，残存的对崇高、美好的怀念，所有这些都融化在一个个不经意的细节中，构成令人分外感动的篇章。看刁斗技巧圆熟的一些中短篇，有时还让我担心他究竟能走多远，我怕对形式的迷恋堵塞了他精神的探求和生命体验的畅通，然而，读他的长篇小说（包括将于今年《钟山》第3期刊出的《游戏法》），我又发现这种担心是多余的，他的作品里分明充满着生命的质感和灵魂的争辩。我倒是期望他可以粗糙一点、破碎一点、张扬一点，而不是这么光滑，那样或许他能够更大气一些。

六

按着写文章的规矩，似乎需要对辽宁近年的长篇小说创作做一点整体的概括或总结，但我发现我无法做到这一点，这不是偷懒，而是我觉得工业题材、农业题材还是军事题材的，以及它们又有了什么突破这样的概括，好像生产队队长在一堆堆地分苞米和大豆，而真正的精神产品是不能这么被轻易抽象和概括的，它们需要一一面对，否则可能是对它们个性的极大不尊重。但从另外一方面，我又突然觉得，如果说近年辽宁长篇小说创作有所发展的话，那恰恰也在这一点上：它们让我无法对它们进行概括了——这意味着告别了类型化、简单化和同一的倾向，意味着作家开始有了自己的追求和艺术个性，这是一个不可小视的起点，但愿辽宁的文学创作能借助它真正起飞。

2002年3月22日—29日于大连
《当代作家评论》2002年第3期

进入到恒温层的写作

——津子围作品印象点滴

刘恩波

我一直关注那些在某个领域默默持守、不动声色甚至是不假言辞为自己的工作进行最起码的辩解的人,他们当然是一些边缘的生命,在思想圈、文化界和读者接受群体的边缘存在着。也许这个世界的主流话语、另类精神、先锋实验乃至新新的什么思潮,都有可能成为殿堂里的贡品,民间百姓口头的装潢,知识分子们津津乐道的专业话题,商家认同和疯狂追逐的利润目标和卖点。很显然,我这篇文章里涉及的主人公津子围与这些或时髦或前卫或新潮或大众化或官方意识形态化或视传统正统为圭臬的追求都不搭界。他只是守望在他的小角落里,用一个公职人员下班后的业余时间,如同我们的前辈卡夫卡、卡瓦菲斯或者佩索阿那样,让写作成了黄昏降临以后融融暮色中的等待、期盼和慰藉,让时光、岁月、人情世故和命运的声音在寂静的头脑里穿行。

对于我本人而言,关于津子围其人其事了解得确实太少了,尽管我们居住的城市并不远,可直到如今我还是只闻其声,通过电话电流的间接传递,而未见其人,这是评论者的一大遗憾。因为我私下觉得,为作家画像(批评难道不是一种特殊的替作家画像的工作?),隔代的可以通过文本,包括作家自己的作品和别人的传记抑或研究资料进行历史的想象和还原。可对同时代的作家的理解、认知和把握,就不同了,我们即使与他们擦肩而过,甚至做过短暂的交谈,如果达到以心会心的深度交流则更妙,那么我们一旦抽身走入作家的作品世界,所能感受到的就不仅是词语和修辞的衣服,还有一个活生生的人的气味。这也就是我们通常爱读作家对作家的评论,像爱伦堡在《人·岁月·生活》中对那个时代许许多多人物所做的细节式的勾勒和着色,实在太地道了,有原汁原味的触觉效果。而我这里对津子围的小说世界,充其量只能通过文本的阅读和分析来尝试着打开一扇通向他心灵秘密的门。但愿我的芝麻能敲开津子围小说境界的门的一角,哪怕只涉及那些简单而微不足道的浅表层次。

从大一点的范围来看,津子围的创作,尤其是中短篇小说走的基本是写实主义的路子,线条很粗,有点像古元的木刻或者杜米埃的漫画,多是对现实生活世态众生人间习性的典型化塑造和点染。只不过,他用的笔法却是趣味性的,并包蕴着极其深厚的精神症结。

记得马尔克斯曾经这样给自己的写作生涯定位,他说,我有自己的世界观,我看到了世界,我会设法描述我看到的世界和如何看它的。其实,对于每个作家来讲,马尔克斯的说法都是一种普遍的经验和共识。津子围的作品实际上也奠基于自我对这个大千世界的整体领会和具象思索。当然,他只能抽出其中他比较感兴趣的一小部分酿制成津子围牌的奶酪或者高粱烧。于是我们就看到了一个机关小人物马凯那充满尴尬、错位和无可奈何神情的有如惊弓之鸟般的人的悖论形象。

在津子围笔下,马凯不是主旋律文学乃至影视作品里常见的那种呼风唤雨撒豆成兵的人物,不管他们或高、大、全或夹着个人主义、官僚主义的尾巴,总之他们不是英雄,也起码是奸雄,最次也得是能人,与之相比,马凯却是以一个活得窝窝囊囊左顾右盼上不好上下去又不甘心这样的扁平人物角色,走上了当代文学作品中戏讽性小人物系列的画廊。

在津子围中篇小说《一顿温柔》里,马凯置身于人际关系微妙的机关单位形成的心灵硬壳与家庭伦理负担以及个人化的对自由的憧憬和向往构织成的夹缝中身心分裂,无所适从,他应该活好哪一个自己呢?应该说马凯的存在是一个现代人灵魂萎缩、精神错位、躁动不安、失落了理想可又不满足于现状从而面临"我可以活着,但我无法生存"的荒谬结局的立体缩影。《一顿温柔》呈现出的灰色的诗意从一开始是引而不发的,内敛的,完全是不动声色的,作者写主人公为送一个材料到设计院,途中放弃乘坐出租车的便利,不惜搭乘公共汽车绕弯走,这样他就可以随便找一个出租车的票根儿报销二十元钱,而在等车的过程中他思前想后的心理活动,比如总是赶不上准点的乘车经验乃至由此升华开来的仕途挫折感,"落了一班车就会落第二班车,一步赶不上步步赶不上"的人生悖谬逻辑,便成了津子围刻画小人物那种无辜无聊无凭无靠存在境遇的动人笔触。小说的波澜骤起,摆脱稍显沉闷拘谨格局的转机是描绘马凯与女同学如今是下岗女工的高丽英的一次奇特的邂逅。有人说津子围的写作是"中盘发力"，当然那个说法是就作家整体的创作态势而言的，其实就津子围的每篇作品的气氛营造、结构布局、用笔轻重缓急来说，他的长处和短处均显于此。或许深谙传统写实主义神韵和精髓的人都知道，小说不应该从开篇便异象环生，小说的风景存在如同我们登山，起码到了半山腰，我们所神往的美丽或者大气以至无穷的诱惑才开始显现。津子围的铺陈和白描功底都很见长，他的小说有点像传统手工艺织就的布，一针一线都其来有自，构成秩序井然的格局，如果那条线绳开了套，再缝进去则难了。所以读津子围的作品需要练就一股生命的沉潜之气，那是属于静夜的功课，稍没耐性着急，便失去了阅读的兴趣。津子围小说的优点和缺点都在"不着急"三个字上，所谓"中盘发力"，用的大概就是围棋的审时度势或者中国武术中最明了的那种太极拳的内敛的功夫，一招一式都要到位合辙。然而社会发展到了高速快捷以信息公路方式直指人心的网络阅读时期，我觉得津子围小说的节奏感就稍微显得有点慢了。但这是没有办法的事，好像是昆德拉讲过，遗忘的速度与快成正比，与慢成反比，艺术的写作和欣赏或许也当如是。回到马凯和高丽英的纠葛，作家有意识地让他们在车上发生争吵继而互相认出对方是多少年没有见面的同窗，又安排了他们在酒楼舞厅的痛饮狂舞直到在高丽英母亲家床头上的亚当夏娃之欢。乍看上去，此时的马凯好像彻底解放了，从人性在体制和家庭的双重沼泽里抽身而出，完成了只属于他自己的一次精神洗礼和肉体释放过程。然而，实现什么容易，承担它的后果和影响却太难了，马凯一迈进家门就得首先应付妻子的盘查，发的工资由于和高丽英消费了不少，这个窟窿该怎么堵，白天做完事晚上如果妻子来了情绪该如何应付过去，等到上班马凯更担心电话铃响，如果高丽英再次邀请他或跳舞或吃饭或去她母亲家该回绝还是应允，倘若类似的情况让单位的同事握住了把柄，又当怎样以正视听。看来生或死，不是什么问题。这些看起来不大的小破事，才是活着的暗礁和情感绕不过的存在。在这里，津子围的人文关怀的视野没有朝向永恒的终极和潜意识区域，而是回到了现实肉身最主要的是人物心理活动的表层次和深层次。在这里，他不是弗洛伊德、柏格森的信徒，而是欧·亨利、奥尼尔甚至契诃夫和索尔·贝娄的忠实热爱者和聆听他们声音的人。

也许我本人的猜测只是一种想当然的主观臆想，在津子围的小说世界中，我们从他的叙事语调、构造情节的手法、展开人物心理描写的手段抑或高潮起伏直至尾声处理所遵循和承继的要领，都不难看出某种深度现实主义美学的烙印。我之所以提"深度"，是想区分它和当代许多写实类作品里普遍存在的肤浅、造作、时尚化、类型化的写作不同。最基本的就是，我从《一顿温柔》中能切实感受到来自作家的"体温"，那无所不在的悲悯和同情、关切和理解，比如他写到在内心的极度煎熬下，有一天马凯"蹲在厕所里，就像小时候挨父亲打之后就那样蹲着，心里觉得委屈，眼睛里也噙满了泪水。他在想，自己为什么这么没出息呢？事实上，这段时间里什么事也没有发生，没有高丽英的消息，没有老婆和处长的责问和怀疑，没有大家特别的目光……自己的恐惧全是自己造成的，是自己吓唬自己，是自己把自己打败了。可为什么要自己吓唬自己，自己要打败自己呢？说起来，他和高丽英都不是生活中的强者，都是在生活中受憋屈受委屈的人，甚至有些活得窝窝囊囊的，这样的生活在底层的两个小人物在一起温暖一下有什么错？想到这儿，马凯擦了一下眼泪，站了起来，放粗了嗓子喊了一声"。此情此景，没有玩任何悬念手法技巧高招，完全是奥尼尔式的淡淡的悲音，欧·亨利般的缓缓闪回的心之声的倾泻和流露。小说的结尾是写马凯从别的同学的电话里得知高丽英因癌细胞扩散而倏然离世的消息，后来他去高丽英母亲住过的老房子去寻找高母，房子已经动迁，费了一番周折才找到，那位老太太最后终于认出这就是小时候绰号叫"豆包"的人。曲终人散，小说在隐隐约约的伤感气氛里作结。

"零距离地表现人物的丰富内心世界"大概构成了津子围创作的突出特色，他的机关系列作品里对人物的情感生活和他们置身其中的环境与现实的不和谐与错位的展示，造就了作家别具只眼的美学洞察力以及冷静而略带温馨地捕捉和把握内心、外在双重视域冲突的焊接本领。与传统批判现实主义文艺思潮的讽刺、鞭挞、漫画化的表达明显不同，我们不难看出津子围的叙述态度和角度，规避了契诃夫们早期崇尚的那种现实主义的逻辑剃刀的锋芒和力量，而从深度剖析的方法论回到了"让事实本身说话"的现象学。

小公务员灰色黯淡的人生图画，他们左支右绌的尴尬心态乃至人物命运流程里折射的扑朔迷离的荒诞意识，使得津子围的"机关"小说有力地与时下许多写官场内幕、揭露腐败分子的作品形成大相径庭的割裂和对比。我们知道后者容易走红、火爆、热闹，然而，作为一个真正客观公正一点的读者，我想津子围的写法尽管不时尚，不风光，不排场，但是，他的轻骑兵似的节制、内省、幽默、达观和包容，却是一种不动声色平静舒徐然而又不能不令我们刮目相看为之动容的存在。短篇小说《马凯的钥匙》写主人公马凯的一串钥匙突然不翼而飞，就如同《审判》里那个小人物莫名其妙地被捕或者《变形记》中的约瑟夫忽然变成了甲虫一样，钥匙丢失的意象在这里已不仅仅是一个事实，而更成了一个问题。钥匙在津子围的作品中有可能摆脱它的单纯的物质属性，比如单位房门、金柜以及装重要文件和公章的防盗文件柜的开启者的身份，而变成权力的隐喻和象征，对于单位来说，马凯的价值就在于管一串钥匙，没有这串钥匙，他就不能给别人盖公章，就是说他本人没有任何权力，他只不过是钥匙兑现其价值的一种工具，作为权力符号的钥匙才是权力的真正落实者。在这里作家异常深刻而清醒地让我们看到了权力的异化其实更是历史的异化，人本身的异化。而这一切都是在作家娓娓道来一环扣一环的平静内敛毫无火气和宣判气息的语流里不知不觉带出来的。一个越想找到钥匙越是找不到钥匙的人，他会得到怎样的启示呢？马凯的想法是，"钥匙并没有丢，就在一个明显的地方，出问题的是自己，自己觉得它丢了，并往复杂的地方去想去找，结果，这样想得越复杂找得越复杂离钥匙所在的位置越远"。这就把丢钥匙的事件上升到了人生或者人学的本质层次，有了隐隐约约的哲理意味。

也许，津子围的小说是不惊人的，在情节上不喜欢大肆渲染，在故事推进上不崇尚异趣高标，他的写法是本色的，化约的，甚至有意识地与主流话语或者另类新潮都保持一段必要的距离。以我的粗浅之见，我觉得他是守候在一个古典写作的恒温层里，却不期然而然地接通了现代和当代的艺术、人文思想和精神的血脉。

认真一点说，相比之下，我更喜欢《古怪的马凯》里的马凯，那其中充溢的觉醒、叛逆和对本真自我的回归甚至是最后的无可奈何的溃退感，都是津子围小说里的别种声音和别种境界。作品从一开始就以一个反常规的细节勾勒出了马凯的"古怪"，上午上班，办公室的同事都闻到在马凯身体周围有一股奇怪的气味，挥之不去，大家都感到惶惑匪夷所思。直到中午，在机关食堂里，谜底才总算揭开，原来马凯带了几块臭豆腐，那难闻的气味是臭豆腐发出的。马凯公然在机关食堂里吃臭豆腐，这个行为肯定有点离谱出格。等到领导召集中层干部开会时，马凯的表现也很令人失望，他竟然坐在屋子的一角放肆地打起了呼噜。后来这个马凯更是变本加厉地我行我素，古怪起来，噎领导，在电话里跟女人调情，回到家里炒自己买的黄豆吃，再一个接一个地放屁，弄得妻子有苦难言，还有意识地让妻子发现自己私藏的存折，并且大方地告诉她自己私下里有情人……这是怎么了？原来那个活得中规中矩老实本分甚至有些窝囊的马凯哪里去了呢？作家在小说的最后几节里剥茧抽丝般将主人公的内心境遇和盘托出，原来他在例行体检时被医生误诊为癌症，从此他的人生有了上述实质上的改写。有人说，人只有在极限境况里才会返本归根，思量自由的真义。马凯在得知身患绝症以后的行为大概就是马丁·海德格尔讲的"向死而在"吧，这时，他脱下了平时惯性和体制束缚下的伪装，而恣意忘形，欢快行事，他让我想到了什克洛夫斯基说的"我真希望一天哪怕有一次，三个小时，做一个三岁小孩"。虽然，小说的结局是马凯又去医院复查，通过拍片子终于得知自己得的不是癌症，本来可以释然高呼的他，心情却变得凝重起来，"他觉得自己仿佛已经从那个常规的世界里出来了，义无反顾地走出来容易，走回去可就难了"。不过，在此之前，马凯对常规生活的模式化和脸谱化所做的反抗和反弹，不是人生和人性的精神挣扎使然的吗？

在我眼里，津子围营造的小说世界，其实充满了一系列不容忽略的悖论和错位，不仅仅局限于人物命运和心理层次上的描写，而尤其体现于小说艺术氛围和给读者带来的整体审美效应上。也可以说，津子围的小说可读性强，但不一定好看，却禁看；他的故事结构和叙述语态一般而言显得有点传统但实际上恰恰是与传统保持了相当的距离；他追求精神的深度和亮点，所以他的写作从一开始就拒绝了"后现代"思潮的拼贴和平面化，然而他的小说却是地地道道的不事声张，把深度和亮点如同盐溶于水一般蕴含在小说的叙述框架中；"一切好小说都是对世界的一种猜测"，津子围的写作在看似异常清晰明朗的故事线条里反倒隐藏着正规、正统甚至异端、另类都难以估摸的生命谜底。

对于一个恪守深度现实主义的作家，爱情的价值和表现恐怕永远是一道迷人的风景线，古往今来写爱情的小说称得上汗牛充栋，不过，谁也不可能穷尽生活海洋的每一朵浪花。于是我看到津子围爱情小说的别一种存在。

《搓色桃符》和《隔街爱情》从表层次看是写婚外恋的，津副教授和鸽子，老方和小苏，他们那扑朔迷离、正常而又乖谬的情爱，从彼此的向往、神交和对肉体之欢的渴望，到时空阻隔、阴错阳差和心魂的破灭乃至安于本分的无奈之举，小说的主题和故事线索都并不惊心动魄，写法也颇中规中矩。然而，如果仔细玩味，我们就会透过故事情节的缝隙和留白，透过看似平平淡淡的人生龃龉，发现它们实则还触及了人与人的沟通问题，心与心的碰撞问题，这两者在近年的爱情题材的作品中即使没有被遗忘，也基本成了阳光照不到的角落。"走出孤独，回归乐园"，是史铁生的说法。爱表面上看是身体的语言和行为，骨子里其实更应该包括逃离心灵的孤独和寻找美丽的命运答案的冲动和信念。尤其当一段时期以来，爱情或者婚外恋在某些作家的笔下越来越游戏化，越来越符号化，变成标榜"身体写作"的一种时髦点缀时，我以为重新审视爱欲的精神之谜，重返人类的心灵伊甸园之旅，确实是值得我们谛听的空谷足音。津子围的努力不在于写婚姻围城的虚实，不在于打量性解放的真伪，而是回到社会、历史和人性的共振点上挖掘和搜找心理或者心灵共鸣的契机及其失落的因由。

在《隔街爱情》中，老方和小苏各自生活在一条街对面的两所大学里，可谓低头不见抬头见，然而他们精心准备和由衷神往的约会，总是被日常流程的某些琐事细节所扰乱冲淡，各自的工作和家庭背景，彼此迥异的感受和理解，哪怕是体力和心境上的变更，都能让他们两颗本来浪漫的心日渐平和安于现实，以致后来神不知鬼不觉地冷漠疏远起来。在津子围笔下，爱的含义往往蕴藏着时间的障碍，世俗的伎俩，以及命运本身的神秘莫测的约束与同化。这使得即使相隔一条街的男女亦只好收拾起黯然的中年心情,告别遥遥无期的宿梦和夙愿。同样,《搓色桃符》里的津副教授和女大学生鸽子的彼此倾心倾情而又无奈改观失之交臂的爱,也一般显露了人类的理智和情感、目的和过程、手段和机遇、幻想和实际之间所持存的巨大空隙和矛盾以及富于感情的人在我们这个日益功利化世俗化欲望化的年代所遭遇到的左右难以逢源的趋近荒诞感的精神困境。津子围的小说讲述的不是移情别恋或者性自由导致的茫然,那个主题在甲壳虫乐队所唱的一首经典歌曲的标题中有目共睹,就是"爱情有一种一夜之间就消失的习惯"。他笔下人物的个性景观也迥异于王小波描绘的革命禁欲时期涌动的具有叛逆意味的爱情宣言式的写照,更不同于池莉们津津乐道的婚姻围城内外的紧张对峙和冲突,津子围小说展示的爱情物语和话题,内涵和角度,也许稍微切近史铁生在散文随笔《爱情问题》中澄明的立场和追问,不过津子围的价值取向基本还停留在人性论层次和主体的纯感觉区,未能将爱欲的视点进一步升华到史铁生那种关于神性和宗教精神的终极猜测。尽管如此,一个作家能够不拘泥于当代爱情书写中的模式化倾向,并且出具和展示了自己别开蹊径的语言方式和洞察力,这本身就应该值得我们关注、理解和认真研究。

客观一点讲,出生于20世纪60年代的人在他们的文化视野里可能都或多或少地有些不妥协和叛逆的因子。相比之下,津子围的创作,由于比较恪守写实派的路数和作风,因此先锋抑或探索意味好像不浓。然而,读他的一系列作品,你还是可以找到在传统的影响和制约中所展开的精神裂变和个性挣扎。《寻找郭春海》是津子围写的一篇不太容易归类的小说,主人公从一开头就得了健忘症,对自己的身份和存在产生了不确定的怀疑和质问,"除了叫郭春海我不知道我还是谁"。名实分离,一个人知晓自己的姓名但他却丧失了命名的能力,就是不能用一种肉身或者精神上的对象化力量找回自我的本原。后来在作者环环相扣一层一层条分缕析的辨认过程中,郭春海对自己的寻找才总算有了点眉目。

这篇看上去有点怪诞的小说不知因为什么总让我想到索尔·贝娄的《赫索格》乃至纳博科夫的《黑暗中的笑声》。或许是它们的作者都有意处理了带有精神病神经质一类反常抑或非常特征的变态人物的变态性格。正像《赫索格》中的赫索格,由于遭到妻子的遗弃精神处于崩溃的边缘,于是他对写信入了迷,亲戚朋友,报社杂志,知名人士,认识的,不认识的,活着的,死了的,甚至上帝和自己,都是他写信的对象,但他写了并不寄出;还有《黑暗中的笑声》里的欧比纳斯在一次突如其来的车祸中所遭遇的悲惨历程,他的双目失明从而纵容了情人和别人的偷情;《寻找郭春海》的郭春海的"不在场"则是由于一次婚外恋游戏中主人公被迫从楼上跳下而发生了从此不知我是谁的黑色幽默。

索尔·贝娄和纳博科夫都是大师,津子围在他们身上发现了写作小说的别一种可能和别一点光亮，那就是在技术上是写实派，但在神韵和底气上，却尽量游走于现实和超现实的夹缝和边缘，于是也就有了《寻找郭春海》的"变形"写法。

应该承认，津子围的小说在许多时候不是释放想象力，而是收束想象力，他的作品一般而言具有轻音乐的氛围，但很难让人劲舞狂歌。不过，什么都不能绝对开来，我就发现有两部作品在津子围营造的小说天地中给我们一种别开生面、声势浩瀚的新鲜感和满足感。也许人们一触碰历史，想象的火花便禁不住悠然绽开，这样的写作就有了欢舞的动态和气象。《老铁道》是为了驱除概念的冰冷甚至地方志的黯然无色，而从心底里流淌出的生命歌谣，作者说"在我将耳朵贴在铁轨上听车轮组成的音乐时，一个飞翔的梦就幻化而成"，在那里有北方故园的追忆和梦境，诸如大麦和银玲子的凄怆沧桑的爱欲，苦力劳工们的义气豪勇以及善恶参半、泥沙俱下的放纵与盲从。在那里历史是具象的个人感知、本能还有民族的伤痕、衰落的传统的细节的见证和捕捉，从凤子的不幸身世到二兰子的爱情悲欢，作者完成了土生土长的野花和绿玉石嘴烟袋的生命咏叹调，一样的美丽婆娑、充满伤痛而又落满记忆的风尘。《宁古塔逸事》则以顺治十八年（1661）一个叫罗序刚的役犯流落关东土地的故事为背景依托，刻画了苍苍莽莽的北国风情画卷，书写了一段绕梁三日回味无尽的人生传奇，如诗如歌，如虹如梦，不是工笔，而有泼墨般的散淡写意的气韵。读之，令人不禁感叹小说的万千气象，并非在于消费历史，而是把捉历史烟缕深处的人的脉息。

走笔至此，我不晓得自己是否完成了关于津子围创作的一幅剖面图的草草勾勒，但我确信任何一种读解，都是生命与生命之间、心魂与心魂之间所展开的没有芥蒂的交流。津子围当然是在好作家之列的作家，虽说他还有这样那样的不足和潜在的写作困境，诸如他的小说叙述的节奏感稍嫌拖沓，细部的描写有些时候不够精致，人物语言的个性化尚待进一步锤炼和斟酌，尤其是他自身积淀的知识分子素养和平民精神该怎样化合彼此的错位和纠结，使之成为入世而不世故、市井气息浓郁但又不失掉人文情怀的一种审美的天然标尺，这对于他未来的创作大概是绕不开的话题。

《当代作家评论》2003年第6期

"贱民"的悲喜剧与小说之光
——评陈昌平的小说创作

孟繁华

迈克尔·伍德在《沉默之子——论当代小说》一书中说，对塞缪尔·贝克特而言，智力的喜剧是无知的喜剧。它记录了两方面的内容：一、我们拼命想知道我们无法知道的事物——也就是想知道我们不知道而且可能也无法知道的事物；二、在上述努力看不到任何成功的时候想知道我们所不知道的事物的宽广范围。贝克特这个矛盾的计划所要表明的是，我们能说的东西是多么少，或更精确一点，是要在我们正在说"我们能说的东西是多么少"这句话时抓住我们。其实关于"我们能说的东西是多么少"我们已经说得太多，因为不管我们说什么都是过度的，是一种狂妄自大，是对不可占有之物的放肆占有。[①] 如果我们没有理解错的话，这里的意思是说，包括小说、戏剧在内的文学，对其想象、虚构和可言说的东西是相当有限的。文学发展了这么多年，该说的差不多也就说完了。不然，大概也难以解释在当下中国，为什么对文学的指责、不满，甚至漫骂或者作家的自艾自怜的声音总是不绝于耳。但我的看法却略有不同。当下文学，特别是小说的"衰落"，其原因是相当复杂的。这自然与近年来我们将那"能说的东西是多么少"反其意而用之有关，我们的文学能说的东西居然那么多，出版社杂志社和其他媒体都是话语机器的生产厂家或设计师。更重要的原因是，作为一种文学形式，高端的成果也难免盛极必衰。诗骚汉赋唐

---

① [英]迈克尔·伍德：《沉默之子——论当代小说》，生活·读书·新知三联书店，2003，第28页。

诗宋词，相互取代并不是说某种艺术形式在艺术上"衰落"了，而是说新的艺术形式的取代已不可逆转。在后现代后工业后殖民的当下社会，可供消遣娱乐的消费文化时尚文化仿真文化无奇不有，文学人口的离散或分流就不值得大惊小怪。

我曾在不同的场合讲过，就当下高端的小说艺术成就而言，它不仅没有"衰落"，而且说它超过了以往的任何时期也不是没有依据的胡言乱语。在没有大师或解构大师的时代，那些重要的小说家不能成为"大师"并不是他们的错误，我们也无须以历史的经验来做比方。现在作家所面临的困难，是过去的作家想都不会想到的。在"里程碑"如林的时代，那些在小说领域能够出头露面的作家已实属不易。如果我们走进具体的作家作品还会发现，他们带来的新的经验和表达智慧，足以维护了文学剩余的尊严。现在，我要评论的陈昌平的小说创作，同样可以证实我的上述言论。

一、"贱民"的悲喜剧

陈昌平小说的主角，大都是街坊邻居，他们出身低微，谨言慎行。用阶级分析的方法，他们是"城市贫民"阶层；用文化研究的方法，他们是"市民"或者像斯皮瓦克所说的印度寡妇一样的"贱民"阶层。这个阶层是社会的大多数，但他们却不是社会生活的主体，用葛兰西的话说，他们是可供社会权力支配、征服、统治、被决定的"属下"，因此是"低一等"或"下层"的边缘阶级或弱势群体。在理论的意义上，他们被描述为一个"阶级""群体"或"阶层"，但就他们具体的真实处境而言，他们是一个个历史的"孤儿"或无辜无助的精神"流民"。

《汉奸》《英雄》《国家机密》等作品，可以看作是陈昌平近年来的代表作。这些作品的故事、人物和要表达的旨趣各异，但有一点是相同的，这就是它们都是试图重新表现在并不遥远的过去、切近、特殊的历史境遇中"贱民"的悲喜剧和不在个人把握之中的宿命般的被宰制的命运。《汉奸》应该说是迄今为止陈昌平最好的小说。作品讲述的是一个被命名为李徵的落魄文人，在日本守备队队长田中敬治"三顾茅庐"的感动下，勉为其难地成了田中的书法老师。他是一个读书人，迂腐、要面子，有起码的气节。在他看来，帮助一个日本军人了解或学习中国文化，虽然别扭但也不过分。于是，他便隔一段时间在日本军人的押送下，到据点为田中讲授书法。"押送"是李徵的要求和条件。这个场景是非常有趣的，在李徵看来，"押送"才符合他作为一个落魄文人、一个亡国奴和读书人的"身份"，"押送"不仅在别人看来是被迫的，而且在亡国的时代这一场景多少还有一些"悲壮"的意味。一个破落文人的"气节"就是在这一要求下被表达出来。应该说，在教授田中书法的过程中，李徵对田中并没有什么反感，田中对中国书法的兴趣甚至使李徵还隐隐地产生了某种文化优越感。李徵教田中书法是身不由己别无选择的，出于赶走日本人的朴素心理，李徵还为抗日队伍提供过日本据点的情报。但是，日本人战败后，李徵出了麻烦，他不能解释他和日本人的交往，不能解释他"政治嘱托"的职务和自己签下的私章。于是，李徵就成了汉奸，他被枪毙了。

与《汉奸》的命名相左的是《英雄》。如果说"汉奸"李徵是出于身不由己的话，那么退休工人老高的"英雄"想象，就完全是自己一厢情愿了。老高在人堆中脱颖而出，他找到了自己被关注、被尊重、被崇拜的感觉。这个感觉就像一个隐形之手控制了他，于是老高也身不由己了。他兴奋，青春焕发，甚至在生理上都有了返老还童的感觉，他真的觉得自己是英雄了。老高有八年图书馆的经历，按说他有积累，但经年累月地在广场口若悬河，不要说是一个工人，就是一个教授，也有"失语"的时候。于是老高就开始"叙事"了，历史成了他的随意编纂的"故事"。当然，总会有人来管老高，"首长"的干预使老高的英雄梦又回到了起点。我们不能不赞叹小说对小人物内心的理解和把握，从某种意义上说，我们都有老高的心理期待或成为"英雄"的想象，不同的是我们或者没有机会，或者还没有表现出来。但是，从老高已经表现出来的"英雄"幻觉来看，老高无疑是一个滑稽的喜剧角色。一个人越是缺乏什么就越要凸显什么，在这个意义上，老高与阿Q有某种血缘联系，不同的是老高在表现形式上发生了变异。因此，这个"英雄"的喜剧故事事实上弥漫着浓重的悲剧意味。那个老高还会兴致勃勃兴奋不已地留恋那个广场和喷薄奔涌的话语和言辞吗？

一个退休群体休闲的场所，无论讲什么都无关宏旨，无非是打发日子扎堆找乐。即便是讲了麦克阿瑟是我们打死的，那会影响中美关系吗？但问题就出在老高对言辞的热爱，他讲的又偏偏是历史，历史叙述本来就是一种权力，历史也有虚构的成分，历史学家汤因比早就有过论述。但是，历史由谁来讲就大有文章了。斯皮瓦克说"属下"（贱民）是不能说话的，因为他们没有这个权力，"首长"对老高的干预，不仅示喻了权力关系，同时也表达了"贱民"对这种权力的僭越欲望和有限的可能性。

《国家机密》讲述的是一个荒诞时期的荒诞故事。小六子王爱娇经常做梦，这与常人没有区别。但小六子做梦总是被人与国家大事联系起来：他梦见敌人飞机掉下来，果然第二天就庆祝击落美国U-2型飞机；他梦见石头会飞，第二天城市就像开锅的水在沸腾地庆祝人造卫星上天；他还梦见毛主席生气，解放

275

军和大鼻子外国军人打仗,大街上游行,梦见有人在月亮上溜达……于是,这些梦就和珍宝岛战争、中国共产党第九次代表大会、支持世界人民反美斗争等联系起来。小六子就成了"阶级斗争的晴雨表""对敌斗争的方向盘""人民大众的报喜鸟""世界革命的气象站"。"小六子也争气长脸,游行、地震、台风和核试验什么的国家大事都不断地被他应验,让于主任在领导和朋友面前不断地斗志昂扬和扬眉吐气。于主任的朋友越来越多,小六子参加的聚会也越来越多。现在,只要小六子有什么新梦了,于主任就会通知他的新老朋友们,然后于主任就会和他的朋友们一边吃饭,一边兴致勃勃地谈论和分析小六子的新梦,同时满怀期待地憧憬小六子的下一个梦。"小六子王爱娇就这样被塑造成一个神秘主义时代的"先知"和神话。"属下是不能说话的",但年幼的"贱民"小六子不仅拥有了话语权,而且他所说的话无一不是"国家机密"。

在美学的意义上,如果说《汉奸》浸透了悲凉,《英雄》充满了滑稽的话,那么《国家机密》弥漫四方的就是荒诞。这些小说都有喜剧的效果,都是小人物在权力的宰制下因话语惹出的麻烦。因此,语言就是权力,当这些小人物不再热爱言辞,放弃了英雄/先知想象的时候,不再争夺话语权力的时候,就是他们最后解脱的时刻。

二、小说照亮的历史

陈昌平的小说似乎特别钟情历史,他重要的作品几乎都和历史相关。如果说历史是一种建构,一种叙事或一种想象的话,那么,任何一种历史叙事都将会遮蔽部分历史,这一历史叙事的"盲点"是任何历史学家都不能逃脱的。所谓"正统"的或在观念统治下的历史叙述,这一问题的存在就尤其严重。事实上日常生活的历史,同样是历史,在普通人的生活细节中,我们有可能发现真实的历史或秘密。

"汉奸"这个词,在过去的文学作品的诠释中,是族群的败类和敌人,他们出卖国家民族利益,没有操守和气节,为虎作伥认贼作父。但《汉奸》中的李徵似乎与这一印象没有关系,他作为一个落魄文人还有起码的气节和正义感。他与田中的关系在今天看来是相当复杂的:一方面,那里有人性化的东西,对一个热爱中国文化的日本军人,李徵对其并不反感,就人物关系而言不能说没有合理性,如果李徵是一个游击队员或城市平民另当别论,但他是一个教书先生,他对民族文化有一种先天的敏感和亲切。田中热爱中国的书法,这迟早要打动李徵;另一方面,田中毕竟是一个侵略者,这在李徵的心理上是无论如何都不能接受的。他内心微妙的活动中,从来也没有认同或亲和过田中。但光复之后李徵还是被打成了汉奸。小说写出了一个汉奸是如何成为"汉奸"的过程，历史的偶然性和李徵个人命运的必然性，就这样令人怅然和无奈地统一在小说文本里。性格即命运，李徵对自己民族文化的迷恋和他的迂腐，是个人悲剧的根源。当他沉浸于自己的文化里并以先生自居的时候，他优越又镇定，虽然面对的是一个侵入自己国家的敌人；但当他为游击队提供情报、查点日军人数时，他几乎乱了方寸，他兴奋而紧张。这一细节呈现出了"文化"致命的弱点，或者说，在历史的紧要处，文化的优越是不能救国的，负载文化承传的文化人不要说救国，他们甚至连自己都拯救不了。李徵就这样成了"汉奸"，他是因他的"文化"而成为汉奸的，但这也是历史。

老高是在"英雄文化"的哺育中成长并退休的。中国文化在某种意义上就是英雄文化，英雄文化哺育文化英雄，文化英雄又创造了英雄文化。但既然是文化英雄，就无可避免地要有表演性，古今概莫能外。老高本来无意于英雄，但偶然机会提供了他表演的场所，于是一个小人物的英雄情结开始萌发并迅速膨胀。老高在幻觉中成就了英雄梦。其实老高的内心是卑微的，卑微的人就更希望成为英雄，更渴望受到关注或尊重，甚至不择手段。但是老高试图书写个人英雄历史的梦想是不可能的，历史已经选择了真正的英雄，那位老首长和被老首长命名的、已经牺牲的崔桂云的丈夫，才是书写历史的英雄。他们在广场上没有自己的声音，那个牺牲的英雄甚至在小说中是不在场的。但是，个人的想象无法对抗或颠覆历史的指认。历史的"沉默之子"就矗立在老高的盲视处，他难以超越。尽管这一切老高茫然不知。

小六子王爱娇还没有介入历史的能力和意识，他是被动地"参与"历史书写的，小六子受到莫名的控制。但是小说的有趣之处就在于呈现了另一种可能：历史似乎进入了暗夜，暗夜没有光只有神。人们笃信神却无从把握，于是人们在黑暗之中寻找光芒，试图照亮那个无处不在的神秘所在。小六子在冥冥之中充当了暗夜之光，他那隐喻式的梦幻就是暗夜中的挪亚方舟，于是，他就成了于主任和徐爷爷的拯救者。他梦幻中的一切都被喻为"国家机密"，谁垄断了小六子就意味着谁垄断了"国家机密"。小六子就成了一件礼物和争夺之物。一个时代的荒谬就在小六子的梦中被展露无遗。那应该是一个有信仰的时代，国族的共同信仰还没有得到过那样的宣谕。在合法性的宣传中，一个共同体的信仰选择还没有那样地统一和固若金汤。但是，虚假的历史叙事在《国家机密》中被重新照亮，信仰危机就蕴含在神化的统治之中。被历史叙事遮蔽的一角通体透明。

皮埃尔·马舍雷为意识形态阐释提供了下列公式："一部作品中重要的东西是它所没有表达的东西。这与那种粗心的注释'它所拒绝表达的东西'并不相同,尽管那本身也是很有意思的:在此基础上可以建构一种方法,交给它衡量沉默的任务,无论得到承认与否。但不啻如此,作品所不能表达的东西才是重要的,因为正是在那里详尽的表达似乎在进行着走向沉默的旅行。"[1]陈昌平所表达的东西,在小说中是沉默的部分。对历史他不是直接站出来言说,小说也不负有这样的使命,但是他以另外一种方式——一种间接呈现的方式,试图在日常生活中讲述他所理解的历史。于是我们被告知的历史发生了某种变化:它的庄重、肃穆、血腥和义正词严,有时就发生在偶然之间。历史是不断被言说出来的,那没有被言说的部分,那沉默的一角于是就活跃起来。

陈昌平貌似松弛的叙述,内在锋芒却凌厉无比。他让小人物走进了历史,小人物也可以作为被述对象。值得注意的是,陈昌平并没有民粹主义的思想控制,他没有将小人物诗化或圣化,没有美化他们的苦难或做意识形态式的陈述。在陈昌平的讲述里,这些小人物事实上是相当卑微的,他们与"物"的关系表明了他们内心关注的范畴。李徽作为一个读书人,只有面对他熟悉的文化时他才可以做到正襟危坐,他讲写字要学会站立,就像做人一样,但是,当田中给了他四个包子,他本来是要以"不食嗟来之食"的态度反抗田中的怜悯施舍,但他将四个包子抛出之后,马上又像箭一般地扑向了包子;老高成名之后,每次宣讲过后总要收到一些钱物,从羊毛衫到代购券,他每一样都记到小本子上。不能说老高对这些钱物不动心思,但是,他一想到厂长因钱物而犯下的致命错误,他就不踏实了。他必须将这些钱物发落出去。老高的捐赠不是出于自愿,而是出于无奈。小六子每次讲完做的梦,也要收到各种学习用品,但他每次出去母亲总是叮嘱一句:不要拿别人的东西。但这个很道德化的嘱托是形式化的。小六子仍然照拿不误。底层人因物质生活的匮乏,在宏大叙事之外,就乏善可陈了。陈昌平以历史唯物主义的态度表达了他对民众内心的看法,这是很有见识的。

历史叙述本是历史理性的产物,但是历史的发展却并不完全掌握在历史理性之中,也不完全行驶在历史理性预言的轨道上。当感性生活在社会生活结构中获得合法性地位之后,小说探究终极意义的努力开始跌落,历史理性的统治裂开了缝隙。于是,与日常生活场景密切缝合的文学性乘虚而入,这一趋势强化了文学表达的可读性,理性华美的外衣一旦剥落之后,赤裸裸袒露出来的就是感性生活生动的质感。陈昌平小说就是用感性生活照亮了历史理性遮蔽和意义讲述所删除了的那部分。

---

[1] [美]加亚特里·查克拉沃尔蒂·斯皮瓦克:《属下能说话吗?》,载罗钢、刘象愚主编《后殖民主义文化理论》,中国社会科学出版社,1999,第123页。

三、修辞是小说家的名片

于演讲来说，修辞是一门说服或规劝的艺术。但对小说来说可能还要复杂一些，小说不仅要通过视角、距离、声音、反讽、夸张、隐喻、象征等修辞手段影响、说服、规劝读者，同时，这些修辞手段也彰显着作者的风格、立场和道德诉求。在这个意义上可以说，修辞是小说家的名片。

视角的选择对小说而言是至关重要的，它决定着小说的形象所选择的角度和由此形成的视野范围，它引导读者如何进入小说甚至如何评价人物。从另一个意义上说，视角的选择和控制，本身就是作者的态度和评价，他是潜隐读者无声的向导。因此洛奇在《小说的艺术》中说："确定从何种视点叙述故事是小说家创作中最重要的抉择了，因为它直接影响到读者对小说的人物及其行为的反应，无论这反应是情感方面的还是道德方面的。"[①]《汉奸》的写作是平行视角，李徵的命运我们没有预先被告知，我们是随着李徵一步一步走向命运终点才最后得知的。这一讲述方法的"客观性"，使我们和李徵有了同样的感受：无奈、无助、欲言又止甚至失语。当然这与陈昌平"讲述话语的年代"大有关系：民族战争结束了，内外部的紧张关系都得到了巨大的缓解。"汉奸"这个十恶不赦罪大恶极的民族败类，虽然还是让人难以容忍和宽恕。但是，"汉奸"终还是根据罪恶的命名。一个人怎样成为汉奸和如何被命名的，起码是一个值得追问的问题。就小说而言，李徵的冤案难以改写，李徵因被命名为"汉奸"，对他实施的是肉体的消灭，他不仅从此缄默无语，即便在当时，李徵因有口难辩业已失语。临刑前，政府都要满足犯人的一个不过分的愿望，别人有要见小老婆的，有要烧酒的，李徵则提出要一支毛笔、一瓶墨汁和一些纸，在另一个当事人的叙述里：

> 李徵把那些白纸仔细地抚平，然后叠成书本大小，端端正正地摆在桌子上。开始时他写得很慢，而且持笔的手一直发抖，白发也跟着哆哆嗦嗦，后来顺溜了，依然写得很慢，几乎是一笔一画地写，而且每写一个字都要顿上一顿，然后才写下一个字。老朱不识字，可是眼力甚好，他看见李徵写的字非常小，蝌蚪一样，而且他也认得李徵的"李"字，他看见白纸上有一连好几个"李"字……

[①] D.洛奇：《小说的艺术》，作家出版社，1998，第28页。

这里的修辞缓慢而沉着，人物举止从容平静如水。李徵作为一个迂腐的文化人的绝望，恰恰在无语的书写中淋漓尽致地表达出来。但李徵那仅仅是抒发无奈的书写，结果是"字挤着字、字压着字、字上有字、字下有字。整个一张纸，让李徵写得昏天黑地，竟然找不出一个囫囵的汉字"。在国家民族的叙事里，一个被指认为"汉奸"的人，他的书写只能是一篇无以识辨的、模糊的自我悼词。类似的修辞，在《特务》《英雄》《国家机密》等作品中，都有恰到好处的表现。

在小说创作的困境日益严峻，突围的可能越来越艰难的时刻，陈昌平异军突起，他以举重若轻的文字和机敏的想象、轻喜剧的风格和内在的紧张，书写了普通人在不同历史时期的卑微心理和悲凉人生。特别是他近两年的小说创作，文字从容松弛，显示了饱满而自信的感觉和状态。但是，我不能不指出的是，陈昌平的重要作品所倚重的，仍然在国家主义的框架之内，或者说，"汉奸""特务""英雄""国家机密"这些与历史叙事密切相关的概念，其"政治正确"和合法性的前提，是"讲述话语的年代"历史语境变化所提供的。对"话语讲述的年代"而言，当我们还原于具体的历史语境的时候，那里还有轻喜剧资源吗？因此，在貌似轻松的话语讲述中，陈昌平难以掩饰的是自我欣赏的快意。但面对那严酷的历史，我们的心情无论如何也难以轻松起来。因此，修辞从来就不仅仅是风格问题，同时它还是"公开的可辨认的手段，与作为修辞的小说，即广义的修辞，整部作品的修辞的方面被视作完整的交流活动"[①]。没有读者参与的交流是不可想象的，作家的"规劝"如果在读者那里遭到了质疑，小说的修辞显然是出了问题。因此，当陈昌平以修辞的方式公开了他小说名片的时候，他是否可以考虑对其"身份"——修辞方式，做某些小小的调整呢？在小说创作遭遇了空前困境的时候，对陈昌平这样脱颖而出的小说家竟然提出如此苛刻的要求或批评，也许有些不合时宜，但在我看来，他是一个值得批评的作家。

陈昌平主要作品目录：

1. 短篇小说《扁太阳》（《天津文学》1989年第4期）
2. 短篇小说《老地方》（《天津文学》1990年第4期）
3. 中篇小说《复仇记》（《作家》2002年第3期）
4. 中篇小说《第一次任务》（《上海文学》2002年第3期）
5. 中篇小说《英雄》（《作家》2003年第3期）

[①] ［美］韦恩·布斯：《小说修辞学》，广西人民出版社，1987，第100页。

6. 短篇小说《特务》(《收获》2003年第2期)
7. 中篇小说《汉奸》(《人民文学》2003年第8期)
8. 短篇小说《谁能与我大战八百回合》(《作家》2004年第3期)
9. 短篇小说《小流氓》(《上海文学》2004年第4期)
10. 短篇小说《大闸蟹》(《人民文学》2004年第8期)
11. 中篇小说《国家机密》(《钟山》2004年第6期)

《当代作家评论》2004年第6期

身体的浮沉与历史的映现
——解读李铁的"女工系列"小说

胡玉伟

一

作为一位工人出身的作家,丰富的工厂经历无疑会为李铁"想象工厂(工人)"提供巨大的库存,他似乎更有条件在小说中演绎有关工厂(工人)的丰富多彩的故事。然而,耐人寻味的是,他的作品却总是在重复着一些相类的故事母题,以至于形成一种属于他个人的互文性的叙述模式。我们说,小说叙事是一种想象性的虚拟行为,也是一种建构性的主观行为。作家的创作往往沉淀着相对稳定的思考方式和意义建构方式。如果小说的叙事模式可以被视为一种反映作家创作心理的有意味的形式,那么李铁小说对某些类似故事的重复便是在重复着某种意义,同时力图使这种意义得到强化和"增值"。重复的过程也是不断展露作家内在"情结"的过程。这种隐秘的"情结"对于李铁来说是挥之不去和不吐不快的,我们从中窥见的是作家的关怀视野,以及在失序、半失序的经济转轨或社会转型的事实压迫下,创作主体无力把握现实和未来的"迷思"与"焦虑"。

"工厂""女工""下岗"成为李铁小说的关键词,处于时代变迁的历史夹缝中的女工的身体遭遇占据了其文本的叙事中心。"我们的身体就是社会的肉身。"[①]

---

① [美]约翰·奥尼尔:《身体形态——现代社会的五种身体》,张旭春译,春风文艺出版社,1999,第10页。

小说作为在具体的历史语境中反映社会生活的感性方式，历来存有大量的关于身体的在场书写。在这当中，女性的身体往往成为重要的故事质料。有关"女人""身体"的叙事是小说追求"好看"、吸引读者的一种惯用手段，但在李铁的小说中，其精神诉求和叙事行为却绝非仅仅停留于此，虽然女工的身体在工业变革和社会整合的语境中被持续表现并经常处在文本的中心位置。在《乡间路上的城市女人》中，李铁这样描写农民出身的个体老板孟虎子面对他倾慕已久的城市女工杨彤的身体时的微妙心理："事情做完以后，孟虎子惊奇地发现身边的女人好像一下子苍老了许多，她脸上的皱纹十分明显，身上的肉很松弛。但他还是有一种很满足的感觉，面对杨彤的身体，就好像面对一座城市。而征服杨彤，也好像征服了一座城市。"杨彤的身体在孟虎子的眼里承载着特殊的意义。孟虎子对杨彤身体的"征服"是一种象征性的行为，从中我们直接感受到的是城乡的隔膜以及由此所生成的人们扭曲的心态。下岗后的杨彤流落到乡间孟虎子的工厂，过去年轻美丽的身体最终成为别人圆梦的工具，所有这些都意味着曾经"高贵"的城市工人的"身份"在社会结构变动中的失落。由此可见，身体，在李铁的小说中，不仅仅是单纯的生物肉体，而且是一个意蕴复杂的与历史变迁、伦理道德、社会政治密切关联的文化表征。

"身体"作为一种具有戏剧性隐喻的符号形式，既是个人的，又是历史的。身体在历史中发挥着作用，历史也压迫和操纵着身体。女性是社会的"神经"。恩格斯指出，一部人类文明的历史，在特定意义上就是妇女地位不断沦落的历史，妇女解放的程度，是衡量人类社会解放的天然尺度。[①]这种陈述在今天或许已不是很合"时宜"，但它在某种程度上还是有助于我们理解李铁不断地书写女工身体遭遇的动因所在。与林白、陈染等以内视点书写身体的女性作家不同，李铁对女性身体的关注更多地蕴含着外在的历史性，很自然地将其看成是历史的一部分。在李铁的小说中——呈示出的女工的身体，成为一种渗透了作家主观意识和社会内涵的意象，被赋予了特殊的历史意味。权力的转移、生存的挣扎、道德的崩陷……纷纷围绕着身体展开，身体任由各种社会、历史信息铭刻其上，纷呈的身体意象令原本抽象的历史成为可触摸的实体。李铁似乎在努力寻找着个人和历史的联系，用女工的身体遭遇去映射时代，用女性的命运来把握社会转型时期历史的律动。历史遵循着它的必然律以不可抗拒的姿态傲然前行，但却忽略了在历史旋流中苦苦挣扎的弱小的个体生命。李铁以"大历史"为背景，聚焦女工的身体境遇，映现或补白这段属于她们的"小历史"。这种写作姿态无疑为李铁的小说打造了一个耐人寻味的标识。

---

① [德]恩格斯：《社会主义从空想到科学的发展》，载《马克思恩格斯选集》（第3卷），人民出版社，1995，第727页。

李铁小说不是经由速写去构成有关身体的形象,而是介入了身体与历史交汇的复杂地带。在这个地带中,没有刻意的渲染和煽情,经历着分裂与冲突的身体诉说着由日常经验、生活细节构筑的历史故事,而镶嵌在身体之中的历史也在改写和塑造着身体,使其铭刻上历史的一道道印痕。在激烈竞争的市场经济语境中,伴随着国有企业的改革重组,难有作为的传统工人已经从历史舞台的中心退出,作为"下岗者"或者"打工族"流散到城镇的边缘、乡间的路上。作为影响个体生存的决定力量,历史绝不是外在的。女工们被裹挟进这一历史进程,她们的身体在新的社会机制中被重新捕获和建构。社会学家玛丽·道格拉斯指出:"'小宇宙'形象——肉体的身体可以象征性地复制出大宇宙即'社会肌体'的脆弱与焦虑。"[①]身体作为一种文化符码,陈述着当代中国的历史主题及其结构变迁,倾诉着身体所隐含的历史伤痛。李铁小说通过至少两代工人身体遭遇的展呈,象征性地思考和诠释着工人的历史及其命运,其身体意象或明或暗地指涉着属于当代中国工人的群体记忆,为我们解读历史、感知个体生命在历史中的真实处境提供了一种独特的视域和思考方式。

处在历史变迁中的女工的命运被充满变数的历史所牵引,这一群体为社会变革付出了更多的成本。任何一份工作都不再是保险的,任何一个职位都不再是安全的,甚至任何一项技艺都不再是长期有效的。我们看到,在"男人留岗,女人回家"的经济转型期,女工承受着巨大的失业压力,她们常常听到这样的告诫:"岗位竞争,女工很难竞争过男工,你要有下岗的心理准备才行。"(《修复一朵花》)被剥夺了外在权利的女工,似乎只有身体还属于自己,身体成为女性唯一的自我资源。但是,现实是:"对于力量(技术的、政治的、历史的)而言,人变成一种简单的东西,他被那些力量超过、超越和占有。"[②]女工们最终还是不可避免地丧失了传统意义上的对身体的"拥有感"。同时,在新的体制下,新生的权力也在有策略、有意图地反复地改造和生产着他们所需要的身体。

女工身体开始与家庭、婚姻、爱情相脱离。这些尚未认真体验初恋美丽的身体需要为自身以及群体从事种种"苦役",生存的残酷,使她们"告别童贞的固执"(《修复一朵花》)。"舞厅在这家饭店的顶楼,里面灯光昏暗,走进去秋菊一下子就像掉进了一口陷阱。但她十分清楚,这陷阱是她自愿跳下来的,为了董强的仕途通达,也为了自己的一个愿望。"(《花朵一样的女人》)类似的情节

[①] 转引自[美]苏珊·鲍德《解读苗条的身体》,艾秀梅译,载《文化研究》(第3辑),天津社会科学院出版社,2002。

[②] [法]米兰·昆德拉:《小说的艺术》,孟湄译,生活·读书·新知三联书店,1995,第2页。

在李铁的诸多小说中都有所描写。女工们为了个人生存、为了爱人或集体的利益不得不以肉体为筹码。身体的牺牲奉献，显然并非来自身体之间的互为欣赏和尊重。于美人"穿着红色吊带上衣，水磨蓝的牛仔短裙"(《纪念于美人的几束玫瑰花》)，时尚、裸露的服饰代替了厚实、朴素的工装，穿着的变化暗示着生存情境的历史性转换。她凭借身体的敞开姿态介入权力关系网络中，此时，她的身体是自然的，又被非自然的诱惑所包围。在请客的包房中，女工张连萍的身体正在制造出另一身体的需要和欲望。"两个人各拿了一只话筒，身子却挨得很近。杜一民有好几次看见场长的头几乎撞到了张连萍的头，张连萍不但不躲，反而迎合，她的秀发与场长的耳朵不断摩擦，杜一民觉得那摩擦发出的声音远远在他们的歌声之上。"(《杜一民的复辟阴谋》)在处理各种复杂的世俗关系中，张连萍的身体发挥出强大的功能性角色，与将要出现的个人和群体生存的转机紧密联系在一起。此种情境下身体已物化为一种重要的生产力，成为权力意志的产物。在这个身体和身体之间的色情游戏中，生存境遇对个人的身体造成一种直接的塑造和鼓动力量，人的趋利性与自我保护性和权力之间达成了某种妥协。当身体被视为一种进入社会生产和交换场域的资本符号，成为他者可利用的消费品，身体也就沦落为"物"，身体之美成为改变生存处境的最直接、最原始的资本。在权力和身体的纠缠中，女性的优雅情怀和羞涩之心，全都被无情地撕扯掉，道德和价值的底线产生了松动。这正如马歇尔·伯曼对现代社会所描述的那样，"一切固定的冻结了的关系，以及与之相适应的古老的令人尊崇的观念和见解，都被扫除了，一切新形成的关系等不到固定下来就陈旧了。一切坚固的东西都烟消云散了，一切神圣的东西都被亵渎了"[1]。

李铁的小说经由女工身体揭示出的是女工们具有悲剧性的历史宿命。身体既然被物化，即使风韵犹存，被抛弃或被取代的命运也在所难免。更年轻漂亮的小叶的突然出现，无疑使红杏面临着失去用身体谋来的岗位的现实危机。"红杏有一种措手不及的感觉……小叶居然长得和十年前的红杏十分相像，这令红杏非常不自在。"(《出墙的红杏》)同样，在新来的"刘美人"面前，于美人也迅速捕获到了类似的寒气逼人的不祥预兆，"眼前的这个小刘，有着和她一样的长发，和她一样的身材，脸庞似乎比她还秀气，善动的眸子饱含着莫名其妙的柔情"(《纪念于美人的几束玫瑰花》)。不难想象，作为红杏、于美人的新的"复制品"，小叶、刘美人即将重复的是与她们的前辈（红杏、于美人）相同的命运轨迹。女工的身体的历史令人恐惧地在一代代循环着。这种循环还要持续多久？这个令人心碎的问题恐怕正是故事的制造者李铁本人也不断追问又难以

---

[1] ［美］马歇尔·伯曼：《一切坚固的东西都烟消云散了：现代性体验》，徐大建、张辑译，商务印书馆，2003，第122页。

回答的。

二

身体无法脱离具体的时空而存在。李铁小说里的女工的自然身体形象的塑造多构成一种时间性的跨度，即从青春的身体到渐趋衰老的身体，而这两个阶段恰恰与国企改革前和改革后两个时空单元相对应。女工们往往被赋予花朵一样美好的名字：秋菊、春兰、红杏、小叶、小荷……命名本身便体现了自然时序所带给人的生命深层的忧伤以及人与时间的某种隐秘联系。李铁小说里的青春女性焕发着身体的魅力，有着亭亭玉立的身材和楚楚动人的容貌，美丽得令人怜惜。小说中用正面描写和侧面烘托等方法着力展示着她们超凡脱俗的容颜，引发的并非是读者感官上的刺激，而是对美的尊重。然而，身体就其本质而言毕竟是一个花开花落的过程性的现象，时间的侵蚀最终会使它的美丽像万花筒一样碎裂。相对于男人来说，身体对于女性更有不同寻常的意义。如果说男性靠的是力气、金钱、权势、地位等来证实自己的价值，女性则首先凭借自己的身体而存在。当女性的存在成为一种"身体"性的存在，她们自然会为身体的衰老感到焦虑，因为身体的生命是短暂的。一种苍老的感觉令杨彤疲惫不堪："她看见了自己的肚腹，一条浅色的疤痕一直通向肚脐，疤痕的四周是松弛的带着皱纹的皮肉。接着往上看，她看见了一对松软摊开的乳房，如没有装满东西的兜袋。再往上看，是翘起的下巴和下巴两侧的两缕长丝，这长丝枯黄如草，令她震惊。"（《乡间路上的城市女人》）这是对身体侧重于整体性的一种自我看视。视线有序、流畅地移动着，从腹部、胸部再到头部，自然的身体特征在历史以及个体的生命历程中不知不觉地发生着变化，而与身体相关的不同体验和记忆，苦难的、幸福的，个人的、群体的，也伴随着具象的身体浮沉变幻。

其实，工人的身体从来没有真正地"整一"过。作为历史的创造者和历史的决定性力量，工人的身体在计划经济体制下是与"政体"严密勾连的，个人的身体及其命运被消融在社会集体以及制度和制度具有的结构特征当中。吉登斯说："身体不仅仅是我们'拥有'的物理实体，它也是一个行动系统，一种实践模式，并且，在日常生活的互动中，身体的实际嵌入，是维持连贯的自我认同感的基本途径。"[①] 如果说曾经被主流政治所支撑的工人阶级的尊严感、神圣感还能使他们产生一种"身份认同"，他们的身体还保持着相对整一的话，那么在时代的变动与转化的历程中，他们的身体则更趋于破碎，认同感也随之断

[①] ［英］吉登斯：《现代性与自我认同》，赵旭东、方文译，生活·读书·新知三联书店，1998，第111页。

裂。历史的利刃将富于意识形态色彩的"工人身份"从它昔日所附着的工人的身体上剥离下来，剩下的只是一个个赤裸裸的丧失"家园"的孤独"肉身"，飘浮于新时代的滚滚红尘之中。

在李铁讲述的女工的历史中，即使是在国企改革前的"红色"时代里，女工的身体仍然没能改变受权力和欲望支配的客体地位。她们要么成为厂长公子等权贵们的情感猎物，要么是班组长和师傅等男人们的欲望对象。"我"、乔师傅、春兰、秋菊、红杏、于美人等女工的命运均在这一轨道上滑行。"既当了工人，就要学好手艺，这是那时候青工们的信条。"（《乔师傅的手艺》）年轻的乔师傅入厂后就抱定了这个信条。在这里，身体不仅是蕴含着生产性的劳动力，为了学到手艺，乔师傅不得不用她美丽的身体去充当穿越身怀"直大轴"绝技的"斜眼刘"欲望的陷阱、抵达目的的工具。对技术的舍我追求终究瓦解了传统的贞操观念，这正是女工命运中的一种悖论所在。"乔师傅躺在斜眼刘的身下，她先是紧闭着眼睛，她感觉斜眼刘滚烫的身体撞击到她冰冷的身体时很像一种东西在做机械运动，像什么东西呢？她想着想着想起来了，像直轴，轴是热的，直轴的工具却是冰凉的。"从这些略带调侃色彩的"车间语言"所营造的情境中，散发出的是无法消解的痛楚。

虽然过去的时代给女工们的身体造成种种难以抚平的创伤，但她们还是对逝去的青春岁月充满了难以释怀的眷恋。或许这眷恋是在"新""旧"对比中产生的幻象，只是反映了现实的缺失，但对女工们来说却是真实的。在乔师傅眼里，过去的时代"是个艰苦奋斗的年代，也是个崇尚技术的年代。那时候的工人手艺不好是会被人瞧不起的，手艺出众的八级工匠是人们尊敬、羡慕的对象，绝不像时下工人普遍被人瞧不起"。有关国营工厂的记忆作为杨彤身心的深度体验，已经永久储存在杨彤的个人无意识里："红旗机械厂地处这座城市的郊区，院墙外面就是一望无际的田野。厂院很大，也如田野一样一眼望不到边。从厂院里走，可以听到从各个车间传来的机器的运行声，那声音把眼前的空气都震出了一条一条好看的波纹……"（《乡间路上的城市女人》）李铁的作品一次次返归"美丽往事"的叙述可被看作是对历史的找寻，亦可被看作是对个体生命的找寻。当杨彤听到"红旗厂就要全面复工"的消息时，她的眼睛里迸发出一种奇异的光芒，满怀着热情与期望，尽管这个消息是孟虎子编造的，她仍愿意相信那是真实的。虽然孟虎子付给她的报酬并不少，但如果工厂复工，她还会义无反顾地弃之而去。在经历了世事的变迁和人生的冷暖之后，唯有过去的工厂成为杨彤灵魂的寄托之所，因为只有在那里还残存着些许有关尊严和温馨的记忆。对于"红旗厂"所代表的那一历史时期的深情回眸，并非出于对已逝的"皆大欢喜""无忧无虑"的时代的单纯迷恋和怀旧。但改革开放后现实与历史之间断裂的事实不可能迁就"杨彤们"的心愿。我们看到的是这样一个意味深长的场景：若干年过去了，随着对工具和技艺无比崇尚时代的结束，乔师傅用沉重代价换来的手艺也就没有了用武之地。所幸争取来一次难得的直大轴的机会，而乔师傅却悲壮地倒在了去拿已生了锈的老工具的路上。"乔师傅"的黯然逝去，分明昭示了一个时代的终结。历史记忆和现实压力纠结着个人命运的沉浮起落，赋予了李铁小说挥洒不去的追怀的力量，在这种追怀中，我们读出的是一种浓雾般的无奈和苍凉。

尽管在时代和生活的挤压下，女工们不得不以一种屈从的身体面对她们基本的生存，尽管她们的身体被外在的力量悬置起来而不能自已，但她们在被压抑、被侮辱和被损害的同时还是试图用精神拾掇起破裂的身体碎片，极力维护着对身体的拥有感和身体的整一性。在缺乏意识形态支持的岁月里，她们的这种行为还只能算作一种孤独的"战斗"。李铁笔下的女性形象中几乎没有贞女或者天使，但这并不意味着可以就此将她们等同于堕落的"妖妇"。李铁在对女性身体进行种种编码、置换的过程中，没有在同一层面平铺式地展开身体的情状，而是力求开拓出身体形象所负载的多重复杂的意义。下岗后的春兰自食其力，艰难地守护着骨气和正义（《花朵一样的女人》）；游走于城市和乡间讨生活的杨彤仍然坚守着作为人的最后的体面和尊严，不失高贵的品性。而在一些小说中，李铁则试图建构起一种"反抗的身体"，凸显出身体的"革命性"。《修复一朵花》是一篇颇具震撼力的作品。小说运用第一人称的叙事方式让处于弱势的女工发出自己的声音。为了保住用筹集来的五万元钱谋来的"锅炉工"位置，"我"有意识地利用自己的身体靠上一个权力人物。殷红的血迹饱含了女性走向成熟的经验，也表达着失去自身的内在的疼痛。但不幸的是，身体在权力所设置的种种镜像之中不断陷落，权力留给身体的自由空间越来越小。"只要存在权力关系，就会存在反抗的可能性。"[①] 小说这样写道："这天晚上，在自己的小屋里，我端坐在镜子前反复端详着自己的面容……我没有开灯，我的影像在镜子里模糊了。不知过了多久，我觉得自己的影像又清晰起来，那是一种幽冥的清晰……一束目光像手电筒一样将我罩住，我看见了自己的前程，然而，这中间有一堆我厌恶的狗屎。"暧昧的语境，模糊不清的世界，映现出的则是一个在无助的困境中苦苦找寻着的清晰的自我。在濒临疯狂中爆发的"我"，决定修复自己破裂的处女之身，结束噩梦般的过去。身体的修复也是灵魂的修复，其目标指向是"捍卫心灵，捍卫正义，捍卫美丽风景中的一朵娇嫩的小花"。然而，无论身体以怎样的形象出现，进行怎样的追寻，权力总是能够不断调整形

[①] [法] 福柯：《权力的眼睛：福柯访谈录》，严锋译，上海人民出版社，1997，第46—47页。

式，依旧牢牢地附着在身体之上。当"我"满怀热望迎接新生的时候，"我"却又被强大的外力推回原来的生活轨道，命运再次循环，而"助纣为虐"者偏偏是"我"寄托厚望的爱人。在这里，即便是爱的神圣性也遭受到了颠覆的命运。对绝望的反抗是悲壮的，然而这种悲壮却被李铁无情地瓦解掉了，剩下的只有反抗的虚妄。

　　独特的叙述基点使李铁的小说在当下的创作界虽然没有尽领风骚，却总是能自成一世界。在多重的社会关系网络中，在社会性别的公正问题尚未得到真正解决的历史语境中，女性还是处于底层的弱势的象征。对女工的身体及其历史的书写的确使李铁小说在很大的意义上抵达了对社会底层历史命运的触摸和关注。但这并非全部，"女工"只是李铁观照社会、现实和历史的一个突破口，以此为意义的出发点，所要辐射的却是一个并未进入历史主流的更为广大、不容忽视的群体。实际上，现实也在组织和改变着男性的身体，正如《花朵一样的女人》中男职工小吴为了提升，甘愿向寂寞的经理夫人秋菊献身一样，他们的身体在各谋所需的交换中得到价值的确认。在李铁用朴素的语言创造出的富有质感的普遍的表象世界中，我们倾听到了从断裂的社会结构内部发出的弱小者的声音，这种声音在国企改革这一不可逆转的现代性历史进程的滚滚车轮的轰鸣中，已显得十分微弱。李铁的小说从一个侧面指涉了当今社会存在的一个需要深思的问题：这个由历史性的变动所创获的世界对"底层"来说到底意味着什么？是幸福还是苦难？是安宁还是破裂？

　　还是那句老话：现实永远比文学沉重……

《当代作家评论》2006年第3期

中国上古史阅读笔记
——我写《中国皇帝的五种命运》

张宏杰

自 序

对于"写历史"的人来说,"皇帝"是一个绕不过去的题目。为什么?因为"皇帝"是传统中国的"根本"。与现在我们提倡的"以人为本"不同,过去,中国是"以皇帝为本"的。在传统中国,皇帝不是为国家而存在,相反,国家是为皇帝而存在。整个国家,就是给皇帝提供服务的庄园;全体臣民,都是皇帝一家人的奴隶;一切制度安排,都以皇帝一家的利益为核心。

"皇帝"对于传统中国的重要性,从这个事实可以看得更清楚:浩如烟海的中国史,归纳起来只记载了两件事:夺取皇位和保护皇位。

为了夺取皇位,几千年中国烽火不息。孙中山说过:"中国向来没有为平等自由起过战争,几千年来历史上的战争,都是大家要争皇帝。"

为了保住皇位,历代中国帝王不得不绞尽脑汁,展开了巩固统治的漫长接力。他们防范权臣、防范外戚、防范太监,直至防范自己的妻子兄弟;他们发明了"保甲制""连坐制""科举制""文字狱",从控制人民的身体发展到控制人民的头脑,创造了举世无双的中国式专制监狱。"皇帝制度"或者说"专制制度"决定了中国文化的根本特征,塑造了中国人的国民性格,其影响至今仍十分严重。

"皇帝"处于各种社会力量交集的中心，处于重重艰巨的政治任务之下，因为他用权力囚禁了万民，他自己也被权力囚禁。因此中国式皇冠既神奇、璀璨、法力无边，又沉重、巨大、令人举步维艰。这种独特的境遇是对人性的一个特殊考验，而不同的人在这同样的囚禁、重压、撕裂下，表现出人性中截然不同的断面。因此，皇帝们很容易吸引"写史者"的笔触。

2005年底，《当代》杂志约请我写一个历史类专栏，起名叫"史记"，我首先想到的就是一系列皇帝。在一年的时间里，我在这个专栏中陈列了中国人在皇冠重压下的各种表情：有的人，比如王莽，误打误撞，阴错阳差地被"人民"戴上了皇冠，他想运用手中巨大的权力来给这些可爱的人民谋福利，却因为不熟悉权力之车的性能，被中途甩下并碾死。有的人，比如杨广，竭尽全力、机关算尽夺取了皇冠，然后又狂喝酣饮权力之酒，毫无节制地榨取皇冠给他带来的快乐，终于死于权力之酒的酒精中毒症。有的人，比如朱元璋，在中彩票式地由一介贫民成为皇帝后，即被失去皇冠的恐惧日夜笼罩，最终患上了"被迫害妄想症"，疯狂地屠杀昔日的战友，制造了一起又一起荒唐透顶的文字狱。有的人，比如朱元璋的子孙朱厚照，却从戴上皇冠的那一天起，就拼命想要甩下它，就像一匹烈马要甩下笼头一样，因为皇冠带来的束缚，不是庸常的人性所能忍受的。更有这样一些人，比如光绪帝，他们天生的软弱性格难以承受皇冠的重压，原本可以平静普通的人生，因为戴上了皇冠，变成了一场彻头彻尾的悲剧。

当然，相对于"皇帝"这个话题的巨大，仅仅展示皇位对人性的影响，无疑是非常不够的。陈列这五种表情，我是想说明，"皇帝制度"不仅损害着民众，也同时伤害着操纵这个制度的统治者。从某种意义上来说，对统治者的损害，并不比对民众的损害轻。除此之外，"皇帝"这个话题还应该有更核心的内容，因为，"皇帝"二字的本质就是"专制"，中国的皇帝制度，实在是人类史上"专制"的登峰造极之作。不论是把"皇帝现象"看成传统文化结出的奇葩硕果，还是中国文化疾病的首要症状，"皇帝"两个字，都包含了解读中国社会的大部分密码。

为什么"专制主义"危害中国最烈？为什么我们如此难以摆脱千年相因的精神内核？为什么在推翻"皇帝制度"将近一百年之后，我们的大众文化仍然在歌颂、呼唤、渴盼雍正式的帝王的出现？在写"史记"专栏的同时，我把相当多的精力放到阅读秦始皇以前的历史上，以期梳理"皇帝制度"这个"有中国特色的专制制度"产生、发展和巩固的过程，找出我们精神中的"专制性格"和"奴隶性格"的根源。这部分工作，就形成了这本书的后半部分内容。这部分内容，起一个副标题，可以叫作"中国上古史阅读笔记"。通过爬梳剔抉，我发现，"专制制度"的根源远比我们想象的要"根深蒂固"。中国传统文化的基本特征——家长制、祖先崇拜、集体主义取向的形成和巩固，都远在"皇帝"二字出现前。"皇帝制度"的出现，不是秦始皇个人的天才发明，而是中华文明演进的必然结果，秦始皇在其中所起的作用微乎其微。受制于"皇帝制度"两千年，是这个民族不能逃避的命运。中国现代化进程中遇到的许多问题，比如德先生与赛先生迟迟不能落脚，比如公民意识、规则意识、宽容意识的缺乏，比如"熟人社会""以德治国""国学热"，比如"守旧症""非我症""不合作症""麻痹症"，其根源都可以追溯到三千年前的夏商周时代或者更远的尧舜禹。从这个角度，我们可以更加深刻地理解中国文化转型的艰难。

后　记

2006年5月，我收到一封来自沈阳的读者彭增祜的来信。信中没有别的内容，只指出了我的《大明王朝的七张面孔》一书中的二十处错字。

我很感动，按他留的电话打过去，接电话的是一位退休老编辑。他说，他以前很少读历史类的书，这本书他却一字一句地读过两遍。为此书挑错，是"爱之深故责之苛"。老先生说，能接到我的电话很高兴。他殷殷地嘱咐说，出下一本书时，一定要先发给我，我义务替你校一遍！

因此，这本书稿完成之后，我首先寄给彭先生。彭先生此时已返聘，事情很多，又身患感冒。他下班之后，一边挂着点滴，一边校对，在最短时间内，把校对稿发回给我。

这样的读者，一再提醒我写作中付出心血是值得的。

几乎每天打开E-mail信箱的时候，里面都有读者的来信。他们多半是表示对我的鼓励，也有人希望和我探讨一些历史问题，还有的，主动给我寄来各种资料，认为我也许用得上。当然，他们都是"普通读者"，大部分人在读我的作品前，很少甚至没有读过历史类书籍，"没想到历史这么有意思"。

这些读者的存在，对我绝非是可有可无的。事实上，在我下笔写每个字的时候，头脑中都萦绕着他们的影子。忝列于"非专业历史写作者"中，我十分看重读者群中的这些"普通读者"。

毫无疑问，"普通读者"的阅读需求里包括"历史"。因为历史是如此"好玩"，又如此"有用"。

然而，在"大众历史热"出现前，真正的"历史"，对中国普通读者来说是不存在的。对古人来说，"历史"由两类内容构成，一类是"二十四史"之类的"帝王家谱"，另一类是由忠奸斗争构成的评书演义。进入现代，"历史"的内容丰富了些，不过仍然与真正的"历史"不搭界。对我们来说，历史通常被认为是以下三种东西：一种是帮助人分辨"正确"和"错误"，以建立某种"人生观""世界观"的工具；一种是历史学家们艰深晦涩的专著；还有一种是电视上与真实历史几乎没有任何关系的"戏说"。

因此，"大众历史热"的兴起，对中国社会来说，是一件毋庸置疑的好事。这使得几千年来，普通读者首次读到某些真实的"历史"。换句话说，"大众"首次得到"历史写作者"的尊重。

"大众历史热"的兴起，最主要的原因当然是"写史者"多是我这样的"非历史专业写作者"。历史学术的表述形式越来越专业化和技术化，史学家们的工作成果很难为大众所分享，这为"非历史专业写作者"提供了机会。这些写史者的兴趣结构和普通读者相近，与历史学家们的见怪不怪、毫无感觉比起来，他们有更大的热情、兴趣和浓厚的好奇心，见了什么都要大呼小叫，啧啧称奇。所以他们很容易就可以打破冰冷史料、艰深论文与普通读者之间的障碍，把历史这个本来就极其有意思的科目讲得好玩、精彩、有滋有味，就像我在一本书的后记中所说的，使"历史比小说更有趣"。

不过，在把历史讲得"好玩"之外，我还有更大的"野心"。我认为，大部分读者不仅需要"史实"，更需要"史识"，或者说"思想含量"。这种"史识"不是指史书中那些可以供我们"经世济用"的"权谋""方略""管理"，而是更深一层的东西。永远不要低估读者的需求品位，特别是不要低估这种需求的意义。历史是记忆，更是反思，一个不会反思、没有记忆的民族是没有希望的。只有与当下结合起来，历史才真正有意义。因为通过了解祖先，我们可以更好地认识自己；通过回望来时路，我们可以更准确地定位此时的坐标。这不仅仅是"食肉者谋"的事，因为只管低头拉车，不用抬头看路的幸福时代已经过去，每个人都有责任思考更广阔范围内的事情。从这个意义上来说，历史更重要的功用在于"启蒙"。

高兴的是，我的这种努力得到了越来越多的呼应。为这本书写推荐语的柴静、张越、何东、白岩松等人，我至今都未谋面。和他们认识，都因于意外地在博客或者报纸上见到他们对我以前作品的评论。为了写这一句推荐语，他们都认真地在电脑上通读了这部书稿。谢谢他们为这本书耗费的宝贵精力和眼神。

在这本书的写作过程中，我的工作发生了变动。感谢渤海大学的领导以蔡元培式的气度给了我非常宽松的工作环境，使我得以在从容中完成了这本书的收尾工作。

《当代作家评论》2007年第2期

温暖站在高处
——关于于晓威小说

周景雷

在谈于晓威之前，先做一种理论铺设或许是有必要的。

要求一个年轻的作家在关于小说创作上，较早地形成自己的圆熟的封闭的体系，显然是不可能和不科学的。因作家的心智、阅历的影响所以才不可能。因文学史的经验我们才说不科学。由文学成果所累积而成的文学传统，一方面极大地丰富了创作者的借鉴资源，另一方面又成为后生们的不堪之累。比如俄罗斯的文学资源对于国人来说正是如此。一部作品写得好，我们常会说我们是从俄罗斯文学那里汲取养料，如果写得不好，我们也会拿俄罗斯的文学进行比照，进而自我批评。似乎所有的文学创造必须基于一种进化的传统的线性逻辑，这实在是一种误解。台湾著名作家、学者张大春说："小说的出现与发展反而可能是随机的、跳跃的、忽而停滞且退化的、忽而沉寂过千百年漫长的岁月又忽而活泼泼猛浪浪地发了新芽。不同时代的小说家有幸能启示出他对人类处境的新看法，又找到了一个表述此一看法的独特的形式，这个小说家就成为小说这门艺术的起源——无论他出生于三千年前或五百年后，无论他是否代表了哪一个'当世'，也无论他'肖与不肖'，更无论他承袭因蹈或旁行斜出于什么传统。"[1] 也就是说对于一个写小说的人，尤其是一位年轻的写手，我们能从其创作中发现一处鲜明的主题或者一缕靓丽的阳光，便是他的成功之处。

---

[1] 张大春：《小说稗类》，广西师范大学出版社，2004，第22页。

生活赋予每一个精神领域以不同的相貌，正如思想家通过理性的盘问直达生活的真义、历史学家通过历史事件来总结历史规律一样，文学作为一种审美的意识形态，它要通过对生活现象本身的描述和在此基础上的虚构来阐释作家所认识到的意义。因此就这个意义来说，文学尤其是其中的小说便会具有更加丰满的艺术体态。对于一个复杂的生活现象，真实细致的描写固然能够达到文学反映社会生活的要求，但是生硬干瘪的印象总是令人挥之不去。所以好的作家总是在自己的作品中充润进一些超越生活的东西，以使其中的意韵更加丰厚并获得长久的审美回味。贾平凹就是这方面的代表。比如不管人们如何看待围绕《秦腔》所产生的争议，但里面的超越庸众之上的"引生"形象的引入，却立即提升了它的审美品位。莫言的《生死疲劳》，通过生死轮回来讲述道义和信念的坚守问题，显示了震撼人心的高度。这是他们违背了现实的生活逻辑、站在高处的结果。所以张大春在他的《小说稗类》中才又说："站在高处，可以看见他人所未及见的事物，而所谓冒险也正在这里：当站在高处可见人所未见者之时，也就等于站在人所及见者的对立面，也就可能站在所谓真理的对立面了。"[①] 实际上，小说是一种"站在高处"的艺术，即使如今天我们极其鼓励和重视的底层写作也是如此。也就是说"站在高处"有可能是通过表现最低微的生活来实现的。这和表现什么样的生活没有关系，和看到了生活里面有什么东西联系在一起。

这样说来，于晓威的小说里就有了一种确定了的从卑微的生活当中提炼出来的站在高处的主题。

于晓威是一位"低微"写作者，这里包含的意思是，他是一位年轻的写作者，创作数量并不丰厚，业绩并不骄人，在小说家的百名排行榜中不见得占有位置，加之身居落寞的边城，与那些交通顺畅、经济发达、文化事业丰盈的中心城市相比，中间隔了一层又一层。但这一层又一层的障碍隔掉的仅仅是一种"形式"，而附着于"形式"之上的"意味"却是相通的。也就是说，在一个作家那里，最终赢得读者的不仅仅是他的形式，还是他的意味。这样说来，"低微"的写作身份对他来说倒是一件好事。

"低微"的身份是于晓威写作时普遍面临的对象，这和其他作家在选择人物上没有太大的区别，因为本身我们就是生活在一个没有英雄，也就不可能产生英雄叙事的年代。比如《秦腔》里的夏天义不是英雄，《生死疲劳》里的蓝脸不是英雄，《兄弟》中的李光头不是英雄，《后悔录》中的曾广贤不是英雄，甚至《花腔》里的葛任都不是英雄。但在这种非英雄的行列当中，于晓威笔下的人物

---

① 张大春：《小说稗类》，广西师范大学出版社，2004，第92页。

却与之形成了两个不同的谱系。前者在低微的生活中却暗含着英雄的机锋，有一种刚性的品质，是常态生活中的一种超常态的人物。在这些人物身上都有坚守的力量，并自觉地为这种力量而积聚着。在这些人物的文化内涵中，往往具有特定的指向，并因为这种特定的指向，在一个非英雄的时代赫然显耀，比如夏天义的权威、蓝脸的固守、李光头的无赖、曾广贤的后悔、葛任的神秘等等。所以这些人在故事情节的推动下就常常会显得十分耀目。而在于晓威的人物谱系中，大都是一些庸常的无法定性的人物。他们涣散而游移，就像一撮盐，随便丢到任何水中就会迅速溶解掉，有味而无迹，很难在熙攘人群中只用一眼两眼将他们识别出来。也就是说，他们不具有特定的典型性。但正是这种不特定的典型性，才使他们更具有生活的广泛性，才使他们更加具有底层性和民众性。他们渗入大地，并在任何地方滋生，有可能是茁壮的庄稼，也有可能是迎风飘摆的稗草。

村姑和林子（《九月玉米地》）的爱情和家庭生活是琐碎的，他们的人生目标并不确定，就像绝大多数的同类者一样，他们活着的目的就是活着。如果我们把活着作为一种信念的话，那么信念就是普遍存在的。但普遍存在着的这种信念到底能给我们多少信心呢？村姑在对待自己的病患这一点上，曾产生过长时间的犹豫和反复，她在治疗与省钱中间彷徨和选择着，并最终走上了无药可治的"绝路"。也就是说她对生和死的信念并不坚定，因此也就有了达观的一面和游移的另一面。正如作品中说："村姑的离去，本来是一件极普通的事，就像春天里一场细细的小雨，夏天里轻轻飘荡的柳絮，秋天里疏疏斜下的落叶，冬天里默默无声的晦雪。"除此之外，只剩下庄稼一茬一茬地疯长着。对于大千世界而言，村姑的死就是一株早殇的庄稼。端午涯（《孩子，快跑》）是一个少年老成的形象，故事本身也是一个老套的"穷人家的孩子早当家"的路子。传统道德力量化身的父亲一直追赶着儿子坚定地成长。不过端午涯成长的信念却被两个旁逸的情节所打破，一是"贿选"事件，一是端午涯考上重点高中不是因为学习成绩好，而是因为为了学习好所不经意训练出来的长跑。这两件事产生了很深的"意味"，背离了道德和信念教育的原来方向而产生了游移。《抗联壮士考》《一个好汉》很有笔记小说的风范，其中的人物如李老枪、楚二双、赵四眼、胡成轩在面对抗日这一主题时似乎都是豪杰好汉，但戏剧性的人生经历使他们都被历史幽了一默。当他们在成为英雄的时候，却毫不客气地展示他们"低微"的人生细节，英雄色彩尽行褪去。《在深圳大街上行走》中集中展示了一个低微的人群和他们"卑下"的精神状态，这些为了生活得更好而陷入经济大潮中的"乞工者"，尽管他们当中不乏从事具有高贵气质的文化工作之人，但在经济和生活面前，一切尊严都退居其次。由此我们得知，生活对人的历练，未见得都是使人坚强,也可能使人被迫陷落。

在我看来《北宫山纪旧》可能是于晓威最好的中篇之一,从审美意蕴上说也可能是目前他创作的最好的小说。诗词唱和、人生淡泊都给人一种宁静深远的美好享受。表面上看,这是一个关于执着的故事,在经济大潮中生活稍见起色的青年男子李能忆因一则报纸上的消息吸引,踏上了寻找爱情的道路,偏偏他所寻找的爱恋的对象琪云(妙悦)却是一位具有坚定信念的出家者。世俗的对爱情的追逐和佛家的为教义献身之间发生冲突,冲突的背后隐含着坚守的问题,只不过在李能忆一方输掉了自己的立场,由对爱情的坚定追求转为向宗教的妥协。于是像李能忆这样的人物始终没能成为夏天义、曾广贤、李光头等辈(当然,李能忆向宗教的妥协未必不是一种精神境界的提升)。实事求是地说,坚守未必能成为"低微"者一成不变的精神追求和指向,他们需求的永远是生活本身,当物质生活被料理得井井有条的时候,他们才可能向另外一个层次迈进,这是符合马斯洛的理论的。这一点也是李能忆这个人物区别于晓威其他人物的关键。

但低微人物在精神上的涣散和游移并不否定在他们的身上也有一些恒定不变的理念。这些不变的理念并不总是熠熠生辉和闪耀夺目,它可能虚弱如游丝,却到处存在着,须仔细体味方可识得一二。

过去我们常常把文学的最高真义上升到形而上的高度,并在阅读作品的时候力图从中寻找到哲学意蕴,进而通过一种理性的分析来观照人类的生存状态。当然,人类复杂的感性生活的背后总会有无穷的抽象的逻辑,但这种抽象的逻辑在提升文学品位的时候,却更容易远离更多的读者,因为他们需要的是直观和感动。这就要求我们为文学中的哲学寻找它的化身,就像宙斯临世必须掩藏起自己的所有锋芒一样,文学需要另外的面目。我始终以为,在哲学之外,文学应该有两个境界,即大境界和小境界。所谓大境界是指文学悲天悯人的终极关怀,它对人的包容是具有全面性的,它原谅了人的所有"罪恶",因此它成为文学的上帝。悲天悯人所关注的或者所表达的是人类的整体性情感。这种整体性情感消弭了人类的等级阶层等的差异,人不分贵贱、情不分高低,它关注的是人类的心灵状态,是从心灵状态中阐发出来的一种美好的渴望和深刻的剖析。正因为有了这种情感,我们才看到了和谐的心灵社会。卡莱尔在评价莎士比亚作品的时候说:"在莎士比亚的作品中,总是能看到最高贵的同情,没有门户之见,没有残忍,没有狭隘,没有愚蠢的以自我为中心。"[1] 莎士比亚笔下的人物既有王室贵胄,也有布衣平民,他的作品既有尖锐批判,也有倾力歌

---

[1] [英]卡莱尔:《卡莱尔文学史演讲集》,姜智芹译,广西师范大学出版社,2005,第153页。

赞，但其情感倾向和态度却是一致的。因为在他的心中所盛装的不是某一个人而是整个人类。一个写作者只有从这一美好的愿望出发所进行的创作才能达到悲天悯人的至高境界。而小境界则是一种局部关怀，它所专注的是人类所应具有的更为常态的现实的和散碎的情感，比如生存环境、道德伦理、善恶观念等诸问题。它不要求作家为人类寻找最后的归宿和整体拯救与挖掘，它要阐明一个细微的道理和明确的路径，告诉我们哪些是好的，哪些是坏的，以及我们如何来面对这些。但小境界并不是低境界，它同样需要作家能够和必须站在高处，并在高处中获得超越。能够达到这种境界的作家同样是一位优秀的作家。

于晓威的写作无疑属于后者，他以"卑微者"的姿态，身处底层，却能够始终站在高处，用一种善良的情感倾向来观照生存的细节。于是在他所营造的世界中漫溢出了不易觉察的春意，其中温暖成为其叙事的核心动力和主色调。村姑与林子（《九月玉米地》）的夫妻之情是温暖的，正因为他们之间有了一种相互的爱恋和依恋，所以村姑在治病上因舍不得花钱而出现的游移充满了善意的光芒。他们相互感动和为对方着想，甚至弃生命于不顾。生活的贫困带给他们的不是相互厌倦和责难，而是平淡中的坚毅和温暖。在另一个层面上，端午涯与其父亲的故事（《孩子，快跑》）又是父子间的温暖情感。我们看这样一段描写：

> 端午涯想，这样的天气，父亲的腰腿痛一定又重了。北屋傍山，潮湿而不见阳光，有阴风，不利于父亲的腰腿。端午涯和父亲说过一百遍了，要他来南屋睡，自己去北屋。父亲不肯。父亲说，北屋潮，别害你得腰腿病。端午涯说，你得腰腿病，才不该睡那边的。[①]

这段平淡的对话充盈着父子深情。他们生活在一个破旧的家庭中，但贫困没有改变他们的道义结构，父子俩相依为命，相互体贴，他们以各自的行为方式履行着为人父为人子的职责。《在深圳大街上行走》也是一个关于一对流浪的青年男女的温情故事。"我"和小路所有的奔波与奋斗都不是最重要的，重要的是能够支撑他们在奋斗和失败之后仍能坦然面对的两个人之间的默契和依存。两个人相互支撑的勇气以及由此所产生的温暖感对抗了商品时代的深圳大街。

当然，温暖并不总是以正面形象呈现，它往往又因为时代和现实生活的复杂而呈现出负态，因此它又是沉重的。众所周知，20世纪末以来，随着后现代观念的崛起以及作为主流倾向的流漫，冷漠已经主宰了传统的道德内涵，邻里

---

① 于晓威：《孩子，快跑》，载《L形转弯》，作家出版社，2006，第23页。

之间、亲人之间往往因为物质利益的引诱和现实生活的催逼形同路人，公义在大众生活中已经丧失。争权夺势和明争暗斗从城市走向乡村，整个社会的道义状态已经被改变。比如李洱的《石榴树上结樱桃》和贾平凹的《秦腔》，都在不同程度上流露出对这种现状的隐忧心理。作为一种比照，于晓威的小说中也同样表现出了这种负态的温暖，它通过对冷漠的细致刻画来反衬出人情世态所渴望的东西。在《丧事》中，吊唁的人群集中在那间破旧的屋子里，这是一个传统的仪式。但在现代文明中，仪式仅仅是一种能够保存下来的形式，其中所承载的内容，就像茅盾在《子夜》中描述吴老太爷丧事的场面一样，成了各色人物表演的舞台。虽然于晓威笔下的那个舞台并不复杂，但人们谈论和关注的中心也并不在死去的人和活着的亲人身上，同情和哀怜是短暂的、客套的，甚至是虚伪的。这些人的嘈杂与炫耀掩盖和遗忘了亲者的哀伤。温暖与同情甚至被用来作为欺骗的工具，那两个城里来的年轻人正是靠着一次次参加丧事的谎言，来获得信任和追求感官享受的空间。应该说，这两个年轻人的设置和出现确实在一定程度上增加了对于冷漠的控诉力度。如果说《丧事》是在寻求邻里之间的温暖的话，那么《关于狗的抒情方式》所表达的则是权力场中那种潜在的隐秘的倾轧，它隐藏在温情脉脉和真情倾诉的面纱之下。一切看似合理和想当然的逻辑推理都暗含着一个冷漠的阴谋。狗的出现、消失与再度出现实际上暗合马科长与秦副科长之间的明争暗斗。于晓威也向遥远的童年去寻找温暖的慰藉，在《游戏的季节》中，虽然在贫乏的年代，那些纯朴的少年为了获得每一次游戏的胜利而尽逞狡黠，但他们不管居于什么样的生存环境，最终总能获得一丝不易觉察的温暖的呵护。其实这种叙述本身就带有天然的温暖的笑意。

于晓威还善于运用疾病原理来表达温暖的力量和可能性。疾病包括两种，一是病体，二是病态。但，不管是病体还是病态，都隐喻了人类的应激状态。小到人的身体、心理，大到社会的风气、道德观念，它们一旦在文学中获得某种疾病的指认，便会在隐喻的意义上获得一种确定的精神诉求。而对温暖的渴望正是这种诉求的结果。村姑和端午涯的父亲都属病体，而《丧事》和《关于狗的抒情方式》中的人物则大都属病态。在小说中，前者往往获得的是正态的温暖，后者却大都是以负态的温暖而终。这说明于晓威更在意的是人的心灵的救治和这种救治的难度。不过在作品中于晓威并没有提供更多的可能性。

温暖叙事作为一种文学伦理和文学境界，在当下似乎正在成为小说创作的日渐彰显的主题，它尤其和我们正在进行的面向底层的写作追求有关。比如范小青最近的短篇《我们的朋友胡三桥》《谁住在我们的墓地》正是这种努力的结果。它预示着文学对人的关怀正在实现。于晓威是一位自觉的写作底层者，但他又用温暖实现了对底层的超越。

作为一名年轻的写作者，于晓威还没有形成一种确定无疑的小说理念和根深蒂固的审美倾向。在他的全部小说创作中，赢得读者的不是他的才气，而是他的努力。正是这种矢志不渝的努力，令他把小说写得庄重和充满温暖的渴望。但是，毫无疑问，正是这种过分的用力，又使他的小说显得有些滞涩，过分的主题提炼和向纯粹哲学高度的攀爬，又多少暴露出了其内力的欠缺。这是于晓威今后写作中应该注意的地方。

《当代作家评论》2007年第2期

日臻至境的生命美学
——王充闾散文创作研究述评

张学昕　李桂玲

王充闾的散文创作，最早可追溯到20世纪50年代。归结起来，在延续至今的五十余年时间里，其公开发表的散文作品有数百篇，结集出版的散文集九部，曾获包括鲁迅文学奖、冰心散文奖、辽宁文学奖等在内的多种重要奖项，有多篇散文作品被选入各类中、高级学校教材。可以说，王充闾是20世纪50年代以来中国文坛始终坚持散文创作且佳作颇多、并有自己独特艺术风貌的重要散文作家之一。文学评论界对他的关注，最早始于1988年，其后研究、评论不断。截至目前，结集出版的关于他散文的研究、评论合集和专著共有五部，散见于各报纸、刊物、网络的评论文章已经无法计数。对于一位曾身担政务多年的人来说，有如此数量的著述，且引起了文学评论界如此广泛的关注与认可，确属不易。

从二十世纪五六十年代，王充闾的散文作品，更多的是一些对现实关注意味浓厚，抒写时代社会新生活、新风貌或是批判社会弊病的文章。在思想性上局限于对小情、小景、小事的议论，在艺术性上还未成熟，还没有形成自己的风格。另外，由于受当时政治环境以及他个人工作性质的影响，在这些早年"起步期"的作品中能够看出五六十年代中国散文创作沿着歌颂与倡扬的单一模式，沿着秦牧、刘白羽等人创造的散文写作样式一路走来的明显痕迹，有评论者将这一时期中国散文创作形容为"审美乌托邦"模式。在十年"文革"中，在外在的政治压力下，王充闾基本上停止了创作活动。可以说王充闾在50—70年代这段时间内，几乎没有引起评论界的太多关注。但现在一些进行王充闾系统研究的评论者在回顾其五六十年代的创作时认为，王充闾关注现实，用简单的事例说理的手法，勤于观察、深入思考的习惯在那时就已开始形成，并为其日后创作打下了深厚的基础。

我们现仅对20世纪80年代以来有关王充闾散文创作的研究、评论文章，进行梳理与归纳，以期整理出一个清晰的研究、评论图景，以更利于深刻理解和把握王充闾这位散文大家，考察其散文创作在中国当代散文创作的发展进程中，所达到的精神、艺术创作高度及其所具有的文学史意义。

一代知识分子的文化超越与真诚人格

进入20世纪80年代以来，王充闾重新开始了散文创作。此后的十年可以说是王充闾创作的最为重要的爆发期。这期间的作品后来主要收入《柳荫絮语》《人才诗话》《清风白水》这三部散文集中，这一时期被认为是王充闾形成其个人独特散文风格的开创期，也是为他赢得读者和评论界认可与称道的关键时期。自此，关于王充闾散文创作的研究与评论，随着其作品数量与品质的不断增长，日渐丰盈起来。进入90年代后的几部散文集《春宽梦窄》《面对历史的苍茫》《沧桑无语》《何处是归程》，尤其是《面对历史的苍茫》和《沧桑无语》则标志着王充闾创作的发展和成熟期的真正到来。

知识分子的道德感、使命感与理想主义的精神追求在王充闾20世纪80年代的散文创作中格外引人注目，一些知名的散文作家和评论家对此都给予了关注与评论。孙郁曾对《柳荫絮语》《人才诗话》两部集子给过这样的评价："他尚未摆脱古代散文的文以载道的寓言模式，他甚至带有杨朔式的文体和认知心理，喜欢在咏物之余，把理性化的主题升华在作品的结尾。王充闾的思想是传统的，他的审美趣味相当程度带有五六十年代坚强而忠贞的理想主义色调……在他的散文中，可以看到在50年代步入革命队伍的知识分子心灵的影子。"[1] 孙郁的评析，可以说道出了王充闾80年代作品背后统一的精神追求，王充闾想通过散文的形式，表达他及与他同代知识分子的一种历史使命感与社会责任感，以唤起民众的良知。这种精神追求是中国散文传统自古以来就承继的一种"天下兴亡，匹夫有责"的承担与干预的精神。对此，郭风说王充闾是在"以很强的文学修养写出他的社会、人生，乃至政治见解的"[2]。文学评论家雷达在对散文集《清风白水》评析时说："它并无老庄的'虚'，魏晋的'玄'，更无避世、逃世之意，而是充满了中国式知识分子的追求意识、执着精神和很强烈的时代

---

[1] 孙郁：《王充闾散文的精神追求》，《社会科学辑刊》1990年第11期。
[2] 郭风：《自觉的文体意识》，《当代作家评论》1991年第2期。

责任感。"① 这种评价切中肯綮,我们也深深感到,在对祖国山川的歌咏之余,在他对历史的巡礼之中,他总是能够把思绪拉到这些平凡而伟大的人物之间,在充满热情的叙述与生动的描写之中,表现出他的道德理想和精神向往。

如果说,道德感与理想主义是王充闾散文创作的精神外壳,那么包含在里面的,更具有永恒生命力量的内核,则是他作为当代中国文人知识分子的文化坚守与超越之境。这在20世纪90年代的创作中逐渐显露、明晰起来。在此期间,王充闾以描写历史中的知识分子为重点,试图发掘他们生命深处的精神状态。经过几年的实践,在20世纪90年代后期和21世纪最初几年里,王充闾的历史散文已开始向着思想探源和人格分析的角度拓展。其中,以描写曾国藩的《用破一生心》和描写勃朗特三姐妹的《一夜芳邻》为代表的一批以历史人物为描写对象的作品最为突出。这些散文,被认为是最能表现王充闾对历史的人性、人道主义关怀的典范之作。蓝棣之在读过王充闾这一时期作品之后说:"他长于谈天说地,辨析名物,借以抒写对人生的感受,启发人们去思考与领悟。"② 我们以为,这句话简洁地点出了王充闾散文的"穴位",而王充闾先生自身的人格力量也在其中获得诗意的呈现。

米兰·昆德拉曾说:"'认识的激情'攫住人,使他去探索人的具体的生活,保护它,抵抗'存在的被遗忘';把'生活的世界'置于永恒的光芒下。"③ 如果说,"认识的激情"属于每一个潜心写作的作家,那么,它就使我们找到了一条通往王充闾散文创作的精神之路——以文化的方式试图寻求超越之路,以期实现对人的本质意义的书写。诚然,他曾经认为文化要为历史服务的,但是他最终仍然将表现的重心转向了人。对此,研究者石杰做出了这样的评述:"王充闾以往的散文创作中最缺乏的就是生命体验,他一度徜徉在生活的表层,真实的生命体验则或隐藏或沉睡。直到20世纪90年代的历史散文创作,生命体验才明显地表现出来……在这里,生命大于文化。人既不是文化符号,也不是观念的载体,它们只是人,具体的有血有肉的活生生的人。作家的任务也只是从人出发,揭示人的存在、本质和人性的奥秘,从而认识他人也'认识你自己'。"④ 特别是2000年以后,他的散文,更多体现出的,则完全是一个经历世事苍茫,重归心灵宁静与寂寞的年高德劭的长者,对整个人生,对宇宙万事万物的一种知而后智的关注与思考了。这是站在更高一层的精神境界之上的回顾与

---

① 雷达:《读〈清风白水〉记》,《文艺报》1992年6月2日。
② 蓝棣之:《在古今之间沉吟——谈王充闾散文创作》,《沈阳师范学院学报》1993年第1期。
③ 何太宰选编《现代艺术札记·文学大师卷》,外国文学出版社,2001,第253页。
④ 石杰:《王充闾:文园归去来》,辽海出版社,2004,第217页。

反思，是对人生终极生存意义的一种文化深层探究，以及对人类大智、大美的一种不懈追求。这时的王充闾，已逐渐摆脱了叙述文体的束缚与所谓种种"意义"的追求，这时的散文更像是一首首老人追忆一生中的丝丝缕缕的片段、并对其重新梳理的人生心曲。

历史与现实之间的生命追问

对于集中体现王充闾20世纪80年代创作风貌的《柳荫絮语》《人才诗话》《清风白水》三部集子，一些评论者认为，这一时期王充闾的散文创作已体现出了将历史感与现实感相融合的功力，以达到以古鉴今、在现实和历史间自由地进行精神腾挪的作用。显然，王充闾在以一种独特的"叙述"记叙着对生命的追问。

王充闾在《人才诗话》集的后记中也说过，他在写这些文章时，是将历代与其写作主题相关的诗文、典制与逸闻等综合在一起，"试图以辩证唯物主义和历史唯物主义的观点，对一些古代诗文和历史资料进行综合分析，力求从中引出一些科学的结论"。可以说，王充闾的这种散文创作是用文学的体式对历史、现实进行哲学思辨的典型范例，也体现出了他个人的一种文化价值观，即对于传统道德的强烈维护，以及对于具有集体主义精神的理想人格的不懈追求。

我们看到，王充闾散文作品有很大一部分是对他游历过的祖国山川、海外景致进行描摹抒怀的，这类散文，可统称为游记散文。丁亚平在王充闾游记散文漫谈中提出"文化情绪"这一说法："我们看到，在他的游记作品中，由于作家坚持不懈地扩展精神的园地，努力发展自己的文化情绪，因而，使得他的创作在成为自己心灵历程写照的同时，取得了普泛的文化机能与价值内涵……王充闾其实首先是把游记创作当作一种文化活动、一种'精神导游'来写的。这包含三个层面：一、文化交流；二、知识传通；三、心灵沟通。三者紧密关联，发散出精神的性质。"[1] 王充闾对自己的游记散文是这样解释的："写游记散文，既要把历史收在笔下，把读自然、读书、读史融为一体，又不能为历史所累……走出古人，找出一片'阶前盈尺之地'，来创出自己的辉煌，就是一个非解决不可的课题了。这也正是我所苦苦追求的。"[2] 在这里，借用历史又不被历史捆住的思想，成了王充闾游记散文的关键，而文中的历史在王充闾眼中也就有了加入他个人理解的新的含义。

随着多年来创作经验的积累和在人生道路上的历练，进入20世纪90年代以

---

[1] 丁亚平：《自然和人：精神的岁月——王充闾游记创作漫论》，《当代作家评论》1993年第4期。

[2] 王充闾：《我写游记散文》，《当代作家评论》1995年第3期。

来，王充闾的散文作品在思想深度上、在个人风格上开始向更加成熟和个性化的方向上拓展。尤其是在历史散文、游记散文创作方面，已树立起了属于自己的散文风格或者不同凡响的散文品质。这一时期的作品主要收在《春宽梦窄》《面对历史的苍茫》《沧桑无语》《何处是归程》几部散文集中。结集出版于1991年的散文集《春宽梦窄》获得了"鲁迅文学奖"1995—1996年度优秀散文奖。对于王充闾90年代的创作，李晓虹曾有过这样的描述："80年代，王充闾的创作多为游记散文……进入90年代以来，王充闾不再满足于仅以清闲的笔调表现生活中的自然美和诗意，历险攀高的热情和形上思索的创化扩展了他心灵的维度和创作视野。他开始走向文化散文的创作。他的着眼点在于从当下出发，重新开掘传统中蕴含的历史深意和哲理意味。"[①] 评论家周政保在一篇评论《沧桑无语》的文章里这样写道："初读《沧桑无语》，往往能给人留下游记的印象，但实际上，游历只是给创作提供了一种感怀自然或深思沧桑变迁的契机，或者说，历史才是这些作品的感悟对象……在这里，作为抒怀对象的历史，仅仅是一种偶然的遭遇，即便是陈述历史，也绝不是为历史而历史，而是或主要是为了打开'视昔'的窗口，以便让读者收获更多的思情——那种既与历史相关，又与现实相关，更与人的精神情怀相关的意味或启迪。我想，这便是《沧桑无语》叩问沧桑的终极目标了。"[②]

面对如何处理散文中的历史问题，确实曾经存在着一些争议。孟繁华认为，王充闾在处理他散文中的历史元素时，用现代人心态、方法去解析古人便是他的高明之处，"在王充闾的散文中，他不是以价值的尺度评价从政或为文，而是从人性的角度对不同的对象做出了拒绝或认同"[③]。但评论者李咏吟对此则给出了截然相反的说法："诚然，智慧的叙述可以引发人们对历史的新理解，但历史毕竟是历史，其庄严性与非诗性，不是情感的抒写所能充分把握的，因而，散文家虽有灵光闪现，但基于历史的文化散文，不许创作者过度诠释与发挥，只能就历史本身进行深度发掘"[④]。以上有关历史与王充闾散文之间关系的赞赏或是争议，与其说是对王充闾个人历史文化散文创作的讨论，毋宁说是对20世纪90年代以来散文发展进程中出现的"历史文化散文热"这一大问题的思考与辨析。从1990年开始，将历史文化知识融入散文写作的方法，以其阔大、豪放、有史学深度的文学架构和话语风度，冲破了此前散文创作中存在的以闲

---

① 李晓虹：《内在超越之路——谈王充闾的散文创作》，《辽宁日报》2004年2月6日。
② 周政保：《叩问沧桑及生命还乡》，《当代作家评论》2000年第1期。
③ 孟繁华：《散文困境中的一座丰碑——评王充闾的散文创作》，《当代作家评论》2004年第2期。
④ 李咏吟：《寻求那飘逝的文化诗魂——王充闾散文的一种解释》，《当代作家评论》2004年第2期。

适生活、日常叙写为主的个体生活写作，并获得了空前的成功。一时间，怀古悠思、纵横上下五千年的大历史散文抒写，集中出现在各报纸杂志，鱼龙混杂，泥沙俱下。但历史文化散文应如何写，它又将朝着怎样的方向前行，写作者、评论家甚至读者都在试验、思考的途中。在这样的环境下，王充闾初期的历史散文创作也曾一度陷入困境中。李晓虹指出了他这时期散文创作的明显缺憾："一是作品中的历史叙述往往为知识所累，很难看到作者的情怀，本应属于背景的史料，因着作者的引述，反倒成了文章的主体，留给读者的想象空间很小，使人读起来难以喘息；二是缺少具有现代意识的文化反省、灵魂撞击，缺乏精神的发掘。在不少文化历史散文中，看不到那种穿透历史，进入人性、人生和精神家园层面的精神思索。"①王充闾也意识到了这些缺憾，并开始尝试用强化主体精神的介入，以人性化解析、人道主义关怀为突破口，力求开创出一条更有生命力的历史文化散文创作之路，在历史和现实之间，找寻极具生命、思想价值的精神追问。

创作思想探源与心理情结

随着王充闾散文创作影响的深入，对于其创作思想与心理的研究也日益加深。很多学者认为，儒道意识、历史意识、悲剧意识、忧患意识一直深深地植根于王充闾的散文创作之中。孙郁认为："他力图在马克思的共产主义思想与传统儒学中，寻找一个新的道德秩序。"②栾俊林的一篇评论文章中也曾提到："他散文的内在风韵在思想根基与发展上，有布尔什维主义，也有传统的儒学成分，这二者构成了他对社会观察与表现的审美标尺。"③王向峰所编著的《王充闾散文创作研究》中更是将他创作的思想与心理情结进行了非常细化的研究。

应该说，在历史的审视与文化的解读中，在审美情思的表露中，必然凝结着作者的哲学思想，体现了作者强烈的儒道交互、庄禅并生的思想，这在《沧桑无语》中有着鲜明的体现。王充闾将李白作为"诗仙"的形象来追怀和赞赏，解读李白的典型意义在于他的心路历程及其个人际遇所带来的悲欢苦乐，在很大程度上反映出几千年来中国文人的心态，呈现出带有普遍的"士"的性格与悲剧的命运，这都是和儒家的积极入世的人生态度和"修身、齐家、治国、平天下"的价值取向有直接关系的。同时，《沧桑无语》中所体现的道家思想也是十分突出的，道家的精神实质即是追求精神自由、人格独立，所谓"大

---

① 李晓虹：《内在超越之路——谈王充闾的散文创作》，《辽宁日报》2004年2月6日。
② 孙郁：《王充闾散文的精神追求》，《社会科学辑刊》1990年第11期。
③ 栾俊林：《王充闾散文的内在风韵》，《芒种》1992年第3期。

隐隐于市，小隐隐于林"，具有道家精神的人实为"大隐"。李白身上也体现着道家对于人性自由肯定的一面。他是一个自我意识非常突出的人，时刻把自己作为一个自由独立的个体，把人格的独立视为自我价值的最高体现。在王充闾看来，他的悲剧也正产生于此。

历史意识、忧患意识与悲剧意识都深刻地熔铸于王充闾的散文中，他的历史散文内容十分丰富，历史和人物自先秦而汉唐，自宋明而近现代，引用、批评和涉及的古籍，经史诗文无所不有，正可谓博大宽厚。但是作者并未拘泥于历史，而是始终如一地开凿着历史与现实之间的通道，将历史作为审美观照的对象，同时又不忘对现实的思考，为我们提供了一条深刻思考和认识现实的途径；此外，王充闾散文中的忧患意识，具有内涵复杂性和整体情绪积极性的特色，充分地体现出了作家的大家风范和思想家的宏阔气度。王充闾以其特殊的人生经历为底蕴，以丰富的文化知识为依托，凭借独特的视角，阐发自己对社会、历史、人生的深邃见解。悲剧意识是作者在历史回眸中对历史钩沉的感念，也是作者一种独特的生命探究、人生感悟、哲理思考与人生审视的方式，因此，具有浓重的历史沧桑之感的悲剧意识成为作家自觉进行历史探寻与反思的动力。

王充闾对于历史和文化的迷恋与虔诚，使我们感到，他在散文创作的审美构思过程中，内心深处必然集结着某种特别的、不能自已的创作冲动与心理情结，那就是学者们总结出的废墟情结、庄禅情结、梦幻情结和诗语情结[①]。首先，王充闾散文中的废墟情结，主要体现为他对于历史上已经湮没的名都、古城、园林、街道、遗迹等昔日辉煌繁盛、如今颓败残缺的存在所具有的一种深沉的追念心理，这形成了他独特的审美情趣与艺术敏感。他的废墟情结已成为强烈的审美专注意识，形成他自觉的创作思想。在《叩问沧桑》中王充闾曾这样表述："历史的生命力总是潜在的或暗伏的。作为一种废墟文化，只要它有足够的历史积淀，无论其遗迹留存多少，同样可以显现其独特的迷人魅力，唤起人们深沉的兴废之感，吸引人们循着荒台野径，败瓦颓垣去凭吊昔日的辉煌。废墟是岁月的年轮留下的轨迹，是历史的读本，是成功后的泯灭，是掩埋着千般悲剧、百代沧桑的文化积存。"

还有，庄禅情结、梦幻情结与诗语情结在王充闾的散文中体现在对人物事件的选择、评价及意义的引发上。王充闾散文中有着在庄子思想基础上更进一步的"无执""不住"等智慧，表现在能够超越一时一地的是非曲直、穷通祸福的俗常认定，能在宇宙衍化中推求人生、证得因果、彻悟古今世事的一切相法，并能从山川、草木、日月、江河的万有存在中，悟得人的生命自性的存在。这些使得他

[①] 王向峰主编《王充闾散文创作研究》，辽海出版社，2000，第62页。

的散文充满梦话与诗语的意境，形成他独特的诗意审美与智性理趣。

诗性与智性的文体自觉

关于王充闾散文艺术问题的研究，出现较早且相当重要的一篇论文，应该是散文家郭风写于1990年的《自觉的文体意识》。在文中，郭风认为："他的散文作品便发出一种独特的个人散文文体的光彩，大有别于他人的散文作品。而所以致此，我个人以为正是作家深切理解散文文学的品质、性格之故。"[①] 随后，郭风对散文的品质、性格给出了这样的定义："这里所谓的品质或性格，理所当然地指的是散文对于表情达意，对于客观事物，对于社会生活以及自然景象之自由自在、无拘无束的表述之渴求的艺术天性。"[②] 郭风明确指出了王充闾在当代纷繁的散文创作潮流中之所以能够独树一帜且颇有成就的根本原因，即对于何为"散文本质"的牢固把握。这一评价也为其后的评论定下了基调，并被日后王充闾散文审美艺术方面的研究者引用并生发，其具体主要体现在两个方面：一是在审美层面上的诗性艺术的评论；二是在知识层面上的智性追求的评论。这应该是颇见功力的艺术审视和判断。

对于王充闾散文在审美层面上所体现出的诗性艺术的特点，著名学者徐中玉先生评价道："尤为可贵的是通过散文进行美的探索，诗意盎然地表达了作者自己的审美体验、审美彻悟和审美理想。它是散文，也是美学论文，是论美的散文。"[③] 散文的体式自古以来就有着以能体现"神韵"为要义的传统，而神韵是美学这一概念的中国化称谓。评论者认为，王充闾散文贵在能够领悟这一神韵，并用文字表达出来。雷达在对王充闾散文美学追求进行评析时说："作者的审美心理和审美眼光有个基础，有个起锚地，那就是中国式的，或者说东方式的美学精神。比如讲究气韵，讲究意境，讲究情景交融，讲究虚实相生，等等。"[④] 深受中国传统文化教益影响的王充闾，正是遵循着这一古老而悠久的中国传统美学之道一路走来的，而给这种传统美学观念以支撑的，正是他身后沉淀千年的中国文化。吴俊评价说："王充闾散文的诗性追求有他的文化价值观的依托和支持，这种文化价值观则建立在他对于中国传统文化的现代认知和情感体悟的基础之上。"[⑤] 王充闾对于中国传统文化的运用最明显的体现，就在于他

---

① 郭风：《自觉的文体意识》，《当代作家评论》1991年第2期。
② 郭风：《自觉的文体意识》，《当代作家评论》1991年第2期。
③ 徐中玉：《如江上清风，山间明月》，《人民日报》1992年10月8日。
④ 雷达：《读〈清风白水〉记》，《文艺报》1992年6月2日。
⑤ 吴俊：《散文大家王充闾》，《当代作家评论》2000年第1期。

善于用古代诗文或自创的古体诗文入文,借用古诗文所生发出的意境来丰实、完善自己散文的意境。吴俊认为,是"诗性的蕴藉和激发"促使王充闾走上了文化和精神的漫游之路,而"在这'走'的整个过程中,诗文自然时刻不失为是如影随形般的永恒伴侣,但更重要的却是,足迹所到之处也因此无不纷纷化作了诗文之境的诗性载体,使真实的自然成为诗意和诗性的存在"[1]。王必胜在《深挚博雅自风流——〈清风白水〉的美学意味》一文中说:"王充闾散文的博识典雅,体现在他行文时的叙述风度,既活化古代诗文名句佳辞,又从容地引述经典,旧典翻新,浸润着古典文化意蕴。他几乎每篇作品都能够相对应地撷取古诗文增加其内涵分量,开拓文章的叙述视角,营造出古雅的文化意味。"[2]孙郁则认为,王充闾之所以能够在简短的文字之间徜徉古今,挥洒诗意,就在于他有着"良好的艺术感觉",这种"艺术感觉"使得他"写山水,颇具有古代水墨画的写意精神,三言两语,便会勾勒出富有生气的艺术画面。他写生活的感受,往往诗意盎然,行文之间,常常流露出难以抑制的情怀"[3]。

从20世纪90年代后期到世纪之交,王充闾创作的一批散文作品,尤以散文集《何处是归程》为代表。这一时期的王充闾年事渐高,且经历了一场大病痛的考验,对于世事人生的感怀更加丰赡,思想积淀也更为深厚。他在散文中体现出的美学追求,较之前面的《清风白水》等,明显更加质朴而真纯,隐去锋芒,尽显宽容。他表现出了对流逝时光的怀念与不舍,对激情岁月的感恩,而温暖的回忆成为此时王充闾散文世界的主调。

对于王充闾散文在知识层面上所体现出的孜孜不倦的智性追求,其所包含的惊人的知识容量与文化信息,也是王充闾散文研究、评论的一个聚焦点。王充闾20世纪30年代生人,童年受到的完全是旧式封建传统文化教育,童稚懵懂时就开始接触经史典籍,"我从六岁开始接触书籍,先是'三、百、千'启蒙,而后读四书五经、诗文古辞,到了'志于学'的年龄,逐渐与书卷结下了不解之缘。以后,举凡左史庄骚、汉魏文章、唐宋诗词、明清杂俎……都综搜博览,沉潜涵泳"[4]。毫无疑问,王充闾的学养深厚,知识渊博已为大多数评论家所一致肯定。早在《清风白水》集出现之时,郭风就对王充闾的博闻多识给出了这样的评价:"充闾同志的散文具有学者的风度……这种风度,在我个人看来,便是从博学善辩的散文境界中出现的一种艺术仪表……博学善辩的作品仪

---

[1] 吴俊:《散文大家王充闾》,《当代作家评论》2000年第1期。
[2] 王必胜:《深挚博雅自风流——〈清风白水〉的美学意味》,《文艺报》1992年7月11日。
[3] 孙郁:《王充闾散文的精神追求》,《社会科学辑刊》1990年第11期。
[4] 王充闾:《我写游记散文》,《当代作家评论》1995年第3期。

表，是散文作家的个人功力和修养，也是作家的一种个人气质和责任心。"[1]评论家、诗人谢冕说："王充闾以散文家的敏感摄取、包容了这个时代的丰富性，并鲜明地体现在他的作品中。""王充闾在散文创作方面的贡献，是把平日思考与读书心得结合起来，把知识的积累与实际运用引入各种体式的散文中，而使这些散文展现出深厚的文化氛围。它的好处是能在保全散文体式的前提下，使它具有作者致力追求的知识的进入。"[2]这些评论真可谓是名副其实，一语中的。

王充闾散文还有一个显著特点，就是围绕着一人一事，他可以列出许多与之相关的事物、情景，像字典里的词条一样，为着一个中心词做着历史、文化、哲学、美学等等层面的诠释。阎纲将王充闾擅长运用各种他可摄取的材料作文的情形这样细腻地描述出来："他不知从哪里弄来那么多的资料：诗、文、笔记、野史、专著，应有尽有；一旦智慧闪光、偶有所得，有关的材料、例证、格言、诗情、画意纷至沓来，如众星拱月、花团锦簇，把鲁迅所说的'一点意思'衬托、渲染、强化得淋漓尽致。"[3]

其实，王充闾写作中更擅长的还是引古诗入文。他对于中国古典诗词的丰沛的掌握与恰到好处的运用，使得散文借助诗境，拥有了更加丰实、奇异的意象，给人以更多诗情上的娱悦，和对古诗词的不自觉的回顾和沉浸。王充闾自己总结这种做法是："虽然是在读现实的景，看现代的事，却又是漫步在一个丰满的有厚度的艺术世界……我得心应手地拈来这些佳句，或保存其原形而新用，或用其神韵而重构。这些古典诗词名句在作品中，已不是可有可无的点缀，作品的沧桑感从这儿流出，时代感也从对历史的感悟中引发出来。"[4]

王充闾在中国当代散文创作中的价值和意义，只有在中国当代散文的持续发展中才能更充分地显现出来。当然，这也可能随着创作主体、研究评论主体和诸多接受主体的变化而不断地发生深入变化，而且，研究和评论也并非只存在一种固定的难以改变的审美评判标准，王充闾散文的厚重、沉郁、日臻至境的美学品格和质地，必将在经历时间的洗礼后获得无尽的阐释。以上，只是我们对研究、评论中比较集中的问题或是重要文章、重要观点的一种梳理，并不能全面细致地展现、概述王充闾散文创作研究、评论的方方面面。王充闾的散文创作仍在继续中，我们相信，对他创作的研究和评论也仍将继续深入下去。

《当代作家评论》2007年第3期

---

[1] 郭风：《自觉的文体意识》，《当代作家评论》1991年第2期。
[2] 谢冕：《散文文体的个人风貌——读王充闾散文》，《当代作家评论》1992年第4期。
[3] 阎纲：《诗人型，也是学者型——读〈清风白水〉》，《当代作家评论》1992年第6期。
[4] 王充闾：《诗意地栖居》，《当代作家评论》1996年第3期。

琐事烦心事都是大事

——读女真的家庭小说

贺绍俊

不要指望女真给你谈政治谈国家大事，或者谈历史忧患谈新世纪展望什么的，她津津乐道的是，生儿育女，生为人父，生为人母，老妈妈俱乐部，那就离吧，等等。这些都是她的小说标题，从标题就可以看出她说道的就是家长里短，就是我们在家里经常遇到的琐事、烦心事，当然还有开心事。她说的事情很平常，但是我爱听，我越听越觉得这怎么就是我身边的生活，怎么我就没有察觉，这身边的人和事有那么多的乐趣也有那么多的烦恼，还有那么多的学问。说实话，假如你不是一个高高在上的人，不是一个出入深宫大院的特权者，你读女真的小说一定会感到很亲切，她笔下的人物仿佛就是你的那些普普通通的亲人，你的老爹老娘，你的兄弟姐妹。这让我想起一首曾经很流行的歌曲《常回家看看》，女真写的就是歌中唱到的家中的那些日常琐事。这首歌好像还把一位年轻的女歌手捧红了，可见这首歌的魅力。那轻快的旋律仿佛像一股暖暖的风挠到你的心窝里了："生活的烦恼对妈妈说说，工作的事情向爸爸谈谈。"而今天我则要告诉你，生活的烦恼就跟女真说说吧，她会以小说的方式为你解除烦恼，点燃你生活的希望。如此说来，你能说女真的小说谈的就不是大事吗？我看是比国家大事还要大的事。国家国家，有的人总爱说没有国哪有家。这样一来，有些作家就不屑于谈家，专门去谈国了。我以为这样的观点是把事情搞颠倒了。国家国家，国是建立在家的基础之上，没有家这个基础，国还是国吗？所以我认为女真的专门写家庭琐事的小说是宏大的小说。

也许可以把女真的小说称为家庭小说。家庭小说并不是一个新概念，在中国的小说史上可以说是源远流长，有人就认为明代的《金瓶梅》是中国最早的一部长篇的家庭小说。家庭小说诞生于明代正说明了家庭小说的特征，它是与城市的发展和市民的兴起密切联系在一起的。家庭小说与家族小说的区别，就在于家庭小说是以城市的市井生活为题材，它特指城市的市民家庭。为什么农村的家庭生活不被纳入家庭小说的视野中？因为城市家庭的生活形态同农村家庭相比有明显的区别。农村家庭既是生活单位也是生产单位，按照传统伦理制度的严格规定运行。书写农村的家庭必然涉及宗法历史和伦理文化的纠结，不会像市井的家庭表现为一种单纯的日常生活状态。因此家族小说主要也是以农村为背景。到了现代文学以后，家庭小说与家族小说的分野就愈来愈明显。一般说来，家族小说基本上是纵向展开的情节，是一种历史叙述的方式；而家庭小说往往是横向展开的情节，是一种日常生活叙述的方式。在晚清和民国初期，随着城市文化的兴起，家庭小说出现了一个小小的高潮。当时刊登在各种报刊上的文言小说或传统的白话小说，不少都是以城市各阶层的家庭生活为题材的，其中也有不少是写市井恋爱生活的，虽然也与家庭生活相关联，但因以情爱为主题，不妨将其归入言情小说类中。即以基本写家庭生活的小说来看，当时也出现了不少佳作。这对于由五四新文化运动开启的中国现代文学来说是一条顺延下来的重要的文学传统，因此在现代文学发轫期，家庭小说仍是很发达的。批判封建专制主义是五四新文化运动的主要任务，而新文化运动的先驱们认识到："家庭制度为专制主义之根据。"（吴虞：《家庭制度为专制主义之根据论》，《新青年》1917年2月1日第2卷第6期）他们开创了现代白话文小说，通过小说展开对封建主义的批判，其中就充分借助了家庭小说的样式。如鲁迅的不少小说《狂人日记》《伤逝》《祝福》《幸福的家庭》《肥皂》等就是以家庭为批判阵地的。巴金从他走上文坛起，一直到20世纪40年代的二十多年里，可以说把主要精力都放在家庭小说的创作上，他的《家》《春》《秋》激流三部曲，《雾》《雨》《电》爱情三部曲，《憩园》《寒夜》等都是以家庭为主要场景，通过家庭中各类人物的命运，人与人以及人与社会的矛盾冲突，表现了作者对封建制度的批判，表达了作者的人文理想。

尽管家庭小说有着传统的渊源，又在现代小说的诞生期起到了重要作用，但家庭小说始终不能进入主流的视野。这与中国现代以来的小说观有关。中国早期追求现代化的思想者在进行社会革命时就把小说同时绑在了革命的战车上，小说成为"大说"，小说必须与国家命运与民族危亡与人民利益等宏大叙事连在一起才算正统的小说，如果把小说安置在家庭里面就成了"杯水风波"，连作家也羞于称自己的小说为家庭小说了。这也就构成了现代文学以来的宏大叙事与日常生活叙事的分野。但过去讲文学史，只讲宏大叙事，只以宏大叙事为经纬绘制中国现代文学史的地图，事实上，日常生活叙事也是现代文学史的重要一脉。只是到了新时期之后，才开始正视日常生活叙事这一传统的价值，比如沈从文、张爱玲等日常生活叙事的作家得到了重新的评价。在日常生活叙事中，家庭小说占有相当大的比重，如张爱玲的许多小说都可以纳入家庭小说的视野中来评价。对日常生活叙事的重新评价，深深地影响到当代文学的创作，其表现之一就是自20世纪90年代以来，家庭小说受到越来越多的作家的青睐，家庭成为小说展现当代社会生活的重要舞台。特别是一些女性作家似乎更倾情于家庭小说，也在家庭小说上卓有建树。家庭小说是最适宜发挥日常生活叙事的优长的小说样式，而当代作家正是通过家庭小说将日常生活叙事的传统推向了一个新的高峰。但我们似乎还没有自觉地意识到家庭小说的意义，不过是顺其潮流任家庭小说自发地发展，因此尽管不少作家以家庭为舞台有精彩的表演，但还没有哪位作家系统地、有意识地在家庭小说上做文章。相对来说，女真也许算是将自己的注意力集中地放在家庭小说上的一位作家，虽然她在创作中并没有家庭小说这个概念，但可以肯定地说，家庭的意象始终萦绕在她的头脑中。

女真是一位恋家的作家，她尽量把她的故事安置在家庭这个空间里。比方说，《我心飞扬》写的是一位大学毕业生闻乃成寻找工作寻找爱情的故事。这些素材在有些作家手里，可以发挥成一篇具有时尚感的青春小说，或者主流一点，可以写成一篇励志小说。当然，20世纪70年代出生的作家甚至"80后"们也非常喜爱写这种题材，他们可以在这种故事里真切地表达出年轻一代的心灵苦闷和生活艰辛。之所以这么说，就在于女真的《我心飞扬》为这些写作提供了一个完整的故事框架，小说中的闻乃成毕业后寻找工作寻找爱情构成了一条相对完整和独立的故事线索。关于闻乃成的内心世界和情爱世界，这实在是一个太有诱惑力的地方，作者稍稍花点心思，就能打开主人公闻乃成的心灵大门，去剖析一个年轻人的内心世界和情爱世界。但女真更有兴趣打开另一扇大门，这就是闻乃成的家庭大门，打开家庭大门，我们就与闻乃成的父母及亲人们相遇，看闻乃成的工作和爱情是怎样给这个家庭带来矛盾、烦恼，也是怎样给家庭成员的亲情提供了一次次燃烧的机会。这就是恋家的女真处理故事题材的方式，在这一点上，女真可以说是与现代文学传统接上了头。现代文学初期的家庭小说，其实就是在处理方式上以家庭为舞台上演社会纷繁问题。中国20世纪初期的思想启蒙和政治动荡也使中国的封建家庭制度变得岌岌可危，当时，家庭成为映照社会动向的一面最好的镜子，因为社会的新旧文化的交锋正是在父辈和子辈两代人之间进行的，这种交锋被带到了家庭中。就像鲁迅先生谈到他写作《狂人日记》的目的是"意在暴露家族制度和礼教的弊害"。也就是说，在"五四"启蒙精神烛照下所诞生的现代文学的家庭小说，首先是以宏大叙事的方式出现的。女真的家庭小说有意无意地受到了宏大叙事传统的影响，因此她从家庭中所关注的往往是那些众多家庭所关注的社会问题，如求职，如看病，如上学，等等。她走进家庭，却敞开着家庭的大门，感受着门外的风雨是如何掀动家内的帷帐的。说到底，还是中国文人的忧患意识传统。如她在《中风》中写到的闻有家，一个普通的中年男子，但这个普通中年男子之所以引起她的关注，就在于他的特殊身份，他是一个居家男人。居家，也说得上是改革开放造就的新名词。所谓居家，就是被剥夺了工作的权利，只能待在家里。一个大男人，因为体制的原因，不能到外面去干事业，这本身就包含着难言的辛酸苦楚。闻有家成了居家男人，他憋气，却无处发泄，因为居家，他自己也觉得在家里的地位变了，哪里还敢颐指气使。对于闻家的家庭生活来说，居家成为一个挥之不去的阴影，渗透在每天的油盐酱醋之中。而居家折射出的则是政治经济改革和利益再分配等社会大问题。《中风》虽然是家庭视野，但揭示的社会问题很深刻。小说虽然说的是闻有家因为心情郁闷而中风，但当我们最后读到中风后的闻有家逢人就说涨工资时，不会觉得它揭示了一种更为可怕的"中风"——社会体制的中风吗？说到底，女真仍有着心忧社稷民生的知识分子情结，这是她的家庭小说与现代文学传统相沟通的关键所在。但女真的家庭小说并不是简单地延续了现代文学中的家庭小说传统。现代文学中的家庭小说，从鲁迅到巴金到张爱玲，基本上都是围绕着反封建专制的主题而展开的，因此其小说叙述往往呈现阴沉、冷漠、残酷的色调，其矛盾冲突的立足点是家庭伦理制度约束下的人伦关系。作家揭示了这种人伦关系对人性的摧残和对美好情感的毁灭。但到了21世纪，中国城市的家庭已经发生了根本性的变化，传统的伦理制度彻底瓦解，家庭的人伦关系相对来说比较松散，情感的交流更加直接，因此家庭的矛盾直接体现出社会政治和经济的利益问题。20世纪有20世纪的家庭问题，21世纪有21世纪的家庭问题。20世纪的家庭问题是走出家庭追求人的解放，而21世纪的家庭问题则是像居家男人这类社会问题了。当代作家的不少家庭小说往往就是通过家庭的窗口来看待社会问题的。但坦率地说，这并不是女真的所好，即使《中风》这篇小说，我们读出了揭露社会体制问题的深意，这也并不是女真的本意。在女真的内心里，最关注的是居家男人闻有家这么一个大老爷们儿因为居家的身份而在家庭生活中的精神憋屈劲。她希望每一个家庭成员都能体贴一下家庭内的居家男人。顺便说一句，女真确有东北女性的爽朗胸怀，因此在她的家庭小说里总能发现对男人的宽宏大量。

  如果说现代文学的家庭小说基本上是从家庭看社会的话，那么女真的家庭小说则是从社会看家庭。她最后的落脚点是家庭。《中风》是如此，其他小说也是如此。像《蝴蝶》，汪渔儿与宋佳音母女俩的矛盾是小说的核心，贯穿始终，而矛盾背后反映的则是教育问题。正是教育上存在的种种僵化理念以及教育制度的落后导致了汪渔儿与她的女儿的无法沟通的矛盾，但女真的重点是写两代人的教育理念的差异给这个家庭带来的精神和心理的变化，在写母女矛盾中写母女情爱。小说的重点没有放在批判当前的教育理念，或者说作者是把这一批判任务留给了读者，这未尝不是一种更高明的方法。而像《过敏》，写到一个有着过敏史的全职太太，由于怀疑丈夫在外面有不忠行为产生的心理焦虑，几乎做出过激的举动。小说所反映的是当前社会的种种不良习俗和负面舆论对正常家庭所造成的伤害。小说中的盖晶晶是值得同情的，但对于她来说，也许心理上的过敏比生理上的过敏更可怕。总之，女真是通过社会问题来看待今天的家庭，来探寻家庭的幸福。女真典型地体现了家庭小说在当代的变化。也就是说，由从家庭看社会，到从社会看家庭，也许反映了家庭小说由革命年代到和平建设年代的时代大变迁。

这里，我们就涉及女真恋家的含义了。她恋家首先是在心目中有一个家的理想图景。说到底，女真关于家的理想也没有什么玄奥之处，就是普通百姓对一个和睦幸福家庭的期待。这也是女真的智慧之处。的确，对于理想家庭的设计，还需要我们花费太多的思想吗？它就存在于人类几千年的文明长河中，就存在于被时间淘洗出的普世价值中。今天的家庭缺乏伦理制度的有力约束，它为人性的解放提供了更大的空间，但伦理约束力减弱带来的问题则是精神的迷茫，因此在我们的家庭生活中更需要强化普世价值的精神作用。因此，女真在家庭小说中设计的看似简单的家庭理想图景却是充满了现实的合理性的。她在《我是太阳、月亮、星星》这篇具有抒情性的小说里，通过一位年轻的女大学生在假期里回家与离婚父母的交往，表达了对美满家庭的良好期待。这种良好期待可以说简单得不能再简单。女真让离了婚的一对夫妻把离婚的事实瞒着女儿，陪着回家度假的女儿。女真写道："我们一起吃饭、看电视，一起去南湖公园散步。我们是相亲相爱的一家人，看见我们的人，谁会不这样认为？"其实，这就是女真内心里的家庭理想图景——相亲相爱的一家人——家庭的理想就是这么简单，但在现实生活中要实现这么简单的事又是多么难。女真的小说反复揭示了这种现实之难。比如，在《我是太阳、月亮、星星》中，那对离婚的夫妻也许没有根本性的冲突，既不是什么第三者，也不是什么发财后人心变异，因此他们才有可能为了瞒骗女儿走到一起。作者似乎是要把他们的离散归结为生理的原因，因为妻子做了切除子宫的手术，因为妻子辛苦地工作很快增添了脸上的皱纹，所以女儿希望自己的母亲能够恢复年轻时的容貌，恢复女人的功能，她以为这样就能牵回父亲的心。充满女性关怀的女真在这里如此轻易地宽恕了作为男人的父亲，却裸露出婚姻最根本的危机因素。也就是说，我们即使能够从社会、经济、历史的各种角度为家庭的悲剧找到千条百条原因，我们也能够针对这些原因设计出千百种家庭的理想图景，但最终我们都绕不开男性与女性在生理上的差异。这就决定了维持一个和谐美满的家庭是非常非常难的事情。可贵的是，女真总是以一种达观的态度去书写现实生活中人们为家庭的和谐美满所做出的努力。在《生儿育女》中，董大梅三姐妹各自成家，各家有各家的困难和问题，董大梅要给上初中的女儿选个好学校，董二菊舍不得让婆婆把一岁多的小宝宝带到乡下去，董三薇不愿在干事业的宝贵年华生孩子……尽管烦恼不断，但她们一到周末回娘家，全家人相聚在一起总是高兴和热闹的，她们也要张罗着为父亲过六十六岁寿辰。在众多琐细小事的描述中，我们能感觉到，生活的烦恼也许就是家庭情趣中不可或缺的调味品。又如《生为人母》，在国外留学的刘强和小叶同居生活并有了一个孩子，他们带着孩子回国探亲，并希望母亲为他们带孩子。身为母亲的汪月芬难以理解儿子的行为。两代人的婚姻家庭观念的差异是如此巨大，因而不断地给汪月芬带来烦恼，甚至让她气愤不已，但气愤归气愤，汪月芬不得不一再地为儿子解决困难，收拾残局。小说充分表现出汪月芬的母爱，而这种母爱包含着对家庭美满的期冀。但女真最想表达的意思还不在这里，她在小说结尾安排这样一个细节，正当汪月芬伤心难过得"潸然泪下"时，两岁了都还不会说话的孙女突然开口说话了，说的第一句话就是"奶奶不难过，妮妮听你话"。这个细节展示了家庭的意义。家庭让我们不断地付出，家庭也让我们获得精神的慰藉。

女真的家庭小说基本上都有一个相同的底色，这就是温暖的爱意。她以爱意去处理家庭的种种矛盾冲突，因为心底有爱意，她总是去发现生活中的爱意。她努力挖掘人物的爱意，她的叙述会在人物的爱意上做更多的停留。所以她的家庭小说是洋溢着爱意的小说，从基本底色上说，她的家庭小说完全不同于现代文学上的突出对立和矛盾的家庭小说，后者更多的是一种阴沉的冷色调。《把鞋穿在左脚上》是从田腊梅的烦心开始的。田腊梅下岗了，租了一个柜台卖鞋，生意很不好，这天好不容易卖出一双鞋，却发现买鞋的人拎走了两只左脚鞋。接下来田腊梅遇到一连串烦心的事，但当她跟踪到了男人的住地时，从另一个更为艰难的家庭里看到了生活的宝贵，从而唤起了内心的爱意，就有了她翻寻旧鞋、洗鞋的行为。她翻捡出四只左脚鞋刷洗得干干净净，准备送给那位挂拐杖的孩子，当她这样做时，作为女性，女真对笔下的女性形象充满了同情和呵护。但尤其不容易的是，她对男性同样是怀着一份爱意和理解。她不会因为呵护女性就要贬责男人。在她的家庭小说里，不乏富有爱意的、对家庭充满责任心的男人,《生为人父》中的程秋实可以说是一个典型的优秀丈夫和父亲。

女真的家庭小说自然要带我们走进一个又一个的家庭,但我发现,她几乎没有带读者进出过豪华的别墅,她向我们引荐的人物也基本上是普通百姓,既没有达官显贵,也没有富豪名流。这显然与她的价值取向有关系,她关注的是普通百姓的生活,关注的是民生民情。当然关注普通百姓和民生民情可以说是近些年来小说创作的主要趋势,它是全球化时代以来中国思想界在人民性上获得脱胎换骨的思想更新后的反映。人民性,曾经被意识形态抽空了具体内涵,成为一个抽象的符号和空洞的所指,但这种状况随着中国当代思想文化的不断解放和突破,已经发生了根本性的改变。当然,这种改变是相对的,在政治和权力层面,人民性的变化主要体现为淡化了过去的阶级意识,而其意识形态性并没有发生变化,这样的人民性残存在一些主流意识特别浓厚的小说中,其人民性还保持着与意识形态的一致性。但是在不少作家的作品中,人民性明显地呈下沉的趋势。下沉到具体的有血有肉的普通人物身上,人民性成为对具体人物的诠释。在这种人民性中,多了平民意识、民间意识或草根精神。将女真的家庭小说放在这样一个大的背景下来看,就觉出它的特别意义了。看上去,这种对家庭日常生活的关注、对小人物的关注似乎与十多年前兴起的新写实小说相似,但两者还是有根本的区别。当年的新写实小说提倡所谓的零度感情、原生态,是对意义的厌弃,将小说变成彻底的形而下。但像女真的家庭小说,则是以人民性的下沉方式摆脱其附加义,恢复其意义的本义。这也就是我为什么说"琐事烦心事都是大事"的理由。

《当代作家评论》2008年第2期

致"赫图阿拉":"痛使我坐卧不安"
——论林雪的《大地葵花》

黄 平

一、"身份"与"资源"的转移

> 哦!心灵,心灵也是沉默的
> 不能对你说,我在想什么
> 在你爱我的时候
> 我爱着别人①

熟悉当代诗歌的读者,自会觉得上面的句子"似曾相识"。这是诗人林雪写于20世纪80年代初期的《夜步三首》中的一节,在当时入选轰动一时的近乎"历史性"的选本《朦胧诗选》。不过,尽管林雪在二十出头的年龄就得到了文坛的承认,但是在"朦胧诗"的潮流中,和北岛、舒婷等诗人相比,林雪等一部分作者始终处于"边缘"的位置。② 当然,"文学史"对"经典"的指认,牵扯到多重因

---

① 林雪:《夜步三首》。阎月君、高岩、梁云、顾芳编选《朦胧诗选》,春风文艺出版社,1985,第321页。
② 当时的选本一共选了二十六位诗人的作品。不过,一部分作者已然被历史所淘洗。在程光炜出版于2003年的《中国当代诗歌史》中,提到的"朦胧诗"代表作者为"北岛、江河、舒婷、杨炼、顾城"。

素；不过，林雪当时的诗艺，无须讳言，还带着青年诗人常见的视野上的偏狭与情绪上的自恋。现在来看《夜步三首》等早期作品，更多的价值是文化意义上的。

林雪的创作在"朦胧诗"之后经历了"女性主义"的转型。如她对写作历程的"自述"："到了20世纪90年代，我觉得我自己寻找到了一种写诗的语言和语气，即女性经验、意识与角色，女性在社会分工中的理想、心灵、命运和情感。比如我在那个时代的工作、爱情或阅读，一次轻易的离别带来的永诀，在无数夜晚写下的诗篇，忍受过同样的孤独悲伤。这一切都曾经是我心中的诗歌素材，像《微火》《紫色》等参加诗刊社青春诗会时写出，并被称为是女性主义写作代表诗人的代表作。"[①]但是，和"朦胧诗"潮流中的境遇相似，林雪尽管被批评家们列入代表名单，但和翟永明、伊蕾、唐亚平等相比，仍旧不是瞩目的焦点。[②]某种程度上，林雪依然在"潮流"中写作，还未能找到自己"真正"的"语言和语气"，以及所依托的"写作资源"。

沉潜多年后的林雪，迎来了又一次的"转型"。2006年结集出版的诗集《大地葵花》（第二年获得了第四届鲁迅文学奖优秀诗歌奖），诗风发生了明显的变化。鲁迅文学奖评委会注意到了这一"转折"："《大地葵花》是诗人林雪创作历程中一个重要的转折，它摒弃了诗人个体写作的雕虫小技，转向群体精神空间的求索。它不是一次诗歌灵感与故乡地理的偶然相遇，而是一次自觉的心灵之旅，一次自我精神的还乡。"[③]关于林雪"女性主义"写作阶段的"终结"与"转型"的原因，有研究者归结于林雪个人生活的遭遇所带来的不同的生命体验："因为一场突如其来的疾病，正值创作旺盛期的林雪令人遗憾地中止了她的写作。一条充满深情的语言之河，在诗歌的沙漠里突然消失了踪影。直到七年之后，当林雪以她与原来完全不同的风格站在大家面前，我们看到的是一个充满冷静和悲悯的新诗人。"[④]林雪则认为，自己的变化在于"身份"的"转移"，即从20世纪90年代开始的在《当代工人》杂志社"职业对我的训练"："从女性主义写作代表人物之一的特征中走出来，开始关注现实和社会转型期更多生命的生存与尊严，这种转变并不是对女性主义写作的否定，而是源于职业对我的训练。在媒体工作的一个好处，是可以让我经常能接触到现实。"[⑤]

---

① 林雪、许维萍：《诗歌：对大地和人民的热爱与低吟》，《辽宁日报》2007年11月23日第12版。

② 罗振亚将翟永明、伊蕾、唐亚平、陆忆敏、王小妮、张真、林雪、张烨、海男等列为女性主义诗歌来自20世纪80年代的"老"诗人。参见《激情与技术遇合——九十年代女性诗歌的审美新向度》，《文艺理论研究》2004年第2期。

③ 《林雪：敬畏鲁迅》，《沈阳日报》2007年11月4日对林雪的采访。

④ 于贞志：《诗歌中的三个林雪》，《诗刊》2007年第12期。

⑤ 林雪、许维萍：《诗歌：对大地和人民的热爱与低吟》，《辽宁日报》2007年11月23日第12版。

就此，林雪多次提到1995年早春时节的一次无意的旅行，算作这一"转型"之发生的"标志"或"象征"："这本诗集能够结集，源于1995年早春时，我曾有过的一次抚顺之旅。两位表姑做我向导，沿着山谷，我们从林荫路步行到救兵。通什那个山谷后来被我写进了其中的一首诗中。"① 这一次的"旅行"之中，林雪觉得"我要寻找的最适合的语言出现了"："我知道，我的家乡变了，乡村正面临着前所未有的问题，我再不可能只为寻找乡村的美景而写作。我知道现代化进程就是不断缩小城市与城市之间的距离，而被缩小的也正是我们赖以生存的土地，是我们的传统文化之根生长的地方，农民、乡村在城市化的过程中必须转化，但如何转换，我只能提出问题。为了寻求答案，我开始做我的笨功夫，阅读《资本论》《工业史》，为了《大地葵花》这只有七十余首诗的薄薄诗集，我看了《抚顺地方志》《赫图阿拉的传说》《清史稿》等一大批书。我觉得只有这样充分准备，我才有能力表达自己。直到现在，我似乎还没有写完。"②

显然，曾经沉浸在"淡蓝色的星"的哀欢中的诗人，这一次决意面对"越来越宽广的方向"。在这个意义上，林雪的这一次"转型"的背后，涉及的是"文学资源"的"调整"，林雪将其概括为"政治上成熟了一些"的"现实主义写作"："我希望自己有能力思考大变迁中人们的命运，并有能力留下表现这个时代的诗篇，我的诗已经不是青春年代那些超越、激烈的幻影，而是生活中朴素、深刻、充满思考的细节，我希望写出平凡而悲伤的真理，写出自己悄无声息的、低声部的热爱。"③ 林雪的表述，让人联想起鲁迅文学奖的"授奖辞"："林雪这部对故乡和生活在这块土地上人民的歌吟诗集，让我们感受到女诗人诗风变革的一系列关键词：我、热爱、大地、人民、时间、灵感、命运、生活、死亡、虔诚、谦卑、感知、心灵、无言、惊愕、诗！"④

二、"痛使我坐卧不安"

在《大地葵花》中，"由赫图阿拉山地，到抚顺的丘陵，到辽沈平原，到整个祖国"，成为林雪"悄无声息的、低声部的热爱"的"象征"与"载体"⑤。不

---

① 林雪：《〈大地葵花〉初版自序》，载《大地葵花》，春风文艺出版社，2006。
② 《林雪：敬畏鲁迅》，《沈阳日报》2007年11月4日对林雪的采访。
③ 林雪：《〈大地葵花〉初版自序》，载《大地葵花》，春风文艺出版社，2006。
④ 林雪：《林雪的诗（五首）》，参见"第四届鲁迅文学奖诗歌获奖作品精选"，《北京文学·中篇小说月报》2008年第2期。
⑤ 林雪、许维萍：《诗歌：对大地和人民的热爱与低吟》，《辽宁日报》2007年11月23日第12版。

过,这种宏大的、"政治正确"的情感没有变成廉价的"颂歌",而是沉稳地选择了一个庄重的支点:"我的眼前一次又一次出现天空的梦境,出现了卑小的人们和无法改变的命运。"① 在当下特殊的与"现代"接轨的"现实"中,毫无疑问,底层的命运考验着叙述者灵魂的重量。就此,林雪无法回避卡夫卡式的梦魇,她的诗歌中,"现代"也是一只甲虫,只不过,这一次不是人变成了甲虫,而是被"甲虫"所吞噬:

  我的兄弟们
  在风中缩紧了骨头,为了能在
  这班通向工地的车,这只放大一万倍的
  甲虫里面,忍受甲烷的臭味,而且
  别掉下去。别被丢下。活着。吃饭
        ——《风中的少年》

  面对这样的"现实",诗人写道:"痛使我坐卧不安。"这个句子出自诗集中最为"贴近现实"的《陈红彦之死》,素材直接取自《今日播报》的一则真实新闻:民工陈红彦被"机器"所吞噬,"手指被皮带夹住。然后是小臂,最后是整个左肩被撕开"②。在诗集中,这是最长的诗歌,而且唯一地在诗行中夹杂着三段"背景叙述",凝重的日常生活让诗句变得很"沉":

  劫数无法逃避
  生活向我的身体的裂缝倾倒了泥沙
        ——《陈红彦之死》

  由此,诗人在诗歌中漫游,由上文所提及的"旅行"所打开的"缺口",陆续回到"我的出生"与"我的过去"③。不幸的是,北龙凤、榆林街、青年路、小电车、幸福的工厂区景……这一切,诗人曾经熟悉的一切,都不在了:

  现在,它们都已成了废墟
  有人回到这里,有人被景物包围

---

 ① 林雪:《诗:平庸而破碎的心灵之祷(代跋)》,载《大地葵花》,春风文艺出版社,2006。
 ② 林雪:《陈红彦之死》,载《大地葵花》,春风文艺出版社,2006,第155页。
 ③ 林雪:《〈大地葵花〉初版自序》,载《大地葵花》,春风文艺出版社,2006。

在南口前吹到东州，还是从前的样子
第一代简易轻轨还在，还在穿过
那噩梦一样的街区

——《河水曾漫过水源地以西》

面对"家乡"这被废弃的"老工业基地"以及"工业"带来的伤害，诗人的忧郁无法掩饰：

四个世纪以前，一些栽种柳条的人
阻止了另一些人的脚步。如今
他们的后代成为生活的同谋
正一起毒化着水源和天空

——《柳条边》

或者：

故乡的槐花曾开满我的青春。如今
要有一只青蛙停下来的节奏
我才能分辨出天空和云朵上面
哪些是椴树花粉
哪些是水泥和白灰，哪些是
来自星星的磁粒

——《一个农民在田里直起身》

某种程度上，贫穷的村妇（《关岭的少女》）、捡垃圾的三岁孩子（《公交站牌下的南方小孩》）、黑压压的讨要薪水的民工（《蹲着》）、失望、苦难、遗忘（《下一首：苦难。下一首：自由》），这一切让诗人焦灼不安：

远处大厦的尖顶，灯光闪烁
火车来了，驶过，犁开更深的黑夜
人民从没有像现在深深地种植

——《人民深深地种植》

与之对应的，诗人的作品中，往往密布一些被粉碎的意象，比如破碎的

"瓷"或"陶"：

> 一些瓷的幻影，一丝丝的冤魂
> ——《我歌唱尘埃里深积的人民》

或者：

> 陶啊陶，告诉我
> 我们的生活怎么才能完整
> ——《陶街》

就此而言，诗人慨叹道：

> 这首诗离开了最初的
> 灵感，她不去写粗犷、力量、山川美景
>
> 而是不小心写出了灾难：在劳苦，性
> 生育，争斗孤独和命运之后
> 她看见了死亡，和诗歌一起迈开大步
> 一天天向我们的苦难逼近
> ——《风中的少年》

在这个意义上，诗人以"诗"的名义控诉，"我愿用这首诗作为原告／愿用每一个字作为证据"(《风中的少年》)。对于诗人而言，"现代"的"焦虑"，像惊悚的梦境，无法摆脱。林雪在后记里曾回忆道："在梦中，我总是跟着那些飞翔的油罐奔跑。遥远的厂区里诸多的催裂化装置，昼夜不停地嘶鸣，喷射出能量或气体。气体与液体在腔肠一样稠密的管道内循环着，分解着，生成着。许多年后我仍然会梦见它们的光芒和声音，在梦中，带着一直的惊叹和惊悚。"[①] 作为成长于"石油企业生活区"的诗人而言，"家乡"被"现代性"所整合、编织、耗尽、遗忘的命运，是"被记载到血液的回想"，终其一生无法脱身而出：

---

① 林雪：《诗：平庸而破碎的心灵之祷（代跋）》，载《大地葵花》，春风文艺出版社，2006。

现在，我正置身于一种线性的
方程中。我，我们，所有的人
越生活，越失去自己的时日和语言

——《我爱上了山谷》

面对荒芜的一切，如何在"线性"的"现代性"中自我救赎，焦虑的诗人，选择了向"赫图阿拉"呼告。

三、面对"赫图阿拉"的诗人

在《大地葵花》中，诗人选择超越"形而下的心灵之碎"的方式，是向"赫图阿拉"呼告，"以期到达人性光芒的山顶"[①]。阅读林雪的作品，"赫图阿拉"频频出现，或者指涉地理意义上的"抚顺的地理学"（《睡吧，木底》），或者指涉历史意义上的努尔哈赤那"早已黯淡的国土"（《风把我从诗歌中吹醒》），或者指涉宗教意义上的"命运里朴素而深远的象征"（《高坡玉米》）。有研究者就此认为，"植根并生长于赫图阿拉的《大地篇》（在《大地葵花》的七十五篇作品中，占六十五篇的份额），使这部诗集，实际上是整部的赫图阿拉之歌，是让生命回归故土、诗歌回归大地的一首长诗"[②]。

有趣的是，笔者既是满族，又恰恰成长于"赫图阿拉"地区，每次在家乡与北京之间往返，都必然路过新宾的"城堡"。笔者深知，"赫图阿拉"是"看不见的城市"，现在遗留的，只是"最近几年被重新修建"的人造的旅游景观。诗人显然也了解这种景区的"把戏"：

赫图阿拉城堡周围广场上
每天上午十点，一场模拟
皇帝出行的盛大典礼
开始

——《落日光芒》

在诗人的笔下，"赫图阿拉""地理"和"历史"的意味比较淡。"赫图阿

[①] 参见林雪自述："一只手握住平凡而普通的生存之忧，握住形而下的心灵之碎，另一只手攀越重峦叠嶂，以期到达人性光芒的山顶。"（《诗：平庸而破碎的心灵之祷（代跋）》）

[②] 董学仁：《诗歌写作的优越时刻——关于〈大地葵花〉的两种阅读》，《诗刊》2007年第6期下半月刊。

拉"不是涉及某个地区的具体的所指，和"后金""大清"等历史的关联也并不多（《大地葵花》中只有《岩石上的那个人》《在盖牟城》《睡吧，木底》等几首涉及"努尔哈赤"或是"高句丽"）。更多的时候，"赫图阿拉"意味着冥冥中的神祗，宗教意义上的"命运里朴素而深远的象征"，允诺诗人的感恩与哭泣（《在一个叫赫图阿拉的地方》），安慰着陷入"现代性"的"忧郁"中的诗人：

  我的忧郁在你空气中被分解
  那种美妙的恍惚给了我许多错觉
       ——《在一棵马齿苋旁小心地躺下》

又如：

  赫图阿拉，我的身体和想象
  刚刚从抑郁中醒来。而一首诗
  越过了我对生活肤浅的满足
  驻扎在记忆久久萦回的地方
       ——《一首诗中的赫图阿拉》

某种程度上，"赫图阿拉"是被诗人悬设的"对话"的对象，一处高于"形而下的心灵之碎"的"神格化"的"世界"。就此我们可以理解，在林雪的作品里，为什么作为叙事人的"诗人"频频在诗句中现身，毕竟，这是一位焦灼的寻找答案与安慰的诗人：

  今天，你崖头的杏花飘了一整天
  赫图阿拉，我在你崖下的土路
  走得踉跄。除我之外，还有
  两个我。看见我用第三个灵魂歌唱
       ——《我用第三个灵魂歌唱》

这样一种"天问"般的"对话"关系，决定了林雪的诗中出现大量平白的"叙事"，诗人向"赫图阿拉"倾诉着"现实"的"痛"：

  两个从门外进来的男人，在邻座上坐定

老的五十几岁，小的二十几岁
老的穿深色衣，小的穿浅色
他们有几分相像，大约他们是父子
　　　　　　　——《在站前快餐店要白开水的父亲》

或者：

过年她们回乡时，衣着朴素，脸面素淡
村里人偶尔在省城，看见他们穿裘皮
化浓妆，留猩红的指甲。她们到底在做什么？
谁都知道，谁都不会说破
　　　　　　　——《坐在场院里瞌睡的老祖母》

同样的逻辑，林雪的诗中无法避免地频频出现"议论"：

赫图阿拉！风儿吹来我的体温
她难以暖到你。一座思想的居所
一处词语的家！仿佛伸手在即
却遥不可及。我们是否
还能活在那卑微的
意义当中？
　　　　　　　——《诗意秧苗》

坦率地说，在某些作品中，诗人的叙事流于直白，议论显得突兀。也许，这是"宽广"的诗歌格局难免的"粗糙"。不过，部分原因也在于诗人没有完全摆脱曾经的自我怜惜，孜孜于面对"赫图阿拉"无休止的表达。局限于此的话，诗人说得再急切，其实还是在"赫图阿拉"这个"世界"之外。林雪最优秀的作品，往往摆脱了黏稠、凝固的"诗人"角色，化入了更为广阔的"世界"之中：

我的眼睛在天空和牲畜的复眼中
看着大地的欢乐悲苦。赫图阿拉！
我的一部分血管盘旋在你的矿脉里
我的手，一部分的头发和指甲

沉积成钙，混在你的尘埃里

　　　　　　——《在大地上风不为人知地吹着》

　　这样的时刻，诗人成了"赫图阿拉"的一部分，或者说，诗人就是"赫图阿拉"。进一步说，何必一定要去寻找乌有的"赫图阿拉"？"那些真实的过去／可能性的未来／都可以看作是赫图阿拉。"（《我爱上了山谷》）在这个意义上，笔者更喜欢的是《土豆田》这首诗，诗人在此放下了"天问"的重任，回到温情的日常生活，久违的宁静，其实就在我们的内心深处。且允许笔者抄录最后一节，算作本文的结尾：

　　　　风从开有蓝花的土豆田吹过
　　　　土豆在我们的想象中生出嫩芽
　　　　那些嫩芽越过了自己的不幸
　　　　用旷世的温暖拉拢着我们

　　　　　　　　　　　　——《土豆田》

《当代作家评论》2008年第4期

写作：隐秘的皈依之途
——孙春平近年小说创作研究

韩春燕

也许文学真的有着自己的命运。刚刚挣脱政治的羁绊，便又面临着市场的诱惑；刚刚欣喜于告别了单一的政治现实主义，又痛苦着陷入了五花八门的理论迷阵。伴随着文学出版物量的繁盛，对当下文学不满和指责的声音也越来越多，越来越高。

在众多的批评中，有一种声音尤其尖锐，那就是认为中国作家已经日益丧失思考的能力和表达的勇气，丧失了对现实生活的敏感和对人性的关怀。随着文学作品中真善美的消失，批评者认为，已很难引发人们心灵共鸣的文学，只能逐渐沦落为与大多数人生存状态无关的"小圈子游戏"，而最后的结果必然是文学的陷落。

也许这样的批评过于尖刻，也过于武断，一个时代文学的问题，肯定与这个时代的文学生存环境有关，但抛却一切客观因素，我们也不能不承认我们时代的文学写作者自身确实某种程度上存在着上述的病症，虽然他们对生活的矫饰和逃避有着这样或那样的理由。

现实主义（现实主义的前缀很多，这里指的是传统现实主义，也即具有社会批判性的现实主义）作为一种创作方法，因其历史的漫长以及曾一度变异为政治现实主义（伪现实主义），三十年来，它站在众多的现代主义和后现代主义理论中间，显得衣着陈旧，脸色灰败，不受待见。当"多元化"时代来临，作家有理由也有权利选择自己的理论资源，自己的创作方法，这无可指责。在我们这个时代，理论的选择如同创作方法的选择，没有正确与错误之分，更没有先进与落后之分。

也许，在这样的时代，我们更需要貌似陈旧苍老但强调文学对现实忠诚和责任的现实主义，因为，真正的现实主义文学恪守着现实问题准则及社会批判原则，它强调真实追求客观，它能够戳穿伪饰现状的意识形态，为那些坠入贫困被边缘化的弱势族群或阶层发声，它天然地具有素朴的人间情怀和人道精神。

在一个由权力和金钱主宰的时代，真正的现实主义文学是读者的呼唤，也是历史的需要。

我们这个时代仍然存在富有责任感关心民众疾苦的作家，但一个富有社会责任感关心民众疾苦的作家并不等于是一个成熟的现实主义作家，真正的现实主义文学不仅要有对现实的穿透力和批判力，要有对人从肉体到灵魂的关注和悲悯，更要有精湛的艺术表现、完美的艺术形式，而许多作家由于自身素养等问题，其创作还停留在也许将永远停留在有瑕疵的现实主义或者残缺的现实主义水准上，而我们希望看到的是一个不断克服自身局限，在思想深度和艺术高度上不断有所追求，从残缺现实主义文学靠近真正现实主义文学的作家。

一个努力的作家，我们通过他的作品会发现他向成熟和完美方向努力的轨迹。

也许孙春平就是这样一位作家。

孙春平的创作生涯始于20世纪70年代，三十多年来，他已经有了几百万字的厚厚积累，五部长篇小说，五部中短篇小说集，百多篇中短篇小说，多部影视剧，也获得过各种奖项。

而关于孙春平的小说创作，曾经有过不同的评论文字。

十几年前，《上海文学》编辑张斤夫曾从一个编辑的角度对孙春平的小说进行过评价。他说："我觉得可贵的是：他所关注的焦点，他对社会生活强烈的参与（或叫干预）意识。他的每一篇来稿，反映的都是大社会，'大家庭'，从不掩饰社会矛盾，不搞小打小闹，不搞蜻蜓点水。他所关切的，不是'我'……也不是'我'的小家……在他的来稿中，几乎看不到卿卿我我、恩恩怨怨的儿女之情、夫妻之情，对社会上的善恶他有一种强烈的爱憎，有一种可贵的责任感和使命感。或许由于这些，他不怕失败，不怕退稿，不怕编辑真诚的批评与严格要求……我并不反对作家写'我'或'我'的家庭。'我'是社会的成员，家庭是社会的细胞，只要作者有真情实感，有扎实的生活，什么都可以写，什么都可以写出好的作品。我只是说，孙春平关注的焦点，是孙春平创作的特点。一般来说，作家所关注的焦点，从某些方面，反映出他的修养与气质，决定着他创作的倾向与风格。"[①]

同样对孙春平的小说,刘恩波和金鑫则"惊叹于那里面饱藏的世态人情、现实历史、变故纠葛中所蒸腾透射出来的命运和情感的塑造力量,一种社会学的直面世俗的机敏与彻悟,一种将生活原貌不加矫饰和浮夸而能活灵活现表达描摹的诗意笔法"。肯定的同时,他们也指出孙春平小说"虽充满了智慧色彩但显然缺乏形而上的沉醉力量;拥有了'轻松'而'好看'的故事情节,不过又匮乏多层次多蕴含的禅机玄关;语言粗放流畅只是少了更加蕴藉一点的拙朴灵秀之气"[②]。

评论家周立民在他2001年的一篇名为《无法直面的现实》的文章中,将孙春平和张平、李佩甫、周梅森等人放在一起,认为孙春平的创作和这些作家一样还存在着很多问题,比如艺术表达方式的问题,比如个人性缺失,直面现实不够的问题,还有缺乏精神的超越和形而上的思考的问题等等。

三年后,评论家张学昕则认为孙春平的小说"已渐渐走出他以往习惯的在一般社会意识形态下以某种'公共意识'观察、观照生活的窠臼,开始有个性地呈现生活。他不再局限于各种局部的真实和现实,沉溺于故事本身的兴味或悬疑,而是透过生存的表层现实,以一种生活参与者的身份,以一种独特的眼光和智慧,对生活有一种发现。这就是,作者立足于传统叙事,又努力突破传统叙事的种种局限,在并不复杂的人物关系中揭示或展露出人性的种种积淀"[③]。

抛开评论者个人的好恶,应该说这些评论文字都在某种程度上把对了孙春平小说的脉。

多年的写作生涯里,孙春平已经形成了自己的风格,他的创作大多以现实层面上斗智斗勇的故事性取胜,多少年来,他不断编织着这样引人入胜的故事,塑造着各种足智多谋的人物。在他前期的小说文本中,我们不难发现,他关注现实,但还缺少穿透现实超越现实的力量;他重视人物,但还缺乏对"人"本身的注重。孙春平小说所表现的生活无疑是广阔的,但向这种广阔的深处掘进得还不够。而他小说里的人物,无论是男是女,是老是少,是农民还是工人抑或是干部,他们的性格都有着共同之处,我们从不同生活背景下不同身份性别的人物身上可以感觉到相似的东西,那就是他们都老于世故,心思细密,心机深沉。因为有这些精明人的参与,他所编织的故事无疑就非常精巧好

---

① 张斤夫:《冲坚破阻锐追求——孙春平和他的近作》,《当代作家评论》1996年第4期。

② 刘恩波、金鑫:《搭建"好看"和"轻松"的艺术魔方——有关孙春平作品的阅读断想》,《当代作家评论》2004年第4期。

③ 张学昕:《质询人性与权力的乡村叙事——评孙春平长篇小说〈蟹之谣〉》,《当代作家评论》2004年第4期。

看，但这也难免给他的创作带来千人一面、文本模式化的弊端。

在艺术上，孙春平行文朴实，尤其善用东北土语，使文本洋溢着浓烈的地方气息和土腥味，他的小说结构缜密，故事性强，情节张弛之间充满智慧，应该说他的每篇小说里都有一场智力竞赛，机谋角逐。但有的时候，所长也即所短，孙春平语言上的"乡"化、"土"化，也使文本样貌显得缺乏美感，那种密实的叙述，则使小说缺失了灵秀，而人物共同的精神谱系，更让每篇小说里的人物都似曾相识。

诗性的缺乏应该说是孙春平小说的最大遗憾。

孙春平是一个关注社会现实的作家，他的现实主义还是一种不够完美的现实主义，无论在思想的深度还是艺术的高度上，他都存在缺憾。然而，我们还应该注意到孙春平是一个努力的作家，这个工人出身的作家在作品的思想深度以及艺术水准上正在不断掘进，不断提高，虽然年近花甲，仍不放弃努力。

应该说，几十年来孙春平的小说创作正在逐步走向成熟，他小说创作的路，是一条现实主义精神不断得到强化的路。他的小说从政治现实主义脱胎，逐步远离意识形态；从清官贪官的迷津中走出，"人"在他的写作里获得了从未有过的关注和尊重；在他的文字里，随着穿透力和批判力的增强，善和美的花朵也纷纷绽放。孙春平的创作正在努力克服自己的局限，向真正的现实主义文学靠近。

也许，我们通过对孙春平近年来小说创作的分析和探究会发现这种努力和变化的轨迹。

2006年以来，孙春平发表了一批中短篇小说，在这一阶段的小说里，孙春平的创作有了明显的改变。

我们先来看三个短篇小说。《彭雪莲的第二职业》[1]写的是一个纺织女工的艰难生存。丈夫入狱，她为了撑起自己和女儿的生活，不得已给一个外县收账老男人做了屈辱的"全职保姆"。老男人车祸去世后，她完全可以"彻底地眯着，不露面"，但良心还是驱使她向警方提供了肇事车的车牌号码以及那个男人的身份证、手机、账单等一应物品。而《派我一辆吉普车》[2]中的谭恩沛则为救一个乡下女孩，挪用公款犯了错误，从省水利厅被贬到县水利局锻炼，在基层他全身心投入工作，然而他的建议却得不到该县县长的采纳，最后他为救洪水中的群众牺牲了。《换个地方去睡觉》[3]中的老贺更是活得孤独痛心，他一生清廉兢兢业业，却一直背负着贪官的恶名，没有人相信他理解他，包括他的女儿；最后

---

[1] 原载《上海文学》2006年第8期，《作品与争鸣》2006年第12期转载。
[2] 原载《人民文学》2007年第10期，《小说月报》2007年第12期转载。
[3] 原载《民族文学》2008年第1期，《小说月报》2008年第3期转载。

因为生存环境的恶化,孤独痛苦的他只能找个地方去睡觉——到地下去寻找了解自己的亡妻,以自杀来还自己清白。这三篇小说写得都非常沉重,充满悲情,这些个人在社会变革中的悲剧,令我们深思。

这三篇小说主人公的身份虽然分别是纺织女工、省水利厅下派干部和曾经的国企沥青厂厂长,但他们都是这个社会中郁郁不得志却怀有良知的人,他们的故事都是"好人的悲剧"。在这里,孙春平对人的生存状态关注的同时,也提供了一种充满刺痛感的生活悖论。

孙春平的创作很看重故事,他曾经在《但愿小说好看且耐读》[①]这篇创作谈中写道:"那么小说里的故事呢,我把它比作建筑的框架,没有独具匠心的设计,那个框架即使立了起来,也难有引人曲径通幽的效果。"他说,"我从小爱读小说,一直读到今天。首选的条件便是它必须有一个好看的故事,能让人捧得起放不下,至于受不受教育,那得读进去再说……这种个人的口味偏好影响到我后来的小说创作,没有一个成熟的故事,我是绝不敢贸然动笔的"。他不仅看重故事,也善于经营故事,他小说的故事多有曲径通幽的效果,但故事的好看绝不是小说的唯一目的,关于这一点,他在这篇创作谈中是这样写的:"小说要好看,是它起码的前提,小说耐嚼则是对它更高的要求。小说离不开故事,但小说又不同于故事。故事重在情节的奇特曲折,而小说则重在人物的塑造。人物立了起来,便有了小说的成功;只有故事而没有栩栩如生的人物,它只能是打入另册的作品。小说与故事的区别,说到底,就在人物的塑造。小说耐不耐嚼,说到底,也在人物的塑造成不成功。人物的塑造却不似故事的形成,灵感一动,瞬息即得,这要靠长期的观察与积累。"

也就是说,孙春平在自己的创作中除了追求故事的匠心独运,他更着力于塑造鲜活丰满的人物。

孙春平这一阶段的小说更注重故事的讲述技法,而在人物的塑造上也克服了以往对精明人的偏爱。这三篇小说中不再有那种老于世故的人物,他们善良真诚纯朴实在,尽管都处于人生的低谷里,但对善和美的追求并没有停止。作者在叙述中对这些活得并不如意的小人物表现出了深深的同情,对他们身上闪光的人性表达了真诚的敬意。小说的叙述,让我们觉得作者就是这些人的左邻右舍,他深切地体会着表达着他们的喜怒哀乐,他与他们之间没有距离,他的目光是平视的,他们的心灵是相通的。小说的语气亲切,文字熨帖,有强烈的温暖感。

---

① 《小说精选》2001年第10期。

而去年以来的三个中篇《一路划拳》①《一树酸梨惊风雨》②《故乡的苦杏仁》③则打破了孙春平小说的密实叙述，由眉目紧凑变得五官疏朗，体现了他在结构小说上的努力。

《一路划拳》用划拳酒令结构全篇，两个铁路子弟一生的逃票生涯串联起他们的人生际遇，黄建国沿着笔直的铁路却一步步走向了深渊，走向了也许早就等在那里的悲剧结局。同样写命运的《故乡的苦杏仁》则用舒缓有致的笔触，将"奶奶"终其一生对娘家的思念与怨恨淋漓尽致地表达了出来，于是奶奶刚强的一辈子在作者的笔下有了故乡苦涩的杏仁味；和《一路划拳》一样，这部两万多字的小中篇读起来更像一部长篇。《一树酸梨惊风雨》采用的是以人的名字结构小说的形式，省国税局决定在上河湾村建一处大型培训中心，整个村子需要搬迁，而村民现有房屋会得到省国税局的搬迁赔偿，于是一石击起千层浪，荡出圈圈涟漪。小说围绕村民紧急建房骗搬迁补贴的闹剧，让各色人等的"国民性"都有了充分的展示。如果说前两篇小说主要是以时间为序组织起人的纵向人生，那么这篇小说则主要围绕建房事件构成平面辐射。

除了乡村、铁路、官场之外，孙春平近年的小说创作还拓展到教育、情感、刑侦等各种领域，把笔探入日常生活的各个角落。如《情感逃逸》④《守口如瓶》⑤《水枪》⑥《追凶七〇九》⑦《一九七一年的小道消息》⑧《非典型正当防卫》⑨。

无疑，近年来孙春平的小说创作无论在数量和质量上，都标志着他个人创作黄金期的到来，而这个黄金期却始自他2006年到辽阳县挂职深入生活，本文所说的孙春平近年小说创作，也指的是2006年他挂职以来的小说创作。

孙春平的小说自2006年始确实发生了重大变化，创作激情澎湃了，题材范围扩大了，批判力度加大了，穿透力度增强了，艺术视野广阔了，悲悯情怀增加了，艺术形式新颖了，美学趣味改变了……

而真正标志着孙春平小说创作审美蝶变的是2008年的短篇小说《皇妃庵的

---

① 原载《小说月报》（原创版）2008年第1期，《北京文学·中篇小说月报》2008年第2期转载。
② 原载《人民文学》2009年第1期，《北京文学·中篇小说月报》2009年第2期转载。
③ 《中国作家》2009年第1期，发表时名为《娘家人》。
④ 原载《北京文学》2006年第7期，《小说月报》2006年第9期转载。
⑤ 原载《当代》2007年第3期，《中篇小说选刊》2007年第4期转载，《小说月报》2007年增刊转载。
⑥ 《十月》2008年第3期。
⑦ 原载《啄木鸟》2008年第11期，《小说月报》2008增刊转载。
⑧ 《作家》2009年第1期。
⑨ 《当代》2009年第1期。

香火》①。

每个作家的创作风格,都与该作家的气质类型、心理机制、美学趣味、修养、阅历等相关,应该说是很难改变的,或许读者和评论者也不对孙春平创作路数的改变抱有多大的期望。瓶颈不是每个人都能突破的。然而,年近花甲的"老"作家孙春平却通过自己的努力让我们看到了惊喜。

《皇妃庵的香火》中,我们仿佛看见孙春平的创作已破茧而出,羽化成蝶。

首先,《皇妃庵的香火》这个名字就有着足够的神秘与浪漫,这与以往对孙春平小说的阅读经验着实相悖,孙春平的小说一直是缺少这种神秘和浪漫色彩的。而小说开始用三个自然段,交代皇妃庵的地理位置,皇妃庵的被历史剥蚀的残败,皇妃庵的传说,然后才缓缓进入作者要讲的故事,这也和孙春平以往直接进入故事的写法迥异。小说的味道有时就出现在这种舒缓和闲笔之中,尤其是第二自然段:

> 皇妃庵位于一个不大的山坳,山坳里自古以来就只有一个村落,现在还是一个村落,叫卧虎营子。村后的山坡上,确实有个庵堂,不大,只三间房,据说早先还有院墙,是暗红色的,但漫长岁月的剥蚀,加上当地百姓的拆扒,那院墙早没了踪影。眼下唯一还能让人想起这里的不同凡响之处,便是屋顶上残存的几片琉璃瓦,金黄金黄的,在风和日丽的日子里,那琉璃瓦灿烂出几束耀眼的光芒。

这种对沧桑的描画,以及蕴含在沧桑中那种惆怅的情绪,都是孙春平小说中从未有过的。

孙春平小说很少写景,很少抒情,"一切景语皆情语",他的小说多少因了情的缺乏,导致了感动的缺乏。所以,可以说孙春平的写作更多的是一种智力写作。而在《皇妃庵的香火》中,我们却是被这样的文字引入故事的:

> 春日里的一个傍晚,车站旁养路工区的工人蔡林忠收工回来,无意中看见皇妃庵里飘出淡淡的烟雾,心里先存下一份小小的疑惑,及至回工区吃下自己的那份窝窝头菠菜汤,出来冲洗碗筷时,不由得又向皇妃庵方向瞭望,将垂的暮色中,那橘红的烟霞似雾霭在皇妃庵上空缓缓荡漾。

---

① 原载《芙蓉》2008年第6期,《小说月报》2009年第2期转载。

暮色中，皇妃庵上空橘红的烟霞预示着一个爱与美的故事就要发生了。

一个善良的养路工区临时工，在饥馑的年代救了一个寄身皇妃庵的伤病女人，后来因为这个怀有身孕的盲流女人要被当地村干部遣送，他为了救下两条性命娶了这个女人，结果女人连续生下了两个残疾女儿，最后这个叫蔡林忠的男人，在工区撤销前夕，为了两个残疾女儿，毅然选择在两节机车间挤死，用这次工亡换取了她们以后的一点生存空间。

蔡林忠只是一个普通男人，一个从未得到转正的临时工，甚至也是一个盲流，但他善良、仁义，无论对妻子和非亲生的女儿，对工友还是工作，都默默奉献勇于承担，甚至不惜牺牲自己的性命。

然而，这篇小说中，具有这样大善大爱的绝不仅限于蔡林忠一个人，那个被蔡林忠所救，后来成为他妻子的女人马菊香更是浑身散发着善与美的光辉。在马菊香寄身皇妃庵最困难的时候，她曾掏鼠洞得到一点黄豆，这点黄豆她不是自己留着果腹，而是煮好送给工区的人让他们吃点治水肿。她开荒种下蔬菜和粮食，有一半被人偷走了，她却拒绝用篱笆围起来，说"天是大伙的，地是大伙的，太阳和雨水也是大伙的，咱只是花了点力气，这我就感恩不尽了"。甚至认为，"那哪是丢？谁顺手掰去两棒苞米，摘去一个倭瓜，那是看得上咱们了"。

马菊香勤劳能干容易知足懂得感恩，从不占别人和集体一点便宜，大家都去煤车上抢煤，两个残疾孩子也去了，甚至警察也睁一只眼闭一只眼，而马菊香知道后却坚决让女儿送回去，说这是不仁不义的事，甚至用煤块把自己砸得头破血流。

小说里还有一个人物，他不仅始终充当着这夫妻二人大仁大义的见证者，而且充当着他们生活的帮助者，这个人就是工段长，他也是一个善与美的化身。

孙春平的小说从来没有讲述过如此令人感动的故事，更从没有塑造过这样大善大美的形象，读他从前的小说更像是观棋，小说中的人物给我们留下的多是他们的阴谋，或者阳谋，白色智慧，或者黑色智慧，出乎意料的是，孙春平在这篇小说中放弃了他一贯的对对弈的偏爱。

《皇妃庵的香火》中没有一个精明人，没有一场智力的角逐，小说里的人物甚至在世俗眼光看来，有些傻，有些呆，或者用小说里的词语表达，有些"二"。

正是这种"二"，最后抵达了人性或者小说的最高境界——慈悲。

蔡林忠用生命换来了马菊香母女三人赖以生存的"皇妃庵超市"，从此：

> 白日里，马菊香仍去山野间劳作，有时亮慧也跟着同去，只留了

明慧在家里守超市。那可真是比正式超市还超然一截的小市场，明慧抓着抹布在货架间擦拭商品上或有的尘土，她看不见钱，因此也就不管钱，只在门口摆了一张小桌，桌上摆了几只小纸盒，盒里分别放着十元、一元、五角的零钱。有顾客来了，问，有酱油吗？答，在南边第二趟的柜上呢，自己拿吧。又问，谁收钱哪？答，放在桌边的箱子里吧。桌子边是一个大些的木箱，锁着，只在上面留了一个口，有点像选举会上的选票箱，也像寺庙里的功德箱。如果还有人问，我的是大票，不找零钱吗？明慧便答，自己在桌上拿吧。不管是谁走了，明慧都会学着妈妈的样子，轻轻地念一声，阿弥陀佛。

住在皇妃庵的三个女人像尼姑，马菊香是皇上丢弃的女人转世，话就这样传出去了，再反馈到母女三人的耳朵里。母亲对两个女儿说，随他们说吧，你们不用生气，也犯不上辩争，咱们凭着自己的力气吃饭，老天自会怜悯。

这种经营，已经不像是尘世中的经营了，这种叙述，也已经有了对神性的敬畏。一个丈夫死后突然信佛的母亲，完成了人之善良到佛之慈悲的转变，而她的一盲一哑两个残疾女儿，面对生之困苦，也坦然地接受了命运，抵达了神性。

马菊香没有改嫁，她的两个残疾女儿也没有出嫁，三个女人在岁月中渐渐老去，但她们的日子虽然清苦，却不孤寂，她们活成了俗世里的菩萨。

当那个飘着雪花的冬日清晨，她们收留了皇妃庵超市门前的第一个弃婴，她们的修炼之路就已慢慢接近正果了。"从那以后，十余年间，马菊香的家里陆续又收养了十二个弃婴，多数是夜间放在门前的，多数是女婴，也多数有着先天性的残疾，有盲着双目的，有两耳失聪的，有的患着白血病或心脏病，还有的瘫软如泥，不能坐立。马菊香带着两个女儿，一言不发，送来就统统收下，尽着自己的力量，默默地将息，默默地救治。病残的孩子有的送来一两年，就慢慢地萎谢了那朵幼小的生命之花，马菊香将他们掩埋在蔡林忠的坟旁，祈祷说，老蔡，我知道你喜欢孩子，又给你送过来一个，你好好保护她吧；有的亲生父母跑来了，抹了一阵眼泪，再三拜谢，又将孩子抱回去。有两个小女孩，一个拄着拐杖，一个有些痴呆，已经十多岁了，至今还生活在这三个女人的世界里。"

这是怎样一种善，怎样一种爱，怎样一种美？三个生活艰难的女人，她们毫不吝惜地把自己这种善与爱奉献给那些可怜的小生命。

慈悲度己亦度人。

马菊香母女三人在别人看来是可怜的，她们或寡居或残疾，但她们不贪不嗔，平静恬淡地生活着，并且以自己的生活态度感染别人，以自己的爱心帮助着别人，她们人性中所焕发出的神性持续地照耀着自己周围的人，使周围的人心也渐渐澄明起来。于是，尽管"马菊香的零星四散的园田仍是不圈也不围，但蔡林忠死后，她的果实就再也没有丢失过，就是时有牛羊经过，也会被主人远远地驱赶开"。而"超市里比较沉重或体大的商品自有批发货栈定期开车送来"，"每月盘点，超市竟都是只赚不赔，没有丢失，也没发现有人拿货不付钱，有的只是盈利，且还时有超出。连村街那些时常为玩麻将捅台球打得头破血流的小混混儿都说，那样的人再去欺负，就得小心点老天爷瞪眼啦"。明慧经管那个小小的超市，"时常听到有人来，那脚步声有的熟悉，也有的陌生，来人并没买走什么贵重的东西，却将沉重的声音丢进箱里，明慧便学妈妈的样子，双手合十，轻念而谢，阿弥陀佛！"

　　马菊香母女虽然像是皇妃庵里的三个尼姑，但小说中的她们终究不是出家人，她们生活在尘世，她们身上的神性是她们人性中善与美的极致化，小说里马菊香请画家画的蔡林忠版的韦驮像，道出了由人到神的不二法门。

　　神就是人之大善，人之大善即为神。母女三人站在韦驮画前，马菊香就这样说了，她说："你们爸爸就是我们心中的神将，阿弥陀佛！"

　　三个历经苦难的女人，也许并不真正懂得佛教的教义，但她们怀着最深的感恩最朴实的信仰活在这个世界上，善良，是她们的本性，也是她们的宗教，更是她们行为本身，她们在度己度人的过程中，已抵达了正果。

　　到这里，孙春平的小说无论表达内容，还是表达方式，都完成了一次成功的蜕变。从晦暗的智力角逐到明媚的善的称颂，从文本的朴实笨重到叙述的轻盈灵动，语言上唯美的努力，氛围上宗教气息的弥漫，神秘色彩的氤氲，使文本虚实相宜韵味悠长。

　　孙春平小说中，终于有了对"虚"的营造。

　　也许在那些原本擅长此类创作的作家看来，这些都没有什么，但不要忘了，作家的创作是有它的定数，或者说宿命的。孙春平是另一类作家，几十年来他的小说是靠另一些东西取胜的，而他所擅长的那些，恐怕也是别的作家无法做到的；当然这些东西会限制一个作家的写作，有些限制是很难突破的，就比如一个笨嘴拙舌的巧匠他可以为心仪的女孩制作精致的饰品，但让他到女孩面前浪漫抒情恐怕就难为了他。

　　可喜的是，孙春平突破了限制，完成了转身。

　　当然，如果说以《皇妃庵的香火》为代表的一批小说标志了孙春平小说的蝶变，那么这种蝶变，是有一个由蛹化蝶的渐变过程的。发表于《北京文学》2006年第7期，转载于《小说月报》2006年第9期的中篇小说《情感逃逸》和原载于2006年第10期《人民文学》，后转载于《中华文学选刊》和《中篇小说选刊》的中篇小说《预报今年是暖冬》，虽然隐约可见作者艺术转变的努力，但基本上还是"孙春平小说"，因为这里面的故事核还没有脱离设"套"这种路数，也就是说，这两部中篇还是智力小说。《情感逃逸》中，女博士唐姝卓为搪塞父母雇"的哥"司马博假扮男友，最后以自杀完成情感逃逸，这是小说的核心套。当然，这篇小说无论对人群的选取，对生活的关注点，抑或对个人隐秘心理的描写都较以前的作品有较大的突破和转变，小说中良知与欲望的纠结，善与恶的挣扎，一定程度上完成了人性的敞开。

相比之下，《预报今年是暖冬》更有"孙春平小说"的影子。小说表面上讲述了一个分户改造的故事，而这个分户改造的故事是由住户争取利益的手段和供热公司方面平息事端的手段以及报复的手段支撑的，也就是说这仍是一场博弈。故事的主人公是一个在夹缝中生存的女人，这个女人和故事中的其他人一样，无法用好人坏人界定，他们为了生存，为了争得自己的利益在这次分户改造的舞台上尽情地表演着。天福供暖公司副总经理池家欣，池家欣的上司总经理高天福，前上司马恒山，以及"刁民"住户林凤臣张处长赵医生，他们无不是为个人利益使尽手段之人，而池家欣作为一个改制后在夹缝窘境中生存的女人，她似乎有诸多令人同情之处，但从她与前上司的关系，以及后来为了讨好高天福，将林凤臣张处长和那个女学生设计进去来看，此女亦非善类——当然这里边也有着生存的无奈。

可以说"孙春平又讲了两个好故事，这两个故事拓展了我们的经验疆域，而在讲好故事的同时，也对我们的生活和心灵提出了新的问题"[1]。但从孙春平小说创作来看，这两部作品虽已显露出向生活和人性纵深处的努力，却仍是过渡之作。

而同一时间段的短篇小说《一九六八年的列车》[2]则与《皇妃庵的香火》更有着某种精神上的联系，体现着作者艺术上的努力。

《一九六八年的列车》追述的是一段青春往事。在"文革"的特殊背景下，铁路子弟的"哥哥"作为红卫兵列车长因查票导致逃票人坠车身亡，哥哥的女友裴金玲主动留守尸体却从此下落不明。事隔多年后真相浮出水面，原来当年的死者是裴金玲逃亡的父亲，而这么多年是当年车上的解放军战士"张班长"牺牲自己的爱情和前途，照顾和保护了这个家庭出现问题精神也出现问题的女孩子。小说中的人物都有着良善的本性，哥哥虽为红卫兵，但他为自己查票导致逃票人死亡深深内疚，而他对女友的感情也是纯洁真挚的，最后对裴金玲儿

---

[1]《人民文学》编者按，2006年第10期。
[2] 原载《红豆》2006年第8期，《小说选刊》2006年第9期转载。

子的"照顾"更做得有情有义。"张班长"的女友也是一个善良的姑娘,虽然她最后离开了"张班长",但她毕竟掩护、照顾了那个父亲是"军统特务"的女孩子。当然小说中形象最突出的是"张班长",这个善良的农民儿子,他为了自己的善良付出了一生的代价。与《皇妃庵的香火》中的蔡林忠一样,他的人性中的神性光彩照人。小说写得真切感人,韶华流逝的无情,善良人性的美好,狂乱岁月的可怖,让这篇小说既无比惨烈又十足温暖。

我们看到,孙春平在坚守现实主义创作方法的同时,也并不拒绝现代主义甚至后现代主义创作方法的某些元素,他的创作终于有了敞开的可能。应该说孙春平创作上的不断进步,与他的两次挂职生涯分不开。在2006年的辽阳县挂职之前,孙春平曾于1995年到北宁市(现北镇市)挂职市委副书记。北宁的两年挂职生活使他的创作进入了第一个井喷期。创作出了《魔障》《地下爱情》《天生我才》《放飞的希望》等近三十篇中短篇小说,以及《蟹之谣》等四部长篇小说。而孙春平2006年的再次挂职,既因为创作突破的渴望,也缘于他深得了挂职之益。

一直以来孙春平不满足于自己贴着标签的"孙春平小说",他不服输地向一个自己似乎无法达到的目标发起了挑战,而2006年的辽阳县挂职为他的突破和转变提供了一个契机。

关于作家挂职深入生活一直存在争议,一个时代总是要将上一个时代的主流观点推向相反的一极,现在流行的看法是作家挂职属于一种走形式的政治行为。当然存在走形式的挂职,作家到基层走马观花,这样的挂职意义确实不大,但像孙春平这样的挂职应该说是真正地深入了生活,他介入到县里实际行政事务中,角色不仅是个作家,还是负责一摊工作的县委副书记,这就不是一般的体验,而是深入体验,真正转换角色了。

应该说明的是,作家要用适合自己的方式,借挂职的东风,深入生活,催开自己创作的花朵,结出丰硕的文字果实,但不一定非得负责起一摊具体工作,如孙春平这般挂职也许只适用于孙春平这类的作家。

这是孙春平需要的生活。

作家怎样不断突破自己,怎样保持旺盛的创作生命,这也是一个重要的理论命题。一个作家在长期写作生涯中会形成自己的风格,风格也是限制,怎样突破自己?有些老作家终生无法突破自己,更多的是随着年纪增长创作生命萎缩。有的作家取得了些成就担任了某种职务,养尊处优或每天忙于官场琐事,视野越来越狭窄,生活越来越苍白,离精彩的生活越来越远,对群众的生活越来越不熟悉,没有了创作激情创作灵感。

生活是一个作家的创作之源,他的创作激情,他的创作灵感,他的创作材料都来源于这广阔而丰富的生活。作家的人生经验和体悟在生活中丰富，作家的视野与思考在生活中得到拓展和深入，文学表现生活，生活也在塑造、成就一个作家。

没有生活，就无所谓文学，而没有创作主体的差异，就没有异彩纷呈的文学中的生活。作家在生活中扎根，在生活中呼吸，寻找与自己作品中人物精神上的通路，用自己的美学方式加工触动自己心灵的生活，最后才能创作出有深度的美的文本。

"深入生活"也是一个争议颇多的词语，有观点认为深入生活是一个伪命题，人既然活着，就没在生活之外，而是在"生活"之中，作家每时每刻都在生活，根本用不着特意去深入什么生活，写自己熟悉的也是现实主义原则。当然，作家可以写自己，甚至可以把自己封闭在屋子里写自己封闭的生活，这也是一种"现实主义"，但屋子里的写作者首先他无法发现自己这种书写对屋外人群的意义，其次他翻来覆去写这种苍白的生活，最后只能把自己写苍白了。作家需要写自己熟悉的生活，但不是说作家只能记录自己每天的吃喝拉撒，记得有人说过，"猥琐无聊的生活必然产生猥琐无聊的作品，苍白的人生态度必然产生苍白的小说"。

生活是丰富多彩不拘一格的，生活有狭窄和广阔之分，有表层和深层之分，有质量高低之分，有精彩和平庸之分，有苍白乏味和生机勃勃之分，有大众和自我之分。一个作家的社会责任感和精神高度决定他选取什么样的生活来表现。深入生活体现着一种主观努力，它是让作家沉浸到更广阔的生活里边去，去研究生活，去分析生活，去被生活所感动，被生活所打动，在生活中汲取营养，补充血液，让自己想象的翅膀更有力地扇动。

我们不是要求作家以同样一种方式去体验生活，或者去体验同一种生活。每个作家都有自己特定的生活积淀、生活道路和对生活的看法，具体来讲，每个作家都有自己观察生活、摄取题材的范围，有自己对某种体裁、样式、风格、手法的特殊爱好和专长。我们不能无视这一现实，硬赶鸭子上架，让他们写自己不熟悉的生活，但他们所熟悉的生活领域需要不断地拓展和不断地充实，因为生活领域和作家的视野有关，作家的艺术视野影响他的作品质量，而如果生活内容得不到及时充实，生活积淀的仓储会越来越少。

应该说，是广阔的生活打开了孙春平的眼界和胸襟，使他从单纯地编织故事，到故事中滋生出人文情怀，使他从单纯地对人的智力的关注，到对人的生存和灵魂的关注。他的笔不再停留在生活的表层，开始有了向生活纵深处的掘进，他的小说开始有了温暖和爱意，有了超越和反思，形而上的意味也渐渐萌生。

1950年春天出生的孙春平花甲之年不但笔耕不辍，而且还在不断寻求突破和飞跃，他如此的存在，他对社会的责任，对艺术的努力，他的值得敬重的写作者品格，无疑对当下陷入困境中的中国作家和中国文学具有重要意义。

一个时代应该允许出世文学的存在，但入世文学更有它存在的意义。那些拒绝用文学装饰生活，以直面当下国人真实生存境遇的勇气，对社会、对人性、对自身命运，表达了忧虑、关切与批判的作家应该赢得我们的敬意。

我们当下的现实主义文学创作还存在很多问题，伪现实主义文学在败坏着现实主义文学的声誉。堆积日常生活缺少精神烛照的文学不是现实主义，图解政治粉饰现实的歌颂文学也不是现实主义。因为受制于时代环境，中国真正的现实主义文学的生存其实是很艰难的，许多作家的创作是在批判现实和不惹麻烦之间小心翼翼地打着擦边球，更有些作家完全剥离掉作品的精神诉求，对现实生活进行毫无意义的重复摹写。针对文坛弥漫着的虚假现实主义、庸俗现实主义，阎连科曾在接受《亚洲周刊》专访时愤激地表示"伪现实主义成了文学主角"，他说，"我认为现实主义已经被我们曲解了，人们通常说的现实主义其实是伪现实主义，伪现实主义成了文学主角。谈到生活的真实，往往会滑入伪现实主义的轨道里去。因为，这些作品不是来自作家灵魂，而是来自生活表面的。现实主义应当是来自作家内心的、来自灵魂深处的东西，不论是丑的还是美的。改革开放带来社会的大变化，但仍有几亿人日子过得十分艰辛，他们为生存而挣扎，谁来关注这些人，这不是我们能从电视和报纸上看到的，完全被所谓'生活的真实'所掩盖了"。

孙春平不是文学英雄，他的现实主义文学创作肯定也难以摆脱时代的限制，而且他的作品本身也瑕瑜互见，距离思想上和艺术上的完美还有着相当大的距离。但孙春平最可贵的是怀着对文学的朝圣之心以及一个作家的社会责任感在努力摆脱局限，努力缩短距离。

而这种努力是看得见的。

可以说，孙春平几十年的写作生涯是一次漫长的向现实主义文学精神的皈依之旅，他在不断向文学的现实批判性、历史超越性皈依，向人本身皈依，向"令人信服的真，令人感动的善，令人欣悦的美"皈依，向大爱皈依，向神性皈依。

如果说"写作是一种命运"，那么孙春平也许注定要在这条荆棘丛生的文学路上奔向自己的远方。

愿他的文字带上灵魂的灼烫，愿那个远方灯火通明。

《当代作家评论》2009年第3期

直抵生存本真的自由抒写
——宋晓杰诗歌论

梁 海

初读宋晓杰的诗歌，给我的感觉是，灵动、飘逸，温婉之中又不乏坚毅，还有淡淡的怅惋和忧愁。进而品味、深入细读，我认为，宋晓杰的灵动，并非仅仅是建立在个体体验之上的那种对于刹那间灵感的捕捉。其实，她的许多作品都与现实贴得很近，看得出，在对日常生活的过滤和整合中，她在努力地将对现实的感悟推向或衍生到对存在理解的高度。那种对时代的焦灼感、无所依托的精神困惑、寻求古典性唯美的圣洁以及由乡愁、悖论和宿命建构起的隽永回忆，都坦率、从容地流溢在宋晓杰的诗歌中。无疑，她竭力清除现实和物质的多重干扰，完成着从存在世界到诗性生成的转译和贯通。对于一位"新生代"女性诗人而言，这些不乏精神自传品质的写作，让我们感受到宋晓杰诗歌的凝重，她给我们提供了一个内蕴丰厚的文本空间。宋晓杰曾中气十足、雄心勃勃地给自己的一本诗集命名为《宋：诗一百首》。看得出，她是一位对自我抒情主体没有任何怀疑的诗人。这其中既有现代诗人超越时空的谦卑和恒久梦想，也有对先辈诗人的无限敬畏和文化自信与自觉。那些穿越光阴以消解生命的虚无，直面人生，去挑战人性与道德所能承受的极限，童话气质中追求的人文关怀，纯粹而敏感，幽微而坚毅，张扬又内敛。在这里，自然、充沛的诗意，引领着我们在哲人般的追问中，探寻自然之序，做出直抵生存本真的自由抒写和灵魂的诠释。

一

宋晓杰曾说:"我觉得诗人是天生的,包括写作的能力也是天生的。"我想,她所强调的这种与生俱来的写作天赋,在很大程度上指的是贴近生命脉动的灵动气韵,是几近本真状态的生命之流和精神超越。很明显,宋晓杰仿佛在刻意地回避那种概念、智力、知识等貌似高深的意旨和游戏品性,而返回到情感、情绪、意志等生命本体性的状态中,去探寻生命的深层背景和终极意义。《让我们再次成为孩子》中诗人以质朴清新的笔调,从高远处落笔,自沉思处低回,随意点染的景物与高蹈的人生志趣相融,形成了单纯而意蕴隽永的阔大诗境。

> 让我们再次成为孩子:
> 惜缘——承福——蒙恩——
> 让我们永远永远为美好所用!
> 只对阳光、大海、草地、花朵感兴趣
> 边走边擦干泪水中的丑陋、阴云和空……
> 哲人说:专心致志者可摆脱一切困境
> 那么,让我们活得再单纯些
> 哪怕多多少少带着点盲从

这种对待生命的态度明显带着杨朱所说的"全性保真"的意趣。保持一份可贵的童心,就是保持自然赋予人身的真性。或许我们会自纵一时,但勿失当年之乐;纵心而动,却不违自然所好;保持和顺应自然之性,才能活出真实,才能自己主宰自己的命运。在《嘹亮的黎明》中,宋晓杰的笔端直逼生命的终点,在由终点的逆向回溯中,去领悟存在的本体性价值。"嘹亮的黎明,有些骚动/大面积的生活开始奔忙,却阻止不了/一个老人的肉身回到她的土命/天边的一颗星星,重又点上神灯/……我要重新安排生命!像草一样远走天涯:像草一样/紧紧吸附着大地,柔软心肠!/——'超越词语听到赞歌;超越星辰得到永生……'"在此,宋晓杰将人类社会与天然自然划出了一道壁垒分明的界限。人类社会的奔忙、骚动、嘹亮,其结果只能加速死亡的脚步。而永恒只存在于自然之内,人本身永远是暂时的在场。实际上,如同我们必须通过有限去理解无限一样,如果我们想要从暂时中获得永恒的意义,我们也必须把暂时搁置于永恒之内,通过暂时的缺席以获得永恒的在场。永恒在暂时中获得而暂时则是在永恒中被解读。在宋晓杰看来，生命的意义或许也正在于此吧——在回归伟大自然的原始感性力量中，由暂时升腾到永恒。

或许是随着年龄的增长，阅历的丰富，我感觉，宋晓杰诗歌中的这种灵动沉淀了越来越多的岁月的年轮和些许的沧桑感。如果说她早期的诗作在女性特有的幽婉深细中还透出锐利的麦芒，那么，在她的近作中，我们看到则是麦芒过后的沉沉麦穗，在平实的基调中流淌着舒缓的生命律动，渗透着抒情的、唯美的、感伤的古典气韵。这种古典气韵蕴藉着《诗经》温柔敦厚的美学意蕴，饱含汉乐府民歌的质朴、纯净以及文字表达上的大巧若拙，其举重若轻的艺术形态构成了平和冲淡的境界。"我混迹于纷乱的红尘中／目光却固执地盯着一个方向——／就是说：我爱上爱情，爱上友情和亲情／却并不会因为爱上一个具体的人／而剥夺另一个人的全部食粮。"(《致敬！那些平常的老人和黄昏》)这是何等的大气！个人的爱恨情仇早已消融，升腾为以宽恕、悲悯为基调的宽厚与博爱。"全部食粮"，这是全诗最重、最坚硬的词句，这是一次从生命个体到人类价值判断、生存方式和历史含义的道德考量。另一首《爱上静默……》同样情思净化，语言平实，给人以洗削凡近之感。"爱上静默……／就等于爱上自给自足的生活／修补、医疗、谅解、隔绝／在方寸之间自得其乐／……事实上——我是蓝色的／微小的分子：高于海，低于天／——约等于看不见的那么一点点蓝／就像静默，在情景之中／独立、易碎，但不可消解。"透过返璞归真、养性怡情的生活形态，直抵生命存在的内核。在即兴而发，不假雕饰中呈现出汉乐府豪华落尽见真淳的境界。

宋晓杰诗歌中的古典气韵还表现在对历史文化的怀旧意绪和寻求人生质朴趣味的返归情怀。布罗茨基曾说："诗歌是人类记忆的表达。"宋晓杰在她的作品中就试图以追忆的方式，完成过去与现在乃至未来的嫁接。"一定要旧，旧到无法收拾／景物、人和那些翘檐、回廊、门环／仿佛都是假的，被水墨的淡灰，罩着／有着隔世的轻愁"(《小街》)。"柏桦说，唯有旧日子带给我们幸福／那么，我们的任务就是：把鲜亮的日子，晒旧／沿着淡灰的碎石小路，一直走，不能回头。"(《第一个假日》)宋晓杰正是要在时光的逆向隧道中，温婉而执着地挽留住过往的匆匆行迹。美国汉学家斯蒂芬·欧文在他的《追忆》一书中，曾提到中国古代诗歌具有"追忆"的特征。或许喜欢沉浸在对我们历史意识和文化记忆的不断闪回，俨然已经构筑成我们中华民族的集体无意识。而宋晓杰正是在怀古缅旧的感怀之中，让我们重温到唐诗宋词的那种情思蕴藉与意蕴隽永。

我感觉，宋晓杰是一个真正能够感悟生命的人，她写作的灵性是建立在这种感悟之上的，她的抒情也是纯真而自由的。她沿着自然生命的脉搏一直找寻下去，最终发现，其实自然本身就是诗。她试图从我们这个到处都充溢着欲望的时代逃逸出去，在古典的恬静中栖息、生存。可以说，它是与现代性所带来的精神惶惑和世态喧嚣的一次次直接对质。或许也正因为如此，宋晓杰的诗歌找到了滋养她的文化母体，并由此获得了意外的生命力。

二

海德格尔认为，诗是真正让我们栖居的东西。那么，我们通过什么来获得这种诗意的栖居呢？我以为，真正敞开心扉的自由言说才是抵达梦想的途径和诗意的栖居地。而这种言说，一方面是自我心灵的呈现，另一方面，则是对现实生活、存在的整体性把握和体会。张学昕在《呼唤诗歌的野性》一文中，曾提到"诗歌的抒情和言志，相对于我们表现的具体生活或精神存在而言，是可以用两个词来描述的，这就是风花雪月和生死歌哭"[①]。我想，相对于浅斟低唱的风花雪月而言，生死歌哭在我们这样一个需要呼唤英雄的时代，就显得弥足珍贵。宋晓杰在她诗歌中动心地吟唱出了时代的生死歌哭，以及对现实和存在的觉察和警醒，表现出了诗歌所应担负起的对社会和人性的批判意识。从这一点上看，宋晓杰的诗歌在现实、存在的"在场"中，以本色的诘问，剥离种种暧昧的幻象，挤掉存在中事物自身虚伪的气泡，震撼我们的心灵。

宋晓杰的许多作品都在冷峻的目光中拷问现实。当然，面对今天的现实语境，这对于她依然是沉重和困难的。因此，超越一般性伦理和情感的道义担当就成为她诗歌义不容辞的使命。《通往公墓的路上塞车了》是宋晓杰近作中不可多得的一首好诗。"浅浅的眼眶里，缠人千年的／那场雨，终于停歇了。"开篇的起调凝重深沉，发人深思。"清明时节雨纷纷，路上行人欲断魂"中那种对故人的伤悼、对亲人的缅怀似乎早已随风而逝，而今天的清明则是"明丽的阳光下，那么多脚步／谈笑、花朵、檀香、美食／复活的草木灰，那么多／川流不息。"传统节日民俗已然堕落为奢华的虚饰和虚伪的逢迎，"人们面目安详／为一场特别的盛宴，没有／任何抱怨，平等地奔赴"。这首诗不仅揭示了节日民俗嬗变背后诚朴、亲和世风的失落和人情的伪善，而且追问了一个很深刻的问题：在我们这样一个充满了市场经济的伦理色彩的时代，传统文化是否还拥有它传承的空间？我们似乎已经处于一种对传统文化集体遗忘当中，享受着物欲化的狂欢。这是否意味着，否定传统，割裂历史，斩断文化的链接，已然成为所谓全球化时代的一个令人担忧的痼疾？宋晓杰的笔锋是苍凉的，思考是深邃的，如此厚重的笔端对于一个女性诗人而言，无疑是沉重的。而让我更为惊异

[①] 张学昕：《呼唤诗歌的野性》，《当代作家评论》2009年第2期。

的是，宋晓杰不仅勇于承载这份沉重，而且并没有被这份沉重挤压得低沉哀叹，而是在悲凉中透出一股慷慨之气，让我感受到了那种久违的汉魏风骨。她的诗歌触到了现实中真正的黑暗与残酷，虽然许多细节、意境颇似童话，但她又将这童话很残酷地毁灭。这就给人一种悲壮感。正是在这样的悲壮中，宋晓杰完成了对理想与纯真的追求。正如她在《深夜的广场》中所吟唱的：

> 一直走，就是传说中的大海了
> 有易碎的泡沫，也有童话中的海妖
> 可是今夜，我拒绝抒情，拒绝回头甚至铭记
> 让我们重新变成陌生人吧，谁也不会说话
> 再从这里，干净地各自出发

宋晓杰的生死歌哭是直逼现实的，但她又超越于现实之上，她似乎并不满足于针砭时弊，而是透过现实的在场上升到形而上的层面。其中，人性在宋晓杰的诗性思考中占重要地位。《为什么总是被远方的消息击中》中，写到了流言的可怖，虽然"我"极力躲避，尽量与世无争，"我站着——谁都看得出，我是一棵／没病没灾的树，不多言多语，也不招风"，即使如此，"我"却依然"越来越弱，一次次地／被不认识的事物蚕食、掏空"。于是"我"只能绝望地自问："为什么总是被远方的消息击中／一次次地，心似莲蓬？／为什么，那么多事情都与我相关／难过、悲戚，流不出泪，整夜整夜地／数着绵羊和星星？"在这样无奈的自问中，我们感受到了事态的炎凉，世风的日下，这些都强烈地刺激着我们日益脆弱的神经。在这样一个物质生产急速增长的时代，人与人之间的紧张关系日益加剧，自然生态法则在人类社会越来越显示出它的残酷性。或许我们应该思考，现代文明到底给我们带来了什么？物欲横流导致了人性的丑恶，人类社会到底是在进步还是在倒退？

宋晓杰的诗歌无论是"风花雪月"还是"生死歌哭"，实际上，都是对生命存在本体意义上的表达。只是前者带有更多的个体经验的色彩，而后者则是透过对现实在场的深深感悟去抵达人性深处的。我想，诗歌只有真正"在场"，才能书写出一个时代真实的精神风貌，才能透视出经历过时代洗涤而展现出的真实的人性。在宋晓杰的这类作品中，我感觉，她的语言似乎是刻意地表现出洗尽铅华的质朴，往往以口语化的本色对生活进行层层的剥离。这种口语化的写作绝非仅仅是生活经验的直白，而是在纷繁复杂的生活具象中，对生活的本质、生命的真谛进行诗意的抽象和生发。或许，在宋晓杰看来，唯有这种本色的语言才能更贴近真实的层面，如同陶渊明的诗歌永远是以最普通的事物、最

平淡的语言呈现出警策和绮丽。

三

　　从一定的意义上讲，宋晓杰的诗歌是具有强大的时代承载力的。她的许多作品，都表现出对我们这个以加速度奔跑时代的担忧甚至惊悸，这也是宋晓杰诗歌中最为厚重的部分。安德鲁·芬伯格说："我们正在进入一个以泛化的技术为特征的新时代，这些技术以难以意料的方式影响着我们。"[①] 的确，我们生活在一个技术暴力的时代，技术以其最精纯的数学语言为我们的时代言说着新的法规。那些漠漠水田、阴阴夏木、无主自横的小舟、深山林谷中的茅屋，早已封尘在遥远的记忆中。曾经的诗意家园早已不复存在，诗意在技术的遮蔽下隐匿不彰。由此，现代人文思想的焦虑之一，就是如何找回那早已远离我们的诗意，去实现一次次净化或灵魂的复归。

　　在宋晓杰的诗歌中，这种时代的焦虑表现得尤为警醒。对于宋晓杰这样的诗人，一旦涉及精神和灵魂归属的命意，她是绝不会视而不见的。她在《骑手》《晚祷》《小雨转雪》《这个清明有所不同》《风中有鹅的叫声》等篇章中，都不同程度地流露出对现代文明所导致的工具理性的厌倦。实际上，宋晓杰的言说对我们而言是似曾相识的：尼采、柏格森、海德格尔、维特根斯坦、胡塞尔、萨特无不以思想与心灵极度孤寂的绝望者的形象对现代技术给予了最尖锐的批判，在他们超验的、系统的、精确的话语体系中表达出对现代文明负面性的深刻而独到的洞晓。或许是出于对这些哲学大师的敬仰，或许是这些大师的话语强烈地震撼了宋晓杰的心灵，使她在自己的诗歌中，用模糊的、象征的、跳跃的、情感的、音乐的，乃至召唤性的语言，搭建了由形而下到形而上的阶梯，完成了对哲学大师的诗性解读。《走着，走着就慢下来》在回环复沓的调子中，反复吟唱着"慢下来"。"我慢下来，在应该不应该的时候／要自觉不自觉的时候／把叶脉的通渠修筑顺畅／把鸟雀的音符打磨光亮／让种子在炸裂的一瞬收紧笑容／让河泊在一滴水中放大光芒。"可以说，现代技术已经彻底重铸了我们生存空间的整个地基，整个屋宇框架，一切在各种机器的拉动奔跑下，远离了上帝原创的那个古朴的世界。而找寻诗意家园的唯一途径就是"慢下来"。"我说慢下来就是另一种／疾走，就是在渐次沉陷的／大地上，跪下来／摊开双臂说：我爱！"我们不妨把这首诗看作是哲学史上著名的阿基里斯悖论的诗意言说。叶脉、鸟雀、种子、河泊这一个个貌似毫无关联的意象，却在深层上相互

[①] ［美］安德鲁·芬伯格：《可选择的现代性》，陆俊、严耕等译，中国社会科学出版社，2003，第2页。

勾连，而这条隐蔽的纽带就是"慢"。正是在这样的峰断云连、辞断意属中，一个个孤立的具象被上升为抽象的概念和对于存在的判断。使我们意识到，阿基里斯这个希腊传说中跑得最快的人，却永远也追不上一只乌龟。实际上，想要弥合阿基里斯与乌龟之间那段永恒的距离，仅靠速度是无法企及的。速度俨然已经掏空了现代人的精神内核，使存在本身成为一种伪生命的符号。宋晓杰敏锐地觉察和洞悉到，人性在存在与幻象、心灵与物质的冲突之间隐秘的构成，她试图以词语的力量软化内心的坚硬，去撕破人类自己编织的病态的罗网。

于是，"慢"成为宋晓杰诗歌中一个频繁闪现的关键词。《缓慢的……》《真正的爱情在于心灵》《我们都是行动多于语言的人》《不知怎的》《春风浩荡》等作品，都以简洁疏朗的笔调，反复表达着对"慢"的渴望。宋晓杰正是在放慢的脚步中，回顾流连，试图在这个技术霸权主义时代寻求精神的还乡。《那时候……》中，宋晓杰带着乌托邦式的情怀返回那个"天地洪荒、混沌初开／分不清什么昼夜、寒暑、稼穑、春秋"的蛮荒时代。"那时候，山谷幽静、溪水清澈、空气湿润／蛇不毒人，狮子和羊羔住在一起／那时候，没有充足的绿叶蔬菜和黄澄澄的谷物／也没种植茶树、烟草、咖啡、香料、罂粟／那时候，不用脱坯、烧窑、织布、晒麻、浆洗被褥／也不存在撒谎、中伤、猜疑、算计、互相埋葬／那时候，一抬头就是晴空，一低手就是甘露／在水边的空地上，点燃篝火，为生死欢呼歌哭／没有音乐、美酒和权术，也可以寻欢作乐。"远古地老天荒时的诗意空间，是与现代文明水火不相容的。"……后来，后来，就产生了所谓的文明／文明：就是那片树叶和致命的苹果。"诗篇在重章叠句的形式中回环往复，节奏舒卷徐缓，围绕同一旋律反复咏唱"那时候"。在这首诗中，宋晓杰的词语运用更加娴熟老到，但这绝非是语言的游戏，而是在体验性的、非系统的甚至含混的诗性话语中完成了对形而上精神意蕴的追寻。在这里，宋晓杰似乎终于找到了一种解决或减缓与现实紧张关系的方法。她的这种对现代文明带着近乎偏执的决绝态度，不禁使我想到了海德格尔在谈到凡·高的不朽画作《农鞋》时那段令人深思的话语：

> 从鞋具磨损的内部那黑洞洞的敞口中，凝聚着劳动步履的艰辛。那硬邦邦、沉甸甸的破旧农鞋里，聚积着那寒风陡峭中迈动在一望无际的永远单调的田垄上的步履的坚韧和滞缓。皮制农鞋上粘着湿润而肥沃的泥土。暮色降临，这双鞋在田野小径上踽踽而行。在这鞋具里，回响着大地无声的召唤，显示着大地对成熟的谷物的宁静的馈赠，表征着大地在冬闲的荒芜田野里朦胧的冬眠。这器具浸透着对面包的稳靠性的无怨无艾的焦虑，以及那战胜了贫困的无言的喜悦，隐

含着分娩阵痛时的哆嗦，死亡逼近时的战栗。这器具属于大地，它在农妇的世界里得到保存……①

通过凡·高的画笔，这双在静默中呆立的农鞋，被海德格尔诗意地召唤，终于显露出了一个朴素的真理：只有在精神返乡的途中才能真正找到现代文明的救赎之路。一如那双农鞋，于无言中透出大地的丰润和灵动，以及作为存在的澄明。

我认为，哲学与诗都是人类精神活动的最高层面。前者是在理性的思考中对人生意义的深度追问；后者则是在瞬间相遇的感觉中去解读生命的真谛。在哲学中语言只是传递思想的工具，而在诗歌中，语言才夺回了属于自己主人的身份，才是"语言在说"。毫无疑问，在我们今天所处时代的所有表达中，只有诗歌，才能够逼真地追问人性不断发生震动的起源。宋晓杰以最为自由的言说，诠释了属于一个时代的哲学思考，获得了折射一个时代话语的功效。在仿佛"镜与灯"的"互文"中，寻求着"此在"与"彼在"的和谐。

我们生活的时代似乎是一个"终结"的时代。哲学的终结，艺术的终结，文学的终结……在此起彼伏的终结声中，对于最少功利色彩的诗歌而言，终结仿佛也成为难以避免的厄运。或许我们真的无法回到唐朝，再现诗歌曾经的辉煌。今天的诗歌是寂寞的，但是，这种寂寞并不意味着沉寂。弥足珍贵的是，像宋晓杰这样的新生代诗人，依然顽强地坚守着诗歌写作——这一人类最伟大的精神活动之一。当然，宋晓杰的诗歌并不完美，她的诗歌意象跳跃幅度偏大，还缺少一种深邃的智性维度，词语组织还稍显松散，往往沉浸于具象之中；其语言的抽象能力也嫌微弱，还无法在语言的加速度中，极其自然而轻松地直抵存在的核心。但是，尽管如此，宋晓杰依然以她与生命同构，抵达本真的言说，解读人性，感悟现实，消解情感的紧迫，自由穿行于过去与现实之间，去试图寻求我们这个时代症结的救赎之路。王家新曾说"禅的秘密是以瞬间形式体现永恒，诗的秘密也往往如此"②。我以为，就当下的创作而言，虽然，宋晓杰也许还不能在文学史上留下浓重的一笔，然而，她毕竟一直在努力着，凭借闪烁、智慧的经验，发掘着"诗与真"，以诗歌这瞬间的形式去定格永恒。

《当代作家评论》2009年第4期

---

① ［德］海德格尔：《艺术作品的本源》，载孙周兴选编《海德格尔选集》（上），上海三联书店，1996，第253—254页。
② 程光炜：《王家新论》，载林建法、徐连源主编《中国当代作家面面观——寻找文学的魂灵》，春风文艺出版社，2003，第254页。

出版史即思想史

——俞晓群《一面追风，一面追问》读记

何 平

《一面追风，一面追问》是俞晓群的随笔集。类似的文字之前他曾经在《光明日报》开设专栏《蓬蒿人书语》《快语》；在《中国图书商报》开设专栏《人书情未了》；也曾经担纲《辽宁日报》专栏《开卷》的主笔；且已经结集出版了《人书情未了》。出版人俞晓群，不仅写这些长长短短的"散"文和"随"笔，他也做正经的学问，像《数术探秘》就是他数学和哲学科班出身的真货色。但著闲文也好，做真学问也罢，俞晓群的当行本色还是一个正儿八经的出版人。前些年，辽宁教育出版社在业界风生水起，出版了"国学丛书""中国地域文化丛书""书趣文丛""新世纪万有文库""万象书坊"及《吕叔湘全集》《傅雷全集》《中国读本》和《万象》杂志等。作为社长兼总编辑的俞晓群当然是这个"外省"出版传奇的主要角色。

20世纪80年代以来，特别是这十数年，中国出版"外省"和"民间"的崛起是一个值得研究的文化现象。那么，中国出版界的辽宁教育出版社、广西师范大学出版社、河北教育出版社、江苏教育出版社、重庆出版集团、长江文艺出版社、《读者》"共和联动"等非京沪传统文化重镇或者非国营演绎的"出版传奇"，像俞晓群《一面追风，一面追问》的副标题所说的"大陆近二十年书业与人物的轨迹"，其意义何在？

我要说的是，书势即时势，出版史即思想史。

不要以为一说"时势"，一说"思想史"，就巍然乎大哉。要知道再庞然大物也出于苍蝇之微似的芥末、浮尘、细胞、经络。而且散文之"散"、随笔之"随"先天亲近的是"大题小做""四两拨千斤"。"散文""随笔"端着架子不是,忸怩作态不行,要的是赤子之心。你文笔再摇曳生姿,但一个真我要拿捏着不住,你总想掖着点什么,藏着点什么,那"文"与"笔"也别扭、局促得很。"我总想在学术与出版的交错之中,激发出一种个性的东西。"俞晓群为文,自言其"小"、其"俗",写"书人"和"书事",且"散之""随之"。"一面做出版,一面做一点学问,还有进一步的职业思考,他们当然不是'编辑要学者化、专家化'之类的大道理,而是在读写的背后,隐藏着一些不大光明的潜意识。"如斯说,这些"不大光明的潜意识",一是"附庸风雅"。做一个出版人,"没有知识,就会丧失起码的话语的能力,只能听从、屈从、盲从或者不从。问题是这一个'从'字,不但让我们陷入无知的苦恼,还会使我们失去编创之间相互的权威!那做编辑还有什么意思呢,真的不如去卖杂货。有言道:编辑做不了大学者!我们却可以通过略知一些学问,努力去做学者的'附庸'!如何?"其二是"以假乱真"。"这个'假'是'假学者之名行编辑之实'的假!其目的不在成真而在乱真,恰好是一个'乱'字,让我们的职业好玩儿起来!"其三是"中饱私囊"。"学者在你身边,他们不单是作者,还可以成为你的导师;书籍在你身边,也可以成为你精神的私有财产!""说出这三点,有些露出了我俗人的本相。搞什么学问,无非是弄一点小巧,再若隐若现地流露出一些内心的陶醉!"(《后记:阅读的体验》)"独立""好玩儿""小巧",这恰恰是由了"散文"和"随笔"的性情。

  开玩笑说,俞晓群露出的"俗人的本相",有点类似于我们经常挂在嘴边的做好本职工作。俞晓群谈的是"出版人"和"出版",我倒由此想我们当下的"散文问题"。在一般人的见识里,和其他的文类不同,散文和随笔是没有门槛的,每个人都可以种"自己的园地"。事实上,说散文和随笔是最开放和民主的文类肯定没错;但问题是我们恰恰忘记了人是有本相的,文当然也有本相的。因此,对于散文和随笔这种貌似没有边界的文类,文的边界就是人的精神边界。缘此,散文和随笔也就有了境界的高下。这一点我们只要看看中国现代散文的发展史就可以看出来。只要一个时代,人的精神侏儒化和异化,"文心"死则"文"亦死。而且我一直想说的一个观点,散文和随笔,是一种生活、体验中不断行进、开疆拓土的文类。一些有着自己本业的写作者"旁门左道"地进入"散文""随笔"恰恰写出了"人"与"文"本相。因此,散文和随笔的"专业作家化"其实从本质上是背离其文类自由本性的。从一定意义上,像俞晓群这样散文和随笔的"旁门左道"越多越有利于散文和随笔的生态。而由此再说下去,我们就可以发现当下散文和随笔与现代的一个重要的不同就是当下的散文和随笔的"知识匮乏症"。当然这里的知识是一种有着"个性化"生命体验的知识，是来自自己"本职工作"的个人习得，而不是仅仅在书斋里拨弄书本获得的所谓知识。

因此，读《一面追风，一面追问》，印象最深的也许就是俞晓群对自己所做的一切的个体生命理想的投入。做一个出版人，他有着自己的根源和参照。"这就是百年商务，谁能不肃然起敬!"（《关于一个"奇人"的奇思妙想》）因而，大师在前在侧，立身行事为文就没有了目空一切的狂与妄，而是心存惶惑和胆怯，就像他和陈原先生的交往：

> 多年从事出版工作，你可能觉得自己的能力已经游刃有余了。但是，只要与陈原先生接触，你就会产生面向大海的感觉，无论深远，都让人顿生怅然而不及的惭愧！我们与陈原先生再一次多人的聚会，是为了祝贺他的三卷本《陈原语言学论著》出版，席间，陈先生突然对我说："晓群，你那篇文章《在高高的桅杆下》写得很好。尤其是你提出的出版'无序说'很有意思。"闻此言，我不由得惶恐起来。我的那个所谓"无序说"，完全是在追随老一代出版人的理念，主张出版要强调个性与多样性，不要跟风，不要一味地主流化；其中许多想法，恰恰是在陈原先生的文章中读出来的。
>
> ——《陈原：我们的精神领袖》

而有惶惑和胆怯，自然就会有追问。《一面追风，一面追问》写到很多近现代的出版名人，但俞晓群从不轻易地下判断，而是每每把人放置到复杂的历史中。时代和人、人和人、人和自己是俞晓群度人的尺度。前人怎么说？时代是怎么样？时代中的其他人是怎么样？俞晓群在历史的缝隙中追寻、审视、辨析和书写。

比如他写王云五：

> 此时，我的心中也翻滚着思想的波涛。我想到王云五关于《万有文库》建设的伟大理想；我听到他在民族危难之际喊出的"为国难而牺牲，为文化而奋斗"的口号；我看到他为了阻止军警进厂捕人，竟当众下跪求情，但是，我也想到关于王云五政治立场的争论；我也听到老商务的人说，他们称夏瑞芳为夏老板，称张元济为菊老，称王云五则直呼其名；我也看到关于王云五"私德"的记载，诸如以"王云五"名义出版的"辞书系列"的个人收入丰厚的账单。我更思想着：

翻看这一段历史，为什么提到王云五，人们就争论不休；抛弃王云五，历史就发生断裂呢？

——《关于一个"奇人"的奇思妙想》

写陈原：

陈万雄先生说他（陈原）是"中国近代文化启蒙的殿军"。这个"殿军"用得好！"五四"以来，中国文化启蒙的仁人志士前赴后继，降任于陈原，真的就戛然而止了吗？

——《陈原：我们的精神领袖》

写王充闾：

读王充闾，我还会感叹，在这样一个变革的时代里，许多类型的人文景观消失了……我们说，王充闾是一个充满批判精神的智者，他向我们展示了历史、文化、社会与人性的纠葛。他延伸了鲁迅的尖锐，摈弃了郭沫若的圆滑，扩充了黄裳的视角，辉映了余秋雨的底蕴。他在黄仁宇大历史观的纵横捭阖中，挽出新的思考线索；在王蒙的商业化、通俗化的呐喊中，擎起一面传统与传承的文化旗帜。我们这样说，只是给出了一个时代的文化参数。在整体性与多样性的主题下，充闾先生的心思，似乎更在于"执君之手，在清风白水间漫步"。

——《执君之手，在清风白水间漫步》

写黄仁宇：

黄仁宇《万历十五年》英文版完成时，几乎找不到出版者，到后来的红透了半边天。"一九七六年他又写出《万历十五年》，在横向上给出中国历史的一个切片；但是，它的英文稿子也被英美出版商推来推去，直至一九七八年，才由耶鲁大学出版社接受，一九八一年出版。结果，他身为正教授，因多年没有新著问世，被纽普兹大学辞退。孤独，孤独，孤独……即使后来《万历十五年》在西方有了影响，黄先生依然没有摆脱'独在异乡为异客'的心境。"

——《让游子的孤魂，牵着亲人的衣襟归来》

刚才说到散文和随笔有个人生命底色的"知识",就"散文"和"随笔"而言,无"知识"不行,但仅有"知识"却又不够。散文和随笔考验的是写作者的识见。识见不是好作"猛语""惊人语"的偏执和乖张。在我们今天的时代,"猛语"和"惊人语"是颇能够吸引眼球的。以俞晓群的从业经历,如果做出"黑幕"式的文字往畅销书上走肯定会有市场业绩的。但俞晓群说《万象》杂志、"新世纪万有文库""书趣文丛""国学丛书"和《中国读本》等这些涉及中国思想界、文化界诸多"书事"和"书人",追求的是见证人的"存证"。不过,如果你把《一面追风,一面追问》当出版史和交往志看那肯定又言不尽意了。从历史的见证到历史的反思,是俞晓群这些文字的别样意义。而反思是需要与现场隔开距离的。比如面对六辑五十五册,有施蛰存、金克木、金耀基、吴小如、舒芜、谷林、施康强、董乐山、金性尧、陈乐民、资中筠、董桥、黄裳、费孝通、王充闾、葛兆光、李零、陈平原这些顶天立地的人加盟的"书趣文丛",俞晓群"心底总会冒出一丝丝忧伤的情绪"。不是因为书没编好,也不是因为这套书没有影响,而是因为:"时光还是冲淡了那一段热情,一个爱书人的盛宴,一个死而不僵的书魂,只能默默地润入中华大地,化作一缕幽香,在爱书人的心中游荡。"因为"一张死亡名单不断涂抹着我鲜活的记忆";因为沈昌文"年龄已使他时而显出一些快乐的疲惫";因为"我们几位追随沈公编织'书之梦'的人,都没有逃过岁月蹂躏的窠臼";是因为"核心人物的离散"(《那一缕书香,怎消得孤独寂寞》)。

说到"忧伤""寂寞"和"离散",其实已经回到我们的文题了。我为什么要说"出版史即思想史",因为越近现代,一个民族、一个时代的出版和阅读关乎的是一个民族、一个时代的精神症候和思想高度。这其实是《一面追风,一面追问》展开的主题。俞晓群说:"西方走出中世纪的黑暗,步入文艺复兴和启蒙时代,正是以13世纪,德国人谷登堡发明活字印刷术为起点的。印刷机使人们走出教堂,用对国家的爱取代了对上帝的爱;印刷机创作了作家的概念,使个性的表述、个人奋斗和个人主义有了阐释的可能,像蒙田他发明了个人随笔的文体,赞美个人历史,而不是观众历史,他甚至只赞美自己,赞美自己的特立独行、怪癖和偏见;印刷机也使阅读成为私人的事情,成为一种反社会的行为,它对抗上帝与神父的话语霸权,读者回归自我,回到宁静的心灵世界。""做一个比较,我们可以清楚地看到,80年代也出现了一个出版的繁荣时期。虽然我们的起点不是'印刷机',但是经历了长时间的出版与阅读的禁锢,突然的解禁让人们欣喜若狂、手舞足蹈,甚至有些不知所措⋯⋯此时,我们似乎看到了启蒙时代的影踪,有些短暂,所以幼稚;由于幼稚,故而更加让人难忘。"(《启蒙时代,我搜到一张充满个性的书单》)我们可以从20世纪80年代上下看去。向上，五四新文化运动前后，中国现代的开端，更是一个"印刷机"的时代。商务、开明、良友、三联，《新青年》《语丝》《申报自由谈》《观察》……现代图书和期刊的出版开拓出一个现代知识分子的公共空间。至此，智识界可以说"我们是不主依附"（《现代评论》），也可以"自由思想和独立判断"（《语丝》）了。因此，伴随现代知识分子群体成长的现代出版史即现代思想史，绝不是夸大其词。而往下，20世纪90年代，再到我们今天的新世纪，世界的大势是"童年的消逝""娱乐至死"，中国的国情是出版的"极端的商业化"。在"文化"和"经济"的博弈和搏杀中，"经济"高歌猛进，许多出版人早已把"启蒙"搁置一边，一味地"往下奔"。如此一看，自然露出俞晓群写《一面追风，一面追问》的"文心"。

在中国近现代出版活动中，现代知识分子这个群体如何参与出版？他们有着怎样的辉煌和无奈？"追风"与"追问"，俞晓群掂出这两个关键词来看近二十年的中国书业，可这岂是这二十年的事情。记得很久前看赵家璧先生《编辑忆旧》回忆为"良友"编辑"一角丛书"怎样去追时代的"风"。"追风"是出版人的"命"，谁也逃不了"魔咒"，可是如果只有"追风"，没有"追问"和对理想的执守，我们今天的出版业怎么去书写"出版史即思想史"这个命题？就像"企鹅丛书"出版人莱恩所言："一本书不是一听黄豆。"俞晓群在《文化与出版：是谁发出了SOS？》中提出的"出版人的良心"问题应该是中国出版首先"追问"的问题。事实上，当印刷机没有节制地疯狂运转，它已经走向了"启蒙"的反面。这时出版伦理就成为印刷机上的调节器。而在出版业资本积累，各家出版机构跑马圈地瓜分市场份额的当下，有多少人愿意停下来追问"出版人的良心"？而没有了"出版人的良心"的规约，我们的印刷机的流水线每天会生产出多少的垃圾？

印刷机的大规模启动加剧了我们时代文化的荒漠化。

我们今天的出版，是启蒙还是愚民，值得我们深思。

《当代作家评论》2009年第5期

李丽萍："解放儿童的文学"

晓 宁

李丽萍，作为一名从辽宁阜新走出的青年儿童文学作家，近年获得包括第七届全国优秀儿童文学奖在内的多项儿童文学奖，出版长篇小说、长篇童话、童话集等九部，共计一百余万字，其中短篇作品几乎遍布国内主要的儿童文学刊物，逐渐形成了鲜明独特的个人风格。文学由量的积聚而达于质的飞跃，李丽萍的创作已然脱离了最初的稚嫩期，迈向更纯熟的境界，而其中所拥有的收获与面临的问题更令人深思。

如果说"解放儿童的文学"①是新世纪儿童文学观的一种体现，那么，可以认为李丽萍的创作呼应了这一观念。童年生活的不幸铸成了她敏感多思、孤独忧伤的性格，逃避现实恰好开发了无尽的想象力，写作成为她灵魂的安放之所。最为关键的是她能够不费吹灰之力地回归到儿童的情感世界、生存现场，可以自由地返回自己的童年时代，扼住童年记忆的每一个细微跃动，呈现童年人生的珍贵价值，还原属于自己的童年生态场景。当下儿童文学受商业化写作潮流侵袭，在轻浅阅读、幽默搞笑、千篇一律的都市校园故事大行其道的阅读环境下，她用朴素却不失深刻的文字捍卫着纯文学的领地。尤其是她的少年小说，多以自己的童年生活为蓝本，或可称为写给新世纪儿童的"乡土抒情诗"。面对贫困窘迫的生活，北方少年成长中流露出的自信与豪情、从容与坚定、丰富细腻的内心情愫，与当下的时尚阅读形成了某种"对抗"关系。她以本色、

---

① 朱自强：《儿童文学论》，中国海洋大学出版社，2005，第49页。

稚拙、新鲜、唯美的艺术风格跻身全国优秀儿童文学作家行列。李丽萍的创作有着内在的责任感，那种对人类、自然乃至宇宙万物的崇敬与热爱，对童年人生的珍视，对儿童天性、儿童情感的炽热的颂扬与礼赞均与"解放儿童的文学"的观念不谋而合。她的作品没有说教性，从不做生硬呆板的道德评判，完全是以一种自发的描述式加抒情式（兼有议论）的儿童视角展开故事，现实生活在她的笔下充满了美善和纯真，她是美好人性的歌者，她的作品是对成人与儿童的双向馈赠。

李丽萍的少年小说多以乡村生活为背景，以现实主义的手法表现辽西故乡少年儿童的生存状况，这几乎成为许多儿童文学作家的集体无意识，即创作的"自在状态"。她凭借"生就的"（别林斯基语）儿童文学作家的敏感，洞悉了这片土地上少年儿童身体生活和精神生活的全部意义，推出了"牦牛河"系列少年小说。本真的、朴素的情感状态加上女性特有的细腻笔致令她的作品充溢着儿童原初天性的魅力，浓郁的自我感觉因素、理想主义的色彩，在揭示少年儿童天真纯洁浪漫的天性的同时，对人生进行着终极追问。

短篇小说《选一个人去天国》为李丽萍赢得了全国优秀儿童文学奖。"牦牛河"作为"天国之渡"是岸边少年的情感源泉，更是他们生命循环往复的一个"节点"，它审视着少年如何面对友情、生死。小说讲述了"我"、弟弟秋宝、刘春光、刘正月几个山村少年如何从敌视、疏远，到共处、接纳并逐渐产生友谊与亲情的过程。直到一场悲剧的来临，刘春光为了在洪水中救"我"，而消失在波涛汹涌的牦牛河里，将故事推向高潮与结局。小说用"我"的眼睛来打量和感受周围的世界，美丽的女孩刘正月、妈妈和刘树生的再婚、刘春光的善良能干，在观看的过程中"我童稚的心灵像谷穗一样渐渐成熟起来"。作者没有过多地宣泄悲剧性故事带给人的痛苦感受，而给了故事一个开放性的结局，即寻找刘春光。寻找在天国里的刘春光，诠释了孩子眼中的死亡，不是恐怖的悲痛的，而是一种美好、一种希望。"天边变得一片火红，秋宝走进了草丛里，朝着我们挥手，一轮朝阳冉冉从他背后升起，他就摇摇晃晃地走进了一轮红日之中。"作者没有囿于成人思维的樊篱，没有以成人的文化去"规范"儿童的行为，而是让儿童用自己的方式解决自己面对的问题，自己寻求心灵解放之途。通篇小说散发出单纯、氤氲、清香、自然的淳朴诗意，蕴含着童年宝贵的情感体验。

《沙荒》《上海离我们有多远》《寂静的山谷》《我的哥哥吹黑管》《亲爱的斜角街》等小说均可归于此列，李丽萍构筑了属于自我原乡式的写作空间，却不褊狭，这份空间可与儿童、少年甚至成人来分享。她作品新鲜的青草气息带着单纯的、羞涩的，甚至纤细的美，尽管并不丰满，思想力还存在着薄弱之处，还缺乏将生活与艺术圆熟贯通的能力,她的"牦牛河"与曹文轩的"油麻地"所涵盖的深刻文化思考、对童年人生内涵的揭示还不可同日而语。但是,她却保持了非常可贵的"文学性",保持着一种自觉为儿童言说的理念,她自由地无羁绊地将儿童的情感作为人生思考的要义,开掘着童年人生的丰富资源,和儿童一同完善人格,走向成长。

如果说少年小说代表着李丽萍创作的"自在状态",本色的表达,那么她的幻想类作品和童话则进入了创作的"自为状态"。她用数量丰厚的作品回馈给儿童读者,她汪洋恣肆的想象力在作品中绝对呈现了爆发态势,她自觉地构筑着由爱心、美感、责任感、孤独感搭建成的塔楼。作品对生命充满尊重、敬畏,又充溢着狂欢化的异域风情式的叙事元素,怪物、幽灵、精灵、女巫、千姿百态的小动物等都被赋予了人的性格,他们的个性尽情舒展,达到生命飞扬的极致状态。作者常常颠覆了传统的童话形象,将儿童天性做了真实生动的表达。这与作者童年的经历、特殊的心理体验分不开。在一篇名为《万物有灵,心当有爱》的创作谈中,她说:"我时常感到寂寞,只有在幻想中才能够找回内心深处的自己。我就是凭着这种'胡思乱想'生活下去的,这种奇特的幻想陪伴我走过了整个童年。"这样典型的童年化思维固然是作者的一种个体创作心理渊源,但也与时代整个儿童文学的观念变革密不可分。新时期以降,中国的儿童文学更多地回归到"儿童性""文学性"的坐标,带有人文主义色彩的启蒙精神令儿童文学逐渐摆脱了来自成人世界意识形态的桎梏,真正地建立起儿童本位的意识,这是新世纪儿童观的解放。以郑渊洁为代表的热闹派童话的兴起,成为儿童文学游戏精神凸显的徽标。"游戏精神为儿童读者提供了某种宣泄的机会,这种宣泄满足了儿童的参与愿望。儿童渴望通过游戏活动来了解、把握外部世界。游戏活动使儿童的幻想变成了现实,幻想使得生理的需要转化为审美的观照。"[1]因此,幻想能力,成为童话(幻想小说)作家首要的构思能力,成为彰显"解放儿童的文学"的创作的内在要求,这种能力的高低直接决定着作品审美品质的高下。

李丽萍近年来致力于童话与幻想小说的创作,童话集《脏猫笨狗满天飞》《燕子的生日派对》,长篇童话《宠物总动员》(系列三卷本),长篇小说《矮仙和我们家的后花园》《女巫在夜里飞行》《吹牛小姐和胆小先生》《别惹小叮当》等为代表的数量丰饶的幻想类作品,印证了她在儿童文学写作中的探索历程。她笔下的主人公常是各具特点的动物或器物,猫、狗、兔子、大鱼、土拨鼠、茶炊、家具、怪房子,甚至一台联合收割机,她能够提取动物或器物自身的特

---

[1] 孙建江:《二十世纪中国儿童文学导论》,江苏少年儿童出版社,1995,第251页。

征，再营造一个幻想的叙事氛围，令主人公自由穿梭在幻想与现实之间，最终指向人生的终极意义（如对生命的尊重、对外面世界的向往、对梦想的追寻等）。但一些故事里也并没有明确的意义指向，而重在性格的塑造，形象把握的精准，令读者印象深刻。

中篇童话《找呀找呀找天堂》用土拨鼠波波寻找梦想中的天堂的故事诠释了一个儿童文学的"寻找主题"，即在流浪中、寻找中体验幸福、死亡、理想、友情、执着的精神，个体如何战胜孤独，最后抵达梦想的乌托邦，完成身与心的成长。曲折奇幻的情节、美丽幽深的意境、拟人化的性格塑造，洋溢着爱与美的主旨，这与她的少年小说的内在气质有着一定的沟通。其实幻想和现实间并无绝对的对立，最终均隐含着同一个儿童文学理念，即积极表达儿童深层的身心需要。塑造独具性格的童话形象。营造狂欢化的叙事语境，彰显游戏精神的本质，充分完全地解放儿童心性，并升华他们的情感，是李丽萍童话的特质。《好猫爱德》中的爱德是一只"没事就说说小谎，反正闲着也是闲着"的有着不少缺点的猫，看上去坏坏的，但本质上又是一只善解人意、愤世嫉俗的猫。它就像我们身边的一些顽皮可爱的男孩子，令人难忘。它用猫的口吻嘲讽着人类的虚伪之处，揭示的是儿童目光中的成人世界的荒谬，成为儿童世界的代言者。作者从不刻意设计所谓"完美""圆满"的结局，总是按照故事自然的逻辑或情感的逻辑收笔，许多童话难免在希望中笼罩上淡淡的感伤情绪，却更耐人寻味。

从李丽萍的创作个案中，我们不难感受到现实、幻想类作品的二元品性，她创作的迥然不同却有联系的两个侧面。她凭借这两类作品实践着"解放儿童的文学"的新世纪的儿童文学观，大胆张扬着儿童原初的生命欲求，表现着他们永不枯竭的生命意志。但是，作为一名年轻作家，她还没有达到艺术上的完美境界。拥有了丰富的想象力、创作的激情和才华、创作数量的积累，并不一定能完成艺术上的飞跃，或许要处理好运用与节制的关系。如与经典的儿童文学作品相比，她作品的意境营造、语言的锤炼还有所欠缺，人工斧凿的痕迹也较重，有着对异域作品的模仿，但没有突破一般幻想文学的艺术表达，还缺少个性化的创新。虽然，她的童话和幻想类作品数量丰富，但是还没有塑造出如皮皮鲁、匹诺曹等令人过目难忘的经典童话形象，人物性格雷同之处居多，显得面目模糊。另外，如何不受到商业化写作所追求的时尚化、浅显化风潮威胁，坚持纯文学品格，保护自己的文学原创力也显得至关重要。

《当代作家评论》2010年第3期

李轻松:"每一首诗都是一条命"

卢 桢 罗振亚

在当代诗坛,李轻松是一位以激情贯注写作的诗人,面对流派芜杂、立场多元的诗歌现场,她从未随波逐流,而是主动与世俗保持距离,孤寂而安静地剖析人性中的一个个黑暗瞬间,在精神的谷底铸造诗情。从20世纪80年代初涉诗坛一直到90年代,她沉醉于陌生而混沌的微观心灵世界,以浓重的主观色彩步入文字的竞技场,通过语词间的辩驳、诘问和意象的非常规组合,抒写幽深宏富的原生态经验,既含现代主义的前卫之美,又深融尊崇生命的人文传统,个性纯粹卓然。进入21世纪以来,诗人意识到个体经验的有限性,在坚持诗歌抒情本质的前提下,她尝试调整姿态,"由内而外"地返回日常空间,对身边生活采取"及物"的观照,从而拓展了言说范畴。可以说,李轻松的写作是在迂回与起伏的不断探询中走向成熟的,无论是狂野飘逸,还是平实沉静,每一次调整都是为了更好地释放血性与激情。在喧嚣浮躁的商业年代,她能够以澄澈之心,坚守神性写作的立场,实为难能可贵。

一、破碎之殇:痛感抒写的策略转移

在李轻松的早期作品中,破碎、崩溃、坠落、血色这样的词语俯拾即是,抒情主体大都深陷"灵与肉"的双重痛楚,包孕诗人自身的病态因子。在卫校求学期间,她过早地接触到死亡的腥气,如《像水一样倒出来》一诗所写:"那年我十七岁 / 每天走过地下室幽深的洞门 / 或像幽灵一样穿过林立的挂图和尸体／一种怦然的炸裂声响起。"解剖室如同地狱的入口，将诗人引至死亡的边缘，使她体验到生命的脆弱。当她进入精神病院工作之后，这种感受变得越发强烈，她恐惧那些扭曲、残缺的灵魂，却同时迷恋着癫狂者的思维方式。"疯癫"既带有精神残缺的遗憾，却也容易使主体获得特殊的观察视角，为精神存在寻求表达的丰富性。于是，诗人放弃了向世俗寻求诗意的努力，仅凭借强烈的言说欲望，在病态的维度中建立专属的美学体系，为痛感寻觅栖所。在她看来，痛感是诗人的宿命经验，它为诗人提供了生机，甚至具有创造力。脆弱与生机并存，正是痛感所具有的悖论特质，也是诗人抒情策略的源头。霍俊明曾以"悖论修辞"解说李轻松的创作，它既指向语言，更包含着其思维的运作方式。在悖论意识的指引下，白骨可以幻化为花瓶，玫瑰先要被碾碎才能香气四溢，死亡竟然是生命的开始……极端对立的思维颠覆了诗人早已确立的美学观念，形成了属于她自己的破碎美学。[①]她期待瞬间的暴力之美，正如同一位"怀抱瓷器的女人"，随时"等待一种破碎的炸响／一种快意的窒息"（《微音》）。美要在难以预知的碎裂中生成，要经由痛苦的洗礼方可抵达，这种思维的悖论正如"菊与刀"似的，暗合着东方美学的诡异色调。

有了如此的感觉定位，诗人开始与痛感达成默契。在她的视界中，习焉不察的日常经验损害了人类的创造力，使他们在主流话语中丧失差异、极度失语而无法清晰表达自身。为了重新树立自我，为主体找寻合适的音色，诗人选择以自戕的方式，首先向自己开刀。如《冬天到哈尔滨来看雪》一诗写道："我愿意被刺伤／我体内的蝴蝶／因这场冰雪而有了格外的意义。"抒情者以稍显偏执的姿态去迎接锋刃，痛感经验强烈且难以仿效。也正因主动求"痛"，象征生命力的蝴蝶方能破茧而出，使抒情者在寒冷中感受到爱的气息。在"破碎美学"的统摄下，病痛褪去恐怖的外衣，成为诗人的益友，她喊出"让病与病相爱"的豪言，视疾病为宿命体征："吃药是一种慰藉。一种暗示／对于疾病，人类日益不安／而我已与之结婚，渐成一体。"（《阿斯匹林》）"药"的无效正说明主流经验的不可靠，既然疾病难以驱散，那么，不如选择以积极的姿态，让躯体在高烧与炎症的痛苦中"排出精神的毒素，排出杂质"（《一场发烧》）。经过疾病的洗礼，精神主体涅槃重生，向纯净回归。可见，在李轻松那里，"病痛"是一把双刃剑，一方面消耗着肉身，另一方面却激活了才情，正所谓"先痛而后快"。

应当说，诗人以对病态之维的着迷进行精神自救，和痛感展开对话，以报复"自身最丑陋的部分"，纵容"生命里最自由的部分"[②]，其目的在于制造差

---

① 霍俊明：《"爱上打铁这门手艺"——李轻松访谈录》，未刊稿，见《李轻松诗歌创作研讨会论文集》，2008。

② 李轻松：《寂寞转身二十年》，《诗刊》2007年第10期。

异，强化精神的在场感。为此，她选择了内视点的抒情策略，以自我的主体感觉为坐标，将心灵的潜意识宇宙看作诗意的发源地，使文本世界与其遥相呼应。我们注意到，李轻松诗歌中的抒情主体很难呈现出有形的、肉身化的完整形象，它们或者化身为风，寄灵于兽，托物言情；或者变幻成幽灵，漫游在充满自由与禁忌的心灵世界。借助与神秘的事物相亲，诗人感到"写诗就像是灵魂附体，借肉体苏醒，却借灵魂飞翔"[1]，她将世俗的羁绊抛至身后，以轻逸的灵魂御风疾进，画出一道自由的快感弧线。然而，宿命的《歧途》却使"我总是向着与自己相反的方向行走／风声却提醒着崩溃／……我呼喊着自己找不到我"。抒情者深知绝对的自由乃是一种虚妄，如果执意追逐，理想与现实的裂痕便会加剧延伸，牵扯出更为剧烈的痛感。在诗句中，"我"的精神正如福柯所描述的"癫狂者"一样，处于人格分裂之后的破碎状态。依照科学解释，精神病患者眼中的世界缺乏完整性，他们不受传统语言习俗的控制，易于在压抑中独辟蹊径，从而接近真理。李轻松正是抓住了这种思维方式的互文联系，为抒情主体营造心灵的内部对话，甚至共置多重人格于一身，将"内视"的策略具体化。这些灵魂大都陷落在城市的人流之中，难以清醒自辨，生存的悬浮感使"我"只有置身梦境，方可实现交流："我以梦中人的身份说话、交谈／仿佛我自己并不存在。"（《对一个梦境的重述》）梦中之"我"享有无限宽广的心灵世界，它弥补了被现实规范之"我"的精神压抑，为抒情者的情感释放提供了渠道。于是，抒情者的灵魂分裂成相悖的黑白两面，一切矛盾都在身体内部"左"与"右"的意识碰撞中得以纾解："这是从我的左手到右手的问题／它们互相垂问，它们相对，相背，得不到回答。"（《底蕴》）"自我"与"本我"形成复调式的对话，而诗人更为看重充满异质的"本我"经验，正像诗中所说："最终我们将从正常回归异端／被扭曲的心，终将被精神病所抚慰。"（《精神漫游》）正常与异端边界漫漶，恰恰说明疯狂的不是诗人，而是整个世界，如布鲁克斯的话"诗人表明真理只能依靠悖论"[2]，他们以此抗拒俗常的羁绊而到达精神高处。

李轻松曾讲过："我强调'孤岛'意识，那是留给自己最后的属地。"[3]在心灵的孤岛专心耕耘，使她在"左手写诗，右手焚稿"的个人化抒写中重获心理平衡。她只为自己写诗，疏远现实生活，这种抒情策略可以有效地防止世俗经验对内心的干扰。不过，在理想中飞翔固然充满快意，却也容易受到个体经验

---

[1] 霍俊明：《"爱上打铁这门手艺"——李轻松访谈录》，未刊稿，见《李轻松诗歌创作研讨会论文集》，2008。
[2] [美]克林斯·布鲁克斯：《精致的瓮——诗歌结构研究》，郭乙瑶、王楠、姜小卫等译，上海人民出版社，2008，第5页。
[3] 李轻松：《我愿意远远地凝望你的脸孔》，《文学界》2009年第3期。

的限制，沉入凌空蹈虚的自闭状态。21世纪以来，诗人尝试走出早年的混沌记忆，理性看待生活的烟火之气，其表现之一便是对抒情者所处的"高度"进行调整。在《与云相亲》《生活的低处》等作品中，诗人试图放低姿态，回到人间，向凡俗的生活事物致意。从《煎鱼》《一道汤》《一顿早餐》《你好，亲爱的厨房》这样的诗题便可以看出，诗人调整了和内心相对应的关键词，生活诗意的温暖，使她认识到"一首诗就是一种方法／跟自己和解，再跟世界和解"（《一首诗》）。她不再刻意设置身体内部黑与白、左与右的角色冲突，而是以一个完整的生命本体姿态进入琐碎的生活，发现其中妙不可言的仙境。在《来杯茶》一诗中，这种"及物"的转变表达得直截了当："让我收起那些锐器吧，让我学会喝茶／用清水洗脸。学会跟自己说话／炒菜、煲汤，避过一些危险的瞬间／那些平淡的事物，正渐渐地显出它的力量。"诗人身处日常生活却又与之拉开距离，透过"清淡的物质"，她学会以微笑面对时代的病症，为痛感找到新的栖息之所。

此外，为了追求经验的澄明，李轻松还特意调整了抒情的"速度"，减缓了行走的步伐。高速化的时代风潮将每个人卷入其中，使他们遗失自己的节奏，只有返回抒情时代，放慢速度，学会停顿，"向着与大众相反的方向／向着真理的缺口处，蜗行"（《……慢下来》），才能避免"因飞得太快而失去自我"（《行走与停顿》）。诗人正希望借此突破语词的限制，获得反身的能力。实际上，无论是加速的飞翔，还是减速的写作，她的终极目标都是从主流经验中抽身而出，以带有痛楚感的割舍，执拗地向心灵掘进。在精神求索的过程中，诗人的情绪逐步恢复常态、回到人间，诗情特质也由滞涩向澄明转移。这种澄明，既是感性的显现，也是本体的敞亮、广远、自由而充满诗意。

二、本色写作：构建女性的心灵诗学

以破碎为美，感受炸裂与牺牲的快意；以神秘为美，呼吸花朵与鲜血的腥气。李轻松诗歌中的上帝，或许就是她本色的精神自我。和不稳定的外部世界相比，充满悖论的复调节奏既是她的思维步伐，也是与女性生命结构相契合的话语方式。正如诗人所认为的那样，充裕的虚幻基因是缪斯赋予女性的特殊能力，她们凭借独特的认知方式和身体、心理体验，建筑"虚幻"的诗学空间，凸显女性的本质力量。一些论者指出，李轻松在某种程度上并未以"女性诗人"自我标榜，在操作层面，她漠视对男性话语霸权的解构，文本中既无张狂、自恋的主体形象，也少有性意识的裸露表演，从而缺乏与同代女性诗人的精神呼应，这种论断未免显得偏颇。我们看到，李轻松对女性创伤经验的意象化揭示，对内在精神世界的深入挖掘，亦从"人性"的角度触及女性本质的生存现实，建立起自我"流动的生命经验"，将诗歌引入深邃广博的心理时空。她对女性生命始终怀有敬意，不愿迷失于"概念"的森林；同时，那些对女性意识的简单化、条目化解说和欲望化、身体化表达，也引起她的警觉。在诗人看来，"女性意识并非仅仅是强调感官的刺激，内心的暴力，身体的革命，欲望的放纵，其实还有更深层的东西，更坚硬的东西，我一直在试图触摸到这东西"[①]。由此可见，在官能快感之外，站在灵魂的高度思索女性族群的命运，发掘更为"深层"与"坚硬"的内在心灵经验，正是其女性意识的重要表征。

既然诗人孜孜不倦地渴求触摸"深层"与"坚硬"，那么，对女性群体命运的关注和对个体意识流动的体察，便形成她表达女性意识的两个清晰方向。在曾经稳固的性别秩序中，女性美任凭男权话语来赋值，她们难以绘出完整的自我形象："这幽闭而蜷曲的河蚌，我将对谁展开？／双手解开河面的微风／我裸露到什么程度，才能了解／我自己的珍珠，是不是沙石。"(《宿命的女人与鹿》)"珍珠"的迷人光彩，需要河蚌屈辱地展开母体，裸露于世才能被发现，这便复制了女性"被看"的历史命运。宿命驱使她们担任悲剧的主角，沦为两性祭坛中的牺牲品。李轻松笔下的女性人物大都充满了创伤性的经验，透过《对"威拉咖啡馆"的叙述》，诗人凝视着一位"穿着洁白长裙的女人"，她在生命攀爬的过程中一次次被男性摔倒，遭受着无情的撞击。"洁白长裙"联络着纯美高贵的圣词，蕴含着水一般晶莹剔透的、抒情者心中的理想形象。"她"在咖啡馆中的遭遇正是身为女性的宿命："人生不过是重复一个动作，穿衣脱衣／醒着睡去，仿佛一个女人的一生。"粗暴的玷污使女性的"洁白"渐渐衰退，最终陷入生命的庸常轮回。在《颓爱》中，对命运的追问之声得以延续："所谓命运，是你注定的双手／伸向我体内的根系／滋润我触痛我／摘取我一生的桃子。"诗人没有沉溺于新生命诞生的即时欢欣，其间的肉体痛楚，残酷得难以抹平，这是微观个体的创伤，也是生命群体的共鸣。站在族群的悲剧宿命面前，诗人显然不会安于现状。那么，她会选择何种途径寻求改变呢？这便涉及其女性意识的另一方向：进入个体的自我时空，通过心灵经验的营造，抵达人性的伊甸园。

维护个体意识，注重心理建构，这来源于女性个体本质的、流动奔放的生命经验，镌刻着抒情者不可磨灭的精神印记。以"孕育"为关键词，诗人可以用"它吸尽了我的精华／我只剩下那空空的囊袋"(《十分钟，年华老去》)吐露女性人生走过场似的失落感，也可以抒写"你通体透明的样子使我安静，抚摸／我

[①] 李轻松等：《与轻松一起舞蹈》，《辽河》2005年第2期。

一生中最娇嫩的绸缎／最幸福的闪光"(《灯笼》),赞美母性爱的光辉。如同一枚硬币存有两面,对于女性群体命运,李轻松往往以冷静的姿态,剥离世俗对族群的意识缠缚,在哲思之境漫步;对于微观个体经验,诗人时而流露出性情的一面,或是舒缓,或是柔美,以爱心为烛照,经营着感情的世界,氤氲出温暖的色调。如此一来,《颓爱》中的母性形象虽然承袭着肉体之痛,却依然可以在痛感中发出呐喊:"你致命的爱／已使我终生颓废。"在诸多女性主义诗人那里,爱情主题由于涉及两性的直接对话,似乎最容易成为被解构、批判的目标。然而,在李轻松笔下,不乏渴望爱情并为之献身的狂热辞章:"这倾向我的容器,巨大与荒凉／逼近我!这颤动罂粟的器官／至高。至美。我在迎上去的一瞬／已倾尽了我自己!"(《我爱,我便永不回归》)诗人坦诚表露原生态的性爱诉求,沉溺在激情燃烧的唯美状态,其笔感细腻、敏锐,直抵生命的本真。

在爱情与欲望的经验表达中,诗人从不避讳性爱描写。每逢欲望的诱惑降临,她笔下的女子大都会采取"自闭"的姿态,甚至对其怀有仇恨;但真正经历过之后,她们反而通过这种"堕落"体悟到极致的美。这些女子是"嗜血"的,这血水由她们所期盼的男性之爱赐予。《血在吹》写道:"你的生命,使我感觉活着／……为什么我喜欢被你拆卸的感觉／一种快意的裁剪……"又写道:"那动着的茎蕊,被秘密覆盖着／仿佛一种罪恶。我的身体在倾满的瞬间／也被掏空。自罪与自罚。"诗歌的字里行间充斥着矛盾与悖论,女性的生命自省须借助男性力量的激发,这是否会重新跌入菲勒斯中心的陷阱呢?不难看出,抒情主体所经受的"自虐"与"自责"的纠结,正是人性原欲和道德律令的抵牾,是"本我"与"自我"的斗争,内部对话特质明显。李轻松写性爱,并将其视为拯救女性心灵"自闭"的良药,其女性意识中主动"受虐"的成分,以及在被"拆卸"中获得快感的话语呈现方式,乃是诗人对自身感受力与认知力的维护与挖掘。这是她所一贯珍视的痛感经验,是对爱情临界状态的智光烛照,没有任何亵渎性爱或是放弃主体性的意图。李轻松说:"我只能爱,我只为爱书写／……我在爱中恩怨两清——"(《耳语》)诗人的伤痛逐渐被爱情抚平,她的心态也越发平和。

李轻松对性经验的个体化加工,似乎与精神分析学说的相关观念吻合,性的体验即欲望的满足,它在一定程度上转移了抒情主体对既往伤痛经验的关注,促使个体心灵与外部世界达成和解。在潜意识转化中,诗人注意到"身体"的丰富与复杂,将其塑造成核心意象。一方面,"身体"是一个整体性的概念,它指向女性族群的宿命歧途。身体之痛即群体命运的隐喻,它不只存有快感,还带有疲惫与疼痛、衰弱与残缺。以身体为镜,诸多不完美的经验跃然而现,凭借残缺之美击碎了男性镜像中的女性规范。另一方面,诗人善于把"身体"转化为感知世界的方式,发掘个体隐秘而幽暗的内部经验。对诗人来说,来源于身体的感觉包含双重意味,一是"肤浅的快乐",二是"更深处的感觉"[1],它们是平等的。亦即说,感性的满足和理性的深入可以并行不悖。在尊重身体的基础上,她以抒情的柔板为"行为之爱"奏响乐章,在"临时的天堂"里探索男女之间无限的可能性。"你用身体做炭/在燃烧的火与仇视中/把女人焚毁的同时先把自己焚毁/这本身充满了意义"(《悬瞳》),激情的点燃使双方陷入毁灭的极致,意义在涅槃中脱颖而出。有些时候,抒情者甚至可以"不用思想穿行/有时我的皮肤可以预先抵达"(《夜行》)。作为身体的具象,"皮肤"兼具某些专属大脑的思维功能,成为产生思想的母体。这样一来,"写你自己,必须让人们听到你的身体"[2]便不单纯是对主体"存在"的在场感描述,"身体"同样具备生产知识的功能,它替代了既有的哲学、思想和经验,为诗人表述外部世界充当着表意符码,正如诗人所言:"我相信了我的身体,比相信真理还有力量。"(《你好,亲爱的厨房》)

翻开《水的蔓延》《碎心》等作品,李轻松还会把身体看作未经污染的、如水样纯洁的象征符号。她对身体深怀敬意,男女之间的水乳交融既是肉体形而下的原欲满足,也是两性以身体的坦诚互相印证生命之真实、寻求思想和谐的形而上哲思,它最终指向一条开放的交流之路。在《悬瞳》中,诗人高声宣告:"你最初的情人,最后的母亲/都必将是我。"融合少女情怀与母性光辉的角色定位,有效调整了女性诗歌片面强调主体性所造成的话语失衡,为两性之间实现平等对话创造了机遇。诗人一贯主张要与男性达成和解,通过对自身的亲近,疏远那些反人性、反自然的写作。为此,她辟出一条个人化的通道,抒写女性的心灵诗学,这样带有诗人"固执的血型,容颜与命运",以及"一贯的步伐"的文本操作,正是她始终坚持的"本色写作"。

三、意外之美:突破规范的语艺运思

对于诗歌,人们大都有一个通识,即它是语言的艺术,更是心灵的艺术,诗人的使命便是为表情达意制造合适的"鞋子",思量语言的出场方式,这直接关涉到其心灵经验表达的力度与强度。为了寻找开向世界的窗口,李轻松不断地打磨语言、雕琢技艺,在完美呈现心灵的同时,凸显出语艺的原创性。在当代诗人中,她的语言风格颇为前卫,从初登诗坛开始,诗人便意识到语言的诸多限制,唯有突破语言的显在力量,方可从审美习俗中拯救出诗歌。因此,她

---

[1] 李轻松、万琦:《颠覆一:对话录》,《诗歌月刊》2004年第7期。
[2] 张京媛编《当代女性主义文学批评》,北京大学出版社,1992,第197页。

选择打破规范的、极度自由的语言,综合了李白的奇诡飘逸、史蒂文斯的抽象玄妙,以及普拉斯的尖锐极端,以语言的残酷宣泄情感、构造美感。借助对多种语言机制的调动,诗人将血液的浓度与温度注入文本世界,使"张力"这一模糊的概念在具体的操作中呈现出"意外之美"。

一是频繁使用疑问句和感叹句式,营造整体性的抒情氛围。"这是什么地方?我在与谁相爱?/我自身中最堕落的部分/为什么瞬间站在了高处?/我一向仇视的欲望,为什么/美到了极致,或极致以外?"(《碎心》)身体的自然召唤势头强劲,肉体的狂欢使抒情主体迷失在感性与理性的边界,社会规范和道德准则崩塌了。在快感的体验声中,主体不断叫号着、追问着,形成密集的话语风暴。怀疑语气的重复与叠加,实则是肯定性声音的内部加强,主体从怀疑自否逐步转向泰然自若,最终触发超越性的快感。在情绪即将冲破堤防、喷涌而出的微妙时刻,诗人往往又选择感叹句将跃动的精神定格。如《鸦王》写道:"乌鸦,你幸存于我的诗篇/你如漆,像葬礼一样黑!/你以一鸦繁衍数鸦,以身躯蔽日/以一种灭绝拍断怒放/乌鸦乌鸦,我的飞翔!"戏剧独白式的语言和不断以喟叹语气出现的"我的飞翔""飞翔一样高"回环往复,形成咏唱的效果,情动于中而形于外。借助"追问者"和"咏叹者"的句法形式,诗人追求情感的自然、直接、充满快意的表达,较少刻意节制,然"纵情"却不"滥情"。在《桃花为什么这样红?》一诗中,两种句式交相登场。诗人以"桃花为什么好"的疑问开篇,一方面提出问题,使读者获得阅读期待;另一方面,她又巧妙地为读者埋设了思维陷阱。读者大概期望读到桃花的"颜色、气味及形状"之美,这些构成了传统审美习俗中对桃花之"好"的判断依据,但诗人的意图恰恰在于超越这种思维定式。"桃花是多么危险哪!""红色是我的宿命,多么迷人哪!"一咏一叹,都是对桃花原有意味的一次次解构,透过句式之间形成的情感张力,文本氤氲出整体化的抒情效果,浸含诗人本色的审美体验。因此,疑问与感叹句式不仅增强了语感,同时还显露出调节意义的能力,它使诗人的情感表达张弛有度。

二是通过对意象的远取譬,打破本体与喻象之间的审美惯性,形成对峙、多义的语言效果。在李轻松的意象谱系里,每一组意象都对应着一种独特的心灵经验,如《我的青春叙事》中"我的循环学。被水火相容/那些青春叙事,都有一个套路/一个模式。让我取来水中的鱼/火中的栗"。水与火本来无法沟通,却充当了抒情者心灵的经验两极,呼应着诗人"在水与火之间流连,渐渐地向澄澈靠近"[1]的诗观。这种悖论气质同样投射于"桃花"与"铁"的意象,

---

[1] 李轻松:《李轻松诗歌及诗观》,《诗选刊》2006年第11—12期。

抒情者的诗歌理想深蕴其中。"桃花"不再是"宜其室家"般繁茂兴旺的象征物，它冰冷地生长在诗人体内，与暧昧和虚无的精神特质融为一体；而"铁"也不再是城市化的符号、文明的利器，它和某种"返观"式的回溯经验相关，通往灵魂的归属地。"铁是我血液里的某种物质"（《让我们再打回铁吧!》），"打铁"就是锻造内心伤痛的创口，使它们坚硬起来，这门手艺其实和写诗相通。"通红的铁伸进水里／等待着哧啦一声撕开我的心／等待着先痛而后快"（《爱上打铁这门手艺》），痛感的意外之美，抗拒着生活的平庸，铁如真理一般坚韧，灼烧着生命中的脆弱，经过粗粝的洗练，诗人实现了精神的净化。此外，李轻松经常将主体精神形象做"拟物"化的处理，如"飞鸟"和"鱼"的组合运用，借此体验"鹰击长空，鱼翔浅底"的奔放自由。她还喜好以"母兽"自喻，让身边的动物替她读出大段的心灵独白，毫无顾忌地表达情感。抒情主体由人类"降格"为动物，从日常经验的束缚中完全解放出来，这使得诗人在表达诗歌观念之外，可以收放自如地驾控词汇、驰骋幻想，抒写自己的语言。

三是在坚守诗歌抒情本质的前提下，向诗以外的文体敞开自身，熔叙事功能、戏剧手法于一炉，以增强话语方式的此在性和占有经验的本真性。参照戏剧的形式，她综合调动场景结构、内心独白以及旁白、多声部对话等一系列效果，并将其纳入诗歌文本，如《对一个梦境的重述》开篇写道："时间：某个深夜或不确定／地点：任何一个场景或不确定／人物：我与另一个我，或不确定／一切都没有重述的可能。"对超现实的梦幻场景进行虚拟或者重述，其行为本身便充满荒谬。脱胎于戏剧的结构同样出现在《对"威拉咖啡馆"的叙述》之中，"画面就这样出现了。一个杂乱无章的咖啡馆／有些昏暗。一张桌子像个死寂的人／椅子互相拥挤着。一个女人／一个穿着洁白长裙的女人目光暗淡／还夹杂着一丝的恐惧"。诗人将舞台布景植入诗歌，登场人物众多、来去匆匆，众生聚集在时空高度凝缩的场景，如同艾略特"戏剧化理论"的阐释，诗歌形态像一出小小的戏剧那样人事物兼备。再看《世上是否还有第三种性别》一诗，我们已经很难界定它究竟属于诗文本还是剧本。其中纯粹分幕、布景、情节大纲、人物出场动作、角色之间的戏剧性要素一应俱全，文本内部充满对立混成的戏剧冲突，完全拟现出一套戏剧化的诗思结构，使得文本之间在质地上走向趋合，深融诗人的经验自觉。同时，李轻松还经常在文本内部插入多声部的对话，使抒情者完全角色化。一方面，现实之"我"与心灵之"我"的相互抵牾，在文本内部形成交锋，暗合抒情主体的心理纠结；另一方面，为了实现心灵内部的经验交流，诗人时而会为"我"的倾诉虚拟一个听众。在《悬瞳》《浮夏》《梦缘》《颓爱》等诗作中，总有一个与女性抒情主人公对话的男性形象，即"你"的存在。他深入抒情主体灵魂的罅隙，以其温暖肉体、感召灵魂的神性力量，成为主人公情感的依靠，也使读者触碰到诗人内心柔软的一面。总的来说，李轻松注重化合多种心灵经验，强调意象的客观间接化呈现，渲染文本内部的声场效果等，都在不自觉中回应了"新诗戏剧化"的理论呼唤。叙事与戏剧性成分的加强，有助于她的语言凸显立体感与多样性，其目的都是为了更加切近诗歌的抒情本质。

在《下一秒钟》一诗里，诗人写道："无人能见，我下一秒钟的破碎／……无人能喝，我下一秒钟的酒／……无人能看，我下一秒钟的烟火／……只为一个人写诗是真理／一个人类的留白，一人阅遍。"这就是李轻松的写作姿态，写诗就是她对自我的一次拥抱，她以诗疗心，以文自救，甚至"每一首诗都是一条命"[①]。她渴望做条激流，奔腾不息，但拒绝变成溪水，融入他人的大海，更不愿追随任何流派，淹没于丧失个性的沙漠。商业时代的喧嚣芜杂，加速度的名利拷问，难免会使某些不坚定者选择随波逐流，在虚幻的名利场中迷失心性，最终走到诗歌的反面。而李轻松对寂寞姿态的执着坚守，对世俗功利的置若罔闻，时刻证明着她是这个时代的背叛者。她带着自己的荒谬，化精致为粗粝，变破碎为至美，不断在探索中求变，艺术取向丰富多元，这使得我们很难以某一种观念来概括她的写作。作为辽宁省最优秀的诗人之一，地域独特的萨满文化感召了她，使她在纯东方式的神秘主义中获得精神滋养，但她更喜欢漂泊的感觉，思想居无定所、信马由缰，所经之处，皆可视作故乡。作为女性诗人，她歌颂爱情、抒写欲望，但言说姿态和理论视野远非"女性视角"或"女性诗歌"可以涵盖。在操作层面，她回避意识优先的女性主义写作，与诸多概念保持着谨慎的距离，仅仅依靠个体经验的自然流露，最终进入超性的和谐境界。在今天的诗坛，叙事性元素逐步放逐着抒情甚至在"反抒情"，而李轻松却能远离商业化的时代喧嚣，用心灵护佑着精神家园，为当代汉诗守卫着抒情的阵地。其执着与偏执正如《夹缝》一诗所说，这是"白羊星座上的女人"宿命的抉择，就像同为白羊座的凡·高一样，她艳羡葵花自由的绽放，崇尚暴力美学的锋芒，在虚幻中抵达神性写作，融会这般气质，她的诗歌方才不落俗窠，独标一格。当然，在降低观察高度、回归生活的过程中，诗人时而受到抒情惯性的影响，仅仅表达"回归"的姿态，尚缺乏对日常生活具体事象的深入沉潜。由"内"而"外"的策略转移，要求诗人在抗拒"平庸"的过程中，继续以开放的姿态和理性的哲思，编织生活与内心的灵异因缘。

《当代作家评论》2010年第4期

---

① 李轻松：《每一首诗都是一条命》，《诗潮》2007年第6期。

《康家村纪事》：对作家及其作品概念的一次重要订正

郭长虹

现代出版的生产机制总是把文本割裂成版前和版后鲜明的两个部分：一种是版前手稿，可以不停地修缮，使它达到某种"出品"的质量要求（自己的或者别人的）；一种是版后成书，一旦出版就变成一个无法更改的印迹，成为静态的"作品"并具有某种脱离作者而独立存在的状态，至多只能以精华本、订正本、增补本的面貌再出现。与此同时，过去的文学评论也过分地重视体裁分野，叙述故事时叫作小说，抒发情感时叫作散文，探求私密时叫作诗词，陈述知识时叫作论文，其实，它们都有一个共同的名字"文"。上述因素导致众多文本被禁锢在版后，套牢在非此即彼的体裁分类上。

《康家村纪事》中有将近三分之一是高晖的旧文[①]，此次编辑不是简单地排列、增删，而是重新结构、组合、联结、评判、导读，其行为既是文本本身又属是文本之外。此次高晖对文本的处理，具有以下多重意义：一是延伸了文本的跨度，拓宽了文本的空间，使文本具有多媒体效应，突破了文字的线性特征。二是生动地证明，文本具有不断生长的属性。其实，编者甚至是读者都有权利和作者一起修整和重组；作者也不应该在阅读、误读中缺席，他可以参与、打断、搅和、延续这样的过程，这，依旧是创作本身，是一种更深刻的写

[①] 指《正文一／重返童年》《片段3／溺水》《片段4／秋天》《正文三／1976年秋天的纸飞机》《正文六／离乡》等部分曾收入散文集《向陌生人招手》（高晖著，时代文艺出版社，2001）。

作。三是《康家村纪事》的写作立场因为文本的开放性不但没有被禁锢、套牢，反而被重新释放、被升华。

当一个作家这样参与处理文本时，就像中年人翻检初恋情书、老人回忆过去、嫌疑人再次向警察供词，由于裹挟判断及重新判断、附着新的经验及钩稽关系，致使潜在的意义被重新发现。过去呈给读者和评论家的文本，就像作案者的初次口供，缺乏纪实性和内心完整性的场景。这次重新提供"口供"是一个负责任的作者的做法。过去中国人的习惯是编选集编全集，编订审定自己的全集，虽局限于筛选、顺序以及改写技术上的错误，也不是对历史的文过饰非，而是对人生唯一文本的最后订正，以免误读。郑板桥编完自己的全集后说过一句话"死后若有人将平时无聊应酬文字滥冒窜入，吾必为厉鬼以击其脑"，看来郑板桥对自己的文字绝不是全盘认领的。一个作家动笔写出来的作品未必就是他的真作品，真作品是要到一生终了处结账出清。

《康家村纪事》的启悟在于：一个作者，一段或一生所写的文本，就像"长物"[①]，他有权不断地链接、集合并以此提升。当人生本身构成"写作"这一事件本体的时候，"作品"没有道理不是一条线性的时间之河。每当有这样的时刻，也就是重新开启。康德的《纯粹理性批判》[②]先后写了两个版本，后来的出版和翻译都合刊，大家认为不可偏废，应该合起来研究。

鲁迅研究者王富仁，针对很多人说鲁迅没有重量级作品时说了一句令人深思的话：鲁迅终生写过一部最最巨大的作品，那就是《鲁迅全集》。鲁迅先生有个习惯，那就是一年一集，按照编年的体例出版，他的文本结构本身就是作品的结构，进而，他的生命结构就是作品结构。

庄子曰：道术为天下裂。孔子之后，儒分为八，歧路亡羊，"道"就在纷繁的论说中被割裂了，均无限地强调"道"的"裂"，但是忘记了"道"的根源。其实，君子儒也好，小人儒也罢，祖师禅如此，野狐禅如彼，"道"应该是一致的，是贯通着的一种精神，无论你行走坐卧、写作研究还是做官经商，都不可须臾离。"可离非道"——《中庸》里的这句话可以拿来曲解一下，对于作者的生命本体来说，"可离非作品"。只有这些是一致的时候，"单独"的文本才有意义，才是准确的艺术，否则是不准确的艺术。就像一滴墨在水里，反而是不真实的。

[①] 长物：身边的心爱或珍贵的东西，一般指珠玉玩好之物。
[②] 出版于1781年，在1787年第2版时做了较大的修改。学术界对这两个版本的重视几乎是同等的。在出单行本时，国际上通行的做法是以第2版为基准，将第1版与第2版有异之处以注释或附录的方式标出。这部译文沿袭了上述通行做法。也就是说，根据1968年普鲁士王家科学院的"Akademie-Textausgabe"翻译，以第2版为基准，凡是第1版与第2版有异之处，文字较少者均以脚注的方式标出，文字较多者则附于合适的地方。汉译本由邓晓芒译，杨祖陶校，人民出版社出版，2004。

作者本身也可以作为一项文本内容被整体阅读，其实，"知人论世"本来就是古典中国文艺一个比较平常的立场，我们习惯了吃鸡蛋的时候顺便了解一下老母鸡。在此意义上说，任何杰作脱离了作家本人，只能造成文本的缺陷。仅仅说某个作家写出了杰作就是胡诌，作品结构和作家的生活结构必须整体阅读，一旦作家的生命结构也被读者阅读，那么就出现了另外一番景象：作品和作家相互辉映，相互闪烁。"不知其人可乎？"——是读者最基本的阅读人权，剥夺它是可耻的。在今天，自觉明确这一问题的中国作家，高晖是第一个。

　　比如《红楼梦》和曹雪芹。再比如，杜甫的诗《江南逢李龟年》[1][2]："岐王[3]宅里寻常[4]见，崔九堂[5]前几度闻。正是江南[6]好风景，落花时节[7]又逢君[8]。"这是离开作者身份就难以索解的诗句，甚至，离开具体历史情境，就无法被称为好诗。这四句是任何人都会说的寒暄话：以前在张三家经常看见你，李四那里也听说你，现在春天来了，又碰到你了。如何成为千年脍炙人口的铭心绝品呢？假如我们不了解杜甫的身世，不知道谁是岐王、崔九、李龟年，不知道"安史之乱"[9]，不知道当年长安的盛况，不知道流落江湖的艺术家的艰辛，不知道岐王宅里发生了什么，诗中丰富细致的情感意味，就无从谈起。[10]

　　什么是真作品和假作品以及怎样看待这些作品？时间及主题的表达为什么要限定在一篇之内呢？文本之间的"互文"[11]不是更有趣的事情吗？明确上述问题的文本，《康家村纪事》也是第一个。

　　《康家村纪事》的文体混杂，其实带有一种古典主义意义。现代性发生后，

---

[1] 李龟年，唐代著名的音乐家，受唐玄宗赏识，安史之乱后流落江南。
[2] 选自《杜诗详注》（中华书局，1979）卷二三。
[3] 唐玄宗李隆基的弟弟，名叫李隆范，以好学爱才著称，雅善音律。
[4] 寻常：经常。
[5] 崔涤，在兄弟中排行第九，中书令崔湜的弟弟。玄宗时，曾任殿中监，出入禁中，得玄宗宠幸。
[6] 这里指湖南省一带。
[7] 春末。落花的寓意甚多，人衰老飘零、社会的凋敝丧乱都在其中。暮春，通常指阴历三月。
[8] 指李龟年。
[9] 安史之乱是我国历史上一次重要事件，为唐朝由盛而衰的转折点。安，指安禄山，史，指史思明，"安史之乱"系指他们起兵反对唐王朝的一次叛乱。安史之乱自唐玄宗天宝十四年（755）始至唐代宗宝应元年（762）结束，前后达七年之久。
[10] 开元初年，李龟年经常在贵族豪门歌唱。杜甫常出入岐王门庭。这是杜甫绝句中最有情韵、最富意蕴的一篇。只二十八字，语极平淡，举重若轻、浑然无迹。杜李在漂流颠沛中重逢，落花流水的风光，两人形容憔悴，绘成时代沧桑的一幅典型画图："开元全盛日"已经成历史陈迹。杜甫感慨颇深，但写道"落花时节又逢君"，却戛然而止，强烈的感情得到节制，更显蕴藉至极。
[11] 互文也称互参，它的手法是把本应该合起来的话分作两句说，使两者互相补充、渗透。

所谓"知识分子"逐渐变成了日益细密分科的"专家",不再对整体知识有奢望,不再对"究天人之际"的倾诉宏愿感兴趣;古典知识分子不是这样的,中外都不是。像罗马人,有所谓"七大术"①,中国古代的士大夫,号称"一事不知,士之耻也",故而中国古代的文人,一般兼擅各种文体,他们用"道德文章""载道"、用"诗""言志",用词言某些不太可以公开的"志"或曰情,你往往需要综合阅读,才知道他们的真相。至此,我们不难看出:《康家村纪事》这一文本是对传统意义上的作家及其作品的一次重要的订正。

现在,让我们返回《康家村纪事》自身。美国汉学家宇文所安②有一本书叫《追忆》③,他认为追忆是中国文学最重要的主题。"过去即异邦",无论是家国的过去,还是个人的过去。《康家村纪事》就是依靠追忆建构了一部童年、少年乃至青年的心灵成长秘史,其文本结构也是作家高晖的心灵成长结构。《康家村纪事》回归了包括古典主义意义等多重意义,特别是作家心灵家园的重建及其形式。从现代写作技巧上看,高晖已是娴熟的技术工人,车、钳、铣、铆、电、焊样样精准,这些技术使《康家村纪事》变得像纯棉纺织品一样细密熨帖,甚至使之足以成为青年作家的教科书。不属于技术范畴的是《康家村纪事》在音乐感上的突破,其旋律、节奏、多声部以及音质只能与作家内心密切相关。在所有艺术家里面,音乐家是最接近上帝的人,任何其他领域的艺术家,使自己的作品有了音乐的特质后,心灵都会变得更纯净、更感人;也正是这些突破了传统意义上的散文、小说乃至所谓的诗性小说。

《康家村纪事》令我想起埃马纽埃尔·勒华拉杜里④的《蒙塔尤》⑤,一本有

---

① 包括语法、修辞、名学、音乐、算数、几何、天文。

② 本名斯蒂芬·欧文。1946年生于美国密苏里州圣路易斯市,长于美国南方小城。1959年移居北方大城市巴尔的摩。可以说是唐诗研究领域里首屈一指的美国汉学家。

③《追忆——中国古典文学中的往事再现》。在此书中,宇文所安几乎要把中国古典文学定义为记忆的文学:"记忆的文学是追溯既往的文学,它目不转睛地凝视往事,尽力要扩展自身,填补围绕在残存碎片四周的空白。中国古典诗歌始终对往事这个更为广阔的世界敞开怀抱:这个世界为诗歌提供养料,作为报答,已经物故的过去像幽灵似的提供艺术回到眼前。"

④ 埃马纽埃尔·勒华拉杜里为法国著名历史学家。他于1919年出生于诺曼底,毕业于巴黎高等师范学院,1973年起在法兰西学院任现代文明史讲座教授多年,曾任法国国立图书馆馆长,《年鉴》杂志主编之一。他出版过多部有影响的著作,除本书外,尚有《朗格多克的历史》《朗格多克的农民》《公元1000年以来的气候史》《历史学家的领域》《罗曼人的狂欢节》和《在历史学家中间》等。

⑤ 蒙塔尤是法国南部讲奥克语的一个牧民小山村。1320年,当时任帕米埃主教(后为教皇)的雅克·富尼埃作为宗教裁判所法官到此办案。在调查、审理各种案件的过程中,他像现代侦探一样发现和掌握了该山村的所有秘密,包括居民的日常生活、个人隐私以及种种矛盾、冲突等,并把它们详细记录下来。法国著名学者勒华拉杜里以历史学家的敏感和精细发现并利用了这些珍贵史料,并以现代历史学、人类学和社会学方法再现了六百多年前该村落居民的生活、思想、习俗的全貌和14世纪法国的特点。

趣而有学术典范意义的历史著作。它不是叙述宏大历史，而是讲述一个小村庄的历史，但它却展示给我们关于空间、时间、宗教、性别等惊心动魄的观念。至于高晖所构建的康家村是否具有考古学意义，这将是另外一个问题。

《当代作家评论》2011年第1期

看不见的诗文
——忆陈言先生

孙 郁

我本想在陈言先生八十岁的时候赶到沈阳一聚，但却把时间错过了。忙碌的建法兄也因种种原因没来得及操办他的生日宴会，据说陈言拒绝了祝寿的安排，不太赞成这样的热闹。事后想起来，这些事情，成了朋友们的一大憾事。

现在，农历的新年将到，我在故土的一间小房子里写着关于他的文字，有着难言的感伤。时光悄悄地流逝着，许多熟知的形影隐没在远去的暮霭里，包括那一个个往事，那是怎样的无奈。想起他，好似失去了一面精神的墙，内心一时是空寂的。

他是辽宁作协老一代的编辑，也是《当代作家评论》的创始人之一。我们现在讲这本杂志，不能不提到他的名字。这本杂志经历了两个阶段，一是他与思基先生创业时期，一是林建法主持工作的二十余年。前者时间不长，但很重要，打下了一个基础。后者乃蓬勃发展壮大的时期，洋洋兮有江河气象了。作为当代文学史的见证，这期间的故事，本身就是一本可深读的书。从陈言到林建法，保持了格调的一致性，在东北，这本立足于当下，面向世界华文写作与理性思考的园地，一直扮演着文学史重要的角色。

我认识陈言是在1984年左右。省作协召集几个青年写评论的人聚会，于是熟悉了。见面的时候，他的古怪的乡音我几乎没有听懂，靠朋友的翻译才略知其意。那次见面谈得很愉快，才知道他与我的父母是大学同学，这自然成了后来亲近的理由。我们的代沟也因这特殊的关系不再成为什么问题。

他一口江苏盐城的口音,许多沈阳人听不懂他的方言。加之性格孤傲,在作协一定是寂寞的。20世纪40年代,他在新四军从事宣传工作,与许多政要、文人熟悉,但他几乎和那些人没有什么来往。辽宁作协的工作人员有许多来自延安鲁艺,有的乃过去华北大学的学员,还有的像陈言一样有过军旅的经验。他在50年代初和我的父母一样都从部队考入大学,后来回到文艺界。在那些人中,他见多识广,年轻的时候就有着沧桑的面容了。我父亲生前谈到这位老同学时,说他清高,在大学时候鲜与人言谈,给人神秘的感觉。不过他的鉴赏力的确高于同班同学,偶言及文学作品,总要有些与众不同的感觉。可惜50年代的文学讨论,都不太正常,他的许多高见被抑制到冷寂中。那个年代的大学文化很左,出身不好的学生常常变成挨整的对象。我的父母在那时都是受到政治监控的人物,日子过得很苦。陈言在支部里很少发言表态,也许是经历很多的缘故,他的低调与远离群体的态度,使他自己反而显得超脱,似乎没有招致什么风潮。比起我父母后来的落难,他有些幸运。我曾经暗自地想,或许,他有着别人没有的世故,在极度紧张的岁月,有着自保的本领吧。

可是我们接触长了,觉得完全不是这样。他其实很简单,因为资历老,鲜写文章,加之讲话没有几个人能够听懂,才成了作协的局外人。诸多风雨也只是和他擦肩而过。这也是古人所说"无为者"亦有妙处的效应。在那样的时代,真有点不可思议。

他的工作极其认真,一丝不苟。也常常抗上,不通人情。在一些敏感的时期,他的出格的举动也惹怒了一些上司。因了他的特殊的身份和资历,只是没有被开除,不过始终做一个普通的编辑而已。而这,对他也并没有什么不好,安于平淡反而拥有了一份尊严。

我知道他一直从事编辑工作,最早接触的他的书籍,是其编辑的《形象思维》。这是本特殊的资料的汇编,很有分量,理论兴趣和知识的跨度都在此书流露出来。那前后他参与了许多报刊的编辑,对文艺界的情况十分熟悉,可是自己绝不写任何作品。我曾经问过他何以如此,回答很简单,表达的空间太沉闷了。我才知道,我的父辈们,过去"没法写作",后来是"写作没法"。他们沉默中的苦楚,现在的青年大抵不太知道了。

《形象思维》问世于1979年,辽宁人民出版社内部发行。此书信息量很大,讨论的都是些文学本体论的东西。那正是文坛拨乱反正的时期,他和同人们在中外文学史料里发现了许多有趣的资料,将其一一钩稽出来。这一本书在当年深深地影响了我,那些文字不都是理论的教条,和流行的观点毕竟有些区别,有相当的深度。书中涉及古希腊的审美话题到文艺复兴的思潮,及"五四"的思想运动,可谓色彩多样。钱锺书的《管锥编》就有点这样的连缀方式，陈言似乎很喜欢这样的结构，以至他的上百万字的读书笔记，也保持了这个风格，是实在值得注意的现象。

在杂学中思考问题的他，比那时候的许多大学教授要高明许多。他厌恶学院派的教条，对作协系统的赶时髦的风气亦多微词。他在那时候主持《当代作家评论》，实在是最合适的人选。在组稿的时候，一些出格的理念也暗自藏在其间，那也是刊物有虎虎生气的原因。

我在20世纪80年代的许多想法，都受到了他的影响。读研究生时我的外语并不好，却也试着搞一点俄文翻译。他看到我选择的对象，持反对的态度，以为问题很多，价值不大，并说有些斯大林时代的印记，我便放弃了。他自己属于左翼出身的人，但对内中的问题看得很清。我们在一起谈论最多的是左翼作家的悖论，涉及茅盾、丁玲等人的难题，王实味之死，等等。从创造社开始讲起，对郭沫若、阿英等人的谈论很热烈。自然，我们的看法不太一致，可是我自己思想的转向的确是从与他的谈话开始的。我那时候便决心研究鲁迅的文本，可是因为学识浅薄，一直不敢落笔。是他鼓励了我，才有了到鲁迅博物馆工作的选择。

他在20世纪80年代多次强调，要走出文坛的误区，必须从梳理创造社、太阳社的文学观念开始，对左联和解放区的文艺也要深入地检讨。涉猎此类话题时，并非是历史虚无主义的态度，而是拷问文艺上的排他主义何以形成，文艺的表达为何单一化了。这些让我眼界一开，似乎发现了自己的知识结构的问题。陈言在那时候主张对黑格尔和康德对读，也并非没有道理。我知道他对哲学有兴趣，不大看得起流行的批评家。他也说，自己那些关于哲学的话题，都是皮毛的东西，不成规格。可是他主张寻找黑格尔与康德的差异，在学术理念上意义很大。李泽厚、王元化当时也考虑到相关的问题，我相信这两个人对陈言的启发也不可小视的。后来一些人将中国文化的问题归结于五四新文化运动，陈言大不以为然，在他看来，"五四"的价值不可低估，而"五四"的问题属于后来的政治文化的对其叙述的投影过多所致，而真正的问题，要从1927年开始。这个想法，他多次讲过，我以为是对的。

虽然他搞的是当代文学批评的编辑工作，可是却那么钟情于现代文学。后来又移情于晚清思想运动，精神是活跃的。他在20世纪80年代的选择，在我看来都有一种价值的自觉。他认为要恢复的是"五四"的语境，如果还在泛意识形态的话语里讨论问题，是大有问题的。理解中国近代以来思想的变迁与艺术的变迁，要清理晚清的一些现象之谜，自然，也要讨论"五四"的基本精神何以中断的问题。泛道德话语是对"五四"传统的背叛，批评应当有另一种话语。在他看来，从事文学批评的人，要勇于回到"五四"的基点才是对的。黑格尔式的三段式与斯大林时代以来的理论逻辑，都要重新审视，文学一旦进入教条之境，那就存在一种内在的危险。

1986年他和《上海文学》的周介人一起发起"新时期文学十周年"学术研讨会，地点在旅顺。那一次来了许多人，王晓明、吴亮、朱大可、李庆西、南帆、程德培、李劼、刘齐、李黎、贺绍俊、李兆忠等，会议很热闹，争论亦多。我记得在会上他和周介人表现出宽容大度的气质，对青年批评家的奇思异想是欣赏的态度。而且《当代作家评论》在那时已经展现出锐意来，对新出现的作品和思潮的追踪，是与那时候的《文学评论》《当代文艺思潮》难分伯仲的。《当代作家评论》喜欢刊登有挑战性的文章，作者以海派居多，文风鲜活而有趣，时常是给人刺激的话题。翻看那时候的杂志，有诸多动人的文章，20世纪80年代批评的佳作大多刊登在这个园地里。难忘的是那些灵动的文字，一洗"文革"之迹。刘再复主编的《文学评论》趋于理论的构建，陈言主持的《当代作家评论》则多文本的解析，不同的风格，对批评文风的改变，都起到了潜移默化的作用。

他很大胆，不拘小节。那时候关于朦胧诗，关于探索小说，比如先锋派、言情派的作品，争论很大，他都积极支持刊登讨论的文字，态度是包容的。对于新出现的学者作家，鼓励的时候居多。比如刘再复的理论引起争论的时候，他就组织文章予以支持。辽宁那时候冒出了孙惠芬，他找我来谈，能否写一篇述评，于是便把作者推到讨论的平台上。我的印象他是个很会设计杂志的人，和北京、上海的朋友一起策划了许多选题。林建法到沈阳后，编辑部更为活跃，他才慢慢退居二线。直到退休前几年，都亲自跑印刷厂，沉甸甸的杂志就这样一本本印出来了。

那时候我上学的地方与他只一墙之隔，便常常到他那里去，于是成了他家的常客。

我们谈天的时候，从来是随意的，没有老少区别。他对我的文章从来苛刻，挑毛病的时候多，有时干脆毙掉。记得他说我的评论太温暾，没有棱角，这个毛病今天还存在着，是没有办法的。对我的硕士论文的选题，他谈了许多看法，把偏见的思路校正过来。我记得他说过，现代文学的问题很多，一定不要用仰视的眼光看待前人。新文学是在问题里一点点走过来的，而且这些基本的问题，一直没有真正地解决过。

陈言的文学观与理论观都有针对性，他是现当代文学史的在场者。一面亲临这个话语场，一面不属于它，能够比较超脱地凝视那个世界。他默默无闻地参与到新时期文学的思考与争论中，为一些自由的精神鼓气，那是当年许多从事批评的人都感受到的。

20世纪80年代对我是一个成长的年月,那十年我有一多半时间是在沈阳度过的。那个启蒙时期美好憧憬的建立,除了大学校园的赐予外,多与他的鼓励有关。这是一个纯粹的人,在他忧郁的目光里我读到了我们文化史别样的风采。是他启示了我要告别当时的话语方式,在他看来,不从凝固的教条走出来,可能依然看不清我们的问题。

1989年初他到北京来,在鲁迅博物馆与我有过一次深谈。主要是鲁迅研究的问题。那时候文坛的交锋激烈,他很忧虑。说他们那代人基本过时了,主要是知识结构的问题。而要出离困境,需要有非意识形态化的理念。他劝我多了解鲁迅的知识结构的生成,了解章太炎以来的知识群落的差异。要潜下心来面对历史。我被他的真诚所打动。可是那时候年轻气盛,喜欢时髦,一些劝告没有都消化。现在想来,这个较真儿的老人所说都是对的。

后来我从北京偶尔回到沈阳,见到他是最大的快乐。他和我聊的多是晚清的事情。他看的书很多,几乎被晚清与民国的史料淹没了。他是个带着问题读书的老人,而且写下了几十本读书笔记,他去世后,我和张洪兄到他的书房,发现了那么多的笔记本,不禁感慨万端。那是要整理发表吗?还是自娱自乐?好像都不是。笔记本的字迹工整,条理很清晰,有点像郑逸梅式的史料钩沉,亦如文载道的小品,都是一种精神的漫游,可谓博矣深矣。我无法分清哪些是他摘录的,哪些是自己的心得,就那么浑然地交织在一起。思考,无功利的思考是一种快乐。他在简朴的书本上的涂涂抹抹,乃一种内心欲求的释放。与无数远逝的灵魂纠葛在一起,亦可洗刷自己的灵魂。我在他的遗墨里,读出了他内心最本然的存在。

一个从炮火中走出来的老战士,晚年竟变成一个孤独的思想者,且保持了精神的圣洁性,这对我们这些书斋里的人,都是一面镜子。那些久住象牙塔的人,当虚无地面对历史,或者奴态地解释历史的时候,和陈言这样的人生比,自然苍白了许多。他知道近代革命的必然,也深味内中的问题。而文化不是都要论述必然性,重要的是直面问题。离开了问题而谈论历史的逻辑,大概是个歧路。我自己没有解决好它,现在还被困惑着。问题是我们怎样出离这样的困惑,陈言没有找到,我们这代人找到了吗?想起来也未必乐观的。

陈言的选择不是一个极端之例。那个年代从革命中走出来的人,有的晚年走的是类似的路。江苏的辛丰年,山东的侯井天,北京的冯学惠都有类似的特点。这些人或苦苦著译,或默默独思,把本可以有的官的气味都洗刷掉了。我记得张中行晚年身边有几个有趣的朋友,都是部队资深的干部,他们的思想却是"五四"的自由精神。联想起南京大学的老校长董健、中国人民大学的老校长谢韬、中组部的老部长李锐,都没有官僚气,保持了一种精神的纯洁。这个现象值得研究，那些从极左的年月，从革命的激流中走过的人的生命体验，如果还有真与善的光泽的话，一定是美的。这要比那些书斋里的盲目涂改历史的人要更真实和动人。他们写的是无言的诗文，在转变的时代里歌唱了自由。仅此，就使那些酸腐的文人失去了分量。

　　罗素说："一个蠢人复述一个聪明人所说的话时，总是不会精确的，因为他会无意中把他听到的话翻译成他能理解的语言。"我自己在回忆陈言的时候，不免有这样的尴尬，误读的地方也是有的。我们这个世界表演的人太多，而真的人却沉默着。那些寡言者的世界，我们知道了多少呢？沉默也是一种述说，我们精神生活中原本的存在，大概在那个世界里。在这个物欲的世上，还有他这样的人，便让人感到人间的暖意。在黯淡的夜幕下，每每提起笔，偶忆及年轻时代听到的那难懂的盐城话，便有着一种激励，警惕自己不要麻木地活着。世界上最美的存在，有时候不在漂亮的言辞里，活出来的境界乃有看不见的诗文，它构成了思想史的另一种美。文化史中动人的篇什，有时也在这无词的言语中。孔子、苏格拉底都没有留下自写的文字，却影响了我们的生活。自然，陈言不是大人物，亦非高深的思想家，而他在我一生的师长中，却那么地有分量。这不仅对青年时代的我，对《当代作家评论》及评论界的许多人，都是难以抹去的记忆。

2011年1月28日
《当代作家评论》2011年第2期

"小日子"里的恬淡诗意
——读张鲁镭的小说

王 妍

很多时候，文学阅读其实就是一次隐秘的灵魂之旅，它带我们进入作者斑驳的内心世界，体味另一个生命的甜蜜或忧伤、苦痛或善良。而更多的时候，它带给我们的，可能仅仅是内心的一次轻轻碰触，读张鲁镭的作品就是如此。阅读她的小说，如同漫步在春天幽静的田野，微风吹拂着叫不出名字的小草，野花点缀其间，说不尽的恬淡与清新。从2006年的《幸福王阿牛》《我想和你一起玩》开始，到后来的《小日子》《橘子豆腐》《小青》……"出道"不过五六年的张鲁镭，作品已经颇为丰硕。她的这些小说，不追求语言的深奥与奇异，也没有现代派、后现代派各种手法的解构与拼接，用的只是当代汉语中常见的几千个字，却使我们在阅读时感受到了一种久违的清新和顺畅。尤其是在她较早的几篇作品中，朴实的书写中时时闪耀着张鲁镭的生活智慧，我们仿佛看到一个热情的主妇在跟小商小贩、街坊邻里交流生活的窍门。她的真诚，甚至是有些絮叨的铺垫与解释，让你感觉到她就是你身边的一个善良、爽朗而又"侠气"的知心朋友。在她的文本中处处显示着这种掏心掏肺、不吐不快的真诚和彻底。同时，我们又感到那些精准与巧妙，又时不时跟你玩儿点"贫"的话语使日常生活中的乏味、黯淡与忧伤得以冲淡。我想，这就是张鲁镭的特点，她不是写不出生活的本质和严肃性，而是她对这种"小日子"更加偏爱，她诙谐轻松的文风正是源于她的这种对生活的挚爱、抚慰与希冀。

一

通过阅读我们发现，在张鲁镭的小说中，有一种对于小人物的生活与命运的观照，她从小人物的角度感知生活与爱，在书写琐碎的同时也展现了他们在生存困境中那些微小的满足与期待，这种温暖与期许，使得她的作品呈现出与其他"底层叙事"不同的特质。

这种特质在《小日子》和《幸福王阿牛》中已经初露端倪。在《小日子》里，有一对卖菜的小夫妻，他们精心地经营着自己拮据的生活。虽然困蹇，却有一种甜美的意境弥漫其中，从而张鲁镭让这样一个平庸的题材，有了温暖的品格。这让人想到迟子建，总是能在苦涩中写出一种温馨。张鲁镭显然也谙于此道。在这篇小说中，最动人的就是这对美丽的小夫妻在举手投足间所显示出的那种不离不弃的爱，正是这种爱使得平淡的小日子变得"一寸一寸都那么有意思"。但"幸福的王阿牛"在开始却有一种迟疑。身为民工的他，虽然干净得体，有品位，热爱生活，一个欢喜锅便"满肚子怡然"，但却不敢接受小红，跟她结婚。于是，现实与梦想、爱欲与生存的纠葛就此展开。可以看到，王阿牛不结婚，并不是因为小红是"小姐"这样一个为主流社会所唾弃和鄙薄的身份，而是怕"家里的洞太深，怎么都填不满"。而这个"洞"无非就是地里的农药种子、家里鸡鸭猪鹅的防疫针、孩子的学费……在如此沉重的生存负担面前，一切的梦想，甚至是结婚生子这样的正常生活也都显得邈远难求了。不过，在小说的结尾，一枚小红给的口香糖最终消除了王阿牛对于未来、生存艰难的抵触和回避。我们不难推断出张鲁镭在努力地用她的纤纤素手，赋予生命亮色。我想文中小红对于故乡火烧云的充满激情而诗意的叙述与回忆，打动的不仅仅是王阿牛，还有我们这些在坚硬粗粝的城市中深藏起温暖触角的人。

显然，张鲁镭在如此粗糙的世道中试图保持这种纯真的美好，她竭力地书写着荒诞、无奈的生活浮层下的满足与幸福。《橘子豆腐》中橘子的好看（行文中作者甚至都避免了"美"这种有侵略性的词语）都是"温和含蓄的，有着余地那种，而不是要满溢出来，要膨胀出来的样子""他们的日子在村里算是拔尖的。可橘子眼神总是那么平静，那么沉着而从容"，如此的轻描淡写而又余味悠然，张鲁镭小说的温婉细腻的笔法、洁净恬淡的语言可见一斑。然而生活的真相却不是这样一个圆满的表象，当年橘子为了父亲的医疗费放弃了青梅竹马的周太林，嫁给了十五岁上就瘫了的汉勇，如果说面临这种残酷命运的降临，橘子更多的是无可奈何的话，而那种对于生活认真的态度、朴素的情趣、处处行善的美好心灵，以及"是那么平静，那么沉着而从容"的目光和对汉勇的那种举案齐眉的温暖与坚守,"足以应对所有好的和不好的日子"。从这个意义上而言,张鲁镭的对于生活的恬淡书写已展露无遗。

也可以说,张鲁镭在对纯美故乡的回想与守望的同时,也为我们开启了生活的希望之门。她这类作品中的人物无一不是"既悠闲又平和,连眼神都是安静的",就如《幸福王阿牛》中所描述的那样,"外边还飘着大雪,这爷儿俩的小屋里居然花红叶绿的"。不难想见,正是这份满足、自得、恬然的心境使得他们足以应对外界焦躁的生活,也正是这样的沉潜在浮华下面的诗意书写赋予了坚硬的生活以温暖的质地。虽然说在文本的叙述过程中,张鲁镭并没有刻意地回避与贫困所伴生的苦难的生活质地,但在她温情的书写下,黑暗的质地显得并不阴森也不可怕,它只是作为生命的帷幕,抑或是一种烘托而存在。不难想象,张鲁镭以坚定的人道主义立场,表达着人对于美好且不容妥协的幸福的追求。于是,她带我们在黑暗之中寻找光热,用自己诗意、平和的目光书写着那个小日子中恬淡而美好的世界。

二

在阅读张鲁镭的作品时,我曾一度担心,恬淡的《小日子》,会不会削弱张鲁镭对于生活本质的洞察与发现?因为短篇小说要获得读者认可,应该能够介入现实,传达社会良知和群体意向。张鲁镭似乎渐渐意识到了这一问题,她似乎也在思考,这样一味地"自足"会不会影响到小说独有的"劲道"、质地与品性?因此,我们发现,她一度调整了小说的审美方位,她开始试图探寻这种日子的"自在"结构在外界的改变和冲击下,能坚持多久。

《美丽小挎包》就是这样一次大胆的尝试,文中"我"的命运因以前的"初恋女友"、现在的大歌星黄莺的偶然到访发生了巨大的改变。这里面有着莫泊桑的《项链》与曹禺《日出》中李石清的双重悲剧内核。文中黄莺价值五位数却又毫无用途的名牌包充当了玛蒂尔德借的昂贵项链的角色。为回请明星吃饭,夫妻两人绞尽脑汁,最后因妻子把钱买了赴宴的衣服而无钱请客,夫妻大打出手。而此时,作为事端起因的明星已经提前返回,并从此杳无音信,这个过程正是当代版李石清追求不恰当的虚荣,过度消费最终一无所有的悲剧翻版。至此,小人物的悲哀与辛酸被书写得淋漓尽致。在黄莺出现以前,"我"和妻子节俭而穷困的生活过得有滋有味,从这一点上看,《美丽小挎包》中的"我们"这一对夫妻是《小日子》里的四巧和虎子的延伸。《小日子》的结尾是浪漫的:"现在他们睡了,窗外的月亮映得这小屋里充溢着薄薄的十分柔和的蔼然的银辉。"在《美丽小挎包》中,张鲁镭显然不再满足于书写这种自我调节式的浪漫,她在试图追问一种可能,即在物质大潮猛烈的撞击下,恬淡的生活之舟是否可以依然稳健。作为一个忠实于生活本色的书写者,作者的答案是否定的。她带我们绕到恬淡的小日子背后,揭示了生活在贫困深渊里的灵魂的挣扎、隐忍与无奈。

在她的不间断的书写中,我们不难发现作家对于小人物生存状态,特别是精神存在状态的心灵逼视与震颤。在《美丽鞋匠铺》里,贵妇春天心血来潮的行为——为鞋匠夫妇装饰屋子、给鞋匠夫妇买衣服——都有着施舍的味道。她把每笔花在鞋匠铺上的细小花销都记下来,在她的内心把对春花夫妇的改造等同于其他贵妇遛狗的行为。事实上,在贵妇的内心里,春花夫妇和她之间是有着不可逾越的身份鸿沟的,春天与春花夫妇之间,存在一种"启蒙"与"被启蒙"、施者和受者的对应关系。春天的这种所谓的帮助和施舍,是以恩人和指挥者的面目出现的,而对于鞋匠夫妇而言这种"美丽"的代价何尝不是一种忧愁和折磨?

小说着力讲述的是商业时代急剧发展变化中小人物的悲喜人生。在一定意义上讲,这类小说写得并不出彩。单纯的现象的描摹与累积,缺乏对人性高度的提升,从而未能引起读者心灵更为深刻的共鸣与深思,不能不说是小说的一些缺憾。然而,无法准确地找到与当下"文化乱世"的切入点,是现如今年轻一代作家写作的普遍局限,在这类题材的选择上,张鲁镭采取了一种形而上的姿态,使得文本在叙述中没有关于"王阿牛""虎子"们的那种挚诚与热情,而显得有些隔膜。究其根本,这种隔膜一定程度上是作者与"当下"的经验过分迫近,缺乏更为宽阔而厚重的升华所造成的。同时,小说中的人物所处的无助、艰涩的困惑与挣扎,本身也是作者自身在社会转型期的迷惑与茫然感的表现。

通过阅读我们不难发现,张鲁镭是一个擅长"小叙事"的作家。在2010年发表的《家有喜乐康》里,她显然找到了叙述上的自信,该文原名是《俺家有台"神州七号"》,它们的区别在于对结尾的改写。这是涉及一个"自我认同的危机"的问题,文章细致地描写了一个被忽视、被损害的生命个体对于尊严的找寻,可惜他找寻的方式却是借助于"万能治疗仪"喜乐康。最后村主任的"大驾光临",成为他人生最为辉煌的时刻。然而作者显然不满足于这样一个"喜乐"的结尾,小说在喜乐康的虚假功效被新闻曝光、村主任昏死这些矛盾的纽结处戛然而止,既有作为短篇的余韵,里面也隐藏了作者不忍卒视的忧伤与怅惘。张鲁镭用自己独特的内在体验,表达着对于貌似恬淡而安定世界的紧张与焦虑的审视。在这里,作者把写作的触角深入传统的民族心理层面:以强凌弱、仗势欺人的模式业已沉淀下来,成为日常生活中的真理。张鲁镭用"苦涩的真实"表现在质朴的生活表象下掩盖着的某种常理的扭曲,无论你如何努力地去生活,生活的荒诞与无常不是一个人可以控制的,留给生命个体的不过是无奈背后的别无选择。在这里，传统文明在现代文明的入侵下的灰懒疲倦、恬静中的骚动以及淳朴浑厚中隐伏的暴戾已经表露无遗。

三

作为一个热爱生活，对生命个体充满尊敬的作家，张鲁镭在她的若干短篇小说中表现出一种持续的创作力量，而这种持续的力量来源于她对弱势群体，尤其是女性内心世界的关注。像《不曾遗忘的光阴》里脸上长着"中国地图"的木小树，《小青》中那个跛脚的姑娘小青，《纤纤玉手》中的胖女孩墩子，她们外表的丑陋使得她们在正常的爱情追索面前困难重重而又力不从心，需要"拼着性命去努力完成"。然而作者并没有沿着既定的苦涩进行描绘，而是描述那些与命运赐予的苦难对抗中所辐射出的温暖、善良、尊重乃至于刚烈的光芒。从这类作品中，我们体味到了"苦难中的美感"。

归结起来，张鲁镭的这类小说命题并不复杂，都是些生活琐事。在这些日常的用词，甚至有着欢快的叙述惯性下，写出了人的孤独与痛楚，那种非暴力，甚至不猛烈的"钝痛"被书写得如此灼热而震颤。《纤纤玉手》中纤纤是一个长相丑陋的胖女孩，大家都叫她墩子。在这里，手构成了一个非常重要的意象，而墩子对于手的迷恋也一定程度上代表了对于美的追求。全文百分之七十的铺垫只是为了后来的爱情，然而如此绚丽的缘分也只是墩子一个人的地老天荒。文中甚至将不厌其烦的笔墨给了那个可松可紧、可谓费尽心机的两用婚纱，与其说文章描写的是一件婚纱珍品，不如说是纤纤对于"剑眉"的深情表白，而"剑眉"成为妹夫这一事实，使梦破碎得如此切近。无独有偶，《不曾遗忘的光阴》是一个少女梦魇的独白，木小树因为脸上有一块"中国地图"的紫色胎记而被人排斥，但隐藏于此的少女之心却不会因此而停止成长。遗憾的是，少女苦涩的单恋就像文中那个作为美的象征的红色发夹一样，未及展示便被隐藏。而现实中少年对于"我"的殴打与侮辱，使夜晚的美梦成为梦魇，纵使梦总是会醒的，但在少女的梦醒之前，梦里还是那个白净、声音清润的少年。在这类题材的叙述中，张鲁镭细致地将这种痛一点一点展开，那种隐忍的钝痛，仿佛与生俱来，在文本中缓缓弥漫。

"那是个传说中的开头，好多好多年以前"，这样的诗性的字句使得《小青》读起来颇有些《倾城之恋》的味道，而作品打动人的却不是文字的绚丽与旖旎，而是那些琐碎、烦恼的小事中所反映的女性心灵的纠结。在这里，小青不仅是一个美丽的女性，更是一个跛脚的女性。如果说蕙质兰心的纤纤拥有墩子一样的外表是一种残忍的话，那么跛脚对于美丽的青青而言更像是一场苦难。显然，张鲁镭越来越关注女性的内在体验，并且把场景设立在独居的两层院落中，文中海鹏对小青的漠视，阴错阳差地成就了男性缺席的女性独白。小青与寡居的王老太成为叙述的中心。一个庸常而琐碎的故事，从那些狭窄的生存缝隙之间涌溢而出，却又如此素朴而真实。张鲁镭以她的耐心、敏感与彻底，在人世的庸常中，描绘出一个非常规的女性经验：当别的女孩水到渠成结婚当新娘，而这在左脚短一寸的小青那里却成为一种"信仰"，一种"将日子化成虔诚等待"的信仰。实质上，张鲁镭并没有回避生活的那些暗礁，那些女性对于男性的付出、期待与被伤害，那些在内心肆意生长起来的绝望与希望，那些绵绵不尽的悲哀，它们尘封于现实生活的表象之下，既无法逾越，更切肤存在。而最后小青面对求婚时的"出走"则使这类女性题材拥有了更为深刻的精神内涵。在这里，命运的悲剧让位给了个人，女性用自己的恬淡、坚忍与努力终于赢得了内心的胜利，并找寻到了生命不关乎男性的真正价值。可以肯定，这是一个纯粹的女性的故事，也只有纯粹的女性写作才能如此真正而彻底地倾诉出这种存在。

然而，作为一个没有经过专门的写作训练的写作者，张鲁镭对于巧合的迷恋和反复使用，使文本缺乏相应的深度与张力。同时，题材、视角乃至思维空间的相对单一与狭窄，影响了作者对于生命意味更为深层的掘进，造成文本阐释空间相对狭小的缺憾。当然，我们无意于界定某种写作状态的高低，也不是说"小叙事"成就不了大作品，但小说艺术生命的内在活力与价值取决于对于生命、历史、现实乃至于灵魂的书写与描摹的深度和广度。"一个真正的作家，或者说一个有责任感的作家不仅要具有内在感受和内在精神，而且，最重要的是能将他所体验到的生活提高到真正有意味的高度。"[①]从这点上而言，张鲁镭还有很长的路要走。但这仍不能妨碍我们对于她的喜爱，因为在诸多物质刺激和精神变异面前，若想与现实保持适当的距离，保持那种"小日子"的恬淡与自足并不是一件容易的事情。她在紧张的叙事中夹杂着很多现实的细节，使文学真实地介入我们的生活之中。不可否认的是，在如此喧嚣的世界，恬淡的日子并不多见，就因为如此，她的书写才显得难能可贵，张鲁镭用自己的坚守和努力证明：无论外部世界如何喧嚣与浮躁，她依然能在小日子里发掘恬淡的诗意，努力地张扬着生活中的温暖与希望。我想，这不仅是张鲁镭对于"小日子"的美好期许，也是我们共同的愿望。

《当代作家评论》2012年第1期

[①] 张学昕：《唯美的叙述》，山东文艺出版社，2005，第240页。

悬于半空的虚构
——读鬼金的小说

翟永明

一部悬在半空的吊车，一条二十几米长的轨道，一间不足一个平方米的操作室，整整持续一个夜晚的折返动作，这就是辽宁新生代作家鬼金十几年来的一种真实的生活状态。这种"悬于半空"的生活状态，虽然远远不如"脚踏实地"安全与安稳，却意外地成就了鬼金独特的创作视野，并使之有可能从真正意义上诠释小说写作的本色含义。2010年，鬼金的小说《金色的麦子》获得了第九届《上海文学》"短篇小说奖"，与此同时，他的"工人身份"也吸引了公众的关注。这也许并不是鬼金的初衷，因为鬼金不断强调自己的创作要尽量远离自己的生活，将生活与创作截然分开，但是长期"悬于半空"的工作状态还是在他的小说中留下了不可磨灭的印记。翻开鬼金的小说，我们顺着他那"悬于半空"的眼光，看到了灵魂和人性的漂泊悬浮、肉体和精神的双重桎梏、现实与梦魇的多彩魔幻。毫无疑问，这是一个真正居于"底层"的作家以自己的灵魂为笔，在当代文学纸页上的生命书写。

一

毋庸置疑，"悬于半空"的真实经历无时无刻不在影响着鬼金虚构的文学世界。这种"悬浮"的站位使他更愿意关注大地上那些同样被生活所困的小人物，他们那种飘摇不定的生存样态、漂泊无依的灵魂和复杂多变的人性，在鬼金笔下一一呈现和还原。

《金色的麦子》中的妓女金子虽身陷污浊,但心灵纯净,她简陋出租房内的豪华书架是她灰暗生活的一抹亮色,然而当她为寻找自己的血汗钱将书零乱地摊在地上时,则意味着在残酷现实的"围剿"下,她最后的希望被熄灭了。《两个叫我儿子的人》中同样塑造了妓女李小丽和城市贫民大马两个挣扎于底层的人物,他们一个为生活所迫过着没有尊严的生活,一个由于残疾最终妻离子散,两人虽同病相怜,相濡以沫,生活的前景依旧晦暗不明。《在夜行的火车上》鬼金更是匠心独具地选取火车这一人群混杂的地方来表现底层世相:懦弱卑琐雇妓女回家的"眼镜",刚刑满释放没有确定去向的光头,趴在地上乞讨的残疾人,受人雇用却留有自尊的妓女,这些人被排挤在生活的边缘,在残酷的环境中为生活而挣扎,为命运而抗争,可以说,鬼金的这些小说对底层生存状态的揭示是触目惊心的。

然而,鬼金的这种创作无意去应和曾流行一时的"底层文学",通过仔细阅读,我们会发现,鬼金小说中的底层人物尤其是妓女有个共同点,就是她们大多来自农村,而且都是为生活所逼进城,在城市的围困中不得不以卖淫为生,然而城市的污浊又使她们时时怀念着自己家乡的美好,她们都有一个愿望,就是如果有机会一定会离开这个城市。正是在农村与城市间的游移与飘荡,造就了这些失去生活之根的人类似悬于半空的生存状态,而这与鬼金本人的工作状态以及观察视角在本质上正好暗合。

《金色的麦子》中,妓女金子在城市里不仅受到像成光、梁光明之类嫖客的欺辱,而且姐妹之间也钩心斗角,这让她不断想念起自己的家乡,感觉到家乡麦田的气息和风吹麦浪的声音。小说的结尾,金子在浴缸里,恍惚间看见了金色的麦田,美妙的乡间场景与污浊的城市环境形成了强烈的对比。据鬼金称,《金色的麦子》的创作灵感来源于"金色麦田"的意象,金色有绚烂美好的意义,在西方文化传统中又具有死亡意象,同时金色又暗指金钱的颜色,这样主人公金子围绕金钱而转,金钱让她离开乡村来到城市,又是金钱逼迫她在城市试图回归乡村,乡村/美好与城市/死亡这种两极化的叙述正暗合了"金色"的双重含义。在《对一座冰山的幻想》中也有一个很有意味的细节,在"我"不慎将小寂刮伤并要带她到医院包扎时,她说:"不用,这么点小伤算不了什么,小时候在农村的时候,要是哪儿破了个小口只要往上撒些黄土几天就会好的,只是这城里没有那样干净的黄土,没有。"这仿佛无意间的一句话却也泄露出主人公对城乡的一种评判。

鬼金这种城/乡对峙结构的寓意式编码,有意无意地接续了20世纪文学中"都市文明病批判"的主题,同他的前辈作家的价值取舍一样,鬼金对规模不断扩大的城市化进程带来的贫富差距及恶劣的生存状况非常担忧,并表达出对都市中人性的扭曲与堕落的警惕,正如《金色的麦子》中所暗示的,城市生活就像是一架绞肉机,生活其间的人被绞成了肉馅。而与都市相对应,乡村往往被赋予了美好、宁静、安逸、自足的意义,主人公获得救赎的途径也是通过返乡来实现的。但问题是,回到乡村这些个体生存就会一片光明吗?在《两个叫我儿子的人》中,李小丽也来自乡村,在城市中也生活艰辛,小说的结尾她与另外一个可怜人大马一起要返回乡村生活,应该说这是将金子的理想付诸行动的表现;但有意味的是,作为整篇小说的叙述视角——狗,在跟随二人回归家乡的途中被意外轧死,视角的突然中断暗示鬼金并不想以一种大团圆的结局给小说安排一个光明的尾巴,这也许反映了作者在对待乡村的态度上的一种犹豫或矛盾。而这样的犹豫和矛盾在《卡尔里海的女人》中获得了确证,换句话说,《卡尔里海的女人》回答了金子、李小丽及大马在回归乡村后会怎样的问题。少年来自城市,大海及来养病的女人共同构成了美好乡村世界的意象,两者异质却精神相通,是少年的情感依托。但是乡村里居住的人却因为女人患有传染病而执意要驱逐女人,最后在女人的住房外面竖起了铁丝网,将女人彻底与外界隔绝,甚至要将女人活活烧死,这种残酷的生活现实彻底击毁了少年纯真无邪的想象,并无情地揭示出乡村也并非人最后的安居地,人最终只能彷徨于无地。在这一点上,鬼金再一次与他的前辈作家实现了对接:对于美好家乡的描述只能是抑制都市文明的乌托邦想象。

二

鬼金在自己的博客中曾多次表述:宇宙中万物皆是囚徒,现实的囚徒,世界的囚徒,肉身的囚徒,灵魂的囚徒,人们总是置身在一个看不见的监狱之中。这种认识在鬼金的小说中被阐释为一种"囚徒意识",这种意识与他长年工作在一个封闭狭小逼仄的操作舱里有着很大的关系,悬置、封闭、沉重构成了鬼金重要的生存体验,这种痛彻肺腑的体验如此强烈,使得鬼金在潜意识中将之渗透到自己的作品中来。

在鬼金的小说中,"囚徒意识"的产生首先来源于外部严酷的生存环境对人物的桎梏与绑缚,下岗、失业、贫困、劳累、疾病成为人生活的常态。《追随天梯的旅程》是鬼金较少的以工厂为表现对象的小说,在这篇小说中,轧钢厂中的工人每天从事着高强度的劳动,收入却极其微薄,而且每日处于朝不保夕的状态,稍不留神就会受到工厂的处罚甚至被直接开除。老工人关师傅在厂子里工作了一辈子,最后累倒在工作岗位上,却得不到厂子里的一点安慰与帮助,最终死在医院里。天车工王来喜仅仅因为一次事故便被下岗，生活没有着落，最终精神错乱。因此，正如小说中所言，他们这些普通工人就是一帮囚徒，是仅仅有着编号的符号。《对一座冰山的幻想》中的小寂为男友所骗嫁给了一个老男人，受到非人的虐待和折磨，并被囚禁在家中成为一个囚徒。有意味的是，在鬼金的小说中，疾病与残疾出现的频率非常高，甚至成为鬼金人物的基本标志，这种描写的深层原因即被禁闭、被压抑、被束缚的精神体验通过肉体的极端经验的表现。

除了外在严酷环境的因素，人物内心的矛盾、紧张、焦灼也构成了"囚徒意识"的另一起因。鬼金的小说非常重视对人物内心进行浓墨重彩的描摹，甚至是通过不断重复来实现情绪的渲染，正如一扇拥有不同侧面的旋转门。这种写法可能与鬼金写诗出身相关，他特有的断裂式短句虽显得琐碎重复，但也使他的小说具有强烈的节奏感，形成推土机式的叙述，气势逼人，酣畅深厚。《给我画一只绵羊》集中描写了一个童年记忆带来的心灵创伤，由于"我"的失误，被我带到海边玩的阿若失踪了，生死未知，而阿若可怜的身世让这份歉疚变得更为沉重，灵魂的负重将"我"囚于炼狱中忍受着苦痛与折磨，挣扎在无处遁逃的梦魇之中。小说从头至尾都带有浓重的情绪化色彩，无可排解的愁闷无边际地展现开来。《垂直日光》中李志在那个发生谋杀的早晨，内心一直涌动着莫名而复杂的情感，面对那个秃顶男人，似乎是有着一种不祥的预兆，尽管他努力控制自己的情绪，但依然被囚于"垂直的日光"里，无法从杂乱的情绪中逃离出来，最终还是让预感变成了现实。由于偏重情绪化心理化的表现，鬼金的小说中始终交织着冲突和毁灭、挣扎和失败、希望和绝望等情绪，一支笔把人物内心来个翻箱倒柜，从里写到外，从外写到里，细细咀嚼，层层渲染，从而给读者带来强烈的诗意感受。当然也得承认，有时作者会沉迷于人物内心深处的迷宫而难以自拔，造成了人物心理描写的过度主观化与随意性。

鬼金小说中的"囚徒"也不全是听天由命的，他们中总会有些不安分的人或者灵魂，企图突围、越狱，尽管这些挣扎与努力在大多数时候是失败的。《我们去看大象吧》的开放式结局较为模糊，但根据上下文关键信息的提示，可以推测出段莉莉杀害了欺骗自己的刁海南，这便是对自己所处生存处境的一种反抗，但是这种反抗注定是失败的。小说中朱河由刁斗的小说《独自上升》的题记联系到了自己黑色的现实生活，他"张开双臂，做了一个飞的姿势。他的动作看上去是那么笨重，没有一丝飞的轻盈，或者说飞的轻松。在他放下双臂的时候，他感觉自己根本就没飞起来，而是更加沉重地坠落在地面"。这其中的飞腾与坠落恰恰隐喻了人物反抗初始与结局的整个过程。《卡尔里海的女人》中少年捡海螺壳的场景惊心动魄，正如从海螺壳里听大海的声音一样，蕴积着生命内在的力量。而养病女人房间里墙上所画的飞鱼恰恰是渴望自由的象征。但这一切终究无法抵制外部强大的力量，少年返城，直至老死，女人也不知所终。但非常有意味的是，鬼金虽明显意识到个体在面对强大现实力量挤压时是那么无力，却依然要给他们安排一个较为光明的未来，即这些人最后皆抛却了滞重肉体的拖累，让灵魂独自飘升。《除非灵魂拍手作歌》中瘫痪的父亲的灵魂已完全超脱于苦难的人世间，而是进入了一个与鸟交流的世界，是鸟让他抛却了肉体的拖累，灵魂得以升腾。《追随天梯的旅程》中与厂长搏斗的朱河最终还是变成了植物人，肉体的消亡反而释放了灵魂，去"追随天梯的旅程"，这是一场想象性的虚幻的胜利，却也是鬼金无奈的选择，折射出的是鬼金内心深处的某种希望所在。

三

悬于半空的生活姿态不仅决定了鬼金小说中人物的飘移与囚禁意识，而且也决定了他观察现实的方式，他的小说并没有黏附于现实生活的表层，而是占据了一个更高的层面，这一层面不仅为他的想象提供了自由腾跃的空间，而且也为他构建一个超现实主义的世界提供了必要的条件。据鬼金自述，"鬼金"这一笔名的由来是因为他喜欢鬼子和斯蒂芬·金的小说，因此各取两者一字作为自己的笔名。斯蒂芬·金的小说以悬念、惊悚与恐怖著称，这也决定了鬼金的小说带有一种魔幻色彩。

魔幻现实主义是在20世纪50年代兴起的一种文学创作方法，其主要特点是打碎了传统持续连贯历时的时间概念和具有延伸性的具体物质的空间概念，将物质化存在的时间与空间抽象化主观化，从而使三维空间这一人类赖以存在的基本维度延伸至"第四维度空间"——精神空间。很多作家正是利用这一空间构建了一个虽主观化却更加真实的现实。鬼金在谈到自己的小说时也曾说，他的文字是幻想的，有时甚至会是带有神秘色彩的象征主义，但他又强调，这些幻想是依附于现实的生活之上，是现实生活的延伸，是为了更好更真实地呈现个人内心的镜像，这种创作初衷与魔幻现实主义的特点正好不谋而合。

《一条鱼的葬礼》中现实与幻觉完全混淆，小说主要叙述了朱河家捕捉到一条大鱼后小镇上人们的反应，整个事件带有魔幻和荒诞色彩，而且在小说的不断暗示下，大鱼明显是朱河死去的哥哥朱北的变形，这让小说带上了诡谲迷离的色彩。但是小说又通过记忆者（朱河及其父母）、叙述者与补充者（小镇上的男女成人及小孩）的不断回述，完成了对朱北生前事迹的呈现，这些叙述虽为零星的碎片，却也构架起小说现实的部分。魔幻与现实相互交叉与渗透，创造了一个循环往复、亦真亦幻、主客观界限模糊的审美空间。《愤怒的河》中，伴随着朱河寻找侄女南丹到为南丹复仇的整个行动过程，一个小男孩拍皮球的画面反复出现，如影相随，这明显是主人公的一种幻觉，这一幻象的产生来源于朱河童年创伤性的记忆，由于自己的大意，他的一个抱着皮球玩耍的弟弟淹死在河里，此时这一幻象不断重复出现，正是朱河紧张、焦虑情绪的外化，也点明了他牵挂关心南丹的深层动因，不仅仅是对亲人的一种歉疚，更多的是对自己负罪灵魂的救赎。《天真年代》是鬼金注入了更多深情的小说，主要叙述了朱河与古丽另类的爱情经历，两人虽然经常吵闹、打架，但却又彼此深爱，最后因为朱河的一次出轨两人分手，陷入悲伤与悔恨的朱河在小说的结尾突然跳水自杀。这时小说描写了一幕奇异的画面：一声惊雷过后，朱河从水面浮出，手里横举着古丽，只一瞬间，两人便水滴般地蒸发了。这是完全虚幻的一幕，作者将具体可感的物质空间与幻觉中的精神空间对接，所构成的复合空间不仅包容和承载了现实的质感，同时也传递出人物内心绝望与愧悔的复杂情感。

  鬼金的小说自由地穿梭于魔幻与现实之间，拓展了小说的表达空间，同时也更加深入地表现了现实及人物潜隐的心理。值得一提的是，鬼金还创造了多个魔幻意象，这些意象集虚无与现实、真实与虚构、情感与理性为一体，将抽象的意义与情感具体化，以具体、生动和神秘的形象来表达现实的世界，成为传递虚实相生的美学感受的重要审美载体。比如在鬼金很多小说中都出现的"冰山"意象，不仅有冰冷的意味，而且还有禁闭与桎梏的含义。《对一座冰山的幻想》中，"冰山"是小说的核心意象，也是整篇小说重要的意义载体，"冰山"隐喻了小寂的个人遭遇，在她的梦中，"冰山"成了她挥之不去的梦魇，而小说最后冰山不断蔓延扩大成了整个城市的背景，短暂逃离的小寂最终还是坠落其中成为"囚徒"。类似的还有《我们去看大象吧》中的"大象"，真实的大象在文中并未出现，但"大象"的影子却一直贯穿于文本之中，正如朱河给大象的界定：磅礴、笨拙、粗糙、忠厚、土腥、貌似生硬实则温软，这一界定在小说中被重复了多次，正反映了朱河与段莉莉受到强大、粗糙、柔软却令人窒息的现实的挤压，小说中两人闹剧式地打劫一只"大象"软糖，看似轻松荒诞，实则令人心酸落泪，是无奈中的一种想象式反抗，而这在小说最后最终演变成一场谋杀。此外，"草泥湖"与"卡尔里海"在鬼金的小说中也频频出现，两者已不仅仅是一个地理概念，而是具有一定意义指向的符号，"草泥湖"更多指向现实世界，伴有凄苦与孤独，"卡尔里海"则指向一个理想世界，是内心获得平静的圣地，也是心灵理想的栖居地。由此，鬼金将诸多的哲理与人生命题隐喻在具体、感性且充满张力的"意"和"象"的结合体中，从而使他的小说文本增加了意义的厚度，也获得了更为阔大的审美空间。

行走在鬼金的虚构世界里,我们常常会感到一种尖锐的疼痛感。这种疼痛感,不仅来自鬼金笔下那一个个小人物的生存苦难,也许还来自他那试图以文字来超越整个现实生活的带有乌托邦色彩的努力。为了让自己"悬于半空"的灵魂真正能摆脱现实的滞重,为了在生存的罅隙里寻找可能的个人的精神自由,他一直试图以自己的文学表达来寻求一种充满诗意的超越。对应于外部粗糙而坚硬的生存现实,他的语言表达外放而不失细腻,对应于内心的敏感与灵魂的真实,他的文学表意"悬浮"而充满沉重。在一定意义上,"悬于半空"不仅指涉着鬼金压抑而禁闭的生存境遇,而且还形象地隐喻了他今后艺术生命向更高境界攀升探求的必须和可能。我们有理由期待并见证鬼金穿越生命迷雾的灵魂提升之旅。

《当代作家评论》2012年第1期

"主旋律"报告文学的叙事优化
——读《朋友，我能给你什么》

丁晓原

一

报告文学是别为一类的写作样式。按写作价值取向的不同，有言者将其析为"问题报告文学"和"主旋律报告文学"。对于前者，早在20世纪80年代就有郭冬、李炳银等做过命名和论述。①而于后者，虽多有约定俗成的意会言说，但却没有较为正式的释义。"主旋律"一词原是意指音乐作品或乐章的旋律主题。显然，在命名当代文学艺术的类型时使用这一语词是一种喻指。有学者曾经对"主旋律小说"进行某种定义："主旋律小说就是特指那些以当代政治为背景，以转型期政治意识形态作为主要表现内容，反映当前政治体制下的社会现实和人民的生活状态和精神状态，直接地或借历史的方式反思当前社会中存在的种种问题，从而引起人民对当今政治体制和社会问题关注的一种小说形式。"②其实，在我看来，定义主旋律文学不必这样复杂。构成主旋律文学的有两个核心关键词：一是表现体制的、主流意识形态的价值；二是体现出歌颂式的政治

---

① 郭冬：《社会问题报告文学面面观》，《文艺报》1988年1月2日；李炳银：《"问题报告文学"面面观》，《解放日报》1988年1月26日。
② 谢金生：《转型期主旋律小说研究——以现代化为视角》，黑龙江人民出版社，2005，第12页。

修辞特征。由此可见，所谓"主旋律报告文学"可以表述为反映并歌颂当代中国具有典型意义的人物事件、传导主流价值观念的非虚构作品。这里的主旋律所表示的主流价值观念，通常可以用"时代精神"置换表述，而表现时代精神正是当代中国通讯写作一再强调的基本要求。穆青就认为人物通讯应写出鲜明的时代精神，时代精神是人民群众"他们的精神境界、思想风貌，就是他们作为国家、社会主人翁那种历史主动性的最本质的表现。这种精神和思想，应该成为人物通讯的基本的主题"[①]。从文体的流转我们可以看出，主旋律报告文学基本上导源于新闻通讯。我们现在所列的报告文学《谁是最可爱的人》《为了六十一个阶级弟兄》《县委书记的榜样——焦裕禄》等，也被指称为著名通讯。这一类写作就是一种典型的主旋律报告文学。

我们将报告文学视为一种知识分子的写作方式，"以现实报告为基本特征、以社会批判为重要价值取向的报告文学与以人类基本价值守护为使命，以人文关怀和启蒙性、批判性为基本职志的知识分子之间，具有相互契合的内在逻辑"[②]。基于这样的文体理念，一般地认为主旋律一类的作品缺失报告文学应有的文体品格和精神。得出这种判断的主要因素有两个方面，其一是对报告文学作为知识分子写作方式理解的不完整。作为人类良知的守望者和公共理性的代言人，知识分子当然要对良知泯灭、理性缺失的存在履行批判的职志；但与此同时，对体现人类崇高精神、美好人性的人与事进行讴歌，也应当是其题中应有之义。因此，报告文学的文体精神，应体现为公共理性的精神。无论批判还是歌颂，都应持守这样的理性精神和逻辑。其二与主旋律报告文学写作本身存在的问题有关。这些问题主要有：在主题呈现上，主旋律写作成为政治化写作，主流价值的表达成为某种形式的说教；在叙事设置上，对表现对象做过度的典型化提纯，弱化了客体存在的多样性、丰富性、复杂性，淡化了生活原有的质感；在表达形制上，多通讯化模式，少非虚构文学应有的意趣情味和主体的个人性。根据以上这样的分析，我们可以明确的是，主旋律报告文学是这一文体重要的构成部分，但在写作中应对其做更多优化的处理。

二

正是在这里，我们有了对《朋友，我能给你什么》进行解读的必要。无疑，辽宁作家周建新的这部长篇报告文学也可归为"主旋律"非虚构。报告文学写作并不是周建新的主业，他以小说创作在文坛立业，曾著有长篇小说八

---

① 穆青：《谈谈人物通讯采写中的几个问题》，载《穆青论新闻》，新华出版社，2003。
② 丁晓原：《文化生态视镜中的中国报告文学》，复旦大学出版社，2008，第25—26页。

部。写作《朋友，我能给你什么》之前，周建新发表了叙写家乡航天英雄杨利伟成长历程的长篇报告文学《飞天骄子——杨利伟》。《朋友，我能给你什么》这部作品的主人公是辽宁鞍钢齐大山铁矿的全国道德模范郭明义。这部作品的生成模式体现了一般主旋律报告文学写作的基本特点。首先人物郭明义是国家主流力推的全国性重大典型，主流媒体对其有大量的报道，其中重要的报道有《人民日报》长篇通讯《新时期的道德模范——郭明义》、新华社长篇通讯《世界上什么最幸福》等。其次作品的写作是一种"政治任务"，作者随省委宣传部、省委组织部和省总工会联合调研采访团采写对象，是一种具有很强"规定性"的写作行为。再次，人物本身具有突出的政治性。郭明义给定了自己的政治身份："有怎样的人生追求，就会选择怎样的人生道路。成为一名党员是我毕生的光荣，我会一辈子按照党指引的道路走下去。"胡锦涛也特别指出郭明义的形象价值：是助人为乐的道德模范，是新时期学习实践雷锋精神的优秀代表。这样多种写作的先在和背景，一方面为作者的写作创造了一些便利，但另一方面显然也增加了作者写作的难度系数。事物辩证的关联无处不在，"便利"的另一端可能就是某种"有限"。因此有价值的"再写作"，应在"有限"之中开拓富有主体能动性的"无限"。而就郭明义的长篇非虚构写作而言，就是要寻得既能满足主旋律写作的一些规制，同时又能体现文学叙事基本要求的某种"协调"。从《朋友，我能给你什么》的写作实际看，作者在实现两者的"协调"上做出了自觉的努力，并且这种努力是有效的。不仅如此，作者在协调两者的具体处理中，更多地注意到了向文学的非虚构叙事的偏重。这是《朋友，我能给你什么》具有更多的叙事滋味的本源性因素。

　　作为写实体的报告文学，因其独特的非虚构的文体规定，无法像小说那样进行虚构，这样对实体对象做出选择，就成为这类写作的关键环节。在这一点上，报告文学与新闻通讯是一致的。但是由于文类属性、功能以及篇幅容量等的不同，新闻通讯更多地考虑其宣传性、新闻性，强化报道人物事件的典型性，围绕主旨，注意突出先进事迹，选材取事较为凝练集中；报告文学则更重视叙事的文学价值，更多地从实际生活出发，还原人物和事件的本真存在，通过日常生活图景的叙述，展示人性的诸种构成。《朋友，我能给你什么》作者周建新注意到了这两种文体的不同，在选择报告对象时，重视从非虚构文学写作的角度提取质料。报告对象是丰富的，"考验我的是剪裁能力，取舍的本事。我不能把一个活生生有血有肉的郭明义写成一个好人好事的堆砌物，我不能不去深入地探究郭明义心灵最深处的东西，不能不去挖掘郭明义留给我们这个民族的精神之源"（《朋友，我能给你什么·后记》）。周建新对于郭明义这种取舍考虑是很得报告文学之体的，舍的是一般的"好人好事的堆砌物"，取的是"活生生有血有肉的郭明义"；舍的是外在的表层的浅叙事，取的是对于人物"心灵最深处的东西"的"挖掘"。从作品的结构设计看，《朋友，我能给你什么》具有纪传体报告文学的特点，但这种纪传体是不完全的。全篇共十四章，前五章，从家庭、从军、工作等，纵向地展示郭明义的人生历程，这里局部地采用了纪传体结构；第六章后叙写郭明义多方面的"爱的奉献"，采用的共时平行的分述结构。纪传体部分给出了人物成长的轨迹和精神渊源，分述部分则多维度地叙写人物仁者爱人、乐于助人的先进事迹和精神品格。一部《朋友，我能给你什么》，既是郭明义先进事迹的荟萃，更是展示他美好心灵的精神成长史。

三

人物自身价值在某种程度上决定了人物类报告文学作品的价值。《朋友，我能给你什么》的主人公郭明义在21世纪新的社会语境中推出，具有特殊而重要的时代意义。这一时期中国社会发生更为深刻的转型，市场经济倡导物质优先，极大地推进了经济社会的高速发展。与此同时，社会思潮纷杂，价值多元，物质主义至上，人的精神性建构在一定程度上显得滞后。社会现代化有多种观照的尺度，经济的尺度无疑是基础性的，十分重要。但人的尺度更为重要。经济社会发展的主体力量是人，其发展的旨归也是人。如果没有人的全面发展，人丢失了人之为人的精神和品性，就不可能实现社会真正的现代化。正如康德所言："世界上有两件东西最能震撼心灵：一件是我们心中崇高的道德法则，一件是我们头顶上灿烂的星空。"如果在现代化的进程中，人没有了"心中崇高的道德法则"，那么物质的现代化就可能走向它的反面。21世纪以来尽管我们每年为"感动中国"年度人物的心灵崇高感动得潸然泪下，但现实中人基本的道德法则被丢弃的事件屡见不鲜。有鉴于此，主流意识形态强化了社会主义核心价值的宣传，通过树立道德模范在全社会弘扬正面的价值伦理。从这一点看，郭明义符合主流价值在这一特殊时期的需要，在他身上集中地体现中华民族的美德和现代公民的良好素质。爱岗敬业，干一行成一行，遭遇下岗不怨怒，当公路管理员十五年，"起早贪黑，不休节假及休息日，多干了五年的工作量"；热爱国家，外资企业高薪吸引，不为所动；心想他人，助人为乐，"工作二十八年，总收入二十九万元，为'希望工程'、困难职工和灾区群众累计捐款十四万元""二十年来，累计义务献血六万毫升，相当于自身总血量的十倍"。值得注意的是在郭明义身上，不只具有鲜明的主流意识形态色彩的主流政治价值，同时也具有超越意识形态的普遍的人类精神。他的精神的核心是敬业仁爱，正是在这一点上，主流价值与人之为人的公共价值实现了谐和融通。也正是由于两者的谐和融通，使得这一主旋律作品的叙事有了可以优化、能够优化的内在肌理。

一般而言，主旋律报告文学其报告的客体具有某种典型性。只有具有典型的价值，才能使之成为传输主流价值的载体。但报告文学的典型性不同于那种"比普遍的实际生活更高，更强烈，更有集中性，更典型，更理想，因此就更带普遍性"的虚构生成，它是基于客体现实存在本身的，在其内部所做的典型化选择。周建新在叙写郭明义时，注意把握对象作为先进典型与凡朴个人的关系，既注意凸显郭明义这一重大典型的某种高度，如开篇从党的总书记的批示切入，突出人物不同一般的重要价值。第九章《携爱而行》，有"播撒爱的种子""爱洒北京""情满重庆"和"心系九州"，叙写郭明义巡回演讲及其关爱他人的事迹，展示人物先进事迹的影响力和感染力。同时更注意将人物置于生活原本中加以再现，立体地反映他作为普通人的真实生活和平凡中显示出的崇高。郭明义身份定位中既有共产党员一面，也有普通人的自我确认："我就是一个普通的人，做的也是普通的事儿，不是惊天动地的英雄。"周建新对典型有着自己清晰的认知："典型更需要有人性的价值。"人物自身和作家主体关于对象独特性所形成的这种"共识"，使《朋友，我能给你什么》写作的重心定位和结构安排有了内在的逻辑理据。作品中所写的郭明义是一个平民模范，所呈现的人物是平民中的模范，模范中的平民。这样的人物多了生活感、真实感、亲切感，自然也增强了作品叙事的美感。作品中"承诺粪土也是金""意外成了火头军""养猪也不差""遭遇分流""岗位上的犟牛""'小抠'郭明义"等小节，从标题就可看出叙述的内容，人物的普通人生景象。由于作品不限于表现作为典型的人物而注重日常生活中的人物，所以所给出的人物是多维多面的立体。在第六章《生命的宽度》"多面郭明义"中，作者借工友的评价和议论，将多面的人物做了诸多的描述："大傻""大侠""大使""大彪""大狂""大倔""大烦""大魔""大凿""大怪""大圣""大好人"等等。这些命名表示着生活中的郭明义的真实存在。作品对人物这样的再现，使郭明义成为一个有血有肉、有棱有角的"圆形人物"。

除了要协调对象的主流价值与公共价值，把握表现内容的典型性与日常性等以外，主旋律报告文学的叙事优化，还应处理好政治修辞与个人修辞的关系。文学不是政治，但政治是文学反映的重要存在；从历史传统到现实实在看，报告文学是一种具有相对鲜明的政治意味或泛政治化色彩的文体。主旋律报告文学更是无法回避与政治的关联，需要讨论的是作家如何以文学的修辞来表现对象。在实际的写作中，主旋律作品会有政治的修辞进入，需要注意的是作家应以文学的方式"中和"政治的表述。从《朋友，我能给你什么》作品看来，作者周建新为适应一些政治性内容表达的需要，运用相应的政治修辞，但是是有限的。作者更多的是基于对郭明义价值、叙事重心等把握，采用更多的个人修辞。作品的叙事是低调的、朴素的，这与人物品格一致，与一些政治叙事的高调不同。作者的小说家的背景以及对郭明义较为深入的认知，使作者自觉地注意以对象自身的独特性反映其个人性，既反映郭明义的先进性，又呈现其趣味性。作品的题目《朋友，我能给你什么》是一句诗语，一、二人称的表述显示出作品的真切而别致，而这出自郭明义自己的诗作。作品中插入郭明义的诗歌、散文，这既是作品叙事的有机构成，同时也以这种方式凸显了人物的情趣和心灵世界，"文学是郭明义灵魂的伙伴，崇高的支撑"。作者还特别注意以个性化的行为细节和人物语言，强化郭明义的个人特质品格。外出时妻子给郭明义一千元钱，"一路上郭明义没舍得花，心里盘算的是可以接济几个孩子"，在商店见到款式别致的"钻戒""一打听价格，才二十八块钱。不耽误援助一个孩子。他一咬牙，就买下了"。这一细节将人物的夫妻情与助人为乐的大爱表现得淋漓尽致。"我是个简单的人，是个还保留着童真的人""我能走到今天，感谢我没有当上官，真的"，这样的语言是祛政治化的，是人物本色语。

以上我从主旋律作品的角度对《朋友，我能给你什么》做了一些解读。我并不是说《朋友，我能给你什么》的写作已经尽善尽美，但这部作品确实可以在多个方面给同类写作提供启示的。

《当代作家评论》2012年第2期

特殊群体命运的艺术再现

——评刘国强报告文学《日本遗孤》[①]

王 晖

从某种意义上说，二十世纪三四十年代的抗日战争成就了中国报告文学自诞生以来的第一次辉煌。以包括共产党和国民党领导的军队以及中国人民抗击日本侵略者的正面战场和敌后作战为表现对象的报告文学林林总总、不计其数。这其中比较特别的是沈起予的长篇报告文学《人性的恢复》和天虚的中篇报告文学《两个俘虏》，它们描述的对象主要是在中国的日本战俘及其被改造并转变立场的过程。如果说，二十世纪三四十年代中国抗战题材的报告文学大多是对书写对象的近距离的直击，有着浓烈的新闻色彩，那么，近年出版的刘国强所著长篇报告文学《日本遗孤》则以回眸反观的姿态，书写出传统抗战题材与主题的另一侧面，显示出其特殊的意义。这一方面是指作品所述的对象既不是国共两党的联合抗战，也不是八路军和新四军的敌后斗争，而是处于历史、战争、民族、国家利益和意识形态夹缝之中的特定人群；另一方面则是指围绕这一特定人群所生发出的有关战争与和平、民族与国家、人性与道德等问题的思考。这无疑是一个融合了多种元素的视角，它使民族、战争、人性、道德等内容融为一体，使文本显示出较大的阐释空间，对20世纪中日关系史、中日关系艺术传达史都具有补充、完善和丰富的重要作用。

《日本遗孤》这部作品的书写对象聚焦的是中日战争中的一个特定人群——

[①] 刘国强：《日本遗孤》，辽宁人民出版社，2011。

日本遗孤，即因日本侵华战争残留在中国，并被中国人收养的日本开拓团团民遗留孤儿。战争孤儿，是一个弱势群体，也是战争的受害者，即使是发动战争一方所残留在被侵略国家的孤儿，从人性和人道的角度上来看，也应是值得被同情、被关注、被解救的对象。作为一个报告文学作家，他不应该，也不可能是一个纯然超脱于世外的上帝，而首先应当是有血有肉、有爱有恨的思想者；其次才是"扮演"一个作家的角色。因此，在这部作品中，作者并不是站在一个绝对中立或者绝对偏袒的立场上进行叙述，而是从人性与人道、民族国家正义的立场出发，审视日本遗孤这一在侵略与被侵略战争中所具有的特殊现象。一方面，作者反对一切一个国家对另一个国家的侵略战争，反对一切反人性和反人道的战争，斥责一切造成战争遗孤问题的统治者和政治狂人——"统治者、政治狂人对利益的贪婪和强权，一刻也没有停止过，类似造成日本遗孤那样的战争威胁却比以往任何时候都更加令人恐怖——据我十年前所知道的消息，世界上所拥有的核弹头，足以毁灭地球三千次！"作者在"引言""尾声"和多个章节中，揭露日本军队高层在面对遗孤问题上的阴谋和残酷、日本政府的冷漠与拒不承认侵略罪行，并一针见血地指出，面对日本遗孤要求战争索赔的呼声，政府高官表现出冷漠、推诿和拖延的态度，是因为他们知道"如果赔偿遗孤们钱了，就等于承认了侵略历史。政府输了官司，就等于自揭了侵略老底！在政治上说，这无疑是一个当量不亚于原子弹的火药桶！当政者个个心知肚明，这个'火药桶'谁敢碰？"此语将日本政府高官的鸵鸟政策暴露无遗，显示出其不敢正视现实和历史的虚弱和虚伪心理。

　　另一方面，作者强调维护民族国家的尊严和正义，并通过叙述中国平民百姓收养日本无辜遗孤的义举，在描述其疾恶如仇、爱憎分明的同时，深情赞颂中华民族具有真善美实质的传统伦理精神："他们与日本人有着不共戴天的仇恨——自己的亲人惨死在敌人的屠刀下！但，他们却以慈悲为怀、大爱无疆的善良，弘扬人善之本和中华民族宽爱无边的美德，收养了敌人的孩子……"作品中丰富的个案，从不同角度形象诠释着这种精神和美德。"元帅爸爸"聂荣臻司令员在指挥对日作战的同时，以父亲般的慈爱细心照料从炮火中被救出的日本遗孤美惠子姐妹；当宋美龄得知三位"姑娘妈妈"创办庐山"快乐家"孤儿院，收养哺育四十二名不同国籍的战争孤儿时，感动得泪水涟涟。更多的个案则是来自那些处于战争苦难之中的底层普通老百姓。这其中有为了养育三个日本孤儿，与老婆离婚并终身不娶的内蒙古汉子吴凤奇；带上日本遗孤小弟出嫁的"小叫花子"刘桂芝；相距遥远、素不相识，却殊途同归历尽艰辛将日本遗孤培养成才的"中国妈妈"曾秀兰、于世芳和郎淑媛；等等。促使中国普通百姓收养日本遗孤的动机非但不复杂，反而是相当质朴和单纯。曾经在日本人开设的煤矿里被崩伤眼睛,后来以捡破烂为生的刘国栋的事例就能够说明这个问题。刘国栋在吉林通化市街上捡破烂时,遇到蓬头垢面、流落街头的一男一女两个日本小孤儿。救还是不救?刘国栋犹豫过,因为他曾亲眼看见日本人将生病致死的中国工人扔进"万人坑"埋掉,扔进炼人炉烧掉,目睹因井下瓦斯爆炸导致三百多同胞被活活烧死的惨状。作品写道:

> 刘国栋摸着自己凹陷的右眼,犹豫了:国恨家仇聚集于心,如果收养了日本人的孩子,工友们的在天之灵能原谅我吗?
>
> 就在刘国栋想这些的时候,两个孩子也眼巴巴地看着他。刘国栋一狠心离开时,两个孩子同时大声哭了起来。刘国栋回头看看两个泪人似的孩子,心软了。刘国栋后来说:"我看两个孩子实在太可怜了。再说,把大人的账算在孩子身上,也不公平啊!"

作者在这里非常真实地再现出刘国栋当时的心态,他的犹豫、他的仇恨、他的善良、他的慈悲、他的大义,都在这段描述里尽显出来。我以为,作者在此所描写的刘国栋近乎家常式的心态和言行——"把大人的账算在孩子身上不公平",完全也是当时收养日本遗孤的其他中国老百姓内心的真实写照。它朴素无华、毫无造作之感,它闪耀着人性与人道的光辉,彰显着宽容与博爱的精神。

在书写中国百姓收养遗孤义举的同时,作者也没有忘记再现被收养的日本遗孤对中国养父母和"第二祖国"的报恩之情。作品的第十一章《刻骨铭心的自述》和第十二章《报恩》,集中描述了遗孤们"寸草报三春""终身不忘养育情"的动人故事:为认中国养父母跟亲爸翻脸、慷慨捐建"中国养父母公墓"的远腾勇;从死尸堆里爬出,被养父母精心呵护,最终成长为人民教师、市人大副主任,成为连接中日友谊的著名"品牌"的立花珠美(乌云);因病被日本母亲遗弃,被中国养父母收养,又在二十年里收养五个中国孤儿以做回报的殷桂兰;在养父母的关爱下成长为大学和研究所党委书记的福地正博和曲宝全。这些真实的人和事都在告知我们:"那些中国养父母令世人惊叹的感天动地的爱,那些日本战争遗孤对中国的情怀与深挚的感情,永远嵌进历史并光芒四射……"

当然,作品还客观再现了与遗孤"报恩"相悖的另一面。在作品的第十三章《暗度陈仓》里,作者通过"状告中国妈妈""假孤儿""日本养子把她推向绝境"等事例,揭露日本遗孤中那些"以怨报德"的个案。这可以视为作者对于报告文学不虚美、不隐恶的非虚构原则的严格遵守,另外,这也充分表明其对坚守中国伦理传统的鲜明态度。

日本遗孤现象，时间跨度长达六十余年，空间范围涉及中日两国多个地域，如果没有良好的审美表现的积累，是很难完成对这一现象的再现和解读的。从这个意义上讲，刘国强的努力获得了比较圆满的结果。与书斋式的虚构文学写作有所不同的是，作为非虚构写作的报告文学文体，需要有一个非书斋的田野调查（采访）的过程，即作家要亲历拟书写对象的现场收集第一手材料，人们将之称为"行走的文学"，其意也是在这里。可以说，没有田野调查，就没有报告文学。在《日本遗孤》中，我没有发现作者过多地讲述自己的田野调查经历，但纵观全书，从林林总总的人物和事件个案里，我都能够强烈地感受到作者为写作这部三十余万言的作品而付出的体力和脑力的艰辛。因此，作品的亲历性是十分突出的。这种亲历性不仅表现在作品中大量引述的当事人或被采访人的讲述，即口述实录，也表现在作者作为本土作家和采访人的双重身份在作品中出现。通过多数为原生态语言的口述实录，六十余年的历史会以"情景再现"的形式再现出来。而作者的出现，既强化了现场感，又凸显出作者对于叙述的引领和掌控。最终，作为报告文学文体所必须包含的现实性、真实性等元素在内的新闻性才能够得以实现。一位研究者在谈到当代历史题材报告文学创作时曾指出："不少'历史题材'的作品是很好的，有思想，有见地，甚至隐含着相当强烈的现实感。但说到底，此类作品再好，也是'他人资料'的综合及重新编织（如果缺乏甄别，还可能'以讹传讹'），而不是作家经由采访调查当事人之后的发现——正是从这一意义上说，某些'历史题材'报告文学的'原创价值'，就显得游移或不确定了，而作品的'文献价值'也有点让人怀疑。"[1] 这段话的核心其实正是在强调报告文学的田野调查特质，以及由此生发的亲历性、真实性和原创性。《日本遗孤》的作者在涉及历史事实的叙述时，立足于调查、亲历、口述等做法，使作品尽显其非虚构性，并在一定程度上实现了其可供当代人或后来者研究此段历史的文献价值。而我们对于一部报告文学是否优秀或者经典，其中一个评价的维度就在于此。

除却田野调查所带来的特点之外，《日本遗孤》在结构、话语、细节、跨文体性等方面也有诸多可圈可点之处。这部作品以全景式结构为主，即通过大寻亲、大移民、大收养和大报恩等四部分详尽叙述日本遗孤现象的来龙去脉，对上至国家政府领导人有关遗孤问题的政策和策略，下至各阶层普通老百姓关注遗孤生存与成长的各个层面予以全方位的表现。在每一部分之中又分出若干章节，以集合式方式描述丰富的个案，给人以清晰、具体和感性的认知（这些人

---

[1] 周政保：《非虚构叙述形态》，解放军文艺出版社，1999，第66页。

物个案的选择当然还应力求精选)。这种宏微相间的结构形式，特别适用于像《日本遗孤》这样描述内容繁复、时空纵横交错的长篇作品。与之相联系的，是这部作品跨文体写作的特点。作者充分发挥其所擅长的小说写作特长，将小说的笔法生动地运用于细节和人物的描绘上，并将书信、表格、歌词、新闻、书籍文字、历史资料等多种文体的文字融入整体的叙述之中，形成报告文学特有的跨文体写作现象。作为一种新闻与其他文学艺术文体（如小说、散文、诗歌、戏剧、影视），甚至非文学文体相互兼容而成的交叉性文体，报告文学的跨文体性由来已久。茅盾就曾强调，"好的'报告'须具备小说所有的艺术上的条件——人物的刻画，环境的描写，氛围的渲染，等等"[①]。

　　跨文体性给予报告文学的一个重要作用就是强化其文学性要素。正因为如此，《日本遗孤》才能够与纯粹的新闻和历史资料相区别，而获得形象化诠释历史和现实的文体本质。当然，对于较多使用小说化叙事和描写的这部作品而言，进一步的节制和精练仍然很有必要。因为，报告文学与小说的叙事不是同质化，而是差别化的。这种差别既体现在报告文学的叙事性话语诸要素上，也体现在其所特有的非叙事性话语的设置上。非叙事性话语主要是指报告文学作家在叙述人物或事件的过程中，对其进行的评述和解释。它是作家控制和引领叙事的一种表现手段，也在某种意义上表明其文化观念和精神取向。在《日本遗孤》中，非叙事性话语的运用比较普遍，其特点在于，它不是一种偏于理论色彩的文字，而是侧重于情感性的激情评说。譬如，在第十二章《报恩》中，当叙述到日本遗孤与中国养父母有着四五十年朝夕相伴的经历时，作者便发出了这样的感慨：

　　　　一九四五年秋天，几乎所有日本开拓团团民都成了悲剧人物。就连逃回日本的人，也丢失了亲人，丢失了青春，丢失了自尊，丢失了爱。他们的孩子更惨，时时受到死亡的威胁。背负饥饿、病疫和寒冷，走在逃亡的路上，与其说一步一个踉跄，不如说一步一个墓坑！

　　写出这样的感慨，其目的是在揭示中国养父母之于日本遗孤的意义，这就是作者接着所要表明的观点："六十五年过去了，中国妈妈的善良，变成乳汁，变成粮食，变成爱，也变成日本孤儿一生一世的牵挂……"在作品中，类似这样的非叙事性话语还有很多，它们在呼应叙事性话语的同时，更多的是在表达

[①] 茅盾：《关于"报告文学"》，《中流》1937年2月20日第11期。

着作者对于日本遗孤现象的基本价值立场和情感态度。我们肯定这种立场和态度，但也希望将"施恩"与"报恩"的意义进一步拓展开来，深化已经在作品中初步展开的有关战争与和平、民族与国家、人性与道德等问题的反思，使《日本遗孤》更具全球视野和人性深度。

2012年7月于南京
《当代作家评论》2013年第1期

诱饵与怪兽
——双雪涛小说中的历史表情

方 岩

一

双雪涛与《收获》编辑走走对话时，谈及自己在写作方面的野心："只要你足够好，足够耐心，足够期盼自己的不朽，就可能完成自己的伟业。"[①]"伟业"与"不朽"是夸张、虚幻的大词和身后事，而"好"与"耐心"确实是目前触手可及的事物。

这个时代，很多作家的名字在期刊、报纸和新媒体上频频出现，人们却想不起他写过什么，而有的作家的名字一出现，唤醒的则是作品的名字及相关想象，这是世俗意义上的成功与写作意义上的成功的区别，双雪涛的"好"很显然属于后者，在相当长的时间里，他的名字将一直与《平原上的摩西》（《收获》2015年第2期，以下简称《摩西》）捆绑在一起。

2016年，双雪涛先后出版了三部小说集：《天吾手记》（花城出版社，2016年5月）《平原上的摩西》（百花文艺出版社，2016年6月）、《聋哑时代》（北京十月文艺出版社，2016年9月）。很显然，这三部小说集都是双雪涛因中篇小说《摩西》声名鹊起后的衍生品。在这个每天都有"好故事"产生的国度，恰恰缺

[①] 双雪涛、走走：《"写小说的人，不能放过那道稍瞬即逝的光芒"》，《野草》2015年第3期。

少能把故事讲好的人，于是这个像"火球从空中落下"①一样闪闪发光的故事，让人们记住了这个冷峻、克制的讲故事的高手。所以，双雪涛的"写作前史"也被挖掘出来，那些在《平原上的摩西》之前的许多作品得以集束性出版。作品的优劣可以暂时不论，这些作品的出现却呈现了他成长为一个故事高手前的磨炼历程，这里是双雪涛的"耐心"。

二

  二姑夫拉了一下一个灯绳一样的东西，一团火在篮子上方闪动起来。气球升起来了，飞过打着红旗的红卫兵②，飞过主席像的头顶，一直往高处飞，开始是笔直的，后来开始向着斜上方飞去，终于消失在夜空，什么也看不见了。③

  这是双雪涛最新短篇小说《飞行家》的结尾。毛泽东时代的宠儿市场经济时期的弃儿、昔日的工人阶级如今的下岗工人及其同伴、后代，以一种荒诞而悲壮的方式与这个时代和世界进行了告别，至于是无可奈何地自我放逐还是以沉默的方式进行壮志未酬般地绝望反抗，其实都是了无生趣的庸常现实张开其血盆大口时刻。在这个时刻，现实与梦魇、真实与荒诞之间的界限消弭，历史怪兽显形。

  前述片段无疑能够表明双雪涛是个有强烈历史意识的人，而与历史纠缠的方式确实能体现出一个故事高手的智慧和耐心。所以，尽管历史的幽灵常常在双雪涛的故事中闪现，但事实上，双雪涛并不是那种直面大历史写作的人，相反，一些历史信息会以极其简约的方式在文本中一闪而过，然后很快淹没在双雪涛精心编织的故事中。

  工厂的崩溃好像在一瞬之间，其实早有预兆。有段时间电视上老播，国家现在的负担很大，国家现在需要老百姓援手，多分担一点，好像国家是个小媳妇。父亲依然按时上班，但是有时候回来，没有换新的工作服，他没出汗，一天没活。④

---

① 双雪涛：《平原上的摩西》，《收获》2015年第2期。
② 笔者注：毛泽东雕像底座上的浮雕。
③ 双雪涛：《飞行家》，《天涯》2017年第1期。
④ 双雪涛：《平原上的摩西》，《收获》2015年第2期。

这里有着双雪涛面对历史的自信，借用他评价自己另外一部小说时的话来说："这一句话解决了故事背景、发生年代、幅员广度、个体认知的所有问题，最主要的人物也出现了。"[①] 通读双雪涛现有的所有作品，不难发现，他对大历史变革与个体／群体日常生活之间的密切关联是极其敏感的，只是他不愿意把这些故事变成关于历史进程的肤浅论证材料。所以，大部分时候，讲故事时的双雪涛是这副样子：他只是在以从容、舒缓的反讽语调推进着故事，偶尔会瞥向历史，投过去一两个漫不经心的眼神然后继续心无旁骛地讲述下去，哪怕是与历史正面相撞的时候，他也会视若无睹地穿行而过，似乎谁也不能阻挡他把故事讲完。事实上，当我们意识到历史从未在他的故事中缺席的时候，才会发现，他早已把历史与人的紧张对峙编织进故事的纹理中。很显然，这个挺立着一个由精湛技艺所支撑的鲜明的小说观和历史观，即只有在精心编制的好故事的天罗地网中，历史怪兽才能被以一种具体、丰富同时也更具说服力的方式所诱捕、显形。

三

就"虚构"的常识来说，这里并不存在特别复杂的地方。一代又一代的人的尊严、前途和命运如何成为历史怪兽的养料，双雪涛心知肚明且有切身体会，只是他不相信历史只有一种抽象的表情，哪怕仅仅只是狰狞和吞噬，也会有具体的姿势和形态，更何况历史与时代的每一次狭路相逢，最终要由一个个具体的人来承担。所以，在双雪涛的小说中，故事不仅是目的，也是手段，而历史不只是背景，同时也是以各种形态渗入故事的有机构成部分。两者之间的相互对峙、提防和彼此引诱、成全，也就成为需要依靠技艺和智慧来成全的事情。这些年，大家在与"虚构"有关的问题上，说得太多，做得太少，所以常常会忘记，在常识层面做到卓越，杰作亦能诞生。

正是在这个层面上，双雪涛的小说呈现了若干值得反复讨论的精妙之处。最重要的便是，如何利用"诱饵"诱捕历史。当代作家不乏虚构历史的野心，只是这野心仅仅表现为大而无当、外强中干的史诗情结，以至于让"虚构"拖着孱弱的病体在空洞的历史抒情和价值判断后面气喘吁吁、步履蹒跚，甚至暴毙途中。事实上，未尝不可把与历史相关的"虚构"理解为某种形式的祛魅。史学研究的主流是把历史还原为事件、数据和规律（或者说趋势），以证明这个学科是现代科学意义上的祛魅工程，同时史学理论本身的意识形态问题又会让祛魅的合法性变得迷雾重重。因此，与其迷信所谓史实的真实性、价值的正确

---

① 双雪涛、走走：《"写小说的人，不能放过那道稍瞬即逝的光芒"》，《野草》2015年第3期。

性，将"虚构"降低为依附性的技术因素，倒不如直面"虚构"本身之于历史的可能性，即把历史从抽象意义层面解放，使之重新获得可观、可感、可交流的"肉身性"，借用梅洛-庞蒂一个说法，便是"不可见之物的可见性"[①]。历史发生的时刻，最初必然表现为人的遭遇，即个体的言行，并最终物化为文字和器物，这是历史消散后留下的蛛丝马迹。从这个意义上讲，"虚构"介入历史的方式，便是用器物和文字对人进行招魂，正是在这个过程中历史逐渐脱离抽象意义上的神秘性和匿名性，逐渐呈现出具体可感的形态，这正是另外一种意义上的历史祛魅，即重建历史表情，或曰历史显形。所以，帕慕克坚持认为"小说本质上是图画性（visual）的文学虚构"[②]是有一定道理的，而他坚持的另外一个观念则为"虚构"如何介入历史这样的问题，提供了一个非常具有启发性的结论，即"物品既是小说中无数离散时刻的本质部分，也是这些时刻的象征或符号"[③]。帕慕克说这句话的时候，虽然并未明确指向"虚构"与历史的关系，但这句话却能很贴切地形容，双雪涛在设置历史的"诱饵"（物品或器物）时所体现出非凡的匠心和能力。

《摩西》无疑是一篇杰作，把它置于21世纪以来的小说创作发展态势中来考察，它的光芒依然令人瞩目。冷峻、简约的语言，步步推进而又沉稳的叙事节奏，鲜明但是克制的反讽，机巧但是极具说服力和平衡感的结构设计，等等，这一切精湛而又不炫技的审美修辞为了一个好故事出现做足了物质铺垫，最终将这个多声部的悬疑故事以一种饱满多质的形态呈现出来。就故事本身而言，它不仅具有类型故事的感染力、流通性、可读性，又具有意义层次多维度解读的丰富形态。这里暂且只分析其中的一个细节，一种名为"平原"的香烟烟盒（或者说叫烟标）的作用。

"烟盒"最显而易见的功能，就是解决了情节设计的基本逻辑问题。故事里每个人的声音都是一条线索，众声喧哗，彼此纠缠，一直到烟标出现，错综复杂的线索才建立一种比较牢靠的逻辑关系，由此，故事冲出迷局开始进入令人期待的"解密"程序。与情节转折并行的是多种意义在其中逐渐生成、汇聚。首先，香烟的上市年份是1995年，这个年份指向了国企改制及其带来的工人下岗潮。当历史与现实在文本中狭路相逢时，故事的起源便与宏大历史建立起了关联，同时"历史的原罪"的意味在现实语境中弥漫开来，越来越浓。其次，

---

① 转引自［法］莫罗·卡波内：《图像的肉身》，曲晓蕊译，华东师范大学出版社，2016，第67页。
② ［土耳其］奥尔罕·帕慕克：《天真的和感伤的小说家》，彭发胜译，上海人民出版社，2012，第86、103页。
③ ［土耳其］奥尔罕·帕慕克：《天真的和感伤的小说家》，彭发胜译，上海人民出版社，2012，第86、103页。

烟标上的那幅画源于一个日常场景，它是叙述者之一的李斐在现实困境想起的"另一件很遥远的事情"①。历史变动前日常的美好与当下的绝境彼此提醒，历史就这样明火执仗地闯进私人记忆和日常领域直白宣示自身不容置疑的权威和暴力。再者，烟盒最后一次出现是故事结尾的时候：

> 我把手伸进怀里，绕过我的手枪，掏出我的烟。那是我们的平原。上面的她，十一二岁，笑着，没穿袜子，看着半空。烟盒在水上漂着，上面那层塑料在阳光底下泛着光芒，北方午后的微风吹着她，向着岸边走去。②

　　烟盒在这里不仅仅是连接了两个个体的私人记忆，它延展开来却是历史变动前同属一个阶层的共同记忆。如果说，烟盒在情节上制造了一种戏剧化的冲突，即昔日的发小如今却是警察与犯罪嫌疑人的对峙，那么，冲突、对峙背后的秘密也就再也无法隐藏。曾经为着某种目的被塑造起来的一个阶层如今又被同一种历史力量拆分为不同阶层，并随着代际传递日益隔绝。所以，隔开两人的那片水面在渺小烟盒反衬下，更像是历史的汪洋，表面上波澜不惊，实则暗流涌动，消除沟壑的"平原"永远只是停留在画面中的幻想。

　　我无意宣称《摩西》必将成为未来的经典，只是强调双雪涛在处理与历史有关的"虚构"时，将历史洞察力转化为创作实践的能力，这一点恰恰是当下许多作家所缺失的。无论如何，"诱饵"的精心设置让历史在一个好看的故事中不断具象化，于是，历史表达便言之有物，现实描绘又有纵深感，历史、现实、私情血脉相连、彼此成全。做到这一点，一部充满意义张力的小说至少已经成功了一半。

　　如果说，《平原》的篇幅给双雪涛诱捕历史提供了足够的空间和耐心，甚至可以将《摩西》视为一个作家的才华、灵感昙花一现的产物，那么稍后发表的短篇小说《跷跷板》③则让我们看到双雪涛在短兵相接时迅速捕获历史的能力。同其他作品一样，双雪涛用他一贯的冷峻、克制的语言和出其不意而又恰到好处的反讽语调讲述着故事，医院陪护老人多少有点百无聊赖。然而，小说快结尾时，一具骸骨的出现，瞬间反转了小说的叙述基调，眩晕和惊悚的叙述氛围迅速回溯并统治了整部小说。这个眩晕和惊悚根植于对历史的深深恐惧，而"诱饵"正是压在骸骨上的跷跷板，移开跷跷板，便是打开了历史的潘多拉魔盒。

---

① 双雪涛：《平原上的摩西》，《收获》2015年第2期。
② 双雪涛：《平原上的摩西》，《收获》2015年第2期。
③ 双雪涛：《跷跷板》，《收获》2016年第3期。

事实上,"跷跷板"只在小说里出现三次,除了最后一次,前两次都显得无声无息,事后想起却令人毛骨悚然。它首次出现于一场有些寡淡的相亲时的聊天中,"跷跷板"对相亲对象(后来成为女友)而言,意味着童年记忆和父爱的化身。另外一次则出现在女友父亲的聊天中,女友父亲说自己在国企改制时期曾经杀死了同事就埋在跷跷板下,但是"我"很快发现那个人依然在为女友父亲看守废旧的工厂,所以与其说这是临死前的忏悔,倒不如说更像是一个濒死前出现严重幻觉的人的胡言乱语。但是,当骸骨真的出现的时候,上述场景便被重新赋予了意义。我们固然可以把骸骨视为人性罪恶的证据,甚至可以说被掩盖的历史罪恶重见天日。然而,如此浅显、直白的隐喻绝不是双雪涛的目的。事实上,"跷跷板"两端所承载的意义所形成的张力才是这篇小说深刻之处。很显然,亲情、血缘、成长记忆等私人伦理在其中的一端高高扬起、闪闪发光;而另一端则是另外一番景象,以亲情为名犯下的命案在私人伦理面前既合理又荒诞,此刻的"跷跷板"大约是平衡的。然而命案发生的源头则是,历史变动所造成的人际关系、个体命运的变动和阶层分化所造成的对立和隔阂,并在人性层面表现出来。当历史变动所造成的种种沟壑需要真实的血肉之躯来填平的时候,跷跷板便严重失衡,甚至有把私人伦理抛出的危险。在这里,追究死者究竟是谁没有丝毫意义,更为巨大的问号矗立在那里:在当今,我们竭尽全力保护的私人伦理和个体成长记忆,在多大程度上,不是历史暗中操作的结果?换句话,如果历史扬扬自得的狰狞表情才是一切真实的根源,而我们赖以凸显自我身份及其认同的私人领域只是幻象,我们将如何辨识自身和周围的景观?

前述提及的《飞行家》大概是双雪涛创作中相对来说比较直面历史的一部。一个壮志未酬的下岗工人,和他的以替别人讨债为生的儿子,以一种极其荒诞的方式与这个世界做了了断。历史创伤的代际遗传只是这个故事表层意蕴,"飞行梦"及其承载的历史反讽才是有意味的形式。1979年的初夏之夜,李明奇酒后在屋顶畅想飞行梦是这篇小说最精彩的地方,让人觉得"世间伟大的事情,好像都是从李明奇目前这种手舞足蹈的醉态里开始的"[1]。事实上,这个国家刚刚摆脱一段梦魇般的历史,李明奇个人也正逐渐从因那段历史所导致的家庭变故的阴影中走出,所以说,此刻李明奇的亢奋并非仅仅是个人的偶发抒情,而是正与国家共同分享某种同质化的激情。所以,李明奇所畅想的飞行梦也并非止步于个人兴趣,他的飞行器创意所展现的前景充满了浓郁的日常气息。因此,这样梦想更像是国家情绪感染下关于未来社会形态的设想,毕竟李

---

[1] 双雪涛:《飞行梦》,《天涯》2007年第1期。

明奇连飞行器普及后的交通信号灯设计这样的细节都想到了，这很容易被理解为有关未来社会基本秩序想象的隐喻。只是事过境迁之后，先进工作者变成了社会弃儿，不变的只有个体的持续迷醉及其顽固的飞行梦，它矗立在那里醒目而刺眼，以一种极其尴尬的方式提醒，历史随心所欲而又极其功利地对人的角色和身份进行赋予和篡改。当飞行梦通过一种非常简陋的方式，即"热气球"来实现的时候，历史的荒谬感便升腾而起。这里的"荒谬"并非是审美修辞，而是事实描述。因为，在这一刻"历史""虚构""现实"之间的界限完全消失，三者完全实现了运行逻辑的同一性。马尔克斯与略萨的一段对话可能有助于形象地说明这个问题。在谈及"虚构"与"历史""现实"之间的关系时，马尔克斯曾说："在拉丁美洲，一切都是可能的，一切都是现实……我们周围尽是这些稀罕、奇异的事情，而作家却执意要给我们讲述一些鼻尖下面的、无足轻重的事情。"[1] 在马尔克斯看来，拉丁美洲始终以荒诞的历史逻辑在运行，现实中充斥着各种光怪陆离的事情。对此，作家的态度只能是："我以为我们必须做的就是直截了当地正视它，这是一种形态的现实。"[2] 反过来说，直面拉丁美洲的历史和现实，即"那些极其可怖、极为罕见的事情"[3]，其结果便是修辞效果和故事内容中呈现的"荒诞"和"魔幻"。略萨对此的评价是：这是"给人以某种幻觉之感的这种习以为常的现实存在"[4]。直言之，这不是"虚构"层面的技巧和想象力的问题，而是对现实真实性的洞察力和对具体经验中历史痕迹的敏感性的问题。

四

双雪涛对历史的洞察力在他较早的创作中已经展现出来。《聋哑时代》里的每一章都是可以独立成篇的精彩故事，因此这并非是严格意义上的长篇小说，更像是有着共同历史背景的故事集：

> 这样按部就班的一对幸福工人阶级不会想到，到了我小学毕业的

---

[1] ［哥伦比亚］加西亚·马尔克斯：《与略萨谈创作》，载吕同六主编《20世纪世界小说理论经典》（下），华夏出版社，1995，第127、124、128页。

[2] ［哥伦比亚］加西亚·马尔克斯：《与略萨谈创作》，载吕同六主编《20世纪世界小说理论经典》（下），华夏出版社，1995，第127、124、128页。

[3] ［哥伦比亚］加西亚·马尔克斯：《与略萨谈创作》，载吕同六主编《20世纪世界小说理论经典》（下），华夏出版社，1995，第127、124、128页。

[4] ［哥伦比亚］加西亚·马尔克斯：《与略萨谈创作》，载吕同六主编《20世纪世界小说理论经典》（下），华夏出版社，1995，第127、124、128页。

那个夏天,他们赖以生存的工厂已经岌岌可危,我饭桌上听见他俩经常哀叹厂长们已经开始把国家的机器搬到自己的家里另起炉灶……

那个外面一切都在激变的夏天,对于我来说却是一首悠长的朦胧诗,缓慢,无知,似乎有着某种无法言说的期盼,之后的每一个夏天都无法与那个夏天相比。[①]

于是,随后的中学生活便成了这部小说的主体内容,然而这些故事无一不呈现出阴郁、压抑的扭曲形态。所以双雪涛对此评价道:"我初中的学校,在我看来,是中国社会的恰当隐喻。控制和权威,人的懦弱与欲望,人的变异和坚持。"[②] 不难看出,双雪涛很早就意识到自己的成长轨迹与大历史的纠缠。所以,写作便成为对这种关系的辨识和清理,既是对自身经验的重新确认,也是展示历史对人的塑造过程。对此,双雪涛有着同龄人少有的清醒:"只有把初中的磨难写出来。而我一直认为,那个年龄对人生十分关键,是类似于进入隧道还是驶入旷野的区别。"[③] 追溯青春记忆的历史起源,其实便是辨识、标记一代人与其他历史代际不同的历史经验、历史感受。如双雪涛自述的那样:"写出我们这代人有过的苦难,而苦难无法测量,上一辈和这一辈,苦难的方式不同,但不能说谁的更有分量。"这段自述很容易让人想起近些年的一个"伪命题",即不断有人指责大历史在青年作家的创作中是缺席的,或者说"80后"作家不关心大历史。只是大部分讨论都是空洞无物的,显示了讨论者自身在常识层面的缺失:一是对历史经验、历史感知方式的代际差别视而不见;二是误把"虚构"中的"历史"理解为棱角分明、清晰可见的道具装置或舞台表演的幕布。事实上,双雪涛在《聋哑时代》这样的早期创作中就有力地反击了这样的指责,他不仅呈现了一代人的成长轨迹、生命历程如何被大历史塑造并区别于其他历史代际,更为重要的是,他通过写作表明,大历史就生长在个人具体的经验中,只有通过对个人经验繁复而精细的描绘,大历史才会以具体、可感的形态现身。直言之,只要个体经验处理得足够有张力、饱满、充沛,书写个体经验便是书写大历史,甚至可以说,个人经验即大历史。

或许是因为这些经验都过于沉重,以至于双雪涛在看清历史的表情之后,总是试图逃避。《跷跷板》的结尾,"我"想"痛快地喝点酒"。《飞行家》结尾

[①] 双雪涛:《聋哑时代》,北京十月文艺出版社,2016,第16页。
[②] 双雪涛、走走:《"写小说的人,不能放过那道稍瞬即逝的光芒"》,《野草》2015年第3期。
[③] 双雪涛、走走:《"写小说的人,不能放过那道稍瞬即逝的光芒"》,《野草》2015年第3期。

处,"我非常想赶紧回家睡觉"。即便是《摩西》中貌似明媚的结尾,其实也是双雪涛对逃离意图的掩饰,因为这个想象过于自欺欺人。其实这不难理解,与历史缠斗是一个全神贯注斗智斗勇的过程,而当历史怪兽真的现身时,无能为力的挫败感便蔓延开来。努力地看清历史真相后,绝望的倦怠感总是会扑面而来,除了立刻逃离的冲动,再也没有更好的办法。这不是双雪涛一个人的问题,而是处在历史阴影中的这个国家的民众普遍的精神困境。如果现在还要求作家通过"虚构"去解决历史困境或描绘未来蓝图,无疑是迂腐而愚蠢的。只是当下很多作家,连描述这种困境的基本能力都是匮乏的。双雪涛不仅出色地描述了这种困境,或许还找到一个能带来些许安慰的方法,即通过不失时机却张弛有度的反讽,抓住历史尴尬的时刻。事实上,"反讽"发生的时刻,也是文学自身虚妄显形的时刻。这样的时候,往往只是再次证明了一个道理:面对历史时,"虚构"确实只是"无能的力量"。然而,片刻的逃离、短暂的慰藉后,还是要继续面对历史将西绪福斯式的缠斗进行下去,不管是主动还是被动。所以,这也是"虚构"还在继续被我们需要的理由。

《当代作家评论》2017年第2期

孙惠芬的冒险出走,以及张展的两位援军

聂 梦

一部长卷

从某种意义上讲,在《寻找张展》之前,孙惠芬只写过一部作品,并且写了许多遍。它起初可能叫《歇马山庄》《狗皮袖筒》,后来又更名为《上塘书》《后上塘书》,或者其他。在它们中间,存在着一种容易辨识的相近的味道——大致相同的人群,大致相同的问题,以及大致相同的道德疑难,等等。

这种说法绝不是贬义,不是在讨论重复或者写作风格的一成不变。事实上,就个体创作而言,从《静坐喜床》开始,孙惠芬就一直努力保持着自我更新的节奏,她的每一部小说都试图提供新的发现。并且,针对《歇马山庄》和《上塘书》等在品性上的相近,我们很难轻易做出判断,判断那不是一件好事情——毕竟,作为阅读者,我们需要仰赖某种相近,才能在飞速逝去的文学事物中间,保有安静平和的目光,秉持对恒常的信念。更何况,这种相近,还时不时催生出像《歇马山庄的两个女人》那样赢得普遍性赞誉的作品,让我们有所惊喜。

这种说法,实质上是想强调一种写作的美德,确切地说,是关于写作的诸多美德中的一种。我始终认为,在同一点上反复深耕的人,其行为所生成的力量,在重要性上并不亚于被深耕过后的景观本身。这是一种原初的、古典的、甚至带有一些悲剧色彩的力量。它与扎实、深重、不间断的施力乃至苦行相联系,与一个已经远去了的、朴素的、时间无限充裕且身体与灵魂相协调的时代

遥相呼应。孙惠芬的写作就具备这样的美德和力量。

通常，人们惯于使用"忠诚""温情"等来描绘这位从辽南走出的小说家。这些提炼是准确的，但是还不够。在我看来，和其他许多专注于地方性写作的作家相比，孙惠芬的"原乡情结"最突出的一个特点是宿命感，而这恰恰是她长久深耕的原动力。

> 有一年春节，我回老家过年，下了一场大雪，村子里没有了串动的人们，村里村外、天地自然，一片苍茫沉寂，在茫茫天地之间行走，我就在想，要是没有文学来记录每家每户此时屋子里的活动，这一瞬间是不是就像这苍茫大地，悄悄寂灭在流逝的光阴里了呢?![1]

所谓宿命感，是把自己深深地镶嵌到对象当中。这个对象，既不是乌托邦，也不是自带间离效果的他者，而是一个放大了无数倍的"我"，是终其一生无法摆脱的精神母体。换句话说，在"讲故事的人"这样一个行当里，孙惠芬的选择是讲自己。相比较迷狂和一味的沉痛反思，她更看重耐心和理解，看重妥帖蕴藉的观察与描画。因此，我们很难找到某个更加充分的理由，要求作者收回凝视的目光，暂时不去谈论乡村或者乡村的处境（那是她的来处和去处），我们很难要求，在她的表述中加入更多强有力的判断——试问，又有多少人会在自我形容时，直截了当地用力赞美或贬损，而摒弃那些发自内心的最为简朴的宽容和犹豫呢？也正因如此，当她有意无意地将反复书写辽南大地的执着，与彼时生活在不远处的萧红做比照时；当她试图打通乡村与外部世界的通道，寻找两者在本质性上的相同时；当她让笔下的人和事不断陷入纷繁的"无尽关系"[2]时；当她放低姿态，同时接受来自上塘内外两个方向上的询问甚至挑剔时；当她一再地强调素常人生、素常心情和素常人性时，凡此种种，都可以看作是这位埋头深耕的小说家挥之不去的宿命感的不同面向。

然而，上述这些到了《寻找张展》这里，却变得大不相同了。

作为"新人"的张展

我猜测，凡是对孙惠芬的既往创作稍有了解的阅读者，都会在这"第二部"作品面前感受到双重的召唤。

---

[1] 张赟、孙惠芬：《在城乡之间游动的心灵——孙惠芬访谈》，《小说评论》2007年第2期。
[2] 《致无尽关系》发表在《小说月报》2009年第1期。评论者周景雷认为，"无尽关系"是孙惠芬思考生活和世界的一个基本出发点，对其写作而言具有重要意义。

第一重召唤来自故事内部，源于小说所提供的让我们有兴趣从一个叙事单元跳到另一个叙事单元的行进动力：为什么寻找张展，如何寻找张展，以及找到张展之后又发生了什么。作者选用了一种非虚构的叙述语调，这使得整个关于张展的描述从第一个音节开始，就拥有了不容置疑的合法性——这并非杜撰，而是生活要它如此，这就是真实。与此同时，这样的语调还赋予小说的叙事动力以"意志"的功能，它紧紧地抓住读者，不给他们以逃脱的机会，即便是在不同的寻找层面或板块之间稍做停顿时，包括在阅读张展那封漫长回信的间隙，都无法彻底将目光从页面上移开，转而去做其他事情。

另一重召唤则来自小说本身——围绕着一个人物、一个动机来结构一部作品，类似做法不仅在孙惠芬的写作序列里十分稀有，在当下的长篇小说写作中也并不多见。这无异于一次冒险：一条显在的、既成的、独属于作者的惯有写作路径被全方位地置换了（久居乡村或者徘徊在城乡之间的人群被置换为成长中的少年，民间朴素的道德理想被置换为城市生活"官二代"的精神救赎，作者一向崇尚的情感的"和平演变"[①]被置换为悬念和探寻），一个曾经自足的文字世界在人们面前豁然张开缺口，而由此延伸出的新的支脉最终要通向哪里，我们尚不得知（这会是另外一部长卷的开头吗，还是唯一的但意义重大的独立存在？）。有趣的是，同样的一个举动，在评论者看来几乎等同于负重爬坡、逆水行舟，到了写作者那里却分外自得。在访谈中，孙惠芬不止一次地提到被张展的人物原型所俘获的经过[②]，她毫不掩饰自己为人物所"挟持"的痴迷的写作者形象，并决意将这种痴迷向所有的阅读者敞开。阅读者自然也是兴奋的，目睹一位审慎的作家去冒险，这本身就是一种巨大的吸引。大家迫不及待地卸下连续性的视角，换上好奇的目光，去追踪一位挟持作者一并出走的小说人物，一个身上画满了问号的少年。

所有的伏笔都埋好了。那么，究竟谁是张展？

"另类青年"——是的，对于各方都如此重要的一个人物，他的出场方式首先是"另类青年"。在小说的上半部"寻找"里，张展几乎等同于一个神秘的影子。影子无法开口说话，关于他的种种细节就只能依靠周边事物来展现，包括各种事件，如离家出走、和流浪女发廊女交往，也包括各种口舌，如班主任、交换妈妈口中的"乌啦巴涂""社会渣滓"，等等。因此，在找到张展之前，"我"——张展同学兼好友的母亲，关于张展的样貌是这样想象的：小矮个儿，尖下巴，长瓜脸儿，眉眼拘谨，说话温吞吞，之所以另类，就因为相貌平庸，

[①] 姜广平：《我更注重生活本身的力量——与孙惠芬对话》，《文学教育》（中）2011年第5期。

[②] 舒晋瑜：《孙惠芬：觉醒就在寻找中发生》，《中华读书报》2017年3月22日。

需要用另类举止来吸引世界目光。

"被一场灾难徐徐拔起的无尽关系"的持有者——好在现实总能给我们以"但是"。真正的张展下巴并不尖,眉眼也并不拘谨,而是从相貌学的角度为自己的性格和可能的人生轨迹做了翻盘:大脸盘,宽下颌,鼻子下方厚厚的嘴唇向外翻翘,透出原始的、暗藏着诚实和敦厚的野性。随着法航空难、献给父亲的画展、小吃部与土豆饼、特护学校的"小爸爸"、肿瘤关怀病房志愿者等更多细节的加入,那个曾经在叛逆不羁、自我放逐的道路上蒸发了的主人公,重新具象为一位低调谦和、富有爱心、才华横溢的少年。叙述者大海捞针,最终拼凑出完整的张展,而阅读者则收获了一些富有意味的对照项:叛逆对应权力和物质的异化,谦和对应对过往和真相的体察、对父辈苦衷的理解、对自我价值的肯定以及对现实人生的愿景。此时,张展的目光里有一种与年轻不相符的深邃,那是"燃烧正旺的两星炭火,里边释放着蓝幽幽的暖意"。

"一个善于感知,敏于洞察的悲剧形象"——这是曲终人散时叙述者给予张展的定论。在小说的下半部"张展"中,作者把绝大部分篇幅留给了主人公的喃喃自语,用一封长信收纳了一个在成长道路上东突西奔的焦虑灵魂。这首先是一种行文的策略,出于对如何更加顺畅自然地完成故事的技术性考量,但与此同时,将这样一段体量惊人且颇具完整性的自我抒情,放置在如今情节为上的大的时代语境中,本身也是一件深具勇气甚至有些悲壮的事。此前曾有评论者指出,略显失控的思想呓语会制约孙惠芬今后的创作,所以很难说作者这一次是不是故意让这一特质无限放大,让不合潮流的弥散漂浮的心灵自传成为一个独立的主体,一方面协助搭建起小说的多文本结构[1],另一方面又与张展的人生遭遇重叠在一起,相互渲染,相得益彰。

总之,这就是张展。一个在孙惠芬的小说人物谱系中从未出现过的"新人"。

如果说,在此之前,他的侧影还曾经在谁的身上一闪而过的话,我一时能想到的就只有赶马车的懒汉吉宽(孙惠芬《吉宽的马车》中的主人公)了。第一眼望去,他们都是"反转型"人物,张展从另类转向优质,吉宽由终日躺在马车上的懒汉变为衣锦还乡的小老板。而后,他们都是思想和行动同样雄壮的人物,在长信里,张展每一步"出格"举动的背后,都有对"生命中更为深刻的动机"的"思考式的探询"(昆德拉语)。吉宽也是如此,当他怀揣法布尔《昆虫记》水淋淋地躺在岸上做白日梦时,又或者是在城市的一角沦为困兽,却仍能对人生的此岸彼岸加以辨析时,他的形象绝不限于把梦撂在野地里、撂在村庄

---

[1] 小说上下两部各自成章,风格迥异,且下部的长信本身又是上部寻找过程中的一部分,可见作者在文本结构设计上的用心。

里的头号蠢蛋，而是摇身变成一位披着菜豆象（豆虫）外衣的诗人、哲学家。[1]但相似仅到此为止。再然后，吉宽就离开了张展，留下他一个人孤军奋战了。

青年想象与自我探询

《寻找张展》最初在期刊上发表，后来成书出版。[2]现在回过头再看，当张展孤零零地站在《人民文学》的书页中时，他并不知道，他的援军正在路上。玉叶、阿信[3]和张展，这三个文学人物之间的关联，不仅仅体现在于相近的时间段内经由文学期刊进入人们的视野——这本身就是一件有意味的事，更重要的是，对于如何想象现时代的青年形象来说，他们构成了一个相对完整的意义整体。而意义，正是我们的主人公张展情愿付出巨大的人生代价去辨析和求证的重要对象。

先来看玉叶。富二代，美国加州大学伯克利分校生物系二年级学生。玉叶有着她这个年纪的女生少有的朴素装扮，却在小说的一开始做出了任何一个年纪的人都难以想象的惊人举动——暴风雪季，从珍稀动物收容所里盗走一只一岁半的孟加拉虎。跟随叙述者老树的回忆，这桩"少女盗虎逃逸"案件背后的真相被一层层揭开：六岁起只身外出求学，让玉叶的心里出现了一个隐秘且透风的空洞，空洞里悬浮着对家庭、对社会的疏离和怨怼。她所接养的虎妹孟加拉，是这空洞最有效的填料。对玉叶而言，孟加拉是她自我认同的另类对象，更是她发声甚至发泄的替代性表达。[4]少女与猛兽，本是一对颇具戏剧性的概念组合，小说却通过前者对后者的迷恋和认同，深入扎实地探讨了在与人性相对的兽性身上寻找精神安慰的可能与可悲。小说最后，玉叶不知所终的结局更像是一个寓言，它预示着，人的自救迫在眉睫，却也必然困难重重。

阿信的故事则完全是另外一番调子。创新者还是螺丝钉，这是摆在阿信面前的根本性问题。《故事星球》讲述了一个关于梦想的故事，一个关于如何兜售故事的故事。科幻、团队创业、孵化器、故事发布会……主人公和他的小伙伴们在千帆竞技的资本大航海时代组队打怪，为的是让正在长高的中国抬头看一看星空。"血烧得咕嘟咕嘟直响，活干得根本停不下来"，这种天真而不幼稚的

---

[1] 孙惠芬：《吉宽的马车》，作家出版社，2007，第1—3页。
[2] 《寻找张展》最初发表于《人民文学》2016年第7期，后由春风文艺出版社出版（2017年2月第1版）。
[3] 玉叶是陈谦中篇小说《虎妹孟加拉》(《北京文学》2016年第11期）的主人公，阿信是彭扬中篇小说《故事星球》(《人民文学》2017年第4期）的主人公。
[4] 何可人：《虎兕出于柙——读陈谦新作〈虎妹孟加拉〉》，《北京文学》2016年第11期。

基调,支撑起了整部小说的骨架,让不断"仆街"的主人公每一次起身后都站得更直,走得更稳。从阿信身上,我们可以分明感受到一种"奔跑—急停—再奔跑"的速度感,感受到寓于跑—停之间的青年人所特有的心理节奏——即便被现实一再绊倒,也不愿在泥淖中过久停留,任何BUG(程序漏洞)都不能影响自己的人生读条。

很显然,玉叶、阿信和张展并不相像,他们各自持有迥异的性情,以及不可复制的人生经验。但与此同时,他们又是彼此相近的。在由他们三人所构成的意义整体里,有许多显在的公共质素可供罗列,例如出生在20世纪90年代前后,不同于常人的思维举止,无处安放的疏离感、漂泊感、焦虑感,等等。而提炼出三者共同的隐性基因也并非难事,几位作者都曾借人物之口提到变革中的中国社会,提到新的政治经济结构,提到大时代投射在人们身上的种种症结。就像申一申所描述的张展那样:"他自我、另类、不受任何人束缚和控制,也许并不是真实的他,是被迫成为的他。"问题是,居于这种横向比照中,张展的特殊性究竟在哪里?

或许我们可以设想这样一个青年形象的人格序列:玉叶和阿信分别位于序列的两端,代表了两个相对单向度的纵切面———一边是无限的封闭状态,沉默,堆满问题,时刻紧绷,犹如"惊弓之鸟";另一边是无限敞开的状态,充满行动力,对绝大多数伤害绝缘。张展的位置则游动在两者之间,他更像是一个过程,是具有续接能力的无尽关系本身。从玉叶那端出发时,他的孤独症患者的属性格外明显,一旦开始靠近阿信,"张开""展翅"的姿态也就越来越自然。

但这还不是全部。

与其他两人相比,张展不单单是一个填空式的角色。他的优长并不止于填补某段经验的空白,而是在于在一个漫长的时间/意义轴上,他不仅明确了自我,还明确了对自我的探询,以及探询的难度。如前文所述,《寻找张展》的下半部分是张展的一封长信、一段体量惊人的自我抒情。在如此低强度的叙事中,张展围绕着自我,展示出了多方面的能力,包括质疑和反抗的能力,持续的自我观察的能力,对自身的有限性保持理性认知的能力,等等。"意义,这两个字很早就来到我的生活中。""那看上去简简单单的一句话,是上帝安排在我生命中更为深刻的动机,它指引着我,不是让我走向成功,而是去认识真正的自我。"存在于信中的张展,每一时刻的生命都是有关思想、情感和身体感知的反思性知觉。知觉创造了潜在的改变,也创造了关于自我的意义,它让生命的每一时刻都成为新的时刻,让个体有权在任何时刻发出问询:我是谁?我要为自己做些什么?张展眼中燃烧正旺的炭火,或许也正是因为如此,才能持续不断地释放出蓝幽幽的暖意,吸引我们走上前去,看得更加仔细,看得更深更远。

关于圆满

在自我探询这一层面上，玉叶是沉默的，阿信有所思考，但最远也就走到了要去问一问带着宇宙秘密的叶子，"生命和逝去应该做何回答，欢喜和恐惧又该如何去度化"。相比之下，张展的形象最为圆满。圆满意味着什么？

首先是意义的彰显。在此前的一篇文章中我曾经谈到，很长一段时间以来，在当代文学已然贡献出的青年形象里，我们很难捕捉到"新人"的身影。但眼下的情况是，小说家们的笔，正逐渐被一种压倒性的成见所支配，那就是对失败的偏好，对复杂、混沌不加筛选的溢美，似乎只有这样，才能拿出最具分量的故事，才能捍卫小说和文学的无上荣耀。具体到青年身上，大量"无力青年""无为青年"甚至"失败青年"蜂拥而至，无数张生动的面孔哼唱起同一段旋律，最终留下的就只是一些面目模糊的人、复数形式的人而已。在这样的背景之下，《寻找张展》的意义是显而易见的。小说中的张展，包括申一申，都是令人耳目一新的新质形象，并且这种新，不是静态描摹，而是动态的呈现，它既牵连着过去，又指向未来，它提供了一种现时代青年挣扎奋斗的新姿态，一种本该如此的向上的、行进的力量。《寻找张展》中的新人书写，是寓于无尽关系中的新人书写，是有纵深的新人书写。

再者是意义的丰富。孙惠芬表示，在小说中，她试图写出三个层次的寻找：一是叙述者儿子对张展的寻找，这是同代人对同代人的寻找；二是叙述者"我"对张展的寻找，父辈的觉醒也在此发生；三是张展对父母的寻找，于滑落中飞升，"最终抵达精神高地"[1]。这样三个层次的寻找，意味着意义的范畴由个体走向了人群，小说的言说空间被极大地丰富和扩展了。小说的着眼点是个体与他者的相通，在这样的视域中，我们切切实实地触摸到了寻求情感和意义共同体的可能。

但圆满也有自己的劣势。它必须经受来自多方的打量——人们总是对近乎圆满的事物心生疑虑，甚至挑剔苛责。我的苛责主要源于张展的悲剧性设定。

小说中，张展的悲剧形象大致可归结为这样两个向度，一是必须依靠"富有命运特征的时刻"[2]的降临，人生轨迹才能够继续，人物形象才得以完成。二是对自身的有限性的认知，与有限性不可突破之间，存在着难以化解的矛盾。这其实是小说在"寻找"之下的深层行进逻辑，它的设置是否合理牢靠，直接

---

[1] 舒晋瑜：《孙惠芬：觉醒就在寻找中发生》，《中华读书报》2017年3月22日。

[2] 吉登斯认为，在这样的时刻，个体可能被迫去考虑一般被反思性秩序的抽象系统的良好运作排除在意识之外的问题。[英]安东尼·吉登斯：《现代性与自我认同：现代晚期的自我与社会》，赵旭东、方文译，生活·读书·新知三联书店，1998，第237页。

关系到人物意义的完成度。遗憾的是，在这一问题上，作者未能给出很好的处理，甚至在一定程度上暴露了或然还是应然的写作逻辑乃至写作伦理疑难。

对于主人公来说，"富有命运特征的时刻"是父亲的空难，因为这场突如其来的变故，张展的人物形象才得以站立。空难是或然的，是整部小说非虚构基调的重要基础，但当这种或然跃居成为小说人物悲剧性的必要条件而不是充分条件时，极有可能会削弱人物的主体性力量。换句话说，能且只能依靠或然来完成的人物，并不能称其为悲剧性人物，最多只是拥有人生悲剧的人物而已。

针对自身的有限性问题，孙惠芬的解决办法是"大槐树"寻根。事实上，在整部小说的酝酿阶段，作者就已经确定了"精神救赎"[①]的写作逻辑和路向——大槐树是"街与道的宗教"[②]为"另类青年"张展开出的具体疗救方案。但我以为，这未必就是张展最恰当的出路。前代人的原乡记忆，究竟如何在年青一代人身上延伸，这和历史如何在年轻一代人身上延伸一样，是一个异常庞大且复杂的话题，一只藏于柜子深处低头沉吟的麻雀恐怕很难承托得起这份重量。况且，乡村作为救赎出口的有效性，就连作者本人也曾经有所思虑。[③]因此，就目前的情况来看，即便是冒险进入了新的领地，作者眼中的应然，仍旧为原乡情结所笼罩，那种深耕久作的宿命感仍旧在她的文字中有所回响。

也就是说，此时此刻，有两重事实同时摆在了我们的面前：一位身具强大引力的人物挟持作者一并出走，然而，他们终究难以走出一种俯视的视角，从根本上逃离阅历的权重。这首先是一个难题，同时也是一个悖论，它标记着我们如何想象现时代的青年，同时也暴露了我们如何在这样的想象中想象自己。

好在小说的结尾处还留有活扣。随着邮件的消失，此前无比周折的寻找和发现也无处可寻了。我们或许可以把它理解成是一种谦逊的表现——任何收获都无意于展示、标榜甚至炫耀，它们终将安静地消融在成长和生命里。

《当代作家评论》2018年第1期

[①] 孙惠芬：《他就在那儿》，《长篇小说选刊》2017年第4期。

[②] 孙惠芬的散文集《街与道的宗教》（春风文艺出版社，2011年6月）可以看作是她"原乡情结"的集中书写。

[③] 孙惠芬曾谈道："我身体远离的乡村是一个真实的乡村，贫穷、落后、天高地远、日月漫长，心灵走近的乡村却是一个虚化的乡村，在这个乡村里，贫穷和孤寂助长了我的想象，使我写作的空间在逐渐扩大。"（参见张赟、孙惠芬：《在城乡之间游动的心灵——孙惠芬访谈》，《小说评论》2007年第2期）这既是在强调原乡记忆之于写作本身的重要性，同时又透露出作者关于真实乡村与虚化乡村的关系的思考。眼下，主人公张展与乡村之间还未能建立起真正有效的关联，将出口安置在这样一个虚化的语境里，恐怕作者本人也并不觉得十分牢靠。小说结尾处邮件的莫名消失或许可以作为一个例证，证明关于出口的设想，只是一种设想。

重新想象人的生命世界
——我读《唇典》

谢有顺

一

刘庆是一个独特的作家。我和他认识很早，那时我们都在做报纸。做过报纸的人都知道，这工作不仅是忙，还极其消耗人的写作意志，因为报纸是看过就扔的，容易给人一种再好的文字都稍纵即逝的感觉，所以，很多写作的人做报纸做久了，就都不写了。刘庆内心估计也有这种焦虑。这二十年来，他除了发表、出版《风过白榆》《长势喜人》等几个长篇小说，我几乎没见到他的其他文字。我想，他有自己的写作节奏。他成不了文坛的焦点，但也很难叫人忽略他。

《唇典》的发表和出版，再次证明刘庆的写作能力还很旺盛。超过五十万字的篇幅，写一个别人不太会注意的题材，历史和现实、民间与神堂相交织的故事里，蕴含着刘庆的写作雄心，也为东北这块热土重新划定了一个小小的精神坐标。

由此我想到，当下长篇小说的写作状况，数量很大，但真正值得重视或再读的却是不多。其中一个重要原因，就是很多作家过于迷信虚构了。小说固然是虚构的艺术，没有虚构和想象，写作就无从谈起。作家最重要的才能是经验、观察、想象和思考，但20世纪以来，虚构和想象在小说写作中取得了统治地位，观察和思考却相对地被忽视。于是，小说家胡思乱想、闭门造车的现象越来越严重，而忘了写作也是一门学问——生命的学问。这门学问，同样需要调查、研究、考证，尤其是对生命的辨析、人心的考证，没有做学问般的钻探精神，就无法获得写作应有的实感。

虚构和实证并重，才是真正的小说之道。

《唇典》就是一部作者做了很多案头工作、花了很多笨功夫的作品。小说涉及几方面的背景：一是关于萨满文化，以及各种民间神话和民间传说；二是关于百年中国史的各种历史细节，有战争的，如日俄战争、中日战争、国共内战，也有政治运动的，如土地革命、"大跃进"等；三是关于东北地方的生活和风俗，郎乌春和赵柳枝的婚姻和感情纠葛等。这些都是有据可查的历史和现实，若要写得丰盈、真实，必定要做专门的研究，而不能全靠虚构和想象。小说写道："萨满是世上第一个通晓神界、兽界、灵界、魂界的智者。"小说中的"我"，也就是满斗，是一个特异的人。"满斗是一个猫眼睛男孩。他会看到更多，别人的白天是他的白天，别人的黑夜对于他还是白天。"他可以看到别人看不到的东西，还可以进入别人的梦境。写这样一种萨满文化，这样一个通灵的人，一不小心就会变成玄学，但《唇典》让这些神奇的书写落实于具体的历史和生活之中，萨满就不再是小说的文化标签，而是内在成了小说的精神肌理。在李良萨满为柳枝驱魔、为溥仪皇帝登基作法这些情节中，不仅塑造了李良萨满这个形象，也成功地让我们了解了萨满文化对一类人群的重要影响。又比如写到抗日战争，这是《唇典》的核心叙事，小说里也有很多细部的描写，年代、部队、武器、各种战事、战争中的残酷景象，均可见出作者做了大量的案头工作。对东北的日常生活和风俗人情的描写，也是如此。白瓦镇的小火车、柴油发电机等物象的出现，一下就能将读者带入那种历史情境。"白瓦镇的第一班小火车吭吭哧哧地爬过东面雪带山一个山崩，然后进入库雅拉河谷""朝鲜人还有一个铁皮箱子，里面装着一个胖胖圆圆的炮弹一样的怪家伙，名字叫作柴油发电机"，这些既是历史性的物象，也以此来提示小说叙事的时间。

许多时候，小说的实感正是通过这些细节一点一点建立起来的。

我对《唇典》中的许多细节都印象深刻。比如，作者好几个地方都写到了狼，"狼的舌头吐出来了，越来越长，越来越长，像一条展开的裹脚布，流淌馊臭的汩水。狼的舌根吐出来了，它的口腔开始变紫，最后的贪婪一点点发黑"。这样的描写是有质感、有想象力的。尽管我没有考证过狼的舌头究竟是怎样的，但作者从舌头的长度、味道、色调的变化等方面来写，一下就把狼写活了。"风吹脑门，像针扎进太阳穴，我双手抱住锐痛的脑袋，痛得更厉害了。针刺感好容易消失了，灌进头颅深处的凉风凝冻脑浆，冻成一个铁疙瘩。"冷也具象化了。《唇典》有很多具有表现力的细节，特别是大量关于东北日常生活的描写，生机勃勃。近一个世纪的历史演变，东北的生活变迁是很大的，早期的东北是如何的？那些器物、风俗，和现在比起来，肯定有了巨大的差异，如果没有案头工作，没有对具体物事的研究、考证，叙事上就会漏洞百出。而一部小说，作者花了多少心力去写，很多读者还是可以一眼看出来的。

二

《唇典》另外一个令我深思的特点是，作者对人与土地、人与历史的关系进行了新的思考。对于很多南方人来说，他所理解的东北，往往是总括性的，是一些粗疏的印象。读完《唇典》之后，你对活跃在这片土地上的生命会有不同的认识。刘庆在小说中写了许多场景，呈现的都是人物生命的本然状态，尤其是这些生命所表现出的义气、梦想、爱恨、生死，和这块土地对他们的滋养密切相关。洗马村、白瓦镇、库雅拉人，这些地方、这些人的生活情状里，有欲望，有苦痛，有蒙昧，有犹疑，他们在俗世卑微，在乱世挣扎。李良、乌春、满斗、王良、赵柳枝等人的命运，一路走来，可谓都伤痕累累，他们的血肉之躯，承受着现实和历史的双重重负。他们是谁？他们生命的归宿在哪儿？刘庆或许无力回答这个问题，但他写出了生命野蛮生长的过程，让我们看到了在历史钳制、压抑之下，个体的困顿、迷茫、抗争和寂灭。再伟大的历史都是由这些渺小的个人组成的，个体的心灵史，有时比大历史更能震撼人心。

而在这一个世纪的历史演进过程中，人与人、人与土地、人与历史之间，可以说是积怨太深。这部怨恨史，几乎写在了每个人的心里，每一寸的土地上。《唇典》写了这些矛盾和积怨，更重要的是，它还写了这些怨恨的消释与和解。与人世的算计、争斗、杀戮相比，小说里的土地、自然（包括作者着墨不少的树）是另一个维度，它平静、广袤，包容一切，它可以平息一切的愤怒，也可以消解一切的积怨。就像作者写道，在库雅拉人眼中，每一棵树都是有灵魂、有魂魄的，它可以听懂人的语言，也会发出好听的声音来抚慰人。当这些树被遗弃、被砍伐、被消灭，就意味着人的生命也在衰残和凋零。人的生命与树的生命是相通的。自然也是如此。山川、河流、草木、牲畜，在《唇典》里都是有灵性的，而且充满神秘感，置身其中，人的生命就有了无数灵魂的伴侣，不再孤独。人与自然的对话，也是人与历史的另一种写照。还有就是小说里贯穿始终的萨满文化，为每一个灵魂都提供援助，正如满斗所说："我的耳边回响着一个声音。那个声音告诉我，人世间一切举动都对应着神，旷野里，风神吹动你的头发，爱神感知你坠入了爱河，雾神沾湿你的双鬓，欢乐之神和喜鹊一起歌唱，同样，黑暗之神比悲剧更早降临，每有不幸发生，周围就刮起怜悯和忧伤的凉风。生活的困难也是神界引起的，只有借助善灵的帮助才能得以消除。而这个灵媒正是有着无限信仰的萨满。萨满的最高目标是以死者的名义说话，被某个祖先灵魂和舍文附身，为深切的信任和希望提出善意的回答。"

正是土地、自然和萨满文化的广阔和包容，为深重的历史积怨的和解创造了可能。这也是小说中最动人的部分之一。人本于尘土，又归于尘土，人的生与死，和草木、牲畜一样，都是生命的本然事件，在土地、自然和死亡面前，人都是平等的。一旦死亡来临，所有的矛盾、冲突、怨恨全部都消失于无形。时间会抚平一切生命的皱褶。

而小说里大萨满对柳枝说的一段话，更为深刻：

> 我们每个人都是时光的弃儿，都受过伤害。我们每个人都是罪人，都伤害过别人。生命是祖先神和我们的父母共同创造的奇迹，祖先神在另一个世界做苦力，只为我们能来这个风雨雷电交织的世上。我们总感到身心俱疲，有时丧失活下去的勇气。库雅拉山顶的雪莲和万年石松上的蛛网也无法抚平心灵的创伤。但是，姑娘，你不要忘记，我们每个人都应该脖子戴上枷锁，免得唾液弄脏大地。我们每个人都应该在腰间系上草裙，免得影子污染河水。我们应该对一切抱有敬意，包括自己受到的伤害和伤害我们的人。时间是这世上唯一的良药，岁月更迭是唯一的药方。可是，人们的心像鸡鹌米一样跳来跳去，不应该有的念头总是无端冒出，心被忧伤和混乱盖得严严实实。吹过的风告诉我，泉水是因为怜悯填平洼地，可再清澈的山泉也会让位给更新的泉水，自己不得不流向遥远的未知。泉水伤心的时候会呜咽，欢快的时候浪花洁白，泉水比我们更知道生命的答案。这个答案就是，流过了就流过了，每一刻都是过去，每一刻都是开始。你不必为河床的肮脏负责，因为，你没有选择。你能选择的只有承受和承担，承受你不想也会来的一切，承担你必须承担的责任。

这段话的用词也许过于文气了，未婚先孕的柳枝未必全部听懂，但她还是受感而放弃了轻生的念头。大萨满的话，让她知道了生命的意义，知道了时间的力量。"我们每个人都是罪人，都伤害过别人""时间是这世上唯一的良药""你能选择的只有承受和承担"，这些话，具有象征和启示意义，它的背后，蕴藏着巨大的和解力量——与历史和解，与他人和解，也与自己和解。在历史长河中，人是一个多么渺小的点，生命又是多么卑微，知道了这些，尤其知道了每个人都是罪人这个事实，悲悯就会油然而生。很多作家都想写出真正的悲悯意识，但他也许从未想过，没有灵魂深处的和解，就不会有真正的悲悯产生。

三

由此我又想到了《唇典》的另一个特点，那就是它所打开的神性写作的空间。说到神性，总是令人想到宗教，事实上，文学写作中的神性，未必是指向宗教，它可以是一种精神，一种体验。《唇典》中的神性书写，没有沦于宗教说教，最重要的是作者将神性当作日常性来写。神性一旦被指证为日常性之后，它就能为人性提供新的参照。只有人性的维度，往往写不好人性，因为人性不被更高的神性照亮的时候，人性是沦陷于生活细节之中的，它很难被庄严地审视。这也就是很多写日常生活的小说流于肤浅和简单的原因之一。

刘庆写灵性的自然，写灵魂树，写人与神、人与牲畜之间能对话、往来，正是基于神性也是人类生活的真实存在这一认识。有神性存在的世界，很多人把它定义成神话世界，或者灵异世界，与之相关的作品，也多被说成是幻想性的、非现实的。这其实是对文学和人类历史的极大误解。事实上，中国几千年来的文明史，从来都是相信有灵魂、有天意、有神鬼、有灵异世界的，天、地、人、神、鬼并存的世界，才是中国文明的原貌。直到20世纪提倡科学、相信技术以后，才把神、鬼、魂灵世界从文明的辞典里删除——但在民间，它们依然坚实地存在着。20世纪以后，好像写作所面对的，只有一种现实，那就是看得见、想得到的日常现实，好像人就只能活在这种现实之中，也为这种现实所奴役。

一个作家如果也持这种认知，那他的精神世界就太简陋了。

中国自古以来就是承认有神鬼和魂灵的，无论是诗文还是日常生活，无论是庙堂还是民间，一直信仰一个有灵的世界。这是人对自身的伟大想象，也是人对未知世界的一种敬畏。而文学之所以如此丰富灿烂，也源于作家们创造了《逍遥游》《西游记》《聊斋志异》、太虚幻境，而"收泪长太息，何以负神灵"（曹植）、"神鬼闻如泣，鱼龙听似禅"（白居易）、"闻道神仙有才子，赤箫吹罢好相携"（李商隐）等诗句，谁又会觉得这是在写一种迷信？正是因为人生活在一个有灵的世界里，生命才高远，精神才超迈，人在天地间行走的时候，才能找到自己的准确位置。

当我们把这些瑰丽的想象都从文学中驱逐出去，作家成了单一的现实主义的信徒，他的写作只描写一个看得见的世界，并认为现世就是终极，这不仅是对文学的庸俗化理解，也是对人的生命的极度简化。

文学应该反抗这样的简化。要求文学只写现实，只写现实中的常理、常情，这不过是近一百年来的一种文学观念，在更漫长的文学史中，作家对人的书写、敞开、想象，远比现在要丰富、复杂得多。文学作为想象力的产物，理应还原人的生命世界里这些丰富的情状。不仅人性是现实的，许多时候，神性也是现实的。尤其是在中国的乡村，谁会觉得祭祀、敬天、奉神、畏鬼、与祖先的魂灵说话是非现实的？它是另一种现实，一种得以在想象世界里实现的精神现实。人与动物最大的区别，就在于人会有宗教崇拜的需要。宗教崇拜的核心要点：一是昭示出人是有限的，人活在时间的限制之中；一是表明人会思考未来，会为还没有到来的事情（比如死亡）感到恐惧，会追问人的灵魂死后去哪里。如果我们抽掉了这两点，人就不再是完整的人了，人也就与草木、牲畜无异了。

《唇典》重申了这个事实。它里面充满神性的书写，但这些神性并非纯想象的、超现实的，它就是日常性。萨满是神性的象征，但更多的是日常性。它作为一种幽灵般的存在，既是对作家想象力的解放，也为小说找到了一个观察世界、观察人的独异视角。像李良、满斗这些萨满贯穿于小说之中，既是亲历者，也是省思者、反抗者，这一个世纪关于现代和进步的神话，也因为有他们的存在而受到质疑，历史呈现出了不同的理解向度，小说也打开了另一个广阔的精神空间。

写完《唇典》的刘庆说，"我追求的境界是不但要有天地间的奔放和辽阔，还要有行吟诗人的从容、优雅和感伤"。可见他不迷信写实，他想接续上一种更伟大的文明，一个更丰富的世界，并通过自己的写作，恢复神性、奇思、万物有灵这些观念的地位。他不想只写匍匐在地上的人生，而试图在小说中重新想象人是如何神采飞扬、如何超越俗世，又是如何争得活着的尊严并实现自我救赎的。

《唇典》是有大的构想的，在小说的时间跨度、人物塑造、叙事结构、精神空间开创等方面，都寄寓着刘庆很多新的写作抱负。在今天这个浮躁的时代，能有这种大的写作志向的作家并不多，刘庆磨砺多年推出的《唇典》，清晰地表达了他的这种志向。当然，这部小说还有不足。比如，小说里的人物对话，不同的人的个性和腔调略嫌不足，多数时候会让人觉得人物对话是出自作者自己的口吻；密集出现的事件的粘连度也有待加强，否则会给人为写历史而有意堆砌的感觉。由这些不足，我想到了一个作家的话，就是写完《白痴》的陀思妥耶夫斯基给斯特拉霍夫写信说："小说中许多急就章，许多地方拖沓，没有写好，但也有成功的地方。我不是维护我的小说，我是维护我那个思想。"引用这话，我并非要在两个作家之间做简单的类比，而是想说，一部有想法的小说诞生之后，作家的这些想法同样值得维护。

故事与现实的沉潜，幽默与戏剧化的抬升
——马秋芬小说论

刘诗宇

对于马秋芬创作的讨论大多集中在二十世纪八九十年代，在"追踪新作"式的批评外，研究者对于其小说世界的整体观照基本限定在东北的地域文化视角中。实际上马秋芬的小说作品有更多溢出了地域文化范畴，而上升至文学普遍性层面的问题值得讨论。本文将试图从人物形象塑造与时代问题的处理、幽默意识与戏剧语言等角度进入马秋芬的小说世界，这既是为了使作家的创作获得更充分的阐释，也是为了以马秋芬创作中的个性来探察当代文学发展中的共性与问题。

时代问题的生活化处理

与作家写作所处的时代以及个人经历相关，《雪梦》《远去的冰排》《蝉鸣》等作品都以曾经的知识青年作为主要描写对象，这一类题材在马秋芬的创作中占据了重要位置。知青生活是一代作家成长过程中的主调，更是新中国成立以来数十年间的重要事件，其重要性、复杂程度，自然呼唤着大量的书写，从礼平、梁晓声到李锐、老鬼以及王小波，当代文学中有一个丰富多彩的"知青小说"谱系。当我们尝试用这一谱系去理解、阐释马秋芬的这些小说时，可以初步窥见她的创作特点。在马秋芬的小说中，与不同时代主题相关的作品一直存在，但是作家从来都是将对时代问题的思考与成长、劳

动、家庭生活，与春种秋收、捕鱼打猎糅合在一起书写。就像在书写知青的过去与现在时，许多属于时代的问题都被裹藏在了日常生活的鸡毛蒜皮、磨牙吵架中，你很难区分这些人的快乐和忧愁，究竟是生活的本相，还是时代遗留下来的激情与伤痕。

《远去的冰排》中的女主人公秀石原本生长于上海，在时代的安排下作为知识青年来到黑龙江。东北的寒冷与荒凉并没有阻挡秀石身上那种南方的细致与沪上的摩登。她经营着小镇上最"时髦"的旅店，这里有席梦思床垫、日本原装的彩电，那些被秀石私下里称为"邹税务""杨交通""李武警"的手握"重权"的头面人物都是秀石旅店的常客，在她的八面玲珑中，那些来自各机关部门的"有力人士"也不由得纷纷听命。

"邹税务最爱听她骂他'死鬼'。她那改造了的南方口音，把这俩字说成'沙龟'，又轻又软，不像当地娘们的调门，嘴唇上像安了把刀，犁得你神经疼。"[1]秀石嘴里"东北化"了的吴侬软语每每搔中痒处，在与这些东北男人的周旋中无往不利。但是当她回到上海，看到嫁了海员丈夫、有着新潮发型与时装的当年知青同伴时，才发现自己这个风韵迷人的小镇老板娘，延续的无非是那终将消失殆尽的上海生活的影子。追根溯源，是知青政策改变了秀石的一生，但与此同时黑龙江瑰丽的北风烟雪与小镇上窝心却也温暖的生活又如此真实与必然。当主导了时代的政策与无法回避的琐碎生活熔于一炉，个人心中的小悲戚、小欢喜到底由什么造成，似乎就不重要了。

马秋芬的小说中有对大时代的反思。例如秀石，以及《雪梦》中辗转于三个男人身畔的女知青昕辉，回忆起刚刚"下乡"的岁月都仿佛困兽回忆起自己刚刚踏进牢笼之时。但是当她们用自嘲的态度回忆起青春的天真烂漫与时代号角的慷慨激昂时，对于此时生活本相的描摹远比对彼时之事的悔恨与怨艾更加醒目、真实。秀石的丈夫六筐最后为了赚生活铤而走险落入法网，其实就和秀石被上海生活刺痛了虚荣心有关，一个幸福家庭的崩塌其实追根溯源还是能从"上山下乡"那里找到苗头，但是小说的结尾却并不是常规意义上的悲剧结尾——无论人物的命运如何，在马秋芬的小说中，没有任何一篇作品是真正的悲剧——时代问题带来的创痛被消磨在庸碌而又温情的生活之中。通过书写知识青年的"人到中年"，小说选取了与时代正面交锋不同的角度。这些小说大多完成于20世纪80年代，相比于同时期的作品，马秋芬小说对于历史问题的处理已经超越了"伤痕"与"反思"，进入了对生活本相的呈现。

到了后来的《蚂蚁上树》《朱大琴，请与本台联系》中，作品处理的底层问

---

[1] 马秋芬：《远去的冰排》，百花文艺出版社，1990，第9页。

题不再是历史问题。面对这些正在发生、无可回避的问题，作者书写角度的变化，体现了之前的一贯风格。《蚂蚁上树》中的男主人公吴顺手年轻时在煤窑里做工攒下一笔小钱，娶了村子里最为人垂涎的少女。吴的妻子八面玲珑、远近闻名，后来出轨煤窑老板，让吴顺手"戴绿帽子"的事也尽人皆知。吴顺手从乡下来到沈阳做建筑工人，为了尽快让人熟识自己，他毫不犹豫地搬出前妻，说自己才是这个风流女人的"原装撒种机"[①]。之后吴顺手的名字就变成了"吴撒种儿"，和作家塑造的不少中年男人一样，只要能博得别人的关注，即便是嘲笑也心满意足。

后来吴顺手有了一个暗娼情人，为了维持情感关系，他自称是开煤窑的——煤窑老板横刀夺爱，他却逆来顺受、有样学样——结果却被暗娼敲诈数千元，背上了还不清的债务。家中的老母亲腿断急需医药费，吴顺手以此为由从工头处支出数千元，却都填了情人的无底洞。最后他无颜面对老母与儿子，也无力承担一身债务，终于从高空脚手架"故意"失足摔死。《蚂蚁上树》故事的内核其实是吴顺手如何从一个性格上有着小瑕疵，但也心灵手巧、可怜亦可爱的普通农民工，沦落到因好色、懒惰以及与生俱来的贫穷而走投无路，自杀身亡的悲剧。许多底层文学善于将个人的悲剧上升至社会层面，但是在《蚂蚁上树》中，叙述者对吴顺手"当菜吃嫌老，当瓢使嫌嫩"[②]的评价终将故事固定在了个人的层面。与此同时作者将叙述者设置成了一个沈阳本地的女工，她虽然也有生活压力，但终究生存无虞。经过转述后，吴顺手的故事也就成了"别人的故事"，多了一份"茶余饭后"的意味，市井小民的血与泪、贫富分化之中的无奈或愤怒淡化在了包容、消磨一切的生活与时间之中。

《朱大琴，请与本台联系》也是如此，不少评论者与读者从底层文学的角度表示对这部作品的赞赏，但实际上马秋芬用少年宫节目策划楚丹彤作为小说的视角所在，用一部彩电的事情来浓缩农民工的辛酸，其实已经大幅度缩减了悲剧氛围，而向能够将喜怒哀乐消化殆尽的日常生活靠拢。对于时代的反思在马秋芬的小说中其实一应俱全，但相比之下作家更注重的是描摹生活的本相。对于二十世纪八九十年代之交出现的描摹琐屑生活的"新写实主义"，学界曾经给出类似"零度情感""零度介入"一类的阐释，事实上今天我们回望马秋芬创作于二十世纪八九十年代之交至21世纪初的这一批作品时，不难发现对于身处"红色叙事"与"先锋写作"之间的当代小说而言，所谓"零度"近乎是唯一的出路。某种程度上以人性、历史、政治为旗帜书写普通百姓生活的文学，是不

---

① 马秋芬：《蚂蚁上树》，《芒种》2006年第6期。
② 马秋芬：《蚂蚁上树》，《芒种》2006年第6期。

属于"当事人"的文学,而生活本身就是如此的温暾和迷茫。

文学史上大致有两种书写"苦难"的传统。一种是将这些苦难作为"主题",就像"伤痕""反思"包括后来的"先锋"文学中专以"文革"等时期为背景的作品,以及更接近当下的"底层文学""非虚构"等。除了形式上的新意与变革,对意识形态、政治或某个时代的"反思"某种程度上就是对文本内容解读的"终点"。文学在某种程度上是消弭历史的——文学处理的内容,使用的语言与思维模式,带有时代的痕迹,也常有意疏离创作行为所处的时代,正是因此文学才体现出了"永恒性"。然而文学史却是一种目的性明确的"历史",因此那些与历史的"节点"卯榫相应的作品更容易被文学史铭记,进而构成文学史的轨迹与轮廓。

另一种传统是使与具体时代对应的苦难成为"背景",成为推动故事和人物的众多驱力之一。在这种传统下的作品里,因为时代的痕迹以及对时代的反思只是文本的可能性之一,所以时代性或者文学史意义相对淡薄。但正是这种相对的淡薄,为"永恒性"的留存腾出了更多空间。对"永恒性"的追求如何体现?如宗教范畴内,循环或者轮回正是用来表达永恒的主要方式,具体到现实层面,就是《旧约·传道书》中所说的"日光之下,并无新事"。《圣经》中的这段话说的是"人生的虚无",而这种"虚无"的根源正在于生活的丰富性已经无须也不容现世的人再为之增添分毫。在文学的角度,不同时代内部的风起云涌可以在形式上为文学提供新鲜感,但是最需要解决的问题与最关键的奥秘,早已蕴藏在那些看似周而复始、一成不变的日常生活中,只是以不同的面目出现而已。马秋芬的小说既不疏远时代,也不将之作为叙述的终结,相比之下更重要的还是故事中人物的日常生活,正体现着这样的追求。

幽默意识对"政治化"的消解

《张望鼓楼》中的男主人公金木土的形象也反映了在"上山下乡"等人口在城市与乡村之间大规模变动中,个人命运有可能变成各种悲喜剧。与一般女性作家更擅长描写女性人物形象不同,马秋芬笔下的男性形象更让人过目不忘。《张望鼓楼》是较少被人提及的一篇作品,但其中的男主人公金木土却是马秋芬笔下塑造得最成功的形象之一。《张望鼓楼》写的是金木土从乡下返城之后一系列啼笑皆非的故事。金木土自称"文化口儿的人",用他自己的话说,是"别看我模样丑点,可身上的活儿好使"。"锣鼓家伙、二胡、唢呐,全能弄出动静来。""毯子功、腰腿功也有点,开场白、定场诗、下场诗,都能背出几套;拉幕、看叶子(戏装)、撂地儿、把门儿、办伙食,样样活路能拿起能撂下。够手儿的女角儿也不敢小看我，巴巴结结地跟在身后……"[1]但实际上只是个溜着曲艺界边上走的小打杂、"半瓶醋"。既无相貌也无过硬的专长，但又有着堪比演员的表演欲望，出风头和哗众取宠在金木土这里并没有本质差别。

金木土在下乡与返城时，身边除了一个替已经失踪了的情人养的儿子之外，就只有"狗蛋大个行李卷儿"[2]。返城之初，他的暂时居所正搭在公共厕所对面，适应了熏天臭气后，无谓的乐观、对女人的渴望以及人情世故上的愚钝促使金木土有意出现在邻里女人上厕所的路上，并从女人们的排泄声音中总结性格。终于在一个月明星稀的夏夜，"一阵淅淅沥沥，就像春天的小雨"[3]般的温柔排泄声让一直单身的金木土近乎陷入疯狂。初打听到女人消息时金木土"差点掉下泪来！老天爷这是怎么打点的？我是光棍，她竟是寡妇"[4]，但在求爱被羞辱之后，金木土旋即愤恨地想到"这娘儿们一脸的寡气"[5]。金木土从文化局局长那里乞求来看管鼓楼的工作，又靠着在局长接待上级时跳楼相逼，换了一处在文化局大院搭起的小屋。此前金木土诸事不顺，由此认为文化局局长是他的"真朋友"。在为局长做了一系列不合时宜的服务后——包括金木土认为坐在暖和屋子里吸冻柿子，那种快乐"也跟当上科长差不多"，便买上三十斤冻柿子送往局长家中，任由柿子在行李包中化成烂泥，等等——得知局长最厌烦的人就是自己，局长死后，其家人坚决阻止金木土出席葬礼。

金木土曾失去住所，与儿子偷偷在鼓楼中过夜时，被儿子骂得失声痛哭，也曾在返城后一无所有，为了一份工作整日软磨硬泡在文化局局长身边。他更不惜以跳楼换得一个住所。金木土生活上的困境，完全可以被放在政策的对立面，或者底层的范畴中加以渲染，换言之金木土是完全可以被政治化的一个人物，但是作者并没有这么做，而用一种幽默的笔调将他化为一个笑料，化为一个足以证明作家笔力，让读者感受到快乐同时也自我反思的存在。这在一定程度上让马秋芬这名"40后"作家的创作有了和同代人不同的质素。

与《张望鼓楼》近似的还有短篇小说《中奖》。小说中的工人父亲将工厂视为生活的全部、骄傲的资本，即便是多年前工厂因为效益不佳，代替奖金下发

---

[1] 马秋芬：《张望鼓楼》，载《雪梦》，春风文艺出版社，1991，第129页。
[2] 马秋芬：《张望鼓楼》，载《雪梦》，春风文艺出版社，1991，第126、134、136、138页。
[3] 马秋芬：《张望鼓楼》，载《雪梦》，春风文艺出版社，1991，第126、134、136、138页。
[4] 马秋芬：《张望鼓楼》，载《雪梦》，春风文艺出版社，1991，第126、134、136、138页。
[5] 马秋芬：《张望鼓楼》，载《雪梦》，春风文艺出版社，1991，第126、134、136、138页。

的一摞钢锹也被父亲细心地珍藏在狭窄的家中。为了让长子接班,父亲提前退休了,与一般退休老人下棋打牌、健身休闲不同,看报纸成了父亲的新爱好。看报不为新闻,而只看广告,一旦之前的工厂登了广告,父亲便觉脸上有光,为此父亲熟悉了全市各种工厂、企业的商标。自青年时代留下的这种荒诞的荣誉感,还让父亲爱上彩票,不为奖金中的"金",而只为"奖"字带来的荣誉。终于有一天,电视台举办猜谜有奖,谜底均是各厂商标,最终获奖者有市领导接见。父亲喜出望外,经历一番波折与期待,最终父亲中的奖仍然是一把钢锹。

从短篇小说的角度,《中奖》的情节结构的设置是相当精妙的。这篇小说创作于20世纪80年代初,父亲那种荒诞的荣誉感、近乎可笑的执着很可以与当时文学主流中的伤痕、反思风气相联结,但是作品中最让人印象深刻的却是从生活细节、柴米油盐中升华出的一种幽默感。回望马秋芬的整个创作历程,这种写作特点正是作者的高明之处。前文讨论马秋芬摧刚为柔,用生活的波澜不惊来诠释时代的尖锐问题,而在《张望鼓楼》《中奖》等作品中,这种难能可贵的幽默特质,更显现了一种对生活、对人心的精确把握。

老舍在《什么是幽默?》中曾经说过幽默需要有"思想性与艺术性"。"因为观察力极强,所以他能把生活中一切可笑的事,互相矛盾的事,都看出来,具体地加以描画和批评。"[1]事实上,对于所谓矛盾的发现,正体现着对于生活的理解,而幽默则是表达这种理解的绝佳方式。金木土这样的形象很容易让人联想起以阿Q、孔乙己等为代表的一系列幽默人物形象。以阿Q为例,人们在谈论这个形象时,他的懦弱、自私、愚昧,他的怒目主义、精神胜利法,常常被看作是在讽刺某种"劣根性",然而为什么鲁迅在有了"匕首"与"投枪"式的批判之外,还要设计这样一类颇为婉转,甚至在可恨中也透着可笑、可怜的一类形象?推而广之,为什么最深入人心的现实批判往往体现在从《儒林外史》到鲁迅、老舍、钱锺书等作家笔下的那些总是带着幽默气质的人物形象身上?其原因或许正在于相比激烈的态度,幽默中蕴含的是对"真实"更深入的理解与更有效的表达。幽默强调的是会心一笑,这种灵光一闪之间蕴藏的其实是穿越语言、穿越故事、形象,穿越传播方式与个人经验差异的共鸣。

遵循《汉书·艺文志》的说法,在中国的文学传统中,小说大致产生于稗官野史之间,所谓稗官野史,正象征着对正史所隐藏之事的一种窥探。黑格尔在《美学》中称小说是"市民社会的史诗"[2],当这种窥探的意识进入市民社会

---

[1] 老舍:《什么是幽默?》,载《老舍全集》(第17卷),人民文学出版社,2008,第676页。

[2] [德]黑格尔:《美学》(第3卷)下,朱光潜译,商务印书馆,1991,第167页。

之中——就像马秋芬的《张望鼓楼》里,金木土通过排泄的声音来意淫女人的性格——此时无论是偷窥者的行为,还是偷窥对象的隐私被洞察,都因某种羞耻感而产生了引人发笑的意味。当作家选择对普通人的日常生活进行详细的剖析与挖掘,幽默感就成了书写策略中的必备因素。

与鲁迅、老舍、钱锺书等人笔下的幽默相一致,因为一种"笑中带泪"或"泪中带笑",马秋芬的幽默意识获得了耐人寻味的深刻。对她的小说进行抽象,其故事情节都少不了一种"被捉弄"或"被欺骗"的模式。《雪梦》中女知青昕辉的第一任丈夫是顶天立地的猎人英雄,但死于窝囊的酒鬼舅父之手。随后昕辉的小叔子成了第二任丈夫,却在完全可以避免的情况下死于天灾。昕辉想与憨倔的第三任丈夫"假离婚"然后返家,但在已经向办事人员行贿,并忍受分居生活良久后,被丈夫在公开场合戳穿而功亏一篑。《张望鼓楼》中金木土一直在被身边的人和自己的错觉愚弄;《中奖》中父亲一直被一种来自工人阶级的使命感与荣誉感蒙蔽;《朱大琴,请与本台联系》中电视台为收视效果设计的奖品计划,先是挑起了朱大琴对生活的美好盼望,之后再将其无情击碎;《蚂蚁上树》中无论是廖珍在工地上的"假夫妻"关系,还是吴顺手被煤窑主横刀夺爱又假装煤窑主欺骗他人,在尴尬的错位状态中,也都体现出了现实对于理想的"捉弄"与"欺骗"。

马秋芬书写的总是"小人物"的命运。那些为生活所迫的闯关东者,受时代感召的知识青年、城市工人阶级,或是离乡背井的农民工人们,无不是带着对生活的向往乃至不切实际的幻想,而在小说的故事空间中进行活动。因此想象和现实之间的落差既是文本内部最重要的张力来源,也是人物形象最隐秘的痛点,小人物们命运的意义全部寄托于此,也终将消弭于此。

按照鲁迅的说法,"悲剧将人生的有价值的东西毁灭给人看,喜剧将那无价值的撕破给人看"[1],但是鲁迅笔下那些带着诙谐与讽刺的故事,其关键却不在于将悲剧或喜剧分而论之。无论是《阿Q正传》还是《孔乙己》——乃至古往今来很多经典的文本中——真正的奥义其实在于通过"撕碎"打破悲剧与喜剧之间的界限,使"无意义"的东西显现出"意义",由此在悲喜交加之间深刻性得以凸显。马秋芬的小说亦深谙此道,小人物们"被捉弄"与"被欺骗"的模式让人物的命运出现了喜感,他们的命运看似轻如鸿毛、引人发笑,却在悲剧性的结尾中远远超越了个体的层次,变成了时代的缩影,变成了读者生活经验的映象。

---

[1] 鲁迅:《再论雷峰塔的倒掉》,载《鲁迅全集》(第1卷),人民文学出版社,2005,第203页。

戏剧化语言与对历史、传统的化用

不少研究者把马秋芬小说的幽默、生动归因于东北方言或东北人与生俱来的幽默感。事实上除了属于小说叙事范畴的技术之外，用东北方言去"遮蔽"马秋芬创作中的特点和优长是存在问题的。细读马秋芬的小说作品，尤其是从被结集为《雪梦》的二十世纪八九十年代之交的作品开始，在一些原汁原味的东北方言俚语之外，作家的语言并不完全是我们今天熟悉的东北方言。其快节奏的、浓郁火辣、直白幽默的语言更多让人联想起老舍、邓友梅等笔下所谓"京味"或"京派"的小说语言，以及一些已经若隐若现于白山黑水的历史之中，属于满族或更广义的边地生活经验的味道。

如果一定要从地域的角度去概括、评价马秋芬的创作，那么应该说其中的语势、语感，以及由此牵动的白描、对话，体现的是整个北方方言的灵魂与精髓。在评价马秋芬笔下那些发生在寒冷东北山林中的传奇故事，或是黑土地上人们生存的艰难与面对自然和历史时人们遭遇到的苦难时，将马秋芬和部分东北地域性作家相联系是没有问题的，但是应该注意到她的小说中有更多的关于乡间劳动、城市生活的书写是超越了地域文化的，这些内容是应该和以老舍等作家为代表的更广阔的文学传统联系在一起的。

就像老舍也擅长剧本创作，马秋芬的小说中也时常体现出戏剧的味道。在《到东北看二人转》中，马秋芬写的既是二人转这一艺术形式的来龙去脉，也是作者自身的成长史。二人转对作家创作的影响，是从语言开始，进而渗透到形象、叙事结构、美学气质等方方面面的。从具体的层面上，在《张望鼓楼》中，有带着浓烈曲艺色彩的段子，例如金木土在靠着自己的半吊子伎俩帮戏时，因为"一阵重击鸡叨米，一阵轻撩雨拍沙；悄着手闷一个哑巴吃瓜，弹指拨锤掩一个和尚念经；甩出个悠扬花锤，慢扫锣边儿二十五，紧打旱雷三十七"[1]的锣鼓秀而抢了演员的风头后，女演员"一拂他脑门，道：'我那憨锣、憨鼓、憨猫、憨虎、憨耍、憨舞的大老憨哥呀，你咋忘了？进姑娘房，看姑娘睡；藏姑娘袄，钻姑娘被；蹭蹭姑娘光光溜溜、煞白煞白的脊梁背儿呀——'"[2]，用急中生智的唱词挽回观众的注意力。虽然小说不为朗诵而作，但是潜在的戏剧化、曲艺化思维还是隐藏在这样的词与段中，让阅读增添了大多数情况下小说这一文体不曾有的"口感"。

广义层面，类似《山里山外》《还阳草》等作品中大量描写了山中劳动的

---

[1] 马秋芬：《张望鼓楼》，载《雪梦》，春风文艺出版社，1991，第147页。
[2] 马秋芬：《张望鼓楼》，载《雪梦》，春风文艺出版社，1991，第147页。

情景,当琐碎的日常生活中展现着属于森林和泥土的灵气与伟力时,马秋芬的语言是急促甚至带着几分凶狠的,热火朝天的生活图景与不少在今天看起来颇有一些"半生不熟"、带着自创色彩的词语都喷薄而出。这一切都在一种凝聚着北方方言精髓与戏剧化思维的语感下,以令人惊讶的方式灵动泼辣而又熨帖准确地融合在一起。小说里山中男人的脚步时常是"砸夯一样"[①],农民工朱大琴直白坦诚,说话时"捣着自个的胸脯"[②],这种普遍的夸张和戏剧舞台上的舞台动作如出一辙,而小说中时常出现的错位的男女搭配——比如《雪梦》中的一妻三夫、《远去的冰排》中的灵妻憨夫、《阴阳角》中的老妻少夫、《蚂蚁上树》中的假夫妻——也正让人联想起二人转中旦角搭配丑角的角色设置模式。

20世纪80年代中期文学界出现的"寻根"运动意义非凡,但在短短几年间便因为文化传统与启蒙诉求的抵牾而偃旗息鼓。时至今日,当代文学的历史格局、海外视野日渐宽广,小说创作如何继承传统,找到属于中国的个性与特色日渐被作家与学者重视。此时回望马秋芬在二三十年前的创作,二人转等传统曲艺为文学作品增添的亮色,其实正为当代文学寻求蕴藏在文化传统中的资源指出一条道路。莫言、贾平凹、陈忠实等作家的创作莫不暗合此道,包括曲艺等在内的民间模式裹杂着传奇与琐屑,在具有地域特色却又不限于此的语言的指引下,与作家的生命体验融为一体,与小说的叙事结构、主题原型、人物形象等相辅相成时,当代文学所渴望的中国特色自然在此中生根发芽。

任何一种"记录"同时都意味着"遗忘",因此所有"回溯"性的研究与批评都应该注意到,每一段"过去"在成为主线鲜明、鳞次栉比的"历史"之前,都曾经是鲜活、复杂而无序的,进而寻找到一种"历史化"的角度与立场。对于已有的当代文学史,我们似乎已经很熟悉,但这种共识,正是"历史化"思维反思与质疑的对象。从"十七年文学""文革文学"到"新时期"的"伤痕""反思""改革""寻根""先锋""新历史""新写实",一条明确的主线似乎已经在这段相当晚近的历史中浮现了,但这种文学史逻辑也建立在遗忘的基础上。很多作家作品能在形式与内容上引领了一个时代的文学潮流,进而被文学史铭记,不仅归功于其自身的文学性或历史影响,更与文学史是否有一套相对应的阐释方法、知识谱系有关。相比之下,许多作家的创作中虽不乏佳作,但却难以为文学史提供一个"记忆点",久而久之便疏远了时代精神,被归于平凡一类。对于这些作家与文本,相关的研究还亟待扩充,太多针对复现当

---

① 马秋芬:《还阳草》,载《雪梦》,春风文艺出版社,1991,第188页。
② 马秋芬:《朱大琴,请与本台联系》,《人民文学》2008年第2期。

代文学史景观、拓展文学研究的视野,以及为当下的创作提供多样性的宝贵资源就蕴藏在其中。时至今日重新解读以马秋芬为代表的作家作品,意义正在这里。

《当代作家评论》2018年第4期

万物之思：行在云端的心念
——鲍尔吉·原野散文创作论[1]

韩文淑

阅读鲍尔吉·原野（以下简称原野）的散文，你就仿佛走进了一座"秘密花园"。里面满是迷宫似的曲径，绿藤环绕；时而开阔无比，时而神秘惊奇；在你感叹大自然的鬼斧神工时，某个隐蔽处或转角处会闪现出一二三四个人，让你猝不及防；待你与之微笑、点头、打招呼、交谈后，你又会放下内心的防备，因为这里没有怪兽和魔鬼。这里都是散落在人间的星子、天使、生灵，他们虽不完美，但他们都与自然融为一体，相互依存，他们都是宇宙万物中不可或缺的一分子。他们的存在都是世界的重要组成部分，是世界丰富、灵动、杂糅的证明。当你步履匆匆走出这座花园时，你总是会意犹未尽、不断回头，还想再次进入。因为当你深入其中时，你也发现了自己的位置，你也成为天地之中不可或缺的一分子，你也体会到了作为天地万物一分子的喜悦。这看似略带奇幻的阅读感受却真实地发生在我身上，于是我不断地反复阅读原野的散文，以至想在这座花园里安家——为自己的精神和内心，为了确证自己的身份。这里才是真正的"现实"，是我从原野散文中收获到的"现实"。

获得第七届鲁迅文学奖的原野，以往就享有诸多褒誉，如"当代华语最杰出自然散文作家""短篇散文之王"等；他的散文被赞誉为"玉散文""生态文

---

[1] 说明：本文文本的引用，出自鲍尔吉·原野散文集《原野上的原野》《高贵与高贵相遇》《草木山河》《草言草语》《心无挂碍》《没有人在春雨里哭泣》《流水似的走马》，不再单独标注。

学中的奇葩";有研究者称"他写活了他所属的原野""读他的散文,好像草原就在眼前"等,正是这些中肯贴切的称号和评价让我毫不犹豫地从书架上选择了他的书。然而当我真正进入他的散文世界后,我读到了比这些表述更丰富、更无限的精义,那是独属于原野散文的气息,是原野散文的特质所在。

一、鲍尔吉·原野的心意

读原野的散文,在那些轻巧灵动、妙趣横生、闪烁着光芒的文字背后,你能深切地感受到他的心意。他想要与万物对话的心意,想要理解整个世界的心意,想要引领世人与自然和谐相处的心意,更想要人与人破除隔膜、陌生,与自然沟通的心意。在《我们为什么热爱自己的故乡》中,他告诉我们"热爱故乡首先是热爱和谐生长的大自然,而不仅仅是热爱自己的出生地"。在《云中秘密》中,他写下"天有天的庄稼,云是天的大豆高粱。天有天的河川,云是河川"。还有"河流领着树和花奔跑,云朵在天空追赶"(《激流河》)。"风是草原自由的子孙,它追随着马群、草场、炊烟和歌唱的姑娘。"(《风》)"树是藏在暗处的音乐家""树收藏了自然界无数的声音"(《树木是音乐家》)。这些朴素的自然真理在原野的散文中俯拾即是,然而在现代人的生活词典中难觅久矣。他的散文中还到处充满歌声:群山、河水在歌唱,大雁、珊瑚在歌唱,荞麦面、土墙在歌唱……伴随着缭绕的蒙古族民歌,我们的眼前是一场盛大的人与自然齐奏的音乐会。但是"沉睡的现代人",他们沉迷于都市便捷的人造公园、假山楼亭、酒吧KTV中,不仅对生活本真失去了感觉,更对与自己休戚相关的自然万物漠不关心。可以说,原野的散文"拥有一颗真实和真诚,可以被读者触摸到的'散文心'"[1]。

这些美好、良善,其实是振聋发聩的心意并非如小说的虚构和想象,而是一种散文的"实在"。这些美好的愿望在原野的散文中都一一实现了,也就是说是可信的。究其根源,这源于他对天、地、人三者关系的深入思考,源于他一直葆有的敬畏心——对自然万物的尊崇和敬意。这正是我们现代人所缺失的一种自然信仰。这里之所以将这种"敬畏心"称之为一种"自然信仰",是因为在现代生活意识支配下,当下人们常常淡化、简化,甚至曲解"敬畏心"的含义。其实,我们应该在天人合一和物我同一的语义下理解这种人对自然的应然敬畏。这是一种平等相依和肝胆相照之心,是人对大自然包容奉献给予一切的感恩心理,更是人自身的一种谦卑心理,其内里包含着对人与自然永远和谐相

---

[1] 陈剑晖:《诗性想象:百年散文理论体系与文化话语建构》,广东人民出版社,2014,第55页。

处的期冀。原野身上的这种敬畏自然万物的文化思想本性是与其蒙古族文化生长背景紧密相连的。对他而言是一种与生俱有，但这种文化意识的觉醒与勃发以及丰富与表达却是在当他走出草原故乡，认知现代思想文化之后，又不断返回故乡、不断进行文化对比中产生的。"在草原俯仰天地，很容易理解生活在这里的人为什么信神，为什么敬畏天地。人在此处是渺小的。在暮色中，你若发现一个牧归的人在行走，那个移动的剪影，无异于一株树、一头不关四季变化的狼或狗。站在草原，会感到这里的主人绝不是人，而是众生。在天地威严的注视下，人仿佛不敢凌驾于其他生灵之上。"（《行走的风景》）正是因为人对自然的这种信仰，草原风光才能与草原文化和谐统一，一直绵延不绝发展至今。原野曾用彩云般绵软的语言描写过一辈子生活在白云底下的草原人，那是一个无比温情的场面："早上玫瑰色的云，晚上橙金色的云，雨前蓝靛色带腥味的云。他们的一生在云的目光下度过，由小到大，由大到老，最后像云彩一样消失。"（《一辈子生活在白云底下》）这种生死与大自然与共的情景是每一个草原住民的人生常态。

至此，原野的心意更加明晰。他的每一本散文集都可以看作是人语与物语的交流，是他与自然相互间的倾情告白。"露水的信""芦苇为我指路""群星的呼喊""雨滴的闹钟""夜空载满闪电的树林""光的笑容""云的事""太阳在冰上取暖""水是鱼的大地和天空""山与树林的合唱"……原野笔下的大自然竟然如此灵动，有生气，它们就是我们。它们有表情、有情绪、有温度、有颜色、有形状、会生活、有故事、会隐藏。原野不想错过一草一木，一山一水，一牛一马，他为它们赞美、祈祷、歌唱，他要用自己的声音传达出万物的语言，他要用人类的语言表达出万物存在的重要意义。

二、植根于大地的满足

读原野的作品有一种满足，那种满足正像林语堂在他《生活的艺术》中所描述的那样："我想感到满足的，便是低低卧着，紧贴着泥土，跟草根接近。"[①]"紧贴着泥土，跟草根接近"在当下这个高楼广厦充斥的城市文化中似乎是一种奢求，而能满足于这种状态的人心在现代社会更是难得。回归大地、回归自然、众生平等、毫无偏私的心态正是现代人所极度缺乏的。正如那地上的阳光，"一多半照耀着白金色的枯草，只有一小片洒在刚萌芽的青草上。潜意识里，我觉得阳光照耀枯草可惜了。转瞬，觉出这个念头的卑劣"（《多快的手也

[①] 林语堂：《生活的艺术·自序》，安徽文艺出版社，1988，第1页。

抓不到阳光》)。人的私念永远只是想着对己有利。原野用自己的散文宣读大自然的真情告白，宣读自己对人类的"审判"。让那些被欲望束缚，永远不知满足为何意的现代人汗颜。可以说，这是原野的另类启蒙，他在温情而又不失热烈的讲述中，消除了人类的戒备心——来自泥土终归尘土的人类应该知道"满足"。

在原野的文字中，一切都被大地、山川、云朵、树木、花草、虫鱼所铺满包围；被我们一呼一吸的空气、被氤氲我们周身的天空白云所铺满包围。他的文字让人感受到的是人与自然的相融、相和而非疏远、隔离。我们会突然意识到自己身在何处。原来，我们并非是独居在狭小公寓楼中的有限个体，相反，我们就站在土地上、生活在自然中，我们就是它们的一员。在雨夜，他写道："我站在林地，听雨水一串串落在帽子上。我索性脱下衣服，在树叶滤过的雨水里洗澡，然后洗衣服，拧干穿上。衣服很快又湿了。雨更大的时候，我在衣兜里摸到了水，知道这样，往兜里放一条小金鱼都好。"（《雨中穿越森林》）这条调皮未出场的"小金鱼"是否一下子打动了你？站在雨夜淋雨的这种喜悦，现代都市人多久没有感受到了？只有真正匍匐于大地、沉入大地的人，在大地面前足够坦诚、无私、谦卑的人才能得到这份喜悦。以自我为中心的自满自大的现代人类，面对下雨的第一反应是躲雨，因为淋雨会使身体"不适"。他们逃避、远离大自然，好像大自然是病毒的集中地。然而事实恰恰相反，人类生活的世界才是"病毒"的集中营。"有时，当一个人沉醉在这土地上时，他的精神似乎是这样的轻，令他以为是在天堂里。"[1]原野体会到的应该就是这种沉醉的感觉，他被这片大草原深深征服，于是他用自己的文字将这种感受分享给我们，可贵的是，他又并不盲目宠信于这片土地。虽然身居沈阳，但他的很多亲人都还在他的故乡内蒙古大草原成长、生活，因此各种因缘促使他不断返回故乡，可以说他从未完全意义上地离开过草原故土，他总是在走出与返回之间，不断进行跨文化的考量。大地文化或者说自然文化给予了他丰富的滋养，这些滋养使他的散文精神有力，充满气度。既有深广坦荡的包容性，也有剥茧抽丝的批判性。就像这片大地一样，既包容无私，也充满荆棘坎坷。一切生灵生存其上，在受到庇佑的同时也难免受到伤害。因此，我们看到原野的散文并不是一味地赞美草原，批判城市文化；也并非将草原文化与现代城市文化、草原人与城市人对立起来，他批判的眼光来自自然世界对人类世界的观照，是一种同情的批判、理解的批判、包容的批判。在展示生活温暖的同时，也展示了生活的无奈和苦痛。在《酒别》中，父亲与表舅喝酒后十里相送，互相送至天亮不

---

[1] 林语堂：《生活的艺术·自序》，安徽文艺出版社，1988，第1页。

忍分别，而小小的我则在这"永远的送别"中沉沉睡去，这类草原清贫生活中的人生乐趣让人忍俊不禁。人类生活的沉重并不因身在何处而有所减轻，这是一种生活必然的承受。原野清醒地告诉我们草原世界并非是世外桃源："没在牧区生活的人会觉得草原之夜美妙而浪漫，事实上，草原之夜很糟糕。美丽的星月遥不可及，可及的是蚊虫叮咬。"（《火的弟弟》）那个从小就没有母亲的"格日勒"，那个单纯至极、没有心眼、光彩照人的"格日勒"一直受到家族人的排挤，在她父亲去世以后"格日勒站在孤零零泥屋前面，扭着手指，她那天真的笑容该向谁展露呢"？天地是最为慈祥包容的，然而人类世界却不是如此。即使在他歌颂赞美的被大自然眷顾的内蒙古草原上，那些面对自然单纯无比的人，在面对同类时也显现出人性的弱点。因此，原野散文中的这种批判意识，与其说是一种文化对比后的"批判"，不如说是一种文化自觉后的释然，读后令人不禁产生一种"理解的同情"。

人类应该养成的所有美好品质，在大自然中都能找到。原野曾写到"雨"，他说："雨不偏私，土地上每一种生灵都需要水分和清洁。谁也不知道在哪里长着一株草，它可能长在沟渠里，长在屋脊上，长在没人经过的废井里。雨走遍大地，找到每株草、每个石子和沙粒，让它们沐浴并灌溉它们。"（《雨的灵巧的手》）被人类称之为最伟大的母爱与这雨滴的滋润相比也是稍显逊色的。而要说真情，公鹿对母鹿的真情让人类也是望尘莫及的："在公鹿心里，这一副美丽的鹿角是为母鹿而生的。它每一次生茸换角，全身都要换一遍血，这痛苦，但它心甘情愿为母鹿这样做。……它们俩一辈子都在恋爱，老是在一起，互相端详。……公鹿回头看母鹿的样子人心都化了；母鹿看公鹿的样子，好像公鹿是一个神。"其实，自然万物之间的情义都是相通的，天空落雪是为了满足孩童的盼望，云朵舞蹈是为了打破飞行员的寂寞，星月的陪伴是为了褒奖养蜂人的勤苦，沙子飞扬喻示了历史之河的奔流，"少年人如果投身大自然，栉风沐雨，他的生命会像野草一样蓬勃，像树一样顽强，心灵像马一样自由"（《火的弟弟》），即使是太阳也会在冰上取暖……原野用他的心、他的眼、他的笔向人类展示了至纯至善的自然之情，这本身就是对人类世界的一种别样反思。

三、"会走路的字"的喜悦

张晓风曾在《草言草语·序》中说："鲍尔吉·原野是一个好的散文家，而好的散文家是敏于观察、敏于剖析且敏于文字的（这三个"敏于"说来好像稀松平常，不过，要同时兼得，恐怕在一百个作者中也难遇其一）。"散文带给读者的审美享受更直接更多的都是来自它的语言。"敏于文字"的原野，其在汉语语言使用的丰富性、灵活度、充盈感上都长于一般散文。他在挖掘汉语语言的象形力、聚合力、表意力等方面不断进行着自己执着的努力。

读原野的文字总是感觉"新鲜"——"闪电更像一棵树，它的根须和树干竟然是金子做的。当雷雨越来越浓时，天空栽满了闪电的树林。一瞬间长出一棵。雷雨夜，天上有一片金树林。"（《夜空栽满闪电的树林》）如果你从未想过闪电给天空种下一片"金树林"，那我们只能崇拜他运用语言的能力。当我们读过他的诸多散文集后，我们会有一种遇到"会走路的字"的喜悦。云、雨、雪、风、鹿、牛、羊、狗、山、树、花、草、星虫、河流、湖泊、故乡、草原……在他各个散文集中四处游走。它们一会儿喝水，一会儿漫步，一会儿在夜晚歌唱，一会儿说着情话、想着心事。喀纳斯的云"飘到河边喝水。喝完水，它们躺在草地上等待太阳出来，变成了我们所说的轻纱般的白雾"（《云是一棵树》）。在云的村庄里，"大云被风撕成小云，有的云被山顶的松树挂住了胳膊，有的云在山坳里睡着了。早上出门的云在晚上回家时，它们的数量、形状、长相都不一样了"（《云的小村庄》）。原野如此细致、耐心、贴切、有感情地不厌其烦地描画这些"云"，仿佛一个年老的外婆兴致勃勃、充满爱意地向外人介绍着自己心满意足的儿孙。这不仅不会让人生厌，其充满人生阅历的讲述反倒让人步步惊喜。随着阅读的深入，你会发现你越来越不懂"云"，越来越不了解身边的自然。他的散文，每一篇看似相似的主题文字，所呈现出来的结构、修辞、物境、意境、心境完全不同，传达出的情义自然也不尽相同。但有一点是构筑起原野散文语言的根基——那就是"真情"。

正是因为"用情至深"，他与自己的写作对象才能坦诚相见。自然与人事在他面前都真诚地敞开自己。正是因为"情真意切"，他才能在通感的海洋里恣意徜徉，落笔时亲切无比，让读者体会到自然与自然本身、自然与人类之间的相合无间。那"白金色泽的玉米站满大地""如一片等待渡河的人群"（《乌梁素海的海子》）。在大雁的眼中，"天上长着人类看不见的庄稼与花卉，这些植物不需要土，它们的根扎在云彩上"（《大雁在天空的道路》）。乡村的土墙、泥墙，在原野的笔下也铸成一道风景："命运选择那些土垒在一起，堆为泥墙。它们的躯体就是它们的肩膀，它们没有四肢，只有肩膀。"（《墙》）在原野的语言世界中，大地、海洋、天空是万物共同的存在，它们互相等同："买一亩大海，就买到了一年四季生长的庄稼。"（《买一亩大海》）"看天空，浓重的蓝色让人感到自己沉落海底。"（《更多的光线来自黄昏》）"云是天的大豆高粱。"（《云中的秘密》）"马群在奔跑时如同一片云……他们贴着地面飞翔，比鸟还快。"（《马群在傍晚飞翔》）"北方的天空是站立的大海。"（《蒙古高原礼赞》）类似的修辞如满天星斗遍布于原野散文中。不熟悉原野散文的人会被这种天马行空的具象性、想象力所吸引，而熟悉的人则会欣赏这语言背后所折射出的"观察视角"。原野观察世界的视角不是单维和主观的，他在极力避免，也在尽量克服、争取还原世界万物的多元视角。可以说，原野散文语言更深层次的作用是一种召唤，是对被遗忘的一种唤醒。原野尝试用自己的语言来唤醒那些沉睡的失语症患者，更准确地说是唤醒那些对自然生活、对世界本有的真实麻木已久的人。现代生活，内容日益丰富，但是语言表达却日益贫乏，这是一个显见的事实。最主要的原因可能源于现代意识中大众文化对人的意识的单向度引导与规约。原野的散文热情地告诉我们什么才是真正的生活，我们现代人离"生活"究竟有多远。人类已经不习惯充满诗情地描述生活了，有谁关心"屋顶的夜""黄昏落到哪儿""雨落进大海后是什么样子"？读过原野的散文你就会知道，其实诗并不属于远方，它就在我们身边。

　　色彩的构建是原野散文语言的又一独特之处。我更愿意将其称之为"颜色词的盛宴"，它使散文散发出耀眼的光芒。虽然人类的语言是有限的，不能与无穷无尽的颜色完全匹配，但是一个好作家永远不会失去对这种表达的欲望和挑战。原野眼中的世界是一个充满色彩的世界，他不独偏爱某一种色彩，他爱自然赋予的所有颜色，因此他笔下的颜色不仅是动态的，而且是有灵性的、有温度的，有厚度、有味道、富于变化的，还是可触可摸可感的。通过他的运用，你会觉得颜色是充满生命的，它们就是生命本身。"黄昏的天边有过绿色，似乌龙茶那种金绿。有桃花的粉色。然而这都是一瞬！看不清这些色彩如何登场又如何隐退，未留痕迹。金红褪去，淡青褪去，深蓝褪去之后，黄昏让位于夜，风于暗处吹来，人这时才觉出自己多么孤单。"（《更多的光线来自黄昏》）大自然中的色彩也在世上来来往往，如过客一般，它们有礼有序地按照自然的规律走完自己或短或长的一生。它们并不孤单，它们与自然万物相伴相随，已经融于万物本身，"黄昏里，屋顶一株青草在夕照里妖娆，想不到生于屋顶的草会这么漂亮，红瓦衬出草的青翠，晚霞又给高挑落下的叶子抹上一层柔情的红"（《黄昏无下落》）。妖娆的绿与性感的红如此和谐地统一于黄昏的屋顶，世界顿时充满柔情，那是光与影与万物相互搭配产生的奇异效果，而这种精彩时刻存在于我们生活中的每一天。夕照下的乡村，"白石房变成玫瑰红，黑石房有乌龙茶的金绿"，那有着如"铸铁围身"般黝黑的老樟树，那"大年初一申时问世"的浅黄小片新叶，那"稠黑"的林丛、"蜜汁一样"的暮色……

　　大地无言却充满声音，自然的神奇之处正在于此，万物都在以自己的方式发声，这是"存在"的一种证明，是"生活"的一种表征。原野用自己的语言为万物发声，讲述它们的历史过往、悲欢离合、物情冷暖、岁月荣枯。"如果马会开口说话，吐露的必是诗一般的柔情，关于河流、草地和郭日郭山那面的马

们的爱情。"(《蜜色黄昏》)

四、时间之外的探秘

每当打开原野一本新的散文集，就仿佛是与一位故人相见，里面的文字和记叙的内容似曾相识又充满新意。好像一位说书人语接上回娓娓道来，只是加入了新的人事与风景。不仅不会让你感觉陌生，反倒因为熟悉而更加亲近，更加被吸引。

不同于戏剧与小说的虚构性，散文"实记"的本性决定其更考验一个作家的心性与智慧。散文的写作是创作主体被激活和扩张的过程，经过写作者自我回忆、自我解读、自我阐释与表达，其人生经验才会转变为散文文本。读者可以沿着文本的轨迹找寻到作家的人生。原野的散文不仅有他个人成长过程中所积累的对世事人生的观察，也有他对草原自然生态文化与人文文化的思考，更有对其所居住的城市生活的描摹，而这些创作主题的构架贯穿了他对世界存在本质的理解。他的书写一直隐藏着对世界物质真相的一种追问，对人与自然关系的一种探索。他并不是在过去、现在、将来的时间范畴中探寻一种发展的轨迹，因为自然展示出的本性与规律是超时间的："到牧区，城里人的空间与时间观念都被改变。牧区的一切都缓慢，像太阳上升那么缓慢。"(《牛比草原更远》)我们看到原野探索世界选取的是一种共时性的、去时间性的角度。在《屋顶的夜》中，他开篇就说："夜是什么？首先它不是一个对时间的描述。时间是穿过夜与昼的钎子，既不是日，也不是夜。……夜像太阳和露水，每夜来到人们身旁，来到草的身上，站在大路两边。""夜站在山坡，跟松树并排站立，看公路睡眠的表情。"(《屋顶的夜》)"夜"这个时间名词在这里失去了时间性，变身为"夜"这个物自体本身，它与一棵树别无二致，但是它能看到"公路睡眠的表情"。这种绝妙的体验与表达，只有在共时性——人与自然共存于地球之上的一种存在的共时——的范畴内才会产生。也正因如此，原野发现了很多时间之外的秘密，从而使他的散文散发出独特的神秘气息。原野并没有像其他地理文化散文家那样从自然景物中撷取宏大的历史时空意义、文化意义来进行阐发。而是从人的本性出发，从人尊天重地对自然敬畏的真心实意出发来认识万物。这样我们就能看到人的"无知"。虽然从历史的角度来看，科技的发展已经充分证明了人类的强大和"无所不能"，然而通过他的散文我们知道，在大自然面前人类仍然"一无所知"。他们并不知道一片叶子的相思，一朵云的心事，不知道大海的愤怒，更不知道蝴蝶的表情。与人类共存共荣的大自然，是人类的永久伴侣，然而现代意识却造成了人类荒唐可笑的自负心理——对自然的无视与破坏。于是他不断地追问：夜是什么？沙子是什么？风里有什么？云是什么？马是什么？不断地寻找，不断发现人类的自大与无知。

在关于"云"的系列散文中，原野都是在时间之外展开对"云"的思考，讲述云的故事。于是作者提出了世上有多少朵云，早晨离家的云与晚上归家的云有何不同，云到底在哪儿，呼伦贝尔的云是什么样子等等一系列问题，那些睡觉的云、喝水的云、走路的云给我们留下了深刻的印象，我们会惊异于作者的想象力与思考力，其实这正是因为写作者打破了常规的时间的制约，获得了更广阔的思考张力，人的感受力和体悟能力也有所增强，于是"在秋天的早上，云朵在树林里奔跑，树枝留下了云的香气。夏季夜晚，白云的衣服过于耀眼，它们纷纷披上了黑斗篷"（《云是一棵树》）。

如果我们不能真正感同身受地了解自然，那么人类将没有持续发展的可能。原野的散文创作从这一方面来说，是特别而有力的。他要在钢筋水泥的城市生活中寻找到自然的本真，自然到底藏在哪儿？他想弄明白夜是什么，他要进入夜。"有几次，我后半夜在大街上走，遇到了更多的夜。它们站在玻璃幕墙的大厦的边上，趴在没竣工的楼房窗台上向外望。"（《屋顶的夜》）与大自然的每一次奇遇其实都是作家的精心安排，原野希望让读者深刻感受到自然的奇妙，让人类重拾对自然的敬仰与尊重，对神秘的崇敬，对万物的真心。他的散文让人感受到的是，人对自然本应有的原初的理解，我们能对自然给予的最基本也是最应该的尊重和敬仰。自有人类历史以来，人类通过经验的积累，不断地误读自然，与自然越来越远，他让我们重回自然、重返自然、重识自然，希望打通人与自然沟通的桥梁。

对于世人的分类有很多标准，在原野这里世上有两种人，一种是被大自然捶打并塑造过的人，一种是远离自然的人。"被大自然捶打并塑造过的人有自己的一套心智和语言，他们心里装的好东西都不可用金钱衡量，比如月亮与泉水。他们信任并依赖月亮、泉水、露珠、青草和山峰，他们觉得人生的意义和终极目标都可以在大自然当中显现。"（《东泉》）以此反观我们现代"远离自然"的都市人、离土离乡的农牧民，在时间历史的裹挟下日益失去了与自然相处的能力，也就意味着失去了发现自然赋予人类的"真""善""美"的能力。原野以他的敏思、才情，以他散文家特有的智慧、把控语言的能力，将这些呈现出来。他把美好的愿望都寄托在文字中，以最优秀的走马——"流水似的走马"鼓舞人心，不论脚下的路多么坎坷，都如行在云端。

《当代作家评论》2018年第6期

"东北—历史—故事":《刀兵过》阅读札记

王 尧 牛 煜

一

《刀兵过》是一篇"东北历史故事"——"东北""历史""故事"。

"东北"作为边地,在中国文学中向来不是"主流"的被表述空间。作为象征意义上存在的"东北",始终是被视为补充"中心"的策略而存在着的,诚如鲁迅对萧红《生死场》的评价那样"北方人民的对于生的坚强,对于死的挣扎"[1],鲁迅策略性地歌颂"北方人民"其实是想借以对照"闸北的熙熙攘攘的居民,又在抱头鼠窜了,路上是络绎不绝的行李车和人,路旁是黄白两色的外人,含笑在赏鉴这礼让之邦的盛况"。换言之,"东北"是被视作一种内部的他者形象存在于"中国想象"之中的。"东北"的"力"是作为异质性的东西来补足统一的"礼仪之邦"的"力"的不足。包括之后表述东北的代表性作家迟子建的《额尔古纳河右岸》,关于少数民族的故事也正是要带来一种充满异质性的辽阔感。

《刀兵过》的意义在于,它带给我们另外一种想象东北的方法——一个分享着中华文化质素的"东北"。在这个层面上,这种书写打破了"关内""关外"这样的地理分界区隔。老藤让我们看到了中华文化的巨大活力——即使是

---

[1] 鲁迅:《生死场·序》,载萧红《生死场》,上海科学技术文献出版社,2014。

在如"乌托邦"一般存在的"九里",这样一个边缘(东北)中的边缘(九里),也是沉积着儒释道的文化因子的。换句话说,老藤表现出的更多的不是一种以"差异性"方式存在的东北,而是以与中华文化保持"同一性"方式而存在着的东北。

《刀兵过》的另一个突破之处在于呈现出了"东北"的"风景"——一种不同于萧红笔下冰天雪地、混沌滞重的"东北",一种不同于迟子建笔下白雪茫茫、坦荡辽阔的东北。老藤笔下的东北,是这样的:

> 窝棚外空气里弥漫着一股海腥味,这腥味仿佛来自许久没有洗澡的腋窝,显得有些暧昧,估计是刚才这些不速之客带来的。天色渐次明朗,他沿着窝棚前一条小路漫无目的地往前走,想熟悉一下周围的环境。碱滩很平坦,田埂、小路边长满了白头草,低洼处则长满了蒲苇,长长的蒲棒胖嘟嘟的,像竹签穿起的根根肉棒……呈现在眼前的是无边无尽的红!这是一种从没见过的红,红得熟紫,红得自信,像连片的珊瑚,似晚霞覆地,如果不是有一群白色的鸟儿列队飞过,这情景真让人想到是连片的火海了,这不是乩文中的水泊之上燎原火吗?

我们从老藤的笔下,看到了统治所有色彩的"红色"。也就是相较于萧红、迟子建惯用的黑色调、白色调,老藤凸显的是一种"红"色调。而且老藤的东北是有着海洋性质的:腥味、碱滩、珊瑚。由此我们可以看出,被抽象为俨然同质化存在的"东北"有着怎样具体而微的空间差异。这些不仅仅是作为一种"事实"而存在的景观,而且成规模地凝结成一种审美风格熔铸到小说的整体面貌当中。一种粗粝的然而又具有非常崇高诗情的审美风格流淌在整部小说的字里行间。"风景"的呈现在老藤这里显然不仅是一种表达的内容,而更是一种表达的策略,表达的方法。"风景"在《刀兵过》中,有着非常重要的地位。柄谷行人在《日本现代文学的起源》[①]中,将"风景"视为一种"装置",这个"装置"倒转了整个日本文学的认识论框架。随着"风景"一同出现的还有写实主义、内面等一系列范畴。从此,日本文学有了迥异于古典时期的"别样风景"。如果我们策略性地借用柄谷行人对于"风景"所做的装置化处理来看,新时期以来的当代小说长久以来呈现出一种"风景"的缺失。我们发现自从"寻根文学"之后,"风景"就很少出现在当代小说家笔下了。这也可以说是整个世界文学"走向现代"过程中所遗失掉的东西。就中国来说,城市化进程使得在城市

---

① [日]柄谷行人:《日本现代文学的起源》,中央编译出版社,2017,第1页。

生长起来的作家与"乡土风景"产生一种隔膜，一种陌生感。在这种语境下，"风景"大多只是以一种再也回不去的乡愁的形象出现在小说之中。就表面来看，我们失去的是眼前实存的"自然风景"，实则丧失掉的是一种"同一性"视角，所以"失掉的风景"就不仅只是"自然"存在这么简单了。于是我们对于"风景"的遥想，只能被驱逐到对"历史"的追忆之中。《刀兵过》，这个"历史故事"，部分地恢复了我们对于"风景"的记忆，更重要的是，激活了一种"看到风景"的眼光。

在整部小说中，最为重要的"风景"非浩荡的芦苇地景观莫属了。小说中描写苇地风景的段落不胜枚举，"芦苇"之于九里，已经不单单是"自然之物"这样简单了。"芦苇"已经形成了一整套完整的"生态系统"——置于文本的层面上来讲，"芦苇"已经成为文本结构中一个非常重要的要素。"苇地"已经成为一种思维方式，一整套完整的装置而"内化于"人的生活世界。

如王克笙在思索治疗苇地霍乱的时候，浮上脑海的是："霍乱起于苇地，必然偃于苇地，这降伏霍乱恶魔的药方应该就在苇地里，苇地最多的是什么？当然是芦苇。"所以他就用芦苇入药，芦根、芦茎、芦叶熬水日饮，用这方法，成功压制住流行于苇地的霍乱。

甚至于一心向往"新文化"的姚远，在濒死之时，浮现于脑海的仍然是"那片广袤的芦苇荡以及海滩上火红的碱蓬草"这样的"风景"。最具有象征意味的是日本来的医生黑木直接将在苇地生活的居民视为"芦苇人"。这种看法纵然是有着明显的殖民主义的意识形态在里面，但是如果截取这种"认识装置"而策略性地抽空其意味色彩来看，山田正是看到了苇地/人之间的这种"同一性"。而这种"同一性"的视角也正是"风景"的出现在《刀兵过》这篇小说中最为重要的一个意义之一，我们在这样的视角之下，恢复了古代中国被现代性的认识装置（将外在世界客体化）所过滤掉的"天人合一""万物齐一"这样的传统思维模式。这两种思维模式的直接对垒就是黑木的西医视角和王明鹤的中医视角关于治疗霍乱之法的互斥之处。

二

再说"历史"。《刀兵过》是近些年非常少见的覆盖晚清、民国、中华人民共和国三个时间段的历史小说。21世纪以来，具有较大影响力的历史小说大都是以"20世纪"为背景的。一方面，这是整个文化语境中的"20世纪"意识形态的影响，"20世纪"作为一种方法/对象不断地被书写借以观照"现代性"的降临带给古老中华文明的阵痛和忧思。同时，"20世纪"内部本身的历史结构具有非常充分的戏剧性①，晚清／民国／中华人民共和国（"十七年"／"文革"／"新时期"等）的序列本身充满着强烈的叙事性，也就是"历史"的结构本身带有非常明显的叙事张力。另一方面，作为对"宏大叙事"的反叛，作家们纷纷"重写"着关于"20世纪"的叙事，改变叙事的内部动力，消解崇高的美学风格，重新唤回被压抑掉的个人记忆、文化记忆。

《刀兵过》的意义在于，它重新找到了一种历史"结构"的呈现方式，整部小说内部有着非常复杂的结构组成。我们常见的关于"20世纪"中国历史结构的想象方式主要有以下几种：一种是进化论／马克思主义所带来的线性结构叙事，这种结构意识表现在五四文学的表述中，也表现在毛泽东的旧民主主义革命—新民主主义革命—社会主义改造的阶段性叙事中。这种结构方式完全内化于现代文学和"十七年""文革"文学的文本意识之中。"新时期"以来，特别是新历史小说出现之后，出现了背叛这种线性叙事的倾向，最明显的取向有两种，一种是中国传统历史意识的复活（沧海桑田式的、轮回式的），比如陈忠实的《白鹿原》；还有一种是民间／私人历史空间的呈现，这种取向可以看作是中国古典"小说"观念和"新历史主义"的跨时空重叠，比如王安忆的《长恨歌》。这种取向带来的结果是一种去结构的历史意识，日常性消解掉了本可能存在的"结构"。

《刀兵过》的文本内部，呈现出的"历史结构"更为复杂一些。首先的一个结构是由小说的题目表征出来的——"刀兵""过"。这是一种不同于黑格尔历史哲学关于历史结构预设的历史结构，黑格尔／马克思式的历史结构是一种线性历史结构，而"刀兵过"呈现出的却更类似于一种封闭的结构。"刀兵"显而易见可做抽象观，它象征着一种抽象的"外来"力量，这种力量更常见的表现形式是暴力力量。而"过"又显示出这种力量的暂时性。所以"刀兵过"更像是一种"空间式"的历史想象方式，这个"空间"消解了历史的线性发展方向。这个"空间"落实在小说里就是"九里"，抽象来说是由九里所代表的传统的文化秩序。所以这个空间可以说就是"九里——三圣祠"。颇为吊诡的是，这个空间是一个"现代性"入侵的空间，尽管小说不断暗示（也有明示）九里"不知有汉，无论魏晋"，表面上俨然是一个古代桃花源的新版本。然而"桃花源"中人"不知有汉，无论魏晋"式的想象只可能存在于一个统一的文化秩序之中，一旦这种秩序面临着改写、重组，这个桃花源必然是不稳定的。正如姚松所言："小先生在这世外桃源，不知有汉，无论魏晋，当今之东北自九一八事变后，已经是日本人的天下了，日本人统治，不学习日文怎么行？学习日文乃

---

① 关于历史结构和文学文本结构对应关系的启示，来自黄平：《"苦恼的叙述者"与当下历史叙述——细读〈赤脚医生万泉和〉》，《当代作家评论》2010年第6期。

大势所趋。"这个桃花源已经是"在世界之中"的桃花源。这样的对于历史的空间想象还是否有效,这是《刀兵过》留给我们的一个思考。

小说里还有着一个非常隐匿的内部结构,这个结构通过"酪奴堂"的堂名揭示出来。"酪奴"在古代是"茶"的别称。这个称呼本身是具有"压抑"的内涵蕴藏其中的。北魏孝文帝时期,琅琊王氏王肃为了迎合鲜卑贵族,把茶说成是"酪"之"奴"。这个故事本身带有非常鲜明的主/奴结构。所以小说中"酪奴堂"的名称本身就有着"压抑"的意素在其中。小说一开篇就有一个"引子",这个"引子"起到一个"前史"的作用:王克笙祖上本姓朱,吴三桂叛乱时期因与前朝皇室同姓随军做了军医。后来吴三桂兵败,朱家只能隐姓埋名,以行医为生默默地隐匿在人群之中。这段历史被朱家人定义为一段"为奴"的历史。在中国古代,讲究"名正言顺",宗法血缘,既然连姓氏都丢却,显然这就意味着一种"压抑"。所以小说叙事的一个非常重要的动力机制就是这种"正名"冲动。在这个家族羞耻背后,其实还嵌套着一个更为隐蔽的结构,也就是明亡清兴(满/汉)的历史更替。这种"前史"开启了一段"为奴"的历史,所以说小说的开篇就像是一个原型,奠定了整部小说的基础结构。在这之后,甲午战争、八国联军侵华战争、抗日战争甚至土地改革、"文化大革命"等都内涵于整个"主/奴"结构之中。而整个历史的"主/奴"结构又嵌套在朱氏"正名"的结构之中。这种"主/奴"结构与其说是黑格尔意义上的,换言之一种马克思意义上的辩证斗争,还不如说是一种道家朴素的辩证观念,这种观念一个非常典型的故事就是"卧薪尝胆"。《刀兵过》的故事,从这点来看就是一个扩大版的"卧薪尝胆"故事。

我们可以看出,从晚清到民国再到中华人民共和国之间长长的一段历史,就大的"主/奴"结构来看就是一段具有"同一性"的而非"断裂"的历史。这给我们带来观照这段历史的一个非常特殊的视角,一种"稳定"的视角,这种视角似乎淡化了某种现代性焦虑(可以比照"五四"时期的"全盘西化"修辞和毛泽东的"三座大山"修辞)。在小说中除了这种"主/奴"结构的稳定视角之外,还有着一种"传统文化"的稳定视角,九里始终作为传统文化秩序的体现者,淡定地面对着一次次"刀兵过",皆由于以"三圣祠"为代表的传统秩序的维持和赓续。这种"传统文化"从根本上支持着"主/奴"结构的稳定存在。就"主/奴"结构这个视角来看,似乎"东北"这个地域空间也被象征性地赋予了"奴"的位置,这当然是一种去感情色彩的用法。而这种"奴"的意识在叙事者笔下显然具有更加强大的内在的转化能力,毕竟卧薪尝胆的原型最终是"奴"的胜利。从这个意义上来讲,《刀兵过》的出现冲击了原本的"东北"想象模式,也就是作为补足中心存在的内部他者形象而存在着的东北。《刀兵过》实实在在地将"东北"主体化，这个主体本身有着强大的再生能力和自足的存在方式。

除外，小说有着一个很明显的"暴露结构"的策略，也就是"纪年法"的更替。我们看到这篇小说一共更换了以下几种纪年方式："光绪""民国""武德""19××年"。纪年方式的转换从来就不是一个简单的问题，纪年方式的更替更像是一种仪式，它象征着"开启"和"终结"。最有象征意味的就是胡风的那句"时间开始了"。"20世纪"的历史从某种程度上来说就是"争夺时间"的历史，这种争夺也体现在争夺对于"时间"的命名权。我们从这种纪念方式的更替中似乎可以读出对那种将"20世纪时间"同质化方式的解构。这种结构方式其实是"正史"叙事的结构方式。富有意味的是，我们在小说的文本表述中似乎看不出这种"时间"的变换，如果作者没有将时间标注到每一部分的开头，如果我们忽略掉"剪辫子""鬼子来了""占领三圣祠"这样标志性事件的暴露，我们完全意识不到"时间"转变了。作者这样有意地为时间做标注但又让我们意识不到时间的转换，显然是有深意存焉。作者似乎是要向我们传达一种理念，也就是只要某种"精神"存在，那么"时间"的变化就会成为非本质性的变化。在这样的观念统摄之下，所谓的"现代性"带来的剧痛也就完全内化于整体性的统摄视角之内而不必感到一种惘惘的威胁。颇为讽刺的是，这样的稳定姿态在遭遇到"20世纪"这个历史的怪兽的时候，究竟会是怎样的无力。无法确定，这种"稳定"，究竟在多大程度上是"真实的"。作为曾经的伪满洲国的领土，暴露出"武德"这样的纪年方式无疑整体地凸显出了辽宁，或者说东北在整个"20世纪"的"内部"的"异质性"。这样的年号"侵入"了中华民国的纪年方式，从而使"东北"在整个抗战中处于一个独特位置。"东北"，书写着一套异于"中华民国"的时间/历史故事。

通过上面的分析，我们发现，整部《刀兵过》嵌套着三层结构，这三层结构相互交叉、套叠、渗透，展现出一个立体的历史空间，这个空间具有非常复杂的结构。这三层结构有一个交汇点，这个交汇点就是朱氏家族的家史。这是一种更为宏大的叙事结构，它暗合着古代中国"国—家"的想象方式。所以这部小说不妨说是一部充满史诗性的小说，这其中有着明显的"英雄形象"——一种不同于"十七年""文革"文学"阶级英雄"形象的"文化英雄"。王克笙、王明鹤父子俩就是被当作文化英雄来塑造的。现代以来的中国小说，都存在着寻找一个"中介层面"来介入故事空间的情况，这个层面通常会被"凝固化"出来，主要是在"人物"的身上体现出来，可以粗略地将这个"凝固物"对应为"身份"。在典型的左翼叙事中，这个"凝固"的东西是"阶级"。小说中人物被明显地"凝固"为互相对立的两个阵营。而在之后的"告别革命"的语境下,"阶级"这样凝固的层面被置换了,最常见的替换物就是"职业"这一个新的"凝固物"("身份"),中介层的选择折射出的是社会文化语境的变迁。在小说《刀兵过》中,作者所凭借的身份——中介层面是"士绅阶层"。这个中介层面既不能说它属于"阶级",也不能说它属于"职业",因为这个层面不是被"现代历史"生产出来的,而是自为地存在于古典文化的秩序当中。在古典秩序中,任何一种"身份"都明显不是单义的,而具有复数性的特征。就《刀兵过》中的乡绅王克笙来说,他集医生、教书先生、决策者三个主要身份于一身。老藤选择这样一个层面"介入"历史,明显是要重新阐释被现代性话语书写的历史。这是一种区别于"政治"话语的"文化"话语书写。这种话语所着眼的,是"秩序感",而不是立足"政治视角"的斗争历史图景。这篇小说开头部分,用了大量的篇幅所做的工作,就是在建立一种"稳定"的秩序。这种"秩序"的建立,有着一套非常完备的"机制"。这种"机制"主要地表现在三个方面:第一是"三圣像——祁门安茶——《朱子治家格言》——柳编药箱"。这是这个机制的"原型",这个原型是王克笙母亲交给他带走的东西,这些具有象征意味的东西可以说是以后发生的故事的一个具有起源性的"前史"。九里的历史,正是被王克笙用这些原型"制造"出来的。第二个方面是"酩奴堂——三圣祠——万柳塘——《酩奴堂纪略》——《九里村约》"。在这个阶段,原型已经演化为具体的空间、制度、方志,也就是原型演变成了一套具体的"机制"。凭借着这两个层面的确立,小说中的秩序保持着长久的稳定状态。我们曾经指出王克笙的英雄形象色彩,其实,王克笙的故事也有着"基督创世"故事的影子。自从王克笙进入"九里","九里"才产生了真正意义上的"历史"。

作为一部历史小说,《刀兵过》呈现出了许许多多杰出的"历史景观"。这些浓缩的历史景观,浸透着深沉的历史寓意,展现着远比这些景观本身丰富的"历史信息"。规模最大的作为历史景观浓缩的"物"就是万柳塘的墓碑,墓主人有着各式各样的"身份",当然,也就对应着各种各样的"死亡方式"——有的是以身殉国的壮士、英雄,比如黄开、老地羊、蓝坛主、关督队,还有普通村民,比如韩芦生、马连顺,同样也有红卫兵林波。这些人物的不同"死亡方式"标记着历史在每一阶段的具体内涵。关督队以身之死,殉了大清朝的江山,这一"死亡"标记着整个历史结构的嬗变节点,因为这一死亡是小说中所说的"心死",而非真正意义上的"肉体死亡"。这昭示着"王朝"意识的破产,而这一破产是自内部滋生而出的,"王朝"意识已经没有了自我更新和再生的能力,于是就在"民国初年",关督队的"死亡现场",勾勒出了整个历史现场的壮烈和悲怆。

小说中同样也有林波这样的、讽刺、悖谬的死亡。捣毁三圣祠后,林波为了护住自己的"战利品",被朴刀的重量沉入水中。

这除了现实意义之外,同样具有非常强烈的"寓言"色彩。"朴刀"的重量仿佛寄寓着关督队沉沉的魂灵,吞没了所谓的"红卫兵"。这样两个死亡场景的对比,充分展示除了历史的暴力(以死亡、献血铭刻),同样展现了历史的无理性、悖谬(非正常死亡)。

我们在上面提到过,《刀兵过》内部展现出一种非常"稳定"的秩序感,即使是到了中华人民共和国,大的秩序发生了"翻天覆地"的变化,包括乡村的权力结构,然而作为"文化"残留机构的传统意识,却深深地烙在整个九里的"无意识"之中,最富有象征意味的是洼里的农工部部长冷松,时时刻刻想的是能被王先生写进《彰善》簿。由此看出,无产阶级的"干部"在心里仍然是希望自己能够被纳入某种传统的秩序之内得到标记。我们曾指出,老藤对于整个这一段长长的历史采取的是一种空间想象方式,这种空间的封闭和稳定造就了小说内部世界的稳定和秩序,一个非常明显的视点就是鬼蜡烛的视点,他总是站在老坨头上为九里放哨,借由他的视点"凝视"的就是一个"稳定"的空间秩序——九里,所以即使是红卫兵来"造反",当他们走过九里的时候,他仍然居高临下地注视着红卫兵的经过,像是在检阅一支队伍,因此,红卫兵(携带着"破坏"的意识)在这种"凝视"之下,也只不过是又一次"刀兵过"。但是老藤绝对不是一个陶醉于乌托邦幻想的白日梦想家,他仍然写出了这种稳定秩序的危机——"小先生"是无后的。小说的结尾铭刻的,也是小先生之死。这种讽刺性的质询和小说营造出的稳定秩序在深层次的意义上,进行着一场不能完结的驳诘(包括老先生和小先生的不同"性格"特征,也暗示着整个秩序在悄然发生着转化)。

三

最后,再来谈一谈"故事"这个层面。在我们的耳边一直回响着"城市无故事"的声音。老藤的写作给我们带来一种久违的"故"事。他的写作,唤醒了我们"听故事"的某种期待,一方面这样的"故事"是我们非常难见到的,因为"同质化"的城市生活带给我们"同质化"的故事和经验。"东北"的故事,"历史"的故事,弥补着我们"经验"的不足,"知识"的不足。我们像是听故事的人,一直在期待着他绵绵不绝的讲述。当然,这个故事的魅力一方面来自它的内容,同时,也来自老藤"讲故事"的方法。理论地来讲,就是这部小说的文体是有着非常鲜明的特征的。

柄谷行人曾经提出,在整个日本文学进入"现代"时期,发生一种"文体的死灭"的现象。① 也就是之前日本复数性的文体在进入现代文学时期变成了一种非常单一的文体。这种现象也同样出现在中国文学当中。而且可以说，这个现象在中国文学中的体现比在日本文学中要明显得多。主要是因为漫长的发展历程带给中国文学非常丰富多样的文体。这些多样化的文体"进入"现代文学的机制时被"压抑"，被"化约了"。在小说这一文体上体现得尤为突出。因为我们如今盛行的小说观念本身也就是西方小说的观念。所以"小说"观念进入我们的叙事系统时，无形地缩减了中国文学叙事本身纷繁多样的文体形式。比如说史传文学、章回体小说等。

在《刀兵过》中，有一些在所谓"纯文学"中消失已久的文体形式明显地被复活了。比如，可以看出史传文学传统复活的痕迹。史传文学中的"列传"，对于中国古代叙事文学的影响不可谓不大。其中的"刺客列传""游侠列传"对于《水浒传》等的章回体小说，以及之后非常盛行的武侠小说等通俗文学，都有着非常明显的影响。在《刀兵过》中，老藤塑造了许许多多草莽英雄的形象，比如红猞猁、鬼蜡烛，甚至包括尉黑子。作者写他们的故事，用的是非常传统的白描手法，句子干脆利落，塑造人物形象也主要是通过外貌描写、行动描写。这些人物形象完全可以放在《林海雪原》的谱系中来看，而《林海雪原》又有着上述文学形式的影响。

现代西方小说在福楼拜这里，出现了"客观化"的倾向。在福楼拜之后西方现代小说的主流就是客观化的倾向。而在中国古代小说等传统的叙事文本中，有着非常明显的主观色彩，里面夹杂着清晰的价值判断，比如说《水浒传》《三国演义》中都蕴含着作者强烈的感情色彩和褒贬倾向。我们在《刀兵过》中，看出了这种带有叙事者明显感情倾向的痕迹，这种倾向忽略了所谓的"客观"而饱含着叙事者的热情，比如对于日本人的称呼就直接地采用了"鬼子"这样具有明显价值判断的称呼。而作者对于蓝坛主、关督军这样的英雄人物，也借鉴了《水浒传》中对于草莽英雄的塑造方式，饱含着作者强烈的敬佩和崇敬之情。

最后，谈谈"神秘"的问题。在"祛魅"时代，在"全知视角"的观照之下，我们剔除了对于"神秘"事物的认知，也就是很多事物在我们的凝视下是"透明"的。这可以说也是现代人的认知结构中非常重要的一部分。而在《刀兵过》中，我们看到了有一些不可言说的事情的存在。这些存在一方面凸显出了叙事者对于"神秘"之物的慎言，表达了叙事者对于自身"限度"的清晰认知；另一方面作为历史小说，它恢复了前人观照世界的眼光。比如叉玛对王克

---

① ［日］柄谷行人：《日本现代文学的起源》，中央编译出版社，2017，第218页。

笙的指路，姚大下巴的生死不明。最具有神秘色彩的恐怕就要算塔溪道姑和止玉师徒了。小说将她们塑造得清新脱俗，仿若天人，有《红楼梦》妙玉色彩。这从另一方面也说明了古典小说对于老藤的深刻影响。

  掩卷深思，是不是今日真正"无故事了"？是不是"故事的讲法"穷尽了？老藤的《刀兵过》，显然带给我们很多启示。

《当代作家评论》2019年第1期

离散灵魂的造像

——班宇小说论

赵 坤

沈阳铁西，某废旧水泥住宅楼顶层，前印刷厂工人孙旭庭赤膊散发拎着菜刀冲出房门；楼下，肖树斌蹲在阳台喝酒，比画着他给儿子教练进贡那枚金镏子的大小；转下楼，失业工人孙少军一家，在除夕夜分食了家里最后一包廉价馄饨，从此家徒四壁；底楼，改造后的旧门头房，吕秀芬和刘建国夫妇坐在"菁菁足疗"的最里间发愁，要如何应付姐夫赵大明接二连三的勒索；出楼梯，左转，楼道口边儿上停着一辆"倒骑驴"，尿毒症晚期患者许玲玲缩在破棉絮里，等着父亲许福明熄灭外屋那盏灯，她好能回家……在班宇的小说里，这群离散于现代化时刻的破产工人，已经清楚地知道自己被遗弃了。

从经验主义认识论的方向看，这并没有经历很长的时间。从共和国最初兑现了关于革命的承诺，到新一轮的现代性神话，铁西区的产业工人们还没来得及消化完肠胃里的红色果实，就被赶下了餐桌。20世纪90年代中期，铁西一年的下岗人数相当于十年来全沈阳下岗工人的总和，21世纪初，七十五万常住人口里已有七十万人失业。[①] 而他们中的大部分人，还没有充分理解"买断工龄、与企业剥离、退休退养退职"之间的实质性区别，就在机器关停、高炉熄灭、连排厂房的报废中得到了直观而沉默的答案，那是再多的"自助者天助""心不下岗再创辉煌"的文化麻醉剂也无法缓解的噩梦。班宇的东北故事里，净是这

---

① 张立勤：《沈阳：被贫困撕裂的繁荣》，《南风窗》2001年第10期。

样的噩梦。梦境中,也曾有人想要渡过卫明渠,逃出荒废的老工业区。遗憾的是,历史的长时段沉默,组织资本、经济资本和文化资本的合谋,使那些试图涉渡的人群最终失去了上岸的可能性,永久地离散在东北漫长的冰河期之中。

一

　　班宇笔下的工人村,位于这座省会城市的最西面,作为新中国"第一个五年规划重点"的工业基地,始建于20世纪50年代,当时的建设目标是全国示范性单位,"一百五十八栋典型的苏式三层居民楼,在全国引领了'楼上楼下、电灯电话'的潮流"[①],"只几年间,马车道变成了人行横道,倒骑驴变成了有轨电车,一派欣欣向荣之景"。50至70年代的后革命叙事语境中,高配置的厂房和先进生活区是新中国对于工业现代化的最初想象,也是年轻的共和国对工人阶级主体身份的荣耀性命名。相应地,工业题材作品在合目的性的表述中,有将产业工人纳入社会主义新人形象范畴的《铁水奔流》;有强调阶级属性的先进性和可靠政治身份的《百炼成钢》;也有相对意义上拥有优越生活的合法性和对自由经济贸易者不可推卸的改造任务的《千万不要忘记》;等等。

　　然而吊诡的是,产业工人的"身份先进性"在20世纪90年代突然消失了,在"下岗再就业"的相关语境中,他们的身份修辞由"改造主体"变成了"被改造对象"。由效益论组织的社会新逻辑,将广义上的资本资源作为解释"历史理性的必然性"的万能模本,"20世纪80年代和90年代前期是工人从改革中净获益的。90年代后期则是获益较少增加而所负担改革成本大大提高的阶段。随着社会经济发展和职业分化的进程,工人在城镇就业人群中独占鳌头、在社会生活中担任最重要角色的时代已经一去不复返"[②]。葛兰西所说的革命主体,不再拥有历史语境中的革命领导者身份,与经济转轨期的新中国"分享艰难"是工人们站在"大厂"门槛内最后的体面。在更新了的市场化语境中,近七十万铁西失业工人就像当初接受"计划"那样,接受了"计划的结束";接受了被赶出工厂,成为无业者;接受了自己的新身份——改革开放、产业结构转型中"落后"的部分。

　　从"先进"到"落后",20世纪90年代下岗工人始终困惑于自己改革开放前后的身份差异。身处工人村腹地,他们比外界更能敏锐地感受到时代的变化,"进入80年代后,新式住宅鳞次栉比,工人村逐渐成为落后的典型。……

---

① 张立勤:《沈阳:被贫困撕裂的繁荣》,《南风窗》2001年第10期。
② 陆学艺主编《当代中国社会阶层研究报告》,社会科学文献出版社,2002,第132—139页。

90年代里，生活成绩优异者离此而去，住上新楼，而这些苟延残喘的廉价社会住宅，也变成了古董"①（《工人村》）。他们不是没有机会改变。东北的现代工业起步很早，重工产业在1881年就实现了大规模生产，三四十年代的东三省，工业现代化程度已经遥遥领先于全国其他省市。这还不算苏联和日本的经济劫掠，以及张作霖事件后被日军劫走的价值18亿美元的工业设备。②轻工业的发展同样举足轻重。1919年中国对外贸易总额中，东北的轻工业比重占到了27.2%，在全国位居前列。③东三省的历史经济成就对于新中国的战略性意义，在新民主主义革命的关键时期被公认为"事关中国革命的最近与将来的前途"，毛泽东曾在中共七大反复强调，"如果我们把现有的一切根据地都丢了，只要我们有了东北，那么中国革命就有了巩固的基础"④。这似乎可以理解为，东北的工业基础给了新中国足够的信心，将苏联援建的重点工程和新中国第一个五年规划都放在这里。事实上，东北也从未辜负过期望，以辽宁为例，整个五六十年代，工业生产总值始终在全国排在前几位。⑤如果我们冒一点历史虚无主义的险，将90年代的经济史向后倒推⑥，新中国成立三十年里，当新中国借重劳动力资本进行工业化基础建设时，辽宁在做什么？作为新中国规模最大、职能最全、"苏联式的计划经济体制发育最完备"的工业基地，辽宁在集全省之力，为国家大小三线建设做重点支援⑦，为南方各地改革开放试验保驾护航。等到市场经济覆盖到祖国大地的各个角落，进入计划经济最早、退出最晚的"共和国长子"已经错失了进入市场的最后机会。

无论历史叙述的语言主体需要为怎样的叙述逻辑负责，历史的主体始终是人。绕过东北的历史谈现在，任由今天充斥着目的论历史理性的批评噪声对着东北（东北人）指手画脚，悬置历史的真正主体，否认计划经济的脐带断裂对于尚未准备好入市的老工业区毁灭式的打击，那不只是对东北，更是对整个社会公平正义的盲视。正是在最基本的人道伦理上，班宇的小说扯掉了积在东北

---

① 班宇：《冬泳》，上海三联书店，2018。以下关于小说的引文均出自该版本。
② 详见2011年11月5日南京电视台科教频道纪录片《风云百年·民国勋臣蒋作宾》。
③ 孔经纬：《东北经济史》，四川人民出版社，1986，第184页。
④ 毛泽东在中共七大讲话材料，转引自黄金生：《与国民党在东北角逐的"第二战场"》，《国家人文历史》2015年第1期。
⑤ 黄巍：《突破与回归：辽宁三线建设述论》，《开放时代》2018年第2期。
⑥ 经济学界认为20世纪90年代东北的经济低度化发展要追溯到60年代，甚至更早的19世纪中期。具体请参见［英］大卫·沃尔：《中国的开放经济》，上海财经大学出版社，2002；周明长：《东北支援与三线城市发展》，《开放时代》2018年第2期。
⑦ 根据中央和东北局的三线政策，"好人好马上三线"，辽宁在1964至1970年调往大三线骨干技术人员接近十万人，迁出优质项目、设备及资源数以万计，有些产业甚至是整厂搬迁。详见黄巍：《突破与回归：辽宁三线建设述论》，《开放时代》2018年第2期。

工人身上的历史封条，近距离观察他们离散于现代性危机的一刻。"厂区里总有下岗工人出现，有来办手续的，也有整理物品，或者跟工友叙旧的，甚至还有一觉醒来，照旧上班，到了单位才想起来自己已经下岗，不知何去何从，围着厂区骑车绕圈……"这些被资本现代化进程所遗弃，又被现代性逻辑的文化殖民重新命名的弃儿，构成了班宇小说的绝对主角，他们以当代生活的失败者身份对存在的意义伦理提出疑问，不被神偏爱的人，就不配拥有生活吗？

二

"被放弃"是铁西人最常见的修辞，集中在班宇小说里，大多是本体隐喻，象征那些历史错动的时刻里，不断下沉的灵魂。他们不是没有挣扎，白山黑水从不滋生好逸恶劳，在历史书页的重墨之处，东北民族曾缔造过"半部中国史"[1]。铁路以西，被放弃的灵魂也曾很努力地转身，"我爸下岗之后，拿着买断工龄的钱，买了台二手摩托车拉脚"（《肃杀》）；"1999年，吕秀芬和刘建国先后从各自的单位下岗，家庭没有经济来源。论成败，人生豪迈，大不了从头再来，刘建国受偶像刘欢的歌声鼓舞，响应国家号召，开始自主创业，扎了个铁皮车，扛来煤气罐，在里面包起饺子"（《工人村》）。

然而，"从头再来"只能是励志歌词里的美好愿景，现实的老工业区不负责生产神话。真实的情况是，困在水底的无产者，就算拼了命地向上游，也还是够不到水面。"外省青年"孙旭庭，印刷厂职工"热情上进的主人翁精神"并没有换来等价的生活尊严。他先是被报废的印刷机绞断了胳膊，又因为销售盗版碟片皮子进了派出所，好不容易兑了个彩票点勉强糊口，前妻引来的高利贷把他逼到无家可归。那样认真用力地生活，生活却从不曾给过他机会。随着人生的可能性被尽数劫掠，孙旭庭最终被迫退化成一头赤膊裸身、"鼻息粗野，双目布满血迹"、满身斑纹的豹子。《枪墓》里，失业工人孙少军家道衰落，妻子和人私奔，父亲的骨灰装在铁皮月饼盒里，得不到善终。然而这仅仅是他噩梦的开始。当他绝望地发现自己无论再怎样拼命地卖面、拉脚、挣扎于生活的底部，也改变不了现实的处境时，他确信自己已经被神彻底抛弃了，"耶稣没能认出我来，我在水底"。整体性溃败的老工业文明，生活似乎从未真正向他们敞开过。

也有更年轻的一代，心怀改变命运的雄心，却遭遇了更快速的下沉。《梯形夕阳》中年轻的工人二代从生产线转到销售岗，"斗志昂扬，幻想凭借一己之力

---

[1] 梅毅、王彤：《入主中原，东北民族缔造半部中国史》，《中国国家地理》2008年第10期。

扭转颓势"。然而费尽周折讨要回来的一点拖欠货款,却被销售科科长悉数卷走,厂里的危机没能缓解,自己反倒成了协同作案的犯罪嫌疑人,自救的持续性奋斗在长一辈的科长与年轻的销售员之间发生了代际的断裂,拯救者先于他的拯救对象被抛弃了。《冬泳》里的铁西姑娘隋菲,从往昔的健康美丽到如今丧失了生育功能,身体的变化使她具有某种符号性的象喻功能。生活在铁西以外、生活较为富庶的相亲男"小个子"对隋菲的爱也因此充满了拯救意味。随着小个子的爱遭遇了父母的强烈反对(主流意识形态的干预)、隋菲父亲的离奇死因(历史的困扰),以及隋菲前夫的勒索(现实的难度)等,英雄主义的托举失败。拯救就像冬泳,数九寒冬,凿冰破洞,你用炽热的胸膛暖冰水,冰水却以更汹涌的速度冷却你。

也不是没想过逃。尤其在失掉了对故乡的信心之后,"人在加州,无论许什么愿,上帝好像都能听到,在沈阳就不行"(《凌空》)。可问题是,能逃到哪里去?《盘锦豹子》里的小姑,抛家弃子跑到外地开了间麻将馆,除了隔三岔五要靠家里接济,还把前夫的房子抵押给了高利贷;《渠潮》里的满晴晴,跟着未婚夫去了海南岛,吃完香蕉不认识垃圾桶,把果皮丢进海南人祭祀的祖龛,又因为不懂方言沟通无效。经济失利和文化上的差异,下岗工人可选择的路并不多,再加上血缘故乡的羁绊,基本上阻断了逃离铁西的路。最典型的文本是《逍遥游》,年轻的许玲玲每周要坐两次父亲许福明的"倒骑驴"拉脚车,这让她看上去颇有几分老子"倒骑青牛"的逍遥。然而事实的真相是,许玲玲身患晚期尿毒症,母亲为此心力交瘁,劳累过度猝死。已经成功逃离的父亲被血缘召回,放弃了新生活的可能,靠着卖苦力维系女儿注定衰竭的生命。相比老子骑牛出关获得了天地般的自由,许玲玲好友三人的短途旅行却因为经济窘迫和体力不支止步于山海关前。更耐人寻味的是,意在逍遥的旅游并没有缓解许玲玲三人临行前的困扰,途中,两位友人的苟且将三人的处境变得更加糟糕。不成功的逃离结果是,仅有的可以互相慰藉的三两个人也最终离散了。班宇的铁西故事里,唯一算得上逃离"成功"的,大概就是《渠潮》中的李漫了。那个刻苦读书,积极准备高考,却连续三年失利,没能考到理想之地上海的失意青年,他脆弱敏感的神经经不起现实生活的任何挑衅,在经历了伤人、入狱、疯癫和家破人亡后,李漫纵身跳入卫明渠。就算是自杀式逃亡,他也要离开东北,他坚信,只要身体随着明渠的水"绕城一周,进入浑河,最后流向大海",他就能够以河道相通的方式,从明渠逃向黄浦江。这似乎暗示了,只有死亡,才能逃离铁路以西。

自救失败,出逃又不成功,被"铁路和一道布满油污的水渠"困在废旧工业文明的人们,只能滑向生活的最底部,像月牙儿、芳汀、拉斯蒂涅,像现实主义文学传统中众多陷入绝境的无产者。工人村里，卖假古董的老孙，诓骗朋友拉脚车的肖树斌，被连襟频繁敲诈的刘建国，参与银行抢劫的孙少军，装神弄鬼的董四风，在旧皮包里装了刨锛子的父亲……"所有的灵魂都已非常疲惫，被语言、雨水与信仰反复刷洗，情绪内化生长，爱或者不爱，放弃与占有，责任与负疚，在内心战场上不断互相侵袭，世界却始终没有向他们展开过，哪怕只是一角。这是令人绝望的时刻，所有人束手待毙。"（《山脉》）班宇的小说里，一个无法回避的伦理困境是，那些破坏社会规则的违法行为，却是当地人维持生存的唯一途径。面对"类铁西"问题的复杂性，究竟是遵循社会学的法律道德标准，还是人类学的存在本体规则？对于当代不断被"污名化"的东北和东北人，这事关社会主义曾经允诺的公平正义，和每一副被道德感压垮的饥饿身体。

三

最初，作家似乎也尝试过以古老的东方哲学说服自己。千古荣枯，月盈月亏，一切都是文明的定数，"万物皆轮回，凡是繁荣过的，也必将落入破败"（《工人村》）。然而再高明的哲学也是抽象的，被绝对理念过滤后的理性逻辑解决不了非理性的温饱问题。每到濒临绝境时，那个隐藏已久的疑问就会随着肉身的下沉不断升腾，为什么他们那么努力生活，却还是失败了？

小说没有回避的问题是，新时期产业工人自身的局限性与他们失败的必然性之间的关系，和无人对此负责的历史羞耻感。班宇的铁西故事中，工人们并不具备"自助者天助"的自助能力。以小说《空中道路》为例，工人群体中文化水平最高的李承杰，是个连《日瓦戈医生》都看不懂的吊车司机，"看着就困，名字太长，不好记。……借错了，翻卡片借的，当时以为是讲白求恩的呢"。他对城市道路的规划想象，源于他在工厂车间里多年开吊车的实际经验，"我们可以开发空中资源，不用这种缆绳，不安全，受气候影响太大，直接用吊车，抗风，不挂霜，结实。比方说，我会开吊车，那么我可以作为一个中转站的司机，你要去太原街，好，上车吧，给你吊起来，半空画个弧形，相当平稳，先抡到铁西广场，然后我接过来，抓起来这一车的人，打个圈，到太原街，十分钟，空中道路，你看着空无一物，没有黄白线和信号灯，实际上非常精密、高效、畅通无阻，也不烧油，顶多费点电，符合国际化发展方向"。如此脱离实际的荒诞规划，却是工人们对世界的最大想象，在很多年以后，仍然让他的同事工友们钦佩不已。工人阶级对公共生活美学的诗意表达，只能在离地半尺处飞翔。这样的知识结构显然无法应付改革开放和资本的全球化逻辑，他们甚至无法理解发生在自己身上的亲历事件,"厂子基本黄了,就留下几个打更的,每天瞪着生锈的设备,我不明白这东西有啥好守着的,谁能偷走咋的,白给我都不要。我叔指着那堆废铁说,经济滑坡呀。我说,那对。我叔说,原来几百个工人,现在都遣散了。我说,政策不行。我叔说,像你明白似的"(《凌空》)。对工人来说,瞬息万变的当代社会过于复杂,远远超出了想象的极限,然而无论"审慎上还是伦理上"[1],都不曾有主动站到工人一边的社会力量。

到这里,也许我们可以适度地表示一点怀疑,作者似乎有意将知识分子从工人群里剥离。他的工人主体群里很少出现知识分子形象(除了《渠潮》里尚未落实政策的鳏夫李老师,一个逃避现实不堪重任的小知识分子形象),这虽然与知识分子属于工人阶级的"常识性"认知结构有冲突,但未必不是作者的某种态度。在他为数不多的关于知识分子的表述中,形象几乎都不大体面。《肃杀》里的体育教练受贿了下岗工肖树斌"那么大"的金镏子;《工人村·破五》里的文化人"智慧林",返乡途中赢光了老同学战伟亡母的殡葬费。最有意思的还是小说《空中道路》,开头饶有意味地交代了长江流域百年罕见的洪涝灾害。抗灾前线上,解放军战士们冒雨负重,扛着一包包麻袋抢筑防水堤坝。大后方的演播厅里,负责解说的两位专家显出过分的无知、冷漠和知识抽象化,"其中一位说,听说袋子里都是水泥,干了之后就变成墙,非常坚固;另一个说不对,里边装的是面粉,科学研究证明,面粉的吸湿性最强,适合抵挡洪水"。这段看似闲笔的描写暴露的尖锐问题是,那些丝毫不了解底层,并且缺乏同情心的知识分子是否还有资格替"属下"说话?他们过于形而上的抽象理论是否还有能力解决地面上的实际问题?

从文学史的角度看,这涉及左翼文学写作被20世纪80年代的新潮文学覆盖后,当代如何处理无产阶级文学传统的问题。对此,底层写作和底层文学研究也曾有过激烈的讨论,其中涉及知识分子在新的社会结构中的身份变化问题。学者蔡翔曾经表达过一个观点,他认为改革开放以后,知识分子因为占据着知识资本,很快在经济结构的变化中,形成了一个新的利益集团,当代中国语境也因此形成了三种新的资本形式:权力资本、财富资本和文化资本。[2] 同时,根据陆学艺的《当代中国社会阶层研究报告》,衡量阶层的三个主要标准是组织资

---

[1] 托尼·朱特认为,对托马斯·卡莱尔与英国费边主义者以及美国进步党人来说,大部分人会从审慎和伦理两个层面考虑如下问题:如何应对资本给人类带来的后果?怎样才能不谈经济规律只谈经济后果,等等。详见〔美〕托尼·朱特、蒂莫西·斯奈德:《思虑20世纪》,苏光恩译,中信出版社,2016,第372—375页。

[2] 蔡翔:《专业主义和新意识形态——对当代文学史的另一种思考角度》,《当代作家评论》2004年第2期。

源、经济资源和文化资源,其中只有文化资源能够自下而上地发生作用。[1]那么对于当代中国的工人群体来说,由于后革命时代语境已经失去了明确的革命对象,他们也就不再具备革命主体的身份和力量,革命的动机和革命目的论也因此成了"一个没有谜底的哑谜"[2];再加上资本作祟的经济社会学又在反复强调分层理论是市场自由竞争阶段的合理化结果,使得原本就不占有政治资源和经济资源的工人群体,在没有知识分子的文化资源可以借重的情况下,不得不接受发展主义的强势文化殖民。这样一来的结果是,工人群体既要面对比以往任何时代都要艰难的处境,又要接受该种结果的合理性。

这并不是说班宇的写作带有任何审美的政治化意图。相反,作为阐释世界或小说意义关系上的"居间者"[3],班宇从未冒犯过文学本体的崇高性与超越性。他不滥用"美学的脱身术",不过分展示苦难、伤疤,也没表现出任何"底层民粹主义"的用心。虽然他也写溃败,写挣扎,写刀锋穿透肉身的疼,写传奇消散于北风中。那是"乌鸦窝"(rookery)的孩子看到他"比外部世界更广阔"[4]的父兄们,在被神遗忘的角落、在历史叙述的集体沉默里,随族群的宿命和文明的生死,"从水中扬起面庞,承接命运的无声飘落"的惶怵与孤独。卢卡奇所谓好小说的艺术判断对于班宇的美学表达显然是成立的,"小说是成问题的人物在疏离的世界中追求意义的过程"[5],以地缘心理为核心的共通感觉结构中,班宇借子一代的名义,成功复活了20世纪90年代的集体经验与集体美学记忆,并于问题链和意义链结构的再生语境里[6],打开历史的时空隧道,正面迎向文明危机中那些不断下沉的、离散的灵魂,为其造像,在历史或事实已被确定后,寻找作为人的敞开性意义。

《当代作家评论》2019年第5期

---

[1] 陆学艺在《当代中国社会阶层研究报告》中提出关于阶层划分的资源标准,后被蔡翔与刘旭的对话中引用,详见蔡翔、刘旭:《底层问题与知识分子的使命》,《天涯》2004年第2期。
[2] 陈晓明:《"憎恨学派"或"后左翼"的新生》,《当代文坛》2006年第1期。
[3] 周荣曾在《班宇的分身术》(《青年文学》2019年第1期)中提到班宇的几重社会身份,编辑、译者、网络写手、码农、小说家等。
[4] [匈牙利]卢卡奇:《小说理论》,商务印书馆,2016,第103—122、9页。
[5] [匈牙利]卢卡奇:《小说理论》,商务印书馆,2016,第103—122、9页。
[6] 赵汀阳:《历史之道:意义链与问题链》,《哲学研究》2019年第1期。

后　记

　　20世纪80年代是中国当代文学的黄金时代，全国各地文学杂志如雨后春笋，争相破土。1984年1月25日，文学评论类双月期刊《当代作家评论》在辽宁沈阳创刊。自此，一本文学杂志便在辽宁这片黑土地上扎下了根，并在之后三十多年的岁月变迁中，以文字的方式认真记录下了辽宁文学一路走来的痕迹。

　　2019年是中华人民共和国成立七十周年的重要年份，《当代作家评论》作为一份文学理论刊物，也想用多年来的积累与梳理，以文章结集的方式，回顾辽宁文学这些年来所走过的路程，所取得的成就，辽宁作家这些年来的创作潮流、更新迭代与写作特色，以及在中国当代文学整体发展中的地位与声誉等。推出本选集是为纪念，而非盈利，也因经费有限，对于入选文章作者无稿酬回报，如有收藏本选集的需求，可联系我们为您邮寄。

　　《当代作家评论》在创刊的三十多年里，得到了全国乃至世界范围内优秀评论家、作家、学者的鼎力相助，一篇篇优秀的文学评论文章通过《当代作家评论》这一平台刊发出来，为繁荣发展当代文学文化建设做出了应有的贡献，也使《当代作家评论》成为国内一流的文学评论类核心刊物。出版选集的目的也是要感谢《当代作家评论》的作者们多年来对刊物的支持，对辽宁文学发繁荣发展的支持。

　　本选集此次所选用的六十多篇文章，以刊物发表时间为线，时间跨度从1984年到2019年，以在《当代作家评论》刊发的辽宁作家、作品的评论文章为主，因篇幅有限，更多优秀文章未能入选，难免有遗珠之憾。希望日后有机会以更大篇幅整理出版有关辽宁文学的优秀评论文章，请读者诸君共同鉴赏。